출항

The Voyage Out

출항

버지니아 울프

진명희 옮김

솔

울프 전집을 발간하며

왜 지금 울프인가? 1941년 3월 28일 양쪽 호주머니에 돌을 채워 넣고 우즈 강에 투신 자살한 작가 버지니아 울프의 전집을 이역만리 한국에서 왜 지금 내놓는가?

20세기 초라면 울프에 대한 모더니스트로서의 위상 정립 작업이 필요했을 수도 있다. 또한 1980년대라면 1970년대 이후 서구에서 활발하게 진행된 페미니즘 논의와 연관시켜 페미니스트로서의 위치 설정 작업이 필요하다고 할 수도 있다. 울프는 누가 뭐래도 페미니스트이다. 울프의 페미니즘은 비록 예술이라는 포장지에 곱게 싸여 있기는 하지만 나름대로 격렬한 것이다. 그럼에도 불구하고 페미니즘은 절대로 울프 문학의 진수도 아니며, 전부는 더더욱 아니다.

그녀의 문학은 한마디로 말해서 인간주의 문학이다. 사랑을 설파한 문학, 이타주의利他主義를 가장 소중히 여긴 고전 중의 고전이 그녀의 문학이다. 모더니즘, 페미니즘, 사회주의와 같은 것들은 그녀가 목적지를 향해 나아가는 도중에 잠깐씩 들른 간이역에 불과하다. 궁극적인 목적지는 인본주의라는 정거장이었다. 그동안 그녀는 모더니즘의 기수라는 훤칠한 한 그루의 나무로, 또는 페미니즘의 대모代母라는 또 한 그루의 잘생긴 나무로 우리의 관심을 지나치게 차지하여 우리가 크고도 울창한 숲과 같은 이 작가의 문학 세계를 제대로 보지 못하는 경향이 없지 않았다. 이제는 바야흐로 이 깊은 숲을 조망할 때가 온 것으로 믿는다. 지금 우리가 울프를 다시 읽어야 하는 이유가 여기에 있다.

이 전집이 울프를 바로 이해하는 데 도움이 되고, 나아가 읽는 이의 정서를 순화하는 데 작은 도움이 되었으면 한다.

울프 전집 간행위원회

차례

제1장

    스트랜드 가[1]에서 임뱅크먼트[2]로 이어지는 길은 아주 좁아서 서로 팔을 끼고 걷기에는 좋지 않다. 만약 당신이 팔을 끼고 걷는 것을 고집한다면 변호사 사무실 직원들은 폴짝 뛰어넘다 진창에 빠져야 하며 젊은 타이피스트 아가씨들은 당신 뒤에서 애태워야만 할 것이다. 사람들이 미인마저도 무심코 지나치는 런던 거리에서는 기이한 옷차림이나 행동을 하는 사람은 따가운 시선을 받게 마련이다. 따라서 몹시 키가 크다거나, 푸른색 망토를 걸친다거나, 혹은 왼손으로 허공을 치듯 흔들어대는 짓은 하지 않는 것이 더 좋다.

    시월 초 어느 날 오후 통행이 활발해질 무렵, 한 키 큰 남자가 부인과 팔을 끼고 보도 한쪽을 따라 활보하였으며, 화가 난 눈길들이 그들의 등을 쏘아 보았다. 키가 작고 초조해하는 사람들은—이 한 쌍에 비해 대부분 작아 보였으므로—만년필을 꽂고 서류가방을 들었으며 지켜야 할 약속이 있는 주급 생활자들이었

---

1 런던의 호텔, 극장, 상점이 많은 거리.
2 웨스트민스터 다리와 스트랜드 사이의 템스 강을 따라 있는 산책길.

다. 그러므로 이들이 앰브로우즈 씨의 큰 키와 부인의 망토에 곱지 않은 시선을 보내는 데는 그럴 만한 이유가 있었다. 그러나 이 남녀는 그들이 악의를 품고 나쁜 평판을 내리기에는 힘든 어떤 매력을 지니고 있었다. 그의 움직이는 입술로 추측컨대 그의 매력은 사색하는 것이었고, 대부분의 눈길들보다 위쪽으로 냉담하게 똑바로 앞을 향한 시선으로 볼 때 그녀의 매력은 슬픔이었다. 그녀는 마주치는 모든 것을 경멸함으로써만 눈물을 참을 수 있었으며, 그녀의 곁을 스치고 지나가는 사람들과의 마찰은 분명히 고통스러웠다. 잠시 동안 냉철한 시선으로 임뱅크먼트를 지나는 차량들을 지켜본 후에 그녀는 남편의 소매를 잡아끌었으며, 그들은 순식간에 밀려드는 자동차들 사이를 가로질러 건너갔다. 저편에 안전하게 닿자 그녀는 점잖게 남편의 팔을 풀었으며, 굳게 다물었던 입술에 긴장이 풀리며 동시에 파르르 떨렸다. 이내 눈물이 흘러 내렸으므로 그녀는 난간에 팔꿈치를 기댄 채, 호기심 많은 사람들로부터 얼굴을 가렸다. 앰브로우즈 씨는 위로해주고자 그녀의 어깨를 다독거렸지만, 부인은 그의 위로를 받아들인다는 아무런 표시도 보이지 않았다. 자신의 슬픔보다 더 큰 슬픔 옆에 서 있는 것이 어색해진 남편은 뒤로 팔짱을 끼고 보도를 따라 돌았다.

둑에는 설교단처럼 여기저기 귀퉁이들이 돌출되어 있는데, 그곳에서는 설교자들이 아니라 꼬마 녀석들이 줄을 흔들어대거나 조약돌을 강물에 던지거나 종이 뭉치를 던져 물에 띄워 보내며 놀고 있다. 조금이라도 이상한 것을 예리하게 알아채는 이 꼬마 녀석들은 앰브로우즈 씨를 무서운 사람이라고 생각하였지만, 그가 지나갈 때 가장 약삭빠른 한 녀석이 잽싸게 "푸른 수염!"이라고 외쳤다. 아이들이 부인까지 놀리려 들까봐 앰브로우즈 씨는 아이들을 향해 지팡이를 휘둘렀고, 이를 본 녀석들은 그가 한낱 괴짜라고 생각하였는지 네 명이 합창하듯이 "푸른 수염!"이라고 외쳐댔다.

앰브로우즈 부인은 꽤 오랫동안 움직이지 않고 그대로 서 있었는데도 아이들은 그녀를 내버려두었다. 워털루 다리 근처에서는 항상 누군가는 강을 내려다보고 있으며, 화창한 오후에는 남녀가 짝을 지어 그곳에 서서 삼십여 분 정도 대화를 나누기도 한다. 대부분의 사람들은 산보를 즐기며 잠시 명상에 잠기기도 하고, 한 가지 일을 다른 일들과 비교하거나 결정을 내리기도 하면서 지나간다. 때때로 웨스트민스터의 아파트와 교회와 호텔은 안개에 싸인 콘스탄티노플의 윤곽을 닮았다. 강물은 진한 자줏빛으로, 때로는 진흙탕 색을 띄기도 하며, 바닷물처럼 푸른색으로 반짝이기도 한다. 강물이 어떻게 변하는지 내려다보는 일은 항상 가치가 있었다. 그러나 이 부인은 강물 위를 올려다보는 것도 그렇다고 아래를 내려다보는 것도 아니었다. 그곳에 서 있은 이후로 그녀가 바라본 것이라고는 가운데 빨대 하나를 꽂은 채로 서서히 떠내려가고 있는 무지개 빛깔의 둥그스름한 작은 조각이었다. 이 빨대와 작은 조각은 거대하게 샘솟는 눈물의 떨리는 매체 뒤편에서 되풀이해서 헤엄치고 있었으며, 그녀의 눈에서 눈물이 솟아 흘러 강물로 떨어졌다. 그때 바로 그녀 귀 가까이에서 소리가 들렸다.

클루지움의 라스 포르세나는
아홉 명의 신에게 맹세했네 —

그리고 점점 희미해져갔다. 마치 말하는 사람이 그녀 옆을 걸어서 스쳐 지나간 것처럼 —

위대한 타킨 가문은
더 이상 고통 받지 말아야 한다고.[3]

그렇다, 그녀는 이 모든 것들로 돌아가야만 한다는 것을 알고 있었지만, 지금은 실컷 울어야만 했다. 얼굴을 감싸고 그녀는 지금까지 그랬던 것보다 훨씬 더 끊임없이 흐느끼며, 아주 규칙적으로 어깨를 위아래로 들썩이고 있었다. 반들반들 윤이 나는 스핑크스 상에 도착해서 그림엽서를 파는 남자에게 말려들었을 때, 그녀의 남편이 몸을 돌려 본 것은 바로 이 모습이었다. 노랫가락은 즉시 멈추었다. 남편은 다가와서 그녀 어깨에 손을 얹고 "여보" 하고 불렀다. 그의 목소리는 간곡히 부탁하고 있었지만, 부인은 그로부터 최대한 얼굴을 돌리며 말했다. "당신은 아마 이해하지 못할 거예요."

그러나 남편이 곁을 떠나지 않았으므로 그녀는 눈물을 닦고 강 건너 공장 굴뚝을 향해 고개를 들어야만 했다. 그녀는 또한 워털루 다리의 아치들과 사격 연습장에 일렬로 선 동물들처럼 아치 사이를 빠져나가고 있는 이륜 짐마차들을 보았다. 그녀는 망연히 그것들을 바라보았지만, 무엇인가를 본다는 것은 물론 울음을 멈추고 걷기 시작한다는 것을 의미했다.

"조금 걷고 싶어요," 남편이 두 명의 시민이 이미 타고 있는 승합마차를 큰소리로 부르고 있을 때, 그녀가 말했다.

걷기 시작하자 그녀의 기분이 풀렸다. 지구상의 물체이기보다

---

3 토머스 배빙턴 매콜리(Thomas Babington Macaulay, 1800~1859)의 『고대 로마 서정시Lays of Ancient Rome』 중 「호라티우스Horatius」의 구절.

는 달 속의 거미들처럼 보이는 질주하는 자동차들, 굉음을 내는 짐마차들, 딸랑딸랑 울리며 가는 이륜마차들, 조그만 검은색 사륜마차들은 그녀가 살고 있는 현실세계로 그녀를 데려다주었다. 솟아오른 언덕에서 연기가 피어오르는 산봉우리 위 저쪽 어딘가에서 그녀의 아이들은 이제 부드러운 위로를 구하며 그녀를 찾고 있을 것이다. 그들을 갈라놓고 있는 거리와 광장과 공공건물 대부분을 생각해볼 때, 그녀는 이 순간 비록 사십 년의 세월 중 삼십 년을 그곳에서 살았지만 자신이 런던을 사랑하도록 이 도시가 해준 것이 거의 없다고 느꼈다. 그녀는 스쳐 지나가는 사람들의 면모를 파악할 수 있었다. 이 시간이면 부유층 사람들은 서로의 집을 방문해 여유를 즐기며, 고집스런 근로자들은 곧장 사무실로 직행하고, 가난한 사람들은 불행한 탓에 당연히 악의에 차 있었다. 안개 속에 햇빛이 비쳐들고 있긴 했지만, 누더기를 걸친 사람들은 벌써 벤치에 앉아 꾸벅꾸벅 졸고 있었다. 사물에 옷을 입혀 포장된 아름다움을 벗겨보면 앙상한 해골과 같은 이면의 진실이 드러난다.

이제 가랑비가 내려 그녀는 더욱 우울해졌다. 톱밥 제조업체인 스프룰즈나 휴지 한 조각이라도 반가운 그랩 회사와 같이 이상한 사업에 종사하는 사람들의 야릇한 이름을 붙인 유개화물차들은 불쾌한 농담처럼 아무런 효과도 거두지 못했다. 망토 하나로 가린 대담한 연인들은 그들의 사랑의 열정을 보여주기보다는 천박해 보였다. 자기 삶에 만족해하는 꽃 파는 여인들은 흠뻑 젖은 노파들 같았지만, 그들의 수다는 언제나 들을 만한 가치가 있다. 빨강 노랑 파랑색 꽃들은 꽃머리들이 함께 눌려 제 색깔을 빛내지 못하고 있었다. 더구나 그녀의 남편은 빠른 걸음으로 활보하며 가끔씩 빈손을 휘저어서 마치 바이킹이나 고뇌하는 넬슨[4] 같 았는데, 갈매기에 정신을 팔고 있었다.

"리들리, 차 타고 갈래요? 그렇게 해요, 여보."

이때 남편이 멀리 있었으므로 앰브로우즈 부인은 날카롭게 말 해야만 했다.

승합마차는 그들이 걷던 길을 따라 계속 달려서 웨스트 엔드[5] 를 벗어나 런던 시내로 진입했다. 런던은 사람들이 무엇인가를 만드는 데 종사하고 있는 하나의 거대한 작업장이었으며, 웨스트 엔드는 전등과 노랗게 빛나는 거대한 두꺼운 판유리창과 정성 들여 단장된 집들과 보도 위를 총총 걸음으로 걷는 혹은 도로에 서 미끄러지듯 차를 타고 가는 자그마한 사람들로 완성된 작품 같았다. 그것은 그렇게 거대한 공장이 만든 것 치고는 매우 하잘 것없는 작품으로 보였다. 어떤 이유에서인지 그것은 거대한 검은 색 망토 가장자리에 달린 작은 금술처럼 보였다.

유개화물차나 사륜짐마차 외에 이인승 이륜마차는 한 대도 지 나가지 않았으며, 또한 지나가는 수천 명의 남녀들 중에 신사나 숙녀는 한 명도 없었음을 깨닫고는, 앰브로우즈 부인은 결국 가 난한 것이 일상적인 것이며 런던은 수많은 가난한 사람들의 도 시라는 사실을 깨달았다. 이런 사실을 발견하고 놀랐으며 자신이 평생 거의 모든 날을 피커딜리 광장[6] 주변을 맴돌며 보낸다는 것 을 깨닫고, 그녀는 런던 시의회가 세운 야간 학교 건물을 지나며 상당히 안도했다.

"맙소사, 정말 우울하군!" 그녀의 남편이 신음하듯 내뱉었다.

---

4 호레이쇼 넬슨(Horatio Nelson, 1758~1805), 영국 해군제독으로 트라팔가 해전의 승리자.
5 런던 서부지역으로 번창한 상업지구. 대저택이나 고급 상점이나 극장 따위가 많음.
6 런던의 웨스트 엔드에 있는 번화가의 중심.

"불쌍한 인간들!"

　자기 자식들의 비참한 상태와 가난한 사람들 그리고 비 때문에 그녀의 마음은 공기 중에 말리려고 드러내놓은 상처처럼 쓰라렸다.

　이 순간 승합마차가 갑자기 멈추었다. 달걀껍질처럼 부서질 위험에 처했기 때문이었다. 널찍한 임뱅크먼트는 지난날에는 대포포탄이나 기병대대도 서 있을 여유가 있었지만, 이제는 자갈 깔린 좁은 길로 맥아와 기름 냄새를 뿜어내며 사륜짐마차들로 꽉 막혀 있었다. 남편이 벽돌 위에 붙여 놓은 플래카드에서 스코틀랜드 행 여객선의 시간표를 읽고 있는 동안, 앰브로우즈 부인도 여객선의 정보를 얻기 위해 최선을 다했다. 단지 큰 부대들을 실은 사륜짐마차들만이 늘어서 있으며 게다가 엷은 노란색 안개에 싸여 반쯤밖에 보이지 않는 세계에서 그들은 도움도 안내도 받지 못했다. 마침 한 노인이 다가와 그들의 상황을 눈치 채고는 선착장 계단 밑에 정착되어 있는 작은 보트로 그들이 타야 할 여객선까지 실어다주겠다고 한 제안은 마치 기적 같았다. 약간 망설였지만 그들이 노인의 말을 믿고 자리를 잡고 앉자 보트는 곧 위아래로 물결치며 나아갔다. 런던은 이제 강물 어느 쪽이든 두 줄로 늘어선 건물들로밖에 보이지 않았는데, 마치 아이들이 장난감 나무토막으로 쌓아 놓은 것처럼 정사각형과 직사각형의 건물들이 줄지어 있었다.

　상당히 출렁이는 노란색 불빛을 담고 있는 강물은 꽤 세게 흘렀다. 엄청나게 큰 화물 운반선이 예인선에 호위되어 빠르게 지나갔고, 경찰 경비정이 모든 것을 쏜살같이 스쳐 갔으며, 바람도 물결을 따라 불었다. 그들이 앉아 있는 덮개도 없이 노로 저어 가는 보트는 큰 배들이 지나갈 때마다 위아래로 출렁이며 큰 절을 했다. 강 한복판에서 노인은 노에 손을 얹고서 물살에 배가 떠내려가도록 내버려두고는, 과거 한때는 많은 손님들을 실어 날랐는데 이제는 손님이 거의 끊겼다고 말했다. 그는 혼잡하게 붐비는 시간에, 정박시켰던 배를 저어 로더라이드[7]의 잔디 코트들로 유명 인사들을 건네주었던 시절을 회상하는 듯했다.

"사람들은 이제 다리를 이용하려 하지요." 노인은 타워 브리지의 거대한 외형을 가리키며 말했다. 헬렌은 그녀 자신과 자식들 사이에 놓인 강물을 가로지르고 있는 그를 애처롭게 쳐다보았다. 그녀는 점차 가까워지는 여객선을 슬픔에 잠겨 응시하였으며, 강 한가운데 정박한 배의 이름을 희미하게 읽을 수 있었다―**"에우프로시네"**[8]. 땅거미가 지기 시작하는 때여서 그들은 배의 몸체와 돛대와 뒤에서 정면으로 불어오는 미풍에 펄럭이는 거무스름한 깃발의 윤곽만을 아주 희미하게 볼 수 있었다.

작은 보트가 여객선 옆으로 조용히 다가가는 동안 노인은 배에 노를 싣고, 다시 한 번 위를 가리키며 전 세계의 배들은 그들이 출범하는 날 저 깃발을 꽂는다고 말했다. 보트에 탄 이 두 사람의 마음에 그 푸른 깃발은 불길한 조짐으로 보였으며 나쁜 예감이 들게 하였으나, 그래도 그들은 일어나서 짐을 챙겨 갑판으로 올라갔다.

아버지가 소유하고 있는 배의 응접실에서 스물네 살의 레이철 빈레이스 양은 초조하게 외삼촌과 외숙모를 기다리고 있었다. 우선 무엇보다도 친척이지만 얼굴이 거의 기억나지 않는데다, 나이 든 어른들이어서 아버지를 대신하여 그들을 어느 정도 공손히 대접해야만 했다. 그녀는 일반적으로 예절 바른 사람들이 교양

---

7 워핑(Wapping: 런던 시내 동쪽 선창가 지역의 일부)으로부터 템스 강 건너편.
8 그리스 신화 속 제우스와 헤라의 딸들인 세 여신Graces 중의 하나로, 기쁨의 여신.

있는 사람들을 처음 만나는 것을 기대하듯이 그들을 맞이할 준비를 하고 있었으므로, 그들은 마치 꽉 조이는 신발이나 바람이 새어 들어오는 창문처럼 육체적인 불편함으로 다가오고 있었다. 그녀는 그들을 맞이할 준비로 이미 부자연스럽게 긴장해 있었다. 식탁의 나이프 옆에 포크를 가지런히 정렬하고 있을 때 침울하게 말하는 남자의 목소리가 들려왔다.

"어둔 밤에 이 계단을 지나가다 아차하면 곤두박질칠 수도 있겠구먼." 그 말에 "죽고 말겠어요"라는 여자의 목소리가 뒤따랐다.

그 말을 한 여자가 문간에 서 있었다. 키가 크고 큰 눈망울에 자주색 숄을 걸친 앰브로우즈 부인은 낭만적이며 아름다웠다. 동정심이 있어 보이지는 않지만, 자신이 보는 것을 객관적으로 직시하고 생각할 줄 아는 것 같았다. 그녀의 얼굴은 그리스인보다는 훨씬 온화해 보였지만, 한편으로 일반적인 귀여운 영국 여성보다는 훨씬 당차 보였다.

"오, 레이철, 오랜만이구나." 악수를 하며 그녀가 말했다.

"잘 있었니." 키스를 받으려고 이마를 앞으로 기울이며 앰브로우즈 씨가 말했다. 레이철은 그의 야위고 각진 몸매와, 큰 두상과 당당한 용모, 날카로우면서도 순진해 보이는 눈이 본능적으로 마음에 들었다.

"페퍼 씨에게 말씀드려요." 레이철이 하인에게 지시했다. 이들 부부가 테이블 한쪽에 앉았고, 레이철은 그들 맞은편에 앉았다.

"아버지께서 저더러 먼저 접대하라고 말씀하셨거든요. 아버지는 지금 너무 바쁘셔서…… 페퍼 씨를 아시죠?"

강풍에 휘어진 나무처럼 허리가 굽은 자그마한 남자가 그들 한쪽으로 살며시 들어왔다. 앰브로우즈 씨에게 고개를 끄덕여 인사하며, 그는 헬렌과 악수를 나누었다.

"통풍 때문에," 그는 코트 깃을 세우며 말했다.

"아직도 류머티즘으로 고생하세요?" 헬렌이 물었다. 떠나 온 도시와 강에 대한 잔영이 아직도 마음에 남아 있어 생각 없이 말하고 있었지만 그녀의 목소리는 나지막하고 매혹적이었다.

"한번 류머티즘에 걸리면 평생 가는가 봅니다." 그가 대답했다. "사람들이 생각하는 만큼은 아니지만, 어느 정도는 날씨에 달려 있는 것 같습니다."

"어쨌든 류머티즘으로 죽지는 않아요." 헬렌이 말했다.

"일반적으로 — 죽지는 않지요." 페퍼 씨가 대답했다.

"스프 드시겠어요, 리들리 외삼촌?" 레이철이 물었다.

"고맙구나." 그는 접시를 내밀며 다른 사람에게 들릴 정도로 한숨지으며 말했다. "아! 얘는 자기 엄마를 닮지 않았어." 헬렌은 레이철이 이 말을 듣고 당황하여 얼굴을 붉히지 않도록 큰 컵으로 테이블을 두들겼으나 이미 때는 늦었다.

"하인들이 꽃을 다루는 솜씨하고는!" 그녀는 서둘러 말을 꺼냈다. 헬렌은 주둥이가 굴곡진 녹색 화병을 자기 쪽으로 끌어당기고는 빽빽하게 꽂혀 있는 작은 국화꽃 송이를 꺼내 테이블보 위에 놓고 꼼꼼하게 나란히 배열하기 시작했다.

잠시 침묵이 흘렀다.

"젠킨슨 기억나지, 앰브로우즈?" 페퍼 씨가 테이블 건너편에서 물었다.

"피터하우스[9]의 젠킨슨 말인가?"

"그가 죽었다네." 페퍼 씨가 말했다.

"오, 저런! 그를 알았었는데 — 예전에." 리들리가 말했다. "그는

9　피터하우스Peterhouse는 1284년에 설립된 케임브리지의 가장 오래된 대학.

너벅선 사고의 영웅이었지. 기억나지? 별난 친구였어. 담배 가게의 젊은 아가씨와 결혼해서 펜스에 살았는데, 어떻게 지내는지 통 듣지 못했어."

"술에, 마약까지 했다나봐." 페퍼 씨는 불길한 듯 간결하게 말했다. "주석서를 남겼는데. 형편없이 엉망이라고 들었네."

"그 친구 대단한 능력의 소유자였는데." 리들리가 말했다.

"젤라비에 대한 그의 입문서는 여전히 권위가 있지." 페퍼 씨는 말을 계속 이었다. "그 후로 교과서들이 어떻게 바뀌는지 보면 놀랄 만해."

"행성에 대한 이론이 하나 있지 않았나?" 리들리가 물었다.

"어딘가 좀 정상이 아니었지. 확실히 그랬어." 머리를 흔들며 페퍼 씨가 말했다.

이때 테이블에 진동이 퍼졌으며, 바깥 불빛의 방향이 상궤를 벗어나며 동시에 벨소리가 요란하게 계속해서 울렸다.

"출발하는군." 리들리가 말했다.

경미하지만 감지할 수 있는 정도의 파도가 선실 바닥 아래로 세차게 부딪쳤다가 가라앉았으며 훨씬 더 눈에 띄는 또 다른 파도가 밀려왔다. 커튼으로 가리지 않은 창문을 통해 불빛이 곧장 살며시 스며들었다. 배는 커다랗게 구슬픈 신음소리를 내었다.

"출발이야!" 페퍼 씨가 말했다. 강에 있던 다른 배들도 똑같이 슬프게 뱃고동 소리에 응답했다. 철썩이며 쉭쉭대는 물살 소리가 분명하게 들렸다. 배가 출렁거렸기 때문에 접시를 나르는 스튜어드들은 커튼을 치며 몸의 균형을 잡느라 애를 써야만 했다. 잠시 침묵이 흘렀다.

"캣츠[10]의 젠킨슨과는 여전히 연락하고 지내나?" 앰브로우즈가

---

10 세인트 캐서린St Catherine 대학은 1473년에 설립됨.

물었다.

"늘 그렇지." 페퍼 씨가 대답했다. "매년 한 번씩은 만난다네. 올해 그가 상처하는 불행을 겪었네. 물론 고통스런 일이었지."

"정말 가슴 아픈 일이군." 리들리도 동감했다.

"그를 위해 집안 살림을 맡아 하는 미혼의 딸이 있지. 허나 그 나이에는 결코 전과 같을 순 없으리라고 생각하네."

사과를 자르며 두 신사는 사려 깊게 점잔 빼는 얼굴로 고개를 끄덕였다.

"책도 한 권 냈었지. 그렇지 않은가?" 리들리가 물었다.

"그랬었지. 앞으로는 결코 책을 내지 못할 거네." 페퍼 씨가 격하게 말해서 두 숙녀는 눈을 들어 그를 바라보았다.

"절대로 책이 나오지 못할 거야. 누군가 다른 사람이 이미 그것에 관해 써버렸거든." 페퍼 씨가 상당히 신랄하게 말했다. "그게 다 일들을 미뤄두고 화석이나 수집하며 돼지우리에 반원형 아치들이나 설치하며 보낸 탓이야."

"공감하는 바네." 리들리는 침울하게 한숨을 내쉬었다. "나도 제대로 시작할 수 없는 사람들의 약점을 갖고 있거든."

"허송세월을 보낸 거야……" 페퍼 씨가 말을 이었다. "그는 헛간을 가득 채울 만큼 충분한 시간을 낭비했지."

"우리 누구라도 피해야 할 결함이지." 리들리가 말했다. "우리 친구 마일즈는 최근 또 하나 업적을 이뤘다는군."

페퍼 씨가 신랄한 웃음을 던지며 말했다. "내 계산에 따르면 그는 매년 두어 권씩 책을 출간했어. 강보에 있던 어린 시절 등을 고려하면 놀랄 만큼 훌륭한 활동이야."

"그래, 그를 두고 옛 스승님이 하신 말씀이 아주 잘 들어맞았어." 리들리가 말했다.

"그런 셈이지." 페퍼 씨가 말했다. "자네 브루스 전집 알지? 물론 출판하려는 것은 아니겠지만."

"출간하지는 말아야 한다고 생각해." 리들리가 의미심장하게 말했다. "그는 신학자치곤—상당히 개방적이야."

"예를 들어 네빌 가의 펌프 씨 말이지?" 페퍼 씨가 물었다.

"바로 그런 거야." 앰브로우즈가 맞장구를 쳤다.

두 숙녀는 남자들의 대화를 듣지 않으면서도 그들이 애기를 계속하도록 만드는 데 아주 숙달된 여성들이 하는 식으로 자신들의 속마음을 드러내지 않고—아이들의 교육이나 오페라에서 안개주의보 사이렌을 사용하는 것에 대해—생각할 수 있었다. 그러나 헬렌은 레이철이 안주인으로서 너무 조용히 있으며, 그녀가 직접 나서서 뭔가 했어야 했는데 라는 생각이 갑자기 들었다.

"혹시—?" 헬렌은 드디어 말을 꺼냈고 여자들은 다소 놀라는 남자들을 남겨두고 일어나 자리를 떴다. 그들은 여자들이 자신들의 말을 경청하고 있다고 생각했거나 아니면 여자들의 존재 자체를 잊고 있었다.

"그래, 과거의 이상한 애기들이나 해보자고." 그들은 리들리가 다시 의자에 깊숙이 기대앉으며 하는 소리를 들었다. 문간을 나서며 뒤돌아보니 페퍼 씨는 갑자기 옷을 헐렁하게 풀어버려서 마치 쾌활하고도 심술궂은 늙은 원숭이 같아 보였다.

여자들은 머리에 베일을 두르고 갑판을 걸었다. 그들은 이제 정박해 있는 어스름한 형상의 배들을 지나 강을 따라 꾸준히 내려가고 있었으며, 런던은 무리지어 있는 불빛들로 마치 담황색 차양으로 덮여 있는 것 같았다. 대형 극장의 불빛, 길게 뻗은 거리의 불빛, 거대한 주택가 구역을 나타내는 불빛과 공중에 높이 걸린 불빛들이 있었다. 수백 년 동안 어떤 어둠도 그들에게 내려앉지 않았듯이, 앞으로도 런던의 저 불빛들 위에는 아무런 어둠도 찾아들지 않을 것이다. 이 도시가 같은 장소에서 영원히 빛을 발하고 있어야 한다는 것은 끔찍해 보였다. 적어도 바다로 모험 여행을 떠나며 그 도시를 영원히 불타서 지울 수 없는 상흔이 남을, 테두리 안에 갇힌 언덕으로 바라보는 사람들 눈에는 그래 보였다. 배의 갑판에서 바라보는 그 거대한 도시는 겁에 질려 웅크리고 있는 모습으로 쭈그리고 앉아 있는 수전노 같아 보였다.

갑판의 난간에 나란히 기대서자, "춥지 않을까?"라고 헬렌은 물었다. "아녜요…… 정말 아름다워요!" 레이철은 잠시 후에 덧붙였다. 거의 아무것도 보이지 않았으며, 몇 개의 돛대와 이곳저곳 육지의 그림자와 불빛이 밝게 빛나는 유리창들만이 어슴푸레하게 보였다. 그들은 바람에 맞서고자 애썼다.

"바람이 불어요. 바람이!" 레이철은 숨을 헐떡이며 되풀이해서 말했다. 옆에 있는 헬렌은 갑작스런 바람의 기운에 허둥대며 치마를 끌어내려 무릎을 덮고 양팔로 머리카락을 감싸느라고 정신을 못 차리고 있었다. 그러나 거세게 불던 바람이 점차 잠잠해지며 악천후의 찬바람으로 변했다. 그들은 식당의 블라인드 틈새로 담배 연기가 길게 피어오르는 것을 보았다. 앰브로우즈 씨는 의자 등에 몸을 완전히 기대고 앉아 있었으며, 페퍼 씨의 뺨은 마치 나무에 새긴 듯이 주름져 있었다. 그들에게서 웃음의 함성이 조금 들리다가 곧 바람소리에 잦아들었다. 노란 불빛이 켜진 건조한 방 안에서 페퍼 씨와 앰브로우즈 씨는 바깥의 소동은 아랑곳없이 아마도 1875년경의 케임브리지 대학 시절로 돌아가 있었다.

"두 사람은 오래된 친구지." 헬렌은 그들을 보고 미소 지으며 말했다. "자, 이제 우리도 들어가 앉을 자리가 있을까?"

레이철이 문을 열었다.

"방이라기보다는 층계참 같은 곳이에요." 레이철이 말했다. 사실 그곳은 육지의 방처럼 닫혀 고정된 것이라고는 전혀 없었다. 중앙에 테이블이 하나 놓여 있었으며, 가장자리는 의자들이 지키고 있었다. 다행히도 열대의 태양은 방 안의 태피스트리들을 적당하게 색이 바랜 청록색으로 바꿔놓았다. 조개껍질로 테를 두른 거울은 남쪽 바다들을 항해하는 동안 시간 보내기가 따분한 어떤 스튜어드가 사랑을 담아 만든 작품으로 보기 흉하다기보다는 뭔가 색달라 보였다. 일각수의 뿔들처럼 가장자리가 붉은 뒤틀린 조개들이 벽난로를 장식하고 있었으며, 벽난로는 상당수 공 모양의 술이 달린 자줏빛 플러시 천의 휘장으로 드리워져 있었다. 갑판 쪽으로 창문 두 개가 열려 있었으며, 배가 아마존 강의 뜨거운 태양을 받으며 달릴 때 창문을 통해 들어온 햇빛은 반대편 벽에 걸려 있는 그림을 흐릿한 노란색으로 변색시켰다. 그래서 "콜리시엄 극장"[11] 그림이 애완용 스패니얼 개들을 데리고 놀고 있는 알렉산드라 왕비[12] 그림과 거의 구분이 되지 않았다. 불가에 놓인 한 쌍의 고리버들 세공의 안락의자가 누런 대팻밥으로 채워진 벽난로에서 손에 불을 쬐고 싶은 마음을 불러 일으켰다. 탁자 위로는 커다란 램프가 흔들거리고 있었는데, 마치 시골길을 걷는 사람에게 어두운 들판을 가로질러 보이는 문명의 불빛 같았다.

"모든 사람이 페퍼 씨의 오랜 친구라는 사실이 이상해요." 어색한 분위기를 참기 힘들고 방은 추웠으며 헬렌이 이상하게 말이 없었으므로 레이철은 신경질적으로 말을 시작했다.

"너는 그를 당연시하지 않니?" 헬렌이 말했다.

11 런던의 최대 극장.
12 에드워드 7세(1841~1910)의 부인.

"그는 이런 것 같아요." 레이철은 수반에 놓인 물고기 화석을 찾아내어 비춰 보이면서 말했다.

"네가 너무 까다롭다는 생각이 드는구나." 헬렌이 한마디 했다.

레이철은 즉시 외숙모의 믿음에 맞서 자신이 한 말을 정당화시키고자 했다.

"저는 사실 그를 잘 몰라요." 레이철은 나이 든 사람들은 감정보다는 사실에 더 믿음을 둔다는 생각이 들자, 그에 대한 사실들을 떠올렸다. 그녀는 헬렌에게 윌리엄 페퍼에 대해 아는 바를 말하기 시작했다. 그는 그들이 집에 있는 일요일이면 항상 그들을 방문하곤 했다. 그는 수학, 역사, 그리스어, 동물학, 경제학, 아이슬란드 무용담에 이르기까지 많은 것에 대해 박식했다. 그는 페르시아 시를 영어산문으로, 영어산문을 그리스 약강격弱强格의 시로 바꾸기도 했다. 그는 화폐에 관한 한 권위자였으며, 또 다른 한 가지가 있었는데, 그래, 그것은 교역에 관한 것이었다.

그는 바다로부터 어떤 것들을 알아내거나 오디세우스가 지나갔을 행로에 관한 글을 쓰기 위해서 여기에 있었는데, 뭐니 뭐니 해도 그리스어가 그의 취미였기 때문이다.

"저는 그가 쓴 팸플릿들을 모두 갖고 있어요." 그녀는 말했다. "작은 팸플릿들을요. 자그마한 노랑 책들이죠." 그녀가 그 팸플릿들을 읽은 것 같지는 않았다.

"그도 사랑에 빠진 적이 있었니?" 자리를 잡으며 헬렌이 물었다.

이것은 뜻밖에도 적절한 질문이었다.

"그의 심장은 낡은 구두가죽 조각 같아요." 레이철은 들고 있던 물고기 화석을 내려놓으며 분명히 말했다. 하지만 질문을 받았을 때 그녀는 그에게 물어본 적이 없었음을 인정해야만 했다.

"내가 그에게 물어봐야겠구나." 헬렌이 말했다.

"너를 마지막 보았을 때 너는 피아노를 샀었는데." 그녀는 계속 말을 이었다. "기억나니? 피아노와 다락에 있던 방과 가시가 달린 큰 식물들이?"

"예, 그 피아노가 마루를 뚫고 내려앉겠다고 고모들이 걱정을 하셨죠. 하지만 그 나이에는 한밤중에 갑자기 죽는다 해도 별로 신경 쓰지 않잖아요?" 레이철이 물었다.

"얼마 전에 베시 고모한테서 연락 받았지." 헬렌이 말했다. "네가 너무 지나치게 피아노 연습을 해서 팔을 상하게 할까 봐 무척 걱정하시더구나."

"팔뚝 근육을요? 그래서 결혼하지 못할까 봐서요?"

"정확히 그렇게는 말하지 않았어." 앰브로우즈 부인이 대답했다.

"오, 그래요. 물론 그렇게 표현하시지는 않았을 거예요." 레이철은 한숨을 내쉬며 말했다.

헬렌은 그녀를 바라보았다. 그녀의 얼굴은 확고하다기보다는 의지력이 약해 보였지만, 호기심 많아 보이는 커다란 두 눈 때문에 평범해 보이지는 않았다. 지금은 거의 실내에만 틀어박혀 지내므로 혈색과 분명한 얼굴 윤곽이 드러나지 않아 미인은 아니었다. 게다가 말할 때 주저하거나 틀린 단어를 사용하는 경향이 있어서 나이에 비해 훨씬 더 무능해 보였다. 아무렇게나 닥치는 대로 말을 하고 있던 앰브로우즈 부인은 이제 앞으로 위협이 따를 삼사 주간의 선상생활 동안 그녀와 더욱 친밀해지는 것은 확실히 기대할 수 없다고 생각했다. 같은 나이 또래의 여자들은 흔히 그녀를 지루하게 했는데, 젊은 아가씨들은 더욱 그러리라고 그녀는 생각했다. 그녀는 레이철을 다시 한 번 자세히 바라보았다. 그래! 레이철이 우유부단하고 감정적이라는 것은 정말 분명했다. 그녀에게 무슨 말을 하건 그것은 막대기로 물 위를 한 번 내려쳐 작은 파문을 일으키는 정도의 인상밖에는 남기지 않을 것이다. 젊은 여자들에게는 다잡아 통제하는 무언가가 없었다. 단단한 것도 영원한 것도 만족스런 것도 없었다. 월로우비가 삼 주 걸린다고 말했나, 아니면 사 주였나? 그녀는 기억해내려고 애썼다.

그러나 이때 문이 열리면서 키가 크고 건장한 남자가 방으로 들어왔으며, 곧장 그들 가까이 와서는 진심으로 기뻐하며 헬렌과 악수를 나누었다. 그가 바로 레이철의 아버지이자 헬렌의 시누이 남편인 월로우비였다. 그는 체구가 매우 커서, 뚱뚱한 남자였다면 엄청난 양의 살이 필요했겠지만, 다행히 비만은 아니었다. 얼굴은 컸지만 이목구비가 작고 움푹 파인 뺨이 붉게 그을려 있어서, 그의 얼굴은 자신의 감상이나 감정을 드러내 보이거나 다른 사람들의 감상이나 정서에 반응하기보다는 거친 날씨의 습격을 견디기에 적합해 보였다.

"와주셔서 정말로 기쁩니다." 그가 말했다. "우리 둘 모두에게."

레이철은 아버지의 눈길에 순종하여 웅얼거렸다.

"처남댁이 편안하게 지내도록 최선을 다하겠소. 리들리도 물론이오. 리들리를 대접하게 되어 영광이오. 페퍼가 그를 대적할 누군가를 갖게 됐군요. 나는 감히 엄두도 못 냈는데. 레이철이 성숙해진 것 같지 않아요? 이제 어엿한 숙녀가 다 됐지요?"

여전히 헬렌의 손을 잡은 채로 월로우비는 레이철의 어깨를 껴안았다. 따라서 세 사람은 불편할 정도로 가깝게 밀착되었지만, 헬렌은 그를 쳐다보는 것을 참고 있었다.

"레이철이 자랑스럽지요?" 그가 물었다.

"오, 그래요." 헬렌이 대답했다.

"우리는 애가 훌륭하게 되리라고 기대해요." 그는 딸의 팔을 꽉 쥐었다가 풀어주며 말했다. "자 이제 그 댁 얘기 좀 해봅시다." 그들은 작은 소파에 나란히 앉았다. "아이들은 잘 남겨두고 오셨지요? 이제 학교 갈 나이가 된 것 같은데. 아이들이 엄마를 닮았나요, 아니면 앰브로우즈를 닮았어요? 장담컨대, 머리가 아주 좋을 것 같은데요."

이 말에 헬렌은 즉시 전보다 기분이 좋아져서 아들은 여섯 살이고 딸은 열 살이라고 설명했다. 사람들은 모두들 아들은 엄마를, 딸은 아빠를 쏙 빼닮았다고 말했다. 그녀는 아이들이 두뇌회전이 빠른 개구쟁이라고 생각했으며, 아들에 관한 한 가지 일화를 겸손하게 꺼냈다. 아들은 잠시 한눈을 판 사이에 버터 조각을 집어 들고는 달려가서 단지 장난으로 불 속에 그것을 던져 넣었는데, 그 기분을 그녀는 이해할 수 있었다.

"그래 처남댁은 그 꼬마 장난꾸러기한테 그런 장난은 하지 말라고 꾸짖었겠지요?"

"여섯 살짜리 아이한테요? 저는 그게 문제되는 일이라고 생각지 않는데요."

"내가 고지식한 아버지인가보군요."

"말도 안 돼요, 윌로우비. 레이철은 아버지의 마음을 아주 잘 알고 있어요."

아마도 윌로우비는 딸이 자신을 칭찬해주기를 바랐겠지만 레이철은 그를 칭찬하지 않았다. 그녀의 눈은 반짝이는 물처럼 빛을 반사하지도 않았으며, 그녀는 멍하니 방심한 상태로 여전히 물고기 화석을 손가락으로 만지작거리고 있었다. 어른들은 계속해서 리들리를 편하게 해줄 준비에 대해 얘기했다. 테이블은 바다를 볼 수 있는 곳에 놓아야 하며, 보일러에서 멀리 떨어진 곳이어야 하고 동시에 사람들이 지나가며 볼 수 있는 곳은 피해야 했다. 그의 책들을 모두 짐으로 꾸려 놓아버린 이번 기회를 휴가로 만들지 않으면, 아무리 해도 그는 휴가를 가질 수 없을 것이었다. 왜냐하면 산타 마리나까지 나와서도 남편은 하루 종일 일을 할 것이라는 것을 헬렌은 경험상 알고 있기 때문이었다. 그의 박스들은 책들로 가득 차 있다고 그녀는 말했다.

"나에게 맡겨요. 내가 알아서 할게요!" 윌로우비는 분명히 그녀가 부탁한 것 이상으로 거들며 말했다. 그때 문에서 리들리와 페퍼 씨의 기척이 들렸다.

"빈레이스, 잘 지냈어요?" 리들리가 들어오며 가느다란 손을 내밀며 말했다. 그들의 만남이 그들 둘에게 감상적인 일이었지만, 대체로 리들리에게 더욱 그러한 것 같았다.

윌로우비는 존경심으로 잘 달구어진 마음으로부터의 따뜻함을 지니고 있었다. 잠시 동안 서로 아무 말도 하지 않았다.

"밖에서 잠깐 들여다보니 웃고 있더군요." 헬렌이 말했다. "페퍼 씨가 재미있는 얘기를 하신 것 같았어요."

"쳇. 재미있는 얘기라고는 하나도 없었어." 남편은 역정을 내며 말했다.

"여전히 엄격한 재판관이오, 리들리?" 빈레이스가 물었다.

"우리 얘기가 재미가 없어서 나가지 않았소." 리들리는 부인을 보며 말했다.

이 말은 사실이었으므로 헬렌은 부인하려 하지 않고 다음 말을 덧붙였다. "하지만 우리가 나간 뒤에 더 좋아지지 않았나요?" 불행하게도 그녀의 남편은 어깨를 축 늘어뜨리고 대답했다. "사실상 더 재미없어졌소."

이제 긴 어색함과 침묵이 증명하듯이 모두에게 상당히 불편한 상황이었다. 이때 페퍼 씨가 통풍으로 발목이 아플 때처럼, 쥐를 발견한 노처녀의 자세로 의자에 올라가 무릎 아래 양쪽 발을 구부려 밀어 넣고 앉아 분위기를 바꿔놓았다. 무릎을 팔로 감싸고 시가를 빨며 의자에 웅크리고 있는 그의 모습은 마치 부처 같았다. 이 높은 자세에서 그는 누가 해달라고 요청한 것도 아니었기 때문에 딱히 누구를 향해서는 아니었지만, 측량할 수 없이 깊은 바다에 관해 얘기하기 시작했다. 그는 빈레이스 씨가 런던과 부에노스아이레스를 정기적으로 운행하는 배를 열 척이나 소유하고 있으면서도, 바다 깊은 곳에 살고 있는 거대한 흰색 괴물들을 조사하도록 한 척도 보내지 않았다는 사실을 알고는 놀랐다고 말했다.

"아니, 아닐세." 윌로우비가 웃으며 말했다. "지상에 있는 괴물들만도 나에게는 벅차네!"

"불쌍한 새끼 염소들!" 레이철이 한숨을 쉬며 말했다.

"염소들이 없다면 음악도 없단다, 애야. 음악은 염소들한테 달려 있거든." 그녀의 아버지가 다소 날카롭게 말했으며, 페퍼 씨는 바다 밑 모래 둔덕에 웅크리고 있을 털이 없고 눈이 먼 흰색 괴물에 대해 계속해서 묘사했다. 페퍼 씨는 만약 수면 위로 이 괴물들을 끌어내면 압력을 잃고 폭발하여서 옆구리가 터지고 내장이 산산조각 나 바람에 흩어지리라는 것을 많은 지식을 동원하여 아주 상세하게 설명하였는데, 넌더리가 난 리들리는 제발 그만하라고 말렸다.

이 모든 상황으로부터 헬렌은 나름의 결론을 이끌어내었는데, 충분히 우울한 것이었다. 페퍼는 상대방을 지루하게 만드는 사람이었다. 레이철은 예의 없는 아가씨로 틀림없이 확신에 차서 무엇보다도 먼저 "아시다시피, 저는 아버지와 사이좋게 지내지 않아요"라고 말할 것이다. 윌로우비는 항상 그렇듯이 자신의 사업에만 몰두하고 자신만의 왕국을 세워놓았다. 이런 사람들 사이에서 그녀는 상당히 지루할 것이다. 하지만 행동하는 여성인 그녀는 일어나서 자신은 먼저 자러가겠다고 말했다. 그녀는 같은 여성으로서 함께 방을 나가기를 바라며 문간에서 본능적으로 레이철을 흘긋 돌아보았다. 레이철은 자리에서 일어나서 헬렌의 얼굴을 멍하니 바라보고는 약간 더듬거리며 말했다. "저는 바람이나 즈-즐기러 나가보겠어요."

앰브로우즈 부인이 우려했던 최악의 일이 벌어졌다. 그녀는 이쪽저쪽 갈지자로 비틀거리고 오른팔과 왼팔로 번갈아 벽을 집어 부딪치는 것을 피하며 통로를 걸어 내려갔다. 비틀거릴 때마다 그녀는 거칠게 내뱉었다. "제기랄!"

제2장

배가 흔들리고 소금 냄새가 나서 모두들 전날 밤이 편치 못했을 것이었다. 페퍼 씨도 그랬는데 잠자리에 침구가 부족해 전날 밤을 엉망으로 보내서 다음 날 아침식사 시간이 아름답게까지 느껴졌다. 항해가 시작되었으며, 연푸른 하늘과 고요한 바다와 함께 행복하게 시작되었다. 아직 개발되지 않은 자원, 즉 아직 말하여지지 않은 많은 이야기 거리에 대한 기대감이 아침 시간을 의미 깊게 만들었다. 따라서 미래에 아마도 이 여행은 전날 밤 강에서 울렸던 기적 소리와 더불어 이 아침식사 장면이 잘 섞여 떠올려질 것이다.

사과와 빵과 계란으로 이루어진 아침 식탁은 즐거웠다. 헬렌은 윌로우비에게 버터를 건네주며 그에게 눈길을 던지며 생각했다. "그래요, 그녀는 당신과 결혼해서 행복했다고 생각해요."

헬렌은 왜 테레사가 윌로우비와 결혼했는지에 대한 오래전의 궁금증부터 그녀가 잘 알고 있는 여러 가지 것들을 회상하며 익숙한 생각의 맥락을 이어나갔다.

"물론 그는 모든 걸 갖추었지" 헬렌은 윌로우비가 몸집도 크고 체격도 건장하며 크고 우렁찬 목소리에 큰 주먹과 강인한 의지력을 갖고 있다는 것을 누구나 알 수 있다고 생각했다. "그러나—" 여기서 그녀는 그를 자세히 분석해본 후에 그를 가장 잘 표현해줄 한 단어를 생각해냈다. "감상적이야." 이 말은 그가 결코 단순하지도 않고 자신의 감정에 정직하지도 않다는 의미였다. 예를 들어 그는 결코 죽은 아내에 대해 얘기하는 적은 없었지만, 기념일들은 아주 화려하게 챙겼다. 그녀는 그가 딸에 관해서 이루 말할 수 없이 잔인하지 않은가 생각했으며, 사실상 아내를 들볶았으리라는 생각을 항상 해왔었다. 당연히 헬렌은 자신의 운명과 친구의 운명을 비교해보았다. 왜냐면 윌로우비의 부인은 아마도 헬렌이 친구라고 부른 유일한 여성이었으므로 이런 비교는 종종 그들 대화의 주제가 되었다. 리들리는 학자이고 윌로우비는 사업가였다. 윌로우비가 첫 번째 배를 진수시켰을 때 리들리는 핀다로스의 책을 세 권째 출판 중이었다.[1] 대학 출판부에서 아리스토텔레스의 주석서가 출판되었던 바로 그해에 윌로우비가 새로운 공장을 세웠지? "그리고 레이철은," 헬렌은 그렇지 않으면 너무 똑같이 균형을 이루게 될 이 비교논쟁을 결정내리기 위해 레이철을 바라보았는데, 그녀는 자신의 아이들과는 비교가 되지 않았다. "그녀는 정말 여섯 살짜리 아이 같아." 이 말이 헬렌이 내뱉은 전부였다. 이런 판단은 레이철의 매끈하고 특징 없는 얼굴 윤곽에 대한 것이지, 달리 그녀를 비난하는 것은 아니었다. 만약 레이철이 마치 어떤 방울을 만들어내는지 보려는 듯이 높은 곳에서 우유를 떨어뜨리는 장난을 하는 대신에 생각하고 느끼고 웃고 자신을 표현하는 행동을 하였더라면 반드시 예쁘지는 않아도

1 리들리 앰브로우즈는 고전 학자로 고대 그리스의 서정시인 핀다로스(Pindar, B.C. 522?~B.C. 443)의 작품들을 편집하고 있는 중이다.

홍미롭게는 보였을 것이다. 레이철은 고요한 여름날 연못 속에 비친 그림자가 그 위에서 밝게 빛나는 겉모습을 닮은 것처럼, 그녀의 어머니를 닮았다.

한편 헬렌 자신도 그녀의 희생자들 중 그 어느 쪽도 아닌 다른 누군가로부터 관찰당하고 있었다. 페퍼 씨가 그녀를 주시하고 있었는데, 토스트를 잘라 버터를 고루 펴 바르며 계속한 그의 명상은 그녀에 대해 자서전을 쓸 수 있을 정도였다. 그는 꿰뚫는 듯한 눈길로 헬렌을 바라보았다. 그리고 어젯밤 헬렌이 아름답다고 생각한 자신의 판단이 옳았다는 것을 확신하였다. 덤덤하게 그는 헬렌에게 잼을 건네주었다. 헬렌은 말도 안 되는 얘기들을 지껄이고 있었는데, 그의 쓰라린 경험으로 아는 일이지만 두뇌회전이 활발하지 못한 아침식사 시간에 사람들이 흔히 하는 그런 정도였다. 그는 계속해서 헬렌의 말에 "아니오"라고 반대를 표명했는데, 원칙적으로, 결코 여성에게 굴복할 수 없어서였다. 이제 페퍼는 접시로 눈길을 돌리며 자신의 개인적 삶에 대해 생각했다. 그는 자신이 존경할 만한 여자를 만날 수 없었다는 충분한 이유로 결혼을 하지 않았다. 인도 봄베이의 기차역에서 민감한 젊은 시절을 보내야 했던 그는 오직 유색인종의 여성들이나 여군 아니면 여성 공무원들만 보아왔다. 그의 이상형의 여성은 페르시아어는 아니더라도 그리스어는 읽을 수 있어야 하며, 얼굴은 흠잡을데 없이 예뻐야 하고, 옷을 아무 곳에나 벗어놓는 것과 같은 작은 일들을 이해할 수 있어야 했다. 그는 이제 이런 습관에 젖어버려 이런 것들을 전혀 부끄러워하지 않았다. 매일 틈틈이 뭔가를 암기하는 버릇도 있었다. 그는 기차표를 보면 꼭 번호를 외워두었다. 그는 1월은 페트로니우스[2]에, 2월은 카툴루스[3] 시인에, 3월은 아마도 에트루리아[4] 화병들을 손질하는 데 심혈을 기울였다. 아무튼 그는 인도에서 훌륭하게 잘 해냈으며, 누구나 현명한 사람이라면 후회하지 않을 근본적인 결함을 제외하고는 그의 생애에 있어 후회할 일이라고는 아무것도 없었다. 현재는 여전히 그의 것이었다. 이렇게 결론지으며 그는 갑자기 고개를 들고 미소 지었다. 레이철과 시선이 마주쳤다.

"제 생각에 뭔가를 서른일곱 번 씹고 계신 것 같은데요?"라고 말하려다가, 레이철은 정중하게 큰 소리로 말했다. "오늘도 다리가 아프세요, 페퍼 씨?"

"어깨뼈가 좀," 그는 고통스럽게 어깨를 움직였다. "내가 알고 있는 요산통풍에는 아름다움도 아무런 효과가 없는 모양이야." 그는 하늘과 바다가 푸르게 보이는 맞은편 둥근 창문을 바라보며 한숨지었다. 동시에 그는 호주머니에서 작은 양피지 책을 한 권 꺼내어 탁자 위에 놓았다. 그가 관심을 끌고자 하는 것이 분명했으므로 헬렌은 그 책의 이름을 물어보았다. 그녀는 그 책의 제목을 알게 되었으며, 도로를 만드는 적절한 방법에 관한 강연 또한 들어야 했다. 페퍼 씨는 맞서 싸워야 할 많은 어려움을 겪었던 그리스인들부터 시작하여 로마인들을 거쳐 영국인에 이르기까지, 도로를 만드는 올바른 방법과 그 방법이 급속하게 틀린 방법이 되어버렸음을 얘기했다. 이어서 일반적으로 오늘날 도로공사

---

2 페트로니우스 알비터(Petronius Arbiter, ?~A.D. 66), 로마의 풍자시인

3 가이우스 발레리우스 카툴루스(Gaius Valerius Catullus, B.C. 84?~B.C. 54), 유명한 로마 서정시인.

4 이탈리아 서부에 있던 옛 나라로, 에트루리아 화병에 대한 페퍼의 관심은 그의 지적 관심이 시류를 타고 있음을 나타낸다. 19세기 말에서 20세기 초에 고전주의에 반대하는 원형적 모더니스트의 경향은 다른 원시적인 데카당파의 전통들 가운데 에트루리아 예술에 대한 열정을 불어넣었다.

를 하는 사람들에 대한 격렬한 비난을 퍼부으며 말을 끝냈는데, 특히 그가 습관적으로 매일 아침식사 전에 자전거를 타는 리치몬드 파크[5]의 도로를 만든 사람들에 대해 화를 냈다. 커피 잔들에 스푼들이 부딪히는 소리가 아름답게 울렸으며, 페퍼 씨의 접시 옆에는 적어도 네 개의 롤빵의 속을 긁어낸 것이 더미로 쌓여 있었다.

"자갈들 때문이오!" 그는 빵 더미 위에 또 다른 빵 속뭉치를 심술궂게 떨어뜨리며 결론을 내렸다. "영국의 도로들을 자갈로 수리하기 때문이야! '폭우가 내리면 도로가 물에 잠길 거요'라고 내가 말했지요. 계속해서 내 말이 사실로 입증되고 있어요. 하지만 내가 그들에게 말해주면 그들이 들을 것 같나요? 결국 국민의 세금으로 부담이 돌아오는 뻔한 결과를 지적하며 코리퍼스의 책을 읽어보라고 추천해주는데도. 전혀 콧방귀도 안 꺼지요. 그들은 다른 일에만 관심을 둬요. 그래요, 앰브로우즈 부인, 런던시의회에 참석해보면 인간이 얼마나 어리석은지에 대해 정확한 생각을 갖게 될 겁니다." 이 작은 남자는 사나운 기세로 그녀를 바라보았다.

"저도 하인이 몇 명 있었는데요," 앰브로우즈 부인은 시선을 집중하며 말했다. "지금은 유모를 한 명 두고 있어요. 좋은 여자이긴 한데 우리 아이들이 기도하게 만들려고 작정하고 있어요. 지금까지는 제가 잘 돌봐서 아이들은 신을 일종의 해마海馬 정도로 생각하고 있어요. 하지만 이제 우리가 그들을 떠나 있으니 — 리들리," 그녀는 남편 쪽으로 휙 고개를 돌리며 물었다. "우리가 집에 돌아갔을 때 아이들이 주기도문을 외우고 있는 것을 보면 어떻게 하죠?"

5   런던 남서쪽에 있는 영국에서 가장 넓은 도시 공원.

리들리는 "체!" 하는 소리로 응답했다.

그러나 윌로우비는 몸을 약간 흔드는 것으로 그 말을 듣는 자신의 불편함을 드러내며 어색하게 말했다. "아, 분명히, 헬렌, 어느 정도의 종교는 아무도 해치지 않아요."

"저는 오히려 아이들이 거짓말하는 것이 낫다고 생각해요." 그녀가 대답했다. 윌로우비가 자신의 처남댁이 그가 기억하는 것보다 훨씬 괴팍하다고 생각하는 동안 헬렌은 의자를 뒤로 밀치고는 위층으로 올라가버렸다. 잠시 후 그들은 헬렌이 불러내는 소리를 들었다. "어머, 보세요! 우리, 바다로 나왔어요!"

그들은 헬렌을 따라 갑판으로 나갔다. 도시의 연기와 집들은 모두 사라졌으며 어느덧 배는 이른 아침의 햇살에 희미하긴 하지만 맑고 깨끗한 넓은 바다로 나와 있었다. 그들은 진흙 속에 앉아 있는 런던을 벗어났다. 저 멀리 가느다란 희미한 선이 지평선에 나타났는데, 그것은 파리의 무게를 지탱할 수 있을 정도로 두껍지는 못했지만, 어쨌든 파리가 그 선에 놓여 있었다. 그들은 도로로부터 해방되었으며 인간으로부터도 해방되었고, 자유에 대한 유쾌함이 그들 모두에게 넘치고 있었다. 그들이 탄 배는 부딪치며 거품이 이는 물처럼 쉬잇 하고 소리를 내는 작은 파도들을 꾸준히 헤치고 나아가며, 양 옆으로 물방울과 거품을 잔뜩 일으켰다. 흐릿한 시월의 하늘은 장작불 연기가 길게 뻗은 듯 얇게 구름으로 덮여 있었으며, 공기는 놀랍게도 짭짤하면서도 상쾌했다. 사실 가만히 서 있기에는 너무 추웠다. 앰브로우즈 부인은 팔을 뻗어 남편의 팔을 끼었으며, 그들이 그곳을 떠나 움직일 때 그녀의 뺨이 남편에게로 기울어지는 것으로 보아 무언가 은밀한 얘기를 나누는 듯했다. 그들이 몇 발짝 걸어간 후에, 레이철은 그들이 키스하는 것을 보았다.

레이철은 바닷속을 내려다보았다. **에우프로시네** 호가 지나가는 바닷길 표면은 약하게 소용돌이치고 있었지만, 바닥은 녹색으로 어둠침침했으며 점점 더 희미해져서 밑바닥의 모래는 단지 어슴푸레한 얼룩으로 보였다. 난파한 선박들의 검은색 늑재肋材들이나, 커다란 뱀장어들이 다니면서 만들어놓은 나선형 탑들이나, 이쪽저쪽으로 흔들며 다가오는 매끈한 옆구리가 녹색인 괴물 같은 물고기들을 간신히 볼 수 있었다.

"그런데, 레이철, 누가 날 찾으면 한 시까지는 바쁘다고 하렴." 그녀의 아버지는 딸에게 말할 때 종종 그러하듯이 어깨를 가볍게 치며 자신의 말을 강조했다.

"한 시까지야." 그는 반복해서 말했다. "그리고 이제 너도 뭔가 네 일을 해야겠지? 수학 기수법을 할래? 불어, 독일어를 조금 할래? 응? 페퍼 씨는 유럽에 있는 그 누구보다도 분리 동사에 대해 많이 알고 있단다." 윌로우비는 웃으며 나갔다. 레이철도 또한 웃었는데, 사실 그녀는 재미있다고 생각해서가 아니라 그녀의 아버지를 존경해서 항상 따라 웃어왔다.

그녀가 뭔가 일거리를 찾을 작정으로 막 돌아서는 순간 워낙 몸집이 크고 뚱뚱해서 피할 사이도 없이 필연적으로 마주치게 되는 한 여자에게 가로막혔다. 그녀의 수수한 검은색 드레스와 신중하고 조심스런 거동으로 그녀가 낮은 계급에 속함을 알 수 있었다. 그렇지만 그녀는 바위처럼 꼿꼿한 자세를 취하고 침대 시트의 상태에 관한 자신의 말을 전하기 전에 주변에 혹시 신사가 계시지 않나 둘러보았으며, 매우 엄숙했다.

"레이철 아가씨, 도대체 어떻게 이 항해를 잘 끝낼 수 있을지 모르겠어요." 그녀는 고개를 저으며 말하기 시작했다. "간신히 한 번 나눠드릴 시트밖에 없어요. 주인님 시트는 손가락으로 찌르면

구멍이 날 정도로 낡아 있어요. 그리고 침대 이불은, 침대 이불을 보았어요? 아무리 가난한 사람이라도 그 덮개들을 보면 부끄러워할 거라는 생각이 들어요. 페퍼 씨에게 드린 이불은 개를 덮어주기에도 적합지 않아요…… 아니, 레이철 아가씨, 어떻게 수선해볼 수도 없어요. 가구의 먼지 덮개로나 적당할 거예요. 꼼꼼하게 바느질한다고 해도 다음번에 세탁하고 나면 어떻게 해볼 도리가 없을 거예요."

분노한 그녀의 목소리는 마치 눈물을 흘리는 것처럼 떨렸다.

아래층으로 내려가서 탁자 위에 쌓여 있는 거대한 리넨 더미를 살펴보는 수밖에 달리 방법이 없었다. 체일리 부인은 마치 각 시트의 이름, 성격, 조직을 알고 있는 것처럼 그것들을 다뤘다. 어떤 것들은 노란 얼룩이 져 있었으며, 어떤 것들은 실이 길게 세로로 풀어져 있었다. 그러나 보통 사람의 눈에는 일반적인 시트들처럼 매우 차갑고 하얗고 냉담하며 흠잡을 데 없이 깨끗해 보였다.

갑자기 시트들은 완전히 무시해버리고 주제를 바꾼 체일리 부인은 시트들 맨 위에 불끈 쥔 주먹을 올려놓고는 단정적으로 말했다. "어떤 생명체라도 내가 있는 자리에 앉아 있으라고는 할 수 없을 거예요!"

체일리 부인은 꽤 넓은 객실에 머물고 있는데, 보일러실과 너무 가까워서 오 분만 지나면 심장이 "무너지는" 소리를 들을 수 있다고 자신의 가슴에다 손을 대고 불평하였다. 그녀는 레이철의 어머니 빈레이스 부인은 다른 사람들에게 이런 피해를 주는 일은 결코 꿈도 꾸지 못했을 것이라고 말했다. 체일리 부인은 빈레이스 부인이 집 안의 모든 시트에 대해 속속들이 알고 있었으며, 모든 시트를 그들이 할 수 있는 한 최상의 상태로 유지했으나, 이제는 더 이상 그렇지 못하다고 투덜댔다.

그녀에게 다른 방을 주는 것이, 결국에는 얼룩과 올이 풀어진 것을 처리하고, 동시에 그리고 기적적으로 시트 문제를 해결하는 가장 쉬운 방법이었다. 그러나—

"거짓말! 거짓말! 거짓말!" 그녀는 격분하여 갑판으로 달려 올라가며 소리쳤다. "나한테 거짓말할 필요는 없잖아?"

나이가 오십이나 된 여자가 자신이 기거하도록 허락받지 않은 곳에 있기 위해서 어린이처럼 행동하고 젊은 아가씨한테 와서 굽실대는 것에 화가 났지만 레이철은 이 특별한 경우에 대해 생각하지 않으려 했다. 따라서 음악을 틀고는 곧 이 나이 든 여자와 그녀의 시트 소동에 대해 모두 잊어버렸다.

체일리 부인은 시트를 개고 있었지만 그녀의 표정은 마음속의 답답함을 드러내고 있었다. 세상에는 더 이상 그녀를 신경 써 주는 사람이 없었고, 배는 집이 될 수 없었다. 어젯밤에 전등불이 켜지고 머리 위에서 선원들이 뒤척이는 소리에 그녀는 울고 말았다. 그녀는 아마 오늘 밤도 내일 밤도 울 것이다. 이곳은 그녀의 집이 아닌 것이다. 그동안 그녀는 너무도 쉽게 얻어낸 새 방에 장식품들을 정리했다. 그것은 바다 여행에 가져오기에는 좀 이상한 장식물들로—도자기로 만든 강아지들, 소형 찻잔 세트, 브리스틀 도시의 문장을 화려하게 찍어놓은 컵들, 토끼풀로 덮어놓은 머리핀 상자들, 색색의 석고모형 영양의 머리들, 그리고 나들이옷을 차려입은 노동자들과 백인 아기들을 안고 있는 여자들을 담은 작은 사진들이었다. 금테를 두른 초상화가 하나 있었는데, 그것을 걸기 위해서는 못이 필요했다. 못을 찾기 전에 체일리 부인은 안경을 끼고 뒤쪽에 있는 종이쪽지에 쓰인 것을 읽었다.

"이 빈레이스 부인의 초상화는 삼십 년간 헌신적으로 봉사해 준 데 감사하여 윌로우비 빈레이스가 엠마 체일리에게 드림."

눈물이 흘러내려 글씨와 못이 뿌옇게 흐려 보였다.

"내가 주인님 가정을 위해서 뭔가 할 수 있는 한은······" 그녀가 벽에 못을 박으며 중얼거리고 있을 때, 복도에서 그녀를 부르는 소리가 아름답게 들려왔다.

"체일리 부인! 체일리 부인!"

그녀는 즉시 옷매무새를 가다듬고 얼굴 표정을 부드럽게 하고는 문을 열었다.

"곤경에 빠졌어요." 앰브로우즈 부인이 얼굴이 붉게 상기되고 숨이 차서 말했다. "남자들이 어떤지 잘 아시죠. 의자가 너무 높다느니, 탁자가 너무 낮다느니, 마루와 문 사이가 십오 센티미터라는 등 말이 많죠. 전 망치하고 낡은 누비이불이 필요한데. 그리고 뭐 주방 탁자 같은 것이 있나요? 아무튼 그냥 우리끼리 얘기예요." 헬렌이 남편이 거처하는 방문을 열어젖히니, 리들리는 코트 깃을 올리고 이마를 잔뜩 찌푸린 채 방 안을 왔다 갔다 거닐고 있었다.

"마치 저들이 나를 고문하려고 애쓰는 것 같아!" 그는 갑자기 멈추며 소리쳤다. "내가 류머티즘이나 폐렴에 걸리려고 이 바다 여행을 따라왔나? 정말 빈레이스가 좀 더 분별력 있게 잘 준비해 놓아야 했어. 여보," 헬렌은 무릎을 꿇고 앉아 테이블 밑을 치우고 있었다. "당신은 단지 자신을 지저분하게만 만들고 있을 뿐이야. 우리는 앞으로 육 주 동안 끔찍한 절망을 견뎌내야 한다는 사실을 인정해야만 해. 무엇보다도 따라온 것이 가장 어리석었지만, 이제 이미 온 이상 남자답게 의연히 상황을 받아들여야지 별 수 있겠소. 물론 내 병은 더 악화될 거요. 벌써 어제보다 더 아픈 걸 느끼겠소. 하지만 어쩌겠소. 그저 스스로에게 감사하고 아이들이 행복하게 지내고 있기를 바랄 수밖에 —"

"좀 비키세요! 비켜줘요! 비켜요!" 헬렌은 마치 그가 길을 잘못

든 암탉인 양 의자를 가지고 구석에서 구석으로 내몰며 소리쳤다. "저리로 좀 비켜주세요, 리들리, 삼십 분만 있으면 다 정리될 거예요."

그녀는 남편을 방에서 몰아냈으며, 그가 복도를 지나며 끙끙 신음소리를 내며 욕하는 소리가 들렸다.

"남편이 그다지 강하신 것 같진 같군요." 물건을 이리저리 옮기는 일을 거들던 체일리 부인은 앰브로우즈 부인을 측은하게 바라보며 말했다.

"전부 책들이에요." 헬렌은 바닥에서 심각한 내용의 책들을 한 아름 들어 올려 선반에 놓으며 말했다. "아침부터 저녁까지 그리스어 책만 봐요. 체일리 부인, 만약 레이철이 결혼을 한다고 하면 부디 알파벳도 모르는 남자하고 결혼하기를 빌어주세요."

초반에 불편하고 힘이 들어 바다여행 처음 며칠은 매우 재미없고 짜증이 나지만, 어느 정도 견뎌 익숙해지면 그 후의 날들은 상당히 즐겁게 보낼 수 있게 된다. 시월이 제법 지났는데도 여전히 뜨거운 열기가 초여름처럼 변덕을 부리고 있었다. 광활한 대지가 가을 햇빛을 받고 있는 지금, 영국 전역은 벌거벗은 황무지로부터 콘월지방의 암석지대에 이르기까지 새벽부터 해가 질 때까지 태양을 받아 노랑, 초록, 보라의 빛들을 보여주었다. 그 밝은 햇살 아래 도시의 지붕들조차 반짝거렸다. 수많은 작은 정원들에는 수백만 개의 검붉은 꽃들이 피어 있으며, 소중하게 꽃들을 가꿔온 노부인들은 가위를 가지고 나와 물오른 가지를 싹둑 잘라서 마을 교회의 차가운 돌 선반 위에 놓았다. 해질 무렵이면 수많은 소풍객들이 집으로 돌아가며 큰 소리로 인사를 나눈다. "이처럼 좋은 날이 어디 있겠어요?" "당신 덕분이에요"라고 젊은 남자가 속삭이면, "오, 당신 때문이에요"라고 젊은 아가씨가 대답한다. 모든 노인들과 많은 아픈 사람들도 한두 걸음이라도 야외로 나와서 세상 돌아가는 일에 대해 즐겁게 유쾌한 예언들을 한다. 옥수수 밭에서도 창문이 정원 쪽으로 열려 있는 전등이 켜진 방에서도 사랑의 표현과 신뢰의 말들이 들려오고, 시가를 피우는 남자들은 은발의 여자들에게 키스를 하는데, 이런 모습들은 여러 곳에서 볼 수 있다. 어떤 이들은 하늘이 자신이 살아온 삶의 표상이라고 말하고, 또 다른 이들은 앞으로 다가올 삶의 약속이라고 말한다. 꼬리가 긴 새들이 날카로운 소리로 울며 깃털 속의 황금 눈을 반짝이며 숲에서 숲으로 날아다닌다.

육지에서 이런 일이 펼쳐지고 있는 동안 사람들은 바다에 대해서는 거의 생각하지 않는다. 그들은 당연히 바다가 고요하다고 생각한다. 작은 새가 침실 창문을 톡톡 두드릴 때 대부분의 집에서 그러하듯이, 부부들은 키스하기 전에 "오늘 밤 배에 있다고 생각해봐." 또는, "아, 고맙게도 나는 등대지기가 아니라고!" 속삭일 필요가 없다. 그들이 상상하는 것이라고는 물속에 눈이 녹아들듯이 지평선 너머로 사라져가는 배들이었다. 실상 어른들 생각도 영국의 물거품 이는 해안가를 따라 뛰놀거나 물통으로 물을 퍼내며 놀고 있는 수영팬츠 입은 꼬마 녀석들과 별로 다를 게 없었다. 그들은 수평선으로 하얀 돛들이나 한 무리의 연기가 지나가는 것을 바라보며, 만약 그것이 물기둥이거나 흰색 바다 꽃잎이라고 들었다면 그렇다고 생각해버렸을 것이다.

하지만 배에 있는 사람들도 영국을 바라보며 똑같이 이상한 생각을 한다. 그곳은 그들에게 하나의 섬, 아주 작은 섬에 지나지 않으며, 그 안에 사람들을 가두고서 점점 작아지고 있는 하나의 섬일 뿐이다. 처음에 배에 탄 사람들은 목적 없는 개미들처럼 떼 지어 모여 있어 거의 서로를 가장자리로 밀어붙일 정도이다. 서서히 배가 떠나기 시작하면 그들은 쓸데없이 떠들어대며, 서로 들리지 않게 되면 멈추거나 아니면 일대 소동이 일어난다. 마침내 배에서 육지가 완전히 보이지 않게 되면 분명히 영국 사람들은 벙어리가 된 듯 완전히 조용해진다. 이런 증세는 지구의 다른 지역도 공격해서, 유럽도 줄어들고 아시아도 줄어들고 아프리카와 아메리카도 줄어들어서, 이 배가 언제 다시 이렇게 줄어든 작은 바위들 중 어느 하나라도 우연히 만날 수 있을지가 의심스러워 보인다. 하지만 반면에 거대한 위엄이 배에 내려앉으며, 배는 거대한 세계의 한 명의 거주자가 되는데, 이 거대한 세계에는 거주자들이 거의 없어서 배는 앞뒤를 베일로 덮고서 텅 빈 우주를 하루 종일 여행하게 된다. 바다를 항해하는 배는 사막을 횡단하는 캐러밴보다 더욱 고독하며, 자력으로 움직이고 자체의 자원으로 유지되어서 보다 무한히 신비롭다. 바다는 그녀에게 죽음을 또는 어떤 전례가 없는 즐거움을 줄지도 모른다. 그것에 대해서는 아무도 알 수 없을 것이다. 배는 남편에게 다가가는 신부이며, 남자를 알지 못하는 숫처녀이다. 그녀의 열정과 순결함으로 모든 아름다운 것들에 비유되기도 하는데, 한 척의 배로써 자신만의 삶을 갖고 있기 때문이다.

연이어 수면이 잔잔하고 청명하며 결점 없이 완전한 날이 이어지는 날씨의 축복을 받지 못했더라면 앰브로우즈 부인은 몹시 지루했을 것이다. 사실상 그녀는 갑판 위에 자수틀을 설치해 놓았으며 그 옆 작은 테이블에는 검은색의 철학책을 한 권 펼쳐 놓았다. 그녀는 무릎 위에 놓인 다양한 색깔의 실타래에서 실을 뽑아 나무껍질은 붉은색으로, 강의 급류는 노란색으로 수를 놓았다. 그녀는 열대림을 가로질러 흐르는 열대강의 거대한 도안에 수를 놓는 작업을 하고 있었는데, 거기에서는 한 무리의 벌거벗은 원주민들은 공중으로 창을 던지고 얼룩 사슴은 필경 바나나, 오렌지, 커다란 석류 같은 과일이 가득한 곳에서 마음대로 뛰어 놀 것이다. 바늘땀을 뜨는 사이 그녀는 옆을 보며 '물질의 실재' 라든지 '선善의 본질'에 대한 문장을 읽었다. 그녀 주변에서 푸른 색 저지셔츠를 입은 남자들이 무릎을 꿇고 갑판 마루를 문질러 닦거나 난간에 기대어 휘파람을 불고 있었으며, 그리 멀지 않은 곳에서는 페퍼 씨가 앉아서 주머니칼로 식물 뿌리를 잘라내고 있었다. 나머지 사람들도 다른 곳에서 무엇인가 하고 있었다. 리들리는 그리스어 책을 읽고 있을 것인데, 아마도 아주 마음에 드는 방은 결코 찾을 수 없었을 것이다. 윌로우비는 서류를 검토하고 있을 텐데, 그는 밀린 업무를 처리하는 데 항해 시간을 이용했다. 그리고 레이철은—철학책을 읽다 말고 헬렌은 레이철이 혼자 있을 때는 무엇을 할까 궁금했다. 막연히 레이철에게 가봐야겠다는 생각이 들었다. 두 사람은 첫날 밤 이후로 겨우 두어 마디밖에 나누지 못했다. 만났을 때 그들은 정중하기만 했지 서로 마음을 터놓진 못했다. 레이철은 아버지와 아주 잘 지내고 있는 듯 보였는데—헬렌이 생각하기에 정도 이상으로 훨씬 잘하는 것 같았다. 레이철은 헬렌이 그녀를 내버려두면 그녀도 헬렌을 그냥 내버려둘 자세였다.

이때 레이철은 전혀 아무것도 하지 않으며 그저 자기 방에 앉아 있었다. 배에 사람들이 가득 차자 이 가족용 거실은 거창한 명칭을 갖게 되었으며, 젊은이들에게 갑판을 내준 뱃멀미하는 노부인들의 휴식처가 되었다. 피아노와 마루에 있는 많은 책들을 이유로 레이철은 그곳을 자기 방으로 생각해서, 그곳에서 아주 어려운 피아노곡을 연주하며, 기분이 내키면 독일어 책을 조금 읽거나 아니면 영어책을 조금 읽으며, 그리고 지금처럼 전혀 아무것도 하지 않으며, 몇 시간이고 앉아 있곤 했다.

천성적으로 타고난 나태함에 더하여 그녀가 받은 교육 방식이 물론 부분적으로 그 이유가 되었는데, 레이철은 19세기 말의 대부분의 부유한 집 딸들이 교육받는 식으로 교육받았다. 친절한 학자들과 점잖은 노교수들이 10여 가지 학문 분야의 기초를 그녀에게 가르쳤는데, 그들은 그녀의 손이 더럽다고 말하느니 차라리 한가지 단조롭고 힘든 일이라도 완전히 끝내도록 시키는 것이 나았을 것이다. 그녀는 일부는 다른 학생들 덕분에, 일부는 창문이 가게 뒷문 쪽으로 향해 있어 겨울에는 붉은 창문으로 사람들이 보인다는 사실에서, 또한 일부는 두 사람 이상이 같은 방에 함께 있으면 일어나게 되어 있는 여러 사건들 때문에, 매주 한두 시간은 매우 즐겁게 지냈다. 하지만 그녀가 정확하게 알고 있는 과목은 하나도 없었다. 그녀의 지성은 엘리자베스 여왕 통치 초기의 남성 지식인 정도의 수준으로, 자신이 들은 것은 거의 무엇이든 믿으려 했고 자신이 하는 어떤 말에나 이유를 갖다 대곤 했다. 지구의 형체, 세계의 역사, 기차는 어떻게 움직이며, 돈을 어떻게 투자하는지, 어떤 법률이 시행 중이며, 어떤 사람이 무엇을 원하는지와 왜 그들은 그것을 원하는지, 현대 삶의 체계에 대한 가장 기본적인 생각 등, 이러한 것들 중 그 어느 것도 그녀의 교수들이나 여선생님들이 그녀에게 알려준 것은 없었다. 그러나 이런 교육 체계는 커다란 장점을 가지고 있었다. 그것은 어떤 것도 가르치지는 않았지만, 학생이 우연히 가지고 있을지도 모를 진정한 재능에 훼방을 놓지도 않았다. 음악에 재능이 있는 레이철은 단지 음악만 배우도록 허용되었으며, 그녀는 음악에 열광적이었다. 언어, 과학, 문학에 쏟았을, 또한 친구를 사귀고 세상 물정을 아는 데 기울였을 모든 에너지는 곧장 음악에 퍼부어졌다. 자신을 가르치는 선생님들의 능력이 부족함을 알자 그녀는 사실상 혼자 스스로 공부했다. 스물넷의 나이에 그녀는 대부분의 사람들이 서른이나 되어야 알게 될 정도의 풍부한 음악 지식을 가졌으며, 자연이 그녀에게 아낌없이 부여한 재능에 맞춰 연주를 잘했는데, 그 재능은 하루가 다르게 뚜렷해졌다. 이 한 가지 분명한 재능을 누군가가 가장 과장되고 어리석은 묘사로 가득 찬 꿈과 이상으로 포장했다 하더라도, 어느 누구도 이로 인해서 조금이나마 그녀의 재능을 더 잘 알 수는 없었다.

그녀의 교육이 이처럼 평범한 것과 마찬가지로 그녀의 환경 역시 평범한 것이었다. 그녀는 외동딸로 남자 형제나 여자 형제들이 그녀를 괴롭히거나 놀린 적이 결코 없었다. 그녀가 열한 살 때 어머니가 돌아가시고, 아버지 여형제인 고모 둘이 그녀를 키웠으며 공기 때문에 리치몬드[6]의 안락한 집에서 살았다. 그녀는 물론 지나친 보호를 받으며 자랐는데, 어린 시절에는 그녀의 건강을 염려해서였고 커서 아가씨가 되어서는 거의 그대로 솔직히 말하면 그녀의 품행을 위해서였다. 상당히 최근까지도 레이철은 여성들에게 그러한 품행이 존재한다는 것을 전혀 몰랐다. 그녀는 고서들에서 지식을 탐색하였으며 불쾌한 큰 책들에서 그것을 발견하였지만, 그녀는 천성적으로 책들을 좋아하지 않았으므로 처음에는 고모들이 나중에는 아버지가 시행하는 검열에 대해 결코 골머리를 앓지도 않았다. 친구들이 이런 것들을 말해줄 수도 있었겠지만—리치몬드는 왕래가 만만치 않은 곳이어서—같은 나이 또래의 친구는 거의 없었으며, 공교롭게도 그녀가 잘 아는 유일한 젊은 여성은 열렬한 광신도였다. 그녀는 열정적으로 친밀하

---

6 런던 남서쪽으로 16킬로미터도 되지 않는 서리 주에 있는, 특히 18세기 이후로 부유한 교외 지역.

게 신에 대해 그리고 고난을 감수하는 가장 좋은 방법에 대해 얘기했는데, 이것이 평소에도 다른 생각에 빠져 있는 그녀에게 유일하게 흥미로운 적절한 화제였다.

의자에 파묻혀 한 손은 머리 뒤에 또 다른 손은 팔꿈치를 잡고서 레이철은 분명히 자신의 생각을 열심히 따라가고 있었다. 그녀의 교육은 생각을 위한 충분한 시간을 그녀에게 남겨주었다. 그녀의 두 눈은 배의 난간에 있는 공에 꾸준히 고정되어 있어서 무언가가 잠시라도 우연히 그것을 가렸다면 놀라거나 짜증을 내었을 것이다. 그녀는 트리스탄의 다음 번역 구절에 의해 야기된, 커다란 웃음소리와 함께 명상을 시작하였던 것이다.

움츠린 공포 속에
그는 자신의 수치심을 숨기려는 듯하네.
친척인 왕에게
시체 같은 신부를 데려오며.
내가 말하는 것이 그렇게 어리석어 보이는가?[7]

레이철은 그렇다고 외치며 책을 던져버렸다. 그러고 나서 그녀는 아버지가 규정한 고전으로 그녀를 지루하게 만드는 『쿠퍼[8]의 서한집』을 집어 들었는데, 우연히 읽은 한 문장이 그의 정원에 핀 금작화의 향기에 대해 얘기하고 있었다. 그러자 곧 레이철은 어머니의 장례식 날 꽃으로 단장되었던 리치몬드의 작은 방을 떠올리게 되었는데, 그날의 향기가 너무 강해서 이제 꽃향기를 맡

---

7 리하르트 바그너Richard Wagner의 「트리스탄과 이졸데Tristan und Isolde」 1막 2장 중 트리스탄을 조롱하는 이졸데의 대사.

8 윌리엄 쿠퍼(William Cowper, 1731~1800), 시인이며 번역가로, 정신 장애로 고통 받아 버킹엄셔의 오올니Olney에 있는 시골 은둔처로 물러나 찬송가, 시, 편지들을 썼다.

기만 해도 구역질나는 끔찍한 감각이 되살아났다. 따라서 그녀는 반은 듣고 반은 보면서 한 장면에서 다른 장면으로 옮겨갔다. 루시 고모가 거실에서 꽃꽂이하는 장면이 나타났다.

"루시 고모," 그녀는 말을 걸었다. "저는 금작화 향기가 마음에 들지 않아요. 그것은 저에게 장례식을 생각나게 해요."

"터무니없는 생각이야, 레이철." 루시 고모가 대답했다. "그렇게 바보 같은 말 하지 마라, 애야. 항상 나는 금작화가 특히나 유쾌한 나무라고 생각한단다."

뜨거운 햇빛에 누워 그녀는 고모들의 성격과 그들의 견해와 그들이 사는 방식에 대해 생각하였다. 사실 이것이 레이철이 수없이 아침마다 리치몬드 파크를 산책할 때 주변의 나무나 사람이나 사슴은 모두 제치고 그녀에게 지속적으로 떠오르는 주제였다. 고모들은 그들이 하는 일을 왜 하는 것이고, 무엇을 느끼며, 그것은 모두 무엇에 관한 것일까? 또다시 그녀에게 루시 고모가 엘리너 고모한테 말하는 소리가 들렸다. 그날 아침 루시 고모는 하인의 인격을 화젯거리로 삼고 있었다. "아, 물론 아침 열 시 반에는 하녀가 계단을 깨끗이 닦아놓았기를 기대하지." 얼마나 이상한 일인가! 말할 수 없이 이상한 일이지 않은가! 그러나 레이철은 고모가 그들이 살고 있는 전반적인 체제에 대해서 말을 할 때 왜 갑자기 그녀의 눈앞에 그들이 매우 낯설고 설명할 수 없는 어떤 것으로 보였는지, 아무런 이유 없이 여기저기 놓여 있는 의자들이나 우산들처럼 보였는지를 이해할 수 없었다. 그녀는 단지 약간 더듬거리며 말할 수 있을 뿐이었다. "엘리너 고모를 조-좋아하세요, 루시 고모?" 이 말에 그녀의 고모는 흥분한 암탉처럼 깔깔거리며 대답했다. "애야, 그걸 질문이라고 하는 거니!"

"얼마나 좋아하세요? 많이 좋아하세요?" 레이철은 계속해서 물었다.

"'얼마나' 좋아하는지는 생각해본 적이 없구나"라고 루시 고모가 말했다. "누구를 좋아하면 '얼마만큼'인지는 따지지 않는단다, 레이철." 이 말은 아직은 그들이 바라는 것만큼 따뜻하게 고모들에게 "다가오지" 않는 조카를 향한 말이었다.

"하지만 너는 내가 너를 사랑한다는 것을 알고 있지, 그렇지 않니, 애야? 다른 이유가 없다 하여도 네가 네 엄마의 딸이기 때문이지. 물론 많은 다른 이유들이 **있지만**." 그녀는 조카에게 몸을 기울이고는 감격하여 키스하였으며, 엎지른 물은 다시 담을 수 없다는 속담처럼 이 논쟁은 만회할 수 없이 그 자리에서 끝나버렸다.

만약 이것을 생각이라고 부를 수 있다면 이런 식으로 레이철이 그 단계의 생각에 도달했을 때 그녀의 두 눈은 공이나 손잡이에 집중되고 입술은 움직임을 멈추었다. 고모를 이해하려는 레이철의 노력은 단지 고모의 감정을 상하게 했으며, 결론적으로 시도하지 않는 것이 훨씬 더 좋았음에 틀림없었다. 무언가를 강하게 느낀다는 것은 아마도 거의 다른 방식으로 강하게 느끼는 사람들과 자신과의 사이에 심연을 창조하는 것이었다. 피아노를 치며 이 모든 것들을 잊어버리는 것이 훨씬 좋았다. 결론이 좋았다. 이런 이상한 남자와 여자들—고모들, 헌트 씨 부부, 리들리, 헬렌, 페퍼 씨와 그 외 사람들—을 상징으로 만들자. 특색은 없지만 위엄 있는, 노년의, 젊음의, 모성애의, 학문의 상징으로, 무대 위의 배우들만큼이나 아름다운 상징으로 생각하자. 그 누구도 자신이 의미하는 바를 말한 적도 그들이 느낀 감정을 표현한 적도 없는 듯이 보였으며, 그것을 위해 음악이 존재하는 것 같았다. 현실이란 우리가 그것에 대해 대화를 나눈 것이 아니라 보고 느낀 것에 있는 것이어서, 우리는 표면적으로 이상한 어떤 것을 제외하고는 그것에 대해 생각하는 데 종종 문제를 일으키지 않고서 그 안에서 일들이 다른 사람에게 상당히 만족스럽게 골고루 잘 돌아가는 체제를 받아들일 수 있다. 레이철은 아마도 보름에 한 번 정도 노골적으로 분노를 드러내며 또한 지금 침체되어 있는 것처럼 저조한 기분이 되기도 하지만, 음악에 심취하여 자신의 운명을 매우 만족스럽게 받아들였다. 설명할 수 없는 꿈같이 혼란스러움에 빠진 그녀의 마음은 갑판의 희끄무레한 바닥의 정령과 바다의 정령과 베토벤 작품번호 112번의 정령과 심지어 그곳 오울니에 있는 불쌍한 윌리엄 쿠퍼의 정령과 즐겁게 결합되고 확장되어 내적 교섭을 이루는 것처럼 보였다. 엉겅퀴 관모의 봉우리처럼 그녀의 마음은 바다에 입 맞췄고 일어났다가 다시 바다에 입 맞췄으며, 이런 식으로 솟아나 입 맞추던 것은 마침내 시야에서 사라졌다. 엉겅퀴 관모의 봉우리가 올라왔다 내려갔다 함에 따라 레이철의 머리가 갑작스레 앞으로 수그러졌으며, 봉우리가 시야에서 사라지자 레이철은 잠이 들었다.

십 분 후에 앰브로우즈 부인이 문을 열고 그녀를 바라보았다. 레이철이 이런 식으로 아침 시간을 보낸다는 것을 알고 그녀는 놀라지 않았다. 그녀는 피아노와 책들과 일반적인 잡동사니들이 있는 방을 홀깃 둘러보았다. 무엇보다도 그녀는 레이철을 미학적으로 생각해보았는데, 무방비 상태로 누워 있는 그녀는 마치 맹수의 발톱에서 떨어진 희생물 같아 보였다. 그러나 한 여성으로 스물넷의 젊은 여성으로 생각할 때 그 모습은 여러 생각을 불러일으켰다. 앰브로우즈 부인은 적어도 2분 동안은 생각하며 서 있었다. 잠자는 사람이 깨어나면 안 되므로 그녀는 미소 지으며 소리 없이 돌아 나왔다. 만약 깨어나면 그들 사이에 어색한 대화를 나눠야 할 게 틀림없었다.

제3장

다음 날 아침 일찍 머리 위에서 체인이 거칠게 끌리는 소리가 들리며, **에우프로시네** 호의 고요한 심장이 서서히 박동을 멈추었다. 갑판을 내다 본 헬렌은 변함이 없는 언덕 위에 고정된 성을 하나 보았다. 그들은 테주 강[1] 입구에 닻을 내렸으며, 끊임없이 새로운 파도를 헤치며 나아가는 대신 계속해서 같은 파도가 되돌아와서 배 양 옆을 씻어 내렸다.

아침식사를 마치자마자 윌로우비는 모두 자기 마음대로 생각하고 행동하라고 어깨 너머로 소리치며 갈색 가죽 서류 가방을 들고 뱃전으로 사라졌다. 그날 오후 다섯 시까지는 업무를 처리하느라 리스본에 체류해야 했기 때문이었다.

대략 그 시간에 서류 가방을 들고 다시 나타나서는 피곤하고 귀찮고 배고프고 갈증이 나며 추우니 빨리 차를 내오라고 말했다. 손을 비벼대며 윌로우비는 그날 자기가 겪은 일을 늘어놓았다. 윌로우비는 자신의 급습을 전혀 예상치 못하고 사무실 거울

---

1 포르투갈 명칭. 이베리아 반도의 가장 긴 강으로, 포르투갈의 수도이며 주요 항구인 리스본이 테주 강 어귀에 위치해 있다.

앞에서 콧수염을 빗질하고 있던 불쌍한 늙은 잭슨을 우연히 만나서 거의 일이라고 할 것도 없는 오전 업무를 끝내게 하고는, 그에게 샴페인과 멧새고기를 점심으로 사주었다. 그리고 잭슨 부인을 방문하였는데 가엾게도 전보다 더 뚱뚱해졌지만 친절하게도 그녀는 레이철의 안부를 물었다. 그런데 오 이런! 불쌍한 잭슨이 자신이 어처구니없는 잘못을 저질렀음을 실토했다. 그래, 그래, 아무런 해가 될 것은 없다고 생각하지만, 그들이 즉시 어겨버린다면 자신이 명령을 내려봤자 무슨 소용이 있겠는가? 그는 분명히 배에 일반 승객들은 태우지 않겠다고 말했었다. 이때 윌로우비는 호주머니를 뒤지더니 명함 한 장을 발견해서는 레이철 앞 탁자 위에 던졌다. 명함에는 "메이페어, 브라운 가 23번지, 리처드 댈러웨이 부부"라고 씌어 있었다.

"리처드 댈러웨이 씨는," 빈레이스는 말을 계속하였다. "자신이 한때 하원의원이었고 자기 부인이 귀족 딸이어서 부탁만 하면 그들이 원하는 것을 얻을 수 있다고 생각하는 신사처럼 보이는구나. 어쨌든 그들이 불쌍한 잭슨을 구워삶았어. 항해할 배표를 구해야된다고 말하고는 그레너웨이 경으로부터 나에게 부탁하는 편지를 받아내서는(잭슨이 많이 거절했으리라고는 믿지 않지만), 잭슨이 거절하지 못하게 제압시켜버렸지. 그래서 따르는 수밖에 별 다른 도리가 없을 것 같구나."

비록 불평하듯이 보였지만 어떤 이유에서인지 윌로우비는 이 부탁을 들어주는 것을 매우 좋아하는 것이 분명했다.

사실 댈러웨이 부부는 리스본에서 자신들이 꼼짝 못하게 되었음을 알았다. 그들은 주로 댈러웨이 씨의 견해를 넓히려는 목적으로 몇 주 동안 유럽 대륙을 여행 중이었다. 정치생활의 여러 사건들 중 어떤 한 문제로 잠시 동안 국회에서 나라를 위한 봉사를 할 수 없는 댈러웨이 씨는 국회 밖에서 나라에 기여하기 위해 자신이 할 수 있는 최선을 다하고 있었다. 그런 목적을 위해서는 물론 동양이 훨씬 좋았지만, 라틴 아메리카 국가들도 아주 좋았다.

"다음에는 피터스버그나 테헤란에서 소식을 전하게 될 것이오." 그는 트레블러즈 클럽[2]의 계단에서 작별 인사를 위해 몸을 돌리며 말했다. 그러나 동양에서 전염병이 창궐하였고, 러시아에서 콜레라가 돌았기에 별로 낭만적이지 못하게도 그는 여전히 리스본에 머물렀다. 그들은 프랑스를 거쳐 왔는데, 그곳에서 그는 소개장들을 내보이며 제조공업 중심지구에 들러 작업과정을 둘러보며 수첩에 사실들을 기록하였다. 스페인에서 이들 부부는 농부들의 삶이 어떤지 알고 싶었기 때문에 노새를 타봤다. 예를 들어 그들은 반란을 일으킬 준비가 되어 있는가? 그때 댈러웨이 부인이 그림들을 보며 마드리드에 하루 이틀 더 있자고 우겼다.[3] 마침내 리스본에 도착해서, 그들은 나중에 사적으로 발행되는 저널에다 "특별하게 재미있었던" 날들로 묘사한 6일간을 보냈다. 리처드는 각료들을 청중으로 모아놓고 머지않은 시일 내에 위기가 닥쳐올 것을 예언했다. "정부의 기반이 구제할 수 없이 타락해 있습니다. 얼마나 수치스러운 일이며, 등등." 그사이 클라리사는 왕립 훈련소를 살펴보며 이제는 망명 중인 남자들과 부서진 유리창들을 보여주는 스냅사진 몇 장을 찍었다. 다른 무엇들보다도 그녀는 필딩[4]의 무덤을 사진 찍었으며, 어떤 악동이 덫을

2 폴 몰가에 있는 남성 클럽으로, 해외에서 갓 돌아온 신사들을 위해 1819년에 세워졌음. 20세기에는 뚜렷한 정치적 제휴는 맺지 않았고, 외국계 사무실에 근무하거나 외교업무를 맡은 사람들에게 인기가 있었다.
3 스페인 국립 미술 박물관, 프라도Prado.
4 헨리 필딩(Henry Fielding, 1707~1754), 영국 소설가로 1754년 8월에 영국을 떠나 포르투갈에 갔다가, 두 달 후에 죽어 그곳에 묻혔다. 버지니아 스티븐과 남동생 아드리안Adrian은 1905년 4월에 필딩의 무덤을 방문했다.

놓아 잡은 작은 새를 풀어놓아주었는데, "왜냐하면 영국인이 죽어 묻혀 있는 곳에서 어떤 것이 새장에 갇혀 있다는 생각을 하는 게 싫어서였다"고 일기에 적혀 있다. 그들의 여행은 한껏 자유로 웠으며 아무런 계획도 세우지 않았다. 『타임스』지 외국 특파원들이 그들의 항로와 그 밖의 여러 가지 것들을 결정했다. 댈러웨이 씨는 소총들을 보고 싶어 했으며, 아프리카 해안은 영국 국민들이 일반적으로 믿는 것보다 훨씬 더 불안정하다고 생각했다. 이들 부부는 돈을 함부로 쓰는 유형은 아니지만 뱃멀미를 하였으므로 안락하고 천천히 항해하는 배를 원했으며, 이 항구 저 항구에서 하루 이틀 정도 멈춰서 그들이 원하는 곳을 둘러보는 동안 배는 석탄을 싣곤 하였다. 이와 같은 여행 중에 이들 부부는 리스본에서 난관에 봉착했는데 당분간 그들이 원하는 그런 배를 구할 수가 없었다. 그들은 **에우프로시네** 호에 대해 듣게 되었으나, 그 배는 주로 화물선으로 단지 특별한 배려에 의해 몇 명의 승객만을 태우며, 주요 업무는 아마존 강 지역에 건물류를 실어 나르고 다시 영국으로 고무를 실어 오는 일이었다. 그러나 "특별한 배려에 의해"라는 말이 그들의 귀에 굉장히 고무적으로 들렸는데, 왜냐하면 그들은 거의 모든 것이 특별히 준비되어지며 혹은 필요하다면 준비되어질 수 있는 계급이었기 때문이었다. 이번 경우에 리처드가 한 일은 운송회사의 회장이라는 직함을 갖고 있는 그레너웨이 경에게 짧은 편지를 보냈으며, 불쌍한 늙은 잭슨을 불러서 댈러웨이 부인이 이러이러하고 자신은 이런저런 일이 있어서 그들이 원하는 것은 여차여차한 것이라고 말한 것이었다. 일은 해결되었다. 그들은 서로 안부 인사를 전하며 유쾌하게 헤어졌으며, 일주일 후 이곳에서 땅거미가 질 무렵 댈러웨이 부부를 상선에 태우기 위해 작은 보트가 노를 저어 왔다. 3분 안에 그들은 **에우프로시네** 호의 갑판에 올라섰다. 물론 그들의 도착은 약간의 동요를 일으켜서, 몇 쌍의 눈들은 댈러웨이 부인이 키가 크고 몸매가 호리호리한 여성으로 몸은 모피로 감싸고 머리에는 베일을 둘렀으며, 댈러웨이 씨는 중간 정도의 키에 강건한 체격으로 가을 황야에 있는 스포츠맨처럼 옷을 입었음을 바라보았다. 곧이어 진한 갈색의 튼튼한 가죽 가방들이 그들 주위에 놓였고, 댈러웨이 씨는 서류가방을 들고 있었으며 부인은 아마도 다이아몬드 목걸이들이나 은빛 뚜껑의 병들이 담겼을 화장품 가방을 갖고 있었다.

"정말 휘슬러[5] 그림 같군요!" 댈러웨이 부인은 레이철과 악수를 하고 해안을 향해 손을 흔들며 큰 소리로 말했다. 레이철이 그녀 한편의 회색 언덕을 바라보는 잠깐 사이에 윌로우비는 체일리 부인을 불렀으며, 그녀는 댈러웨이 부인을 객실로 모시고 갔다. 비록 짧은 시간이었지만 이들의 방해는 사람들을 혼란스럽게 만들어서, 스튜어드인 그라이스 씨부터 리들리에 이르기까지 모든 사람이 약간 당황했다. 잠시 후 레이철은 흡연실을 지나가며 헬렌이 안락의자들을 옮기고 있는 것을 보았다. 의자를 재배치하는 데 몰두해 있던 그녀는 레이철을 보자 은밀히 속삭이는 어조로 말했다.

"남자들에게 그들만이 앉아 지낼 수 있는 공간을 마련해주면 아주 좋을 거야. 안락의자가 아주 중요한 역할을 하지……" 그녀는 안락의자의 바퀴를 굴리기 시작했다. "자, 이제 훨씬 기차역에 있는 바처럼 보이지 않니?"

헬렌은 탁자 위에 플러시 천으로 된 덮개를 휙 던져 씌웠다. 그곳의 모습은 놀랍도록 보기 좋아졌다.

---

5 제임스 휘슬러(James Abbott McNeil Whistler, 1834~1903), 미국 출신 화가, 판화가.

낯선 사람의 등장으로 레이철은 저녁식사 시간이 다가오자 옷을 갈아입어야만 했다. 저녁시간을 알리는 종이 울릴 때 그녀는 침대 가장자리에 앉아 세면대 위에 걸린 작은 거울로 그녀의 머리와 어깨를 바라보고 있었다. 거울 속에서 그녀는 굉장히 우울한 표정을 짓고 있었는데, 댈러웨이 부부가 도착한 이후로 자신의 얼굴은 그녀가 원하는 얼굴이 아니며 아마도 결코 자신이 원하는 얼굴이 될 수 없을 거라는 음울한 결론에 도달해 있었기 때문이었다.

하지만 시간을 엄수해야 한다는 것을 마음 깊이 새기고 있었기 때문에 그녀의 얼굴이 어떻든 간에 그녀는 그 얼굴로 저녁식사를 하러 가야만 했다.

몇 분 동안 월로우비는 그들을 손가락으로 확인하며 댈러웨이 부부에게 그들이 만나게 될 사람들을 설명했다.

"제 처남 앰브로우즈는(아마 그의 이름을 들으셨을 텐데) 학자지요. 이쪽은 그의 부인이고, 이쪽은 내 오랜 벗 페퍼로 매우 조용한 친구인데 모르는 게 없어요. 이들이 전부예요. 매우 작은 모임이죠. 이 사람들은 해안에 내려줄 겁니다."

댈러웨이 부인은 머리를 약간 한쪽으로 기울이고는 앰브로우즈를 생각해내려고 애를 썼다. 앰브로우즈라―그게 성인가?―아무리해도 생각이 나지 않았다. 그녀는 자신이 들은 바가 있어서 마음이 다소 불편했다. 그녀는 학자들이 아무 여성하고나―농장의 독서 모임에서 만난 여성들―결혼한다고 알고 있었다. 혹은 다음처럼 불쾌하게 말하는 세련되지 않은 자그마한 여성일 수도 있다. "물론 당신이 원하는 건 내 남편이지 **내**가 아니라는 것은 알고 있어요."

그 순간 헬렌이 들어왔는데 외모는 약간 이상하지만 몸가짐이 단정하고 자세가 반듯하며 목소리에는 자제력이 있어서 숙녀라는 표징을 잘 보여주었으므로 댈러웨이 부인은 안도하였다. 페퍼 씨는 단정하지만 볼품없는 양복을 굳이 갈아입는 수고를 하지 않았다.

"하지만 어쨌든," 클라리사는 저녁만찬장으로 빈레이스를 따라가며 생각했다. "**모든 사람**이 정말 흥미롭군."

댈러웨이 부인은 식탁에 앉자 이런 생각을 확신하게 되었는데, 주로 리들리 때문으로 늦게 들어온 그는 확실히 세련되지 못해 보였으며 아주 침울하게 스프를 먹고 있었다.

댈러웨이 부부 사이에 감지하기 힘든 신호가 오갔는데, 그것은 그들이 상황을 파악했으며 서로를 충실하게 지켜주겠다는 의미였다. 지체하지 않고 댈러웨이 부인은 윌로우비를 향해 말하기 시작했다.

"바다에 대해 제가 아주 지루해 하는 것은 거기에는 꽃이 없다는 거예요. 바다 한가운데 접시꽃이나 바이올렛 들판을 상상해보세요. 얼마나 멋있을까요!"

"하지만 항해하는 데는 다소 위험하지." 리처드가 아내의 바이올린 음색에 맞춰 바순처럼 저음으로 말을 했다. "빈레이스, 해초들도 충분히 위험할 수 있지 않나요? 예전에 한 번은 **머리테니어호**[6]를 타고 대서양을 횡단하며 선장 리차즈—그를 아시오?—에게 물어본 기억이 납니다. '항해하며 정말로 가장 무서운 위협이 뭔지 말해주겠소, 리차즈 선장?' 그가 빙산이나 바다 폐기물, 또는 안개나 뭐 그런 것들을 말하리라고 기대했었지요. 전혀 그런 것이 아니더군요. 그의 대답을 언제나 기억하고 있지요. '**세지**

---

6 큐나드 선박회사Cunard Line의 유명한 증기선으로, 1910년에서 1930년에 가장 빠른 대서양 횡단 기록을 갖고 있다.

어스 아쿼티시'라고 그가 말했는데, 그것은 일종의 좀 개구리밥으로 알고 있습니다."

페퍼 씨가 날카롭게 바라보며 막 질문을 하려고 할 때 윌로우비가 말을 이었다.

"선장들이란! 그들은 끔찍한 시간을 보내게 됩니다. 배에 삼천 명이나 타잖아요!"

"맞아요. 그래요." 클라리사가 말했다. 그녀는 심각한 태도로 헬렌에게 몸을 돌렸다. "사람들이 자신들을 지치게 하는 것이 일이라고 말하는 것은 틀렸다고 확신해요. 힘들게 하는 것은 책임감이에요. 그것이 하녀보다는 요리사에게 월급을 많이 주는 이유라는 생각이 드는군요."

"그렇게 따지자면 유모한테는 두 배로 줘야할 텐데 그렇지 않잖아요." 헬렌이 말했다.

"아니에요. 아기들과 지내면 얼마나 즐거운지 생각해보세요. 스튜냄비들 대신에!" 댈러웨이 부인은 아마도 어머님임에 틀림없는 헬렌을 보다 흥미롭게 바라보며 말했다.

"저라면 유모 대신 요리사가 되는 것이 훨씬 낫겠어요." 헬렌은 말했다. "그 어떤 것도 내가 아이들을 책임지도록 설득하지는 못할 거예요."

"어머니들은 항상 과장하는 버릇이 있지요." 리들리가 말했다. "예절 바른 아이는 책임질 게 없어요. 저는 우리 아이들과 유럽 전역을 여행했었지요. 그들을 따뜻하게 감싸서 요람에 뉘어 놓기만 하면 됩니다."

헬렌은 그 말을 듣고 웃었으며, 댈러웨이 부인은 리들리를 바라보며 큰 소리로 말했다.

"정말 아버지답군요. 내 남편과 어쩜 그렇게 똑같아요. 그러면

서도 양성의 평등에 대해 얘기하다니!"

"얘기합니까?" 페퍼 씨가 물었다.

"오, 어떤 사람들은 말하잖아요!" 클라리사가 외쳤다. "제 남편은 지난 회기 중에 매일 오후 단지 양성 평등만을 외치던 한 성난 여성 옆을 지나가야만 했거든요."

"그녀는 집 밖에 앉아 있었어요. 아주 귀찮았지요." 댈러웨이가 말했다. "마침내 용기를 내서 그녀에게 말했어요. '선량하신 분이여, 당신이 계신 곳은 사람이 다니는 길입니다. 당신은 저를 방해하고 계시며, 당신 자신에게도 전혀 도움이 되지 않는 일을 하고 계십니다.'"

"그러자 그녀는 리처드의 코트를 붙잡고서 그의 눈을 할퀴어 파내려했어요 ―" 댈러웨이 부인이 끼어들었다.

"체 ― 그건 과장된 거요." 리처드가 말했다. "아니, 나는 고백컨대 그들을 불쌍히 생각하오. 그 계단에 앉아 있는 불편함은 끔찍했을 거요."

"그들은 그런 대접을 받아 마땅합니다." 윌로우비가 무뚝뚝하게 말했다.

"오, 나도 그 점에선 당신과 전적으로 동감이오." 리처드가 말했다. "그 누구도 나보다 더 그러한 행동이 지독히 어리석고 무익하다고 비난할 수는 없을 거요. 그리고 이 전반적인 시위에 대해 말하자면, 그렇소! 부디 내가 죽어 무덤에 있기 전에는 영국에서 여성이 투표권을 갖지 않기를 바라오! 진심이오."

남편의 엄숙한 주장은 클라리사를 진지하게 만들었다.

"그것은 생각할 수도 없는 일이에요." 그녀는 말했다. "당신은 여성 참정권론자라고 말하려는 것은 아니지요?" 그녀는 리들리를 향해 물었다.

"나는 이것도 저것도 전혀 신경 쓰지 않소"라고 앰브로우즈가 말했다. "누구건 한 표가 자신에게 쓸모 있다고 착각하고 있다면, 그것을 가지라고 하시오. 조만간 그게 아니라는 사실을 알게 될 테니."

"당신은 정치꾼이 아니라는 걸 알겠네요." 그녀는 미소 지었다.

"맹세코, 아니오." 리들리가 말했다.

"당신 남편은 내 의견에 찬성하지 않을 것 같군요." 댈러웨이가 다른 사람에게는 들리지 않게 앰브로우즈 부인에게 말했다. 그녀는 그가 국회의원이었다는 것을 불현듯 상기했다.

"다소 따분한 적은 없나요?" 그녀는 정확하게 무슨 말을 하려는지도 모르면서 물었다.

리처드는 마치 그녀가 물어본 것과 관련이 있는 내용들을 자신의 손바닥에서 읽을 수 있는 것처럼 양손을 앞으로 쭉 펼쳤다.

"만약 당신이 다소 따분한 적이 없냐고 물으신다면," 그는 말했다. "반드시 있다고 말해야 되겠군요. 하지만 반면에 만약 당신이 남자에게 있어서 모든 직업들 중에서 가장 좋은 면과 가장 나쁜 면을 고려할 때 보다 진지한 면은 말할 것도 없고 가장 즐겁고 부러운 직업이 무엇이라고 생각하느냐고 물으신다면 확실히 말씀드리겠습니다. '정치인이란 직업'이라고."

"법조계나 정치, 동의하건대" 윌로우비가 말했다. "이런 직업이 돈 들인 보람을 훨씬 더 얻게 되지요."

"모든 사람의 재능은 자기 활동 분야가 있습니다"라고 리처드는 말했다. "나는 지금 위험한 주장을 펼치고 있는 중인지도 모릅니다. 하지만 일반적으로 시인이나 예술가들에 대해 내가 느끼는 것은 이렇습니다. 그쪽 전문분야에서는 그들을 당할 자가 없겠지요. 인정합니다. 하지만 그 외 분야에서는 배려해줘야 합니다—

혹―하지만 지금 누군가 나를 관대하게 배려해주어야 한다고 생각하고 싶지는 않군요."

"저는 전혀 당신 말에 동의하지 않아요, 리처드." 댈러웨이 부인이 말했다. "셸리[7]를 생각해보세요. 「아도니스」에는 우리가 원하는 거의 모든 것이 들어 있다고 느껴요."

"반드시 「아도니스」는 읽어보세요." 리처드가 인정했다. "하지만 셸리에 관하여 들을 때마다 매슈 아널드[8]의 말을 스스로에게 반복하죠. '무슨 사회가 이래! 사회가 왜 이래!'"

이 말은 리들리의 관심을 불러 일으켰다. "매슈 아널드? 혐오스러운 현학자!" 그가 날카롭게 말했다.

"젠체하는 친구―맞아요." 리처드가 말했다. "하지만 세상 물정에 밝은 사람이라고 생각합니다. 내 말의 핵심이 바로 거기에 있어요. 우리 정치인들은 분명히 당신들에게" (그는 아무래도 헬렌이 예술 분야의 대표자라는 생각이 들었다) "모두들 진부한 사람들로 보일 겁니다. 하지만 우리는 양면을 보고 있지요. 우리는 서툴지는 모르지만 사태를 파악하기 위해 최선을 다합니다. 그래 당신 예술가들은 사태가 궁지에 빠져 있는 것을 **보고** 어깨를 으쓱하고는 옆으로 비켜서서 자신들만의 비전을―그래 매우 아름답다는 점은 나도 인정하죠―추구하며 사태를 엉망인 상태로 그대로 **내버려둡니다**. 그것은 나에게 자신의 책임을 회피하는 것으로 보입니다. 게다가 우리는 모두 다 예술적 재능을 타고난 것도 아닙니다."

---

7   퍼시 비시 셸리(Percy Bysshe Shelley, 1792~1822), 후기 낭만파 시인. 그의 시 「아도니스, 존 키츠의 죽음에 관한 엘레지」(1821)는 키츠의 죽음에 대한 애도로 시작해서, 시간과 죽음에 대한 그 시인의 승리를 찬양하며 끝난다.

8   매슈 아널드(Matthew Arnold, 1822~1888), 시인이며 비평가. 1888년에 에세이 「셸리」를 출판함.

"끔찍해요." 남편이 말하는 동안 생각에 잠겨 있던 댈러웨이 부인이 말했다. "예술가들과 함께 있으면 그림과 음악과 모든 아름다운 것들과 더불어 자신만의 작은 세계에 갇혀 있다는 즐거움을 강렬하게 느끼게 되어요. 그래서 거리에 나가 처음 만나게 되는 가난하고 배고프고 더러운 작은 얼굴의 어린아이는 저로 하여금 주변을 돌아보며 말하게 만들죠. '그래, 나 자신을 가둬둘 **수 없어** ─ 나 자신만의 세계에서 살지 **않을 거야**. 이런 것이 더 이상 존재하지 않게 될 때까지 모든 그림과 책과 음악은 그만둬야겠어.' 그렇게 느끼지 않으세요?" 그녀는 헬렌을 향하며 말을 끝냈다. "삶은 영속적인 투쟁이라고."

잠시 생각하던 헬렌은 "아니요"라고 대답했다. "저는 그렇다고 생각지 않아요."

말이 잠시 중단되었으며 분위기가 굉장히 불편했다. 그때 댈러웨이 부인이 약간 몸을 떨며 그녀의 모피 망토를 가져다 달라고 부탁했다. 목에 부드러운 갈색 모피를 두르며 그녀는 새로운 화제를 생각해냈다.

"인정하건대," 그녀는 말했다. "「안티고네」[9]는 결코 잊지 못할 거예요. 몇 년 전에 케임브리지에서 봤는데 그 후에 계속 머릿속에서 떠나질 않는군요. 당신이 본 것 중 진정 가장 현대적인 작품이라고 생각지 않으세요?" 그녀는 리들리에게 물었다. "스무 명의 클리타임네스트라[10] 역할 공연을 본 것 같은데요. 그중 하나가 나이 든 디치링 여사가 했었죠. 그리스어는 한 마디도 모르지만 언제까지나 귀에 남아 있을 거예요."

이때 페퍼 씨가 그리스어로 읊조리기 시작하였다.

---

9 소포클레스(Sophocles, B.C. 496~B.C. 406)의 비극.
10 아이스킬로스(Aeschylos, B.C. 525~B.C. 456)의 비극 『아가멤논Agamemnon』에 나오는 부정한 아내이며 분노한 어머니.

이 세상에 경이롭고 무시무시한 것이 많지만,

인간보다 더한 것은 아무것도 없구나.

겨울 폭풍에 요동치는

흰 잿빛 바다를 항해하며

인간은 양쪽에서 자신을 덮치는

높은 파도 아래를 뚫고 나아간다.[11]

댈러웨이 부인은 입을 굳게 다물고 그를 바라보았다.

"그리스어를 배우는 데 십 년이라도 바치고 싶어요." 그가 낭송을 마치자 댈러웨이 부인이 말했다.

"삼십 분 정도면 그리스어 알파벳을 가르쳐드릴 수 있습니다." 리들리가 말했다. "그리고 한 달이면 호머를 읽으실 수 있을 겁니다. 가르쳐드리는 걸 영광으로 생각하는데요."

지금은 많이 줄어들었지만 하원에서 또한 우리가 얘기할 때 옆에 펼쳐 놓는 중요한 인용구들을 모아놓은 거대한 책에서 그리스어를 인용하는 습관에 대해 댈러웨이 씨와 대화를 나누던 헬렌은 모든 남자들, 심지어 리들리 같은 남자들조차도 여성들이 유행에 따르는 것을 좋아한다는 사실을 알아차렸다.

클라리사는 이보다 더 즐거운 일은 생각할 수도 없다고 큰 소리로 말했다. 잠시 그녀는 브라운 가의 자기 집 거실에서 무릎 위에 플라톤의 책을 펼쳐 놓고 있는 자신의 모습을 상상해 보았다—그리스어로 된 플라톤 저서를. 그녀는 진정한 학자라면 만약 특별히 관심만 있으면 거의 아무런 수고를 들이지 않고서도 그녀의 머릿속에 그리스어를 술술 집어넣어줄 수 있다고 믿지 않을 수 없었다.

11 「안티고네Antigone」의 두 번째 코러스의 노래.

리들리는 그녀에게 내일 올 것을 약속했다.

"만약 당신의 배가 순조롭게 항해만 해준다면!" 그녀는 윌로우비를 끌어들이며 큰 소리로 말했다. 윌로우비는 이분들은 특히 저명인사들이므로 손님들을 위해서 파도가 밀려와도 훌륭하게 행동할 것을 머리 숙여 절하며 기꺼이 단언하였다.

"저는 뱃멀미가 굉장히 심해요. 남편도 그다지 잘 견디지는 못하거든요." 클라리사는 한숨 쉬며 말했다.

"나는 결코 뱃멀미를 하지 않습니다." 리처드가 설명했다. "여하튼, 사실상 꼭 한 번 뱃멀미를 했지요." 그는 자신의 말을 정정했다. "영국해협을 건널 때였습니다. 바다에 파도가 치고 있었는데 설상가상으로 큰 파도가 밀려와 나를 굉장히 불편하게 만들었어요. 중요한 점은 식사를 결코 거르지 않는 것이오. 음식을 쳐다보며 말하지요. '먹을 수 없어'라고. 하지만 한 입 집어넣으면 어떻게든 그것을 삼키게 됩니다. 꾸준히 먹기만 하면 멀미를 영구히 진정시키게 됩니다. 내 아내는 겁쟁이지요."

그들은 의자를 뒤로 밀치고 일어났다. 숙녀들은 문간에서 멈칫거리고 있었다.

"제가 길을 안내하는 게 좋겠군요." 헬렌이 앞장서며 말했다.

레이철이 뒤따랐다. 그녀는 대화에 전혀 끼어들지 않았으며 아무도 그녀에게 말을 걸지도 않았지만, 모든 것을 다 듣고 있었다. 그녀는 댈러웨이 부인을 바라보다 댈러웨이 씨를 보았으며 또다시 번갈아 바라보았다. 사실 클라리사는 매력적인 모습이었다. 그녀는 흰색 드레스를 입고 길게 늘어진 목걸이를 하고 있었다. 그녀의 의상과 은발로 변해가는 머리카락 아래 매우 아름다운 핑크빛을 띤 갸름하고 섬세하게 아름다운 얼굴로 그녀는 놀랍게도 18세기의 걸작 같아 보였다. 레이놀즈나 롬니[12]가 그린 한 편의 초상화 같았다. 그녀는 헬렌이나 다른 사람들을 그녀 옆에서 꾀죄죄하고 추레하게 보이게 만들었다. 사뿐히 똑바로 앉아서 그녀는 세계를 자신이 바라는 대로 다루고 있는 것처럼 보였다. 그 거대하고 단단한 지구가 그녀의 손가락 아래서 이리저리 돌고 있었다. 그리고 그녀의 남편은! 그 굵직하고 신중한 목소리로 낭랑하게 말하는 댈러웨이 씨는 훨씬 더 인상적이었다. 그는 광택 나는 막대들이 미끄러져 들어가며 피스톤이 쾅쾅거리고 윙윙 돌아가는 기름칠한 기계 중심에서 나온 것 같았다. 그는 상황을 매우 단호하지만 아주 대략적으로 이해했다. 그는 다른 사람들은 떨이로 처리하는 노처녀들처럼 보이게 했다. 레이철은 점잖은 부인들의 뒤를 따라갔는데, 댈러웨이 부인의 드레스 자락이 가볍게 스치는 소리와 장신구가 딸랑거리는 소리와 뒤섞여 댈러웨이 부인으로부터 풍겨오는 신기한 바이올렛 향기로 마치 황홀경에 빠진 듯했다. 그녀의 뒤를 따르는 레이철은 자신의 지금까지의 삶과 자신의 모든 친구들의 삶을 돌아보며 극도로 자기 모멸감에 빠져 들었다. "그녀는 우리가 자신만의 세계에서 산다고 말했지. 사실이야. 우리는 더할 나위 없이 어리석어."

"여기에 앉으시죠." 헬렌이 큰 홀의 문을 열며 말했다.

"피아노를 치세요?" 댈러웨이 부인이 테이블에 놓인 「트리스탄」 악보를 집어 들며 물었다.

"제 조카가 쳐요." 헬렌은 레이철의 어깨에 손을 얹으며 대답했다.

"오, 부럽군요!" 클라리사는 처음으로 레이철을 향해 말했다.

---

12 레이놀즈 경(Sir Joshua Reynolds, 1723~1792), 조지 롬니(George Romney, 1734~1802), 18세기의 영국화가들.

"이 곡 기억나요? 멋지지 않아요?" 그녀는 악보 위에 한두 마디를 반지 낀 손으로 연주했다.

"그런 다음 트리스탄은 이렇게 사라지죠. 그리고 이졸데 —아! —너무 흥분되요! 베이루트에 가본 적 있나요?"

"아니요, 없습니다." 레이철이 대답했다.

"그럼 앞으로 기회가 있을 거예요. 나는 처음 본 「파르시팔」[13] 공연을 결코 잊을 수가 없어요 —뜨거운 8월이었죠. 그 뚱뚱하고 늙은 독일 여성들이 숨 막힐 듯한 프록을 입고 나왔어요. 어두운 극장에서 음악이 연주되기 시작하고 우리는 흐느끼지 않을 수 없었지요. 한 친절한 남자가 나가서 물을 가져다준 기억이 나요. 나는 그의 어깨에 기대어 울 수밖에 없었어요! 그것은 나의 여기를 붙잡았어요." (그녀는 자신의 목을 만졌다.) "세상에서 그 어느 것도 따라잡을 수 없는 최고였어요. 그런데 당신 피아노는 어디에 있나요?"

"다른 방에 있어요"라고 레이철이 설명했다.

"우리를 위해 한 곡 쳐주겠어요?" 클라리사가 부탁했다. "달빛에 나와 앉아 음악을 듣는 것보다 더 멋진 일은 상상할 수도 없어요. 다만 내 말이 너무 유치하게 들리겠지만! 당신도 알겠지만," 그녀는 다소 신비스럽게 헬렌에게 몸을 돌리며 말했다. "음악이 전적으로 인간에게 좋다고는 생각지 않아요 —유감스럽게도 그렇지는 않지요."

"너무 많이 긴장시키나요?" 헬렌이 물었다.

---

13 리하르트 바그너(Richard Wagner, 1813~1883)는 1872년 독일 베이루트Bayreuth에 페스티발극장Festspielhaus을 세우고 그의 오페라들을 격년으로 공연했다. 1882년 7월에 베이루트에서 첫 공연된 「파르시팔Parsifal」은 아서왕과 성배 전설에 근거한 것으로, 바그너의 저작권이 소멸될 때까지 단지 베이루트에서만 공연될 수 있었다. 울프는 1909년 8월 베이루트를 방문하여 「파르시팔」 오페라를 두 번 보았다. 공연에 대한 그녀의 반응은 「베이루트에서의 인상Impressions at Bayreuth」에 나타나 있다.

"너무 감정적이죠"라고 클라리사가 말했다. "아들녀석이나 딸아이가 음악을 직업으로 택하겠다고 하면 즉시 그것을 알아챌수 있어요. 윌리엄 브로드리 경이 나에게 아주 똑같은 말씀을 해주셨어요. 당신은 사람들이 바그너에 너무 열광하는 이런 태도가싫지 않으세요? ─이처럼 ─" 그녀는 천장으로 눈길을 던지고 손을꽉 쥐고는 격렬한 표정을 지었다. "열광하는 것이 정말로 그들이바그너를 제대로 감상한다는 것을 의미하는 것은 아니죠. 사실 나는 항상 그 반대라고 생각해요. 예술에 진정으로 관심 갖는 사람은 항상 전혀 그런 척하지 않아요. 헨리 필립이란 화가를 아세요?"그녀가 물었다.

"그를 본 적이 있어요"라고 헬렌이 말했다.

"그를 보면 그가 이 시대의 가장 훌륭한 화가 중 하나가 아니라성공한 증권거래인이라고 생각할지도 몰라요. 그것이 내가 좋아하는 점이에요."

"성공한 증권거래인들을 보고 싶다면, 그런 사람들은 굉장히많아요." 헬렌이 말했다.

레이철은 자신의 외숙모가 그렇게 심술궂지 않기를 열렬히 소망했다.

"머리를 기른 음악가를 보면 본능적으로 그가 불량하다고 생각하지 않나요?" 클라리사는 레이철을 향해 물었다. "와츠와 요아힘[14] ─ 그들은 나나 당신하고 똑같은 모습을 하고 있어요."

"머리에 컬을 넣었으면 정말 더 멋져 보일 텐데!" 헬렌이 말했다. "문제는 당신이 아름다움을 목표로 하느냐 그렇지 않느냐겠지요?"

---

14 조지 와츠(George Frederic Watts, 1817~1904)는 화가로, 울프의 어머니 줄리아 스티븐과 아버지 레슬리 스티븐의 초상을 그렸다. 요제프 요아힘(Joseph Joachim, 1831~1907)은 헝가리인 바이올리니스트이며 작곡가.

"청결함이죠!" 클라리사가 말했다. "나는 남자가 청결해 보이길 원해요!"

"당신은 청결함이란 옷을 잘 차려입는다는 것을 의미하시죠." 헬렌이 말했다.

"신사를 알아볼 수 있는 뭔가가 있어요." 클라리사가 말했다. "하지만 그것이 무엇인지는 꼬집어 말할 수 없어요."

"그럼 제 남편을 예로 들어보세요. 그가 신사로 보이나요?"

이 질문은 클라리사에게 터무니없이 못된 취미로 보였다. "말할 수 없는 것들 중의 하나는," 그녀는 그것을 설명하고 싶었지만, 어떤 대답도 찾을 수 없어 그냥 웃고 말았다.

"음, 어쨌든," 그녀는 레이철을 향해 말했다. "내일 피아노를 쳐 달라고 부탁해야겠군요."

그녀의 태도에는 레이철로 하여금 그녀를 사랑하게 만드는 그 무엇이 있었다.

댈러웨이 부인은 단지 콧구멍을 약간 벌름거리는 정도의 작은 하품을 보이지 않게 하였다.

"이해하시죠?" 그녀는 말했다. "이상하게 졸리네요. 바다 공기 때문이에요. 그만 가봐야겠어요."

페퍼 씨의 목소리라고 생각되는 한 남자의 목소리가 대화에 거슬리게도 그들이 있는 홀로 다가오고 있어서 그녀를 놀라게 하였다.

"안녕히 주무세요! 여러분." 그녀는 말했다. "오, 혼자 갈 수 있어요. 바다가 부디 고요하기를! 잘 자요!"

그녀가 한 하품은 하품의 이미지였음에 틀림없었다. 졸려서 입을 축 늘어뜨리는 대신, 마치 옷이 한 줄에 매달려 있는 듯이 단번에 옷을 벗어 내리고는, 최대한으로 팔다리를 쭉 뻗었다. 그러고는 수많은 주름이 달린 실내복으로 바꿔 입고 발을 덮개로 덮은 다음 무릎에 편지지를 놓고 앉았다. 이미 비좁은 이 객실은 지체 높은 부인의 드레싱룸이 되었다. 액체를 담은 병들이 있었으며, 쟁반들, 상자들, 빗들과 핀들이 있었다. 분명히 그녀의 옷차림을 위해 부족한 도구는 전혀 없었다. 레이철을 취하게 했던 향수가 온 방에 퍼졌다. 이렇게 자리 잡고 앉아 댈러웨이 부인은 편지를 쓰기 시작했다. 손에 잡은 펜은 종이를 부드럽게 애무하듯이 스치고 있었으며, 그녀는 글을 쓸 때 마치 고양이를 쓰다듬으며 간질이고 있는 것 같았다.

애야, 네가 상상할 수 있는 한 가장 이상한 배에 우리가 탔다고 생각해봐. 배가 그렇다는 것이 아니라 사람들이 그렇다는 거야. 우리는 여행하며 이상한 종류의 사람들을 우연히 만나게 되지. 그것이 엄청나게 재미있다는 것을 알게 되었다고 말해야겠구나. 이 배의 주인은―빈레이스라는 사람인데―멋지고 체격이 큰 영국인으로 말이 많지는 않아―네가 생각하는 그런 종류의 사람이야. 나머지 사람들에 관해 말하자면― 그들은 『펀치』 잡지 예전 호에서 질질 끌려 나왔는지도 몰라. 그들은 60년대에 크로케를 하고 있는 사람들 같아. 얼마나 오랫동안 그들이 이 배에 갇혀 있었는지는 모르겠지만―몇 년은 흘렀다고 말해야겠구나.―하지만 이 배에서는 마치 별개의 작은 세계에 타고 있는 것처럼 느끼게 돼. 그들은 전혀 육지에 산 적이 없거나 그들 생애에 결코 일상적인 일들은 하지 않은 사람들 같아. 이것은 내가 항상 문학하는 사람들에게 하는 말인데―그들은 사이좋게 지내기에 가장 힘든 사람들이야. 그 중 가장 곤란한 점은, 이 사람들이―어떤 남자와 그 부인과 조카—옥스퍼드나 케임브리지나 어떤 그런 곳의 물을 전혀 먹지 않았더라면 다른 사람들과 똑같이 괴짜일 것이라는 느낌이 드는 거야. 이 남자는 정말 유쾌하고(만약 그의 손톱을 깎았더라면), 여자는 상당히 예쁜 얼굴이야. 물론 감자부대 같은 헐렁한 옷을 입고 머리는 리버티 백화점의 여점원처럼 하고 있지만. 그들은 예술에 대해 얘기하며, 우리를 저녁에 옷을 차려입는 바보로 생각하지. 하지만 나는 그것은 어쩔 수 없어. 저녁 만찬에 옷을 갈아입고 나가지 않느니 차라리 죽는 게 나아, 그렇지 않니? 그게 스프보다 훨씬 더 중요해. (어떻게 그런 일이 일반적으로 중요하다고 생각되는 것보다 훨씬 더 문제가 되는지가 이상하지. 나는 맨살에 바로 두꺼운 플란넬 옷을 걸치느니 차라리 죽어버리겠어.) 그리고 수줍어하는 멋진 아가씨가 있는데 — 가엾어라! — 너무 늦기 전에 그녀를 거기서 끌어내었으면 해. 그녀는 매우 예쁜 눈과 머리카락을 가지고 있지만 물론 그녀도 역시 점점 우스꽝스럽게 변할 거야. 우리는 젊은이들의 정신을 넓힐 수 있는 사교모임을 시작해야만 해 — 선교 사업보다 훨씬 더 유익한 거야, 헤스터! 아, 깜빡 잊었는데, 페퍼라고 불리는 끔찍하게 생긴 몸집이 작은 사람도 있어. 그는 정말로 그의 이름 같아. 그는 말할 수 없이 보잘것없고 성격도 다소 이상해, 아휴. 그것은 우리가 우리 강아지한테 해주듯이, 털을 빗겨주거나 파우더를 뿌려주지 않아서 상태가 좋지 않은 폭스테리어와 저녁 식탁에 앉아 있는 것 같아. 때때로 사람을 개들처럼 다룰 수 없다는 게 유감이야! 가장 큰 위안은 우리가 신문들에서 멀리 떨어져 있어서 리처드가 이번에는 진정한 휴가를 가질 수 있다는 거야. 스페인에서는 휴가를 가질 수가 없었거든……

그녀가 편지지가 채워지는 것을 보고 미소 지으며 이렇게 써 내려가고 있을 때 문이 열렸다.

"이 겁쟁이!" 리처드가 건장한 풍채로 방을 거의 채우며 말했다.

"저녁 식탁에서 나는 의무를 다했어요!"라고 클라리사가 소리 질렀다.

"그리스어 알파벳을 배우게 되었군, 어쨌든."

"오, 여보! 앰브로우즈가 어떤 사람이에요?"

"케임브리지 학장이었고, 현재는 런던에 살며 고전들을 편집하고 있다고 들었소."

"당신 이런 괴상한 사람들 본 적 있으세요? 그 부인은 내가 자기 남편을 신사처럼 생각하는지 물어보더군요!"

"확실히, 저녁 식탁에서 얘기를 잘 진행시켜 분위기를 깨지 않기가 힘들었지"라고 리처드가 말했다. "왜 그런 계급의 여자들은 남자들보다 훨씬 더 이상한 거지?"

"그들은 절대로 못생긴 것은 아니지만, 정말로 ― 단지 ― 그들은 너무 기묘해요!"

그들은 둘 다 같은 생각을 하며 웃었으며, 따라서 그들이 받은 인상을 서로 비교할 필요가 없었다.

"빈레이스에게 말할 게 상당히 많을 것 같소"라고 리처드가 말했다. "그는 써튼과 그 일체를 알고 있소. 그는 영국 북부의 조선업의 상황에 대해 나에게 많은 것을 말해줄 수 있을 거요."

"아, 잘됐군요. 언제나 남자들이 여자들보다 훨씬 훌륭**해요**."

"확실히 남자에게는 항상 뭔가 대화거리가 있소." 리처드가 말했다. "하지만 당신도 아이들에 대해서 충분히 끊임없이 잡담을 나눌 수 있으리라고 확신하오, 클라리스."

"그녀한테 아이가 있어요? 어쩐지 그런 것 같아 보이지 않던데요."

"두 명이라는군. 아들 하나 딸 하나."

고통스런 질투심이 댈러웨이 부인의 가슴을 쑤셨다.

"우리도 아들이 하나 **있어야만** 해요, 딕." 그녀가 말했다.

"맙소사, 지금 젊은 남자들한테 무슨 기회가 있단 말이야!" 그는 말하며 생각에 잠겼다. "피트[15]가 수상이던 시절 이후로는 그다지 좋은 일자리가 있다고 생각지 않아."

"그것은 당신 생각이죠!" 클라리사가 말했다.

"사람들의 지도자가 되는 것," 리처드는 혼잣말을 하였다. "그것은 대단한 일이야. 그래―대단한 일이고말고!"

그의 조끼 속에서 가슴이 서서히 부풀었다.

"당신 아세요, 딕, 저는 영국을 생각하지 않을 수 없어요." 그의 부인은 머리를 그의 가슴에 기대고는 생각에 잠겨 말했다. "이 배에 타고 있는 것이 그것을 훨씬 더 생생하게 만드는 것 같아요―영국인이라는 것이 무엇을 의미하는가를. 저는 우리가 행한 모든 것들, 우리의 해군들과, 인도와 아프리카에 있는 사람들, 그리고 우리가 어떻게 작은 시골 마을에서 젊은 남자들을 뽑아 보내며 수 세기 동안 지내왔는지를―그래요, 딕, 당신과 같은 남자들을 말이에요. 그러면 영국인이 **아니라는** 것은 도저히 견딜 수 없다는 느낌이 들게 만들어요! 웨스트민스터의 국회의사당 위로 불타고 있는 불빛을 생각해보세요, 딕! 방금 갑판에 섰을 때도 그 불빛을 보는 것 같았어요. 런던이 의미하는 게 바로 그런 거죠."

"그게 연속성이라는 거요." 리처드가 간결하게 말했다. 영국 역사의 비전이, 왕에 이어서 그다음 왕, 수상에 이은 그다음 수상, 법

15 윌리엄 피트(William Pitt, 1759~1806), 1783년 최연소 수상(당시는 이런 명칭의 직책은 아직 사용되지 않음)이 되어 1801년까지 임무를 수행한 후 잠시 떠났다가, 다시 1804년부터 죽을 때까지 수상직을 맡았으므로, 정치적 과도기와 의회개혁 시기에 전개된 그의 정책은 오랜 동안 영향력을 미쳤다.

률에 이은 다음 법률이, 그의 부인이 얘기하는 동안 그를 엄습했다. 그는 솔즈베리 경[16]으로부터 알프레드[17]까지 착착 이어져 내려오는 보수당 정책 노선을 따라 생각을 굴렸다. 그의 생각은 마치 풀어 놓고 뭔가를 잡아채는 올가미 밧줄처럼 거주하기에 적당한 거대한 땅덩어리를 점차로 에워쌌다.

"오랜 시간이 걸렸지만, 우리는 꽤나 다 이루었지"라고 그는 말했다. "이제 공고히 하는 일이 남아 있소."

"그런데 이 사람들은 그것을 알지 못해요!" 클라리사가 격렬하게 말했다.

"세상을 만드는 데는 모든 종류의 사람이 필요하오"라고 그녀의 남편이 말했다. "반대당이 없다면 결코 내각도 없을 것이오."

"딕, 당신은 나보다 훨씬 훌륭해요"라고 클라리사가 말했다. "나는 단지 이곳만 보는데, 당신은 주위를 전부 보는군요." 그녀는 남편 손등의 한 지점을 꾹 눌렀다.

"그게 내 일이요, 저녁식사 시간에 설명하고자 했던 것처럼."

"제가 당신에 대해 좋아하는 점은, 딕," 그녀는 말을 계속하였다. "당신은 항상 한결같다는 점이에요. 저는 기분파잖아요."

"어쨌든 당신은 아름답소." 그는 그윽한 눈으로 그녀를 바라보며 말했다.

"정말로 그렇게 생각하세요? 그러면 키스해줘요."

그는 열렬히 키스했으며, 따라서 절반 정도 쓴 그녀의 편지가 바닥으로 미끄러져 떨어졌다. 그것을 집어서 그는 허락도 없이 읽었다.

---

16 제3대 솔즈베리 후작(The Marquess of Salisbury, 1830~1903), 1885년에서 1902년 사이에 14년 동안(1885~1886, 1886~1892, 1895~1902) 수상을 지낸 영국 보수당 정치가.

17 알프레드 마셜(Alfred Marshall, 1862~1924), 영국의 경제학자로 신고전학파. 케임브리지학파의 창시자.

"당신 펜 어디 있지?"라고 말하며 그는 그의 작지만 남성다운 필적으로 덧붙였다.

리처드 댈러웨이가 적습니다. 클라리스는 오늘 저녁식사 시간에 대단히 예뻐 보여 좌중을 정복했으며, 그리스어 알파벳을 배우기로 맹세하게 되었다는 말을 하는 걸 빠뜨렸군요. 이 기회를 빌려 우리는 둘 다 이 이국적인 곳에서 즐겁게 보내고 있음을 전하며, 우리의 친구분들께서도 (즉, 당신과 존) 유익하고 더할 나위 없이 즐거운 여행이 되기를 기원합니다······

복도 끝에서 목소리들이 들렸다. 앰브로우즈 부인은 낮은 소리로 얘기하며 윌리엄 페퍼는 그의 분명하고 다소 심술궂은 목소리로 말하고 있었다. "그분은 분명히 나와 공감할 수 없는 그런 타입의 부인입니다. 그녀는—"

그러나 페퍼의 이런 의견은 리처드에게도 클라리사에게도 아무런 도움이 되지 않았다. 왜냐하면 그들에게 말이 들릴 것 같아 보이자 리처드가 종이를 부스럭거리며 소리를 내었기 때문이다.

"나는 가끔 궁금해." 클라리사는 침대에서 자신이 가는 곳마다 어디나 가지고 다니는 파스칼의 작고 하얀 책[18]을 펼치고 명상에 잠겼다. "리처드와 나의 관계처럼, 실제로 자기보다 우월한 남자와 사는 것이 여자에게 정말로 좋은 일일까. 그것은 사람을 너무 의존적으로 만들어. 나는 리처드에게 나의 어머니나 그녀 세대의 여성들이 예수에게 느꼈던 것처럼 느낀다고 생각해. 이것은 단지 내가 **무엇인가** 없이는 아무것도 할 수 없다는 것을 보여주는 거야." 이어서 그녀는 잠에 빠져 들었는데, 평상시처럼 굉장히

18 아마도 블레즈 파스칼(Blaise Pascal, 1623~1662)의 『팡세*Pensees*』

곤하고 기분을 상쾌하게 만드는 잠이었다. 하지만 커다란 그리스어 글자들이 방을 활보하는 기괴한 꿈을 꾸고 잠에서 깨어나서는, 자기가 어디 있는지를 알아차리고 그리스어 글자들은 그다지 멀지 않은 곳에 누워 잠자고 있는 실제 사람들이라는 것을 기억해내고는 혼자서 웃었다. 그러고서 곧 그녀는 달빛 아래 요동치고 있는 바깥의 검은 바다를 생각하면서 몸을 떨었으며, 남편과 다른 사람들을 함께 항해하는 동료로서 생각했다. 사실상 꿈들은 그녀에게만 제한된 것이 아니어서 한 사람의 머리에서 다른 사람의 머리로 옮겨 갔다. 그날 밤 그들은 모두 각자 꿈을 꾸었다. 그들 사이의 칸막이가 정말로 얇고 또 정말로 이상하게도 그들이 육지로부터 떠나 바다 한가운데서 바로 옆에 앉아 서로의 얼굴을 아주 자세하게 바라보며 그들이 우연히 말하는 것은 무엇이든지 들을 수 있다는 점을 고려하면 이것은 당연한 것이었다.

제4장

다음 날 아침 클라리사는 다른 누구보다도 일찍 일어났다. 그녀가 옷을 차려입고 갑판에 나가 고요한 아침의 신선한 공기를 마시며 배를 두 바퀴째 돌고 있을 때 깡마른 인물로 배의 스튜어드인 그라이스 씨와 정면으로 부딪쳤다. 그녀는 사과하며 꼭대기 반은 유리로 되어 있는 저기 반짝이는 황동 꽂이[1]는 무엇에 쓰는 것인지 알려달라고 청했다. 그녀는 계속해서 궁금했지만 추측할 수가 없었다. 그가 설명을 마치자 그녀는 열정적으로 외쳤다.

"선원이 되는 것은 세상에서 가장 멋진 직업임에 틀림없다고 생각해요!"

"선원에 대해 뭘 아시는데요?"라고 그라이스 씨는 이상한 태도로 흥분하여 물었다. "죄송합니다만, 영국 본토에서 자란 남자나 여자가 바다에 대해 아는 게 뭐가 있습니까? 그들은 아는 체하지만, 실제로는 아무것도 모릅니다."

신랄한 그의 어조는 이어질 말의 조짐을 보여주었다. 그는 그녀를 자기 부서로 안내했으며, 흔치 않게 갈매기처럼 보이는 가

---

1 나침의함(나침반이나 자이로컴퍼스 등, 방위를 측정하는 기구를 넣어두는 것).

는 몸매와 여리고 조심성 있는 하얀 얼굴의 댈러웨이 부인은 놋쇠로 테를 두른 탁자 모서리에 앉아서 이 열광적인 남자의 장광설을 들어야만 했다. 무엇보다도 우선 육지가 전 세계의 얼마나 작은 부분을 차지하는지를 그녀가 깨닫고 있나? 육지가 바다와 비교해서 얼마나 평화롭고 얼마나 아름다우며 얼마나 자비로운지를? 모든 육지 동물이 내일 전염병으로 죽는다 해도 깊은 바다나 강은 유럽에 도움이 안 되는 상태로 있을 수 있다. 그라이스 씨는 세계에서 가장 풍족한 도시에서 보았던 끔찍한 광경을 회상했는데, 남자와 여자들이 기름기 있는 스프를 한 컵 받기 위해서 몇 시간이고 줄을 서 있었다. "그때 저는 여기 이 아래서 잡히기를 간절히 기다리고 있는 맛 좋은 물고기를 생각했었지요. 저는 엄밀히 신교도가 아니며 가톨릭 신자도 아니지만, 천주교의 시절이 다시 오게 해달라고 기원할 수는 있습니다. 단식일이 있기 때문이지요."

그는 말을 하며 계속해서 서랍들을 열고 작은 유리 단지들을 움직였다. 여기에는 거대한 바다가 그에게 준 보물들이 있었는데, 푸르스름한 액체에 담긴 파리한 물고기와 가는 실타래를 흘러내리며 물방울을 튀기고 있는 해파리와 머리에서 빛을 발하는 물고기로 아주 깊은 곳에 사는 것들이었다.

"그들은 해골 사이를 헤엄쳐 다니죠." 클라리사는 한숨지으며 말했다.

"셰익스피어를 생각하고 계시는군요"라고 말하며 그라이스 씨는 책들이 가지런하게 정돈된 선반에서 책을 한 권 끄집어내서는 강세가 있는 콧소리로 낭송했다.

수심 다섯 길 깊은 곳에 그대의 아버지가 누워계시네.[2]

"위대한 사람이지요, 셰익스피어는." 그는 책을 제자리에 꽂아놓으며 말했다.

클라리사는 그가 그렇게 말하는 것을 들으니 매우 기뻤다.

"당신이 좋아하는 희곡은 어떤 거예요? 나하고 같은 작품인지 궁금하군요?"

"『헨리 5세』입니다." 그라이스 씨가 말했다.

"아, 그렇군요!" 클라리사가 소리쳤다.

그라이스 씨에게 『햄릿』은 너무 내성적인 작품이라고 할 수 있고, 소네트는 너무 열정적이며, 그에게 헨리 5세는 영국 신사의 전형이었다. 하지만 그는 헉슬리, 허버트 스펜서, 헨리 조지의 작품들도 즐겨 읽었으며, 휴식을 위해 에머슨과 토마스 하디를 읽었다. 그가 댈러웨이 부인에게 영국의 현 상태에 대한 자신의 견해를 밝히고 있을 때 아침식사를 알리는 종이 매우 긴급하게 울려서 그녀는 다시 돌아오면 그의 해초들을 보여달라고 약속하며 떠나야만 했다.

전날 밤에 그렇게 이상해 보였던 일행이 아직 잠이 덜 깬 상태로 식탁에 모여 있었다. 따라서 서로 말 없이 앉아 있다가 그녀가 들어가자 그들 사이로 바람이 스치듯이 작은 동요가 일었다.

"내 평생 가장 재미있는 대화를 나누고 오는 길이에요!" 그녀는 윌로우비 옆에 자리를 잡으며 감동하여 소리쳤다. "당신 직원들 중 하나가 철학자이며 시인이라는 것을 알고 계세요?"

"매우 재미있는 친구죠—내가 항상 하는 말이지만." 윌로우비

2 셰익스피어의 『폭풍우Tempest』 1막 2장에서 퍼디낸드Ferdinand에게 부르는 에어리얼Ariel 의 노래 첫 줄.

는 그라이스 씨를 밝혀내며 말했다. "비록 레이철은 그가 좀 지루한 사람이라고 하지만요."

"해류에 대해서 말할 때는 지겨워요." 레이철이 말했다. 졸음으로 가득 찬 레이철의 눈에 댈러웨이 부인은 여전히 멋있어 보였다.

"저는 아직 지루한 사람을 만난 적이 없어요!" 클라리사가 말했다.

"세상에는 지루한 사람들이 넘쳐나고 있어요." 헬렌이 큰 소리로 말했다. 하지만 아침 햇빛에 빛나고 있는 그녀의 아름다움은 그녀의 말과 대조를 이루었다.

"저는 그것이 누군가에 대해 말할 수 있는 최악이라는 점에 동감해요." 클라리사는 말했다. "지루한 사람이 되느니 차라리 살인자가 되는 것이 훨씬 낫죠!"라고 그녀는 심각한 어떤 말을 하는 평소의 태도로 덧붙였다. "살인자를 좋아하는 것을 상상할 수가 있어요. 개들과 마찬가지죠. 어떤 개들은 끔찍하게 성가시죠. 불쌍한 것들."

우연히 리처드가 레이철 옆에 앉아 있었다. 그녀는 이상하게도 그의 존재와 외모를 의식했다. 몸에 잘 맞는 옷과 빳빳하게 세운 셔츠 깃과 푸른색 링이 달린 소매 커프스와 반듯하게 손톱을 다듬은 무척이나 깨끗한 손가락들과 왼손 새끼손가락에 낀 홍옥 반지.

"우리는 아주 따분한 개를 한 마리 키웠었소." 리처드가 차분하고 편안한 어조로 레이철에게 말했다. "그 녀석은 몸이 기다란 스카이종 테리어였는데 온통 털투성이로 작은 발만 삐져나와 있어서 송충이 아니 마치 긴 소파 같았소. 또 다른 한 마리도 있었는데, 기운 찬 검둥이로 흔히 스키퍼키[3]라고 부르는 녀석이요. 이보다 더 큰 대조는 상상할 수 없을 거요. 이 스카이는 아주 느리고 신중해서 클럽에 온 어떤 노신사가 당신을 올려다보며 '진정 그런 말씀은 아니겠지요, 그렇죠?'라고 말하는 것 같았으며, 반면에 스키퍼키는 칼날처럼 날렵했지요. 고백하건대, 나는 스카이를 더 좋아했소. 그 녀석한테는 뭔가 애처로운 면이 있었지요."

이야기는 클라이맥스가 없는 듯하였다.

"그 개한테 무슨 일이 있었나요?" 레이철이 물었다.

"그것은 매우 슬픈 이야기라오." 리처드는 목소리를 낮추고 사과를 깎으며 말했다. "어느 날 차에 탄 내 아내를 쫓아가다가 자전거에 치이고 말았소."

"죽었나요?" 레이철이 물었다.

식사를 거의 끝낸 클라리사가 이 말을 우연히 들었다.

"그 얘기는 하지 마세요!" 그녀가 소리쳤다. "지금도 그것은 차마 생각하기 힘든 일이에요."

확실히 그녀의 눈에 눈물이 솟았나?

"그것이 애완동물을 키우는 데 있어 고통스런 점이오." 댈러웨이 씨가 말했다. "그들이 죽는다는 거요. 내가 기억하는 첫 번째 슬픔은 돌마우스[4]의 죽음이었소. 말하기 힘들지만, 나는 그 녀석을 깔고 앉았었지. 여전히 그 점을 후회하고 있소. 여기에 새뮤얼 존슨[5]이 깔고 앉아 죽은 오리가 누워있다, 그렇지? 나는 나이에 비해 몸집이 컸지."

---

3   벨기에 원산의 발바리의 일종. 원래는 네덜란드나 벨기에에서 운하용 짐배를 감시하는 데 썼음.

4   다람쥐 비슷한 쥐의 일종.

5   새뮤얼 존슨(Samuel Johnson, 1709~1784), '존슨 박사'라 불리는 영국의 문인이자 사전 편집자로, 친구 보즈웰James Boswell이 기록한 『존슨의 생애』도 유명함. 이 구절은 그가 뛰어난 재능을 지녔음을 증명하기 위해, 세 살 때 지었다고 종종 추정되는 시의 첫 줄을 틀리게 인용한 것임.

"그리고 우리 집에는 카나리아도 몇 마리 있었어요." 그는 말을 계속했다. "또 한 쌍의 비둘기와 여우 원숭이, 그리고 한때는 흰털 발제비도 있었소."

"시골에서 사셨나요?" 레이철이 그에게 물었다.

"우리는 일 년에 6개월은 시골에서 살았어요. '우리'라는 말은 네 명의 누이들과 남자형제 한 명과 나를 의미하오. 대가족에 맞먹을 만한 건 없소. 여자 형제들은 특히 재미있어요."

"딕, 당신은 끔찍한 말썽꾸러기였어요!" 클라리사가 테이블 맞은편에서 큰 소리로 말했다.

"그래, 그래. 인정하오." 리처드가 대답했다.

레이철은 혀끝에서 다른 질문들이 맴돌았다. 아니면 다소 거대한 질문이 있었는데 어떻게 말로 표현해야 할지를 전혀 알 수 없었다. 담화라고 하기에는 너무 공허해 보였다.

"저에게 전부 말해주세요—모든 것을." 이것이 그녀가 말하고 싶은 것이었다. 그는 작은 틈을 벌려서 그 사이로 놀라운 보물들을 보여주었다. 그와 같은 남자가 기꺼이 그녀에게 말을 건다는 것은 믿을 수 없는 일로 보였다. 그는 누이들이 있었고 애완동물들을 길렀으며 한때 시골에서 살았다. 그녀는 찻잔을 둥글게 젓고 또 저었다. 찻잔에서 떠돌다가 무리지어 모이는 거품들은 그녀에게 그들의 마음의 결합을 나타내는 것 같았다.

그녀가 생각에 잠겨 있는 사이에 대화의 내용이 달라져 있었으며, 리처드가 갑자기 익살스런 어조로 말했다. "빈레이스 양이, 지금, 가톨릭에 은밀하게 경도되어 있다는 생각이 드는군요." 그녀는 뭐라고 대답해야 할지 몰랐으며, 헬렌은 한번 터진 웃음에 계속 웃지 않을 수 없었다.

그러나 아침식사가 끝나고 댈러웨이 부인이 일어났다. "저는 언제나 종교는 투구풍뎅이를 수집하는 것 같다고 생각해요." 그녀는 헬렌과 계단을 걸어 올라가며 그들의 토론을 요약하듯 말했다. "어떤 사람은 투구풍뎅이를 아주 좋아하는가하면, 어떤 사람은 그렇지 않죠. 그것에 대해 언쟁하는 것은 좋지 않아요. 지금 **당신의** 투구풍뎅이는 무엇인가요?"

"나의 아이들이에요." 헬렌이 말했다.

"아―그것은 좀 다르군요." 클라리사가 속삭였다. "말해주세요. 당신은 아들이 있죠, 그렇지 않은가요? 아이들을 떼어놓고 오기가 몹시 싫으셨겠지요?"

마치 작은 연못에 푸른색 그림자가 내린 듯하였다. 그들의 눈빛은 점점 더 깊어졌고 목소리는 더욱 따뜻해졌다.

그들이 보조를 맞춰 갑판을 천천히 걷기 시작했을 때, 레이철은 기혼 부인들에게 화가 났는데 그들과 동떨어진 기분을 느끼게 만드는 데다 어머니가 없는 것을 환기시키는 듯한 태도 때문이었다. 그래서 그들과 합류하는 대신 뒤돌아서 황급히 떠났다. 그녀는 자신의 방문을 쾅 닫고 악보를 꺼냈다. 바흐, 베토벤, 모차르트, 퍼셀[6] 등 모두 오래된 악보로, 종이는 누렇고 조판은 거칠었다. 곧장 그녀는 아주 어렵고 매우 고전적인 가(A)조 푸가에 깊이 빠져들었으며, 그녀의 얼굴에는 인간적인 감정과는 동떨어진 이상하게 완전히 심취하고 열렬히 만족한 표정이 떠올랐다. 때로는 더듬거리며 또 때로는 망설이며 그녀는 같은 마디를 두 번 이상 쳐야 했지만, 보이지 않는 선이 함께 음조를 맞추는 것처럼 보였으며, 거기서 하나의 형상이, 하나의 조형물이 솟아 나왔다. 그녀는 이 작업에 너무 몰두해서 문에서 노크하는 소리를 듣지 못

---

6 세바스티안 바흐(1685~1750)와 루트비히 베토벤(1770~1827)은 독일 작곡가. 아마데우스 모차르트(1756~1791)는 오스트리아 작곡가. 헨리 퍼셀(Henry Purcell, 1659~1695)은 영국 작곡가.

했다. 이 모든 음정들의 결합 방식을 알아내는 일이 너무도 어려워서 그녀의 모든 정신을 집중해야만 했기 때문이었다. 갑자기 방문이 왈칵 열리며 댈러웨이 부인이 방문을 연 채로 방에 들어와 섰다. 흰색 갑판과 푸른 바다가 열린 문 사이로 모습을 드러냈다. 바흐 푸가의 형상이 바닥에 부서져 내리듯 피아노 소리가 멈췄다.

"방해가 되지 않았으면 해요." 클라리사가 말했다. "피아노 소리를 듣고 참을 수가 없었어요. 나는 바흐를 숭배할 정도거든요!"

레이철은 얼굴을 붉히며 무릎에 놓인 손가락을 꼼지락거렸다. 그녀는 어정쩡하게 일어섰다.

"이 곡은 너무 어려워요." 그녀가 말했다.

"하지만 당신은 굉장히 훌륭하게 연주하던 걸요! 내가 밖에 있을 걸 그랬나봐요."

"아니에요." 레이철이 말했다.

그녀는 안락의자에서 『쿠퍼의 서한집』과 『폭풍의 언덕』[7]을 치워서, 클라리사가 거기에 앉도록 하였다.

"자그마한 멋진 방이군요!" 그녀가 둘러보며 말했다. "아, 『쿠퍼의 서한집』! 나는 읽어보지 못했는데, 재밌나요?"

"약간 지루해요." 레이철이 말했다.

"쿠퍼는 글을 굉장히 잘 쓰는 것 같아요, 그렇죠?" 클라리사가 말했다. "─이런 종류의 책을 좋아한다면 말이에요.─그는 문장과 그 모든 것을 완벽하게 마무리했죠. 『폭풍의 언덕』, 아! ─나한테는 이쪽이 훨씬 더 취향에 맞아요. 정말이지 나는 브론테 자매 없이는 존재할 수 없었을 거예요! 그들을 좋아하지요? 하지만 전체적으로 보자면, 나는 브론테 자매 없이는 살아도 제인 오스틴

---

7 에밀리 브론테(Emily Bronte, 1818~1848) 소설로 1847년 출판됨.

없이는 살 수 없어요."

비록 가볍게 닥치는 대로 말을 하고 있었지만, 그녀의 태도는 굉장한 공감과 친해지고 싶은 욕망을 전달했다.

"제인 오스틴? 저는 제인 오스틴을 좋아하지 않아요." 레이철이 말했다.

"아니, 그럴 수가!" 클라리사는 소리 질렀다. "용서하기 힘든데요. 이유를 말해주겠어요?"

"그녀는 그게 ─ 그게 ─ 그래요, 너무 촘촘한 주름 같아요." 레이철이 허둥대며 말했다.

"아 ─ 무슨 의미인지 알겠어요. 하지만 나는 동의하지 않아요. 당신도 더 나이가 들면 그러지 않을 거예요. 당신 나이 때 나는 셸리만을 좋아했었죠. 정원에서 그의 시를 읽으며 흐느끼던 기억이 나요.

그는 우리 밤의 어둠보다 높이 날았다.
질투와 비방과 미움과 아픔 너머 ─

이 구절 기억나요?

다시는 그를 더럽힐 수도 고문할 수도 없으리.
세상의 느린 오염의 타락으로.[8]

얼마나 멋진 표현이에요! ─ 하지만 얼마나 터무니없어요!" 그녀는 방을 살짝 둘러보았다. "언제나 나는 중요한 것은 살아가는 것이지 죽는 것이 아니라고 생각해요. 나는 코담배를 피우는 어

─────
8 셸리의 『아도니스Adonais』(1821) 40연의 1~2행과 4~5행.

떤 늙은 주식중개인을 정말로 존경하는데, 그는 평생 한 단 한 단 합계하는 일을 하며, 그가 예찬하는 늙은 발바리 개와 식탁 끝에 앉은 작고 따분한 아내가 있는 브릭스턴[9]의 집으로 서둘러 돌아가고, 마게이트[10]로 이 주일간 휴가를 떠나기도 하죠. 나는 그와 같은 많은 사람들을 알고 있다고 장담하는데, ─그래, 그들이 나에게는 모두가 숭배하는 시인들보다 **정말이지** 더 숭고해 보여요. 단지 시인들은 천재이며 요절한다는 이유로 숭배 받지요. 하지만 당신이 내 의견에 동의하리라고 기대하지는 않아요!"

그녀는 레이철의 어깨를 껴안았다.

"으─음─음─" 그녀는 계속해서 인용했다─

사람들이 기쁨이라고 잘못 부르고 있는 불안 ─[11]

"내 나이가 되면 세상이 즐거운 일들로 가득 차 있다는 것을 알게 될 거예요. 나는 젊은이들이 이 점에 있어 잘못하고 있다고 생각해요 ─그들 자신을 행복해하지 않는다는 거죠. 나는 때때로 행복이 유일하게 중요한 것이라고 생각해요. 내가 이런 말을 하기에는 당신을 충분히 알고 있지 못하지만, 당신도 약간 그런 경향이 있는 것 같아요 ─젊고 매력적일 때는─내가 말하려는 것은 이거예요! ─**모든** 것이 다 자기 발아래 있다는 거죠." 그녀는 말을 하며 주위를 죽 둘러보았다. "몇 권의 재미없는 책들과 바흐뿐만이 아니에요."

"정말이지 꼭 물어보고 싶은데……" 그녀는 계속해서 말했다.

9 당시 템스 강 남쪽의 훌륭한 교외 주택가.
10 런던 사람들이 기차나 유람선으로 쉽게 갈 수 있는, 켄트의 인기 있는 해변가 휴양지.
11 위에 인용된 시구의 3행. 댈러웨이 부인은 순서를 뒤바꿨다.

"당신은 굉장히 흥미를 불러 일으켜요. 내가 무례하다면, 내 따귀를 때려도 좋아요."

"그런데 저 — 저도 여쭤보고 싶은 것이 있어요." 레이철이 너무 진지하게 말해서 댈러웨이 부인은 웃음이 나오려는 것을 참아야만 했다.

"우리 걷지 않을래요?" 클라리사가 말했다. "공기가 아주 상쾌해요."

그들이 문을 닫고 갑판에 섰을 때 그녀는 경주마처럼 코로 신선한 공기를 들이마셨다.

"살아 있다는 것이 정말 좋지 않아요?" 그녀는 큰 소리로 말하며 레이철의 팔을 그녀에게 끌어 당겼다.

"보아요, 봐! 얼마나 아름다워요!"

포르투갈 해안은 본 모습을 잃기 시작하였지만, 굉장히 멀리서도 육지는 여전히 육지였다. 그들은 언덕의 구릉지에 산재하여 희미하게 연기가 피어오르고 있는 작은 마을들을 구분해낼 수 있었다. 마을들은 그 뒤에 있는 거대한 보랏빛 산들과 비교해서 매우 작아 보였다.

"하지만, 솔직히," 클라리사가 계속 바라보며 말했다. "나는 경치를 좋아하지 않아요. 그것은 너무 비인간적이에요." 그들은 계속해서 걸었다.

"정말이지 얼마나 이상해요!" 그녀는 감정에 끌려 계속해서 말했다. "어제 이 시간에 우리는 결코 만나지 않았었죠. 나는 호텔의 답답한 작은 방에서 짐을 꾸리고 있었어요. 우리는 서로에 대해 전혀 아무것도 몰라요 — 하지만 — 내가 마치 당신을 알았던 것처럼 느끼다니!"

"부인께서는 자녀들이 있고 — 남편 분께서는 국회에 계셨죠?"

"아가씨는 학교에 다닌 적이 없으며, 살고 있는 곳은 — ?"

"리치몬드에서 고모들하고 살아요."

"리치몬드?"

"아시다시피, 고모들이 리치몬드 파크를 좋아하세요. 조용한 곳을 좋아하시죠."

"그런데 아가씨는 그렇지 않죠! 알겠어요!" 클라리사는 웃었다.

"저는 공원에서 혼자 걷는 것을 좋아해요. 하지만 개들을 데리고는 — 아니에요"라고 그녀는 말을 마쳤다.

"맞아요. 그런데 어떤 사람들은 개와 같아요, 그렇지 않나요?" 마치 비밀을 알아맞히는 것처럼 클라리사는 말했다. "하지만 모든 사람이 그렇지는 않아요. — 오, 아니에요, 모두가 그렇진 않아요."

"모두가 그렇진 않지요." 레이철은 말하며 멈췄다.

"나는 당신이 혼자 산책하고 있는 것을 충분히 상상할 수 있어요." 클라리사가 말했다. "그리고 당신만의 작은 세계에서 — 생각하고 있는 것을. 하지만 당신은 정말 그것을 즐기게 될 거예요 — 언젠가는!"

"제가 남자와 함께 걷는 것을 즐기리라는 — 그런 말씀이시죠?" 레이철이 호기심 많은 큰 눈으로 댈러웨이 부인을 바라보며 말했다.

"특별히 남자를 생각했던 것은 아니에요." 클라리사가 말했다. "하지만 그렇게 될 거예요."

"아니오. 저는 결혼하지 않을 거예요." 레이철이 확고하게 말했다.

"그것은 그렇게 장담할 수 없는 일이에요." 클라리사가 말했다. 레이철은 곁눈질로 흘깃 보면서 클라리사가 즐거워하는 것을 납득할 수 없었지만 그녀가 매력적임을 알아차렸다.

"사람들은 왜 결혼이라는 것을 하나요?" 레이철이 물었다.

"그것은 당신이 앞으로 알게 될 일이에요." 클라리사가 웃으며 말했다.

레이철은 클라리사의 눈길을 쫓아 그녀의 눈이 잠시 동안 리처드 댈러웨이의 건장한 모습에 머무는 것을 알아챘다. 그는 구두바닥에다 열심히 성냥을 그어대고 있었고, 윌로우비는 뭔가를 설명하고 있었는데, 두 사람 모두에게 굉장히 흥미로운 내용인 것 같았다.

"그러는 것이 제일 좋아요." 클라리사가 결론을 내렸다. "앰브로우즈 부부에 대해 말해줘요. 혹시 내가 너무 많은 질문을 하고 있나요?"

"부인은 얘기하기가 편해요." 레이철이 말했다.

그러나 앰브로우즈 부부에 대한 짧은 묘사는 다소 형식적이어서 앰브로우즈 씨가 그녀의 외삼촌이라는 사실만을 담고 있었다.

"어머니의 남동생이에요?"

어떤 이름이 쓰이지 않게 되었을 때, 그것을 약간 언급하는 것만으로도 많은 의미가 있다. 댈러웨이 부인은 계속하여 말했다.

"당신은 어머니를 닮았나요?"

"아뇨. 어머니는 달랐어요." 레이철이 말했다.

그녀는 댈러웨이 부인에게 그녀가 아무에게도 말한 적이 없는 것들을 말하고 싶은 강한 욕망이 솟구쳤다. 이 순간까지 자신도 미처 깨닫지 못한 것들을.

"저는 외로워요." 그녀는 말을 시작했다. "저는 원해요 —" 그녀는 자신이 무엇을 원하는지 정확히 알 수 없었기 때문에 문장을 끝맺지 못하고 입술만 떨고 있었다.

하지만 댈러웨이 부인은 말로 표현하지 않아도 이해할 수 있다는 표정이었다.

"알아요." 그녀는 레이철의 어깨를 한 팔로 감싸며 말했다. "내가 아가씨 나이였을 때 나도 역시 원했어요. 리처드를 만나기 전에는 아무도 나를 이해하지 못했어요. 그는 내가 원하는 모든 것을 나에게 주었지요. 그는 나에게 있어 남자이며 또한 여자이기도 해요." 그녀의 눈길은 난간에 기대어 여전히 애기를 나누고 있는 댈러웨이 씨에게 머물렀다. "내가 그의 아내라서 이렇게 말한다고는 생각하지 마세요.—나는 다른 그 누구의 결점보다 그의 결점을 명확히 알고 있어요. 우리가 함께 사는 사람한테서 원하는 것은 그들이 우리를 최상의 상태로 지켜줘야 한다는 거예요. 가끔씩 나는 내가 한 일이 뭐기에 이렇게 행복할까 하고 의아해요!" 그녀는 큰 소리로 말했으며, 눈물이 그녀의 뺨을 흘러 내렸다. 그녀가 눈물을 훔치고는 레이철의 손을 꼭 잡으며 탄성을 질렀다.

"인생이란 얼마나 멋진가요!" 댈러웨이 부인이 레이철의 팔을 잡고 파도에 반짝이는 햇빛 속에 상쾌한 미풍을 맞으며 갑판에 나와 서 있는 이 순간, 전에는 이름 붙여지지 않았던 삶이 정말로 무한히 훌륭해 보였으며 너무 멋있어서 사실 같아 보이지 않을 정도였다.

이때 헬렌이 그들을 지나쳤으며, 그녀는 흥분한 듯 보이는 레이철이 비교적 낯선 사람과 팔을 끼고 있는 것을 보는 것이 흥미로웠지만, 동시에 조금은 화도 났다. 그러나 그들은 곧 리처드와 합류하게 되었는데, 그는 윌로우비와 매우 흥미로운 대화를 나눈 뒤라 상냥한 기분이었다.

"내 파나마 모자[12] 좀 봐줘요." 그는 모자의 테두리를 만지면서

12 가볍고 넓은 챙이 달린 밀짚모자로, 격식을 차리지 않는 평상시에 여름철이나 더운 날씨에 쓴다.

말했다. "빈레이스 양, 적당한 머리 장식으로 얼마만큼이나 좋은 날씨를 끌어낼 수 있는지 아시오? 오늘은 뜨거운 여름날이라고 결정 내렸소. 무슨 말로도 내 생각을 흔들 수 없다고 경고하오. 따라서 일광욕을 할 작정이오. 자, 나를 따라서 해보시오." 그들이 앉을 수 있도록 의자 세 개가 일렬로 놓여 있었다.

뒤로 기대면서 리처드는 파도를 유심히 바라다보았다.

"정말로 아름다운 푸른빛이군." 그가 말했다. "하지만 푸른빛이 너무 지나쳐. 경치에는 다양성이 절대적으로 필요하지. 그래서 언덕이 있으면 강이 있어야 하고, 강이 있으면 언덕이 있어야 하오. 내 생각에 세상에서 가장 멋진 경치는 맑은 날 보어즈 힐[13]에서 바라보는 것이오. 맑은 날이어야 하오, 명심하오. ― 무릎덮개? ― 오, 고마워, 여보…… 그런 경우에는 더욱이 연상을 하게 되지 ― 과거를."

"딕, 계속 말씀하기를 원하세요, 아니면 내가 큰 소리로 책을 읽어도 될까요?"

클라리사는 무릎덮개들과 책을 한 권 가져왔다.

"『설득』[14]" 리처드는 책을 살펴보면서 큰 소리로 말했다.

"빈레이스 양을 위해서 가져왔어요." 클라리사가 말했다. "그녀는 우리가 사랑하는 제인을 참을 수가 없다는 군요."

"그것은 ― 내가 이렇게 말해도 괜찮을지 모르지만 ― 당신이 그녀의 작품을 읽어보지 않았기 때문이오." 리처드가 말했다. "그녀는 우리가 갖고 있는 가장 위대한 여성 작가라는 점은 더 말할 필요가 없소."

"그녀는 가장 위대하지." 그는 계속해서 말했다. "이런 이유에

---

13 옥스퍼드 남서쪽, 힌크시 근처에 있음. 옥스퍼드 주변의 작은 산들과 전원 풍경은 특히 옥스퍼드 대학 출신들에게 찬양의 대상이 된다.

14 제인 오스틴Jane Austen의 마지막 소설 『설득Persuasion』은 사후 1818년 출판됨.

서요. 그녀는 남자처럼 글을 쓰려고 하지 않는다는 거요. 모든 다른 여성들은 남자처럼 글을 쓰려하지. 그 때문에 나는 다른 작가들의 작품은 읽지 않소."

"예를 들어보시오, 빈레이스 양." 그는 손가락 끝을 서로 맞대며 계속해서 말했다. "이유가 합당하다면 생각을 바꿀 준비가 되어 있소."

그가 기다리는 동안 레이첼은 그가 준 모욕으로부터 여성을 옹호하고자 노력했지만 소용이 없었다.

"유감스럽게도 그가 옳은 것 같군요." 클라리사가 말했다. "그는 대체적으로―귀여운 악마 같죠!"

"내가 『설득』을 가져온 것은," 그녀는 계속해서 말했다. "이 책이 다른 작품들보다 덜 진부하다고 생각했기 때문이에요. 하지만, 딕, 당신이 그녀 작품을 읽으며 항상 잠들어버린다는 점을 고려하면, **당신이** 제인을 속속들이 알고 있는 척해도 소용이 없어요!"

"법률 제정이라는 힘든 일을 한 후에, 나는 잠을 잘 자격이 있소." 리처드가 말했다.

"대포들에 대해서는 생각하지 마세요." 클라리사는 그의 눈길이 명상에 잠겨 파도를 넘어 여전히 육지를 향하고 있는 것을 보면서 말했다. "혹은 해군이니 통치니 그 어떤 것에 대해서도요." 그렇게 말하며 그녀는 책을 펴고 읽기 시작했다.

"'서머셋셔에 있는 케린치 홀의 월터 엘리엇 경은 자신의 즐거움을 위해 『준남작』 외의 어떤 다른 책은 결코 집어 들지 않는 그런 남자였다.'―당신 월터 경을 아시죠? ―'거기에서 그는 무료한 시간의 일거리를 찾았으며 우울한 때에 위안을 얻었다.' 이 여성작가는 글을 잘 써요, 그렇죠? '거기에서―'" 그녀는 경쾌하고 유머가 넘치는 목소리로 읽었다. 그녀는 월터 경이 남편의 생각을 영국의 대포들로부터 벗어나게 하고, 그를 매우 아름답고, 색다르게 재미있고, 활기차고, 다소 우스꽝스러운 세계로 데려다주어야 한다고 생각했다. 잠시 후 태양이 저쪽 세계로 가라앉으며 곳들은 보다 조용해져가고 있었다. 레이철은 무엇이 이런 변화를 일으키는지 알기 위해 올려다보았다. 리처드의 눈꺼풀이 닫혔다 열리고, 열렸다 닫히고 있었다. 큰 소리로 코고는 소리가 그가 더 이상 체면을 생각하지 않고 곤히 잠들었다는 것을 알려주었다.

"만세!" 클라리사가 문장을 마치며 속삭였다. 갑자기 그녀는 항의하듯 손을 들었으며, 한 선원이 멈칫거렸다. 그녀는 레이철에게 책을 주고는 전언을 듣기 위해 살며시 가버렸다. "그라이스 씨가 시간이 괜찮으신지 알고 싶어 하시는데요." 등의 말을 듣고는 그녀는 그를 따라가버렸다. 아무 주목도 받지 못하고 배회하던 리들리는 앞으로 걸어 나가다가 멈추고는 정나미가 떨어진 제스처를 하고는 자신의 서재로 성큼성큼 걸어가버렸다. 이 잠든 정치가는 이제 레이철의 책임으로 남겨졌다. 그녀는 한 문장을 읽고는 그를 바라보았다. 잠을 자는 그는 침대 끝에 걸려 있는 코트처럼 보였다. 온통 주름투성이로, 소매와 바지는 다리와 팔을 끼우고 있지는 않았지만 그 형태를 유지하고 있었다. 그 정도면 당신은 코트의 나이와 상태를 가장 잘 판단할 수 있다. 그녀는 그가 그만 보라고 저항하고 있다고 보일 때까지 그를 샅샅이 훑어보았다.

그는 아마도 마흔 정도 되어 보였다. 눈가에는 여기저기 주름이 있었고, 뺨에는 이상하게 갈라진 흉터가 있었다. 그는 다소 지친 듯 보였지만 완강하고 한창 혈기왕성한 때인 것 같았다.

"누이들과 돌마우스와 카나리아 새들." 레이철은 그에게서 눈을 떼지 않은 채 중얼거렸다. "이상해, 정말 이상해." 그녀는 손으로 턱을 괴고 여전히 그를 바라보며 말을 멈췄다. 뒤쪽에서 종이 울리자 리처드가 고개를 들었다. 그는 눈을 뜨고는 안경을 끼지 않아 앞이 잘 보이지 않는 근시안처럼 잠시 이상한 표정을 지었다. 그가 젊은 숙녀 앞에서 코를 골고 아마도 잠꼬대도 하는 볼썽사나움으로부터 정신을 차리는 데는 얼마 걸리지 않았다. 잠에서 깨어나 누군가와 단둘만 남겨져 있다는 사실 역시 그를 다소 당황하게 하였다.

"내가 깜빡 졸았나보군." 그가 말했다. "모두들 어디 간 거요? 클라리사는?"

"댈러웨이 부인은 그라이스 씨의 물고기를 보러 갔어요." 레이철이 대답했다.

"그랬을 것 같군." 리처드가 말했다. "흔히 있는 일이지. 그래 당신은 이 빛나는 시간을 잘 보냈소? 이제 마음을 바꿨나요?"

"한 줄도 제대로 못 읽은 것 같아요." 레이철이 말했다.

"내가 항상 그렇소. 둘러볼 것이 너무 많거든. 자연은 내게 매우 고무적이오. 나는 최상의 아이디어들을 자연에서 얻고 있지요." "산책하시면서요?"

"산책을 하거나 ― 말을 타거나 ― 요트를 타면서 ― 내 생애 가장 중대한 대화는 트리니티 대학의 커다란 교정을 거닐면서 나눴다고 생각하오. 나는 두 개의 대학을 다녔지. 나의 아버지의 괴팍함 때문이었소. 아버지는 그것이 정신을 넓혀준다고 생각했으며, 나도 같은 생각이오. 나는 기억할 수 있소 ― 정말로 오래전 일로 생각이 드는군! ― 현재 인도장관인 친구와 미래의 일들을 결정했던 것을. 우리는 스스로 매우 현명하다고 믿었고, 지금도 그 생각에는 변함이 없소. 우리는 행복했지. 빈레이스 양, 우리는 젊었고, 젊음이란 지혜의 부족을 메꿔주는 선물이오."

"그때 하겠다고 말씀하신 대로 하고 계신가요?" 그녀가 물었다.

"날카로운 질문이군! 대답하자면, 그렇기도 하고 그렇지 않기도 해요. 한편으로는 성취하고자 했던 일을 이루지 못했다고 할 수 있지만,—우리 중 누가 이루겠소?—다른 한편으로는 당당하게 이렇게 말할 수 있소. 나는 나의 이상을 낮추지는 않았다라고."

그는 마치 자기의 이상이 갈매기의 날개 위에서 날고 있는 것처럼 갈매기를 결연히 바라보았다.

"그런데," 레이철이 말했다. "선생님의 이상은 무엇**인가요?**"

"질문이 너무 많군요, 빈레이스 양." 리처드가 장난스럽게 말했다.

그녀는 그저 알고 싶었을 뿐이라고 말했으며, 리처드는 아주 즐거워하며 대답했다.

"자, 어떤 식으로 대답을 하지? 한 마디로—통합이오. 목표와 지배와 진보의 통합. 가장 넓은 지역에 가장 훌륭한 아이디어를 분산시키는 거요."

"영국인들에게요?"

"영국인들이 대체로 다른 나라 사람들보다 경력이 깨끗하고 순수하다는 것은 인정하오. 그러나 맙소사, 바로 우리들 사이에서 행해진 입에 담지 못할 일들—끔찍함—을 한 결점을 내가 알지 못한다고 지레짐작하지는 마시오. 나는 환상을 좇진 않아요. 나보다 환상을 갖지 않은 사람도 드물 거요. 빈레이스 양, 공장에서 일해본 적 있소?—아니, 그런 적은 없을 것 같은데—그런 일이 없었기를 바란다고나 할까."

레이철은 사실 빈민가를 걸어본 적이 거의 없었으며, 언제나 아버지나 하녀나 고모들의 보호를 받으며 다녔다.

"당신 주변에서 무슨 일이 일어나고 있는지 알고 있었다면, 나와 나 같은 정치인들을 무엇이 그렇게 만드는지 이해했을 거라고 말하려는 거요. 당신 조금 전에 내가 하고자 했던 일을 성취했느냐고 물었지요? 그래, 내 인생을 돌이켜 볼 때 내가 분명 자랑스럽게 여기는 한 가지 사실이 있소. 내 덕분에 랭카셔[15]의 수천 명의 여공들이 — 그리고 그들 다음에 올 수천 명이 — 그들의 어머니들은 하루 종일 직조기 앞에서 꼼짝없이 있어야 했지만, 매일 한 시간씩은 맑은 공기를 마시며 쉴 수 있다는 거요. 나는 키츠나 셸리와 같은 작품을 쓸 수 있다는 것보다 이것을 훨씬 더 자랑스럽게 여겨요."

레이철에게 키츠나 셸리와 같은 작품을 쓰는 시인이 된다는 것은 힘들어 보였다. 그녀는 리처드 댈러웨이가 좋았으며, 그가 열중하여 말하는 만큼 그녀의 마음도 따뜻하게 끌렸다. 그의 말은 진심인 것 같았다.

"저는 아무것도 몰라요!" 그녀가 소리쳤다.

"아무것도 모르는 편이 당신한테는 훨씬 낫소." 그는 아버지처럼 말했다. "그리고 아가씨는 스스로 학대하고 있는 것이 분명해요. 당신은 피아노를 아주 잘 친다고 들었는데, 틀림없이 학문적인 책들도 많이 읽었을 거요."

연장자의 놀리는 말은 더 이상 그녀를 저지하지 못했다.

"통합이라고 말씀하시는데," 그녀가 말했다. "이해할 수 있도록 설명 좀 해주세요."

"나는 내 아내가 정치이야기를 하도록 결코 허락지 않아요." 그가 진지하게 말했다. "이유를 대자면, 인간은 만들어지기를, 투쟁하면서 동시에 이상을 갖는 것이 불가능하기 때문이오. 고맙게도 꽤 많이 가지고 있다고 말할 수 있는 이상을 내가 보유하고 있는

15 잉글랜드 북서부의 주로, 18세기 이래로 산업 발달이 이루어짐.

것은, 저녁에 아내가 있는 집에 와서 그녀가 친지를 방문하고 음악을 듣고 아이들과 놀고 집안일을 하면서—당신도 하게 될 일이지만—하루를 보냈다는 것을 들을 수 있던 덕분이오. 그녀의 환상은 파괴되지 않고 있어요. 그녀는 내가 계속 해나갈 수 있는 용기를 주지. 공적인 생활의 긴장감은 매우 큰 것이오." 그가 덧붙였다.

이 말은 그가 인류에 봉사하기 위해 가장 귀중한 어떤 것과 매일 헤어지는, 지쳐 찌그러진 순교자처럼 보이게 만들었다.

"저는 이해할 수 없어요." 레이철이 큰 소리로 외쳤다. "어떻게 사람이 그럴 수가 있어요!"

"설명해보시오, 빈레이스 양." 리처드가 말했다. "이것은 내가 풀고 싶은 문제요."

그의 친절함이 진심이어서, 그녀는 그토록 훌륭하고 권위 있는 남자에게 말을 한다는 사실에 가슴이 뛰었지만 그가 준 기회를 이용하기로 마음먹었다.

"제 생각에는 이런 것 같아요." 그녀는 말을 시작하며, 먼저 자신의 떨리는 비전들을 모은 다음 전부 드러내고자 최선을 다했다.

"어느 곳인가, 그래, 리즈[16] 근교에, 한 늙은 과부가 자기 방에 있다고 생각해보세요."

리처드는 그 과부 이야기를 받아들인다는 뜻으로 고개를 끄덕였다.

"런던에서 선생님은 대화를 나누고, 글을 쓰고, 법안을 통과시키며, 자연스러워 보이는 것을 놓치며 인생을 보내고 계세요. 그 결과로 이 과부는 찬장에서 설탕 몇 덩어리를 넣은 약간 많은 듯한 양의 차를 꺼내 마시거나, 혹은 약간 부족한 듯한 양의 차를 마

---

16 이전의 잉글랜드 북동부의 주 요크셔의 리즈는 그 지역 제조업의 중심지였음.

시며 신문을 읽거나 하지요. 온 나라의 과부들이 모두 이러고 있을 거예요. 그래도 여전히 이 여자들의 마음에는—애정이 있어요. 선생님이 손대지 않은 채로 그대로 둔 애정이. 그러나 선생님은 자신의 애정을 낭비하고 계세요."

"만약 그 과부가 찬장에 갔다가 차가 모두 바닥난 것을 발견한다면," 리처드가 말했다. "그녀의 정신적 견해는 상처를 받으리라는 것을 인정해야 할 거요. 빈레이스 양, 그 나름의 장점을 갖고 있는 당신 철학의 허점을 내가 지적한다면, 인간은 한 세트의 칸막이 방들이 아니라 유기적 조직체라는 점이오. 빈레이스 양, 상상해보시오. 상상력을 발휘해봐요. 그 점이 당신 같은 젊은 자유주의자들이 실패하는 면이오. 세상을 하나의 전체로 생각해요. 이제 당신의 두 번째 요점은, 젊은 세대를 위해서 의회를 정비하려는 노력에 내가 나의 보다 고귀한 능력을 낭비하고 있다는 것인데, 나는 당신 생각에 전혀 동의할 수 없소. 나는 대영제국의 시민이 되는 것—밖에는 더 고귀한 목표를 생각할 수 없소. 이렇게 생각해보시오, 빈레이스 양. 국가를 하나의 복잡한 기계로 생각해봐요. 우리 시민들은 그 기계의 일부요. 어떤 사람들은 보다 중요한 의무들을 수행하며, 다른 이들은 (아마도 나도 그들 중 하나요) 대중들 눈에 띄지 않은 채로 그 기계장치의 잘 보이지 않는 어떤 부품들을 연결하는 일에만 종사하오. 하지만 이 과업에서 가장 하찮은 나사 하나라도 잘못 된다면 전체의 정확한 기계 작업이 위태롭게 되는 거요."

창밖을 응시하며 얘기할 상대를 찾고 있는 여읜 흑인 과부의 이미지와 사우스 켄싱턴에서 보는 것과 같이 쾅 쾅 쾅 소리 내는 거대한 기계[17]의 이미지를 결합하는 것은 불가능하였다. 두 사람의 의사소통 시도는 실패했다.

"우리는 서로를 이해하지 못하는 것 같아요." 레이철이 말했다.

"당신을 굉장히 화나게 할 말을 해볼까요?" 그가 대답했다.

"그럴 일은 없을 거예요." 레이철이 말했다.

"글쎄, 그렇다면. 정치적 본능이라고 부를 만한 것을 갖고 있는 여자는 단 한 명도 없어요. 여자들은 매우 훌륭한 장점을 갖고 있지요. 내가 그것을 인정하는 첫 번째 사람이기를 바라오. 하지만 나는 정치적 수완이 무엇인지를 알기라도 하는 여성을 결코 만나본 적이 없소. 당신을 좀 더 화나게 만들어야겠군. 나는 그런 여성을 결코 만나지 않게 되기를 바라오. 빈레이스 양, 이제 우리는 평생 적이 되었나요?"

허영심과 노여움과 이해시키고자 하는 강한 욕망이 그녀로 하여금 또 다른 시도를 해보도록 충동질했다.

"거리 아래, 하수구에, 전신에, 전화에, 어디에나 뭔가 북적댄다. 이걸 말씀하시려는 건가요? 쓰레기차 같은 것들이나 도로를 보수하는 노동자들에게도? 런던을 걸어 다니거나 수도꼭지를 틀어서 물이 나올 때 선생님은 언제나 그렇게 느끼세요?"

"물론이오." 리처드가 말했다. "당신은 현대 사회가 전체적으로 협업에 근거를 두고 있다는 의미지요? 단지 보다 많은 사람들이 그 점을 깨달을 수만 있다면, 빈레이스 양, 당신이 말하는 고독한 집에 있는 늙은 과부들이 보다 줄어들지 않을까!"

레이철은 곰곰이 생각했다.

"선생님은 자유당원이세요 아니면 보수당원이세요?"

---

17 나중에 과학박물관이 된 사우스 켄싱턴 박물관은 1856년에 세워졌으며, 산업적이며 기계적인 모형들을 전시하였다.

"나는 편의상 나를 보수당원이라고 불러요." 리처드가 웃으며 말했다. "그러나 사람들이 일반적으로 생각하는 것보다 양 당 사이에는 공통점이 훨씬 많소."

잠시 침묵이 흘렀다. 그것은 레이철이 할 말이 없어서가 아니었다. 항상 그렇듯이 레이철은 그것들을 말할 수가 없었으며, 대화할 시간이 아마도 부족하리라는 사실 때문에 더욱 혼란스러웠다. 그녀는 터무니없는 뒤죽박죽의 생각들에 사로잡혔다. 그러나 충분히 돌이켜 생각해보면 모든 것이 얼마나 명료해지는가. 모든 것이 상통했다. 왜냐하면 리치몬드 하이 스트리트의 들판에서 풀을 뜯던 매머드들이 보도블록으로, 리본이 가득 든 상자들과, 그리고 고모들의 모습으로 변했기 때문이었다.

"어릴 때 시골에 사셨다고 말씀하셨죠?" 그녀가 물었다.

그녀의 태도가 버릇없어 보였지만 리처드는 우쭐해졌다. 그녀의 관심이 진심이라는 것은 의심의 여지가 없었다.

"그랬소." 그가 미소 지었다.

"어떻게 지내셨어요?" 그녀가 물었다. "혹시 제가 질문을 너무 많이 하는 건가요?"

"아니, 난 정말 즐거워요. 그런데, 어떻게 지냈나? 음, 승마도 하고 수업도 받으며 누이들과 함께 지냈소. 그곳은 모든 이상한 일들이 다 일어나는 매혹적인 잡동사니 더미였다고 기억하오. 아이들에게 깊은 인상을 남기는 이상한 일들 말이오! 오늘날까지도 나는 그곳의 모습을 기억할 수 있어요. 어린이들이 행복하다고 생각하는 것은 잘못된 판단이오. 그렇지 않소. 그들은 불행하지. 나도 나의 어린 시절만큼 고통스러웠던 적은 없는 것 같아요."

"왜 그러시죠?" 그녀가 물었다.

"아버지와 사이가 좋지 않았어요." 리처드가 간단히 말했다.

"그는 매우 유능한 사람이었지만 엄했지요. 음, 그것은 우리 스스로는 그런 식으로 죄를 짓지 않도록 결심하게 만들어요. 아이들은 결코 부당함을 잊지 못해요. 아이들은 어른들이 염려하는 수많은 것들은 용서하지요. 하지만 그 죄는 용서받을 수 없는 죄입니다. 그렇소―아마도 나는 다루기 힘든 아이였을 거요. 그러나 생각해보면 나는 굉장히 애정을 줄 준비가 된 아이였소! 아니, 나는 내가 저지른 죄 이상으로 많은 죄 값을 받았소. 그 후 학교에 다녔는데, 나는 아주 공부를 잘했지. 그래서, 내가 말했듯이, 아버지는 나를 두 개의 대학을 다니게 했소…… 빈레이스 양, 당신이 나를 생각하게 만들었다는 것을 아시오? 그러나 결국 우리가 누군가에게 자신의 삶에 대해 말할 수 있는 것은 극히 일부에 지나지 않아요! 나는 여기 앉아 있고 당신은 거기 앉아 있소. 우리 둘다 가장 흥미로운 경험들과 생각들과 감정들로 가득 차 있다는 것을 의심치 않소. 하지만 서로 어떻게 그것들을 전달하지요? 나는 당신이 만나게 될 어떤 사람이라도 당신에게 말해줄 수 있는 정도의 것을 말했을 뿐이요."

"저는 그렇게 생각하지 않아요." 그녀가 말했다. "문제는 무엇을 말하느냐가 아니라 말하는 방식이에요, 그렇지 않나요?"

"맞소." 리처드가 말했소. "더할 나위 없이 맞는 말이오." 그는 잠시 말을 멈췄다. "나의 삶을 뒤돌아볼 때―나는 마흔두 살이오―눈에 띄는 위대한 사실들이 뭐가 있을까요? 만약 그렇게 불러도 된다면, 눈을 번쩍 뜨게 해준 것들은 무엇이었을까요? 가난한 사람들의 비참함과―(그는 주저하다 말했다) '사랑'!"

그 단어를 말하며 그는 목소리를 낮추었다. 그것은 레이철에게 있어 하늘의 덮개를 벗기는 것처럼 보이는 단어였다.

"어린 숙녀분한테 말하기는 좀 이상한 말이죠." 그는 계속해서 말했다. "하지만 당신은 내가 무엇을—그 단어로 무엇을 의미하는지 조금이라도 알겠소? 아니, 물론 모를 것이오. 나는 상투적인 의미로 그 단어를 쓰고 있는 게 아니오. 나는 젊은 남성이 사용하듯이 그 단어를 쓰고 있소. 젊은 여자들은 매우 무지하지 않소?—아마도 그게 현명한 거요—아마도—못 알아듣겠지요?"

그는 자신이 무엇을 말하고 있는지 의식하지 못하는 사람처럼 말했다.

"네, 모르겠어요." 그녀는 거의 소리를 내지 않고 말했다.

"군함들이에요, 딕! 저쪽으로! 보세요!"

그라이스 씨의 모든 해초들을 감상하고 그에게서 해방된 클라리사는 손짓을 하며 그들을 스쳐 지나갔다.

그녀는 두 대의 우중충한 회색 전함이, 눈이 먼 짐승이 그들의 먹잇감을 찾고 있는 표정으로 한 대가 다른 한 대를 바짝 따르며, 물 위에 낮게 모습을 그대로 드러낸 채 떠가는 것을 바라보았다. 리처드는 곧 정신이 들었다.

"정말이군!" 그는 손으로 눈에 들어오는 햇빛을 가리고 소리치며 일어섰다.

"우리 군함이죠, 딕?" 클라리사가 물었다.

"지중해 함대요." 그가 대답했다.

에우프로시네 호는 서서히 깃발을 내렸다 올리며 경례를 하고 있었다. 리처드는 모자를 들어올렸다. 갑자기 클라리사는 격정적으로 레이철의 손을 꼭 쥐었다.

"영국인이라는 것이 정말로 기쁘지요!" 그녀가 말했다.

군함들이 지나가며 규율과 슬픔이라는 이상한 여운을 강물에 남겼다. 사람들은 군함이 다시 보이지 않게 되어서야 서로에게 자연스럽게 말을 하였다. 점심시간의 대화는 온통 용기와 죽음 그리고 영국 해군제독들의 위대한 자질에 대한 것이었다. 클라리사가 한 시인을 인용하면 월로우비가 또 다른 시인을 인용하였다. 군함 갑판에서의 삶은 멋있다는 점에 그들은 동의했으며, 그들이 만난 선원들은 언제나 특히 멋있고 순박했다.

이런 상황에서, 헬렌이 동물원을 유지하듯이 해군들을 유지하는 것은 잘못된 일로 보이며 전쟁터에서 죽는 것에 대해 그 용기를 찬양하는 일은 이제는 확실히 그만두어야 한다고 말하자, 아무도 좋아하지 않았다. "혹은 그 용기에 대해 형편없는 시를 쓰는 것을," 이라고 페퍼가 버럭 소리 질렀다.

그러나 헬렌은 왜 레이철이 말없이 앉아 그렇게 이상하게 얼굴을 붉히고 있는지 무척이나 궁금하였다.

제5장

그렇지만 그녀는 관찰을 계속할 수도 어떤 결론을 내릴 수도 없었다. 왜냐하면 바다에서 발생할 수 있는 그런 한 사건에 의해 그들 삶 전체가 지금 어긋나 있었기 때문이었다.

차 마시는 시간만 해도 바다 수면이 그들 발밑까지 올라왔다가 다시 매우 낮게 내려갔으나, 저녁 시간에 배는 채찍을 맞는 것처럼 신음하고 긴장하는 듯이 보였다. 등이 넓은 짐마차 말이어서 등 뒷부분에서 피에로들이 왈츠라도 출 것 같던 배는 들판의 망아지가 되었다. 나이프를 쓸 때 접시들이 비스듬히 기울었으며, 댈러웨이 부인은 음식을 먹으며 감자들이 이리저리 구르는 것을 보자 잠시 얼굴이 창백해졌다. 물론 월로우비는 자기 배의 장점을 극구 칭찬하며 전문가들이나 저명한 승객들이 그 배에 대해 했던 말을 인용했다. 그는 자신의 소유물을 사랑했기 때문이었다. 여전히 저녁식사는 불편했으며, 여자들만 따로 남게 되자마자 클라리사는 잠자리에 드는 것이 낫겠다고 말하며 용감하게 웃으며 가버렸다.

다음 날 아침 폭풍이 몰려왔으며, 어떤 정중함도 그것을 무시할 수는 없었다. 댈러웨이 부인은 그녀의 방에 머물렀다. 리처드는 세 끼 식사에 참석해서는 매끼마다 씩씩하게 먹었다. 그러나세 번째 식사 때에는 양념된 아스파라거스가 기름에서 둥둥 떠다니는 것을 보고는 마침내 폭발하였다.

"질렸어." 그가 말하며 물러났다.

"이제 다시 우리들끼리 있게 됐군." 윌리엄 페퍼가 식탁을 둘러보며 말했다. 하지만 누구도 그와 대화를 나누려 하지 않았으며식사는 침묵 속에 끝났다.

다음 날 그들은 만났지만, 날아다니는 낙엽이 공중에서 만나는식이었다. 그들은 아프지는 않았지만 바람 때문에 서둘러 방으로들어갔으며 맹렬히 아래층으로 내려가버렸다. 그들은 갑판에서숨을 헐떡이며 서로를 지나쳤으며 테이블에서는 큰 소리로 소리쳤다. 그들은 모피코트를 입었으며, 헬렌은 볼 때마다 항상 머리에 스카프를 두르고 있었다. 위안을 위해 그들은 각자의 객실로물러났으며, 그곳에서 쐐기 모양으로 발을 단단히 고정시키고는배가 튀어 오르고 구르는 것을 견디었다. 그들은 질주하는 말에실린 부대 속에 담긴 감자 같다는 느낌이 들었다. 바깥세상은 온통 격렬하고 음산한 소동뿐이었다. 이틀 동안 그들은 옛 감정으로부터 완전히 벗어났다. 레이철은 자신이 바람에 휘날려 깊게주름지는 코트를 입고서 우박을 동반한 폭풍 속에 황야의 정상에 있는 당나귀 같은 생각이 들었다. 그런 다음 짭짤한 대서양 강풍에 의해 영원히 격퇴당한 시든 나무가 된 느낌이었다.

한편 헬렌은 댈러웨이 부인의 방으로 비틀거리며 걸어가서는노크하였는데, 문이 쾅 하고 닫히고 바람이 사납게 불어대어 아무래도 들리지 않자, 그냥 방으로 들어갔다.

물론 방에는 대야들이 놓여 있었다. 댈러웨이 부인은 베개에 반쯤 기대어 앉아 눈을 뜨지 않았다. 그녀는 중얼거렸다. "오, 딕, 당신이에요?"

헬렌은 흔들리며 세면대 쪽으로 밀쳐졌기 때문에 큰 소리로 말했다. "안녕하세요?"

클라리사가 한쪽 눈을 떴다. 그녀는 말할 수 없이 지쳐 보였다. "끔찍해요!" 그녀는 숨을 헐떡였으며, 그녀의 입술은 안쪽이 하얗게 변해 있었다.

헬렌은 다리를 단단히 벌리고 서서 칫솔이 담겨 있는 텀블러에 샴페인을 따르려고 하였다.

"샴페인이에요." 그녀가 말했다.

"그 안에 칫솔이 있는데요." 중얼거리며 클라리사가 미소 지었다. 미소는 마치 우는 표정을 뒤틀어 보여주는 것 같았다. 그녀는 샴페인을 마셨다.

"메스꺼워요." 그녀가 대야들을 가리키며 속삭였다. 체액의 잔재물이 달빛처럼 고요히 그녀의 얼굴에 어른거렸다.

"좀 더 드릴까요?" 헬렌이 큰 소리로 외쳤다. 또다시 클라리사는 말을 한다는 것이 힘들었다. 바람이 불어 배가 심하게 흔들렸다. 파랗게 질린 고통이 댈러웨이 부인을 물결치며 스치고 지나갔다. 커튼이 펄럭이자 어두운 불빛이 그녀를 훅 스쳐갔다. 발작적으로 폭풍이 이는 사이에 헬렌은 커튼을 고정시키고 베개를 흔들어 털고 침대보를 잡아당겨 정리하였으며, 차가운 냄새로 달아오른 콧구멍과 이마를 가라앉혔다.

"당신은 친절**하세요**!" 클라리사가 숨을 헐떡이며 말했다. "끔찍하게 엉망인데!"

그녀는 흰색 속옷들이 마루에 흩어져 있는 것에 대해 사과하려 했다. 잠시 후 그녀는 한쪽 눈을 뜨고는 방이 정돈되어 있는 것

\,

을 보았다. "훌륭해요." 그녀가 헐떡이며 말했다.

헬렌은 그녀를 남겨두고 나왔다. 멀리, 훨씬 멀리 떨어져서 그녀는 자신이 댈러웨이 부인에게 일종의 호감을 느꼈음을 알았다. 그녀는 멀미의 고통 속에서조차 깨끗한 침실을 원하는 그녀의 갈망과 정신을 존경하지 않을 수 없었다. 그렇지만 그녀의 속치마는 무릎 위로 올라와 있었다.

매우 갑자기 폭풍의 세력이 누그러졌다. 때마침 차를 마시는 시간이었는데, 예상했던 격렬한 폭풍이 마치 절정에 달한 듯이 멈추더니 차츰 줄어들었다. 일상적으로 앞뒤로 곤두박질치던 배도 이제 꾸준히 앞으로 나아갔다. 처박혔다 올라오고, 굉음을 내다가 약해지며 단조롭게 진행되던 반복이 이제 그친 것이다. 식탁에 앉은 사람들 모두 위를 바라보았으며 그들 내부에서 무언가 편안해지는 것을 느꼈다. 긴장이 풀어지자, 터널 끝에 햇빛이 보일 때 그러하듯이, 인간의 감정은 다시 드러나기 시작했다.

"한바퀴 돌자꾸나." 리들리는 맞은편의 레이철에게 말했다.

"어리석은 일이에요!" 헬렌이 소리 질렀지만, 그들은 비틀거리며 사다리를 타고 올라갔다. 바람에 억눌렸던 그들의 기분이 갑자기 되살아났는데, 왜냐하면 모든 어두운 폭풍의 소동 주변에는 희미한 황금 반점이 있기 때문이었다. 즉각 세계는 형체를 갖추었다. 사람들은 더 이상 허공중에 날아다니는 원자들이 아니었으며, 바다 위에서 승리를 거둔 배를 몰아가고 있었다. 바람과 광활한 대기가 내쫓기고, 이 세계는 욕조 속의 사과처럼 떠다녔다. 또한 닻을 올린 사람들의 마음은 다시 한 번 예전의 믿음에 애착을 갖게 되었다.

배 주변을 두 번 돌아보고 정상적으로 부는 바람을 실컷 맞은 후 그들은 선원의 얼굴이 확실히 황금빛으로 빛나는 것을 보았다. 그들은 완전히 노랗고 둥근 태양을 지켜보았는데, 다음 순간 항해하는 구름 타래가 그것을 가로지르더니 그 후 완전히 숨어 버렸다. 그렇지만 다음 날 아침식사 시간에 하늘은 깨끗이 쓸려 맑아졌으며, 파도는 비록 험준했지만 푸르렀고, 유령들이 사는 이상한 지하세계를 보고 난 후라서 사람들은 전보다 훨씬 열정적으로 차를 마시고 빵을 먹기 시작했다.

그렇지만 리처드와 클라리사는 아직 어중간한 상태에 있었다. 그녀는 일어나 앉을 엄두도 내지 못했으며, 그녀의 남편은 두 발로 서서 자신의 조끼와 바지를 찬찬히 살펴보고는 머리를 내저으며 다시 앉아버렸다. 그의 머릿속은 아직 요동치는 바다처럼 여전히 파도에 오르내리고 있었다. 네 시에 잠에서 깨어 그는 붉은 플러시천 커튼 사이로 햇빛이 선명하게 비치는 것과 회색 트위드천 바지를 보았다. 일상적인 바깥세상이 그의 머릿속으로 미끄러져 들어왔으며, 그가 옷을 차려입었을 때에는 다시금 영국 신사가 되었다.

그는 부인 옆에 섰다. 그녀는 그의 코트 깃을 잡아당겨 입을 맞추고는 잠시 동안 꼭 껴안았다.

"가서 맑은 공기 좀 쐬세요, 딕." 그녀가 말했다. "당신 굉장히 깔끔해 보여요…… 정말 좋은 냄새가 나요! 그리고 그 여자에게 정중하게 대해주세요. 정말 친절했어요."

그러고서 댈러웨이 부인은 베개의 시원한 쪽으로 몸을 돌렸는데, 끔찍하게 두들겨 맞았지만 아직 패배한 정도는 아니었다.

리처드는 헬렌이 노란색 케이크와 부드러운 빵과 버터가 놓인 두 개의 접시를 앞에 놓고 윌로우비와 얘기하고 있는 것을 보았다.

"매우 불편해 보이세요!" 헬렌은 그를 보고 큰 소리로 말했다. "오셔서 차 한잔 하세요."

그는 찻잔을 옮겨놓는 손이 매우 아름다운 것을 주목했다.

"아내한테 매우 친절하게 해주셨다고 들었습니다." 그가 말했다. "그 사람은 아주 끔찍한 시간을 보내고 있었지요. 당신이 오셔서 샴페인을 마시게 해주셨다고요. 당신도 끔찍한 뱃멀미를 경험한 적이 있나요?"

"저요? 아, 저는 이십 년 동안 아파본 적이 없어요. 뱃멀미를 해본 적이 없다는 의미죠."

"제가 언제나 말씀드리지만 회복기에는 세 단계가 있습니다." 윌로우비가 따뜻한 목소리로 끼어들었다. "우유 단계, 빵과 버터 단계, 그리고 로스트 비프 단계지요. 당신은 지금 빵과 버터 단계에 있습니다." 그는 리처드에게 접시를 건네주었다.

"지금은 따뜻한 차를 마신 다음 갑판을 활기차게 걸으라고 충고 드리지요. 그러고 나면 저녁식사 시간에는 고기를 찾게 될 겁니다." 그는 업무상 자리를 떠야 함을 사과하며 웃으며 나갔다.

"대단한 친구예요!" 리처드가 말했다. "항상 뭔가에 열심이군요."

"그래요." 헬렌이 말했다. "그는 항상 저렇게 지내왔어요."

"이것은 그의 꽤 큰 사업인데," 리처드가 계속해서 말했다. "선박 사업으로 끝날 일이 아니라고 생각해요. 의회에서도 그를 봐야 할 것 같군요. 그렇지 않으면, 내가 굉장히 실수하는 거겠지요. 그는 의회에서 우리가 원하는 그런 종류의 사람이에요. ―뭔가 일을 하는 사람 말이오."

그러나 헬렌은 자신의 시누이 남편에 대해 별로 관심이 없었다.

"머리가 아프지는 않으세요?" 그녀는 신선한 차를 따르며 물었다.

"사실, 아파요." 리처드가 말했다. "이 세상에서 인간이 얼마나 자신의 몸의 노예인가를 아는 것은 수치스런 일이죠. 벽난로 위에 물주전자 없이는 내가 일할 수 없다는 것을 아시오? 차를 자주 마시지는 않지만, 내가 원하면 마실 수 있다는 느낌이 들어야만 해요."

"정말 안됐군요." 헬렌이 말했다.

"그것은 나의 생명을 단축시키지요. 하지만, 앰브로우즈 부인, 우리 정치인들은 애초부터 그 점을 각오해야 합니다. 우리는 꼭두새벽부터 늦은 밤까지 쉼없이 일해야 합니다. 그렇지 않으면—"

"당신은 스스로를 폄하하고 있어요!" 헬렌이 쾌활하게 말했다.

"당신한테 우리를 진지하게 이해해달라고 할 수 없겠군요. 앰브로우즈 부인," 그가 항변했다. "당신이 시간을 어떻게 보내시는지 여쭤봐도 될까요? 독서—철학?" (그는 검은색의 책을 보았다.) "형이상학과 낚시질!" 그가 큰 소리로 말했다. "만약 내가 다시 태어난다면 그중 하나에 전념했을 거라고 믿어요." 그는 책장을 넘기기 시작했다.

"'그런데, 선은 정의내릴 수 없다.'" 그가 큰 소리로 읽었다. "이 문제가 계속되고 있다는 것을 생각하는 것은 얼마나 유쾌한가! '내가 아는 한 유일하게 도덕적인 한 명의 작가는 헨리 시지윅 교수로, 그는 이런 사실을 분명하게 인식하고 서술했다.'[1] 이것이 바로 우리가 젊었을 때 얘기를 나누던 바로 그런 것이지요. 나는 지금은 인도장관으로 있는 더피와 새벽 다섯 시까지 논쟁했던 것을 기억하오. 서로 토론하며 학교 회랑을 돌고 또 돌아서 잠자리에 들기에는 너무 늦은 시간이라 결론짓고 우리는 말을 타러 나갔죠. 우리가 어떤 결론에 도달한 적이 있는지는—그것은 별개의 문제요. 하지만, 중요한 것은 논쟁을 벌인다는 겁니다. 인생에서 굴복하지 않고 견뎌내는 것은 바로 그와 같은 것들이오. 그

---

1 조지 무어G. E. Moore의 『윤리학 원리*Principia Ethica*』의 한 구절.

후로 그처럼 활기찬 일은 없었소. 그게 철학자들이고, 학자들이오." 그는 계속해서 말했다. "그들은 횃불을 전하며 우리가 의지해 살아가는 그 불이 계속 타오르게 지키는 사람이오. 정치인이되었다고 해서 반드시 그 점에 대한 판단력을 잃는 것은 아니요, 앰브로우즈 부인."

"그렇죠. 왜 그래야 하나요?" 헬렌이 말했다. "그런데 부인께서 설탕을 갖고 계신가요?"

그녀는 쟁반을 집어 들고는 댈러웨이 부인에게 가기 위해 나갔다.

리처드는 목에 머플러를 두 번 감고는 힘들게 버둥대며 갑판으로 나갔다. 어두운 방에서 창백하고 연약해진 그의 몸은 신선한 공기 속에서 전체적으로 흥분되었다. 그는 자신이 의심할 여지없이 인생의 절정에 있는 남자라고 느꼈다. 바람이 그에게 세게 부딪힐 때 그의 눈에는 자부심이 불타올랐으며, 그는 확고하게 버티고 서 있었다. 고개를 약간 숙이고 그는 허우적거리며 모퉁이를 돌아 나왔으며, 위로 성큼성큼 걸어 올라가다 강풍을 만났다. 충돌이 있었다. 잠시 동안 그는 자신이 부딪친 사람이 누구인지 알아차리지 못했다. "미안합니다." "미안합니다." 사과하는 사람은 레이철이었다. 그들은 바람이 너무 불어서 말을 할 수가 없어 서로 웃었다. 그녀는 자신의 방문을 열어 젖히고는 그 고요함 속으로 들어갔다. 그녀와 말을 하기 위해서 리처드는 따라 들어가야만 했다. 그들은 바람의 소용돌이 속에 서 있었다. 종이들이 둥글게 원을 그리며 날기 시작했고, 문이 닫히며 요란한 소리를 냈다. 그들은 웃으면서 허겁지겁 의자에 앉았다. 리처드는 바흐 악보 위에 앉았다.

"이런! 대단한 태풍이군!" 그가 소리 질렀다.

"굉장하지요?" 레이철이 말했다. 확실히 힘든 투쟁과 바람이 그녀가 결여하고 있는 결단력을 그녀에게 주었다. 그녀의 볼은 붉었으며 머리카락은 아래로 내려져 있었다.

"오, 재미있는데!" 그가 소리 질렀다. "내가 어디에 앉아 있는 거야? 여기가 당신 방이오? 기분 좋군!"

"거기 — 거기 앉으세요." 그녀가 명령했다. 쿠퍼의 책은 다시 한 번 미끄러져 떨어졌다.

"다시 만나서 정말 반갑군." 리처드가 말했다. "오랜만인 것 같소. 『쿠퍼의 서한집』? ……『바흐』? ……『폭풍의 언덕』? …… 이곳이 당신이 세상에 대해 생각하는 곳이오? 그런 다음 밖으로 나와서 불쌍한 정치인들에게 질문을 퍼붓는 거요? 뱃멀미를 하는 사이에 나는 우리가 나눈 대화에 대해 많이 생각해봤어요. 틀림없이, 아가씨가 나로 하여금 생각하게 만들었소."

"제가 선생님을 생각하게 만들었다고요! 왜죠?"

"빈레이스 양, 우리는 정말로 외로운 빙산 조각들이오! 우리는 거의 의사소통할 수 없소! 내가 당신에게 말해주고 — 당신의 의견을 들어보고 — 싶은 것들이 많아요. 버크[2]를 읽은 적이 있소?"

"버크라고요?" 그녀가 반복해 말했다. "버크가 누구예요?"

"안 읽었소? 음, 그러면, 내가 반드시 당신한테 버크 책을 한 권 보내줘야겠군요. 『프랑스 혁명에 관한 연설』 — 『미국반란』 — 어느 책이 좋을까?" 그는 자기 수첩에 무언가를 적었다. "내가 보내주면 당신은 그 책에 대한 생각을 편지로 적어 보내줘야 하오. 과묵함 — 소외감 — 이것이 바로 현대 생활에 문제가 되는 거요! 이제, 당신에 대해 말해보시오. 아가씨의 관심거리나 하는 일은 무엇인가요? 나는 당신이 아주 강한 관심을 갖고 있는 사람이라고

2 에드먼드 버크(Edmund Burke, 1729~1797), 정치인이며 정치 작가.

생각되는데. 물론 그렇겠지! 좋아요! 이렇게 많은 기회와 가능성이 있고 해보고 즐길 수 있는 일이 산더미처럼 쌓여 있는 현재의 삶을 생각하면, 인생을 한 번이 아니라 열 번 정도는 살고 싶지 않소? 그런데 아가씨는 어떠시오?"

"보시다시피, 저는 여자예요." 레이철이 말했다.

"알지─알아요." 리처드가 고개를 뒤로 젖히고 손가락을 눈가로 가져가며 말했다.

"여성이란 정말 이상하오! 젊고 아름다운 여성이란." 그는 함축적으로 말을 계속하였다. "모든 세계를 자기 발아래 갖고 있는 거요. 빈레이스 양, 이건 진실이오. 당신은 헤아릴 수 없이 많은 힘을 가졌소.─선으로든 악으로든. 당신이 할 수 없는 것은─" 그는 갑자기 말을 그쳤다.

"뭔가요?" 레이철이 물었다.

"당신은 아름다움을 지녔소." 그는 말했다. 배가 급히 한쪽으로 기울었다. 레이철이 가볍게 앞으로 넘어졌다. 리처드는 그녀를 팔로 안으며 키스했다. 그녀를 꼭 껴안고 열렬히 키스해서, 레이철은 그의 단단한 몸과 거친 뺨이 자신의 몸에 그대로 눌러 박히는 것처럼 느꼈다. 그녀는 의자로 벌렁 나자빠지듯 앉았으며, 심장은 거대한 박동 소리를 내고 뛰었고 심장이 뛸 때마다 그녀의 눈앞으로 검은 파도가 일렁였다. 그는 자신의 이마를 양손으로 움켜쥐었다.

"당신이 나를 유혹하오." 그가 말했다. 그의 목소리는 두려움을 담고 있었다. 그는 싸우느라고 숨이 막힌 것 같았다. 그들은 둘 다 떨고 있었다. 레이철이 일어서 밖으로 나갔다. 머리는 차갑고 무릎이 후들거렸으며 격정으로 인한 육체적 고통이 너무 커서, 심장이 세차게 뛰었기 때문에 몸을 움직일 수 없을 지경이었다. 그녀는 배의 난간에 기대었다. 서서히 느낌이 멈추기 시작했는데, 몸과 마음으로 냉기가 섬뜩하게 스며들었기 때문이었다. 저 멀리 파도들 사이로 검은색과 흰색의 작은 해조들이 날고 있었다. 파도의 움푹 파인 곳에서 올라갔다 내려왔다 매끄럽고 우아하게 움직이며 해조들은 이상하게 초연하고 무관심한 듯 보였다.

"너희들은 평화롭구나." 그녀가 말했다. 그녀 역시 평온해졌으며, 동시에 이상한 환희에 사로잡혔다. 삶은 그녀가 결코 추측해 본 적이 없는 무한한 가능성을 갖고 있는 것처럼 보였다. 그녀는 난간에 몸을 기대고 요동치는 잿빛 바다를 바라보았는데, 그곳에는 파도 등성이로 햇빛이 적절하게 흩어져 내렸으며, 마침내 그녀는 다시금 침착하고 완전히 평온해졌다. 어쨌든 멋진 일이 일어났었다.

그러나 저녁식사 시간에 레이철은 흥분된 기분이 아니라 불편함만을 느꼈다. 마치 그녀와 리처드가 일상에서는 비밀스런 무언가를 함께 본 것처럼, 그들은 서로를 쳐다보고 싶어 하지 않는 것 같았다. 리처드는 한번 거북하게 그녀를 슬쩍 보고는 다시는 그녀를 바라보지 않았다. 애써 표면상으로는 평범해 보였는데, 윌로우비가 분위기를 북돋웠다.

"댈러웨이 씨에게 비프를!" 그가 소리 질렀다. "자 이제, 산책을 하셨으니 고기를 드실 단계지요, 댈러웨이 씨!"

브라이트[3]와 디즈레일리[4]와 연립정부에 대한 멋진 남자다운 이야기들이 이어졌으며, 이 훌륭한 이야기들은 식탁에 있는 사람들을 특색 없고 왜소하게 보이게 하였다. 저녁식사 후 레이철과 단둘이 커다란 흔들 램프 아래 앉은 헬렌은 그녀의 창백한 모습

---

3 존 브라이트(John Bright, 1811~1889), 개혁파 정치인으로, 1838년에 반곡물법연맹의 설립자.
4 벤자민 디즈레일리(Benjamin Disraeli, 1804~1881), 보수당 정치인으로 수상을 지냄.

에 놀랐다. 헬렌은 이 젊은 아가씨의 행동에 뭔가 이상한 점이 있다고 다시 한 번 생각했다.

"피곤해 보이는구나. 힘드니?" 그녀가 물었다.

"아니에요." 레이철이 말했다. "아, 네. 피곤한 것 같아요."

헬렌이 잠자리에 들라고 충고하자, 그녀는 리처드를 외면하며 나갔다. 그녀가 곧바로 잠에 빠져 든 것으로 보아 매우 피곤했음에 틀림없었다. 하지만 한두 시간의 숙면 후에 그녀는 꿈을 꾸었다. 그녀는 꿈속에서 긴 터널을 걸어 내려가고 있었는데, 이 터널은 점차로 좁아져서 터널 양쪽의 축축한 벽돌을 손으로 만질 수 있을 정도였다. 마침내 터널이 열리고 지하실이 나타났으며, 그녀는 몸을 움직이는 곳마다 벽돌로 막힌 그곳에 갇혀 있었다. 그녀는 자신이 손톱을 길게 기르고 알아들을 수 없는 말을 지껄이며 바닥에 쭈그리고 있는 몰골사나운 자그마한 남자와 단둘이 있음을 알았다. 그의 얼굴에는 곰보 자국들이 있었으며 마치 동물의 모습과 흡사했다. 그 남자의 뒤쪽 벽에서 습기가 스며 나와 물방울이 맺혀 흘러내렸다. 그녀는 감히 움직일 엄두도 내지 못하고 죽은 듯이 조용히 누워 있었다. 마침내 침대에서 뒤치락거리며 악몽에서 깨어나서 소리 질렀다. "아악!"

불빛이 그녀에게 낯익은 것들을 보여주었다. 그녀의 옷은 의자에서 흘러내려 있었으며, 물주전자는 희미하게 빛나고 있었다. 하지만 공포감은 즉시 사라지지 않았다. 그녀는 자신이 쫓기고 있다고 느꼈으며, 일어나서 실제로 방문을 잠갔다. 어떤 목소리가 그녀에게 신음 소리를 냈으며, 눈동자들이 그녀를 원하고 있었다. 밤중 내내 야만인들이 배를 습격했는데, 그들은 통로를 우당탕탕 내려와서는 그녀의 방문 앞에 멈춰 서서 코를 킁킁거렸다. 그녀는 다시 잠들 수가 없었다.

제6장

"내가 언제나 말하듯이, 그것이 바로 삶의 비극이에요!" 댈러웨이 부인이 말했다. "시작이 있으면 끝이 있다는거죠. 하지만, 당신만 괜찮다면, **이것**은 끝내고 싶지 않아요." 아침이었다. 바다는 고요하고, 배는 다시 한 번 또 다른 해안으로부터 멀지 않은 곳에 닻을 내렸다.

그녀는 머리에 베일을 두르고 긴 모피 망토를 입고 있었으며, 다시금 사치스런 상자들이 쌓여 있어서 며칠 전의 장면이 반복되는 것처럼 보였다.

"우리가 런던에서 만날 수 있을까요?" 리들리가 빈정대듯 말했다. "당신이 저곳에 발을 디딜 쯤에는 나에 대해서 전부 잊어버릴 거요."

그는 작은 만의 해안을 가리켰으며, 그들은 이제 그곳에 있는 각각의 나무들의 나뭇가지가 흔들리는 것을 볼 수 있었다.

"너무하세요!" 그녀가 웃었다. "레이철은 영국에 돌아오자마자, 반드시 나를 보러 올 거예요." 그녀는 레이철의 팔을 지그시 누르며 말했다. "이제 — 당신은 변명의 여지가 없어요!"

그녀는 은빛 연필로『설득』의 면지에 자신의 이름과 주소를 적어서 레이철에게 그 책을 주었다. 선원들은 가방을 짊어지고 있었으며, 사람들이 모여들기 시작했다. 코볼드 선장과 그라이스 씨, 윌로우비, 헬렌, 그리고 푸른 저지 셔츠를 입고 감사해하는 누군지 분명치 않은 어떤 남자가 있었다.

"오, 시간이 다 됐어요." 클라리사가 말했다. "음, 안녕히 계세요. 나는 당신을 정말로 좋아해요." 그녀는 레이철에게 작별키스를 하며 속삭였다. 길을 막고 있는 사람들이 리처드가 레이철과 악수할 필요가 없게 해주었다. 그는 아주 부자연스럽게 그녀를 잠깐 쳐다보고는 부인을 따라 뱃전으로 내려갔다.

선박에서 분리된 보트는 육지를 향해 서둘러 떠났으며, 헬렌과 리들리와 레이철은 잠시 난간에 기대어 지켜보았다. 댈러웨이 부인은 몸을 한번 돌려서 손을 흔들었다. 하지만 보트는 끊임없이 점점 작아져서 마침내 오르락내리락거리는 흔들림을 멈춘 듯 보였으며, 배 양쪽의 용골龍骨을 제외하고는 아무것도 보이지 않게 되었다.

"이제 끝났군." 긴 침묵 후에 리들리가 말했다. "**그들을** 결코 다시 보게 되지 않을 거요." 그는 책을 읽으러 가기 위해 몸을 돌리며 덧붙였다. 그들은 공허하고 우울한 느낌이 들었다. 그들은 마음속으로 이제 끝났다는 것을, 즉 그들이 영원히 떠났다는 것을 알았다. 그리고 그러한 사실은 그들이 알고 지낸 기간에 비해 그들을 훨씬 더 많이 우울하게 만들었다. 그들은 보트가 멀리 떠났을 때조차, 다른 광경이나 소리가 댈러웨이 부부의 자리를 차지하기 시작한다는 느낌이 너무 불쾌해서 그것을 떨쳐버리려 했다. 그런 식으로 그들 역시 잊혀질 것이다.

아래층에서 체일리 부인이 화장대에 있는 시든 장미 꽃잎들을 쓸어내고 있는 것과 똑같은 식으로, 헬렌은 방문객들이 가고 난 후 다시 일들을 정리하고 싶어 했다. 레이철은 분명히 무기력하고 열의가 없어 보여 쉽게 그녀의 먹이가 되었는데, 사실 헬렌은 일종의 덫을 생각해냈다. 그녀는 레이철에게 무슨 일인가 있었다는 것을 이제 아주 확실하게 느꼈다. 더구나 헬렌은 그들이 상당히 오랫동안 서로 소원한 사이였다는 생각이 들었다. 그녀는 레이철이 어떤 사람인지를 알고 싶었는데, 그것은 물론 레이철이 자신을 드러내고 싶어 하는 성향을 보이지 않기 때문이기도 했다. 그래서 그들이 난간에서 돌아설 때 헬렌이 말했다.

"피아노 연습 대신 가서 나랑 얘기 좀 하자꾸나." 그러고는 갑판 의자들이 햇빛 속에 펼쳐져 있는 은신처로 길을 안내했다. 레이철은 무심하게 그녀를 따라갔다. 그녀의 생각은 리처드에게 사로잡혀 있었다. 그녀는 자신에게 일어났던 굉장히 이상한 일과 그 전에는 의식하지 못했던 수천 가지 느낌들에 열중해 있었다. 헬렌이 우선 일상적인 얘기들을 했기 때문에, 그녀는 헬렌이 무슨 말을 하는지 거의 들으려하지 않았다. 앰브로우즈 부인이 자수를 정리하고 명주실을 뽑아내어 바늘구멍에 꿰고 있는 동안 레이철은 뒤로 기대어 수평선을 응시했다.

"그 사람들을 좋아했지?" 헬렌은 무심히 지나치듯 물었다.

"네." 그녀는 멍하니 대답했다.

"그와 얘기를 나눴지, 그랬지 않니?"

그녀는 잠깐 동안 아무 말도 하지 않았다.

"그가 나에게 키스했어요." 그녀는 아무런 억양의 변화도 없이 말했다.

헬렌은 움찔 놀라서 그녀를 바라보았지만 그녀가 어떤 느낌이었을지 이해할 수 없었다.

"으―으―음 그래." 잠시 후 그녀가 말했다. "나는 그가 그런 타입의 남자라고 생각했어."

"어떤 타입의 남자요?" 레이철이 말했다.

"젠체하고 감상적이야."

"저는 그를 좋아했어요." 레이철이 말했다.

"그래서 너는 언짢지 않았니?"

헬렌이 그녀를 알아온 이래 처음으로 레이철의 눈이 밝게 빛났다. "마음이 쓰였어요." 그녀가 열정적으로 말했다. "꿈을 꾸었어요. 잠을 잘 수도 없었어요."

"무슨 일이 있었는지 말해보렴." 헬렌이 말했다. 그녀는 레이철의 얘기를 들으며 자신의 입술에 경련이 이는 것을 참아야만 했다. 이야기는 매우 진지하고 아무런 유머감각도 없이 불쑥 쏟아져 나왔다.

"우리는 정치에 관해 대화를 나눴어요. 그는 어딘가에서 가난한 사람들을 위해 자신이 했던 일을 말해줬어요. 저는 그에게 온갖 종류의 질문을 하였어요. 그는 저에게 자신의 삶에 대해 얘기했어요. 그제, 폭풍이 지난 후에 그는 나를 보러 왔어요. 그 일은 그때, 아주 갑자기 일어났어요. 그가 나에게 키스했어요. 이유는 모르겠어요." 그녀는 이 말을 하며 얼굴이 발갛게 달아올랐다. "저는 굉장히 흥분되었어요." 그녀는 계속해서 말을 했다. "하지만 저는 그 뒤로는 신경 쓰지 않았어요." 그녀는 말을 멈추었고, 다시금 거만한 작은 남자의 모습이 떠올랐다. "제가 겁을 먹게 되기 전까지는."

그녀 눈의 표정으로 보아 그녀가 다시 무서워하는 것이 분명했다. 헬렌은 정말로 무슨 말을 해야 좋을지 몰랐다. 헬렌은 자신이 레이철의 성장 과정에 대해 아주 조금 아는 바로는, 그녀가 남자와 여자의 관계에 대해 완전히 무지하리라는 생각이 들었다. 남자가 아니라 같은 여자에게 느끼는 쑥스러움 때문에 헬렌은 남녀관계가 어떤 것인지를 간단하게 설명해버리고 싶지 않았다. 그래서 그녀는 다른 방침을 취하고는 그 일을 무시해버렸다.

"오, 그래," 그녀는 말했다. "그는 어리석은 사람이었어. 내가 너라면 더 이상 그것에 대해 생각하지 않을 거야."

"아니에요." 레이철은 똑바로 앉아서 말했다. "저는 그러지 않을 거예요. 저는 그것이 무엇을 의미하는지 정확하게 알아낼 때까지 종일 밤낮으로 그것에 대해 생각할 거예요."

"책에서 읽은 적도 없니?" 헬렌은 시험 삼아 물어보았다.

"『쿠퍼의 서한집』—그런 종류의 책에서요? 아버지는 저나 고모들에게 그런 책들을 갖다주세요."

헬렌은 자기 딸이 스물넷이 되도록 남자가 여자를 욕망한다는 것도 모르며 키스 때문에 겁을 먹도록 키워놓은 남자에 대해 자신이 어떻게 생각하는지를 큰 소리로 말하고 싶은 충동을 거의 억제할 수가 없었다. 그녀는 레이철이 스스로를 믿을 수 없이 우스꽝스럽게 만들어왔다고 걱정할 충분한 이유가 있었다.

"너는 알고 있는 남자들이 많지 않지?" 그녀가 물었다.

"페퍼 씨를 알아요." 레이철이 빈정거리듯 말했다.

"그래, 아무도 너와 결혼하기를 원한 적이 없겠구나?"

"없어요." 그녀는 솔직하게 대답했다.

그녀의 말을 듣고 헬렌은 레이철이 확실히 이런 일들을 생각해보려고 하므로 그녀를 도와주는 것이 좋겠다고 마음먹었다.

"너는 겁을 먹어서는 안 돼." 그녀가 말했다. "그것은 세상에서 가장 자연스런 일이란다. 남자들이 너와 키스하기를 원하는 것은 그들이 너와 결혼하기를 원하는 것과 같은 거야. 유감스러운 점은 균형이 안 맞는다는 거야. 그것은 사람들이 음식 먹을 때 소리를 내거나, 남자들이 침을 뱉는 것, 아니면 간단히 말해서 신경에 거슬리는 어떤 사소한 것을 알아차리는 것과 같은 거지.”

레이철은 이 말에 주의를 기울이지 않는 것 같았다. “말해주세요.” 그녀가 갑자기 말했다. “피커딜리 가에 있는 여자들은 뭐하는 사람들이죠?”

“피커딜리 가? 그들은 매춘부들이야.” 헬렌이 말했다.

“끔찍해요—메스꺼워요.” 레이철은 마치 자신의 증오 속에 헬렌을 포함하듯이 단호히 말했다.

“그렇지.” 헬렌은 말했다. “그러나—”

“저는 그를 좋아했어요.” 마치 혼잣말을 하듯이 레이철은 깊은 생각에 잠겼다.

“저는 그에게 말하고 싶었어요. 그가 무슨 일을 해왔는지 알고 싶었어요. 랭카셔의 여성들은—”

레이철이 리처드와 나눈 대화를 상기할 때 리처드에게 뭔가 사랑스런 면이 있었으며 그들이 시도했던 우정에 좋은 점이 있었고 그들이 헤어진 방식에 뭔가 이상하게 애처로운 면이 있는 것처럼 보였다.

헬렌이 보았을 때 레이철의 기분이 누그러졌음이 분명했다.

“자, 알겠지,” 그녀가 말했다. “사태를 있는 그대로 받아들여야 한다. 그리고 남자와 우정을 원하면 위험을 감수해야만 해. 개인적으로,” 그녀는 갑자기 미소지으며 계속해서 말했다. “나는 남자와의 그런 경험은 그럴 만한 가치가 있다고 생각해. 나는 키스받는 것은 개의치 않아. 나는 댈러웨이 씨가 나한테 키스하지 않고 너에게 키스했다는 것에 다소 질투가 나는데. 그렇지만,” 그녀는 덧붙였다. “그는 나를 상당히 지루하게 하더구나.”

그러나 레이철은 미소로 응답하지도, 헬렌이 그러기를 의도한 대로 전체적인 문제를 그만 끝내지도 않았다. 그녀의 생각은 아주 급히 일관성 없이 고통스럽게 작용하고 있었다. 헬렌의 말은 언제나 자신의 마음속, 그곳에 자리 잡고 있던 커다란 방해물들을 베어 넘겼으며, 쓰러진 방해물들 사이로 들어온 빛은 차가웠다. 시선을 고정하고 잠시 앉아 있던 레이철이 갑자기 소리쳤다.

 "그래서 제가 혼자 걸어 다닐 수 없는 거군요!"

 이 새로운 영감으로 그녀는 처음으로 자신의 인생이 높은 벽들 사이에서 조심스럽게 움직이며 여기서는 옆으로 비끼고 저기서는 어둠에 처박히며 영원히 지루하고 불구의 상태로 장벽에 둘러싸여 느릿느릿 기어가고 있는 것처럼 보였다. 그녀가 갖고 있는 유일한 기회인 자신의 삶이, 그 많은 말들과 행동들이 분명해졌다.

 "남자들이 짐승들이기 때문이에요! 저는 남자들을 싫어해요!" 그녀가 큰 소리로 말했다.

 "네가 그를 좋아한다고 말했다고 생각하는데?" 헬렌이 말했다.

 "그를 좋아했고 키스 받는 것도 좋았지요." 그녀는 마치 그것이 그녀의 문제에 단지 더 많은 어려움들만을 덧붙이는 것처럼 대답했다.

 헬렌은 그녀의 충격과 갈등이 얼마나 진정한 것인지를 알고 놀랐지만, 그녀의 어려움을 완화시켜주기 위해서는 계속 대화를 나누는 수밖에 없다고 생각했다. 그녀는 어떻게 이렇게 다소 무디고 친절하며 그럴 듯하게 말하는 정치인이 그녀에게 그렇게 깊은 인상을 남겼는지를 알고 싶어서 자기 조카에게 얘기를 시키고 싶었다. 확실히 스물넷의 나이에 이것은 자연스런 일이 아니기 때문이었다.

"그러면 댈러웨이 부인도 역시 마음에 들었니?" 그녀가 물었다.

그녀는 말하면서 레이철의 얼굴이 붉어지는 것을 보았다. 왜냐하면 레이철은 자신이 말했던 어리석은 말들을 기억했으며, 또한 이 매우 아름다운 여성을 다소 못되게 대접했다는 생각이 떠올랐고, 댈러웨이 부인이 남편을 사랑한다고 말했기 때문이었다.

"그녀는 매우 멋있지만 바보 같은 사람이었어." 헬렌은 계속해서 말했다. "그런 말도 안 되는 소리를 들어본 적이 없어! 재잘재잘 — 물고기와 그리스어 알파벳 — 남의 말은 한 마디도 듣지 않고 — 아이들 교육 방식에 대해서는 바보 같은 이론으로 가득 차 있고 — 어떤 경우라도 그녀 남편한테 말하는 것이 훨씬 나을 거야. 그는 거만하기는 했지만 적어도 상대방의 말을 이해는 했거든."

리처드와 클라리사로부터 신비로운 매력이 서서히 조금 사라졌다. 그렇다면 그들은 성숙한 사람의 눈으로 보았을 때는 결국 그다지 멋있지 않았던 것이다.

"어떤 사람인지를 아는 것은 너무 어려워요." 레이철이 말할 때, 헬렌은 그녀가 보다 자연스럽게 말하는 것을 기쁘게 바라보았다. "속았다는 생각이 들어요."

헬렌의 판단으로 그 점에 의심의 여지가 없었지만, 그녀는 자제하고 큰 소리로 말했다.

"사람은 실제로 겪어봐야 아는 거란다."

"그래도 그들은 **멋있었어요.**" 레이철이 말했다. "그들은 보기 드물게 재미있는 분들이었어요." 그녀는 신경중추와 같은 하수 시설과 병든 피부의 부스러기 같은 불량 주택들과 함께 리처드가 그녀에게 주었던 세상의 이미지를 생물체로 떠올려보고자 했다. 그녀는 그의 슬로건 — 통합 — 상상력 — 을 상기했으며, 그가 누이들과 카나리아들과 소년 시절과 자신의 아버지에 대해 말할 때 그녀의 찻잔에 거품들이 일어나며 그녀의 작은 세계가 멋지게 확장되던 것을 다시금 떠올렸다.

"그러나 모든 사람들이 너에게 똑같이 흥미로워 보이는 것은 아니야, 그렇지?" 앰브로우즈 부인이 물었다.

레이철은 지금까지는 대부분의 사람들이 상징이었지만, 그들이 누군가에게 말을 했을 때 그들은 상징이기를 끝내고 무언가 되었다고 설명했다. "저는 그들 말을 영원히 귀담아 들을 수 있었어요!" 그녀가 큰 소리로 말했다. 그녀는 벌떡 일어나 잠시 아래층으로 사라졌다가 두툼한 빨강 책 한 권을 들고 나타났다.

"『인명록』" 그녀는 책을 헬렌의 무릎에 올려놓고 책장을 넘기면서 말했다. "인물들의 생애에 대한 짧은 설명이 있어요. 예를 들면, '롤랜드 빌 경, 1852년 생, 부모는 모파트 출신, 럭비에서 수학, 영국 공병대(R. E.)에 일등 합격, 1878년 티 피시윅의 딸과 결혼, 1884~1885년 비추아날랜드 탐험대에서 근무(등외 상장等外 賞狀), 유나이티드 서비스와 육해군 클럽 회원, 취미로는 컬링 경기에 열광.'"

레이철은 헬렌의 발밑 갑판에 앉아 계속해서 책장을 넘기며 인명록을 읽어나갔다. 은행원, 작가, 성직자, 선원, 의사, 판사, 교수, 정치가, 편집자, 박애주의자, 상인, 여배우 등등. 또한 그들이 어떤 클럽의 소속이었으며, 어디에서 살았고, 어떤 경기를 즐겼으며, 얼마나 많은 땅을 소유하고 있었나 등의 내용이었다.

그녀는 그 책에 빠져 있었다.

그동안 헬렌은 자수를 놓으며 그들이 말한 것들을 곰곰이 생각해보았다. 그녀는 만약 가능하다면 어떻게 살아야 하는지를 혹은 자신의 말대로 어떻게 하면 합리적인 사람이 되는지를 자신의 조카에게 정말로 알려주고 싶다는 결론을 내렸다. 그녀는 정치와 키스하는 정치인을 혼돈하는 것은 무언가 잘못되었음에 틀림없으며 따라서 연장자가 도와주어야만 한다고 생각했다.

"나도 전적으로 동의해." 그녀가 말했다. "사람들은 아주 흥미로워. 다만 —" 레이철이 캐내려는 듯이 호기심을 갖고 쳐다보았다.

"다만 네가 분별할 줄 알아야 한다고 생각해." 그녀가 말을 마저 끝냈다. "글쎄, 댈러웨이 부부처럼 약간 이류의 사람들과 친하게 된 다음, 나중에야 그것을 알게 되는 것은 애석한 일이지."

"하지만 어떻게 알 수 있나요?" 레이철이 물었다.

"실제로 너에게 말을 해줄 수는 없구나." 헬렌은 잠시 생각한 후에 솔직하게 대답했다. "너 스스로 알아내야만 할 거야. 하지만 노력해봐 그런데 — 너는 왜 나를 헬렌이라고 부르지 않니?" 그녀가 덧붙였다. "'외숙모'는 끔찍한 호칭이야. 나는 결코 나의 숙모들을 좋아하지 않았단다."

"저도 헬렌이라고 부르고 싶어요." 레이철이 대답했다.

"너는 내가 전혀 공감하지 못한다고 생각하니?"

레이철은 헬렌이 분명히 이해하지 못하고 있는 점들을 생각해보았다. 그 문제들은 주로 그들 사이에 있는 거의 이십 년의 나이 차에서 오는 것이었는데, 이런 나이 차는 그런 문제의 순간에 앰브로우즈 부인을 매우 유머러스하고 차분하게 보이도록 했다.

"아니에요." 레이철이 말했다. "물론, 이해하지 못하시는 점도 있죠."

"물론이지." 헬렌이 동의했다. "그래 이제 너는 앞서 나가서 스스로 자립하는 사람이 될 수 있어." 그녀가 덧붙였다.

바다나 바람처럼, 융합되지 않고 그 밖의 다른 것과는 다른, 실제로 영속적인 것으로서 자신의 모습, 그녀 자신의 존재 환영이 레이철의 마음에 문득 떠오르며, 그녀는 자신이 살아 있다는 사실에 완전히 흥분해 있었다.

"저는 저-어 자신일 수 있어요." 그녀는 더듬거리며 말했다. "외숙모와 댈러웨이 부부와 페퍼 씨와 아버지와 고모들과, 이 모든 사람들에도 불구하고?" 그녀는 정치가와 군인들이 실린 페이지 전부를 손으로 휩쓸었다.

"모든 사람들에도 불구하고." 헬렌이 엄숙하게 말했다. 그런 다음 그녀는 바늘을 내려놓고, 그들이 얘기할 때 자신의 머리에 떠오른 계획을 설명했다. 아마존 강을 따라 구불구불 굽이쳐 내려가, 지옥불 속 같은 열대항구에 도착하여 종일 실내에서 부채로 벌레들이나 쫓아내며 있는 대신, 확실히 현명한 일은 그들과 함께 해변가에 있는 그들의 빌라에 가서 그 계절을 보내는 것이었다. 거기에는 다른 장점들 가운데서도 앰브로우즈 부인 자신이 바로 가까이에 있게 된다는 장점이 있었다.

"결국은, 레이철," 그녀는 갑자기 말을 중단했다. "우리 사이에 이십 년의 나이 차가 있다고 해서 서로에게 인간답게 대화를 나눌 수 없는 척하는 것은 어리석은 거야."

"그래요. 우리는 서로를 좋아하잖아요." 레이철이 말했다.

"그래." 앰브로우즈 부인이 동의했다.

그들이 어떻게 이런 결론에 이르게 되었는지는 설명할 수 없었지만, 다른 사실들과 더불어 이 사실은 그들 사이에 이십 분간의 대화로 분명해졌다.

도대체 어떻게 해서 이 결론에 이르게 되었든지, 이 결론은 매우 진지해서 앰브로우즈 부인은 한 이틀 안에 시누이 남편을 찾았다. 그녀는 그가 자기 방에 앉아 얇은 종이 묶음에 단단한 푸른색 연필로 권위 있게 써가며 일을 하고 있는 것을 보았다. 그의 왼쪽 오른쪽으로 서류들이 놓여 있었으며, 커다란 봉투들에는 서류들이 가득 차서 탁자 위로 서류들이 삐져나와 있었다. 그의 머리 위쪽으로 한 여성의 얼굴 사진이 걸려 있었다. 코크니[1] 사진사 앞에 꼼짝 못하고 가만히 앉아 있어야 했기 때문에, 그녀는 입술을 기묘하게 작게 오므리고 있었고, 똑같은 이유로 눈은 마치 그녀가 그 모든 상황을 우습게 보고 있다고 생각하는 것처럼 보였다. 아무튼 그것은 독특하고 흥미로운 여성의 얼굴로, 그녀는 만약 윌로우비와 눈이 마주칠 수만 있다면 틀림없이 얼굴을 돌려서 그를 보고 웃었을 것이다. 하지만 그는 그녀를 올려다보고는 깊이 한숨을 내쉬었다. 그의 생각으로는, 밤에는 산처럼 보이는 헐[2]에 커다란 공장들을 세운다든지 선박들을 제시간에 맞춰 바다를 항해시킨다든지 이것저것을 결합해서 실속 있는 산업단지를 건립하는 계획들, 그가 하는 이런 일들은 모두가 그녀에게 바치는 선물이었다. 그는 자신의 성공을 그녀의 발아래 바쳤으며, 그의 딸을 어떻게 교육시키면 죽은 아내 테레사가 기뻐할까를 늘 생각하고 있었다. 그는 매우 야심 있는 남자였으며, 헬렌이 생각하듯이 아내가 살았을 때 아내에게 특별히 친절하지는 않았지만, 지금은 그녀가 하늘에서 그를 지켜보며 그에게 훌륭한 뭔가를 불어 넣어준다고 믿고 있었다.

앰브로우즈 부인은 방해한 것을 사과하며 그녀들의 계획에 대해 얘기해도 괜찮은지 물었다. 그의 딸을 아마존 강을 따라 계속 데리고 가는 대신에, 자기들이 육지에 닿았을 때 함께 남겨두고 가는 것에 동의하는지를?

"우리가 그녀를 돌봐주고 싶어요." 그녀는 덧붙였다. "정말로 그러고 싶어요."

윌로우비는 매우 심각해 보였으며 조심스럽게 그의 서류들을

---

1. 런던 이스트 엔드 지역의 런던 본토박이로, 사투리를 쓰며 런던 사람 특유의 기질과 풍습이 있음.
2. 잉글랜드 북동 해안 험버사이드 주에 있는 헐 시는 선박, 제분, 제조업의 중심지.

옆으로 밀쳐놓았다.

"그 애는 착한 딸이오." 그가 잠시 후 말했다. "닮지 않았소?" 그는 테레사의 사진을 보고 고개를 끄덕이며 한숨을 쉬었다. 헬렌은 테레사가 코크니 사진사 앞에서 입술을 오므리고 있는 모습을 바라보았다. 그것은 터무니없이 인간적인 방식으로 그녀를 생각나게 했으며, 따라서 그녀는 농담을 나누고 싶은 욕망을 강하게 느꼈다.

"그 애가 나에게 남겨진 유일한 존재요." 윌로우비가 한숨을 내쉬었다. "우리는 이런 것들에 대해서는 얘기하지 않고 세월을 보내고 있어요. ―" 그가 갑자기 말을 중단했다. "그렇게 하는 것이 훨씬 낫지 않겠소. 그렇지만, 삶이 너무 힘든 것 같소."

헬렌은 그가 안쓰러워 어깨를 다독여주었다. 그러나 그녀는 시누이 남편 윌로우비가 자신의 감정을 드러내는 것이 불편해서, 레이철을 칭찬하는 것으로 도피처를 찾아서는 왜 자신의 계획이 좋다고 생각하는지를 설명했다.

"맞는 말이오." 그녀가 설명을 마치자 윌로우비가 말했다. "사회적 상황들이 구식으로 되어 있기 마련이오. 나는 상당히 시대에 뒤져 있음이 틀림없소. 딸애가 바란다니 동의하겠소. 물론 당신을 전적으로 믿어요…… 자, 헬렌, 알겠죠." 그는 친밀하게 계속 말을 했다. "나는 그 애의 어머니가 원했을 바대로 딸애를 키우고 싶어요. 나는 이런 현대적 견해들에 동의하지 않아요. 당신도 그렇지 않소? 그 애는 착하고 조용한 아가씨로 음악에 열중해 있어요. 음악에 조금 덜 몰두한다고 해서 딸애에게 해가 되진 않을 거요. 하지만 음악이 그녀를 행복하게 하며, 우리는 리치몬드에서 아주 조용히 살고 있어요. 나는 그 애가 보다 많은 사람들을 알기 시작했으면 해요. 내가 귀국할 때 그녀를 데리고 갈 생각이오. 나는 리치몬드에 내 누이들은 남겨두고 런던에 집을 한 채 빌린 다음, 그 애를 데려가서 나를 위해서 그녀에게 친절하게 해줄 사람을 한두 명 만나게 할 생각을 좀 하고 있어요. 나는 깨닫기 시작했소," 윌로우비는 몸을 쭉 뻗으며 계속해서 말했다. "헬렌, 이 모두가 의회에 마음 쓰는 일이라는 사실을. 이것이 우리가 어떤 일들을 이루고자 할 때 제대로 일을 성사시키는 유일한 방법이오. 나는 그것에 대해 댈러웨이에게 말했어요. 물론 그런 경우에 레이철이 더 많은 부분의 일에 참여할 수 있기를 바라오. 어느 정도의 접대가 필요할 것이오. 저녁 만찬이나 이따금 이브닝 파티를 여는 일 말이오. 사람은 체질적으로 즐겁게 대접받는 것을 좋아한다고 생각해요. 이 모든 면에서 레이철은 나에게 굉장한 도움이 될 수 있소. 그래서," 그는 말을 마무리지었다. "당신의 이 방문을 정리하자면(사업적인 용무임에 틀림없겠죠?) 내 딸을 도울 수 있는 방법을 당신이 찾아내주면 고맙겠소. 그 애를 사교계에 내보내어―딸애는 지금은 약간 수줍어하오.―여자로, 그녀의 어머니가 그녀에게 바랐을 그런 여자로 만들어주면 정말 기쁘겠소." 그는 사진으로 고개를 휙 돌리며 말을 끝냈다.

헬렌이 봤을 때 비록 자신의 딸에 대해 끊임없이 진정한 애정을 담은 것이었지만, 윌로우비의 이기심은 헬렌으로 하여금 그녀를 데리고 가서 함께 있어야겠다고 결심하게 만들었다. 아무리 레이철의 여성적인 우아함을 위한 모든 교육을 자신이 약속해야 한다고 할지라도 그러했다. 그녀는 레이철이 토리당원의 안주인이 된다는 생각에 웃지 아니할 수 없었으며, 윌로우비를 두고 나오며 아버지란 사람의 경악할 만한 무지에 놀라지 않을 수 없었다.

의견을 전해 들은 레이철은 헬렌이 바란 만큼 열광적이지는 않았다. 한순간 열망하다가 다음 순간 회의적이었다. 거대한 강의 환영들이, 때로는 푸른색인가 하면 또 때로는 열대 태양과 가로 질러 날아가는 멋진 새들로 노랗게, 때로는 달빛을 받아 하얗게 또 때로는 스쳐 지나가는 나무들과 얽혀 있는 강둑에서 미끄러 지듯 나오는 카누들의 그림자 때문에 진한 색으로, 그녀를 에워 쌌다. 헬렌은 강을 약속하였다. 레이철은 진심으로 아버지를 떠 나기를 원치 않았지만, 결국 헬렌은 그녀를 설득하였다. 비록 그 녀가 승리했을 때 여러 의혹들이 자신을 에워쌓으며, 다른 인간 의 운명에 얽혀 들게 된 충동을 여러 차례 후회했지만 말이다.

제7장

　멀리서 보면 **에우프로시네** 호는 아주 작아 보였다. 거대한 정기선의 갑판에 선 사람들은 쌍안경으로 바라보며, 그 배가 부정기 화물선이거나 정기 화물선이거나 아니면 갑판에 있는 사람들 사이에서 좌우로 흔들리며 걸어야 하는 불쾌한 작은 여객선 중 하나라고 판단 내렸다. 댈러웨이 부부와 앰브로우즈 부부와 빈레이스 부녀의 벌레 같은 모습 또한, 그들의 실물이 너무 작다는 것과 그들이 과연 살아 있는 생물체인지 아니면 단지 장비 뭉치인지 오직 성능 좋은 쌍안경만이 풀어줄 수 있을 의심 때문에, 우스워 보였다. 많은 학식을 지닌 페퍼 씨는 가마우지[1]로 오해받았으며, 그다음에는 부당하게도 한 마리 소로 변형되었다. 사실상, 밤에 홀에서 왈츠가 흐르며 재능 있는 승객들이 시를 낭송하고 있을 때에, 이 작은 배는 돛대의 꼭대기에서 공중으로 높이 비추는 한 줄기 빛과 어두운 파도 속에 내비치는 몇 개의 빛줄기로 줄어들어, 거대한 정기선에서 춤을 추다 잠깐 쉬고 있는 흥분된 파트너들에게 신비롭고 강한 인상을 주었다. 그녀는 밤에 항해하는

1　커다란 검은색 바다새.

한 척의 배 —인간 삶의 외로움의 상징, 즉 야릇한 신뢰감의 유인 誘因이며 공감을 불러일으키는 갑작스런 호소였다.

밤낮으로 그 배는 항로를 따라 계속 운행했으며 마침내 어느 날 아침 동이 트며 육지가 나타났다. 그림자 같은 모습이 벗겨지며 육지는 먼저 틈이 갈라진 산더미가 되었다가, 회색과 자주색으로 변하더니 흰색 덩어리들로 흩어지며 점차 개별적인 모습을 드러내기 시작했다. 그러고는 배가 가까이 다가갈수록 쌍안경의 초점이 점차 확실히 맞춰지듯이 집들이 죽 늘어선 거리들이 드러났다. 9시경에 **에우프로시네** 호는 커다란 만 한가운데 정박하였다. 닻을 내리자마자 곧이어 마치 그 배가 검사를 받으려고 가로누워 있는 거인인 양, 작은 보트들이 그녀 주위로 떼를 지어 몰려왔다. 그 배가 고함치듯 고동을 울리자 남자들이 그곳으로 뛰어 올라왔으며 갑판은 발걸음으로 쿵쾅거렸다. 이 외로운 작은 섬은 즉시 모든 곳마다 습격당했으며, 4주 만의 침묵 후에 인간이 말하는 소리를 듣고 당황하고 있었다. 단지 앰브로우즈 부인만이 어떠한 소동에도 주의하지 않고 있었다. 우편물 가방을 실은 보트가 그들에게 다가오자 그녀는 긴장하여 창백해졌다. 그녀는 편지들을 읽는 데 열중하여 **에우프로시네** 호가 항구를 떠나는 것을 알아차리지도 못했으며, 그 배가 송아지와 헤어지는 어미 소처럼 소리를 높여 크게 세 번 울어도 아무런 슬픔도 느끼지 않았다.

"아이들이 잘 지낸대요!" 그녀가 큰 소리로 말했다. 커다란 가방 더미 옆에 무릎 덮개를 하고서 맞은편에 앉아 있던 페퍼 씨가 말했다. "감사한 일이군요." 레이철에게 항해의 끝은 관점의 완전한 변화를 의미하였으므로, 해안으로 접근함에 따라 너무 당황하여 아이들이 잘 지내는 것이 어떤 것이며 그것이 왜 감사한 일인지 확실히 이해할 수 없었다. 헬렌은 계속 편지를 읽었다.

매우 천천히 움직이고 각 파도 위로 어처구니없이 높이 치솟으며, 작은 보트는 이제 하얀 초승달 모양의 모래 해안으로 점차 다가가고 있었다. 해안 뒤편으로 짙푸른 골짜기가 나 있고 그 양쪽으로 언덕이 자리 잡고 있었다. 오른쪽 언덕 경사진 곳에는 갈색 지붕의 흰색 집들이 마치 해조들이 둥지를 튼 것처럼 자리 잡고 있었으며, 띄엄띄엄 삼나무들이 검은 막대처럼 언덕에 줄무늬를 이루고 있었다. 산등성이는 붉게 물들었지만 정상은 대머리처럼 벗겨진 산들이 뒤에 있는 또 다른 봉우리를 반쯤 가린 채 하나의 봉우리로 솟아 있었다. 아직 이른 시간이었지만 전체적인 경관은 말할 나위 없이 밝고 환상적이었다. 하늘과 나무의 푸른빛과 초록빛이 진했지만 불쾌하지는 않았다. 그들이 점차 가까이 다가가 세부적인 것들을 상세하게 구분할 수 있게 되었을 때, 사주간의 바다 생활을 한 그들에게 미세한 사물들과 색채와 삶의 다른 형태들을 지닌 육지가 주는 영향력이 너무도 압도적이어서, 그들은 침묵을 지켰다.

"삼백 년 남짓." 페퍼 씨가 마침내 명상에 잠겨 말했다.

아무도 "뭐라구요?"라고 묻지 않자, 그는 그저 병마개를 뽑고 알약 하나를 꺼내 삼켰다. 그의 심중에서 죽어버린 정보는 삼백 년 전에 다섯 대의 엘리자베스 돛배가 지금 **에우프로시네** 호가 떠 있는 곳에 닻을 내렸다는 요지였다. 승무원이 없는 대등한 숫자의 스페인 갈레온선[2]들이 해변에 반쯤 끌어당겨져 정박해 있었다. 왜냐하면 그 나라는 아직도 여전히 베일에 가려 개간되지 않은 땅이었기 때문이었다. 바다를 건너 닻을 내린 영국 선원들은 은 덩어리와 리넨 곤포와 삼나무 목재와 에메랄드로 장식된

---

2 15~16세기에 스페인에서 군함, 상선으로 사용한 대형 돛배.

황금 십자가들을 가져갔다. 스페인 사람들이 술을 마시다 내려와서 싸움이 일어났으며, 양측은 모래를 휘저으며 서로를 밀려드는 파도로 몰아넣었다. 기적의 땅에서 나는 과일들로 멋진 삶을 누리며 우쭐하던 배가 부른 스페인 사람들은 산더미처럼 쓰러졌지만, 항해로 그을린 구릿빛 피부와 면도를 하지 않아 털북숭이 같은 모습으로 철망과 같은 근육과 고기를 탐하는 송곳니와 황금을 갈망하는 손가락을 가진 용감한 영국인들은 부상자를 급송하고 죽어가는 사람을 바다에 버리며 원주민들을 미신에 사로잡힌 이상한 상태로 강등시켰다. 이렇게 해서 정착이 이루어졌는데, 여자들이 들어왔으며 아이들이 자라났다. 모든 것이 영국 왕정의 팽창에 호의적으로 보였다. 만약 찰스 1세 시대에 리처드 댈러웨이 같은 남자들이 있었다면, 지도상에 지금은 불쾌한 녹색인 곳이 틀림없이 붉은색으로 되었을 것이다. 그러나 그 당시에는 정치적인 생각에 상상력이 결여되었다고 생각된다. 따라서 단지 몇천 명의 남자들과 몇천 파운드가 부족하여 큰 불이 되었어야 할 불꽃이 죽어버렸다. 섬 내부에서는 우상을 섬기는 벌거벗은 인디언들이 이상한 독을 갖고서 공격했으며, 바다에서는 복수심에 불탄 스페인 사람들과 탐욕스런 포르투갈 사람들이 습격해서, 이 모든 적들에게 노출된(비록 기후는 말할 수 없이 좋았고 땅도 자원이 풍부했지만) 영국인들은 숫자가 줄어들었으며 거의 사라져버렸다. 대략 17세기 중엽에 한 척의 범선이 기회를 노려 밤에 거대한 대영제국의 식민지에 남겨진 모든 것과 남녀 서너 명씩과 십여 명의 거무스름한 아이들을 데리고 살짝 빠져나왔다. 그때 영국 역사에는 그곳에 대한 기록이 남아 있지 않다. 또한 이런저런 이유로 문명의 중심이 약 칠팔백 킬로미터 남쪽으로 옮겨졌으며, 따라서 오늘날 산타 마리나[3]는 삼백 년 전에 비해 그다지 커진 것도 아니다. 포르투갈 아버지와 인디언 어머니 사이에서 난 그들의 자녀는 스페인인과 결혼하여 주민 구성에 있어서는 행복한 절충을 이루고 있다. 비록 그들이 맨체스터에서 쟁기를 들여가지만, 그들은 자국에서 키운 양으로 코트를 만들며 자국의 삼나무로 가구를 만들어서, 예술이나 산업면에서 그곳은 엘리자베스 시대의 특성을 여전히 많이 지니고 있다.

지난 십 년간 작은 식민지를 세우기 위해서 영국인들이 바다를 건너갔던 이유들을 쉽게 설명하기란 어려우며, 아마도 역사책들에 기록되지도 않았을 것이다. 여행의 편의와 평화와 이익이 되는 무역 등등을 인정한다고 하여도, 영국인들 가운데는 보다 오래된 나라들이나 그들이 관광객에게 제공했던 석상이나 스테인드글라스나 짙은 갈색 그림을 엄청나게 축적하고 있는 데 대해 일종의 불만이 따로 있었다. 어떤 새로운 것을 찾는 움직임은 물론 아주 적은 것으로 단지 소수의 부유한 사람들에게만 영향을 미쳤다. 그 움직임은 부정기 화물선의 사무장으로 남미까지의 뱃삯을 대신 한 몇 명의 학교선생들에 의해 시작되었다. 그들은 여름 학기에 정확히 맞춰 돌아왔는데, 그들이 들려주는 바다 생활의 장엄함이나 고단함과 선장들의 유머와 밤과 새벽의 놀라운 광경과 그곳의 경이로움에 대한 이야기들은 문외한들을 즐겁게 하였으며 때때로 인쇄되어 나오기도 했다. 국가 자체적으로도 선생들이 온갖 묘사 능력을 발휘하도록 만들었는데, 그들이 그곳을 이탈리아보다 크고 그리스보다 정말로 더 장엄하다고 말했기 때문이었다. 게다가 그들은 원주민들이 이상하게도 아름답고 체

---

3 이런 이름의 항구는 사실상 브라질에 존재하지 않지만, 작품에서 아마존 강 입구에 위치한 것으로 보인다.

격이 아주 크고 거무스름하며 열정적이고 칼놀림이 재빠르다고 주장했다. 그곳은 신기하고 새로운 형태의 아름다움으로 가득 차 있는 것처럼 보였으며, 그 증거로 그들은 원주민 여인들이 머리에 둘렀던 손수건들과 밝은 녹색과 푸른색의 원시적인 조각물들을 보여주었다. 유행이 그러하듯이 그런대로 유행이 퍼져, 옛 수도원은 재빨리 호텔로 바뀌었으며, 유명한 상선들은 승객들의 편의를 위해 노선을 바꾸었다.

참으로 이상하게도 헬렌 앰브로우즈의 남자형제들 중에 가장 만족하지 못하던 동생이 몇 년 전에 행운을 잡기 위해서, 하여튼 경주마들로부터 피해 있기 위해서, 지금은 매우 유명해진 이곳으로 보내졌었다. 그는 가끔 베란다 기둥에 기대어서 영국인 남자 교사들을 사무장으로 태운 영국 선박들이 만으로 들어오는 것을 지켜보았다. 마침내 쉬며 즐길 만큼 충분한 돈을 벌었고 또한 그곳에 싫증이 나서, 그는 산비탈에 있는 자신의 빌라를 누이 마음대로 처분하라고 맡겨버렸다. 그녀 역시 주변에서 떠도는 새로운 세계에 대한 얘기들에 약간 동요되어 있었다. 따라서 영국을 떠나 어느 곳에서 겨울을 보낼지를 궁리하고 있을 때 이것은 놓칠 수 없는 좋은 기회로 보였다. 이러한 이유들로 그녀는 자신의 배로 공짜로 데려다 주겠다는 윌로우비의 제안을 받아들이고, 아이들을 조부모에게 맡기며, 기회가 왔을 때 그 기회를 철저히 이용하기로 마음먹었다.

양쪽 귀 사이에 꿩의 깃털들을 쫑긋 세운 꼬리가 긴 말들이 모는 마차에 자리를 잡고 앉은 앰브로우즈 부부와 페퍼 씨와 레이철은 덜커덕거리며 항구를 빠져나갔다. 언덕길로 올라감에 따라 열기가 점차 더해졌다. 길은 마을을 통해 나 있었는데, 마을에서 남자들은 놋쇠항아리를 두드리며 "물"을 달라고 외치고 있는 것 같았다. 노새들은 마을길을 막고 서서 채찍을 휘두르며 욕을 퍼부어야만 길을 열어주었다. 여인네들은 머리에 물동이를 얹고 맨발로 걸었으며, 절름발이들은 서둘러서 절단된 사지를 노출시켰다. 길은 가파른 녹색 들판 사이로 이어지며, 아주 푸르지는 않았지만 대지가 온전히 모습을 드러내었다. 이제 커다란 나무들이 길 중앙을 제외한 거의 모든 곳에 그늘을 만들어주었으며, 산계곡물은 매우 얕고 빨라서 기슭으로 굽이굽이 주름져 몰렸다가 가장자리를 따라 급하게 흘러내렸다. 점점 높이 올라감에 따라 리들리와 레이철은 뒤처지게 되었다. 이어서 돌멩이가 널려 있는 좁은 길로 들어서자, 페퍼 씨는 지팡이를 들어서 몇 잎 안 되는 잎사귀들 가운데 탐스럽게 핀 자줏빛 꽃송이가 달려 있는 관목을 가리켰다. 빌라까지 나머지 길은 비틀거리며 느린 걸음으로 나아갔다.

빌라는 방이 많은 하얀 집으로, 대부분의 유럽풍의 집들이 그러하듯이 영국인의 눈에는 쉽게 망가지고 무너질 듯하며, 어처구니없이 보잘것없어 보여서 잠을 자는 곳이라기보다는 차나무 밭에 세워진 탑 모양의 정자 같아 보였다. 정원은 정원사의 도움을 긴급하게 필요로 하는 상태였다. 관목들은 길까지 가지를 내뻗고 있었으며, 잔디는 흙이 보일 틈이 없을 정도로 빽빽하게 덮여 있었다. 베란다 앞쪽의 둥근 마당에 두 개의 부서진 화병이 있었는데, 화병에 꽂힌 붉은 꽃들은 시들어 축 늘어져 있었다. 그들 사이에는 돌로 된 분수가 있었으며, 이제는 햇빛에 바싹 말라 있었다. 둥근 정원에 이어 긴 정원이 있었으며, 그곳도 어쩌다 사랑하는 사람을 위해 꽃가지를 자를 때가 아니고는 정원사의 전지가위가 닿는 일이 거의 없어 보였다. 키 큰 나무 몇 그루가 그곳에 그늘을 만들어주었으며, 관목 주위로 밀랍 같은 꽃들이 잇따라 봉우리를 한데 모으고 무리지어 있었다. 영국에서 우리가 자기 집 담벼락 안쪽에서 가꾸는 것처럼, 빽빽한 울타리로 구획되어 매끄럽게 덮인 잔디와 화사한 꽃들로 돋아 오르게 만든 화단들이 있는 정원은 이 헐벗은 언덕의 기슭에는 전혀 어울리지 않았을 것이다. 그래도 보기 흉해서 치워버려야 할 것은 없었으며, 빌라는 올리브 나무들로 이랑을 이루며 경사 너머로 곧장 바다 쪽을 향하고 있었다.

그곳의 전반적인 볼꼴 사나운 모습 때문에 체일리 부인은 강한 충격을 받았다. 햇빛을 가릴 블라인드도 없었으며 햇빛을 받아 망가지겠다고 말할 만한 가구도 없었다. 아무런 장식도 없이 돌로 지어진 홀에 서서 엄청나게 넓지만 깨어지고 카펫도 깔려 있지 않은 층계를 살펴보며, 그녀는 이곳에서는 고향에 있는 테리어만큼이나 큰 쥐들이 뛰어나오고 발을 조금만 세게 디디면 마루를 뚫고 떨어질지도 모른다는 의견을 과감하게 말했다. 뜨거운 물에 관해서는―이 점에 대해 관찰한 바는 그녀의 말문을 막아버렸다.

"불쌍한 것!" 그녀는 그들을 맞이하러 돼지들과 암탉들을 이끌고 나온 창백한 스페인 하녀를 보며 중얼거렸다. "네가 거의 인간처럼 보이지 않는 것도 놀랄 만한 일이 아니지!" 마리아는 매우 아름다운 스페인식 우아함으로 그 찬사를 받아들였다. 체일리 부인의 견해로는 그들이 영국 선박에 승선하여 지내는 것이 더 나은 것 같았지만, 그녀는 의무상 그곳에 머물러야 한다는 것을 그 누구보다도 잘 알고 있었다.

그들이 짐을 풀고 차례대로 일상 업무를 확인하여 정리할 때, 페퍼 씨가 앰브로우즈의 빌라에 숙소를 정하고 머물도록 유인한 이유들에 관한 어떤 추측이 있었다. 그들은 육지에 내리기 전

며칠 동안 그에게 아마존 강의 장점들을 강하게 각인시켜주려는 많은 노력들을 했었다.

"그 거대한 흐름!" 헬렌은 마치 환영으로 나타나는 폭포를 본 것처럼 응시하며 말을 시작하곤 했다. "저는 정말로 당신과 함께 가고 싶다는 생각을 하고 있어요. 윌로우비, ─어쩔 수 없긴 하지만. 일몰과 월출을 생각해보세요. 아름다운 빛깔들을 상상조차 할 수 없어요."

"야생 공작들도 있겠지요." 레이철이 어림짐작으로 과감히 말했다.

"물속에는 아주 멋진 생물들도 있을 거야." 헬렌이 강조했다.

"아마 새로운 파충류를 발견할지도 몰라요." 레이철이 말을 이었다.

"확실히 대변혁이 있다고 들었어요." 헬렌이 부추겼다.

이러한 속임수들의 효능을 리들리가 약간 꺾어놓았는데, 그는 잠시 페퍼를 지켜보더니 크게 한숨을 내쉬며 내뱉었다. "불쌍한 친구!" 그러고는 마음속으로 여성들이 인정머리 없다고 생각하였다.

그럼에도 불구하고 페퍼 씨는 6일 동안 가구도 거의 비치되지 않은 많은 방들 중 하나에서 현미경과 공책을 가지고 분명히 만족스럽게 지냈다. 일주일이 되는 날 저녁, 그들이 저녁식탁에 앉았을 때 그는 평소보다 훨씬 불안한 모습으로 나타났다. 식탁은 헬렌의 지시로 커튼을 치지 않은 두 개의 기다란 유리창 사이에 놓여 있었다. 이러한 날씨에는 순식간에 어둠이 내렸으며, 이어서 그들 아래쪽으로 마을이 빛나는 점들로 이루어진 원과 선들로 반짝이고 있었다. 낮에는 결코 보이지 않던 건물들이 밤에는 형체를 드러냈고, 증기선들의 움직이는 불빛으로 판단하건대, 바다는 곧장 육지 위로 넘쳐흐르는 것 같았다. 이 광경은 런던 식당의 오케스트라와 똑같은 목적을 충족시켜주었으며, 침묵이 그 배경을 이루었다. 윌리엄 페퍼는 잠시 그것을 지켜보고는 그 광경을 더 자세히 감상하기 위해 안경을 꼈다.

"왼쪽으로 커다란 구역을 알아냈소." 그는 여러 줄의 불빛으로 형성된 광장을 포크로 가리키며 말했다.

"저곳에서는 아마 채소요리를 할 수 있을 거요." 그가 덧붙였다.

"호텔인가요?" 헬렌이 물었다.

"한때는 수도원이었소." 페퍼 씨가 말했다.

그때는 더 이상 아무 말도 하지 않았지만, 다음 날 페퍼 씨는 한낮의 산책에서 돌아와서는, 베란다에서 책을 읽고 있는 헬렌 앞에 말없이 섰다.

"저기에 방을 하나 잡았소." 그가 말했다.

"가신다는 말씀은 아니지요?" 그녀가 큰 소리로 물었다.

"대체로—그런 말이요." 그가 말했다. "개인 요리사는 그 누구도 채소요리를 잘할 **수가** 없소."

그가 질문하는 것을 싫어한다는 것을 알고 있었고, 그녀도 어느 정도 같은 생각이었기에, 헬렌은 더 이상 묻지 않았다. 그러나 여전히, 윌리엄이 상처를 감추고 있다는 불안한 의심이 그녀의 마음속에 잠재해 있었다. 그녀는 자신의 말이나 남편 혹은 레이철의 말이 그의 가슴에 파고들어 괴롭혔으리라는 생각에 얼굴을 붉혔다. 그녀는 "그만해요. 윌리엄, 설명해보세요!"라고 거의 울먹일 정도로 마음이 흔들렸다. 만약 윌리엄이 스스로 수수께끼 같고 냉담한 모습을 보이며, 해초를 파헤쳐서 사금파리를 조사하고 병원균을 의심하는 남자의 제스처로 포크 끝으로 샐러드 조각을 집어 올리지 않았다면, 그녀는 점심시간에 그 화제를 다시

꺼낼 뻔하였다.

"당신들 모두가 장티푸스로 죽는다 해도 나는 책임지지 않을 거요!" 그가 짧고 날카롭게 말했다.

"당신이 지루해서 죽는다 해도 나도 역시 그러지 않을 거예요." 헬렌이 마음속으로 그의 말을 되받았다.

그녀는 그가 사랑에 빠진 적이 있었는지 물어본 적이 없었음을 상기했다. 그들은 그 주제에 더욱 다가가는 대신 점점 더 상관없는 대화만 나눴고, 헬렌은 윌리엄 페퍼가 자신의 모든 지식과 현미경과 공책들과 순수한 친절함과 훌륭한 감각과 하지만 확실히 메마른 영혼을 가지고 출발할 때 안도감을 느끼지 않을 수 없었다. 또한 비록 이런 경우에는 빈 방을 하나 더 갖게 된다는 것이 위안을 주는 일이었지만, 우정이 이런 식으로 끝나야 한다는 것이 슬프지 않을 수 없었다. 그래서 그녀는 사람들이 확실히 자신의 입장에서 느끼는 것을 다른 사람들은 어느 정도까지 느끼는지 결코 알 수 없다는 생각으로 자신을 위로하고자 하였다.

제8장

그 후 몇 달은 뚜렷한 사건들 없이 여러 해가 흐르듯이 그렇게 조용히 지나갔다. 하지만 갑자기 방해를 받았다면, 그러한 몇 달이나 몇 년도 다른 기간들과는 다른 특색을 갖고 있다는 것이 드러났을 것이다. 지나간 석 달은 그들에게 3월의 시작을 가져다주었다. 날씨는 약속이나 한 듯이 변함이 없어서, 겨울에서 봄으로 절기의 변화는 거의 아무런 차이를 가져오지 않았다. 손에 펜을 쥐고 거실에 앉아 있는 헬렌은 그녀 한편에서 커다란 장작불이 타오르고 있는데도 유리창들을 열어놓을 수 있었다. 낮이 빠르게 사라져가고 있었지만, 저 아래로 바다는 여전히 푸르고 지붕들은 여전히 갈색과 흰색이었다. 방 안에 어스름이 내렸으며, 언제나 비어 있는 커다란 방은 지금 평소보다 더 넓고 텅 비어 보였다. 무릎에 편지지를 놓고 앉아 편지를 쓰고 있는 헬렌 자신의 모습도 크고 텅빈 방의 전체적인 분위기를 띠었다. 갑자기 녹색 잔디를 집어삼키며 나뭇가지를 따라 움직이던 저녁놀이 간헐적으로 불타며 그녀의 얼굴과 회벽들에 불규칙적으로 빛을 발사하고 있었다. 벽에는 그림이라곤 한 점도 없었으며, 단지 꽃잎이 무성한 꽃들로 뒤덮인 나뭇가지들이 이곳저곳 벽을 배경으로 넓게 펼쳐져 있었다. 맨 마룻바닥에 떨어져 있고 커다란 테이블에 쌓여 있는 책들도 이 정도 빛으로는 단지 그 윤곽만 드러낼 뿐이었다.

앰브로우즈 부인은 장문의 편지를 쓰고 있었다. "사랑하는 버나드"로 시작하여, 그녀는 지난 석 달 동안 샌 게르바시오 빌라에서 일어난 일들을 계속 묘사하고 있었다. 예를 들어 그들이 저녁 식사에 영국 영사를 초대했으며, 스페인 군함 한 척을 양도받았고, 수많은 행렬들과 종교 축제들을 보았는데 너무도 아름다워서 만약 사람들이 종교를 가져야만 한다면 모두가 로마 가톨릭교도가 되지 않을 이유를 생각할 수 없다는 내용들이었다. 그들은 멀리 가진 않았지만, 몇 번 탐험길에 나서기도 했었다. 만약 집에서 상당히 가까운 곳에 야생으로 자라는 꽃나무들을 보며 바다와 육지의 경이로운 빛깔을 볼 목적이라면 그것은 할 만한 가치가 있었다. 대지는 갈색이 아니라 붉은빛과 자줏빛과 초록빛을 띠었다. "내 말을 믿지 못할 거야." 그녀는 덧붙였다. "영국에는 이와 같은 빛깔이 없거든." 사실상 그녀는 그 보잘것없는 섬에 대해 짐짓 겸손한 어조를 택했다. 지금 그곳에서는 모퉁이나 잡목 숲이나 아늑하게 구석진 곳에 추위를 타는 크로커스와 서리에 언 제비꽃들이 피어나고 있어서, 벙어리장갑을 낀 불그스름한 얼굴의 늙은 정원사들이 그것들을 손질해주고 있는데, 그들은 항상 모자에 손을 대고 공손하게 머리 숙여 인사한다고 했다. 그녀는 이어서 영국인들을 비웃었다. 런던 전역에 총선으로 큰 소동이 일어났다는 소문들이 멀리 이곳까지 전해졌다. "믿을 수 없어." 그녀는 이어서 말했다. "사람들이 애스퀴스[1]가 입각하거나 오스

---

1 허버트 애스퀴스(Herbert Henry Asquith, 1852~1928), 영국 자유당의 정치가로서 수상 (1908~1916)을 지냄. 영제국의 힘이 강력한 관세제도에 달려 있다는 보호주의 관점에 반대하여 자유무역을 지지함.

틴 체임벌린[2]이 물러나야 하는 것에 대해 왜 그렇게 신경을 쓰는 지를. 사실 당신들은 목이 쉬도록 정치에 대해 큰 소리로 외치면 서도, 단지 뭔가 좋은 일을 하려고 하고 있는 사람들을 굶어 죽게 내버려두거나 단지 비웃을 뿐이잖아. 언제 살아 있는 예술가를 격려해본 적 있어? 아니면 그의 훌륭한 작품을 사본 적 있어? 왜 당신들은 모두가 그렇게 추하고 그렇게 비열한 거지? 이곳에서는 하인들도 인간 대접을 받아. 그들은 모두 동등한 사람으로 서로 얘기를 나눠. 내가 말할 수 있는 한 귀족들은 없어."

아마도 귀족들에 대한 언급이 그녀에게 리처드 댈러웨이와 레이철을 생각나게 해주었는지, 그녀는 만년필에 잉크를 가득 채우고 계속해서 한참 동안 그녀의 조카에 대해 묘사하였다.

"내가 한 아가씨를 맡게 된 것은 이상한 운명이야." 그녀는 편지를 써내려갔다. "내가 결코 여자들과 잘 지내거나 많은 관련이 없다는 점을 고려하면 말이야. 그렇지만, 내가 여자들에 대해 나쁘게 말했던 것 중 몇 가지는 철회해야겠어. 만약 여자들이 적절히 교육만 받는다면, 남자들과 거의 같은 정도로 만족스럽게 되지 않을 이유는 없지. 물론 매우 다르기는 하겠지만 말이야. 문제는 그들을 어떻게 교육시키는가 하는 거야. 내 생각에 현행 교육 방법은 증오스러울 정도야. 이 아가씨는 스물넷인데도 남자들이 여자들에게 욕정을 느낀다는 것을 들어본 적이 없으며, 내가 설명해줘서야 아기가 어떻게 태어나는지도 알게 되었어. 이처럼 중요한 다른 문제들에 대한 그녀의 무지함은" (앰브로우즈 부인의 편지는 이 부분에서는 인용되지 않아도 좋다)······ "완벽했어. 내생각에 그런 식으로 사람을 가르치는 것은 어리석을 뿐만 아니

---

2 오스틴 체임벌린(Joseph Austen Chamberlain, 1863~1937), 자유연합주의자로 보수 당원이며 외무상(1924~1929)을 지냄.

라 죄를 짓는 것으로 보여. 그것은 그들에게 고통을 주는 것은 물론이고, 여성들이 왜 지금과 같은 상태인지를 설명해주지. 놀라운 점은 그들이 그나마 이 정도라는 점이야. 나는 그녀의 눈을 뜨게 해주는 일을 떠맡았어. 그녀가 지금도 여전히 상당한 편견을 갖고 있고 쉽게 과장하지만, 대체로 합리적인 인간이야. 물론 그들을 무지한 상태로 두는 것은 태어난 목적에 어긋나는 거야. 그들은 이해하기 시작할 때 상황을 너무 진지하게 받아들이거든. 내 시누이 남편은 정말로 큰 재앙을 당할 만했어 — 본인은 피하고 싶어했지만. 나는 지금 부디 젊은 남자가 와서 나를 도와주기를 바라고 있어. 그녀와 마음을 열고 대화를 나누며 인생에 대한 그녀의 대부분의 생각들이 얼마나 어처구니없나를 증명해줄 그런 남자 말이야. 불행하게도 그런 남자들은 여자들만큼이나 드문 것 같아 보여. 이곳 영국 식민지에는 확실히 한 명도 없는 것 같아. 예술가들도 상인들도, 교육 받은 사람들도 — 그들은 어리석고 관습에 얽매어 있고 장난삼아 연애하거든……" 그녀는 멈추고는 손에 펜을 쥔 채 나무토막들을 둥글들이며 산처럼 만들어 불을 살리며 앉아 있었다. 너무 어두워져서 계속 글을 쓸 수 없었기 때문이었다. 더구나 저녁식사 시간이 다가오자 집이 수선스러워지기 시작했다. 바로 옆 주방에서 접시들이 쨍그랑거리는 소리가 들리며, 체일리 부인이 스페인 여자아이에게 물건들을 어디에 놓을지를 영어로 힘차게 지시하는 말을 들을 수 있었다. 식사 종이 울렸다. 그녀는 일어났으며 바깥에서 리들리와 레이철을 만나 함께 식당으로 들어갔다.

석 달이라는 세월이 흘렀으나 리들리나 레이철은 그다지 변함없는 모습을 하고 있었다. 하지만 예리한 관찰자라면 이 아가씨가 예전보다 훨씬 분명하고 자신 있는 태도를 보인다고 생각했을 것이다. 피부는 갈색을 띠었고 눈은 확실히 보다 빛났으며, 마치 그것에 반박이라도 하려는 듯이 자신이 듣는 말에 집중했다. 사람들은 모두 다 편안한 상태로 안락한 침묵 속에 식사를 시작했다. 그때 리들리가 팔꿈치에 기대어 창밖을 바라보며 아름다운 밤이라고 말했다.

"그래요." 헬렌이 아래쪽에서 반짝이는 불빛들을 바라보며 덧붙였다. "시즌이 시작됐어요." 그녀는 마리아에게 스페인어로 호텔에 손님들이 가득 차지 않았냐고 물었다. 마리아는 달걀 사는 일이 무척이나 힘들 때가 올 거라고 자신 있게 알려주었다. 가게 주인들은 자기들이 부르는 값에 대해서는 개의치 않을 것이다. 영국인들로부터 그 값을 받아낼 테니까.

"저기 부두에 영국 증기선이 한 척 정박해 있어요." 레이철이 삼각형의 불빛을 내려다보며 말했다. "저 배는 오늘 아침 일찍 들어왔어요."

"그렇다면 오는 편지를 기대하거나 우리 편지를 보낼 수도 있겠구나." 헬렌이 말했다.

어떤 이유에선지 편지 얘기만 나오면 리들리는 늘 불평하였으며, 남편과 부인은 남은 식사 시간 동안 그가 전반적인 문명세계로부터 완전히 무시당했는지 아닌지에 대한 열띤 논쟁을 벌였다.

"지난번 편지 묶음을 고려해보면" 헬렌이 말했다. "당신은 당해도 싸요. 당신은 강연 초청도 받았고 학위도 수여받았으며 어떤 어리석은 여성은 당신의 저서들뿐만 아니라 외모도 찬양했죠. 그녀는 만약 셸리가 55세까지 살아 턱수염을 길렀다면 꼭 당신 같았을 거라고 말했어요. 리들리, 정말로 당신은 내가 아는 한 가장 허영심 강한 남자예요." 그녀는 테이블에서 일어나며 말을 끝냈다. "꽤나 좋게 말해서 말이죠."

벽난로 앞에 놓여 있는 자신의 편지를 발견하고 그녀는 거기에 몇 줄 덧붙이고는 이제 편지들을 부치러 가야겠다고 말했다. 리들리는 자기의 편지를 가져와야 하고—레이철은?

"고모들에게 편지를 썼겠지? 써야 할 때야."

여자들은 망토를 걸치고 모자를 쓰고 리들리에게 함께 가자고 권유했지만, 그는 레이철이 바보가 될 것이라고 소리치며 단호하게 거절했다. 그러나 헬렌은 사태를 확실히 더 잘 알고 있었기에, 그들은 가려고 몸을 돌렸다. 그는 거울을 깊숙이 응시하며 불 앞에 서 있었는데, 은둔한 교수의 얼굴이라기보다는 전쟁터를 살펴보는 지휘관이나 자신의 발가락을 핥고 있는 불길을 지켜보는 순교자와 같은 얼굴을 하고 있었다.

헬렌은 그의 턱수염을 잡았다.

"내가 바보예요?" 그녀가 말했다.

"놓아요, 헬렌."

"내가 바보란 말이에요?" 그녀가 되풀이해서 물었다.

"나쁜 여자 같으니라고!" 그가 큰 소리로 외치며 그녀에게 키스했다.

"우리는 당신을 허영심 속에 놔두고 갈 거예요." 헬렌은 밖으로 나가며 뒤돌아 소리쳤다.

아름다운 저녁이었다. 비록 별들이 하나둘 나오고 있었지만 도로 아래로 길게 뻗어 있는 길을 볼 수 있을 만큼 충분한 빛이 아직 남아 있었다. 우체통은 골목길이 끝나며 도로와 이어지는 곳에 있는 노란색의 높은 담에 설치되어 있었다. 헬렌이 편지를 집어넣고 막 몸을 돌렸을 때였다.

"아니, 아니에요." 레이철이 그녀의 손목을 잡으며 말했다. "우리 세상 경험을 하러 가요. 약속했잖아요."

"세상을 돌아본다"는 것은 어두워진 후에 마을을 산책하는 습관을 두고 그들이 사용하는 표현이었다. 산타 마리나의 사회생활은 거의 전적으로 램프 빛 아래서 행해졌는데, 밤의 어둠이 주는 흥분과 꽃들에서 품어 나오는 향기가 무척이나 유쾌하게 만들었다. 근사하게 머리를 돌돌 말아 틀어 올리고 귀 뒤에 붉은 꽃을 꽂은 젊은 여성들은 문 앞 층계에 앉아 있거나 발코니에 나와 있었으며, 젊은 남자들은 발코니 아래서 서성이며 가끔씩 소리 질러 인사를 건네기도 하고 연모의 대화를 시작하고자 여기저기 멈춰 서 있기도 하였다. 열린 창문으로는 상인들이 그날의 회계 장부를 작성하고 있는 모습이 보이며, 나이 든 여인네들은 선반에서 선반으로 단지들을 옮기고 있었다. 거리는 사람들로 붐볐는데, 대부분 남자들로 그들은 거리를 걸으며 이런저런 세상 사는 얘기를 나누거나 길모퉁이의 와인 테이블에 모여 앉아 있었다. 그곳에서는 한 늙은 절름발이가 기타 줄을 퉁기고 불쌍한 여자아이는 술취하여 정열적인 노래를 큰 소리로 불렀다. 두 영국여자는 은근한 호기심으로 흥분되었으며, 아무도 그들을 괴롭히지 않았다.

헬렌은 허름한 옷을 입고 있는 각각의 사람들을 관찰하며 한가로이 걷고 있었는데, 만족스럽게도 그 사람들은 매우 소탈하고 자연스러워 보였다.

"오늘 밤은 맬[3]에 있다고 생각해보자!" 마침내 헬렌이 큰 소리로 말했다. "3월 15일이야. 아마 알현식이 있을 거야." 그녀는 쌀쌀한 봄 공기 속에 거대한 마차들이 지나가는 것을 보기 위해서 기다리고 있을 군중들을 생각했다. "비는 내리지 않을지 모르지만 매우 추울 거야." 그녀가 말했다. "먼저 그림엽서들을 파는 사

---

3 런던 세인트 제임스 파크에 있는 나무 그늘이 많은 산책길.

람들도 있겠지. 둥근 판지상자에 빙 둘러싸인 불쌍한 어린 여점원들도 있어. 연미복을 입은 은행 직원들도 있고, 그리고 재봉사들도 몇 명 있을 거야. 사우스 켄싱턴에서 온 사람들은 세낸 마차를 타고, 관리들은 한 쌍의 적갈색 말을 타고 있어. 백작들은 한 명의 하인을 거느리고, 공작은 두 명, 내가 듣기에 왕족의 공작은 세 명의 하인을 거느릴 수 있어. 왕은 아마 원하는 만큼 거느릴 수 있겠지. 국민들은 그것을 믿는다구!"

나라 밖 이곳에서 영국 사람들은 마치 체스판의 왕과 왕비와 기사와 졸들과 같은 체제로 형체를 갖추었는데, 그들의 차이는 매우 이상했고 아주 현저했으며 또한 아주 은밀하게 묵인되고 있었다.

헬렌과 레이철은 군중을 앞지르기 위해 잠시 떨어져야만 했다. "그들은 신을 믿어요." 그들이 다시 만나자 레이철이 말했다. 그녀 말은 군중들이 구세주를 믿는다는 의미였다. 왜냐하면 그녀는 보도가 서로 만나는 지점에 세워져 있는 피 흘리는 석고상들의 십자가들과 로마 가톨릭 교회에서의 설명할 수 없이 신비로운 예배의식을 기억했기 때문이었다.

"우리는 결코 이해할 수 없을 거예요!" 그녀가 한숨을 내쉬었다.

그들은 조금 더 걸었으며, 이제는 밤이었지만 그들 왼편 길 아래 약간 떨어진 곳에 커다란 철문을 볼 수 있었다.

"곧장 호텔로 들어가볼까?" 헬렌이 물었다.

레이철이 철문을 밀자 문이 확 열렸다. 주변에 아무도 보이지 않고 또한 이 나라에서는 비밀스러운 것은 아무것도 없다고 판단하여 그들은 곧장 걸어 들어갔다. 나무들이 있는 가로수 길이 똑바로 뻗어 있었다. 갑자기 나무들이 더 이상 보이지 않고, 길모퉁이를 돌아서니, 그들은 커다란 정방형 건물과 직면하게 되었다.

그들은 호텔을 둘러싸고 있는 넓은 테라스에 있었으며 유리창들에서 단지 몇 발자국밖에 떨어지지 않은 거리에 있었다. 한 줄로 늘어선 긴 유리창들은 거의 완전히 열려 있었다. 거의 모든 유리창에는 커튼이 쳐 있지 않고 불빛이 밝게 빛나고 있어서 두 여자들은 내부의 모든 것을 볼 수 있었다. 유리창들은 호텔 생활의 각기 다른 부분들을 드러내 보였다. 그들은 창문들을 구분하는 넓은 그림자 기둥 중 하나에 들어가서 안을 들여다보았다. 그들은 자기들이 바로 식당 밖에 있다는 것을 알았다. 식당은 청소가 되어 있었고, 한 웨이터가 식탁 귀퉁이에 다리를 걸치고서 포도를 먹고 있었다. 옆방은 주방으로 그곳에서 그들은 설거지를 하고 있었다. 백인 요리사들이 큰 냄비에 팔을 집어 넣고 있었고, 한편에서 웨이터들은 빵 조각을 고기국물 소스에 적셔가며 남은 고기 조각으로 게걸스럽게 식사를 하고 있었다. 그들은 계속 움직이다가 관목의 숲에 들어서 길을 잃었는데, 그들이 거실 바깥쪽에 있다는 것을 갑자기 알게 되었다. 거실에서는 맛있는 저녁식사를 끝낸 숙녀와 신사들이 안락의자에 깊숙이 등을 파묻고 앉아 이따금 대화를 나누거나 잡지를 뒤적이고 있었다. 한 마른 여성이 몸을 위아래로 움직이며 피아노를 화려하게 연주하고 있었다.

"다허비어[4]가 뭐니, 찰스?" 창가의 안락의자에 앉은 한 과부가 독특한 목소리로 아들에게 물었다.

곡이 끝나가고 있을 때여서, 일반적으로 목을 킁킁거리며 가다듬고 무릎을 톡톡 두드리는 소리 때문에 그의 대답은 들리지 않았다.

"이 방에 있는 사람들은 모두 나이가 들었어요." 레이철이 속삭였다.

---

4 나일 강의 삼각돛을 가진 집 모양의 배.

그들은 다음 창문으로 살금살금 걸어갔으며, 그곳에서 셔츠 차림의 두 남자가 두 명의 젊은 아가씨와 당구를 치고 있는 것을 보았다.

"그가 내 팔을 꼬집었어요!" 뚱뚱한 젊은 여자가 공을 빗맞혔을 때 큰소리로 말했다.

"자, 당신들 두 사람 — 장난 좀 그만해요." 불그스름한 얼굴의 젊은 남자가 점수를 기록하며 그들을 나무랐다.

"조심해, 그렇지 않으면 눈에 띌 거야." 헬렌이 레이철의 팔을 잡아당기며 속삭였다. 조심성 없이 그녀의 머리가 창문 중간까지 올라가 있었다.

다시 모퉁이를 돌자 호텔에서 가장 큰 방이 나왔는데, 그곳은 유리창이 네 개로 사실상 홀이었지만 라운지로 불리는 곳이었다. 벽에 문장과 토속적인 자수 세공품이 걸려 있고, 긴 의자와 칸막이로 편안한 구석 공간들을 가려주는 그 방은 다른 방들보다 격식에 구애받지 않고 자유로워 젊은이들이 주로 이용하는 곳임에 분명했다. 호텔 지배인이라고 알려진 로드리게 씨가 그들과 아주 가까운 출입구에 서서 방 안의 광경을 지켜보고 있었다. 남자들은 의자에 편히 기대어 있었고, 남녀 커플들은 커피 잔 위로 구부리고 있었으며, 중앙에서는 호화로운 전구 불빛 아래 카드 게임이 진행 중이었다. 그는 구각[5]에 냄비들을 얹어놓은 추운 석실이었던 수도원의 큰 식당을 이 호텔에서 가장 안락한 방으로 바꾸는 기획을 한 자신을 자축하고 있었다. 호텔에는 손님들이 가득 찼으며, 이것은 어떤 호텔도 라운지가 없이는 번성할 수 없다는 그의 판단이 지혜로웠음을 증명해주는 것이었다.

손님들은 삼삼오오 짝을 지어 모여 있었는데, 그들은 실제로

5 X자 모양으로 짠 막대기 위에 가로장을 올려놓은 것.

친한 사이였거나 아니면 격식을 차리지 않는 그 방이 그들의 몸가짐을 보다 편하게 해주었다. 열린 창문으로는 해질 무렵 울에 갇힌 양떼들 사이에서 들리는 것과 같은 고르지 못한 콧노래가 들려왔다. 전경의 중앙에는 카드 치는 일행이 있었다.

헬렌과 레이철은 그들이 하는 말을 구분할 수는 없었지만, 몇 분 동안 그들이 카드놀이 하는 것을 지켜보았다. 헬렌은 남자들 중 한 명을 열심히 주시하고 있었다. 그는 대략 그녀와 같은 나이 또래로 마르고 다소 창백하였으며, 옆모습을 그들에게 향하고 있었는데, 분명히 영국 태생으로 보이는 굉장히 지나치게 꾸민 아가씨와 파트너였다.

갑자기 그들은 매우 분명하게 그가 말하는 것을 들었는데, 그의 말은 이상하게 다른 말들과 구분되었다.

"워링턴 양, 당신이 필요한 것은 연습이에요. 용기와 연습—하나가 빠진 나머지 하나만은 소용이 없죠."

"휴링 엘리엇이야! 물론이야!" 헬렌이 소리 질렀다. 그녀는 재빨리 머리를 획 숙였다. 자기 이름을 말하는 소리에 그가 쳐다보았기 때문이었다. 카드게임은 몇 분 동안 계속되다가 휠체어가 다가오는 바람에 깨졌는데, 휠체어에 탄 방대한 몸집의 노부인은 카드 테이블 옆에 멈춰서는 말했다.

"오늘 밤은 운이 좋니, 수잔?"

"모든 행운이 우리 편이에요." 지금껏 창문으로 등을 돌리고 앉아 있던 젊은 남자가 말했다. 그는 체격이 꽤 건장해 보였으며 숱이 많은 머리를 짧게 깎고 있었다.

"이겼죠, 휴잇 씨?" 안경을 낀 중년부인인 그의 파트너가 말했다. "페일리 부인, 우리가 이긴 것은 오로지 우리의 훌륭한 게임 솜씨 덕분이라고 확신합니다."

"나는 일찍 잠자리에 들지 않으면 거의 잠을 자지 못해요." 페일리 부인은 자신이 수잔을 빼앗아 가는 것을 정당화 하려는 듯이 설명하였으며, 수잔은 일어나서 휠체어를 문 쪽으로 밀고 갔다.

"그들은 내 자리를 대신할 사람을 찾을 거예요." 그녀는 명랑하게 말했다. 그러나 그녀의 말은 틀렸다. 그들은 다른 사람을 찾으려는 아무런 시도도 하지 않았으며, 젊은 남자가 3층짜리 카드집을 지었다가 무너져 내리자, 카드놀이를 하던 사람들은 서로 다른 방향으로 한가롭게 흩어졌다.

휴잇 씨는 창문 쪽으로 얼굴을 휙 돌렸다. 그의 커다란 눈은 안경으로 희미하게 가려져 있었으며, 얼굴색은 장밋빛이었고, 입술 주변은 면도되어 깔끔했다. 평범한 사람들 속에서 볼 때, 그는 흥미로운 얼굴로 보였다. 그가 곧장 두 여자들이 있는 쪽으로 왔다. 그러나 그의 눈길은 엿보고 있는 사람들이 아니라 커튼이 접혀져 있는 곳에 고정되었다.

"자는 거야?" 그가 말했다.

헬렌과 레이철은 누군가 내내 눈에 띄지 않고 그들 가까이에 앉아 있었다는 생각이 들자 깜짝 놀랐다. 그림자 속에 사람의 다리가 있었다. 그들 위쪽에서 우울한 목소리가 들렸다.

"두 명의 여자야." 그 목소리가 말했다.

자갈에서 허둥지둥 걷는 소리가 들렸다. 여자들은 도망쳤다. 그들은 어둠 속에서 아무도 자기들을 알아챌 수 없으리라고 확신할 때까지 멈추지 않고 달렸다. 멀리서 본 호텔은 단지 어둠 속에 규칙적으로 드러나는 빨간 불빛 구멍들을 갖고 있는 정방형의 그림자일 뿐이었다.

제9장

한 시간이 지나자, 호텔의 아래층 방들이 어두컴컴해졌으며 사람들은 거의 떠나버렸다. 위층의 작은 상자 같은 정방형들에서는 밝은 빛이 새어 나오고 있었다. 약 사오십 명의 손님들이 잠자리에 들었다. 위층 마룻바닥에 주전자들을 쿵 하고 놓는 소리나 도자기가 쨍그랑 부딪히는 소리가 들렸는데, 방들 사이의 칸막이벽이 사람들이 바라는 것처럼 그다지 두껍지 않기 때문이었다. 따라서 브리지 게임을 하고 돌아온 나이가 지긋한 앨런 양은 손가락 관절 마디로 벽을 가볍게 두드려보고는, 벽이 단지 사개 물린 판자로 만들어진 것으로 하나의 큰 방을 여러 개의 작은 방들로 나눈 것이라고 단정 지었다. 회색 속치마가 바닥으로 미끄러져 내리자 그녀는 몸을 굽혀 사랑스럽지는 않지만 깔끔한 손가락으로 옷을 개어놓고는, 머리를 꼬아서 고정시켰다. 그런 다음 아버지의 귀중한 금시계의 태엽을 감아놓고, 워즈워스의 전집을 펼쳤다. 그녀는 「서곡」을 읽고 있었는데, 외국에 나와서는 항상 「서곡」을 읽기 때문이기도 하였고, 또한 그녀가 지금 ― 베오울프[1]부

---

1 스칸디나비아 전설을 바탕으로 쓴 고대영어로 된 3,200행의 영웅서사시.

터 스윈번까지 — 간략한 『영문학 입문서』를 집필하고 있었는데 거기에 워즈워스에 관한 단락을 써넣어야 했기 때문이었다. 그녀는 제5권에 몰두해 있었으며, 사실상 연필로 짧게 주석을 달기 위해서 멈췄을 때, 위층에서 부츠가 하나씩 차례로 떨어졌다. 그녀는 천장을 올려 보며 상상했다. 누구의 부츠일까 궁금했다. 그러고는 곧 옆방에서 바스락거리는 소리가 나는 것을 알았으며, 분명히 여자가 옷을 벗는 소리였다. 머리를 매만지는 것과 같이 부드럽게 톡톡 두드리는 소리가 이어졌다. 「서곡」에 그녀의 관심을 집중하기가 너무 어려웠다. 수잔 워링턴이 톡톡 두드리고 있는 것일까? 하지만 그녀는 억지로 책을 끝까지 읽고 나서는, 책장들 사이에 갈피를 끼워놓고는 만족스러운 한숨을 내쉬고 전등불을 껐다.

벽으로 나누어진 방은 닭장의 모양이 서로 같은 것처럼 형체는 같았지만, 서로 아주 달랐다. 앨런 양이 책을 읽고 있을 때 수잔 워링턴은 머리를 빗고 있었다. 오래전부터 여자들은 모든 집안 활동 중 가장 장엄한 때인 이 시간을 여성들 사이의 사랑에 대한 이야기를 나누는 데 바쳤다. 하지만 혼자인 워링턴 양은 대화를 나눌 상대가 없었으며, 단지 굉장히 열심히 거울 속의 자신의 얼굴을 들여다볼 뿐이었다. 그녀는 머리를 이쪽저쪽 돌리며 숱이 많은 머리타래를 이 방향 저 방향으로 넘겼다. 그러고는 한두 걸음 물러나서 진지하게 생각해보았다.

"나는 꽤 근사하게 생겼어." 그녀가 단정 지었다. "예쁘지는 않지만 — 아마도." 그녀는 앉음새를 약간 고쳤다. "그래 — 대부분의 사람들은 내가 잘생겼다고 말할 거야."

그녀는 아서 베닝이 뭐라고 말할지가 정말로 궁금했다. 그에 대한 그녀의 감정은 확실히 묘했다. 그녀는 자신이 그에게 반했다거나 그와 결혼하기를 원한다는 것을 스스로 인정하려 들지는 않았다. 그러나 그녀는 혼자 있을 때 모든 시간을 그가 자신을 어떻게 생각하는지 궁금해하며 또한 전날 그들이 한 일과 오늘 한 일을 비교해보며 보냈다.

"그는 나한테 게임을 하자고 청하지는 않았지만 분명히 나를 따라서 홀로 들어왔어." 그녀는 그날 저녁 일들을 요약해보며 생각에 잠겼다. 그녀는 서른 살이었지만 여형제들이 많았고 시골 목사관에서 차단된 생활을 하였기 때문에 아직 청혼을 받지 못하고 있었다. 속내를 드러내는 시간은 종종 슬픈 시간으로, 그녀는 머리를 아무렇게나 헝클어뜨리고는 다른 사람들과 비교하여 자신이 무시당하고 있다고 느끼면서 침대로 뛰어들었었다. 그녀는 체격이 크고 균형 잡힌 여성으로 뺨에 군데군데 홍조가 너무 확연하게 드러났지만, 그녀의 심각하게 걱정스런 표정은 그녀를 일면 아름다워 보이게 했다.

그녀는 침구를 막 뒤쪽으로 끌어당기다가 "아, 잊고 있었네"라고 외치며 책상으로 갔다. 그해의 숫자가 찍힌 갈색 책이 거기 놓여 있었다. 그녀는 성숙하지만 어린아이 같은 정사각의 못생긴 필체로 뭔가를 쓰기 시작했다. 비록 그것들을 거의 다시 보지는 않았지만, 그녀는 매년 매일같이 일기를 쓰는 것처럼 글을 쓰기 시작했다.

"오전에는 H. 엘리엇 부인과 시골 이웃들에 관해 대화를 나눴다. 그녀는 맨 가족과 셀비-케로웨이 가족을 알고 있다. 세상이 얼마나 좁은가! 그녀가 마음에 들었다. 엠마 숙모에게 『에플비 양의 모험』중 한 장을 읽어드렸다. 오후에는 페롯 씨와 이블린 M과 함께 테니스를 쳤다. 그가 확실히 영리하기는 하지만 '아주' 영리하지는 않다는 느낌을 받았다. 그들을 이겼다. 아주 화창한 날이고 멋진 풍경이다. 처음에는 너무 헐벗었다고 생각했지만 나무가 없는 풍경에 점점 익숙해졌다. 저녁식사 후에 카드놀이를 하였다. 몸이 쑤신다고 말씀하시지만, 엠마 숙모도 즐겁다고 말씀하셨다. 메모: 축축한 시트에 관해 물어볼 것."

그녀는 무릎을 꿇고 기도를 하였다. 그러고는 침대에 누워 담요로 편안하게 몸을 감쌌으며, 몇 분 후에 그녀의 숨소리로 그녀가 잠들었음을 알 수 있었다. 완전히 평화로운 한숨소리와 뒤척임과 함께 잠든 모습은 넓은 풀밭에서 밤새도록 무릎을 꿇고 있는 한 마리의 암소를 닮아 있었다.

옆방을 흘깃 보면 침대시트 위로 나온 코밖에 보이지 않았다. 창문들이 열려 있고, 빛나는 별빛이 어슴푸레한 정방형의 건물을 비춰주었다. 어둠에 점점 익숙해지며, 끔찍하게도 죽은 사람의 몸처럼 깡마른 형체를 분간해낼 수 있었는데, 사실 그것은 역시나 잠들어 있는 윌리엄 페퍼의 몸이었다. 36, 37, 38호―여기에는 포르투갈인 사업가들이 있었는데, 규칙적으로 똑딱거리는 커다란 시계처럼 코 고는 소리가 들리는 것으로 보아 아마도 잠이 들어 있었다. 39호는 통로 끝에 있는 구석방으로, 늦은 시각이었지만―아래층에서 조용하게 "한 시"를 쳤다―방문 밑으로 나오는 불빛으로 누군가 아직 깨어 있음을 알 수 있었다.

"왜 이렇게 늦었어요, 휴!" 침대에 누워 있던 여자가 투정 섞인 걱정스런 목소리로 말했다. 그녀의 남편은 이를 닦고 있어서 잠시 대답을 하지 않았다.

"아직 잠이 들지 않았나 보군." 그가 대답했다. "쏜버리와 얘기를 좀 나눴소."

"당신을 기다리는 동안은 잠을 못 잔다는 것을 아시잖아요." 그녀가 말했다.

그 말에는 아무런 대답도 하지 않고, 그는 간단히 말했다. "자이제 불을 끕시다." 두 사람은 조용해졌다.

이때 희미하지만 날카로운 전기벨 소리가 복도에서 울렸다. 배가 고파 잠에서 깬 페일리 부인이 안경이 없어 과자 상자를 찾기 위해 하녀를 부르는 소리였다. 방수 외투로 몸을 감싸기는 하였지만 이 늦은 시간에조차 처량할 정도로 공손하게 하녀가 벨소리를 듣고 나타났으며, 그 후 복도는 다시 침묵에 빠졌다. 아래층은 모든 곳이 텅 비고 어두컴컴하였지만, 앨런 양의 머리 위로 그렇게 둔탁하게 부츠가 떨어지는 소리를 냈던 위층 방에는 아직도 불빛이 비치고 있었다. 여기에는 몇 시간 전에 커튼의 그늘 속에 다리만 드러내고 앉아 있던 신사가 있었다. 안락의자에 깊숙이 앉아 그는 촛불 아래 기본[2]의 『로마제국 쇠망사』 3권을 읽고 있었다. 책을 읽으며 그는 가끔씩 자동적으로 담뱃재를 톡톡 털며 책장을 넘겼는데, 전체적으로 이어지는 멋진 문장들이 그의 커다란 이마 속으로 들어와서 그의 뇌 속으로 차례대로 행진해 들어가고 있었다. 만약 문이 열리고 다소 건장한 체구의 젊은이가 커다란 맨발로 들어오지 않았다면, 아마도 이런 과정은 연대 전체가 진영을 바꾸게 되었을 때까지 한 시간 이상 계속되었을 것 같다.

"오, 허스트, 내가 말하려다 잊은 게 있는데 —"

"이 분만." 허스트가 손가락을 들어 올리며 말했다.

그는 그 단락의 마지막 단어들을 완전하게 읽어 치웠다.

"그래, 자네가 말하려다가 잊은 것이 뭔가?" 그가 물었다.

---

2 에드워드 기본(Edward Gibbon, 1737~1794), 영국 역사가로 1776년에서 1788년 사이에 출판한 이 역사서는 역사에 대한 정확성뿐만 아니라 문체상으로도 많은 가치를 지닌다. 『쿠퍼의 서한집』과 더불어 울프가 어릴 때 아버지 레슬리 스티븐의 서재에서 가져다가 열심히 읽은 작품이다.

"자네는 감정을 충분히 고려한다고 생각하나?" 휴잇 씨가 물었다. 그는 자신이 무슨 말을 하려 했는지 또다시 잊어버렸다.

오점 하나 없는 기본을 집중적으로 명상하고 난 허스트 씨는 친구의 질문에 미소 지었다. 그는 책을 옆으로 치워놓고 생각에 잠겼다.

"자네 정신은 이상하게 말끔하지 못한 것 같군." 그가 말했다. "감정? 그것이 바로 우리가 고려하는 것 아닌가? 우리는 사랑은 저기 위에 두고 나머지는 모두 저 아래 어딘가에 두지." 그는 왼손으로 피라미드의 꼭대기를 가리키며 오른손으로는 바닥을 가리켰다.

"하지만 나에게 그 말을 하려고 침대에서 나온 것은 아니겠지." 그가 심하게 밀어붙였다.

"그냥 얘기 좀 하려고 일어났어." 휴잇이 애매하게 말했다.

"잠시 옷 좀 벗어야겠네." 허스트가 말했다. 셔츠만 입고서 세면대에 몸을 굽힌 허스트 씨는 더 이상 존엄한 지성의 소유자로서의 인상을 주지 않았으며, 그의 젊지만 볼품없는 몸매는 연민을 불러일으켰다. 왜냐하면 그는 허리가 굽었으며, 너무 말라서 목과 양어깨의 서로 다른 뼈들 사이에 거무튀튀한 주름들을 드러내고 있었기 때문이었다.

"여자들에게 관심을 갖게 되었네." 무릎에 턱을 괴고 침대에 앉아 있는 휴잇은 허스트 씨가 옷을 벗는 것에는 전혀 주의를 기울이지 않고 말했다.

"여자들은 너무 어리석어." 허스트가 말했다. "자네, 내 잠옷을 깔고 앉아 있군."

"나도 여자들이 어리석다고 여기나?" 휴잇은 궁금했다.

"그 점에 대해서는 두 가지 견해가 있을 수 없다고 생각해." 허스트는 기운차게 방을 가로질러 깡충 뛰며 말했다. "만약 자네가 사랑에 빠지지 않았다면 말야—그 뚱뚱한 여자 워링턴 말인가?" 그가 물었다.

"뚱뚱한 여자 한 명이 아니라, 모든 뚱뚱한 여자들이야." 휴잇이 한숨을 내쉬었다.

"오늘 밤 내가 본 여자들은 살이 찌지 않았어." 허스트는 휴잇과 함께 있는 시간을 이용해 발톱을 깎으며 말했다.

"그들을 묘사해봐." 휴잇이 말했다.

"내가 사물들을 묘사하지 못한다는 것을 자네도 알잖아!" 허스트가 말했다. "그들이 다른 여자들과 무척 닮았었다는 생각이 드는데. 여자들은 항상 그렇잖아."

"아니, 그 점에서 우리가 서로 다른 거야." 휴잇이 말했다. "나는 모든 것이 서로 다르다고 주장하네. 어떤 두 사람도 조금도 똑같지 않아. 당장 자네와 나를 예로 들어보세."

"한때는 나도 그렇게 생각했었지." 허스트가 말했다. "그러나 지금은 그들은 모두가 타입들일 뿐이야. 우리를 예로 들지 말고, 이 호텔에 있는 사람들을 예로 들어보세. 우리는 이 호텔 모든 손님들을 몇 개의 원들로 에워쌀 수가 있어. 그들은 결코 원 밖으로 떨어져 빗나가지 않을 거야."

("자네는 그런 식으로 암탉을 죽일 수도 있겠군"), 휴잇이 혼잣말을 했다.

"휴링 엘리엇 씨, 휴링 엘리엇 부인, 앨런 양, 쏜버리 부부가— 하나의 원이지." 허스트는 계속해서 말했다. "워링턴 양, 아서 베닝 씨, 페롯 씨, 이블린 M이 또 다른 원이고, 많은 원주민들이 있고, 마지막으로 우리들이야."

"우리의 원 안에서 우리 모두는 혼자가 아닌가?" 휴잇이 물었다.

"완전히 혼자이지." 허스트가 말했다. "자네는 벗어나려 하지만 그럴 수 없네. 벗어나려 할수록 단지 일을 엉망으로 만들 뿐이야."

"나는 원 안에 갇힌 암탉이 아니네." 휴잇이 말했다. "나는 나무 꼭대기에 있는 비둘기야."

"이것이 흔히 말하는 살 속으로 파고드는 발톱인 모양인데?" 허스트는 왼쪽 발의 엄지발가락을 살피며 말했다.

"나는 나뭇가지에서 가지로 훨훨 날아." 휴잇이 계속해서 말했다. "세상은 아주 즐거워." 그는 팔을 베고 침대에 누웠다.

"자네처럼 그렇게 애매모호한 것이 정말로 멋진 것일까?" 허스트가 그를 바라보며 물었다. "그것은 지속성이 결여된 거야.― 그 점이 자네에게 있어 매우 이상한 면이야." 그는 계속했다. "스물일곱이면 거의 삼십이 다 되어가는데, 자네는 아무런 결론도 이끌어내지 못한 것처럼 보이는군. 마치 세 살 먹은 어린애처럼 늙은 여자들을 보고 흥분하니 말이야."

휴잇은 발톱 가장자리를 난로에 대고 깔끔하게 솔로 털고 있는 앙상하게 말라빠진 젊은 남자를 잠깐 동안 말없이 찬찬히 바라보았다.

"자네를 존경하네, 허스트." 그가 말했다.

"몇 가지 점에서는 나도 자네가 부럽네." 허스트가 말했다. "하나는 자네의 생각하지 않는 능력이고, 두 번째는 사람들이 나보다 자네를 더 좋아한다는 거야. 여자들이 자네를 좋아한다고 생각하네."

"그것은 사실 대단한 문제는 아니지 않나?" 휴잇이 말했다. 그는 이제 침대에 반듯하게 누워 위쪽으로 손을 흔들어 분명치 않은 원들을 그렸다.

"물론 중요하지." 허스트가 말했다. "그러나 그것이 곤란한 점은 아니야. 어려움은 적절한 대상을 발견하는 것 아니겠나?"

"자네의 원 안에 암탉들은 없는 건가?" 휴잇이 물었다.

"전혀 없네." 허스트가 말했다.

그들은 삼 년 동안 서로 알아왔지만 허스트는 휴잇의 진실한 사랑 이야기를 들은 적이 없었다. 일반적인 대화에서는 당연히 사랑에 관한 얘기를 많이 나눴지만, 은밀한 사적인 대화에서 그 주제는 빼놓는 것으로 여겨졌다. 일을 하지 않아도 될 만큼 충분한 돈을 갖고 있었고, 학교 당국자와 의견 차이로 두 학기 만에 케임브리지를 떠났으며, 그 후 여행하며 떠돌아다녔다는 사실이 그의 삶을 이상하게 만들었다. 친구들의 삶이 대체로 비슷한 반면 여러 면에서 그의 삶은 이상했다.

"나는 자네의 원들을 알아보지 못하겠네. ―그것들을 보지 못해." 휴잇은 계속해서 말했다. "팽이처럼 구불구불 빙빙 도는 어떤 것이 눈에 보이네. 그것은 사물들과 부딪치며, 좌우로 돌진하며, 점점 도는 횟수가 더해가며 원들의 숫자가 늘어나서 마침내 그곳 전체가 원들로 빽빽해지네. 원들은 계속 돌며 저기로, 가장자리 밖으로, 보이지 않는 곳으로 가버리네."

그의 손가락들은 왈츠를 추는 팽이들이 침대 덮개 모서리로 빙 돌아서 침대에서 무한대로 떨어지는 것을 보여주었다.

"자네는 이 호텔에서 홀로 삼 주를 보낼 수 있나?" 잠시 후에 허스트가 물었다.

휴잇은 생각하기 시작했다.

"사실은 말이지, 사람은 결코 혼자일 수 없으며 또한 결코 사람들과 함께일 수도 없다는 점이야." 그는 결론지었다.

"무슨 의미야?" 허스트가 말했다.

"의미? 아, 거품에 관한 것 ―물체에서 발산되는 아우라― 그것을 뭐라고 부를까? 자네는 나의 거품을 볼 수 없지. 나도 자네의 거품을 볼 수 없어. 우리가 서로에게서 보게 되는 것은 작은 반점, 불꽃 한가운데 있는 심지와 같은 것이지. 불꽃은 우리와 함께 모든 곳을 돌아다녀. 그것은 정확하게 우리 자신은 아니지만 우리가 느끼는 것이지. 이승은 짧아. 대부분의 사람들의, 모든 종류의 사람들의 생이 짧다는 거네."

"자네 거품은 멋진 변종 거품임에 틀림없군!" 허스트가 말했다.

"그리고 나의 거품이 다른 누군가의 거품과 부딪친다고 가정하면—"

"그러면 양쪽 모두 부서지겠지?" 허스트가 거들었다.

"그러면, 그러면, 그러면," 휴잇이 마치 자기 자신에게 그 일이 일어난 것처럼 곰곰이 생각에 잠겼다. "그것은 하나의 거-어-대한 세계가 되겠지." 그는 아무리 뻗어도 소용돌이치는 우주를 꽉 붙잡을 수 없는 것처럼 양팔을 쭉 뻗으며 말했다. 그는 허스트와 함께 있을 때면 언제나 이상하게 낙천적이고 막연하게 느꼈기 때문이었다.

"내가 여느 때 생각하듯이 지금 자네가 완전히 바보 같다고 생각하지는 않네, 휴잇." 허스트가 말했다. "자네는 뜻도 모르는 말을 하려고 애쓰고 있어"

"하지만 자네도 지금 즐기고 있지 않은가?" 휴잇이 물었다.

"대체로, 그러하네." 허스트가 말했다. "나는 사람들을 관찰하는 것을 좋아하네. 사물들을 지켜보는 것도 좋아하지. 이 나라는 놀라울 정도로 아름다워. 자네도 오늘 밤 산꼭대기가 어떻게 노랗게 변하는지 보지 않았나? 정말 우리 점심이나 싸가지고 하루 나갔다 올까? 자네는 보기 흉할 정도로 살이 찌고 있어." 그는 휴잇의 드러난 다리의 장딴지를 가리켰다.

"우리 소풍 계획을 짜보세." 휴잇이 열정적으로 말했다. "호텔 손님들 모두에게 물어보지. 당나귀들을 빌리고……."

"아, 맙소사!" 허스트가 말했다. "그만두게! 워링턴 양과 앨런 양과 엘리엇 부인 그리고 나머지 여자들이 바위에 쪼그리고 앉아 '너무 즐거워요!'라고 허풍 떠는 모습이 눈에 선하군."

"베닝과 페롯과 머거트로이드 양도 초대할 거야. 할 수 있는 사람은 모두 다." 휴잇은 계속해서 말했다. "작고 안경 낀 메뚜기같이 생긴 노인의 이름이 뭐지? 페퍼인가? 페퍼 씨가 우리를 인솔할 거야."

"맙소사, 자네는 당나귀들을 구할 수 없을 거네." 허스트가 말했다.

"그것을 적어 놓아야겠군." 휴잇은 서서히 마루에 발을 내려놓으며 말했다. "허스트가 워링턴 양을 수행하고, 페퍼는 흰색 나귀를 타고 혼자 앞장서며, 먹을 것은 똑같이 나눠준다. 아니면 우리 노새를 빌릴까? 페일리 부인과 같은 나이 지긋한 기혼부인들은 맹세코 마차를 타야 해."

"그것이 자네가 틀린 점이네." 허스트가 말했다. "처녀들을 기혼부인들 가운데 두는 것 말일세."

"그런 소풍은 시간이 얼마나 걸릴 거라고 생각하나?" 휴잇이 물었다.

"12시간에서 16시간 정도 걸리겠지." 허스트가 말했다. "처음에는 그 시간이면 대개 한계에 이르게 되지."

"상당한 계획이 필요하겠군." 휴잇이 말했다. 그는 이제 방을 조용히 어슬렁거리다가 멈춰서 테이블 위에 놓인 책들을 뒤적였다. 책들은 차곡차곡 쌓여 있었다.

"아마 시인도 역시 몇 명 필요할 거야." 그가 말했다. "기본은 아니야. 안 돼. 자네 혹시 『현대적 사랑』[3]이나 아니면 『존 던』[4]을 가지고 있나? 자네도 알다시피, 사람들이 경치를 보는 것에 싫증이 나서 쉬고 있을 때에는 뭔가 다소 어려운 것을 큰 소리로 읽어주는 것이 좋을 것 같네."

"페일리 부인은 즐거워할 거야." 허스트가 말했다.

"페일리 부인은 확실히 그럴 거야." 휴잇이 동조했다. "나이 든 부인들이 시 읽기를 그만둔다는 점 — 그것이 내가 아는 가장 슬픈 일들 중 하나야. 그런데 이 시가 정말 적절하겠군.

> 나는 이해하는 사람처럼 말을 한다.
> 삶이 어렴풋이 심원하다는 것을.
> 마침내 측량할 수 있는 사람처럼
> 분명한 관점과 틀림없는 견해를.
> 그러나 — 사랑 다음에는 무엇이 오는가?
> 찌푸리는 장면.
> 슬프고 공허한 몇 시간.
> 그러고는, 막이 내린다.[5]

아마 페일리 부인이 우리들 중에서 정말로 이 시를 이해할 수 있는 유일한 사람일 거야."

"그녀에게 물어봐야겠군." 허스트가 말했다. "휴잇, 잠자러 가려

---

3 조지 메러디스(George Meredith, 1828~1909)의 긴 소네트 연작으로 1862년 출판됨. 아마도 거의 과장될 정도로 감상성을 결여하고 있어서 블룸즈버리의 빅토리아 시대 운문에 대한 일반적인 염증에서 제외될 수 있었다.

4 형이상학파인 존 던(John Donne, 1572~1631)의 시들은 20세기 초 모더니스트들이 엘리자베스 시대와 제임스 1세 시대 문학을 재평가하며 새로운 인기를 얻기 시작하였다.

5 토머스 하디Thomas Hardy의 시 「그는 사랑을 버리다He Abjures Love」의 마지막 연. 1883년에 창작되었으며, 1909년에 출판됨.

거든 부디 커튼 좀 내려주게. 달빛보다 나를 괴롭히는 것도 별로 없다네."

휴잇은 겨드랑이에 토머스 하디 시집을 끼고서 물러 나왔으며, 나란히 붙어 있는 각자의 방 침대에서 두 젊은 남자는 곧 잠이 들었다.

휴잇 방의 촛불이 꺼지고 이른 아침 맨 처음 호텔의 쓸쓸함을 관망하는 거무스름한 스페인 소년이 일어나는 사이에 몇 시간의 침묵이 끼어들었다. 누구나 백여 명의 사람들이 깊이 숨 쉬는 소리를 거의 들을 수 있었으며, 아무리 잠 못 이루고 안절부절못한다 하여도 그렇게 깊이 잠든 한중간에 잠을 피하는 것은 힘들 것이었다. 창밖을 바라보면 보이는 것은 단지 어둠뿐이었다. 세상의 어두운 반구半球 위에 사람들은 납작 엎드려 있으며, 텅 빈 거리에 몇 개의 깜빡이는 불빛들은 어디에 그들의 도시들이 세워져 있는지를 표시해주었다. 피커딜리 가에는 빨강과 노랑 버스들이 혼잡하게 밀려 있으며, 화려하게 차려입은 여성들은 멈춰 서서 몸을 흔들고 있을 것이다. 그러나 이곳 어둠 속에서는 올빼미한 마리가 나무에서 나무로 날았으며, 미풍이 나뭇가지들을 들어 올리자 달이 마치 횃불처럼 빛났다. 모든 사람들이 다시 깨어날 때까지 집 없는 동물들은 밖으로 나왔으며 호랑이, 수사슴, 코끼리들은 물웅덩이에서 물을 마시기 위해 어둠 속에서 내려왔다. 밤에 언덕과 숲 위로 부는 바람은 낮에 부는 바람보다 훨씬 맑고 신선했으며, 세부적으로 보이지 않는 대지는 도로와 들판으로 형형색색으로 구분되었던 때보다 훨씬 신비로웠다. 여섯 시간 동안 이런 심오한 아름다움이 지속되었으며, 그 후 동쪽이 점점 밝아짐에 따라 지면이 미끄러지듯 표면으로 쑥 떠오르며 도로가 드러나고 연기가 피어오르고 사람들이 부산스럽게 움직였다. 햇빛이 산타 마리나 호텔 창문들에 비춰들자 마침내 그들은 커튼을 걷었으며, 벨소리가 호텔 전체에 울려 퍼지며 아침식사 시간임을 알렸다.

아침식사가 끝나자 곧 부인들은 여느 때처럼 신문을 집어 들었다가 다시 내려놓으며 막연하게 홀 주변에 몰려들었다.

"그래 오늘은 무엇을 할 생각이세요?" 엘리엇 부인은 워링턴 양 주변을 맴돌며 물었다.

옥스퍼드 대학 학장 휴링의 아내인 엘리엇 부인은 키가 작은 여성으로 그녀의 표정은 항상 습관적으로 애조를 띠고 있었다. 그녀의 눈길은 한동안 머물기에 충분히 즐거운 무엇인가를 발견할 수 없다는 듯이 여기저기로 움직였다.

"엠마 숙모를 시내에 모시고 나갈 예정이에요." 수잔이 말했다. "아직 아무것도 구경하지 못하셨거든요."

"그 연세에 정말 용기가 대단하세요." 엘리엇 부인이 말했다. "안락한 집을 두고 이런 여행을 나오시다니."

"그래요. 우리는 항상 그분은 여행하다 배 위에서 돌아가실 거라고 말해요." 수잔이 대답했다. "그분은 배에서 태어나셨어요." 그녀가 덧붙였다.

"예전에는," 엘리엇 부인이 말했다. "많은 사람들이 그랬지요. 나는 언제나 불쌍한 여자들이 가여워요. 우리는 불평할 것이 한두 가지가 아니에요." 그녀는 머리를 흔들었다. 그녀는 탁자 주변을 훑어보며 엉뚱하게 한마디 했다. "가여운 네덜란드 여왕[6]! 신문기자들이 실제로 여왕의 침실 문 앞에 있다는군요!"

"네덜란드 여왕에 관해 얘기하는 중이세요?" 앨런 양이 유쾌한

---

6 빌헬미나Wilhelmina 여왕은 1909년 5월 딸을 낳고 지나친 대중의 관심으로 고통 받음. 아들을 조산하였을 때도 작은 스캔들이 있었다.

목소리로 말했는데, 그녀는 얇은 외국 신문들이 흩어져 있는 가운데서 두툼한 『타임스』를 찾고 있었다.

"그렇게 엄청나게 평평한 나라에서 사는 사람은 누구든지간에 언제나 부러워요." 그녀가 말했다.

"정말 이상하군요!" 엘리엇 부인이 말했다. "저는 평평한 나라는 정말 답답해요."

"그러면 이곳에서는 행복하실 수 없겠네요, 앨런 양." 수잔이 말했다.

"반대로," 앨런 양이 말했다. "저는 산을 굉장히 좋아해요." 약간 떨어진 곳에 『타임스』를 발견하고는 그녀는 그것을 집으려고 몸을 움직였다.

"자, 남편을 찾아봐야겠어요." 엘리엇 부인이 안절부절못하며 자리를 떴다.

"저는 숙모에게 가야 해요." 워링턴 양이 말했으며, 그들은 각자 그날 할 일을 챙기며 물러났다.

외국 신문이 얇고 인쇄가 조잡한 것이 천박함과 무지함의 어떤 증거이기 때문인지는 모르지만, 국가적 의식이 진행될 때 길거리의 사람한테서 구입한 프로그램은 그것이 말하고 있는 내용에 확신을 심어주지 못하듯이, 영국 사람들이 거기서 읽은 뉴스는 거의 뉴스로 생각지 않는다는 것은 확실하다. 상당히 품위 있는 나이 지긋한 부부는 탁자에 죽 놓여 있는 신문들을 살펴보고는 큰 표제 이상은 읽을 가치가 없다고 생각했다.

"15일에 있었던 토론 보고서가 지금쯤은 우리에게 도착했어야 하는데." 쏜버리 부인이 중얼거렸다. 멋있게 말쑥했으며, 잘생긴 야윈 얼굴을 문질러 비바람에 바랜 나무조각상에 칠한 물감 자국처럼 붉어진 쏜버리 씨는 안경을 끼고 훑어보다가 앨런 양이

『타임스』를 갖고 있는 것을 보았다.

따라서 이 부부는 안락의자에 앉아서 기다렸다.

"아, 휴잇 씨가 있네요." 쏜버리 부인이 말했다. "휴잇 씨, 와서 우리 옆에 앉으세요. 당신은 나에게 사랑하던 옛 친구, 메리 엄플비를 굉장히 많이 생각나게 한다고 남편에게 말하고 있었어요. 그녀는 아주 즐거운 여자였어요. 장담해요. 그녀는 장미를 재배했죠. 예전에는 그녀와 함께 지내곤 했어요."

"어떤 젊은 남자가 늙은 노처녀와 닮았다는 말을 듣는 것을 좋아하겠소." 쏜버리 씨가 말했다.

"그 반대입니다." 휴잇 씨가 말했다. "저는 누군가 다른 사람을 생각나게 한다는 것을 항상 칭찬으로 생각합니다. 그런데 엄플비 양은 — 왜 장미들을 재배했나요?"

"아, 가엾게도," 쏜버리 부인이 말했다. "이야기가 길어요. 그녀는 끔찍한 슬픔을 겪었어요. 만약 한때 그녀의 정원이 없었더라면 미쳐버렸을 거라고 생각해요. 토양이 굉장히 척박해서 겉보기엔 불행해 보였지만 사실은 행복한 것이었어요. 그녀는 어떤 날씨에도 새벽에 일어나 밖에 나와야 했어요. 그리고 장미들을 갉아먹는 녀석들이 있어요. 그렇지만 그녀는 이겨냈어요. 그녀는 항상 이겨냈죠. 그녀는 용감한 영혼을 지녔어요." 그녀는 체념하며 깊이 한숨을 내쉬었다.

"제가 신문을 독차지하고 있다는 것을 깨닫지 못했어요." 앨런 양이 그들에게 오며 말했다.

"의회에서 벌인 토론에 관해 굉장히 읽고 싶었어요." 남편을 대신하여 신문을 받으며 쏜버리 부인이 말했다.

"아들들을 해군에 보내야지 그 의회 토론이 얼마나 흥미로운지 알게 되죠. 그렇지만 나의 관심은 공평해요. 육군에 간 아들들도 있거든요. 아들 하나는 상·하 합동의회에서 연설을 해요. 내 사랑스런 아들!"

"아마 허스트가 그를 알거예요." 휴잇이 말했다.

"허스트 씨의 얼굴은 흥미롭게 생겼어요." 쏜버리 부인이 말했다. "하지만 그와 대화를 나누려면 매우 똑똑해야만 한다고 느껴요. 그런데, 윌리엄?" 쏜버리 씨가 투덜거렸으므로 그녀가 물었다.

"정말 난장판이야." 보도기사의 격한 어조로 쓰인 두 번째 칼럼을 읽다가 쏜버리 씨가 말했다. 왜냐하면 3주 전 아일랜드 의원들이 국회의사당에서 해군의 유효성에 관한 질문을 가지고 크게 말다툼을 하였다는 내용이었다. 한두 단락 혼란스런 내용 후에 칼럼은 다시금 부드럽게 진행되었다.

"저 기사를 다 읽으셨나요?" 쏜버리 부인이 앨런 양한테 물었다.

"부끄럽게도 크레타 섬의 유적 발견에 관한 기사만 읽어보았어요." 앨런 양이 말했다.

"아, 하지만 나도 고대를 알기 위해서 많은 것을 바치고 싶어요!" 쏜버리 부인이 소리쳤다. "이제 우리 나이 든 사람들은 외로우니까, ― 우리는 두 번째 신혼여행 중이에요 ― 정말로 다시금 배움을 시작하고 싶어요. 결국 우리는 과거를 **기반으로** 하고 있죠, 그렇지 않은가요, 휴잇 씨? 군에 가 있는 내 아들은 한니발 장군[7]한테 배울 것이 여전히 많다고 하더군요. 누구나 자신이 알고 있는 것보다 훨씬 많이 알아야만 해요. 아무튼 신문을 읽을 때 나는 먼저 의회 토론 보고서부터 시작해요. 그런데 내가 미처 다 읽기 전에 항상 방문이 열리고 누군가 들어오죠. 우리 집은 굉장히 식구가 많거든요. 따라서 고대인들과 그들이 우리를 위해서 해준 것

---

7 한니발(Hannibal, B.C. 247~B.C. 183?)은 카르타고의 장군으로 로마제국에 맞선 그의 출정은 훌륭한 군사전략의 예로 아직도 회자된다.

들에 대해 충분히 생각할 여유가 없어요. 하지만 **당신은** 기원으로부터 시작하는군요. 앨런 양."

"그리스인들을 생각할 때 저는 그들을 벌거벗은 흑인남자들로 생각해요." 앨런 양이 말했다. "물론 아주 부정확한 생각임에 분명해요."

"그러면 허스트 씨, 당신은요?" 그 수척한 젊은 남자가 가까이 있는 것을 간파하며 쏜버리 부인이 말했다. "당신은 틀림없이 모든 것을 다 읽을 것 같은데요."

"저는 크리켓과 범죄에 관한 것만 읽습니다." 허스트가 말했다. "상류층 출신이어서 가장 나쁜 점은 친구들이 결코 열차 사고로 죽는 일은 없다는 거죠."

쏜버리 씨는 신문을 던지고 격렬하게 안경을 벗어 내려놓았다. 신문지들이 모여 있는 사람들 사이로 떨어졌으며 그들 모두가 지켜보았다.

"뭐가 잘 안 되어 가고 있나요?" 그의 부인이 걱정스럽게 물었다.

휴잇이 신문을 집어 들고 읽었다. "어떤 여성이 어제 웨스트민스터 거리를 걷다가 폐가의 창문에 앉아 있는 고양이 한 마리를 보았다. 이 굶주린 동물은—"

"어쨌든 이 문제에는 관여치 않겠소." 쏜버리 씨는 역정 내며 말을 가로막았다.

"고양이들에 대해서는 가끔 잊고 지내죠." 앨런 양이 말했다.

"윌리엄, 수상이 답변을 유보하고 있다는 것을 기억하세요." 쏜버리 부인이 말했다.

"브론즈버리의 일즈 파크에 사는 조슈아 해리스는 여든의 나이에 아들을 얻었다는군요." 허스트가 말했다.

"며칠 동안 인부들이 주목해온 이 굶주린 동물은 구조되었으나, 맙소사! 그것은 남자의 손을 갈가리 물어뜯었다!"

"굶주려서 사나워진 거예요." 앨런 양이 말했다.

"여러분은 모두 외국에 나와 있는 주된 장점을 무시하고 계시 군요." 이 모임에 끼어 든 휴링 엘리엇 씨가 말했다. "불어로 뉴스를 읽는 편이 나아요. 그것은 뉴스를 전혀 읽지 않는 것과 똑같거든요."

엘리엇 씨는 콥트어[8]에 대해 굉장한 지식을 갖고 있었는데, 그는 가능한 한 이것을 감추었다. 그리고 불어 구절들을 아주 멋지게 인용해서 그가 또한 영어를 말할 수 있다는 것을 믿기 어려울 정도였다. 그는 불어에 대단한 존경심을 갖고 있었다.

"가겠소?" 그는 두 젊은이에게 물었다. "너무 더워지기 전에 출발해야 하오."

"뜨거운 열기 속에서는 제발 걷지 마세요." 그의 부인이 치킨 반 마리와 약간의 건포도가 담긴 네모난 꾸러미를 주며 간청했다.

"휴잇이 우리의 표준이 될 거요." 엘리엇 씨가 말했다. "나보다 그가 먼저 녹초가 될 테니까."

사실, 그의 빈약한 갈빗대에서 한 방울이라도 녹아내린다면, 뼈가 그대로 드러날 것이다. 이제 여자들만 남았으며, 마룻바닥에는 『타임스』가 흩어져 있었다. 앨런 양이 자기 아버지가 준 시계를 들여다보았다.

"11시 10분 전이에요." 그녀가 말했다.

"일하시려고요?" 쏜버리 부인이 물었다.

"그래야죠." 앨런 양이 대답했다.

"정말 멋진 사람이야." 남성다운 코트를 입은 건장한 모습의 앨

---

8 고대 이집트에서 발달한 언어.

런이 물러나자 쏜버리 부인이 중얼거렸다.

"그녀는 분명히 힘들게 살고 있어요." 엘리엇 부인이 한숨지었다.

"그래요, 힘든 삶**이에요**." 쏜버리 부인이 말했다. "결혼하지 않은 여성들이 ─ 자신들의 생계를 책임져야 하는 것은 ─ 정말 힘든 삶이에요."

"하지만 그녀는 굉장히 즐거워 보여요." 엘리엇 부인이 말했다.

"매우 흥미로운 일임에 틀림없어요." 쏜버리 부인이 말했다. "나는 그녀의 지식이 부러워요."

"그렇지만 그것이 여성들이 원하는 것이 아니죠." 엘리엇 부인이 말했다.

"그것이 많은 여성들이 갖고자 희망할 수 있는 전부라고 생각하는데요?" 쏜버리 부인이 한숨지었다. "요즈음은 전보다 훨씬 더 그렇다고 믿어요. 할리 레스브리지 경이 바로 요 전날, 해군에 지원할 청년들을 찾기가 힘들다고 말하더군요. 어느 정도는 그들의 기호 때문인 것은 사실이에요. 그리고 젊은 여자들이 아주 공공연하게 말하는 것을 들었는데 ─"

"끔찍해요, 끔찍해!" 엘리엇 부인이 큰 소리로 말했다. "사람들이 말하듯이, 여성의 삶의 영광은. 아이가 없다는 것이 어떤 것인지를 알고 있는 저는 ─" 그녀는 한숨을 내쉬며 말을 멈췄다.

"하지만 너무 가혹할 필요는 없어요." 쏜버리 부인이 말했다. "내가 젊었을 때와는 상황이 아주 많이 변했어요."

"확실히 **모성**은 변하지 않잖아요." 엘리엇 부인이 말했다.

"여러 가지 점에서 젊은 사람들한테서 많은 것을 배울 수 있어요." 쏜버리 부인이 말했다. "나는 딸들한테 아주 많이 배운답니다."

"휴링은 사실 아이가 없는 것을 개의치 않는다고 믿어요." 엘리엇 부인이 말했다. "그러나 그는 자신의 일이 있어요."

"자녀가 없는 여자들은 다른 아이들을 위해서 그만큼 많은 일을 할 수 있어요." 쏜버리 부인이 부드럽게 말했다.

"저도 스케치를 많이 하고 있어요." 엘리엇 부인이 말했다. "그러나 그것이 사실 직업은 아니죠. 갓 시작한 젊은 여자들이 전문가 이상으로 훨씬 더 잘하는 것을 보면 아주 당황스러워요. 재능을 당할 수가 없죠, 정말 당할 수가 없어요!"

"당신이 도움을 받을 수 있는 학원이나 클럽이 있지 않아요?" 쏜버리 부인이 물었다.

"그곳들은 너무 지치게 해요." 엘리엇 부인이 말했다. "저는 혈색 때문에 강해 보이죠. 그러나 그렇지 못해요. 열한 명의 남매 중막내는 결코 강하지 못하죠."

"만약 어머니가 먼저 조심만 한다면," 쏜버리 부인은 재판관답게 말했다. "가족의 크기가 차이를 만들 이유는 없어요. 그리고 남자 형제들이나 자매들이 서로에게 주는 훈련보다 나은 것은 없어요. 나는 그 점은 확신해요. 내 아이들을 키우며 알게 되었어요. 예를 들어 장남 랠프는—"

그러나 엘리엇 부인은 노부인의 경험에 주의를 기울이지 않았으며, 그녀의 눈길은 홀을 두리번거렸다.

"제 어머니는 두 번 유산을 겪었대요." 그녀가 갑자기 말했다. "처음은 춤추는 커다란 곰들 중 한 놈을 만났기 때문이에요. 그런 곰들은 허가해주지 말아야 해요. 또 다른 한 번은—끔찍한 이야기인데—우리 요리사가 아이를 가졌는데 디너파티가 있었대요. 그래서 저는 제 소화불량증을 그 탓으로 돌려요."

"유산은 출산보다 몸에 훨씬 안 좋아요." 쏜버리 부인은 안경을 매만져 바로잡고 『타임스』를 집어 들며 건성으로 중얼거렸다. 엘리엇 부인은 일어나서 어슬렁어슬렁 걸어 나갔다.

신문에서 수백만의 목소리들 중 하나가 말하는 것을 듣다가 자신의 친척 중 한 사촌이 마인헤드의 성직자와 결혼했다는 기사를 보았을 때, 쏜버리 부인은 우편으로 보낼 편지를 쓰기 위해 위층으로 올라갔다. 술 취한 여성들, 크레타 섬의 황금 동물상들, 대부대의 이동, 정찬들, 개혁안들, 화재사건, 분개한 사람들, 학식 있고 자비로운 사람들에 관한 기사는 무시한 채로 말이다.

신문은 시계 바로 아래 놓여 있었고, 이 두 가지는 변화하는 세계에서 서로 함께 안정을 대변하는 것처럼 보였다. 그 옆으로 페롯 씨가 지나갔으며, 베닝 씨는 잠시 테이블 옆에 자세를 잡고 있었다. 페일리 부인이 휠체어를 타고 지나갔다. 수잔이 그 뒤를 따랐으며, 베닝 씨가 그녀를 따라 한가로이 걸었다. 그들의 옷차림으로 보아 너저분한 침실에서 늦게야 일어났음을 알 수 있는 포르투갈 군인 가족이 천천히 걸어갔으며, 충성스런 유모들이 시끄러운 아이들을 돌보며 따라갔다. 정오가 가까워지고 햇빛이 지붕 위로 곧장 내리쪼여서 커다란 파리 떼가 원을 이루며 윙윙거렸다. 야자수 아래로는 주문에 따라 얼음 넣은 음료수가 배달되었다. 긴 블라인드들이 날카로운 소리를 내며 끌어내려지자 모든 빛들이 온통 노란색으로 바뀌었다. 고요한 홀에는 이제 졸린 네댓 명의 상인들만 청중삼아 시계가 째깍거리고 있었다. 점차로 햇빛을 가리는 모자를 쓴 하얀 모습의 사람들이 문 안으로 들어왔다. 그들은 뜨거운 여름날의 열기를 집 안으로 끌고 들어온 후, 문을 닫아 다시금 이 열기를 내쫓았다. 잠시 어스름 속에서 휴식을 취한 후에 그들은 위층으로 올라갔다. 시계가 숨을 헐떡이며 한 시를 쳤으며, 동시에 종소리가 부드럽게 시작하여 점차로 미친 듯이 울리다가 멈추었다. 휴지休止가 있었다. 잠시 후에 위층으로 올라갔던 사람들이 모두 내려왔다. 절름발이들은 발을 헛디디지 않으려고 계단의 같은 단에 양쪽 발을 디디면서 내려왔고, 새침한 여자 아이들은 유모의 손가락을 잡고 왔으며, 뚱뚱한 할아버지들은 내려오며 아직도 조끼의 단추를 채우고 있었다. 종소리는 정원에까지 울려 퍼졌으며, 이것은 그들이 다시 먹을 시간이 되었음을 알리는 것이었으므로 의자에서 편히 휴식을 취하던 사람들은 먹기 위해서 점차 일어나 어슬렁거리며 들어왔다. 한낮에도 정원에는 그늘진 곳과 작은 못들이 있었으므로 두세 명의 손님들은 편하게 일을 하거나 대화를 나눌 수 있었다.

대낮의 열기 때문에, 사람들은 이웃들을 주시하고 혹시 새로운 얼굴이 있으면 찬찬히 바라보며 그들이 누구이며 무엇을 하는 사람인지에 대해 아무렇게나 추측하며, 일반적으로 조용하게 점심식사를 하였다. 페일리 부인은 일흔이 훌쩍 넘었고 다리를 절뚝거렸지만, 음식을 즐겼고 같이 있는 사람들의 버릇에 관심이 있었다. 그녀는 수잔과 작은 테이블에 앉아 있었다.

"**저 여자**가 어떤 사람인지는 말하고 싶지 않구나!" 그녀는 움푹 파인 뺨에 화장을 하고 눈에 띄게 흰색 옷을 차려입은 키가 큰 여자가 항상 늦으며 초라한 차림의 여성수행원의 시중을 받는 모습을 바라보며 킬킬거렸는데, 숙모의 이런 언급에 수잔은 얼굴을 붉혔으며 자기 숙모가 왜 그런 말들을 하는지 이해가 되지 않았다.

점심식사는 일곱 코스 요리가 각각 찌꺼기만 남을 때까지 순서대로 진행되었고, 아이가 데이지 꽃잎을 한 장 한 장 떼어내며 망가뜨리듯이 껍질을 벗겨 조각내놓은 과일은 단지 하나의 장난감 같았다. 음식은 한낮의 열기에서 살아남았을지도 모를 인간 영혼의 희미한 불길에 소화기 노릇을 하였다. 하지만 수잔은 식사 후 방으로 돌아와서 베닝 씨가 정원에 있는 그녀에게 다가와 숙모에게 책을 읽어주고 있는 동안 거의 30분이나 같이 앉아 있었다는 즐거운 사실을 곰곰이 생각하고 있었다. 남녀들은 눈에 띄지 않고 있을 수 있는 여러 다른 구석진 곳을 찾았다. 오후 두 시에서 네 시 사이에는 이 호텔에 영혼이 없는 몸뚱어리들만 머문다고 말하는 것도 과장이 아니었다. 만약 어떤 화재나 죽음으로 갑자기 영웅적인 인간성을 필요로 하는 상황이 벌어졌다면 그 결과는 비참했을 것이다. 그러나 비극들은 배고픈 시간에 일어났다. 네 시가 다 되어 인간의 영혼은 불길이 검은 석탄 돌기를 핥듯이 다시금 육체를 핥기 시작하였다. 페일리 부인은 비록 가까이에 아무도 없다 하여도 이가 빠진 턱을 너무 크게 벌리는 것은 보기 흉하다고 느꼈으며, 엘리엇 부인은 거울에 비친 자신의 달아오른 둥근 얼굴을 걱정스레 살펴보았다.

반 시간쯤 지나 그들은 낮잠의 흔적을 지워버리고 홀에서 다시 만났으며, 페일리 부인은 차를 마셔야겠다는 생각이 들었다.

"당신도 차를 드실 거죠?" 그녀는 남편이 아직 밖에서 돌아오지 않아 혼자인 엘리엇 부인에게 나무 아래 특별하게 마련해놓은 테이블에 와서 같이 차를 마시자고 초대했다.

"이 나라에서는 작은 돈도 크게 도움이 되죠." 그녀가 웃으며 말했다.

그녀는 다른 찻잔을 가져오도록 수잔을 보냈다.

"여기 비스킷은 정말 훌륭해요." 한 접시 가득 담긴 비스킷을 찬찬히 바라보며 말했다. "너무 단맛이 있는 비스킷을 싫어하는데, 담백해요…… 스케치하고 계셨나요?"

"서툴지만 두세 장 그려봤어요." 엘리엇 부인은 평소보다 약간 큰 소리로 말하였다. "하지만 옥스퍼드셔에서 하던 식으로 하기에는 너무 어렵군요. 그곳에는 나무가 많거든요. 이곳은 햇빛이 너무 강해요. 물론 어떤 사람들은 햇빛을 좋아한다는 것을 알지만, 저는 아주 피곤해요."

"사실 더위에 녹초가 될 필요는 없어요. 수잔," 조카가 돌아오자 페일리 부인이 말했다. "귀찮지만 나 좀 옮겨주렴."

모든 것을 옮겨야만 했다. 마침내 노부인이 자리 잡았는데, 그녀 위로 햇빛이 너울거려서 그녀는 마치 그물에 걸린 물고기 같았다. 수잔이 차를 따르며 윌트셔도 역시 더운 날씨였다는 말을 하고 있을 때 베닝 씨가 자기도 합석해도 좋은지 물었다.

"차를 싫어하지 않는 청년을 보는 것은 아주 반가운 일이라오." 페일리 부인이 다시 기분이 좋아져서 말했다. "내 조카들 중 하나가 요 전날 오후 다섯 시에 셰리주를 한 잔 청하지 뭐예요! 모퉁이 돌면 있는 술집에 가서 마실 수 있을지는 몰라도 내 응접실에서는 안 된다고 말했다오."

"차를 안 마시느니 차라리 점심을 안 먹는 편이 낫겠는걸요." 베닝 씨가 말했다. "엄밀히 말해서 그건 사실이 아닙니다. 저는 둘 다 원합니다."

베닝 씨는 대략 서른두 살의 가무잡잡한 젊은이로 아주 저돌적이고 자신만만한 태도를 지녔지만, 이 순간은 분명히 약간 흥분해 있었다. 그의 친구 페롯 씨는 변호사로, 페롯 씨는 친구 없이는 아무 데도 가려 하지 않았기 때문에, 페롯이 회사 일로 산타 마리나에 오게 되었을 때 베닝 씨도 역시 와야만 했다. 그도 역시 변호사였지만, 그는 실내에서 책들에 처박혀 있어야 하는 이 직업을 싫어해서, 홀로된 어머니가 돌아가시면 진지하게 비행기 조종을 시작하여 거대한 비행기 제작업체의 파트너가 되겠다고, 수잔에게 털어놓았다. 대화가 장황하게 이어졌다. 물론 화제는 아름답고 특이한 이 지역과 거리들, 사람들, 그리고 그 많은 주인 없는 노란색 개들에 관한 것이었다.

"이 나라에서 개를 다루는 방식이 끔찍스럽게 잔인하다고 생각지 않아요?" 페일리 부인이 물었다.

"모두 총으로 쏴버리고 싶어요." 베닝 씨가 말했다.

"어머, 하지만 귀여운 애완용 강아지들은." 수잔이 말했다.

"귀여운 녀석들이죠." 베닝이 말했다. "이것 봐요! 당신이 먹을 것은 하나도 없군요." 그는 떨리는 나이프 끝으로 커다란 삼각형의 케이크를 수잔에게 건네주었다. 케이크를 받으며 수잔의 손도 역시 떨렸다.

"집에 아주 귀여운 개 한 마리가 있어요." 엘리엇 부인이 말했다.

"내 앵무새는 개들을 못 견뎌해요." 페일리 부인이 비밀을 털어놓듯이 말했다. "내가 해외에 나와 있을 때면 개가 앵무새를 괴롭히지 않나 하는 걱정이 항상 들어요."

"오늘은 멀리 나가지 않으셨군요. 워링턴 양." 베닝 씨가 말했다.

"너무 더워서요." 그녀가 대답했다. 그들의 대화는 내밀하게 사적으로 되었는데, 페일리 부인이 귀가 먹었으며 엘리엇 부인이 그녀 삼촌의 소유로 꼭 한 개의 검은 점이 있는 흰색의 털이 빳빳한 애완견 테리어가 자살을 한 슬프고 긴 이야기를 시작했기 때문이었다. "동물들도 자살을 해요." 그녀는 가슴 아픈 사실을 단언하듯이 한숨을 내쉬었다.

"오늘 저녁 여기 마을을 둘러보지 않으시겠어요?" 베닝 씨가 제안했다.

"제 숙모께서 —" 수잔이 말을 시작했다.

"당신은 휴가를 갖는 것이 당연해요." 그가 말했다. "당신은 항상 다른 사람을 위해 일하고 있어요."

"하지만 그게 제 삶인걸요." 그녀는 찻주전자를 다시 채우면서 말했다.

"그것은 그 누구의 삶도 아니에요." 그는 대꾸했다. "젊은 사람의 삶은 아니지요. 가실 거죠?"

"가고 싶어요." 그녀는 중얼거렸다.

이때 엘리엇 부인이 올려다보며 큰 소리로 외쳤다. "어머, 휴! 저 이가 누군가 데려오고 있어요." 그녀가 말을 덧붙였다.

"그도 차를 마시고 싶을 거예요." 페일리 부인이 말했다. "수잔, 달려가서 찻잔을 가져오렴. 두 명의 젊은이구나."

"차 마시고 싶어 못 견디겠습니다." 엘리엇 씨가 말했다. "힐다, 당신 앰브로우즈 씨 알지? 저 언덕에서 만났소."

"이 사람이 억지로 저를 끌고 왔습니다." 리들리가 말했다. "그렇지 않았으면 부끄러워서 안 왔을 겁니다. 저는 먼지투성이로 더럽고 무례한 상태거든요." 그는 먼지로 하얗게 덮인 자신의 신발을 가리켰으며, 대문에 선 지쳐버린 동물처럼 그의 단추 구멍에 꽂혀 축 늘어져 시든 꽃은 그의 큰 키와 지저분함을 효과적으로 증대시켜주었다. 그는 여러 사람들에게 소개되었다. 휴잇 씨와 허스트 씨가 의자를 가져왔고, 차를 다시 마시기 시작했으며, 수잔은 늘 그러하듯이 언제나 명랑하고 오랜 습관으로 능숙하게 이 찻주전자 저 찻주전자에 물을 폭포처럼 부었다.

"제 처남이," 리들리는 힐다에게 설명했는데, 그녀 이름을 기억해내지 못하고 있었다. "여기에 집을 가지고 있어서 우리에게 빌려줬어요. 전혀 아무런 생각 없이 바위에 앉아 있을 때 엘리엇이 팬터마임을 하는 요정처럼 갑자기 나타났지요."

"닭고기가 소금에 절었어요." 휴잇이 침울하게 수잔에게 말했다. "바나나가 영양분뿐만 아니라 수분도 포함한다는 것 또한 사실이 아니에요."

허스트는 이미 차를 마시고 있었다.

"우리는 당신들에게 욕을 퍼부어댔어요." 엘리엇 부인이 자기 아내에 관해 친절하게 묻자 리들리는 이와 같이 대답했다. "당신 같은 관광객들이 달걀을 전부 먹어버린다고 헬렌이 말하죠. 저것도 역시 눈에 거슬리지요." 그는 호텔을 보며 고갯짓을 했다. "혐오스러울 정도로 호화스러워요. 우리는 거실에서 돼지들하고 살다시피 해요."

"비싼 가격을 생각하면 음식은 아주 별로예요." 페일리 부인이 진지하게 말했다. "하지만 호텔에 들지 않으면 어디로 가겠어요?"

"그냥 집에 계세요." 리들리가 말했다. "저는 가끔 집에 있었더라면 하고 바라죠. 모든 사람들은 집에 있어야 해요. 하지만, 물론, 그러지 않으려 하죠."

페일리 부인은 리들리에 대해 약간 악의를 품었는데, 그는 만난 지 오 분만에 그녀의 습관을 비판하고 있는 것처럼 보였다.

"나는 스스로 외국 여행의 가치를 인정해요." 그녀가 말했다. "만약 자신의 조국을 알고 있다면 말이죠. 내 생각에 나는 알고 있다고 정직하게 말할 수 있어요. 누구든 켄트와 도싯셔를 방문하고 난 후에야 외국 여행을 할 자격이 있다고 생각해요. 켄트는 홉 열매로 도싯셔는 오래된 석조 오두막들로 유명하죠. 이곳에는 그런 것들과 비교할 만한 것이 아무것도 없어요."

"그래요―나는 항상 어떤 사람들은 평지를 좋아하고, 다른 사람들은 구릉지를 좋아한다고 생각해요." 엘리엇 부인이 다소 막연하게 말했다.

끊임없이 먹고 마시고 있던 허스트는 이제 담배에 불을 붙이고 자기 생각을 말했다. "아, 그러나 지금쯤이면 잘못은 자연에 있다는 점에 우리 모두 동의합니다. 자연은 아주 추악하고 소름끼칠 정도로 불편하거나 아니면 절대적으로 무시무시한 것이에요. 저는 암소, 혹은 나무 중에서 ― 어느 것이 저를 더 놀라 오싹하게 하는지 모르겠습니다. 한번은 밤에 들판에서 암소와 마주쳤는데, 그 녀석이 저를 빤히 바라보더군요. 확실히 제 머리칼을 곤두서게 했습니다. 동물들이 마음대로 다니게 내버려둔다는 것은 수치스런 일이에요."

"그런데 암소가 **그를** 어떻게 생각했을까요?" 베닝이 수잔에게 중얼거렸다. 그녀는 허스트 씨가 불쾌한 젊은이로 비록 그렇게 영리한 척하고 있지만 아마도 정말로 중요한 일을 처리하는 방식에서는 아서만큼 영리하지 못할 거라고 마음속으로 즉시 판단 내렸다.

"자연은 좌골坐骨을 고려하지 않는다는 사실을 발견한 사람이 와일드가 아니던가요?"[9] 휴링 엘리엇이 물었다. 이제 그는 허스트가 어떤 학문과 명예를 즐기는지를 정확하게 알게 되었으며, 그의 능력을 높이 평가하였다.

그러나 허스트는 입을 꼭 다물고 아무런 대답도 하지 않았다.

리들리는 이제는 떠나도 무방하겠다고 짐작했다. 예의상 그는 엘리엇 부인에게 차를 대접받은 데 대해 감사하며, 손을 흔들며 덧붙였다. "꼭 우리를 보러 오셔야 합니다."

허스트와 휴잇도 포함하는 이 손 인사에, 휴잇은 "정말로 그러고 싶습니다"라고 대답했다.

모인 사람들이 흩어졌으며, 평소 그렇게 행복함을 느껴본 적이 없던 수잔이 아서와 함께 막 시내로 산보를 나가려고 할 때 페

---

9   오스카 와일드의 동성애에 대한 언급.

일리 부인이 그녀를 손짓으로 불러들였다. 그녀는 책으로는 더블데몬 페이션스[10]를 어떻게 하는지 이해할 수 없었으므로, 둘이 앉아서 함께 연구하면 저녁식사 전까지 시간을 멋지게 보낼 수 있을 것이라고 제안했다.

10 혼자서 하는 카드놀이. 카드 점.

제10장

앰브로우즈 부인은 그녀의 조카에게 함께 머무는 대가로 집 안의 다른 장소들과 차단된 방을 줄 것을 약속했다. 이 방은 널찍한 자기 혼자만의 공간으로, 레이철은 성소이며 요새인 그 방에서 피아노를 치고 책을 읽고 생각하고 세상을 무시하며 살 수 있었다. 앰브로우즈 부인은 스물넷의 나이에는 방은 방이라기보다는 세상과 같다는 것을 알고 있었다. 그녀의 판단이 옳았다. 레이철이 방문을 닫아버리자 그녀는 마술의 세계에 들어갔으며, 그곳에서는 시인들이 노래를 불렀고 사물들은 적절한 균형을 이루었다. 밤에 호텔의 모습을 본 후로 며칠 동안 레이철은 홀로 안락의자에 깊숙이 앉아 뒷장에 『헨리크 입센[1] 작품집』이라고 씌어 있는 화사한 붉은색 표지의 책을 읽고 있었다. 피아노 위에 악보가 펼쳐져 있었고 음악책들이 바닥에 지그재그로 두 줄이나 쌓여 있었지만, 당분간 음악은 버려졌다.

전혀 지루해 하거나 방심한 상태가 아니라, 그녀의 시선은 거

---

1 헨리크 입센Henrik Ibsen은 노르웨이 극작가로 전형적으로 개인의 욕망과 사회적 압박 사이의 갈등을 그리며, 대표작으로 주인공 노라의 반항적 삶을 보여주는 『인형의 집 A Doll's House』이 있다.

의 엄숙하게 책에 집중되어 있었으며, 느리지만 억눌린 그녀의 숨결로 보아 그녀의 정신 활동이 온몸을 구속하고 있다는 것을 알 수 있었다. 마침내 그녀는 책을 세게 덮고 등받이에 기대고는 깊은 숨을 내쉬었는데, 이것은 항상 상상세계로부터 현실세계로 변화를 표시하는 놀람의 표현이었다.

"내가 알고자 하는 것이," 그녀는 소리 내어 말했다. "이것이야. 진실은 무엇이지? 이 모든 것의 진실은 뭘까?" 그녀는 조금은 자기 자신처럼 그리고 어느 정도는 방금 읽은 희곡의 여주인공처럼 말을 하고 있었다. 그녀는 두 시간 동안 단지 인쇄물만을 보았기 때문에 밖의 풍경은 이제 기막힐 정도로 확실하고 분명하게 보였다. 언덕 위에는 흰색 액체로 올리브 나무의 몸통을 씻고 있는 남자들이 있었지만, 이 순간만큼은 그녀 자신이 그 안에서 가장 생생한 실체로 눈앞 광경을 지배하며 중앙에 세워져 있는 영웅의 상像이었다. 입센의 희곡들을 읽고 나면 그녀는 항상 이런 상태가 되었다. 헬렌이 무척 즐겁게도, 그녀는 한 번에 며칠씩 주인공들처럼 행동하였으며, 그러고는 메러디스의 차례가 되면 십자로의 다이애나[2]가 되었다. 그러나 헬렌은 이것이 완전히 연기만은 아니며 인간 내면에 어떤 종류의 변화가 일어나고 있다는 것을 알아챘다. 레이철은 의자에 등을 대고 앉은 반듯한 자세에 싫증나자 몸을 돌려 편안하게 의자 깊숙이 내려앉아서는 가구 너머로 열려 있는 맞은편 창문을 통해 정원을 응시하였다. (그녀의 생각은 노라로부터 벗어나 있었지만, 그녀는 계속해서 그 작품이 그녀에게 암시해준 것들, 여성과 삶에 대해 생각하고 있었다.)

---

2 조지 메러디스의 1885년 발간 소설, 『십자로의 다이애나Diana of the Crossways』의 주인 공으로, 엄격한 예의범절에 반항하며 그럼에도 승리하는 용기 있고 독립적인 여성의 운명을 보인다.

이곳에 있는 석 달 동안 그녀는 숨어 있는 정원들을 끝없이 산책하고 고모들과 가사의 잡담을 나누며 소비했던 시간을 상당히 만회했다. 이것은 헬렌이 그녀에게 원했던 바였다. 그러나 앰브로우즈 부인은 무엇보다도 어떤 영향력이나 혹은 영향을 미치는 힘이 자신에게 있다는 믿음을 철저하게 부인하는 사람이었을 것이다. 그녀는 레이철이 보다 덜 수줍어하고 덜 심각한 것을 알게 되었으며, 이것은 잘된 일이었다. 그녀가 대개 추측조차 하지 못한 격렬한 비약과 끝없는 미로들이 이런 결과를 이끌어냈다. 그녀가 믿는 특효약은 대화로, 모든 것에 관해 대화를 나누는 것, 자유롭고 허심탄회하게, 자신의 경우에는 천성이 되어버린 남자들과 대화하는 습관처럼 솔직하게 얘기를 나누는 것이었다. 헬렌은 위선에 근거한 상냥하고 이기적이 아닌 버릇들을 격려하지도 않았는데, 이런 버릇들은 남녀가 섞여 있는 가정에서는 아주 큰 가치를 차지했다. 그녀는 레이철이 생각하기를 원했으며, 이런 이유에서 책들을 제공했고, 전적으로 바흐나 베토벤이나 바그너에 너무 의존하는 것을 저지했다. 그러나 앰브로우즈 부인이 디포, 모파상, 아니면 어떤 광범위한 가족사 연대기를 제안했을 법하지만, 레이철은 현대 작품들, 반짝이는 노란색 표지의 책들, 뒷면에 상당한 금박을 입힌 책들을 골랐다. 그녀의 고모들의 눈에 그런 장정은 현대인들이 주장하는 것과는 달리 그렇게 중요하지는 않은 사실들에 대한 거친 말다툼이며 논쟁의 표식일 뿐이었다. 그러나 앰브로우즈 부인은 간섭하지 않았다. 레이철은 자신이 선택한 책을 읽었는데, 글로 써진 문장들에 익숙하지 않은 사람처럼 호기심을 가지고 글자 뜻 그대로 엄밀하게 읽었으며, 마치 단어들이 나무로 만들어져서 개별적으로 각각 굉장한 중요성을 지니며 책상이나 의자 같은 형상을 지닌 것처럼 단어들을 다루었다.

이런 식으로 그녀는 결론에 도달했는데, 결론은 그날의 모험에 따라 개작되어야 했으며, 그 배후에 언제나 작은 믿음의 알갱이를 남긴 채 사실 누구나 원하는 바대로 자유롭게 고쳐졌다.

레이철은 입센에 이어 앰브로우즈 부인이 싫어하는 그런 소설을 읽었는데, 그 소설의 목적은 여성의 타락을 당연히 죄를 지은 사람에게 돌리는 것으로, 만약 독자의 불쾌함이 그 목적달성의 어떤 증거라면 그것은 성취되었다. 레이철은 그 책을 내던지고 창밖을 바라보다가 창문을 떠나 안락의자로 되돌아갔다.

아침은 무척 더웠다. 책을 읽고 난 후라 그녀의 마음은 시계의 큰 태엽처럼 감겼다 풀렸다 하는 것 같았다. 밖의 정원에서 나는 소리들이 시계 소리와 함께 어우러졌으며, 분명한 원인을 알 수 없는 한낮의 작은 소음들이 주기적으로 반복되었다. 그것은 모두 매우 사실적이고 아주 크며 개인 감정을 섞지 않은 일반적인 것이었다. 잠시 후 그녀는 자기 존재의 의식을 스스로 되살리기 위해서 집게손가락을 들어 올렸다가 의자의 팔걸이에 툭 떨어뜨렸다. 다음 순간 그녀는 아침에, 세상의 한가운데서, 안락의자에 앉아 있어야만 한다는 사실에 말할 수 없이 기이한 느낌이 들었다. 한 곳에서 다른 곳으로 물건들을 옮기면서 집 안에서 움직이고 있는 사람들은 누구였나? 그리고 인생, 그것은 무엇이었나? 비록 방 안에 있는 가구는 남아 있지만 그녀는 때가 되면 사라지는 것처럼, 인생은 표면 위로 스쳐지나 사라져버리는 빛과 같은 것이었다. 그녀는 아주 완전히 용해되어서 더 이상 손가락 하나 까딱 할 수 없었다. 그녀는 계속 같은 곳을 바라보고 귀 기울이며 더할 나위 없이 조용히 앉아 있었다. 점점 더 이상하게 느껴졌다. 그녀는 어쨌든 세상만사가 존재한다는 사실에 너무도 놀라 압도당했다. ……그녀는 손가락 하나 까딱하는 것도 잊고 있었다…… 존재하는 것들은 너무도 거대하고 아주 을씨년스러워 보였다……그녀는 오랜 시간 계속해서 이 거대한 실체의 덩어리들을 의식했으며, 모든 우주 만물이 침묵한 가운데 시계는 여전히 째깍거리고 있었다.

"들어오세요." 문에서 지속적으로 나는 노크 소리에 그녀의 머릿속 줄 하나가 잡아당겨지는 듯하여, 그녀는 기계적으로 말했다. 아주 천천히 문이 열리고 키가 큰 사람이 그녀에게 다가와서는 팔을 내밀며 말했다.

"여기에 무어라고 말해야 할까?"

손에 종이를 한 장 들고 방에 들어온 여자의 더없이 터무니없는 말이 그녀를 깜짝 놀라게 했다.

"뭐라고 대답을 해야 할지도, 테렌스 휴잇이 누군지도 모르겠구나." 헬렌은 유령처럼 단조로운 목소리로 계속해서 말했다. 그녀는 레이철 앞에 종이를 한 장 내려놓았는데 거기에는 믿을 수 없는 말들이 적혀 있었다.

앰브로우즈 부인에게 ─ 저는 다음 주 금요일 소풍 계획을 세우고 있습니다. 날씨만 좋으면 11시 30분에 출발하여 몬테 로사에 오를 예정입니다. 시간은 좀 걸리겠지만 경치는 아주 굉장할 것입니다. 부인과 빈레이스 양도 함께 동행하여주시면 대단히 기쁘겠습니다. ─ 테렌스 휴잇 올림.

레이철은 스스로 그것을 믿기 위해서 내용을 소리 내어 읽었다. 같은 이유로 그녀는 헬렌의 어깨에 손을 얹었다.

"책 ─ 책 ─ 책." 헬렌은 아무 생각 없이 멍하니 말했다. "새 책들이 늘어났네. ─ 이 책들에서 무엇을 발견하는지 궁금하구나……"

레이철은 속으로 편지를 다시 한 번 읽어보았다. 이번에는 유령처럼 희미하게 보이는 대신 단어 하나하나가 놀랍게도 눈에 잘 띄었다. 단어들은 산꼭대기들이 안개를 뚫고 드러나듯이 나타났다. **금요일 — 11시 30분 — 빈레이스 양.** 그녀는 혈관에서 피가 뛰기 시작하고, 눈이 밝아지는 걸 느꼈다.

"우린 가야 해요." 그녀가 말했으며, 그녀의 결정은 헬렌을 약간 놀라게 했다. "우리는 확실히 가야만 해요." 여러 가지 일들이 여전히 일어나고 있다는 것을 알게 된 안도감은 그 정도로 컸으며, 사실 그들을 에워싸고 있는 안개로 인해 그 것들은 훨씬 더 밝게 빛나 보였다.

"몬테 로사 — 그것은 저기 저 산 아니니?" 헬렌이 말했다. "그런데 휴잇 — 그가 누구지? 리들리가 만났던 젊은이들 중 하나라고 생각되는데. 그러면 간다고 할까? 아마 엄청나게 지루할지도 몰라."

심부름꾼이 답장을 기다리고 있었기 때문에, 그녀는 편지를 다시 집어 가지고 나갔다.

며칠 전날 밤 허스트 씨의 방에서 제안되었던 파티는 형체를 갖추어가며 휴잇 씨에게 커다란 만족의 근원이 되었다. 자신의 실질적인 능력을 거의 사용해본 적이 없는 휴잇은 자신에게 충분히 그러한 기질이 있음을 발견하고는 기뻐하였다. 그의 초대는 대체적으로 받아들여졌으며, 사람들이 매우 지루해하고 서로들에게 전혀 어울리지 않아서 분명히 오지 않을 것이라는 허스트의 충고에도 불구하고 초대가 이루어졌다는 점에서 이런 결과는 휴잇에게 더욱더 고무적이었다.

"분명히" 그는 헬렌 앰브로우즈가 서명한 짧은 편지를 꼬았다 폈다 하며 말했다. "위대한 지도자를 만들기 위해 필요한 재능은 터무니없이 과대평가되어왔네. 현대 시집을 한 권 비평하는 데 필요한 지적인 노력을 반만 기울여도 나는 같은 날 같은 시간 같은 장소에 남녀 일고여덟 명은 모을 수가 있어. 허스트, 지도력이라는 것이 이것 말고 뭐겠나? 웰링턴 장군이 워털루 전투에서 무엇을 더 했겠나? 이런 일은 길에 깔린 수많은 자갈들을 세는 것과 같아서 지루하기는 하지만 어렵지는 않군."

그는 자기 방에서 의자 팔걸이에 다리 하나를 올려놓고 앉아 있었으며, 허스트는 맞은편에서 편지를 쓰고 있었다. 허스트는 재빨리 남아 있는 모든 어려움들을 지적하였다.

"예를 들어 자네가 본 적이 없는 여성 두 명이 있네. 내 누이처럼 그들 중 하나가 고산병으로 고통 받는다고 해보세. 그리고 또 다른 한 명은?"

"아, 여자들은 자네가 책임져야 해." 휴잇이 끼어들었다. "나는 오직 자네를 위해서 그들을 초대했어. 허스트, 자네도 알다시피 자네한테 필요한 것은 자네 또래의 젊은 여자들과의 교제야. 자네는 여자들과 어떻게 사귈지를 모르는데, 세상의 절반이 여자로 이루어졌다는 것을 고려하면 그것은 대단한 결함이네."

허스트는 자신도 그것을 잘 알고 있는 듯 신음을 토해냈다.

그러나 전체 모임을 갖기로 지정된 장소로 허스트와 함께 걸어갈 때 휴잇의 자기 만족감은 약간 식어버렸다. 그는 도대체 자신이 왜 이 사람들을 초대했으며, 사람들을 떼를 지어 모아 놓음으로써 정말로 무엇을 얻기를 기대했는지 궁금했다.

"암소들은" 그는 곰곰이 생각하였다. "들판에 모여들고, 배들은 바람이 잔잔한 곳에 모여들지. 딱히 다른 할 일이 없을 때 우리도 똑같아. 하지만 우리는 왜 이 짓을 하는 거지? 이것이 우리가 사물의 바닥까지 철저히 보지 못하도록 막아주기 때문인가?" (그는 개울가에서 멈춰서 지팡이로 물을 휘저어 뿌옇게 흙탕물로 만들기 시작했다.) "무無로부터 도시와 산들과 전 우주를 만드는 것을 방해하기 때문인가? 그렇지 않으면 우리가 정말로 서로를 사랑하기 때문일까? 아니면 한 세상에서 다른 세상으로 건너뛰듯이 순간에서 순간으로 뛰어 넘으며 아무 것도 모른 채로 영원한 불확실성의 상태에서 살고 있기 때문일까? 대체로 나는 이런 견해 쪽이지만."

그는 개울을 건너뛰었다. 허스트는 빙 돌아 걸어서 그의 옆에 와서는 어떤 인간 행동의 이유를 찾는 일을 오래전에 그만두었다고 말했다.

일 킬로미터 정도 가서 그들은 플라타너스 숲에 도착했으며, 모임 장소로 정한 개울가에는 연어살빛 도는 농가가 세워져 있었다. 그늘진 그곳은 평지로부터 작은 산이 나타나기에 아주 안성맞춤이었다. 이 젊은이들은 플라타너스의 가는 줄기들 사이로 당나귀 몇 마리가 풀을 뜯고 있는 것을 볼 수 있었다. 그리고 어떤 키 큰 여자가 한 당나귀의 코를 쓸어주고 또 다른 여자는 개울가에 무릎을 꿇고서 손바닥으로 물장난을 치고 있는 것도 보았다.

그들이 그늘진 곳으로 들어가자 헬렌이 그들을 쳐다보며 손을 내밀었다.

"내 소개를 해야겠군요." 그녀가 말했다. "앰브로우즈 부인이에요."

악수를 하며 그녀가 말했다. "이쪽은 제 조카예요."

레이철이 어색하게 다가갔다. 그녀는 손을 내밀었다가 뒤로 뺐다. "완전히 젖었어요." 그녀가 말했다.

그들이 말없이 서 있을 때 첫 번째 마차가 다가왔다.

당나귀들을 갑자기 홱 잡아당겨 정지시키자, 두 번째 마차가 도착했다. 점차 숲은 사람들로 채워졌다. 엘리엇 부부, 쏜버리 부부, 베닝 씨와 수잔, 앨런 양, 이블린 머거트로이드, 그리고 페롯 씨. 허스트 씨는 쉰 목소리로 원기왕성한 양치기 개의 역할을 했다. 빈정대는 라틴어 몇 마디로 그는 동물들을 정렬시켰으며, 모가 난 어깨를 기울여서 숙녀들을 들어 올렸다. "휴잇이 이해하지 못한 점은" 그는 말했다. "한낮이 되기 전에 오르막의 고비를 넘겨야 한다는 겁니다." 이렇게 말하며 그는 이블린 머거트로이드라는 이름의 젊은 아가씨를 도와주고 있었다. 그녀는 거품처럼 가볍게 자리에 올랐다. 챙이 넓은 모자에 깃털을 늘어뜨리고 머리끝에서 발끝까지 흰옷으로 차려입은 그녀는 찰스 1세 시대에 왕당파 군대를 행동으로 이끌던 용감한 숙녀로 보였다.

"저랑 같이 가시죠." 그녀가 명령했다. 허스트가 나귀를 돌아 올라타자마자 두 사람은 마차행렬의 선두에서 출발하였다.

"머거트로이드 양이라고 부르지 마세요. 저는 그게 싫어요." 그녀가 말했다. "제 이름은 이블린이에요. 당신 이름은요?"

"세인트 존입니다." 그가 말했다.

"좋은데요." 이블린이 말했다. "당신 친구 이름은요?"

"그의 이름의 머리글자는 R. S. T.로 우리는 그를 몽크[3]라고 부릅니다." 허스트가 말했다.

"오, 당신들은 너무도 똑똑하네요." 그녀가 말했다. "어느 쪽이죠? 나뭇가지 좀 하나만 꺾어줘요. 조금 빨리 갑시다."

그녀는 자신의 당나귀를 찰싹 한번 내려치고는 앞으로 나가기 시작했다. 이블린 머거트로이드의 풍부하고 낭만적인 이력은 그녀의 이 말에 아주 그대로 드러났다. "저를 이블린이라고 부르세요. 당신은 세인트 존이라고 부르겠어요." 그녀는 거침없이 이렇

---

3 수도사라는 의미임.

게 말했는데 ─ 그녀의 성姓은 안 불러도 좋다는 것이었다. 많은 젊은 남자들이 이미 상당히 기운차게 그녀에게 대답했음에도 불구하고, 그녀는 다른 얘기는 하지 않고 계속해서 이 말만을 하고 있었다. 그러나 그녀의 나귀가 비틀거리며 터벅터벅 걸었기에, 그녀는 혼자 앞서서 나아가야 했다. 산등성이 한 곳을 오르기 시작하며 길이 좁아지고 돌멩이들이 널려 있기 때문이었다. 행렬은 숙녀분들의 흰색 양산과 신사분들의 파나마모자를 술로 장식한 캐터필러[4]처럼 굽이굽이 이어졌다. 지면이 가파르게 경사진 지점에서 이블린 M은 나귀에서 뛰어내려 원주민 소년에게 고삐를 던지고는 세인트 존 허스트도 역시 나귀에서 내리기를 청하였다. 기지개를 켜고 싶었던 사람들도 그들을 따라 내렸다.

"올라타느라고 힘들었던 걸 생각하면, 전혀 내릴 필요를 못 느끼겠어요." 앨런 양이 바로 자기 뒤에 있는 엘리엇 부인에게 말했다.

"이 작은 나귀들은 무엇이든 견디겠죠, **그렇지 않을까요?**" 엘리엇 부인이 가이드에게 말을 걸자, 그는 정중하게 고개를 숙였다.

"꽃들이에요." 헬렌은 여기저기 흩어져 피어 있는 사랑스럽게 빛나는 작은 꽃들을 꺾기 위해 몸을 굽히며 말했다. "꽃잎들을 뜯어서 냄새를 맡아보세요." 그녀는 앨런 양의 무릎에 꽃 한 송이를 놓으며 말했다.

"우리 전에 만난 적이 없었지요?" 앨런 양은 그녀를 바라보며 물었다.

"당연히 없지요." 헬렌은 웃었다. 만남의 혼란 속에서 그들은 아직 인사를 나누지 못했기 때문이었다.

"정말 현명하세요!" 엘리엇 부인이 날카로운 음성으로 말했다. "우리는 항상 현명하고 싶지만 ─ 불행하게도 가능하지 않아요."

4 무한궤도식 트랙터.

"가능하지 않다고요?" 헬렌이 말했다. "모든 일이 가능해요. 땅거미가 내리기 전까지 무슨 일이 일어날지 누가 알겠어요?" 그녀는 그 가엾은 부인의 소심함을 조롱하듯 계속해서 말했다. 엘리엇 부인은 그렇게 암암리에 무언가에 계속 의존해서, 저녁식사를 등한시한다거나 아니면 식탁을 지정된 자리에서 조금만 움직이는 것과 같은 세계를 단지 흘깃 보는 것만으로도 자신의 안정성에 대한 두려움을 느꼈다.

그들은 점차 위로 높이 올라가면 갈수록 세상과 분리되었다. 그들이 뒤돌아 내려다본 세상은 평평하게 펼쳐진 희미한 녹색과 회색의 사각형으로 드러났다.

"마을들이 아주 작아 보이네요." 레이철은 산타 마리나 전체와 그 변두리를 한 손으로 가리며 말했다. 바닷물은 해안 구석구석까지 부드럽게 밀려들어와 하얀 주름장식처럼 파도치며 부서졌으며, 여기저기 배들은 푸른 바다 위에 단단히 정박되어 있었다. 바다는 자줏빛과 녹색의 반점으로 얼룩져 있었고, 바다와 하늘이 맞닿은 가장자리는 반짝반짝 빛나고 있었다. 휙 지나쳐 사라지며 시끄러운 소리를 내는 메뚜기들의 날카로운 울음소리나 벌들이 윙윙대는 소리를 제외하고는 대기는 매우 맑고 조용했다. 일행은 잠시 멈추고는 산의 중턱에 있는 채석장에 앉았다.

"정말로 너무나 청명하군요." 세인트 존은 땅의 갈라진 틈을 하나하나 확인하며 소리쳤다.

이블린 M은 그 옆에서 손에 턱을 괴고 앉아 있었다. 그녀는 어떤 승리의 표정을 지으며 경치를 전망하였다.

"가리발디[5]가 이곳에 올라와본 적이 있다고 생각하세요?" 그

---

5 주세페 가리발디(Giuseppe Garibaldi, 1807~1882), 이탈리아 혁명가로 그의 병사들이 빨간 셔츠를 입었다. 1836년 북 브라질로 도망갔다가 1848년 유럽으로 돌아올 때까지 브라질로부터 우루과이 독립 전쟁에 관련함.

녀는 허스트 씨에게 물었다. 아, 만약 자신이 그의 신부였었다면! 만약 이것이 피크닉 파티가 아니라 애국자들의 모임으로, 다른 사람들처럼 빨간 셔츠를 입은 그녀가 잔디에 납작하게 엎드려서 그들 아래쪽에 있는 하얀 포탑들에 자신의 총을 겨누고, 연기를 뚫고 나가기 위해서 눈을 가리며, 굳센 남자들 속에 함께 있다면! 이런 생각에 불안하게 끊임없이 발을 흔들며 그녀가 큰 소리로 말했다.

"이런 것을 **인생**이라고 부를 수는 없지 않아요?"

"그러면 무엇을 인생이라고 부르죠?" 세인트 존이 물었다.

"싸움—혁명이요." 그녀는 그 불운의 도시를 여전히 응시하며 말했다. "당신은 단지 책들만 좋아한다는 것을 알고 있어요."

"아니요. 전혀 아니에요." 세인트 존이 말했다.

"그렇다면 설명해보세요." 신체에 겨눌 총이 없었기 때문에 그녀는 다그치며 다른 종류의 싸움을 걸었다.

"내가 무엇에 관심을 갖느냐고요? 사람이에요." 그가 말했다.

"이런, 놀랐**어요!**" 그녀가 소리쳤다. "당신은 정말로 진지해보이네요. 우리 친구가 되어서 서로에게 각자가 좋아하는 것을 말하도록 해요. 나는 조심스레 주저하는 것을 싫어해요. 당신은요?"

그러나 그녀가 알 수 있듯이 그가 갑자기 입술을 꾹 다무는 것으로 보아, 세인트 존은 확실히 신중하였으며, 젊은 아가씨에게 자신의 영혼을 드러낼 의향이 전혀 없었다.

"나귀가 내 모자를 뜯어먹고 있군요"라고 말하며, 그녀 말에 대답하는 대신 모자를 집으려고 손을 뻗었다. 이블린은 약간 얼굴을 붉히고는 다소 성급하게 페롯 씨에게 몸을 돌렸으며, 그들이 다시 나귀에 올라탈 때 그녀를 자리에 들어 올려준 것은 페롯 씨였다.

"달걀을 낳아야 오믈렛을 먹는다." 휴링 엘리엇이 불어로 멋지게 말했는데, 다른 사람들에게 다시 나귀를 타야 할 시간임을 알리는 암시였다.

허스트가 예고했듯이 한낮의 태양이 뜨겁게 내리쬐이기 시작했다. 그들이 높이 올라가면 갈수록 하늘이 더 넓게 드러났으며, 마침내 산은 거대한 푸른 하늘을 배경으로 대지에 있는 단지 하나의 작은 천막에 지나지 않았다. 영국인들은 침묵에 빠졌으며, 나귀 옆에서 걷는 원주민들은 이상하게 떨리는 목소리로 노래를 부르며 서로 농담을 주고받기 시작했다. 길은 점점 더 가팔랐으며, 나귀에 탄 사람들은 자기 바로 앞의 저축거리는 나귀와 그 위에 탄 사람이 서툴게 몸을 구부리고 있는 모습에 시선을 고정하였다. 진정으로 즐거움을 주는 파티라기보다는 오히려 그들의 육체에 부담이 가해졌으며, 휴잇은 한두 마디 가볍게 투덜대는 말을 무심코 들었다.

"이런 열기 속 원정은 약간 현명치 못한 일이에요." 엘리엇 부인이 앨런 양에게 중얼거렸다.

그러나 앨런 양은 "저는 항상 정상에 오르는 것을 좋아해요"라고 대꾸했다. 이 말은 사실이었다. 그녀는 비록 체격이 큰 데다 관절이 뻣뻣하고 나귀를 타는 데 익숙하지 않았지만, 이런 휴일의 경험이 거의 없었으므로 휴일을 최대한으로 이용하였다.

흰 옷을 입은 이 씩씩한 풍채의 여성은 앞장서서 나귀를 잘 몰았으며, 어떻게든 나뭇잎이 달린 나뭇가지를 얻어서 화환처럼 그녀의 모자에 둘렀다. 그들은 몇 분 동안 말없이 계속 올라갔다.

"전망이 아주 좋을 겁니다." 휴잇이 안장에서 뒤돌아보고 격려의 미소를 보내며 그들을 안심시켰다. 레이철이 그와 눈이 마주치며 역시 미소 지었다. 그들은 한참 더 기를 쓰고 올라갔으며, 푸석푸석한 돌멩이들 위에서 덜거덕거리는 발굽소리만 들릴 뿐이었다. 그러고 나서 그들은 이블린이 나귀에서 내렸으며, 페롯 씨가 전망 있는 쪽을 향하여 돌처럼 단단한 팔을 쭉 뻗고서 의회 광장에 있는 정치가의 자세로 서 있는 것을 보았다. 그들 약간 왼쪽으로 폐허가 된 나지막한 담이 있었는데 엘리자베스 시대 망루의 그루터기였다.

"저는 더 이상 견딜 수가 없어요." 엘리엇 부인이 쏜버리 부인에게 불평을 털어놓았지만, 곧 정상에 올라 눈앞의 경치를 구경할 수 있으리라는 흥분으로 누구도 그녀의 말에 대답하지 않았다. 그들은 연이어 정상의 평지에 올라섰으며 경이로움에 압도되어 서 있었다. 그들은 눈앞에 끝없이 멀리 펼쳐진 남미의 거대한 정경을 바라보았는데, 회색 모래톱들은 숲으로 뻗어 있고, 숲은 모여 산들을 이루며, 산들은 맑은 공기에 씻겨 장엄함을 드러냈다. 강은 육지처럼 평탄하게 평원을 가로질러 흘러서 움직임이 없이 정지한 것처럼 보였다. 광활한 대지의 모습에 그들은 처음에는 다소 소름이 돋았다. 그들은 스스로 매우 왜소하다고 느끼며 한참 동안 그 누구도 말하지 않았다. 그때 이블린이 "장엄해요!"라고 소리쳤다. 그녀는 자기 옆에 있는 손을 잡았는데, 우연히도 그것은 앨런 양의 손이었다.

"동, 서, 남, 북." 앨런 양은 나침반 바늘을 향해 고개를 가볍게 돌려가며 말했다.

약간 앞쪽에 있던 휴잇은 손님들을 데려온 자신의 행위를 정당화하려는 듯이 그들을 쳐다보았다. 그는 사람들이 몸을 약간 앞으로 굽히고 일렬로 서서 바람 때문에 옷이 몸에 찰싹 달라붙어 벌거벗은 조각상을 닮은 그들의 몸을 그대로 드러내고 있는 이상한 모습을 지켜보았다. 대지의 주춧대 위에 선 그들은 낮설고 고귀해 보였다. 그러나 이내 그들은 열을 흐트러뜨렸으며, 그는 음식을 꺼내 나누는 일을 준비해야만 했다. 허스트가 그를 도왔으며, 그들은 한 명 한 명에게 치킨과 빵이 든 봉투를 건네주었다.

세인트 존이 헬렌에게 음식 봉투를 줄 때 그녀는 그의 얼굴을 정면으로 바라보며 말했다.

"기억나세요, 두 여자들?"

그는 그녀를 예리하게 바라보았다.

"그럼요." 그가 대답했다.

"그러니까 당신들이 그 두 분이군요!" 휴잇은 헬렌과 레이철을 차례로 바라보며 큰 소리로 말했다.

"불빛이 우리를 유혹했어요." 헬렌이 말했다. "우리는 당신들이 카드 게임하는 것을 지켜보았는데, 누군가 우리를 보고 있으리라고는 상상도 못했어요."

"마치 연극 같았어요." 레이철이 덧붙였다.

"그래서 허스트가 당신을 묘사할 수가 없었군요." 휴잇이 말했다.

헬렌을 보고서 그녀에 대해 말할 거리를 아무것도 찾아낼 수 없다는 것은 확실히 이상했다.

휴링 엘리엇은 안경을 끼고 이 상황을 파악하였다.

"자신이 의식하지 못할 때 관찰당하는 것보다 끔찍한 것은 없다고 생각해요." 그는 닭다리의 마디 부분을 뜯으며 말했다. "예를 들어 핸섬[6]에서 자신의 혀를 살펴보는 것과 같은─어떤 우스꽝스러운 짓을 하는 것을 남이 보게 되면 확실히 그렇게 느껴요."

---

6 19세기에 가장 일반적인 마차로, 마부석이 한 층 높게 뒤쪽으로 있고, 말 한 필이 끄는 2인승 이륜마차.

이제 다른 사람들은 풍경을 바라보는 일을 멈추고 음식 바구니들 주변에 둥그렇게 모여 앉아 있었다.

　"그러나 이륜마차에 걸린 작은 거울들은 그것만의 매력을 갖고 있어요." 쏜버리 부인이 말했다. "사람의 이목구비는 단지 한 부분만을 보면 매우 이상하게 보이죠."

　"이제 이륜마차도 거의 남지 않게 될 거예요." 엘리엇 부인이 말했다. "그리고 장담컨대, 사륜마차는—옥스퍼드에서조차 사륜마차를 타는 것은 거의 불가능해요."

　"말들은 어떻게 되는지 궁금해요." 수잔이 말했다.

　"송아지고기 파이를 만들겠죠." 아서가 말했다.

　"어쨌든 말들이 멸종되어야 할 때예요." 허스트가 말했다. "그것들은 아주 지저분하게 못생겼고 게다가 거칠어요."

　그러나 수잔은 말이 신의 창조물 중 가장 고귀한 것으로 알고 자랐기 때문에 동의할 수가 없었으며, 베닝은 허스트를 아주 말할 수 없이 바보라고 생각했지만, 예의를 지키는 사람이어서 대화를 계속하지 않을 수 없었다.

　"말들이 우리가 비행기에서 떨어지는 것을 볼 때 조금이나마 앙갚음을 하리라고 생각해요." 그가 말했다.

　"당신은 비행기를 조종합니까?" 늙은 쏜버리 씨가 그를 보기 위해서 안경을 끼며 물었다.

　"언젠가 그러기를 바랍니다." 아서가 대답했다.

　여기서 마침내 비행에 관해 토론하였으며, 쏜버리 부인은 전시에 비행기는 정말로 필요하며 영국은 끔찍하게 뒤져 있다는 취지로 거의 연설에 가까운 견해를 피력하였다. "만약 내가 젊은이라면," 그녀가 말했다. "확실히 나는 자격증을 따고야 말 거예요."

회색 코트와 스커트를 입고 손에 샌드위치를 든 자그마한 노부인이 자신을 비행기에 탄 젊은 남자로 상상하며 열정적으로 눈을 반짝거리고 있는 모습은 기묘해 보였다. 그러나 어떤 이유에선지 이후 대화는 쉽게 진행되지 않았으며, 그들이 말하는 것이라고는 온통 음료수와 소금과 경치에 관한 것뿐이었다. 폐허가 된 담 쪽으로 등을 대고 앉아 있던 앨런 양은 갑자기 샌드위치를 내려놓고는 자신의 목에서 무엇인가 끄집어내며 말했다. "제 몸은 온통 작은 벌레들로 뒤덮였어요." 그것은 사실이었으며, 이 발견은 매우 반가운 것이었다. 폐허지의 돌들 사이에 쌓여 있는 푸석푸석한 흙더미에서 개미들이 쏟아져 나오고 있었는데, 반들거리는 몸통의 커다란 갈색 개미들이었다. 그녀는 헬렌에게 보여주기 위해서 자신의 손등에 올라온 개미 한 마리를 내밀었다.

"개미들이 무나요?" 헬렌이 물었다.

"물지는 않겠지만, 아마 음식물에 몰려들 거예요." 앨런 양이 대답했으며, 개미들의 진행 방향을 바꾸기 위해서 즉시 조처가 취해졌다. 휴잇의 제안에 따라 침입하는 적군을 막는 현대전의 방식을 채택하기로 결정하였다. 그들은 식탁보로 침범당한 나라를 표시했으며, 그 둘레에 빙 둘러 바구니들로 장벽을 치고, 성벽에 포도주 병들을 세워놓고 빵으로 요새를 만들고 소금으로 운하를 팠다. 개미 한 마리가 뚫고 들어왔을 때, 그것은 빵 부스러기를 태워 일으킨 불의 위험에 빠졌다. 마침내 수잔이 이것은 너무 잔인하다는 의견을 내놓아서, 그들은 이 용감한 영혼들에게 혀 모양으로 생긴 먹을 것을 내어주었다. 이런 장난을 하면서 그들은 서먹서먹한 느낌이 사라지고 이상하게 대담해져서, 매우 수줍음이 많은 페롯 씨는 "제가 해드리죠"라고 말하고 이블린의 목에서 개미를 제거해주기도 했다.

"이건 정말로 웃을 일이 아니에요." 엘리엇 부인이 쏜버리 부인에게 은밀하게 말했다. "만약 개미가 속옷과 살갗 사이에 들어간 다면."

갑자기 소음이 좀 더 심해졌는데, 그것은 긴 행렬을 이룬 개미 들이 성벽 뒷문을 통해 식탁보로 올라가는 길을 찾아냈다는 것 을 그들이 알아챘기 때문이었다. 만약 성공이 소리로 측량될 수 있다면 휴잇은 자신이 연 파티가 성공이라고 생각할 만한 충분 한 이유가 있었다. 그럼에도 불구하고 도대체 어떤 이유에서인지 는 모르지만 그는 굉장히 침울해졌다.

"그들은 만족스럽지 못해. 그들은 야비해." 그는 약간 떨어진 곳에서 접시들을 주워 모으면서 손님들을 관찰하며 생각하였다. 그는 식탁보 주변에서 허리를 굽히거나 좌우로 몸을 흔들며 손 짓을 하고 있는 그들을 훑어보았다. 여러 가지 면에 있어서 상냥 하고 겸손하고 존경스러우며 친절하고자 하는 욕망과 만족감에 서조차 사랑스러운 그들이 모두 어떻게 저토록 보잘 것 없고, 서 로에게 재미 없는 잔인성을 드러낼 수 있단 말인가! 상냥하지만 그녀의 모성적 이기심에서는 하찮은 인물이 되는 쏜버리 부인, 끊임없이 자기의 운명을 불평하는 엘리엇 부인, 완두콩 꼬투리에 있는 완두콩 알에 지나지 않는 그녀의 남편, 자아가 없이 이것도 저것도 중요하게 생각지 않는 수잔, 정직하지만 남학생처럼 잔인 한 베닝, 물방앗간의 말처럼 쳇바퀴만 돌고 있는 가엾은 늙은 쏜 버리 씨, 이블린의 성격에 대해서는 캐고 들어가지 않을수록 더 좋다고 그는 생각했다. 그러나 이들이 돈을 가진 사람들이었으 며, 다른 사람이 아니라 바로 이들에게 세상을 지배하는 힘이 부 여되었다. 삶이나 혹은 아름다움을 좋아하는 보다 생기 넘치는 누군가를 이들 가운데 두어보라. 그가 만약 그들을 징계하지 않 고 그들과 함께 하고자 한다면 그들은 그에게 얼마나 많은 고통을 가하고 그를 얼마나 황폐하게 만들겠는가!

"허스트가 있지." 그는 친구의 모습을 보며 결론 내렸다. 그는 평상시처럼 이마에 집중적으로 인상을 쓰고는 바나나 껍질을 벗기고 있었다. "그는 정말로 못생겼어." 세인트 존 허스트가 추하게 생긴 것과 그에 따른 여러 한계에 대해 그는 어떻게든 나머지 사람들에게 책임을 지웠다. 그가 혼자 살아야만 하는 것은 그들 탓이었다. 그러고서 그는 헬렌의 웃음소리에 이끌려 그녀를 보았다. 그녀는 앨런 양을 보며 웃고 있었다. "이런 더운 날씨에 속옷을 갖춰 입었다고요?" 그녀는 은밀한 목소리로 말했다. 그는 헬렌의 미모가 아니라 큰 체구와 소박함 때문에 그녀 모습이 굉장히 마음에 들었는데, 그녀의 이런 모습은 마치 커다란 돌로 만든 여성처럼 그녀를 다른 사람보다 돋보이게 하였다. 따라서 그는 훨씬 기분이 좋아졌다. 그의 눈길은 레이철에게 쏠렸다. 그녀는 다른 사람들보다 약간 뒤쪽에서 한쪽 팔꿈치를 괴고 뒤로 기대어 있었다. 그녀는 휴잇 자신과 아주 똑같은 생각을 하고 있는 중인지도 몰랐다. 그녀는 완전히 몰두하지는 않았지만 약간 슬픈 눈길로 맞은편에 있는 사람들을 지켜보고 있었다. 휴잇은 손에 빵 한 조각을 들고서 그녀에게 무릎으로 슬금슬금 기어갔다.

"무엇을 보고 계세요?" 그가 물었다.

그녀는 약간 놀랐지만 곧장 대답했다. "인간들을요."

제11장

그들은 연이어 일어나서 기지개를 켰으며, 잠시 후 대강 두 개의 그룹으로 나뉘어졌다. 한 그룹은 휴링 엘리엇과 쏜버리 부인이 주도했는데, 그들은 둘 다 같은 책들을 읽고 같은 질문들을 생각하고 있었다. 지금은 그들 아래쪽으로 있는 지역들을 열거하고 싶어 하며, 해군과 육군과 정당들과 원주민들과 광물들에 대한 풍부한 정보들을 그곳에다 열심히 덧붙였는데, 그들은 이 모든 것들이 겸비되어 남미가 미래의 나라라는 것을 증명한다고 말했다.

이블린 M은 그녀의 빛나는 푸른 눈을 이 현인들에게 고정시키고 듣고 있었다.

"이 때문에 정말 남자가 되고 싶어요." 그녀가 소리쳤다.

페롯 씨는 평원을 조망하며 미래를 가진 나라는 아주 좋은 곳이라고 대답했다.

"내가 만약 당신이라면," 이블린은 그에게로 몸을 돌리고 격렬하게 손가락에서 장갑을 잡아당겨 벗기며 말했다. "군대를 일으켜 거대한 영토를 정복하고 그곳을 최고로 훌륭하게 만들 거예요. 그러기 위해 당신은 여자들을 원하겠죠. 만약 가능하다면 나는 아주 시작부터 당연히 불결한 것은 전혀 없이, 커다란 홀들과 정원들과 훌륭한 남자들과 여자들만 있는 세상에서 인생을 시작하고 싶어요. 그러나 당신은 ― 당신은 단지 법정을 좋아할 따름이죠!"

"그러면 당신은 정말로 예쁜 옷들과 사탕들과 젊은 아가씨들이 좋아하는 모든 것들 없이도 만족하시오?" 페롯 씨는 그의 냉소적인 태도 이면에 상당한 고통을 감추며 물었다.

"나는 젊은 아가씨가 아니에요." 이블린이 발끈하며 아랫입술을 깨물었다. "단지 내가 화려한 것을 좋아하기 때문에 나를 비웃는군요. 왜 요즘은 가리발디 같은 남자들이 없는 걸까요?" 그녀가 캐물었다.

"잠깐만요." 페롯 씨가 말했다. "나에게는 말할 기회를 안 주시는군요. 당신은 우리가 새롭게 시작해야 한다고 생각하시죠. 좋아요. 그러나 나는 정확히 모르겠어요. 영토를 정복한다고요? 영토는 이미 전부 정복되지 않았나요?"

"특별히 어떤 영토를 뜻하는 것이 아니에요." 이블린이 설명했다. "생각이 그렇다는 거죠. 모르시겠어요? 우리는 이렇게 길들여진 삶을 살고 있어요. 나는 당신도 내면에 훌륭한 것들을 갖고 있다고 확신해요."

휴잇은 페롯 씨의 명민한 얼굴의 흉터들과 패인 구멍들이 애처롭게도 누그러지는 것을 보았다. 페롯이 변호사 사무실에서 일 년에 겨우 오백 불을 벌며 다른 개인 재산은 전혀 없고 부양해야 할 병든 누이가 있는 자신의 상황을 고려할 때, 여성에게 결혼을 신청하는 것이 정당화될지에 관해 그때까지도 마음속으로 계속 계산하고 있다는 것을, 휴잇은 상상할 수 있었다. 페롯 씨는 수잔이 그녀의 일기에 밝힌 대로 자신이 "완전한" 신사, 즉 그녀가 의미하는 정말 신사라고는 할 수 없다는 것을 다시금 깨달았다. 왜냐하면 지금은 비록 사실상 타고난 신사와 분간할 수 없기는 하지만, 그는 리즈에서 식료품상의 아들로 등에 광주리를 지고 인생을 출발했다. 나무랄 데 없는 말쑥한 옷차림과, 자유로움이 결여된 태도와, 풍채가 지나치게 깔끔하고, 고기가 귀하던 시절의 잔재 때문인지 나이프와 포크를 말로 표현할 수 없이 소심하고 정확하지만 결코 신중하게 다루지는 않는 방식은 예리한 눈으로 볼 때 그의 근본을 드러내주었다.

주변을 한가롭게 거닐며 마음대로 흩어져 있던 두 그룹은 이제 함께 모여서 열기로 뜨거워진 노랑과 초록의 대지의 풍경들을 오랫동안 내려다보았다. 뜨거운 대기가 어른거려 평원에 있는 마을의 지붕들을 분명하게 볼 수는 없었다. 미풍이 가볍게 부는 산꼭대기조차 너무 더웠으며, 열기와 음식과 광활한 공간과 아마도 훨씬 분명치 않은 어떤 이유로 그들은 편안한 졸음과 행복한 휴식을 취했다. 그들은 말을 많이 하지 않았지만, 침묵 속에서도 전혀 어색함을 느끼지 않았다.

"저쪽에 가면 무엇이 보이는지 한번 가보지 않으시겠어요?" 아서가 수잔에게 제안하여 둘은 함께 자리를 떴으며, 그들의 출발은 남은 사람들에게 확실히 어떤 감정의 떨림을 던져주었다.

"이상한 사람들이에요, 그렇지 않아요?" 아서가 말했다. "저는 결코 우리 모두가 정상에 오를 수는 없으리라고 생각했어요. 하지만 우리 모두 오르게 돼서 정말로 기뻐요. 무슨 일이 있어도 이런 기회를 절대 놓치진 않을 거예요."

"저는 허스트 씨를 좋아하지 않아요." 수잔이 엉뚱하게 말했다. "그 사람이 영리하다고는 생각하지만, 왜 영리한 사람들은 저래야 하는지 — 저는 그가 정말 친절하기를 기대해요, 정말로." 그녀는 불친절한 말로 들릴지도 모를 내용을 본능적으로 누그러뜨리며 덧붙였다.

"허스트? 아, 그는 박식한 친구들 중 하나예요." 아서가 태연하게 말했다. "그는 즐기는 것처럼 보이지는 않아요. 그가 엘리엇과 나누는 대화를 들어봐야 해요. 도대체 기껏해야 겨우 따라갈 수 있죠…… 저는 책에 대해 별로 알지 못하거든요."

간간이 이런 대화를 나누며 그들은 작은 언덕에 도착했는데, 그 꼭대기에는 가느다란 나무들이 몇 그루 자라고 있었다.

"여기 좀 앉아도 괜찮겠지요?" 아서가 주변을 둘러보며 말했다. "그늘이어서 좋군요, 그리고 전경도 —" 그들은 앉아서 한동안 말없이 앞을 바라보았다.

"그러나 저는 가끔 그런 영리한 친구들이 부러워요." 아서가 말했다. "그들은 그런 적이 있으리라고는 생각하지 않지만……" 그는 말을 끝맺지 않았다.

"당신이 왜 그들을 부러워해야 하는지 모르겠네요." 수잔이 매우 진지하게 말했다.

"사람에게는 이상한 일들이 일어나죠." 아서가 말했다. "우리는 하나씩 하나씩 아주 매끄럽게 겪어나가죠. 그것은 아주 즐겁고 평온한 항해로, 당신은 그것에 대해 모든 것을 안다고 생각해요. 그러다가 갑자기 자신이 어디 있는지 전혀 모르게 되며, 모든 것이 예전과는 다르게 보이게 됩니다. 오늘 당신 뒤에서 저 길을 오르며, 모든 것이 보이기를, 마치 —" 그는 말을 멈추고는 풀을 한 움큼 뿌리째 잡아 뽑았다. 그는 뿌리에 달려 있는 작은 흙덩어리를 털며 말했다. "마치 일종의 의미를 갖고 있는 것 같았어요. 당신은 나에게 중요해요." 그는 갑자기 띄엄띄엄 말했다. "당신에게 말하지 못할 이유가 없어요. 당신을 알고부터 죽 그렇게 느꼈으니까…… 그건 제가 당신을 사랑하기 때문입니다."

그들이 평범한 대화를 나눌 때조차 수잔은 둘 사이의 친밀함이 주는 흥분을 의식하였었는데, 이것은 그녀에게뿐 아니라 나무들과 하늘에도 무엇인가를 털어놓는 것처럼 보였다. 그리고 불가피하게 계속 진행되는 그의 말은 그녀에게 분명하게 고통을 주었는데, 예전에 그 누구도 그녀에게 이렇게 가깝게 다가온 적이 없었기 때문이었다.

그가 말을 하는 동안 그녀는 놀라서 꼼짝 않고 있었으며, 마지막 말에 그녀의 가슴은 쿵쾅거렸다. 그녀는 바로 앞산 아래 평원을 똑바로 주시하며 손가락으로 돌멩이를 둥글게 감싸고 앉아 있었다. 그러니까, 사실상 그녀에게 청혼이 들어온 것이다.

아서는 그녀를 살펴보았으며, 그의 얼굴에는 이상하게 경련이 일었다. 그녀는 거의 대답할 수도 없을 정도로 힘들게 숨을 쉬고 있었다.

"당신도 짐작하셨을 겁니다." 그는 수잔을 껴안았다. 발음이 분명치 않은 말을 중얼거리며 그들은 다시, 다시금, 또다시, 서로를 껴안았다.

"그래요," 아서가 뒤로 물러나 앉으며 한숨지었다. "이것이 내 생애 가장 멋진 일입니다." 그는 꿈속에서 본 것들을 실제 사물들 옆에 놓으려고 애쓰고 있는 것 같았다.

긴 침묵이 흘렀다.

"이것이 세상에서 가장 완벽한 일이에요." 수잔이 아주 부드럽게 확신에 가득 차서 말했다. 이것은 단순한 청혼이 아니라, 그녀가 사랑하는 아서의 청혼이었다.

이어지는 침묵 속에 그의 손을 꼭 잡고서 수잔은 그의 좋은 아내가 되게 하여달라고 신께 기도했다.

"그런데 페롯 씨가 뭐라고 말할까요?" 수잔이 기도를 끝내고 물었다.

"사랑하는 내 친구," 이제 처음의 충격에서 벗어난 아서가 굉장한 기쁨과 만족감으로 느긋해져서 말했다. "우리는 그에게 잘해 줘야 해요, 수잔."

그는 페롯이 얼마나 힘든 삶을 살아왔으며, 또한 아서 자신에게 얼마나 어이없을 정도로 헌신적이었는지를 말했다. 계속해서 그는 강한 성격을 가진 미망인인 자기 어머니에 대해서도 얘기했다. 그 말에 수잔도 자기 가족에 대해 묘사해주었다. 그녀는 특히 그의 막내 여동생인 이디스를 가장 사랑한다고 했다. "당신 다음으로요, 아서…… 아서," 그녀가 계속 말했다. "당신이 나를 처음 좋아하게 된 것은 무엇 때문인가요?"

"그것은 당신이 어느 날 저녁 바다에서 차고 있던 버클 때문이었죠." 충분히 생각한 후에 아서가 말했다. "바라보던 것을 기억해요─우스운 일이긴 하지만─당신이 완두콩을 먹지 않던 것을. 나도 역시 완두콩을 먹지 않거든요."

이때부터 그들은 계속해서 그들의 취향을 보다 진지하게 비교하기 시작했다. 아니 오히려 아서가 무엇을 좋아하는지를 수잔이 확인하고 자신도 같은 것을 아주 좋아한다고 고백했다고 하는 것이 맞는 말이다. 그들은 런던에서 살게 될 것이고, 수잔의 친정 가까운 시골에 오두막도 하나 갖게 될 것이다. 수잔이 없으면 처음에는 친정식구들이 이상한 느낌이 들 것이기 때문이었다. 처음에는 어리벙벙했던 수잔의 마음은 이제는 그녀의 결혼 약속이 가져올 여러 가지 변화들에 적응되어갔다. 결혼한 여성들의 대열에 끼게 된다는 것이 얼마나 즐거운 일인가. 노처녀의 오랜 고독의 삶을 피하기 위해서, 이젠 더 이상 자기보다 훨씬 어린 아가씨들의 무리에 매달리지 않아도 되는 것이었다. 때때로 자신의 경이로운 멋진 행운에 압도되어 그녀는 사랑의 외침과 함께 아서에게 몸을 기대었다.

그들은 서로의 팔을 베고 누워 있었고 누군가 그들을 보고 있다는 생각은 꿈에도 하지 않았다. 그러나 그들 위쪽 나무 사이로 두 사람이 갑자기 나타났다.

"여기에 그늘이 있군." 휴잇이 말하는 순간, 레이철이 죽은 듯이 갑자기 멈춰 섰다. 그들은 남녀가 그들 아래쪽 바닥에 누워서 강하게 포옹했다 풀었다 하며 이리저리 조금씩 뒹굴고 있는 것을 보았다. 그러고는 남자가 일어나 앉았으며, 여자는 땅에 누워 있었다. 그들은 이제야 그녀가 수잔 워링턴이라는 것을 알았는데, 그녀는 마치 아무런 의식도 없는 것처럼 눈을 감은 채로 넋이 나간 표정을 하고 있었다. 그녀의 표정으로는 그녀가 행복한 것인지 아니면 어떤 고통을 겪은 것인지 결코 알 수 없었다. 숫양이 암양에게 뿔을 내밀 듯이 아서가 다시 몸을 돌려 그녀에게 달려들자, 휴잇과 레이철은 말 한마디 없이 돌아섰다. 휴잇은 불편하게 부끄러움을 느꼈다.

"저는 저런 것을 좋아하지 않아요." 잠시 후 레이철이 말했다.

"저도 역시 전에는 좋아하지 않았죠." 휴잇이 말했다. "전에는……" 그러나 그는 마음을 바꾸고 일상적인 어조로 계속해서 말했다. "그런데, 우리는 그들이 결혼 약속을 한 것을 당연히 받아들여야 할 것 같아요. 당신은 그가 한번이라도 비행기 조종을 하리라고 생각하세요? 아니면 그녀가 그것을 중지시킬까요?"

그러나 레이철은 아직도 흥분해 있었다. 그녀는 그들이 방금 본 광경에서 벗어날 수가 없었다. 휴잇의 말에 대답하는 대신 그녀는 고집스럽게 말했다.

"사랑이란 이상하지 않아요? 사람의 심장을 뛰게 만들어요."

"그것 봐요. 사랑은 엄청나게 중요한 거예요." 휴잇이 대답했다. "그들의 삶은 이제 영원히 변했어요."

"그 점에서 역시 그들이 안됐어요." 마치 자신의 감정의 흐름을 따라가고 있는 것처럼 레이첼은 계속했다. "저는 그들 중 누구도 알지 못하지만, 거의 울음이 터질 지경이에요. 어리석지 않아요?"

"오직 그들이 사랑하기 때문인데요." 휴잇이 말했다. "그래요." 그는 잠시 생각한 후에 말을 덧붙였다. "그 점에 대해서는 굉장히 애처로운 면이 있다는 데 동의해요."

이제 그들은 작은 나무숲에서 약간 걸어 나와 아주 매혹적인 둥근 골짜기에 이르러 앉을 자리를 찾았다. 아마도 그들이 본 광경의 결과인 어떤 강렬한 환영이 남아 있기는 하였지만, 연인들에게서 받은 인상은 그 효력을 다소 상실하였다. 어떤 감정을 계속 억누르는 날은 다른 날들과는 다르기 마련이듯이 그들에게 이제 이날도 색달라 보였는데, 그 이유는 단지 그들이 삶의 위기에 처해 있는 다른 사람들을 보았기 때문이었다.

"저것들은 거대한 텐트 야영지 같아요." 휴잇은 정면에 있는 산들을 바라보며 말했다. "또한 한 폭의 수채화 같지 않나요?—도화지 전체적으로 산등성이에서 그림물감이 어떻게 마르는지 당신은 알죠?—산들이 어떤 모습일지 계속 궁금했거든요."

마치 그가 사물과 일체가 된 듯이, 그의 눈은 꿈꾸는 듯했고 푸른색의 생생한 눈은 레이첼에게 달팽이의 녹색 살을 생각나게 하였다. 그녀 역시 그 옆에 앉아 산을 바라보고 있었다. 거대한 크기의 경관이 자연스런 한계를 넘어 그녀의 눈을 확대시키는 것처럼 보이며 더 이상 바라보는 것이 고통스러워졌을 때, 그녀는 땅을 바라보았다. 남미의 이 한 줌의 토양을 아주 세밀하게 조사해서 땅의 모든 성질을 알아내어 그곳을 자신에게 최고 권력이 주어진 세상으로 만든다는 사실이 그녀를 즐겁게 했다. 그녀는 풀 한 잎을 젖히고 맨 끝에 있는 솜털에 벌레를 한 마리 올려놓았다. 그녀는 이 벌레가 이 이상한 모험을 깨달았을지 궁금했으며, 그녀가 수많은 솜털들 가운데 이 솜털을 굽혔다는 것이 얼마나 이상한가를 생각했다.

"당신 이름을 말해주지 않았어요." 휴잇이 갑자기 말했다. "빈레이스 아무개 양……저는 사람의 이름을 알고 싶어요."

"레이철이에요." 그녀가 대답했다.

"레이철." 그가 반복했다. "저에게 레이철이란 이름의 숙모가 계신데, 다미안 신부님[1]의 삶을 시로 지은 분이에요. 숙모는 광신자인데, 노샘튼셔의 고원에서 개미새끼 한 마리 못 보고 외롭게 자란 결과지요. 당신도 숙모들이 있나요?"

"저는 고모들과 살고 있어요." 레이철이 말했다.

"그러면 그들은 지금 무엇을 하고 계실지 궁금하군요." 휴잇이 질문했다.

"고모들은 아마 털실을 사고 계실 거예요." 레이철이 자신 있게 말했다. 그녀는 고모들을 묘사하고자 했다. "고모들은 작고 약간 해쓱하세요." 그녀는 말하기 시작했다. "매우 깔끔하시죠. 우리는 리치몬드에 살아요. 고모들은 또한 늙은 개도 한 마리 키우는데, 그 개는 단지 영양 많은 음식만 먹어요……고모들은 항상 교회에 가세요. 또한 자기들의 서랍장을 굉장히 말끔하게 정돈해요." 그러나 여기서 그녀는 사람들을 묘사하는 어려움에 압도당했다.

---

1 다미안 신부(Father Damien de Veuster, 1840~1889), 벨기에 선교사로, 하와이 몰로카이 섬에서 나병 환자들을 위한 봉사를 했던 것으로 유명하다.

"여전히 모든 것이 계속되고 있다고 믿을 수가 없어요!" 그녀가 큰소리로 말했다.

등 뒤에서 비치는 태양 때문에 갑자기 그들 앞쪽 땅에 두 개의 그림자가 길게 드리워졌는데, 하나는 스커트로 생긴 그림자로 흔들리고 있었으며 다른 그림자는 바지 입은 두 다리로 정지해 있었다.

"아주 편안해 보이네요!" 그들 위로 헬렌의 목소리가 들렸다.

"허스트." 휴잇이 가위로 베어낸 것 같은 그림자를 가리키며, 그들을 올려다보기 위해 몸을 돌렸다.

"여기 우리 모두 앉을 수 있는 자리가 있어요." 그가 말했다.

허스트는 편안하게 자리 잡고 앉아서 말했다.

"자네 젊은 한 쌍을 축하해줬나?"

헬렌과 허스트는 휴잇과 레이철이 떠나고 잠시 후 같은 장소에 와서 정확하게 똑같은 장면을 본 것 같았다.

"아니, 우리는 그들을 축하해주지 못했네." 휴잇이 말했다. "그들이 너무 행복해 보이더군."

"그래." 허스트가 입술을 오므리며 말했다. "내가 그들 중 어느 쪽과도 결혼할 필요가 없는 한—."

"우리는 굉장히 감동받았어." 휴잇이 말했다.

"자네는 그랬으리라고 생각해." 허스트가 말했다. "어느 쪽인가, 몽크? 불멸의 열정이란 생각인가, 아니면 새로 태어난 남성들이 로마 가톨릭 신자들을 밀어낼 거란 생각인가? 확실히," 그는 헬렌에게 말했다. "그는 어느 쪽에 의해서도 감동받을 수 있습니다."

레이철은 그의 조롱이 그들 둘에게 똑같이 향하고 있음을 알았기 때문에 심한 고통을 느꼈지만 재치 있는 대답을 즉시 생각해낼 수가 없었다.

"허스트를 감동시키는 것은 아무것도 없어요." 휴잇이 웃으며 말했다. 그는 전혀 고통을 느끼는 것처럼 보이지 않았다. "만약 수학에서마저 정말로, —저는 그런 일들은 일어나리라고 생각하는데, —무한수와 유한수가 사랑에 빠지는 일을 제외하고는 말입니다."

"반대예요." 허스트가 초조한 기색을 보이며 말했다. "저는 스스로 굉장히 강한 열정을 가진 사람이라고 생각합니다." 말하는 방식으로 보아 진심임이 분명했다. 그는 물론 숙녀분들을 위해서 그렇게 말한 것이었다.

"그런데, 허스트," 잠시 후 휴잇이 말했다. "끔찍하지만 고백할 것이 하나 있네. 자네 책 —워즈워스 시집 말야, 자네가 기억할지 모르겠네만, 우리가 출발할 때 자네 책상에서 집어와, 확실히 여기 호주머니에 넣었는데 —"

"잃어버렸네." 허스트가 그를 위해서 말을 맺어줬다.

"아직 기회는 있다고 생각하네." 휴잇은 자기 몸을 좌우로 툭툭 치며 급히 덧붙였다. "내가 그 책을 안 가지고 나왔을지도 모르지."

"아니," 허스트가 말했다. "그 책 여기 있네." 그는 자기 가슴을 가리켰다.

"아, 다행이군!" 휴잇은 소리 질렀다. "더 이상 내가 마치 어린아이를 살해한 것처럼 느낄 필요가 없군!"

"당신은 항상 물건들을 잃어버린다고 생각해야겠군요." 헬렌이 생각에 잠겨 그를 바라보며 말했다.

"물건을 잃어버리지는 않아요." 휴잇이 말했다. "그것들을 엉뚱한 곳에 두는 거죠. 그 때문에 허스트는 바다 여행할 때 저와 선실을 함께 쓰기를 거절해요."

"당신들은 함께 왔나요?" 헬렌이 물었다.

"이 자리에 있는 사람들은 각자 간략하게 자기소개를 하기로 해요." 허스트가 똑바로 앉으며 말했다. "빈레이스 양, 먼저 하세요. 시작해보세요."

레이철이 자신은 스물네 살로 선박주의 딸이며, 정규 교육을 받은 적이 없다고 얘기했다. 피아노를 칠 줄 알고, 외동딸로 어머니가 돌아가셔서 고모들과 리치몬드에서 살고 있다고 했다.

이러한 사실들을 받아들인 허스트는 "다음" 하고 말하며 휴잇을 가리켰다.

"저는 영국 신사의 아들로, 나이는 스물일곱입니다." 휴잇이 말하기 시작했다. "아버지는 여우 사냥을 즐기는 대지주셨는데, 제가 열 살 때 사냥터에서 돌아가셨습니다. 저는 아마 덧문으로 아버지의 시신이 집으로 옮겨지는 것을 보았던 것을 기억해요. 그때 저는 막 차를 마시러 아래층으로 내려가서 차와 함께 잼이 있는 것을 보고는 허락을 받아야 하나 마나 궁리 중이었습니다."

"그래요, 하지만 사실들만 얘기하게." 허스트가 끼어들었다.

"저는 윈체스터 대학과 케임브리지 대학에서 교육받았는데, 얼마 후 그만둬야만 했어요. 그 후 상당히 많은 일들을 했습니다. —"

"직업은?"

"없습니다. — 적어도 —"

"취미는?"

"문학. 저는 소설을 쓰고 있습니다."

"형제는?"

"누이 셋에, 남자 형제는 없고, 어머니가 계십니다."

"그것이 우리가 당신에 대해 듣게 되는 전부인가요?" 헬렌이 말했다. 그녀는 자신은 나이 들어서 지난 시월에 마흔 살이 되었으며, 도시에서 사무변호사였던 부친이 파산하는 바람에 교육을 별로 받지 못했고 이곳저곳 이사 다녀야 했지만, ─ 오빠가 그녀에게 책을 빌려다주곤 하였다고 얘기했다.

"내가 여러분에게 모든 것을 말해야 한다면 ─" 그녀는 말을 멈추고 미소 지었다. "너무 오래 걸릴 거예요." 그녀가 결론적으로 말했다. "나는 서른 살에 결혼해서 아이가 둘 있어요. 남편은 학자예요. 그러면 이제 ─ 당신 차례군요." 그녀는 허스트에게 고개를 끄덕였다.

"당신은 많이 빼먹었어요." 그는 헬렌을 힐책했다. "제 이름은 세인트 존 애러릭 허스트입니다." 그는 쾌활한 어조로 말하기 시작했다. "저는 스물네 살로, 노퍽에 있는 그레이트 워핑의 교구목사인 시드니 허스트 목사의 아들입니다. 아, 저는 웨스트민스터 대학 ─ 킹스 칼리지 ─ 모든 곳에서 장학금을 받았죠. 지금은 킹스 칼리지의 선임연구원입니다. 따분하지 않으세요? 양친 모두 살아계시고(아아!). 남자 형제 둘과 누이가 한 명 있습니다. 저는 굉장히 뛰어난 젊은이예요." 그가 덧붙였다.

"영국에서 서너 번째 드는 아주 훌륭한 젊은이지요." 휴잇이 평했다.

"아주 정확하군." 허스트가 말했다.

"모두들 굉장히 재밌네요." 잠시 후 헬렌이 말했다. "그러나 우리는 물론 중요한 문제가 되는 바로 그런 질문들은 빠뜨렸어요. 예를 들어 우리는 크리스천인가요?"

"저는 아니에요." "저는 아닙니다." 젊은이 둘 다 대답했다.

"저는 크리스천이에요." 레이철이 말했다.

"당신은 자신의 신을 믿나요?" 허스트는 몸을 돌려 안경 낀 눈을 그녀에게 고정하고는 물었다.

"저는 믿어요. ― 저는 믿어요." 레이철이 더듬거렸다. "저는 우리가 알지 못하는 것들이 있다고 믿어요. 세상이 순식간에 변해서 무엇인가 나타날지도 모르죠."

이 말에 헬렌은 드러내고 웃었다. "말도 안 돼!" 그녀가 말했다. "너는 크리스천이 아니야. 너는 네가 무엇인지 생각해본 적도 없어. 그리고 아마 아직 물어볼 수는 없지만 다른 질문들도 많이 있어요." 비록 그들은 매우 자유롭게 대화를 나누고 있긴 하였지만, 정말로 서로에 대해 아무것도 모른다는 것을 그들 모두 불편하게 의식하고 있었다.

"중요한 질문들." 휴잇은 깊이 생각했다. "정말로 흥미 있는 질문들. 그런 질문들을 아무도 하지 않을 것 같군요."

서로를 아주 잘 아는 사람들조차도 단지 몇 가지 질문들밖에 할 수 없다는 사실을 좀처럼 받아들이지 못하는 레이철은 그 말의 의미를 알아야만 했다.

"우리가 사랑에 빠진 적이 있는지 없는지?" 그녀가 물었다. "이런 종류의 질문을 의미하시나요?"

헬렌은 긴 솜털이 달린 풀잎을 한 줌 뜯어 그녀에게 다정하게 흩뿌리며 또다시 그녀를 보고 웃었다. 레이철이 그렇게 용감하고 그렇게 어리석었기 때문이었다.

"오, 레이철," 그녀가 소리쳤다. "너랑 있으면 집에 강아지를 데리고 있는 것 같겠구나. ― 거실로 속옷을 물고 내려오는 강아지 말이야."

그러나 다시금 그들 앞의 양지바른 땅에 멋지게 물결치는 형상들, 즉 남녀들의 그림자가 드리워졌다.

"저기 그들이 있어요!" 엘리엇 부인이 소리 질렀다. 그녀의 목소리에는 역정이 배어 있었다. "그래 우리가 당신들을 **얼마나** 찾아다녔다고요. 몇 시인지 아세요?"

엘리엇 부인과 쏜버리 부부는 이제 그들 앞에 섰다. 엘리엇 부인은 자신의 시계를 꺼내 장난스럽게 얼굴에 톡톡 두들겼다. 휴잇은 이 행사가 자신이 책임져야 할 파티라는 사실을 상기하고는 즉시 그들을 이끌고 망루로 돌아갔다. 그들은 다시 집으로 돌아기 전에 그곳에서 차를 마시기로 되어 있었다. 밝은 심홍색 스카프가 담벼락 꼭대기에서 펄럭였는데, 이것은 페롯 씨와 이블린이 다른 사람들이 보고서 올라오도록 돌에 묶어 놓은 것이었다. 뜨거운 열기가 멀리까지 퍼져서 그들은 그늘이 아니라 햇빛에 자리 잡고 앉았다. 햇빛은 아직도 꽤 뜨거워서 그들의 얼굴을 빨갛고 노랗게 그을리며 그들 아래쪽 지면의 많은 부분을 물들일 정도였다.

"그 어떤 것도 차의 반도 못 따라가요!" 쏜버리 부인이 자신의 찻잔을 들며 말했다.

"그래요." 헬렌이 말했다. "어릴 때 건초를 씹던 것을 기억하세요? ─" 그녀는 쏜버리 부인에게 눈길을 고정시키고 평소보다 아주 빨리 말했다. "그리고 그것이 찻잎인 척하다가 유모한테 혼이 났죠. 유모들이 냉혈한이 아니고서는, 왜 실질적으로 아무런 해가 되지 않는 데도 소금 대신 후추를 허용하지 않는 것인지 알수가 없어요. 당신의 유모들도 똑같지 않았나요?"

이런 말을 하는 사이에 수잔은 사람들이 모여 있는 곳으로 와서 헬렌 옆에 앉았다. 잠시 후 베닝 씨가 반대편에서 어슬렁거리며 나타났다. 그는 다소 상기되어 있었으며, 물어보는 것은 무엇이든 즐겁게 대답할 기분이었다.

"저 양반 무덤에 무슨 일을 한 거야?" 그는 묘비들 꼭대기에서 나부끼는 붉은 깃발을 가리키며 물었다.

"그가 삼백 년 전에 죽은 자신의 불운을 잊게 해주려고 했네." 페롯 씨가 말했다.

"끔찍할 거예요—죽는다는 것은!" 이블린 M이 갑자기 소리 질렀다.

"죽는다는 것?" 휴잇이 말했다. "나는 그것이 끔찍하다고 생각지 않아요. 그것은 상상하기 쉬운 일이지요. 오늘 밤 잠자리에 들어 양손을 이렇게 잡고—아주 천천히, 천천히 숨을 쉬세요.—" 그는 꼭 쥔 양손을 가슴에 대고 뒤로 누우면서 눈을 감았다. "이제," 그는 고르고 단조로운 목소리로 속삭였다. "나는 절대로, 절대로, 절대로 다시는 움직이지 않을 거예요." 그의 몸은 그들 가운데 반듯하게 드러누워 잠시 동안 죽음을 암시했다.

"이것은 끔찍한 시범이에요, 휴잇 씨!" 쏜버리 부인이 소리쳤다.

"케이크 좀 더 주세요!" 아서가 말했다.

"저는 끔찍한 점은 전혀 없다고 확신해요." 휴잇은 일어나 앉아서 케이크에 손을 대며 말했다.

"죽음은 매우 자연스러운 겁니다." 그는 반복해서 말했다. "아이들이 있는 사람들은 매일 밤 그들이 이런 연습을 하도록 만들어야 해요…… 그렇다고 죽기를 기대하는 것은 아니지만."

"당신이 무덤을 언급할 때," 쏜버리 씨가 거의 처음으로 입을 열었다. "당신은 저 폐허를 무덤이라고 부를 어떤 근거가 있는 거요? 그것이 엘리자베스 시대의 망루의 잔재라고 공언하는 일반적인 해석을 받아들이기를 거부하는 점에서는 나도 당신과 아주 같은 생각이오. 그것은 내가 영국 구릉지의 꼭대기에서 발견되는 둥근 흙무덤이나 고분이 군 주둔지였다고 믿지 않는 것이나 같소. 골동품 연구가들은 모든 것을 주둔지라고 부르지요. 나는 항상 그들에게 묻습니다. 자 그럼, 우리 조상들은 그들의 가축을 어디에 두었다고 생각하십니까? 영국의 주둔지 절반은 서양식으로 말하자면 단지 고대의 짐승 우리나 헛간일 뿐입니다. 그 당시에 한 남자의 가축은 그의 재산이며 필요한 수단이고 딸의 지참금이었다는 것을 생각하면, 아무도 그렇게 비바람에 노출되고 험한 곳에 가축을 두지 않을 것이라는 주장은 전혀 힘을 얻지 못합니다. 가축이 없이는 그는 농노이며 다른 사람의 하인이고……"

그의 눈빛은 서서히 강렬함을 잃었으며, 그는 소근대듯 몇 마디 웅얼거리며 말을 끝냈는데, 이상하게 늙고 쓸쓸해 보였다.

이 노신사와의 논의에 가담하기로 예기되었던 휴링 엘리엇은 그 순간 그 자리에 없었다. 이제 그는 가까이 다가와서 커다란 정방형의 면직물을 내밀었는데, 거기에는 밝고 화사한 색채로 멋진 디자인이 프린트되어 있어서, 그의 손을 창백하게 보이게 만들었다.

"싸게 산 물건이오." 그는 식탁보 위에 내려놓으며 큰 소리로 알렸다. "귀고리를 한 덩치가 큰 남자한테서 방금 샀어요. 아름답지 않소? 물론 모든 사람에게 어울리지는 않겠지만, 레이몬드 패리 부인에게는 아주 제격일거요. 그렇지 않소, 힐다?"

"레이몬드 패리 부인이라고요!" 헬렌과 쏜버리 부인이 동시에 큰 소리로 외쳤다.

그들은 마치 지금까지 그들의 얼굴을 흐리게 가리고 있던 안개가 바람이 불어 없어져버린 듯이 서로를 바라보았다.

"아, 당신도 역시 그 멋진 파티들에 다녀오셨군요?" 엘리엇 부인이 흥미롭게 물었다.

패리 부인의 거실은 비록 수천 킬로미터 멀리 떨어져 대양 뒤의 자그마한 땅 위에 있었지만, 그들 눈앞에 다가왔다. 전에 어떤 견고함이나 정박지도 갖지 못했던 그들은 어떻게든지 그 거실에 소속된 것처럼 보였고, 곧 점점 더 확실해져갔다. 아마도 그들은 동시에 거실에 있었고, 아마도 계단에서 서로 스쳐 지나갔을 것이다. 아무튼 그들은 몇 명의 동일 인물들을 알고 있었다. 그들은 새로운 관심을 가지고 서로를 위아래로 훑어보았다. 그러나 단지 서로를 바라보기만 할 뿐 발견의 성과를 즐길 시간이 없었다. 나귀들이 앞으로 나아가고 있었다. 밤이 너무 빨리 찾아와 그들이 다시 집에 가기 전에 어두워질 것이므로, 즉시 하산을 시작하는 것이 현명했다.

따라서 그들은 차례로 다시 나귀에 올라 산등성이를 따라 줄지어 내려왔다. 한 사람에게서 다른 사람에게로 대화가 토막토막 이어졌다. 먼저 농담이 던져지면 웃음이 따랐다. 어떤 사람은 길 한쪽으로 걸었고, 꽃들을 꺾었으며, 앞쪽으로 돌멩이들을 튕겨 보내기도 했다.

"허스트. 당신 대학에서는 누가 최상의 라틴어 운문을 쓰나요?" 엘리엇 씨가 상황에 어울리지 않게 말을 걸었으며, 허스트 씨는 모르겠다고 대답했다.

원주민들이 그들에게 경고했던 것처럼 갑자기 땅거미가 내렸으며, 산의 골짜기들은 어느 쪽이나 어둠으로 가득 찼고 길은 너무 희미해져서 나귀의 발굽이 아직도 단단한 바위를 밟고 있는 소리를 듣는 것이 놀라울 정도였다. 한 사람 그리고 또 다른 사람에게 연이어 침묵이 찾아와 마침내 그들은 모두 조용해졌으며, 그들의 마음은 짙은 푸른 대기 속으로 흘러들어가고 있었다. 대낮보다 어둠 속에서 길은 훨씬 짧아 보였으며, 곧 그들 아래쪽으로 멀리 수평으로 마을의 불빛이 반짝였다.

갑자기 누군가 소리쳤다. "아!"

순간 서서히 노란색 불꽃이 아래 평원으로부터 다시금 올라왔다. 그것은 올라와서는 잠시 멈추었다가 꽃처럼 활짝 핀 다음 빗발치듯 쏟아져 내렸다.

"불꽃이다." 그들은 소리 질렀다.

다른 불꽃이 보다 빨리 올라왔으며, 또 다른 것이 이어졌다. 그들은 그것이 뒤틀며 포효하는 소리를 거의 들을 수 있을 정도였다.

"어떤 성인의 축일인가 봐요." 누군가 말했다.

불꽃봉화가 공중으로 격렬히 돌진하듯 솟아올라 합해지는 모습은, 군중들이 흰 얼굴을 빼들고 자신들을 지켜보는 가운데 연인들이 갑자기 일어나서 포옹하며 하나가 되는 것처럼, 그렇게 타오르는 불길 같았다. 그러나 수잔과 아서는 나귀를 타고 언덕을 내려가며, 정확하게 거리를 두고서 서로 말 한마디 나누지 않았다.

그러고서 불꽃들이 불규칙적으로 뜸하게 계속되다가 곧 완전히 멈추었다. 나머지 여행은 거의 어둠 속에서 행해졌는데, 산은 그들 뒤에 거대한 그림자로 존재하며 덤불과 나무들의 작은 그림자들도 길을 가로질러 어둠을 던져주었다. 플라타너스 나무들 속에서 그들은 마차에 마구 밀어넣듯 올라타서는 잘 가라는 인사도 없이 아니면 잘 들리지 않는 웅얼거림으로 인사를 건네고는 헤어졌다.

너무 늦은 시간이어서 그들은 호텔에 도착해서 각자의 방으로 가는 사이에 정상적인 대화를 나눌 시간이 없었다. 그러나 허스트는 손에 목깃을 들고서 휴잇의 방을 서성거렸다.

"그래, 휴잇," 그는 크게 하품이 나오려는 찰나 말했다. "소풍은 대단한 성공이었다고 생각해." 그는 하품을 했다. "하지만 그 젊은 아가씨와 엮이지 않게 조심하게…… 나는 젊은 아가씨들을 정말 좋아하지 않아……"

휴잇은 야외에서 너무 여러 시간 지쳤기 때문에 아무런 대답도 할 수가 없었다. 사실 수잔 워링턴을 제외하고는 일행 모두가 십여 분 내에 각자의 곤한 잠에 빠져들었다. 그녀는 양손을 가슴 위에 꽉 쥐고 맞은편 벽을 멍하니 바라보며 상당히 오래 누워 있었으며, 불빛은 그녀 옆에서 활활 타오르고 있었다. 모든 분명한 생각은 오래전에 그녀에게서 사라졌다. 그녀의 가슴은 태양의 크기로 자라나서 태양처럼 꾸준히 따뜻한 기운을 발산하며 그녀의 온몸을 비추고 있는 것 같았다.

"나는 행복해, 행복해, 정말 행복해." 그녀는 반복해서 말했다. "나는 모든 사람을 사랑해. 나는 행복하다고."

제12장

수잔의 약혼이 집에서 인정받았고, 호텔에서도 그것에 관심 있는 누구나에게 공표되었는데, 이때쯤에는 허스트 씨가 묘사했듯이 보이지 않는 분필 표시가 된 것처럼 호텔에 있는 사람들의 부류가 나누어졌다. 이 소식은 어떤 축하행사, 원거리 소풍을 정당화하는 것처럼 느껴졌다. 그러나 그것은 이미 일어난 일이었다. 그렇다면 다음은 댄스파티였다. 댄스파티의 장점은 지루해지고 브리지 게임에도 불구하고 터무니없이 일찍 자고 일찍 일어나도록 이끌기 쉬운 긴 밤들 중 하나를 없애준다는 것이었다.

홀에 있는 박제 표범의 직립상 아래 서 있는 두세 명의 사람들은 즉시 그 문제를 결정하였다. 이블린은 이쪽저쪽으로 한두 걸음 미끄러지듯 걸어보고는 마루가 춤을 추기에 훌륭하다고 공언했다. 로드리게 씨는 결혼식에서 바이올린을 켜는 한 늙은 스페인 사람에 관한 정보를 그들에게 주었다. 그는 거북왈츠 곡을 연주했으며, 그의 딸은 석탄 통처럼 검은 눈을 갖고 있었지만 피아노에는 그와 똑같은 능력을 갖고 있었다. 만약 문제의 그날 밤에 아주 몸이 불편하거나 기분이 언짢아서 빙글빙글 돌며 왈츠를 추거나 춤추는 것을 지켜보는 것보다 앉아서 하는 작업을 더 좋아하는 사람이 있다면, 그들은 거실과 당구장을 차지하면 될 일이었다. 휴잇은 가능한 한 외부 사람들을 많이 끌어들이는 것을 자신의 일로 삼았다. 그는 허스트의 보이지 않는 분필 표시 이론에는 조금도 주의를 기울이려 하지 않았다. 그는 한두 번 타박당하기도 했지만, 그러나 그 대가로, 눈에 띄지 않아 잘 알 수 없던 외로운 신사들이 그들과 같은 부류의 사람들과 이야기를 나눌 이런 기회를 갖는 것을 기뻐한다는 것을 알게 되었으며, 의심 많은 성격의 숙녀는 불원간 그에게 자신의 얘기를 터놓을 조짐을 보였다. 사실 그가 생각하기에 사람들이 친구를 사귀지 못했기 때문에 저녁식사 후 잠자리에 들기까지 두세 시간 동안 불행한 시간을 보내고 있는 것이 분명해 보였는데, 이것은 정말로 불쌍한 일이었다.

댄스파티는 약혼 한 주 후인 금요일에 열기로 결정되었으며, 휴잇은 저녁식사 시간에 스스로 만족해서 말했다.

"그들 모두 오는 거야!" 그가 허스트에게 말했다. "페퍼!" 그는 겨드랑이에 팸플릿을 끼고 빠르게 옆으로 지나가는 윌리엄 페퍼를 보며 말했다. "우리는 당신이 무도회에서 맨 처음 춤을 시작하리라고 믿어요."

"확실히 잠이 확 달아나게 될거네," 페퍼가 대답했다.

"당신은 앨런 양하고 춤을 추게 될 거예요." 휴잇은 연필로 메모된 종이를 보며 계속해서 말했다.

페퍼는 멈춰서는 원무, 컨트리 댄스, 모리스 춤[1], 카드릴[2]에 관한 얘기를 시작하였는데, 이 춤들은 매우 부당하게도 당대 인기

---

1   전설상의 남자 주인공을 가장한 무도의 일종.
2   네 사람이 함께 추는 스퀘어 댄스.

도에서 그들을 추방시킨 잡종 왈츠나 가짜 폴카보다 전적으로 우월한 것이라는 내용이었다. 그때 웨이터들이 그를 구석에 있는 그의 테이블로 점잖게 밀었다.

이 순간 식당은 모이가 흩뿌려져 있어 영리한 비둘기들이 계속 내려오고 있는 농장 안마당과 이상하게 닮아 있었다. 거의 모든 숙녀분들은 아직껏 보여주지 않았던 드레스를 입었으며, 그들의 머리는 소용돌이 장식 머리로 틀어 올려 머리라기보다는 고딕양식의 교회에 있는 나무 조각상처럼 보였다. 웨이터들조차 전반적으로 흥분해 있는 것처럼 보였으며, 저녁식사 시간은 평소보다 훨씬 짧았으며 격식을 차리지 않았다. 시계가 9시를 치기 10분 전에 조직위원회는 무도회장을 한 바퀴 돌았다. 가구를 치웠으며 불빛이 환하게 빛나고 꽃들로 장식되어 공기 속에 향기가 스며든 홀은 멋진 모습의 천상의 즐거움을 보여주었다.

"완전히 구름 한 점 없이 별빛 총총한 밤하늘 같군요." 휴잇은 공허하게 텅 빈 방에서 주변을 둘러보며 중얼거렸다.

"어쨌든, 훌륭한 무도회장이에요." 이블린이 미끄러지듯 두세 걸음 걸어보며 덧붙였다.

"저 커튼들은 어떤가요?" 허스트가 물었다. 심홍색 커튼이 긴 유리창들에 내려져 있었다. "밖은 완전히 밤이에요."

"그래요. 하지만 커튼은 확신을 불러일으키죠." 앨런 양이 결정적으로 말했다. "무도회가 한창일 때 커튼을 올릴 거예요. 창문들을 조금씩 열어두어야 되겠지요…… 지금 열어 놓으면 연세 드신 어른들은 외풍이 있다고 생각하실 거예요."

그녀는 지혜롭다는 것을 인정받았으며 존경받게 되었다. 그들이 서서 이야기하고 있는 동안 악사들은 그들의 악기를 풀었으며, 바이올린은 피아노로 치고 있는 음표를 되풀이해서 반복하며 조율하고 있었다. 모든 것이 시작할 준비가 되어 있었다.

　잠시 후 아버지와 딸, 그리고 호른을 연주하는 사위가 일제히 하나가 되어 화려하게 연주를 시작했다. 피리 부는 사람을 따라가는 쥐들처럼 선두 주자들이 즉시 문간에 모습을 드러냈다. 또다른 연주가 있고 나서 삼중주단은 자연스럽게 화려한 왈츠의 율동 속으로 돌진했다. 곧 홀은 마치 물이 흘러넘치는 듯했다. 잠시 주저하다가 첫 번째 커플이 그러고 나서 또 다른 커플이 가운데로 뛰어들어 소용돌이 속에서 돌고 돌았다. 춤추는 사람들이 운율에 맞춰 규칙적으로 비단드레스를 스치는 소리는 물웅덩이에서 소용돌이치는 소리처럼 들렸다. 점차로 홀은 눈에 띄게 열기를 더해갔다. 새끼 염소 가죽장갑 냄새가 강한 꽃향기와 섞였다. 소용돌이는 점점 더 빨리 원을 만드는 것 같았으며, 마침내 음악이 요란한 소리를 내며 멈췄고, 원들은 각각의 작은 조각들로 부서졌다. 커플들은 서로 다른 방향으로 빠져나갔으며, 나이가 지긋한 사람들만이 꼼짝 못하고 드문드문 벽 쪽에 붙어 있었다. 장식 조각이나 손수건이나 꽃이 여기저기 바닥에 떨어져 있었다. 잠시 휴식이 있은 다음 음악이 다시 시작되었으며, 빙빙 소용돌이치며 커플들은 그 안에서 둥글게 원을 만들었고, 마침내 요란한 소리가 울리며 원들은 개별의 작은 조각들로 흩어졌다.

　이런 춤이 다섯 번 정도 반복되었을 때, 어떤 기이한 괴물 상처럼 창틀에 기대고 있던 허스트는 헬렌 앰브로우즈와 레이철이 문간에 서 있는 것을 알아챘었다. 그들이 움직일 수 없을 정도로 혼잡하였지만, 그는 헬렌의 어깨 일부와 레이철이 고개를 돌려 주변을 힐끔거리는 것을 보고 그들을 알아보았다. 허스트는 그들에게 갔으며, 그들은 안도하며 그와 인사를 나누었다.

　"우리는 저주받은 사람들의 고통을 겪고 있던 중이에요." 헬렌이 말했다.

"제 생각에 이것은 지옥이에요." 레이철이 말했다.

그녀의 눈은 밝게 빛났지만 당황하고 있는 것처럼 보였다.

약간 힘들어하며 왈츠를 추고 있던 휴잇과 앨런 양도 멈추고서 새로 온 사람들과 인사를 나누었다.

"멋진데요." 휴잇이 말했다. "그런데 앰브로우즈 씨는 어디 계신가요?"

"핀다로스와 있지요." 헬렌이 말했다. "시월에 사십이 된 기혼 여성도 춤을 춰도 될까요? 가만히 서 있을 수가 없군요." 그녀는 휴잇에게로 점차로 다가갔으며, 둘은 무리들 속으로 휩쓸려 사라졌다.

"우리도 따라가야겠지요." 허스트가 레이철의 팔꿈치를 꽉 끼고 그녀를 데려갔다. 레이철은 전문가는 아니지만 리듬감이 뛰어났기 때문에 춤을 잘 췄다. 그러나 허스트는 음악에 취미도 없었고, 케임브리지에서 단지 두세 번의 댄스 수업으로 왈츠의 어떤 기본 정신은 조금도 전수받지 못하고 단지 왈츠를 해부해보았을 뿐이었다. 단 한 번의 회전만으로도 그들의 방식이 조화를 이루지 못한다는 것이 증명되었다. 서로에게 맞추려고 하는 대신 그들의 뼈마디는 모나게 불룩 튀어나와서 부드럽게 회전하는 것을 불가능하게 하였으며, 더구나 다른 사람들이 원을 그리며 춤을 추는 것을 방해하는 것 같았다.

"그만 출까요?" 허스트가 물었다. 레이철은 그의 말투에서 그가 짜증이 났다는 것을 알아챘다.

그들은 비틀거리며 구석에 있는 자리에 앉아서 방을 둘러보았다. 방은 신사들의 검은 야회복으로 줄무늬 장식을 이루며 푸르고 노란 물결로 여전히 파동치고 있었다.

"정말 장관이군요." 허스트가 말했다. "런던에서는 춤을 많이 추셨나요?" 그들은 비록 각자 전혀 흥분한 내색을 드러내지 않으려고 했지만, 둘 다 가쁜 숨을 몰아쉬었으며 둘 다 약간 흥분해 있었다.

"거의 춰본 적이 없어요. 당신은요?"

"우리 집은 매년 크리스마스마다 댄스파티를 엽니다."

"무도회장 바닥이 조금도 나쁘지 않네요." 레이철이 말했다. 허스트는 그녀의 상투적인 말에 대답하려 하지 않았다. 그는 춤추는 사람들을 바라보며 아주 조용히 앉아 있었다. 잠시 후에 침묵을 견디기 힘든 레이철이 밤의 아름다움에 대한 또 다른 일상적인 말을 이어가려고 했다. 허스트는 무자비하게 그녀를 방해했다.

"당신이 일전에 크리스천이라는 것과 전혀 교육을 받지 않았다고 말한 것은 허튼소리였죠?" 그가 물었다.

"그 말은 실제로 진심이었어요." 그녀가 대답했다. "그러나 저는 피아노를 아주 잘 쳐요." 그녀가 말했다. "이 방에 있는 그 누구보다도 훨씬 잘 칠 거라고 생각해요. 당신은 영국에서 가장 훌륭한 분이라고 하시지 않았나요?" 그녀가 수줍게 물었다.

"세 명 중 하나예요." 그가 정정했다.

헬렌이 빙빙 돌며 지나치다 레이철의 무릎에 부채를 던졌다.

"그녀는 매우 아름다워요." 허스트가 말했다.

그들은 다시금 침묵에 잠겼다. 레이철은 허스트가 자기도 역시 예쁘다고 생각하는지 어떤지 궁금해하고 있었고, 세인트 존은 아무런 인생 경험도 하지 않은 아가씨와 대화를 나누는 것이 얼마나 힘든지를 생각하고 있었다. 레이철은 분명히 무엇을 생각하거나 느끼거나 보거나 한 적이 결코 없으며, 그녀는 지적이거나 아니면 다른 사람들과 별반 다를 바 없을지도 모른다. 그러나 휴잇의 조롱이 그의 가슴에 맺혀 있었다. "자네는 여자들과 어떻게 지내야 할지를 모르지." 그래서 그는 이 기회를 유리하게 이용하려고 마음먹었다. 그녀의 야회복은 그녀와 얘기하는 것을 낭만적으로 만드는 정확히 그 정도의 비현실감과 특징을 그녀에게 부여하였고 그녀와 말을 걸고 싶은 욕망을 자극시켜주었는데, 허스트는 어떻게 시작해야 하는지를 몰라서 초조해졌다. 그는 그녀를 얼핏 보았는데, 그녀는 매우 고고하고 불가해하며, 아주 젊고 정숙해 보였다. 그는 한숨을 내쉬며 시작하였다.

"이제 책에 대해서 얘기 나눠보죠. 어떤 책을 읽으셨어요? 셰익스피어하고 성경만 읽었나요?"

"저는 고전을 많이 읽지 않았어요." 레이철이 말했다. 그녀는 허스트의 으스대며 다소 자연스럽지 못한 태도에 약간 화가 났지만, 반면에 그의 남자다운 박식함은 그녀로 하여금 자신의 능력에 대해 매우 겸손한 견해를 갖도록 유도하였다.

"당신은 스물넷이 되도록 기본을 읽지 않았다고 말하려는 거예요?" 그가 캐물었다.

"네, 그래요." 그녀가 대답했다.

"맙소사!" 그는 손을 내저으며 소리 질렀다. "당신은 당장 내일부터 시작해야 하겠어요. 내 책을 보내드릴게요. 내가 알고 싶은 것은—" 그는 레이철을 비판적으로 바라보았다. "알다시피, 문제는, 정말로 당신과 얘기를 할 수 있을까요? 당신은 생각이란 걸 갖고 있나요, 아니면 다른 여성들과 똑같나요? 내가 보기에 당신은 당신 또래의 남자들과 비교해서 터무니없이 어려 보여요."

레이철은 그를 쳐다보았지만 아무 말도 하지 않았다.

"기본에 관해서," 그는 계속해서 말했다. "그를 이해할 수 있을 거라고 생각하세요? 물론 그는 시금석이죠. 여자들과 대화하는 것은 끔찍하게 어렵군요." 그가 계속해서 말했다. "내 말은 어디까지가 교육의 부족 탓이고, 어느 정도가 타고난 무능력 때문이냐는 것이죠. 나는 정말 왜 당신이 이해하지 못해야 하는지 모르겠어요. 당신이 지금까지 어이없는 삶을 살아왔다고 생각할 수밖에 없어요. ―당신은 단지 머리를 등 뒤로 늘어뜨리고 소풍 나온 여학생처럼 인생을 걸어왔다고 생각해요."

음악이 다시 시작되고 있었다. 허스트의 눈길은 앰브로우즈 부인을 찾아 방을 헤매었다. 세상에서 가장 훌륭한 의도에도 불구하고 그는 그들이 함께 잘 지내고 있지 못하다는 것을 알아차렸다.

"정말로 당신에게 책을 빌려주고 싶어요." 그는 장갑의 단추를 채우고 자리에서 일어나며 말했다. "다시 만나게 되겠지요. 지금은 실례하겠습니다."

그는 일어나서 그녀 곁을 떠났다.

레이철은 주변을 둘러보았다. 그녀는 파티에 온 어린아이처럼, 매부리코로 냉소적이고 무관심한 눈길을 던지며 모두들 그녀에게 적대적인 낯선 사람들의 얼굴에 둘러싸여 있다고 느꼈다. 그녀는 창가에 서 있다가 문을 홱 열어젖히고 정원으로 나갔다. 그녀의 눈은 분노의 눈물로 글썽거렸다.

"빌어먹을 자식!" 그녀는 헬렌이 쓰는 말을 몇 마디 이용해서 소리 질렀다. "젠장! 오만하기는!"

그녀는 자신이 열어놓은 창문으로 잔디에 쏟아지는 희미한 불빛 한가운데 섰다. 거대한 검은 나무들의 형상이 그녀 앞에 육중하게 솟아 있었다. 그녀는 분노와 흥분으로 약간 몸을 떨며 나무들을 바라보며 조용히 서 있었다. 그녀는 자신의 뒤쪽에서 쿵쿵거리며 걷고 빙글빙글 도는 소리와 왈츠 음악의 경쾌한 리듬을 들었다.

"나무들이 있어." 그녀는 큰 소리로 말했다. 나무들이 세인트 존 허스트로 인해 상처받은 마음을 보상해줄까? 그녀는 문명으로부터 멀리 떨어져 말을 타고 홀로 산등성이를 오르는 페르시아 공주가 되고 싶었다. 이 모든 것들에서, 투쟁과 남자들과 여자들로부터 멀리 떠나서, 밤에는 하녀들이 그녀를 위해서 노래를 부르도록 할 것이다. 어둠 속에서 한 형체가 모습을 드러냈다. 암흑 속에서 붉은 불빛이 높이 타오르고 있었다.

"빈레이스 양이시죠?" 그녀를 뚫어지게 쳐다보며 휴잇이 말했다. "허스트와 춤추고 계셨잖아요?"

"그가 저를 몹시 화나게 만들었어요!" 그녀는 격렬하게 소리질렀다. "그 누구도 오만하게 굴 권리는 없어요!"

"오만하다고요?" 휴잇은 놀라서 입에서 담배를 떼며 반복했다. "허스트가 — 오만하다?"

"오만했던 점은 —" 레이철은 말을 하려다 멈췄다. 그녀는 왜 자신이 그렇게 화가 났었는지 정확하게 알지 못했다. 대단히 힘들게 그녀는 자제심을 발휘했다.

"아, 그래요," 헬렌의 모습과 그녀의 조롱을 떠올리며 레이철이 덧붙였다. "아마도 제가 바보겠지요." 그녀가 무도회장으로 돌아가려 했으나, 휴잇이 그녀를 막아 세웠다.

"부디 설명해보세요." 그가 말했다. "허스트가 당신을 기분 상하게 할 의도는 없었다고 확신해요."

레이철이 설명하려고 하였을 때 그것이 매우 어렵다는 것을 알았다. 그녀는 머리를 등 뒤로 내려뜨리고 학교 소풍 나온 아이처럼 걷고 있는 자신의 모습이 특히나 부당하고 끔찍하다는 것을 알았다고 말할 수도 없으며, 허스트가 자신의 본성이나 경험이 우월하다고 나타내는 것이 그녀에게는 왜 마치 문이 그녀의 면전에서 쾅 하고 닫히듯이 비위에 거슬릴 뿐만 아니라 소름 끼치게 보이는지를 설명할 수도 없었다. 휴잇 옆에서 테라스를 왔다 갔다 하며 그녀는 씁쓸하게 말했다.

"전혀 좋은 일이 아니에요. 우리는 따로따로 떨어져 살아야 해요. 우리는 서로를 이해할 수가 없어요. 우리는 서로에게 단지 최악의 것을 드러낼 뿐이에요."

휴잇은 남녀 두 가지 성의 본질에 대한 그녀의 일반화를 무시해버렸다. 왜냐하면 그러한 일반론은 그를 지루하게 했으며 전반적으로 사실이 아닌 것처럼 보였기 때문이었다. 그러나 허스트를 아는 그로서는 무슨 일이 일어났는지를 상당히 정확하게 추측하였다. 따라서 그는 내심 굉장히 재미있기는 하였지만, 레이철이 그 사건을 마음에 두고 자신의 삶의 관점에 영향을 미치게 해서는 안 된다고 결론지었다.

"이제 당신은 그를 미워하시겠군요." 그가 말했다. "그것은 잘못된 거예요. 가엾은 친구 허스트—그도 자신의 방식을 어찌할 수가 없어요. 빈레이스 양, 정말로 그는 자신의 최선을 다하고 있는 거예요. 그는 당신에게 찬사를 보내고 있는 거예요. 그는 노력하고 있는 중이에요—노력하고 있다고요—" 그는 웃음이 터져나와 말을 끝마칠 수가 없었다.

레이철은 갑자기 감정이 바뀌어서 역시 소리 내어 웃었다. 그녀는 허스트에게 무언가 우스운 점이 있다는 것을 알았다. 그리고 아마도 그녀 자신에게도.

"아마도 그것이 그가 친구를 사귀는 방법인가 보네요." 그녀가 웃었다. "그러면—저도 제가 맡은 역할을 다해야겠네요. 저는—'당신처럼 추하게 생긴 사람은 마음도 쌀쌀맞군요, 허스트 씨—'라고 시작할까요."

"옳소, 찬성이오!" 휴잇이 소리 질렀다. "그게 바로 허스트를 대하는 방법이오. 알다시피, 빈레이스 양, 당신은 허스트의 사정을 고려해줘야만 해요. 그는 일본 판화가 걸려 있고—내 생각에 창문들 사이인 것 같은데,—아시다시피 적합한 위치에 단지 한 가지 색채로 멋진 고풍스런 의자들과 테이블들이 놓여 있는, 아름답게 벽널로 장식된 방의 거울 앞에 앉아 평생을 살아왔어요. 거기서 그는 난로망에 발을 올리고 몇 시간이고 앉아서 철학과 신과 자신의 간과 심장, 친구들의 심장에 대한 얘기를 나누었지요. 그들 모두가 망가져 있어요. 당신은 그가 무도회장에서 최선의 상태이기를 기대할 수 없어요. 그는 안락하고 연기 자욱한 남성다운 장소를 원해요. 그곳에서 그는 다리를 쭉 뻗고 단지 뭔가 말할 것이 있을 때만 말을 하죠. 나에게는 그것이 다소간 따분해요. 그러나 나는 그것을 존경합니다. 그들은 모두가 굉장히 진지해요. 그들은 심각한 것들을 심각하게 받아들입니다."

허스트의 삶의 방식에 대한 묘사는 레이철을 굉장히 흥미롭게 하여서 그녀는 그에 대한 개인적인 불만을 거의 잊었으며, 그에 대한 존경심이 되살아났다.

"그들은 정말로 그렇게 똑똑한가요?" 그녀가 물었다.

"물론 그렇죠. 두뇌에 관한 한, 그가 일전에 말한 것이 사실이라고 생각합니다. 그들은 영국에서 가장 똑똑한 사람들이에요. 그러나—당신은 그를 이해해야만 해요." 그가 덧붙였다. "그에게는 우리가 파악하고 있는 것보다 훨씬 많은 것이 있어요. 그는 누군가 자신을 비웃기를 원해요…… 당신이 전혀 경험을 하지 못했다는 말을 당신한테 할 생각을 하다니! 가엾은 친구 같으니!"

그들은 얘기를 나누며 보조를 맞춰 테라스를 왔다 갔다 걸었다. 이제 보이지 않는 손에 의해 어두운 유리창들의 커튼이 하나씩 걷히고, 일정한 간격을 두고 정규적으로 유리창을 통해 불빛이 풀밭에 비치었다. 그들이 거실을 엿보고자 멈추었을 때, 페퍼 씨가 혼자서 테이블에서 편지를 쓰고 있는 것을 발견했다.

"페퍼 씨가 자기 숙모에게 편지를 쓰고 있군요." 휴잇이 말했다. "그의 말로는 자기 숙모가 85세라는데, 아주 훌륭한 노부인임에 틀림없어요. 뉴 포리스트[3]로 도보여행에 숙모를 모시고 간다는군요……페퍼 씨!" 휴잇은 유리창을 톡톡 두들기며 소리쳤다. "가서 당신의 의무를 다하세요. 앨런 양이 당신을 기다리고 있어요."

그들이 무도회장의 창문들이 있는 곳으로 왔을 때, 춤추는 사람들의 빙글빙글 도는 모습과 경쾌한 음악에 저항할 수 없었다.

"우리도 출까요?" 휴잇이 말했으며, 그들은 힘차게 손을 잡고 거대한 소용돌이 못으로 당당하게 휩쓸려 들어갔다. 비록 이번이 겨우 두 번째 만남이었지만, 첫 번째 만남에서는 남녀가 서로 키스하는 것을 보았으며, 두 번째에 휴잇 씨는 화가 난 아가씨는 매우 어린아이 같다는 것을 알게 되었다. 따라서 그들은 함께 춤을 추며 손을 잡았을 때 여느 때보다 훨씬 편안함을 느꼈다.

자정이 되어 이제 댄스파티는 절정에 이르렀다. 하인들은 유리창으로 엿보고 있었으며, 정원에는 앉아 있는 하얀 형상의 커플들이 드문드문 흩어져 있었다. 쏜버리 부인과 엘리엇 부인은 야자수 아래 나란히 앉아서, 얼굴에 홍조를 띤 아가씨들이 그들의 무릎에 맡겨놓은 부채와 손수건과 브로치들을 보관하고 있었다. 때로 그들은 서로의 의견을 주고받았다.

"워링턴 양은 행복해 **보여요**." 엘리엇 부인이 말했다. 그들은 둘 다 미소 지었으며, 둘 다 한숨을 내쉬었다.

3   햄프셔에 있는 뉴 포리스트는 240제곱킬로미터의 히스와 삼림으로 이루어져 있다.

"그는 대단한 인품을 지녔어요." 아서를 암시하며 쏜버리 부인이 말했다.

"우리가 원하는 것이 바로 인품이에요." 엘리엇 부인이 말했다. "**저** 젊은이는 충분히 **똑똑**하니까요." 그녀는 앨런 양의 팔짱을 끼고 지나치는 허스트에게 고개를 끄덕이며 덧붙였다.

"저이는 강해 보이지 않아요." 쏜버리 부인이 말했다. "그의 안색이 좋지가 않아요. ― 내가 떼어줄까요?" 자신의 뒤에 긴 자락이 끌리고 있는 것을 의식하고는 레이철이 멈춰 서자 그녀가 물었다.

"여러분들도 재미있으시죠?" 휴잇이 부인들에게 물었다.

"나에게는 아주 친숙한 자리예요!" 쏜버리 부인이 미소 지었다. "나는 딸 다섯을 키웠어요 ― 그리고 그 애들은 모두 춤추기를 좋아했지요! 아가씨도 역시 그렇지요, 빈레이스 양?" 그녀는 어머니 같은 눈길로 레이철을 바라보며 물었다. "내가 아가씨 나이였을 때는 나도 역시 그랬지요. 계속 머물게 해달라고 어머니를 얼마나 졸라대곤 했던지 ― 그런데 이제 가엾은 어머니들하고 공감해요 ― 하지만 역시 딸들 마음도 알죠!"

그녀는 공감하듯이 미소 지었으며, 동시에 다소 예리하게 레이철을 바라보았다.

"저들은 서로에게 말할 것이 아주 많아 보이는군요." 엘리엇 부인은 이들이 돌아서 갈 때 그들의 뒷모습을 의미 있게 바라보며 말했다. "소풍 갔을 때 눈치 채셨나요? 유일하게 휴잇만이 그녀가 말하도록 만들었잖아요."

"그녀 부친은 매우 흥미로운 남자예요." 쏜버리 부인이 말했다. "그는 헐에서 가장 큰 선박업체 중 하나를 경영하고 있어요. 그가 지난 선거에서 애스퀴스 씨에게 매우 훌륭한 대답을 했던 것을

기억하시죠. 그처럼 경험 있는 사람이 완강한 보호무역론자라는
것이 흥미로워요."

그녀는 인간성보다 훨씬 그녀의 흥미를 끄는 정치에 대해 토
론하고 싶었지만, 엘리엇 부인은 보다 구체적으로 단지 대영제국
에 대한 얘기만을 하고 싶어 했다.

"영국에서 쥐들에 대한 끔찍한 얘기들이 있다고 듣고 있어요."
그녀가 말했다. "노리치에 사는 시누이가 가금류를 주문하는 것
은 굉장히 안전치 못하다고 말해요. 전염병 — 말이에요. 그것이
쥐들에 퍼져서 그들을 통해 다른 동물들도 전염된다는군요."[4]

"그러면 지방당국은 적절한 조치를 취하고 있지 않나요?" 쏜
버리 부인이 물었다.

"그 점에 대해서는 말하지 않았어요. 하지만 식자층의 태도에
대해서는 설명하는데, 훨씬 더 잘 알아야만 하는 그들이 극도로
냉담하다더군요. 물론 내 시누이도 활동적인 현대 여성 중의 하
나여서 항상 일을 도맡아서 나서죠. 아시다시피, 우리가 동감하
지는 않지만 존경하는 그런 여자 있잖아요. 적어도 나는 동감하
지 않아요. 그러나 그녀는 무쇠 같은 체력을 지녔죠."

자신이 연약하다는 생각이 다시 되살아난 엘리엇 부인은 여기
서 한숨을 내쉬었다.

"매우 생기에 찬 얼굴이에요." 쏜버리 부인은 자신의 가슴에 심
홍색 꽃을 단단히 꽂기 위해서 그들 근처에서 멈춘 이블린 M을
보며 말했다. 잘 꽂아지지 않자, 그녀는 참을 수 없다는 듯이 격렬
히 자기 파트너의 단추 구멍에 그것을 푹 찔러 넣었다. 그는 키가
크고 우울해 보이는 젊은이였는데, 마치 기사가 자기 귀부인의

---

4 1910년 10월에 『타임스』에 가금류의 죽음과 쥐들에 관해서뿐만 아니라, 서퍽Suffolk과 이
   스트 앵글리아East Anglia 지역에서 발발한 전염병에 대한 많은 기사가 실림.

정표를 받듯이 그 선물을 받았다.

"보기에 아주 힘드네요." 그들의 이름이나 아니면 성격을 알 수 없는 사람들이 빙빙 돌며 노란색 원무를 추는 것을 몇 분 동안 지켜본 후에 엘리엇 부인이 던진 말이었다. 갑자기 헬렌이 무리들로부터 그들에게 다가와서 비어 있는 의자를 잡았다.

"옆에 앉아도 될까요?" 그녀는 미소 짓고 숨을 헐떡이며 말했다. "저는 스스로 수치스러워해야 한다고 생각해요." 그녀는 앉으면서 계속해서 말했다. "이 나이에."

지금 그녀는 붉게 상기되고 생기에 차 있어서 그녀의 아름다움은 평소보다 훨씬 더해 보였으며, 두 여성 모두 그녀를 만지고 싶은 욕구를 느꼈다.

"저는 스스로 즐기고 **있어요**." 그녀는 숨을 헐떡였다. "움직임 — 그것이 놀랍지 않나요?"

"춤을 잘 추는 사람이라면 춤추는 것과 맞먹을 만한 것은 아무것도 없다고 언제나 들었어요." 쏜버리 부인이 미소를 띠고 그녀를 바라보며 말했다.

헬렌은 마치 줄 위에 앉아 있는 것처럼 약간 몸을 흔들었다.

"저는 영원히 춤출 수 있을 것 같아요!" 그녀가 말했다. "그들은 좀 더 열광해야 해요!" 그녀가 소리 질렀다. "그들은 뛰고 흔들어야 해요. 보세요! 그들이 얼마나 점잔 빼고 있는지!"

"저 훌륭한 러시아 무용수들을 보신 적 있으세요?" 엘리엇 부인이 말하기 시작했다. 그러나 헬렌은 자신의 파트너가 오는 것을 보고는 달이 떠오르듯이 일어났다. 그녀가 방을 반 바퀴 돌 때까지 그들은 그녀에게서 눈을 떼지 못하였는데, 비록 그녀 나이의 여성이 춤추기를 즐긴다는 것이 다소 이상하다고 생각하긴 하였지만 그들은 그녀를 숭배하지 않을 수 없었다.

헬렌이 잠시 홀로 남자마자, 호시탐탐 기회를 노려온 세인트 존 허스트가 와서 함께했다.

"저와 함께 춤을 추지 않고 있어도 괜찮으시겠어요?" 그가 물었다. "저는 정말 춤에 소질이 없나봐요." 그는 두 개의 안락의자가 놓여 있어서 반쯤은 사적인 용도의 장점을 즐길 수 있는 구석으로 헬렌을 안내했다. 그들은 앉았으며, 헬렌은 춤의 영향을 너무 많이 받아서 잠시 동안 말을 할 수가 없었다.

"놀라워요!" 마침내 그녀가 큰 소리로 말했다. "저 여자는 자기 몸을 어떤 형태로 생각할까요?" 이 말은 그들 옆을 지나 친 한 여성을 보고 터져 나왔는데, 그녀는 걷는다기보다는 어기적거렸고, 살이 포동포동한 하얀 얼굴에 자리 잡은 공 모양의 녹색 눈을 하고서 뚱뚱한 남자의 팔에 기대어 있었다. 그녀는 약간의 지지대가 필요했는데, 아주 뚱뚱하고 굉장히 꽉 조이는 옷을 입고 있어서 그녀 몸의 윗부분이 발보다 상당히 앞으로 기울어 있기 때문이었다. 그녀는 드레스 발목 부분이 좁아서 좁은 보폭으로 걸을 수밖에 없었다. 드레스는 번쩍이는 노란색 공단 조각으로 만들어졌으며, 공작의 가슴 빛깔을 모방하여 만들어진 푸른색과 녹색의 구슬로 된 둥근 장식들로 여기저기 난잡하게 꾸며져 있었다. 성처럼 부풀린 머리 꼭대기에는 자줏빛 깃털이 곧추서 있었으며, 그녀의 짧은 목에는 보석들로 장식한 검은색 벨벳 리본이 둘러져 있었고, 그녀의 장갑 낀 뚱뚱한 팔에는 금빛 팔찌가 단단하게 조여 있었다. 그녀는 가루분을 발랐지만 붉은 점이 얼룩덜룩 드러났으며, 버릇없지만 유쾌한 작은 돼지의 얼굴을 하고 있었다.

세인트 존 허스트는 헬렌의 웃음에 동참할 수가 없었다.

"그것이 저를 불쾌하게 만들어요." 그가 단호히 말했다. "모든 것이 역겨워요…… 저 사람들의 마음을―저들의 감정을 생각해보세요. 그렇게 생각하지 않으세요?"

"나는 항상 어떤 종류의 파티건 결코 또 다른 파티에는 가지 않겠다고 맹세하죠." 헬렌이 대답했다. "그러고는 항상 그것을 안지켜요."

그녀는 의자 뒤로 기대고는 명랑하게 웃으면서 이 젊은이를 바라보았다. 그녀는 그가 약간 흥분하기도 하였지만 동시에 정말로 기분이 언짢다는 것을 알 수 있었다.

"그렇지만," 그는 자신의 경쾌한 어조를 되찾으며 말했다. "우리는 그 일에 있어 자신의 마음을 결정해야 한다고 생각해요."

"무슨 일에요?"

"세상에는 대화를 나눌 가치가 있는 사람이 다섯 명 안팎일 거예요."

서서히 헬렌의 얼굴에서 홍조와 광채가 사라졌으며, 그녀는 평소처럼 조용하고 주의 깊어 보였다.

"다섯 명이라고요?" 그녀가 말했다. "다섯 명은 넘는다고 말해야겠는걸요."

"그러면, 당신은 굉장히 행운입니다." 허스트가 말했다. "아니면 아마도 제가 아주 불행한 것이겠지요." 그는 조용해졌다.

"당신은 제가 함께 잘 지내기에 힘든 사람이라고 말하겠지요?" 그가 무뚝뚝하게 물었다.

"대부분의 똑똑한 사람들은 젊었을 때 그렇죠." 헬렌이 대답했다.

"그리고 물론 저는—굉장히 똑똑해요." 허스트가 말했다. "저는 분명히 휴잇보다 훨씬 똑똑해요. 분명히 가능한 것은," 그는 이상하게 비정한 태도로 계속해서 말했다. "제가 정말로 중요한 사람들 중 한 명이 되리라는 겁니다. 그것은 똑똑한 것과는 아주 다른 거예요. 비록 자신의 가족이 그것을 알아주기를 기대할 수 없을지라도요."

헬렌은 "당신은 가족과 잘 지내는 것이 어렵나요?"라고 묻는 것이 당연하다고 생각했다.

"견딜 수 없어요…… 그들은 제가 귀족이 되고 추밀원 고문관이 되기를 원해요. 저는 어느 정도는 이 문제를 결론 내리기 위해서 이곳에 왔어요. 법정 변호사가 되느냐 아니면 케임브리지에 남느냐지요. 물론 각각 분명한 결점이 있기는 하지만, 논거들로 볼 때 저는 확실히 케임브리지에 남는 쪽을 선호하는 것 같아요. 이런 종류의 것은!" 그는 사람들로 북적대는 무도회장을 가리키며 손을 내저었다. "불쾌해요. 저도 역시 애정이 큰 힘을 지닌 것은 알아요. 물론 휴잇이 하는 식으로 다감하지는 않아요. 저는 몇명의 사람들을 아주 좋아해요. 예를 들어 비록 저의 어머니가 여러 면에서 매우 끔찍하긴 하지만, 저의 어머니는 뭔가 장점이 있어요. 물론 케임브리지에서 저는 교수직에서 반드시 가장 중요한 사람이 되겠지요. 그러나 제가 케임브리지를 두려워하는 다른 이유들이 있어요―" 그가 말을 중단했다.

"당신은 제가 끔찍하게 지루한 사람이라고 생각하시죠?" 그가 물었다. 이상하게 그는 친구에게 속을 터놓는 친구에서 파티에 온 인습적인 젊은이로 바뀌었다.

"전혀 그렇지 않아요." 헬렌이 말했다. "나는 이런 얘기를 굉장히 좋아해요."

"당신은 생각할 수 없을 거예요." 그는 거의 감동하여 소리 질렀다. "대화를 나눌 수 있는 누군가를 발견하는 것이 얼마나 큰 차이를 만들어내는지! 당신을 보자마자 당신은 아마도 저를 이해하리라고 느꼈어요. 저는 휴잇을 굉장히 좋아하지만, 그는 제가 어떤 사람인지에 대해서는 도통 알지 못해요. 당신은 제가 만난 적이 있는 여성 중에, 제가 무슨 말을 할 때 제 말 뜻을 조금이라도 이해하는 것처럼 보이는 유일한 여성이에요."

춤이 다시 시작되고 있었다. 음악은 호프만의 뱃노래[5]로, 헬렌은 저절로 발가락 장단을 맞추고 있었다. 그러나 이러한 찬사를 들은 후라 그녀는 일어나서 춤추러 가는 것은 불가능하다고 느꼈다. 또한 그녀는 재미있을 뿐 아니라 정말로 우쭐해졌으며, 그의 정직한 자만심이 그녀를 매혹하였다. 그녀는 그가 행복하지 않고, 충분히 유약해서 신뢰받고 싶어 한다는 것을 눈치챘다.

"나는 나이 들었어요." 그녀가 한숨지었다.

"이상하게도 저는 당신이 나이 들었다는 생각이 전혀 안 들어요." 그가 대답했다. "저는 우리가 똑같은 나이로 느껴져요. 더구나—" 여기서 그는 멈칫거렸지만, 그녀의 얼굴을 흘깃 보고는 용기를 냈다. "저는 남자에게 말하는 것처럼 당신에게도 아주 솔직하게 얘기할 수 있다고 느껴요—양성의 관계에 대해서—그리고……."

자신의 확신에도 불구하고 그가 마지막 두 단어를 말할 때는 얼굴이 약간 붉어졌다.

그녀는 웃으면서 즉시 그를 안심시키고 큰 소리로 말했다. "나도 그러길 바라요!"

그는 진심어린 마음으로 그녀를 바라보았으며, 긴장하여 그의 코와 입술에 생겼던 주름이 처음으로 풀어졌다.

"고맙게도!" 그가 큰 소리로 말했다. "이제 우리는 문명화된 사람처럼 행동할 수 있어요."

확실히 평소에는 꿋꿋이 세워져 있던 장벽이 무너졌으며, 의사들 앞에 있을 때나 아니면 죽음의 그림자가 드리워졌을 때에 남

---

5 프랑스 작곡가 자크 오펜바흐(Jacques Offenbach, 1819~1880)의 가장 잘 알려진 작품으로, 작곡가 사후 1881년 처음 공연된 이 오페라는 독일 작가 E. T. A. 호프만(1776~1822)이 쓴 낭만적 이야기에 근거함.

녀 사이에 일반적으로 언급되는 문제들에 대해서도 이야기할 수 있게 되었다. 오 분 동안 그는 자신의 인생사에 대해 그녀에게 말해주었다. 지극히 세세한 사건들로 가득 차 있어서 그의 이야기는 길었으며, 얘기는 도덕성이 기초해야 할 원리들에 대한 토론과 매우 흥미로운 문제들로까지 이어졌다. 그런데 입을 삐죽거리는 아직 풋내기 아가씨들이나 화려하게 차려입은 상인들 중 누구라도 그들이 말하는 것을 엿듣고 그곳을 떠나달라고 계속해서 요구하지 않게 하려면, 이런 얘기들은 무도회장에서조차 귓속말로 해야만 했다. 그들이 얘기를 끝마쳐갈 때, 아니면 보다 정확하게 말해서 헬렌의 주의력이 약간 풀어지며 그들이 충분히 오랫동안 그곳에 앉아 있었음을 암시했을 때, 허스트가 일어나서 소리 질렀다. "그래서 이 모든 신비로움에는 전혀 이유가 없는 거예요!"

"없지요. 우리가 영국인이라는 사실을 제외하고는." 그녀가 대답했다. 그녀는 그의 팔을 잡고서 빙빙 돌고 있는 커플들 사이를 힘들게 헤치며 무도회장을 가로질러 갔다. 그들은 이제 눈에 띄게 흐트러져 있었으며, 확실히 비판적인 눈으로 보기에는 결코 사랑스런 모습들이 아니었다. 우정을 맺었다는 데 흥분되고 오랜 시간 대화를 나누어서 배가 고팠기 때문에, 그들은 먹을 것을 찾아 식당으로 갔다. 그곳은 이제 각각의 작은 식탁에서 먹고 있는 사람들로 가득 차 있었다. 그들은 식당 입구에서 아서 베닝과 또다시 춤을 추러 가는 레이철을 만났다. 그녀는 얼굴이 상기되어 있었으며 매우 행복해 보였는데, 헬렌은 이런 분위기에서 레이철이 대부분의 아가씨들보다 확실히 훨씬 매력적이라는 사실에 충격을 받았다. 전에는 이렇게 분명하게 그것을 알아차린 적이 없었다.

"재미있니?" 그들이 잠시 멈췄을 때 헬렌이 물었다.

"빈레이스 양은," 아서가 그녀를 대신하여 대답했다. "방금 고백하였답니다. 댄스파티가 이렇게 재미있을 수도 있다는 것을 몰랐다고요."

"그럼요!" 레이철이 소리 질렀다. "저는 삶의 관점을 완전히 바꿨어요!"

"설마, 진심은 아니지!" 헬렌이 놀란 척 말했다. 그들은 앞으로 걸어갔다.

"레이철이 저래요." 그녀가 말했다. "그녀는 하루 걸러 한 번씩 자신의 인생관을 바꿔요. 당신이야말로 그녀의 교육을 완성시키는 것을 도와줄," 자리에 앉으면서 그녀가 말했다. "내가 원하는 바로 그런 사람이라고 믿어요. 아시죠? 그녀는 사실상 수녀원에서 자란 거나 다름없어요. 아버지가 너무 터무니없어요. 나는 능력껏 하고 있지만, 너무 나이 들었고, 그리고 여자예요. 그녀와 대화를 나누지 않겠어요? —그녀에게 사물들에 대한 설명을 해줘요—내 말은, 나에게 얘기하는 것처럼 그녀와 얘기하라는 거예요."

"오늘 저녁에 이미 한번 시도해보았습니다." 세인트 존이 말했다. "그것이 성공적이었는지는 다소 의심스러워요. 제가 보기에 그녀는 아주 어리고 경험이 없어 보여요. 그녀에게 기본의 책을 빌려주기로 약속했어요."

"그것은 정확하게 기본이 아니라," 헬렌이 곰곰이 생각했다. "인생의 사실들이에요, 내 생각에 —내가 무슨 말을 하려는지 알겠죠? 비록 사람들이 일반적으로 숨기려고 하지만, 정말로 무슨 일이 일어나고 있는지, 무엇을 느끼는지? 무서워서 겁낼 것은 아무것도 없어요. 그것은 가식보다 훨씬 아름다워요. —항상 더 흥미롭고—**저런** 종류의 것보다는 언제나 훨씬 더 좋다고 말해야겠군요."

그녀는 근처의 테이블을 보고 고개를 끄덕였는데, 그곳에서는 두 명의 아가씨와 두 명의 젊은이가 매우 큰 소리로 서로를 놀리고 있었으며, 한껏 매력을 뽐내며 한 켤레의 스타킹 아니면 한 쌍의 다리에 대한 것으로 보이는 짓궂은 암시적인 대화를 나누고 있었다. 아가씨들 중 한 명이 부채를 확확 부치며 충격을 받은 척하였는데, 그 광경은 매우 불쾌하였다. 어느 정도는 아가씨들이 내심 서로에게 적대적인 것이 분명했기 때문이었다.

　"하지만, 내 나이가 되면," 헬렌은 한숨을 내쉬었다. "무엇을 하느냐는 결국 큰 문제가 되지 않는다고 생각하죠. 사람들은 언제나 자기 생각대로 해요. 그 어떤 것도 결코 그들에게 영향을 미치지 않을 거예요." 그녀는 만찬 파티를 보며 고개를 끄덕였다.

　그러나 세인트 존은 동의하지 않았다. 그는 사람이 자신의 관점과 책 등에 따라 정말로 큰 차이를 만들 수 있다고 생각한다고 말하며, 현재는 여성들을 계몽시키는 것이 가장 중요한 일이라고 덧붙였다. 그는 때로 거의 모든 것이 교육에 기인한다고 생각했다.

　한편 무도회장에서는 렌서즈[6]를 추기 위해 사람들이 사각형으로 모여 있었다. 아서와 레이철, 수잔과 휴잇, 앨런 양과 휴링 엘리엇이 함께 있었다.

　앨런 양이 자신의 시계를 보았다.

　"새벽 한 시 반이에요." 그녀가 말했다. "저는 내일 알렉산더 포프[7]를 신속히 처리해야만 해요."

　"포프라고요!" 엘리엇 씨가 코웃음을 쳤다. "누가 포프를 읽는지, 알고 싶은데요? 그리고 포프에 관해 읽는 것은 어떤가 하

6　남녀 4명이 1조가 되어 연속적으로 추는 춤.
7　알렉산더 포프(Alexander Pope, 1688~1744), 영국의 시인.

면 ― 아니, 아니오, 앨런 양. 당신은 글을 쓰기보다는 춤을 춤으로써 세상에 훨씬 더 많은 이익을 가져다주리라고 확신해요." 세상에서 그 어떤 것도 춤을 추는 즐거움과 비교할 수 없다는 ― 세상에서 그 무엇도 문학처럼 지루하지는 않다는 것은 엘리엇 씨의 허세 중의 하나였다. 그래서 그는 젊은이들의 환심을 사고, 자신이 비록 바보 같은 부인과 결혼했으며 다소 창백하고 허리가 굽고 배움의 무게에 찌들어 있지만 그들 중 가장 젊은이 못지않게 굉장히 활기차다는 것을 그들에게 틀림없이 증명하고자 아주 애처롭게 노력했다.

"그것은 생계의 문제예요." 앨런 양이 조용히 말했다. "그렇지만, 그들은 저를 기대하고 있는 것 같아요." 그녀는 자세를 잡으며 모난 검은색 발끝에 힘을 주었다.

"휴잇 씨, 저에게 절하세요." 앨런 양이 그들 중에서 댄스의 형태에 대해 온전하게 확실히 알고 있는 유일한 사람이라는 것이 곧 분명해졌다.

렌서즈가 끝난 후에 왈츠가 있었다. 왈츠 후에 폴카가 이어졌으며, 그러고 나서 끔찍한 일이 발생했다. 오 분간 쉬었다가 일정하게 흘러나오던 음악이 갑자기 멈췄다. 커다란 검은 눈의 숙녀는 자신의 바이올린을 비단으로 감싸기 시작했으며, 신사는 호른을 조심스럽게 케이스에 넣었다. 그들은 영어, 불어, 스페인어로 단지 한 곡만 더 연주해달라고 간청하는 커플들에 에워싸였다. 아직 이른 시간이었다. 그러나 피아노에 앉은 나이 든 남자는 오직 자신의 시계를 보여주며 고개를 저었다. 그는 코트 깃을 세우고 붉은색 실크 머플러를 둘렀는데, 이것은 그의 유쾌한 용모를 완전히 없애버렸다. 이상한 것 같았지만, 연주자들은 창백하고 졸린 눈이었다. 그들은 따분하고 지루한 듯 보였으며, 마치 그들 최고의 욕망은 콜드 미트에 맥주를 마신 뒤 바로 잠자리에 드는 것 같아 보였다.

레이철도 그들에게 계속 연주해달라고 간청하는 사람들 중 하나였다. 그들이 거절하자 그녀는 피아노에 놓여 있는 춤곡의 악보를 넘기기 시작했다. 악보들은 일반적으로 그들에 관한 낭만적인 장면들의 그림들을 곁들여 색깔 있는 표지로 장정되어 있었는데,ㅡ초승달에 걸터앉은 곤돌라 사공들과, 수녀원의 유리창살을 통해 엿보고 있는 수녀들과, 머리카락을 내려뜨리고 별들에 총을 겨누고 있는 젊은 여성들의 그림이었다. 그녀는 그들이 그렇게 즐겁게 춤을 추었던 음악의 일반적인 효과는 죽은 연인과 순수한 젊은 날들에 대한 열렬한 애도였다는 것을 기억했다. 끔찍한 슬픔이 춤추는 사람들을 과거의 행복으로부터 떼어놓고 있었다.

"이런 시시한 것을 연주하는 데 싫증낸다는 것은 놀랄 일도 아니에요." 그녀는 한두 소절 읽어보며 말했다. "이 곡들은 바그너와 베토벤에게서 일부 따온 것들로, 매우 빠르게 연주되는, 사실상 찬송가 곡조들이에요."

"연주해보실래요? 연주해주겠어요? 우리가 춤만 출 수 있다면 어느 곡이든 좋아요!" 이곳저곳에서 모두들 피아노를 쳐달라고 졸라서, 그녀는 승낙하지 않을 수 없었다. 곧 그녀가 기억할 수 있는 춤곡들을 치고 나서, 그녀는 계속해서 모차르트의 소나타 곡을 연주했다.

"하지만 이것은 댄스곡이 아니에요." 피아노 옆에 멈춘 누군가 말했다.

"춤곡이에요." 그녀는 힘차게 고개를 끄덕이며 대꾸했다. "스텝을 만들어보세요." 그녀는 멜로디를 확신하며 방식을 단순화하기 위해서 리듬을 대담하게 표현했다. 헬렌은 그녀의 아이디어를 알아채고는 앨런 양의 팔을 잡고, 때로는 무릎 굽혀 절하고 때로는 뱅그르르 돌며 때로는 어린아이가 초원에서 뛰놀 듯이 이곳저곳으로 경쾌하게 춤추며 방을 빙빙 돌았다.

"이것은 춤출 줄을 모르는 사람들을 위한 춤이에요!" 그녀가 소리쳤다. 곡조가 미뉴에트로 바뀌었다. 세인트 존은 처음엔 왼쪽 다리로 다음엔 오른쪽으로 믿을 수 없이 빠르게 깡충깡충 뛰면서 춤을 췄다. 곡조가 아름답게 흘렀다. 휴잇은 코트 자락을 잡고 양팔을 흔들며 왕 앞에서 춤을 추는 인도 처녀의 관능적인 멋진 춤을 모방하며 미끄러지듯 방을 돌았다. 행진곡이 흘렀으며, 앨런 양은 스커트를 펼치고 앞으로 나가서 정해진 짝에게 깊이 고개 숙여 절했다. 일단 그들의 발이 리듬을 맞추자 그들은 완전히 자의식이 없는 듯이 보였다. 모차르트부터 시작하여 레이철은 멈추지 않고 고대 영국 사냥 노래, 캐럴, 찬송가로 넘어 갔는데, 그녀가 깨달은 바처럼 어떠한 훌륭한 곡도 약간만 조율하면 맞춰 춤을 출 수 있는 곡조가 되기 때문이었다. 점차로 방에 있는 모든 사람이 경쾌하게 춤을 추며 짝을 지어 혹은 혼자서 빙글빙글 돌았다. 페퍼 씨는 피겨 스케이팅에서 유래한 독창적인 특이한 스텝을 밟았는데, 이것으로 그는 한때 어떤 지역에서 우승을 한 적이 있었다. 반면에 쏜버리 부인은 과거에 도싯셔에서 아버지의 소작인들이 추던 것을 보았던 옛 컨트리 댄스를 회상하고자 애썼다. 엘리엇 부부는 어떤가 하면, 그들은 매우 격렬하게 빨리 돌고 돌아서 다른 사람들은 그들이 가까이 오는 것에 전율하였다. 어떤 사람들은 이런 춤을 떠들며 뛰어노는 것으로 비판하였으며, 다른 사람들에게는 그것이 그날 밤 가장 재미있는 부분이었다.

"이제 커다란 원을 만들어 춤을 춥시다!" 휴잇이 소리 질렀다.

거대한 원이 만들어지자 곧 춤추는 사람들은 손을 잡고 "존 필을 아시나요"[8]를 외쳤다. 그들은 점점 더 빨리 돌아서 마침내 원이 너무 팽팽해져서, 쏜버리 부인의 연결 고리가 끊어졌으며, 나머지 사람들은 방의 모든 방향으로 흩어져 마루나 의자에 혹은 매우 편안해 보이는 서로의 팔에 내려앉았다.

이런 상태로부터 숨을 헐떡이며 난잡하게 일어나, 처음으로 그들은 전기불빛이 쓸데없이 허공을 비추고 있다는 것을 발견했으며, 본능적으로 많은 시선들이 창문을 향하였다. 그렇다― 동이 트고 있었다. 그들이 춤을 추고 있는 동안 밤이 지나고 해가 뜨고 있었다. 창밖으로 산들이 매우 깨끗하고 저 멀리 아득하게 보였다. 풀잎에서 이슬이 반짝이며 동쪽에 담황색과 분홍색을 제외하고는 하늘은 푸른색으로 빛나고 있었다. 춤을 추던 사람들은 창문으로 몰려들었으며 창문을 밀어제치고 나가 풀밭 이곳저곳에 과감히 발을 내딛었다.

"저 가엾은 희미한 불빛들은 정말 한심해 보이는군요!" 이블린 M이 이상하게 가라앉은 목소리로 말했다. "그리고 우리 자신들도. 끔찍하네요" 그것은 사실이었다. 머리는 헝클어졌으며, 30분 전만 해도 그렇게 유쾌하게 보였던 초록색과 노란색 보석들은 이제 싸구려 같고 꾀죄죄하게 보였다. 나이 든 부인들의 안색은 끔찍하게 고통스러워 보였으며, 마치 그들을 향하는 냉랭한 눈길을 의식한 듯이 잘 자라는 인사를 하고는 침실로 올라가기 시작했다.

레이철은 비록 청중을 빼앗겼지만 자신을 위해서 계속해서 피아노를 쳤다. 그녀는 존 필로부터 요즘 강한 열정을 갖고 있는 주

---

8 존 우드콕 그레이브즈(John Woodcock Graves, 1795~1886)의 빅토리아 시대 유행가. ⟨D'you ken John Peel⟩

제인 바흐 곡으로 넘어갔다. 젊은 사람들 몇몇이 정원에서 하나 하나 들어와 피아노 주변에 비어 있는 금박 의자에 앉았으며, 방은 이제 아주 밝아져서 그들은 전깃불을 껐다. 그들이 앉아서 귀를 기울이자 그들의 신경이 가라앉았다. 끊임없이 얘기를 나누고 웃어서 그들의 입술에 느꼈던 열기와 아픔도 진정되었다. 그런 다음 그들은 그들 자신과 자신들의 삶을, 그리고 음악의 지휘 아래 매우 고상하게 진전하는 인간 삶 전체를 바라보기 시작했다. 그들은 스스로 고결해진다고 느꼈으며, 레이철이 연주를 멈췄을 때 그들은 단지 자고 싶은 욕구만을 느꼈을 뿐이었다.

수잔이 일어섰다. "오늘은 제 생애에서 가장 행복한 밤이었다고 생각해요!" 그녀가 큰 소리로 말했다. 그녀는 레이철에게 감사하며 "저는 음악을 숭배해요"라고 말했다. "음악은 우리가 스스로 말할 수 없는 모든 것을 말해주는 것처럼 보여요." 그녀는 소심하게 살짝 웃고는, 마치 무슨 말인가를 하고 싶지만 그것을 표현할 단어를 찾아낼 수 없다는 듯이 매우 다정하게 한 명 한 명 바라보았다. "모두가 매우 친절했어요. 정말로 친절했어요." 그녀가 말했다. 그러고서 그녀 역시 잠자러 갔다.

파티는 흔히 그 끝이 그러하듯이 매우 갑작스럽게 끝나가며, 헬렌과 레이철은 외투를 걸치고 입구에 서서 마차를 잡고 있었다.

"남은 마차가 없다는 것을 아시겠지요?" 알아보기 위해서 밖으로 나온 세인트 존이 말했다. "여기서 주무셔야만 합니다."

"오, 안 돼요." 헬렌이 말했다. "걸어갈 거예요."

"저희가 같이 가도 될까요?" 휴잇이 물었다. "우리는 잠자리에 들 수가 없어요. 오늘 같은 아침에 큰 베개받침들 사이에 누워 세면대를 쳐다보고 있는 것을 상상해보세요. ─ 저기가 당신이 사는 곳인가요?"

그들은 가로수 길을 걸어 내려가기 시작했으며, 그는 몸을 돌려 산등성이에 있는 흰색과 녹색의 빌라를 가리켰는데 그 빌라는 눈을 감고 있는 것처럼 보였다.

"불이 켜 있지 않아요. 그렇죠?" 헬렌이 걱정스럽게 물었다.

"날이 밝았잖아요." 세인트 존이 말했다. 위층 창문들에는 금빛 반점이 있었다.

"남편이 아직까지 그리스어를 읽고 있을지 걱정이에요." 그녀가 말했다. "그는 계속 **핀다로스**를 편집하고 있는 중이거든요."

그들은 시내를 거쳐 가파른 길로 접어들었는데, 이 길의 주변은 아직도 그림자들로 가려 있었지만 아주 흰했다. 어느 정도는 피곤했고 또 어느 정도는 이른 아침의 햇빛이 그들을 억눌러서, 그들은 거의 아무 말 없이 단지 감미롭고 신선한 공기를 들이마셨다. 이것은 한낮의 공기와는 다른 삶의 상태에 속하는 것처럼 보였다. 그들이 이제 샛길로 들어서 높은 노란색 담에 이르렀을 때, 헬렌은 두 젊은이를 그만 돌아가도록 했다.

"당신들은 충분히 멀리까지 왔어요." 그녀가 말했다. "침대로 돌아가세요."

그러나 그들은 움직이려 하지 않았다.

"잠시만 앉으세요." 휴잇이 말했다. 그는 바닥에 자신의 코트를 펼쳤다. "앉아서 생각해보기로 해요." 그들은 앉아서 만을 바라다보았다. 만은 아주 고요했으며 바다는 약하게 물결치고 있었고, 초록과 푸른색 선들이 줄무늬를 장식하기 시작했다. 아직 항해하는 배들은 없었으며, 안개 속에 유령처럼 희미하게 보이는 증기선이 만에 정박해 있었다. 그것은 섬뜩한 고함을 질렀으며, 곧 모든 것이 조용해졌다.

레이철은 회색 돌을 하나하나 모아서 작은 케른[9]을 세우는 데 열중했으며, 그녀는 매우 조용하고 조심스럽게 그 일을 했다.

"레이철, 그래 삶의 관점을 바꿨다며?" 헬렌이 말했다.

레이철은 또 다른 돌멩이를 더해놓으며 하품을 했다. "기억이 안 나요." 그녀가 말했다. "저는 바다 바닥에 있는 물고기 같다는 느낌이 들어요." 그녀는 또다시 하품을 했다. 이 사람들 중 누구도 새벽에 여기에서 그녀를 위협하여 내쫓을 힘을 가진 사람은 없었으며, 그녀는 허스트조차도 더할 나위 없이 친근하게 느껴졌다.

"반대로, 제 머리는 비정상적인 활동 상태에 있어요." 허스트가 말했다. 그는 양팔로 다리를 감싸고 무릎 위에 턱을 괴고는 자기가 좋아하는 자세로 앉아 있었다. "저는 모든 것을 꿰뚫어 봐요. ─절대적으로 모든 것을. 저에게 삶은 더 이상 신비로운 것들을 갖고 있지 않아요." 그는 확신에 차서 말했지만, 대답을 기대하는 것 같아 보이진 않았다. 비록 그들이 가까이 앉아 있고 친근하게 느꼈지만, 그들은 서로에게 단순한 그림자들로 보였다.

"저 아래에 있는 사람들 모두 잠자리에 들겠군요." 휴잇이 꿈꾸듯이 말하기 시작했다. "서로 다른 것들을 생각하며. ─워링턴 양은 지금 무릎을 꿇고 있으리라고 생각해요. 엘리엇 부부는 그들이 숨이 차는 일이 종종 일어나지는 않기 때문에 지금 약간 놀라서 가능한 빨리 잠자리에 들기를 원하겠죠. 그리고 밤중 내내 이블린과 춤을 췄던 가엾게 깡마른 젊은이가 있어요. 그는 물속에 꽃을 담아놓고 '이것이 사랑인가?'라고 자문하고 있겠죠. 그리고 불쌍한 페롯은 아마 도대체 잠을 이룰 수가 없어서 스스로를 위로하기 위해서 자신이 좋아하는 그리스어 책을 읽고 있어

---

9 기념이나 이정표로서의 원추형 돌무덤.

요. ─그리고 다른 사람들은 ─아니, 허스트," 그는 말을 끝냈다. "나에게 이것은 전혀 단순해 보이지가 않네."

"내가 해결의 실마리를 갖고 있네." 허스트가 은밀하게 말했다. 그는 여전히 턱을 무릎에 괴고 있었고, 눈은 정면을 주시하고 있었다.

침묵이 이어졌다. 그때 헬렌이 일어나서 그들에게 잘 자라는 인사를 하였다. "그렇지만 우리를 보러 와야 한다는 것을 기억하세요." 그녀가 말했다.

그들은 서로 손을 흔들며 잘 자라는 인사를 하고 헤어졌으나 두 젊은이는 호텔로 돌아가지 않았다. 그들은 산책을 하였는데, 거의 말이 없었으며, 아주 깊숙이 자신들의 생각에 파고든 두 여성의 이름을 결코 언급하지도 않았다. 그들은 자신들이 받은 인상을 서로 나누고 싶지 않았다. 두 사람은 아침식사 시간에 맞춰 호텔로 돌아왔다.

제13장

　빌라에는 방들이 여러 개 있었는데, 방 하나는 특이하게도 항상 닫혀 있었고 어떤 음악 소리나 웃음소리도 들리지 않았다. 이집 안의 모든 사람들은 저 문 뒤에서 무슨 일인가 진행되고 있다는 것을 막연하게 알고 있었으며, 그것이 무슨 일인지 조금도 알지 못하면서도 만약 자신들이 그 앞을 지나가면 문이 닫힐 것이며 만약 소음을 내면 안에 있는 앰브로우즈 씨가 방해를 받을 것이라고 알기 때문에 자신들의 생각에 영향을 받았다. 그러므로 어떤 행동들은 장점을 지녔고 다른 행동들은 나쁜 점을 지녀서, 만약 앰브로우즈 씨가 **핀다로스**를 편집하는 일을 포기하고 유목민 생활에 적응하였을 경우에 일어남직한 것보다, 삶은 집의 모든 방 안팎에서 훨씬 조화롭고 서로 연관성을 맺고 있었다. 이처럼 모든 사람들이 시간을 엄수하고 조용하게 행동하는 것과 같은 어떤 규칙들을 지키고, 요리를 맛있게 잘하며, 자잘한 다른 의무들을 수행함으로써, 송시 한 부 한 부가 만족스럽게 복구되었으며, 그들 스스로도 학자의 삶의 지속성을 나누어가졌다. 불행히도 나이가 인간 사이에 장벽을 쌓고 다음에는 학문이 그리고 세 번째로 성이 장벽을 쌓아감에 따라, 서재에 있는 앰브로우즈 씨는 가장 가까운 사람으로부터도 수천 킬로미터는 떨어져 있었는데, 그 대상은 이 집안에서는 불가피하게도 여성이었다. 그는 종이 한쪽에서 다른 쪽으로 손을 움직이는 것을 제외하고는 고요히, 때때로 숨이 차서 파이프를 잠시 허공에 뻗어야만 하는 경우를 제외하고는 조용히, 텅 빈 교회에 있는 상처럼 홀로 흰 페이지의 책들 사이에 몇 시간이고 앉아 있었다. 그가 애써 시인의 심장으로 점점 나아감에 따라 그의 의자는 더욱더 깊이 책들에 에워싸이게 되었다. 책들이 마루에 펼쳐져 있어서 아주 조심스럽게 발걸음을 옮겨야만 건너갈 수가 있기 때문에, 그의 방문객들은 일반적으로 가장자리에 멈춰서 그에게 말을 걸었다.

하지만 댄스파티가 열렸던 다음 날 아침 레이철은 외삼촌의 방에 들어갔으며, "리들리 외삼촌"이라고 두 번이나 큰 소리로 불러서야 그의 주의를 끌게 되었다.

마침내 그는 안경 너머로 바라보았다.

"왜 그러니?" 그가 물었다.

"책이 필요해요." 그녀가 대답했다. "기본의『로마제국 쇠망사』요. 가져가도 될까요?"

그녀는 자신의 질문에 외삼촌 얼굴의 주름이 점차로 다시 만들어지는 것을 지켜보았다. 그녀가 말을 하기 전에 그의 얼굴은 마스크처럼 매끄러웠었다.

"부디 다시 한 번 말해보렴." 말을 못 알아들어서인지 아니면 이해를 못해서인지 그녀의 외삼촌이 말했다.

그녀는 같은 말을 되풀이했으며, 약간 얼굴을 붉혔다.

"기본이라니! 도대체 네가 무엇 때문에 기본을 원하는 거니?" 그가 물었다.

"어떤 사람이 저더러 그 책을 읽으라고 충고해줬어요." 레이철이 더듬거리며 말했다.

"하지만 나는 잡다한 18세기 역사가들의 전집을 가지고 여행하지는 않는단다!" 그녀의 외삼촌이 큰 소리로 말했다. "기본이라니! 적어도 열 권은 되는 분량인데."

레이철은 방해하여 죄송하다고 말하며 몸을 돌려서 나가려 했다.

"잠깐!" 그녀의 외삼촌이 소리쳤다. 그는 파이프를 내려놓고 책을 한쪽으로 놓고는, 일어나서 그녀의 팔을 잡고 천천히 방을 빙 돌았다. "플라톤" 그는 검은 빛깔의 작은 책들이 있는 줄의 첫 번째에 손가락 하나를 짚으며 말했다. "그리고 다음 문호로 조록스[1]인데 잘못된 것이지.[2] 소포클레스, 스위프트. 아마 너는 독일어 주석들을 읽지 않지. 그다음은 불어 책. 너 불어를 읽니? 발자크를 읽어야만 한다. 그리고 워즈워스와 콜리지로 오게 되지. 포프, 존슨, 에디슨, 워즈워스, 셸리, 키츠. 한 가지가 또 다른 것을 이끌어내지. 왜 말로우가 여기 있는 거야? 아마 체일리 부인이 그랬겠지. 네가 그리스어를 읽지 못하면 독서가 무슨 소용이 있겠니? 결국 네가 그리스어를 읽는다면 그 밖의 것은 결코 읽을 필요가 없단다. 순전히 시간 낭비인 거지. 순전한 시간 낭비야." 반쯤은 혼잣말로 이렇게 말하면서, 빠르게 손들을 움직였다. 그들은 다시 마루에 있는 책들을 빙 돌아본 다음 진행을 멈추었다.

"그래," 그가 물었다 "어떤 책이 좋겠니?"

"발자크요." 레이철이 말했다. "아니면 『미국 혁명에 관한 강

---

1 많은 스포츠 소설을 쓴 영국의 유머작가 서티스(R. S. Surtees, 1805~1864)의 작품 속 등장인물로, 스포츠를 좋아하는 식료잡화상 조록스Jorrocks는 상스러움과 친절한 교활함으로 대중적 인기를 얻음.

2 리들리는 자기 책들의 배열 순서에 대해 말함.

연』을 갖고 계신가요, 리들리 외삼촌?"

"『미국 혁명에 관한 강연』?" 그는 또다시 레이철을 아주 날카롭게 바라보았다. "댄스파티에서 또 다른 남자가 권한거니?"

"아니에요. 댈러웨이 씨였어요." 그녀가 고백했다.

"맙소사!" 그는 댈러웨이 씨를 회상하며 머리를 뒤로 젖혔다.

그녀는 스스로 책 한 권을 마음대로 골라서 외삼촌에게 보여주었다. 그는 그 책이 『베트 사촌』[3]인 것을 보고는 만약 내용이 너무 무서우면 치워버리라고 말하며, 그녀가 막 떠나려 할 때 댄스파티가 즐거웠는지 물었다.

그리고 그는 댄스파티에서 사람들이 무엇을 했는지 알고 싶어했는데, 그는 삼십 오 년 전 댄스파티에 딱 한 번 간 적이 있으며 그때는 댄스파티보다 의미 없고 바보 같은 짓은 없어 보였다. 그들은 바이올린의 끽끽대는 소리에 맞춰 빙빙 도는 것을 즐겼는가? 그들은 대화를 나누고 아름다운 것들을 말했는가? 만약 그랬다면 그들은 왜 이성적인 상태에서 그렇게 하지 않았는가? 그 자신으로 말하자면, ―그는 한숨을 내쉬며 자신 주변에 놓여 있는 근면함의 흔적들을 가리켰는데, 그가 한숨지었음에도 불구하고 그의 얼굴은 만족감으로 가득 차 있어서 그의 조카는 그만 물러나는 것이 좋겠다고 생각했다. 키스를 하고 떠나도록 허락받았지만, 어쨌든 그리스 알파벳을 배우고 불어 소설을 다 읽은 다음 돌려줄 것을 맹세하고서야 나올 수 있었는데, 그 소설 가운데서 그녀를 위해 보다 적합한 어떤 것이 발견될지도 모를 일이었다.

사람이 사는 방들이 처음으로 보게 된 그들의 얼굴과 똑같이 충격적인 무언가를 쉽게 드러내는 것처럼, 레이철은 자신의 외삼촌과 그의 책들과, 춤에 대한 그의 무지함과 그의 이상하고 꾕

3　1846년에 발간된 발자크Balzac 소설로, 성적 열정과 재정적 탐욕에 대한 냉혹한 이야기.

장히 설명할 수 없지만 분명히 만족스런 인생관에 어이가 없어 아주 천천히 아래층으로 걸어 내려오다가 홀에서 자신의 이름이 위에 적혀 있는 메모에 시선이 끌렸다. 그녀가 알지 못하는 작고 힘찬 필체로 주소가 쓰여 있었으며, 메모는 서두가 없이 이어졌다.

약속했듯이 기본의 첫 권을 보냅니다. 개인적으로 현대작가들에 대해서는 말할 것이 거의 없지만, 베데킨트[4]를 읽은 후에 보내드릴 예정입니다. 던은요? 웹스터[5]와 그 전집은 읽으셨나요? 당신이 처음으로 그들을 읽는 것이 부럽습니다. 저는 어젯밤 이후로 완전히 지쳐 있습니다. 당신은요?

세인트 J. A. H.라고 파악되는 화려하게 쓴 머리글자로 편지는 끝나고 있었다. 그녀는 허스트 씨가 자신을 기억하고 있으며 그의 약속을 그렇게 빨리 지켰다는 사실에 굉장히 우쭐했다.

점심시간까지는 아직 한 시간이 남아 있어서, 그녀는 한 손에는 기본을 다른 손에는 발자크를 들고 대문을 나와 비탈진 언덕에 있는 올리브 나무들 사이로 난 밟아 다져진 작은 진흙길을 한가로이 걸어 내려왔다. 언덕을 올라가기에는 무더운 날이었지만, 계곡을 따라 갯바닥으로 풀밭 길과 나무들이 이어져 있었다. 주민들이 읍내에 모여 있는 이 나라에서는 단지 어쩌다 나타나는 농가를 지나치면서 금방 문명을 벗어난 느낌을 받게 되는데, 그런 농가에서는 여자들이 앞마당에서 붉은색 근채류를 다듬고

---

4   프랭크 베데킨트(Frank Wedekind, 1864~1918), 독일 극작가로, 20세기 초기에 그의 평판은 주로 상징주의 기법과 성적 주제에 기인한다.

5   존 웹스터(John Webster, 1580?~1625?), 제임스 1세 시대의 극작가로, 다른 17세기의 시인이나 극작가들과 더불어 초기 모더니스트에게 새로운 인기를 끌었다.

있거나, 아니면 어린 소년이 산중턱에서 한 떼의 냄새 나는 검은 염소들에 둘러싸여 팔베개를 하고 누워 있었다. 바닥에 있는 작은 시내를 제외하고는 강은 단지 마른 노란색 돌들의 깊은 수로에 지나지 않았다. 강둑에는 단지 그것을 보는 것만으로도 배를 타고 여행할 가치가 있다고 헬렌이 말했던 나무들이 자라고 있었다. 4월은 그 나무들의 꽃봉오리를 터뜨렸으며, 대단히 아름다운 크림색 혹은 분홍색 혹은 진한 심홍색을 띤 두꺼운 밀랍 같은 물질의 꽃잎들과 함께 반들반들한 녹색 잎들 가운데 커다란 꽃이 피어 있었다. 그러나 일반적으로 알 수 없는 이유로 시작되어 모든 나라들과 하늘을 전부 휩쓸어 에워싸는 터무니없는 환희들 중 하나로 가득 차서, 그녀는 보지도 않고 걸었다. 밤이 낮을 잠식하고 있었다. 그녀의 귀에서는 전날 밤 그녀가 연주했던 곡조들이 윙윙거렸다. 그녀는 노래를 불렀으며, 노래를 부르니 그녀의 걸음은 더욱더 빨라졌다. 그녀는 자신이 어디로 가고 있는지도 분명히 알지 못했으며, 때로 특이한 색깔의 하늘과 더불어 나무들과 풍경은 단지 녹색과 푸른색 덩어리들로 보였다. 전날 밤 그녀가 보았던 사람들의 얼굴이 그녀 앞에 나타났으며, 그녀는 그들의 목소리를 들었다. 그녀는 노래 부르기를 멈추고, 무언가를 되풀이해서 말하거나 아니면 다르게 말하거나 아니면 들었음직한 것들을 지어내기 시작했다. 긴 실크 드레스를 입고 낯선 사람들 사이에 있었던 어색함이 이렇게 홀로 활보하는 것을 이상하게 흥분되게 만들었다. 휴잇, 허스트, 베닝 씨, 앨런 양, 음악, 불빛, 정원의 어두운 나무들, 새벽 ─ 걸으면서 이런 것들이 계속 머리속에 떠올랐는데, 이런 떠들썩한 배경에서 나온 현재의 순간은 정확하게 그녀가 좋아하는 것을 할 기회를 주며 어젯밤보다 훨씬 더 멋지고 생생하게 솟아올랐다.

그래서 나무의 방해가 없었더라면 그녀는 길을 완전히 잃어버릴 때까지 걸었을 것인데, 이 나무는 비록 그녀의 길을 가로질러 서 있지는 않았지만 마치 나뭇가지들이 그녀의 얼굴을 때린 것처럼 효과적으로 그녀를 멈추게 했다. 그것은 평범한 나무였지만, 그녀에게는 매우 이상하게 보여서 아마도 세상에서 유일한 나무였을 것이다. 가운데 있는 둥치는 어두웠으며 나뭇가지들은 여기저기 솟아올라 그 사이로 들쭉날쭉 일정치 않은 간격으로 빛이 비치고 있었는데, 그 빛은 마치 바로 그 순간 땅에서 솟아올라온 것 같았다. 평생 그녀에게 지속될 광경, 평생 그 순간을 보존하게 될 광경을 보여주고, 그 나무는 다시 한 번 평범한 나무들 속으로 섞였다. 그녀는 그 나무그늘에 앉아서 그 아래 자라고 있는 가는 녹색 잎들이 달린 붉은 꽃들을 꺾을 수 있었다. 그녀는 꽃은 꽃대로 줄기는 줄기대로 나란히 놓고는, 그것들을 쓰다듬고 홀로 걸었다. 꽃들과 땅에 있는 조약돌들조차 그들 자신만의 삶과 기질을 갖고 있었으며 그들과 동료인 어린이의 감정을 불러일으켰다. 위를 바라보며 그녀의 눈길은 말아 올린 채찍을 세게 내치는 것처럼 하늘을 가로질러 힘차게 비상하듯이 이어진 산들에 사로잡혔다. 그녀는 멀리 희미한 하늘과 햇빛을 그대로 받고 있는 높은 산꼭대기의 벌거벗은 곳들을 바라보았다. 그녀는 발 옆 땅 위에 책들을 떨어뜨리고 앉았으며, 이제 풀밭에 있는 사각형의 책들을 내려다보았는데, 키가 큰 풀잎은 기본의 부드러운 갈색 책표지를 간질이고 있었으며 얼룩진 푸른색 표지의 발자크는 햇빛에 그대로 드러나 있었다. 책을 펼쳐 읽는 것은 확실히 놀라운 경험이 되리라는 느낌으로 그녀는 그 역사가의 책장을 넘겨서 읽었다.

그의 통치 초기에 장군들은 에티오피아와 아라비아반도 남부의 정복을 시도했다. 그들은 열대지방 남쪽으로 거의 천여 킬로미터를 행군했다. 그러나 그 지대의 열기가 곧 침략자들을 내쫓았으며 이 외딴 지역의 전쟁을 좋아하지 않는 원주민들을 보호하였다…… 유럽 북쪽 나라들은 정복의 비용과 노동력을 받을 만한 가치가 거의 없었다. 독일의 숲들과 소택지들은 강건한 미개인으로 가득 차 있었는데, 그들은 자유와 분리된 삶을 경멸하였다.

아라비아반도 남부, 에티오피아, 그 어떤 단어들도 결코 이처럼 생생하고 아름답지는 않았다. 그러나 이 단어들이 강건한 미개인들, 숲들, 소택지들과 같은 다른 단어들보다 더 고상하지도 않았다. 이 단어들은 세상이 처음 시작되던 때로 길을 거슬러 돌진하는 것처럼 보였는데, 이 길 어느 쪽에서나 모든 시대 모든 나라의 사람들은 큰길가에 서 있었으며, 그것들을 따라 내려감으로써 모든 지식이 그녀의 것이 될 것이다. 이 세상이라는 책은 바로 첫 페이지로 되돌아갔다. 지금 그녀 앞에 펼쳐져 있는 지식의 가능성에 대한 흥분이 이와 같아서 그녀는 책 읽기를 멈추었으며, 미풍이 불어 페이지를 넘기며 기본의 책표지들은 우아하게 팔락이다가 일제히 덮였다. 그래서 그녀는 다시 일어나서 걸었다. 서서히 혼란스러움이 줄어들며 그녀는 자신의 환희의 근원을 찾아보았는데, 이것은 두 면을 가지고 있었으며 노력에 의해 허스트 씨와 휴잇 씨라는 인물들로 제한되어질 수 있었다. 환희의 근원을 에워싸고 있는 경이로움의 아지랑이 때문에 그것에 대한 어떤 명확한 분석을 내리는 것은 불가능했다. 그녀는 그들의 감정이 자신의 감정과 똑같은 규칙을 따르는 사람들에 대해서 생각하듯이 고양된 감정의 근원에 대해 추론할 수는 없었다. 그녀의 마음은 햇빛 속에 걸려 있는 빛나는 것들을 응시함으로써 야기된 것과 같은 그러한 육체적 즐거움을 가지고 그 근원들에 대해 곰곰이 생각해보았다. 그것들로부터 모든 삶이 빛을 발산하는 것처럼 보였으며, 책들의 단어들도 광휘에 젖어 있었다. 그러고 나서 그녀는 마지못해 직면해야 하는 의혹에 사로잡혀 이렇게 주의력이 분산되어 있었기 때문에 풀밭에서 발을 헛디디고 비트적거려야 했지만, 이내 다시 정신을 차리게 되었다. 무의식적으로 그녀는 점점 더 빨리 걷고 있었으며 그녀의 몸이 생각을 앞지르려고 하였다. 그러나 그녀는 이제 강 위로 올라와 계곡을 보여주는 작은 언덕의 정상에 있었다. 그녀는 몇 가지 생각들을 더 이상 속일 수가 없어 가장 끈질긴 생각을 처리해야만 했으며, 일종의 침울함이 흥분을 대신하였다. 그녀는 땅에 풀썩 주저앉아 무릎을 깍지 끼듯 움켜잡고 멍하니 앞을 바라보았다. 커다란 노란색 나비가 평평한 작은 돌 위에서 아주 서서히 날개를 폈다 접었다 하는 것을 그녀는 한참 동안 지켜보았다.

"사랑에 빠진다는 게 어떤 걸까?" 오랜 침묵이 흐른 후 그녀는 따져물었다. 각 단어는 태어나면서 미지의 바닷속으로 떠밀려지는 것처럼 보였다. 나비의 날개에 의해 최면에 걸리고 삶에서 끔찍한 가능성을 발견한 경외심에 사로잡혀, 그녀는 좀 더 오랫동안 앉아 있었다. 나비가 날아가버리자 그녀는 일어나서 겨드랑이에 두 권의 책을 끼고는 마치 전투 준비를 갖춘 군인처럼 다시 집으로 돌아왔다.

제14장

그날 해가 지며, 평소처럼 호텔에 어스름이 내리고, 전기불빛이 동시에 번쩍 켜졌다. 저녁식사 후 잠자리에 들기까지의 시간을 보내는 일은 언제나 힘들었는데, 댄스파티 다음 날 저녁 그들은 기분전환을 안달하며 더욱 가라앉아 있었다. 커피 잔을 옆에 두고 손에 담배를 든 채 홀 가운데 긴 안락의자의 등받이에 기대어 있는 허스트와 휴잇의 생각에 분명히 그날 밤은 유난히 지루했으며, 여자들은 아주 형편없이 옷을 입고 있었고, 남자들은 이상하게 어리석어 보였다. 더구나 30분 전에 우편물이 전달되었을 때 두 젊은이 중 누구에게도 온 편지는 없었다. 사실상 모든 다른 사람들은 영국에서 두세 통의 불룩한 편지들을 받아서 지금은 그것들을 읽는 데 열중해 있었으므로, 이것은 참기 어려운 일이었고 허스트로 하여금 동물들에게 먹이가 던져졌다는 신랄한 언급을 하도록 부추겼다. 허스트는 그들의 침묵은 사자우리에서 사자들이 각자 발에 날고기를 한 덩어리씩 쥐고 있을 때의 침묵을 상기시킨다고 말했다. 이런 비유에 고무되어, 그는 누구는 하마에, 누구는 카나리아 새들에, 누구는 돼지에, 누구는 앵무새에,

그리고 누구는 반쯤 썩은 양들 주변에 똬리를 튼 징그러운 도마뱀에 비유하였다. 때로는 기침하고, 때로는 끔찍하게 씨근거리거나 목을 쿵쿵거리고, 때로는 약간 빨리 지껄이는 대화에서 나오는 간헐적인 소리들은 사자우리 앞에 서서 살에 붙은 뼈가 찢길 때 듣게 되는 바로 그 소리라고 그는 단언했다. 그러나 이런 비유들은 휴잇을 자극하지 않았으며, 그는 무관심하게 방을 대충 훑어보고는 눈길을 원주민의 창檜들이 있는 덤불숲에 고정하였는데, 창들은 아주 정교하게 배열되어서 어느 방향에서 그들에 접근하던 간에 끝이 적을 향하게 되어 있었다. 그는 틀림없이 주변을 잊고 있었다. 반면에 허스트는 휴잇의 마음이 완전히 텅 비어 있는 것을 감지하고는 주의력을 자신과 같은 인간들에게 더욱 단단히 고정하였다. 허스트는 그들로부터 너무 멀리 떨어져 있어서 그들이 무슨 말을 하고 있는지 들을 수가 없었지만, 그들의 제스처와 외모로 그들에 대한 작은 이론들을 수립하는 일은 그를 즐겁게 했다.

쏜버리 부인은 아주 많은 편지들을 받았다. 그녀는 완전히 편지에 열중해 있었다. 편지 한 쪽을 읽고는 그것을 남편에게 건네거나, 아니면 함께 연결된 일련의 짧은 인용문들에서 읽은 느낌을 목 속에서 나는 작은 소리로 남편에게 전했다. "조지가 글래스고우로 갔다고 에비가 쓰고 있네요. '그는 채드본 씨가 함께 일하기에 매우 좋은 분이라고 생각해요. 그리고 우리는 크리스마스를 함께 보내기를 바라지만, 저는 베티와 알프레드가 먼 거리를 이동해야 하는 것을 원하지 않아요. (절대로, 물론이에요) 하지만 이런 열기 속에 추운 날씨를 상상하는 것이 힘들겠지요…… 엘리너와 로저는 새 경마차를 타고 여행했어요…… 겨울 이후로 확실히 엘리너는 전보다 훨씬 그녀 같아 보여요. 그녀는 이제 아기에게 우유를 세 병씩 먹이는데, 분명히 그것은 현명한 일로 밤에 잠자기가 점점 좋아지고 있어요…… 제 머리카락은 여전히 빠져나가고 있어요. 베개에서 머리카락을 보게 돼요! 그러나 저는 토티 홀 그린한테 소식을 들어서 기분이 좋아요…… 무리엘이 톨키에서 댄스파티를 굉장히 즐기고 있어요. 그녀는 결국 자신의 검정 퍼그[1]를 자랑할 거예요.'…… 허버트한테서도 소식이 왔어요. 아주 바쁘다는군요. 불쌍한 친구! 아, 마가렛한테서도 왔어요. '가여운 페어뱅크 노부인이 아주 갑자기 온실에서 팔십 세로 돌아가셨어요. 집에는 하녀만 한 명 있었는데, 침착하게 그녀를 안아올리지 못했다는군요. 그랬으면 그녀를 살릴 수 있었을지도 모른다고 그들은 생각하지만, 의사는 이런 일은 어느 순간에 일어날지 모르는 일이니 길거리가 아니라 집에서 돌아가신 것만으로도 감사할 일이라고 말해요.(저도 그렇게 생각해야죠!) 마치 지난 오 년간 토끼들이 불어난 것처럼 비둘기들이 끔찍하게 늘어났어요……'" 그녀가 편지를 읽는 동안 그녀의 남편은 매우 약하지만 한결같이 찬성한다는 표시로 계속 고개를 끄덕였다.

근처에서 앨런 양 역시 자신의 편지들을 읽고 있었다. 그녀가 편지를 다 읽고 봉투에 말끔하게 다시 넣었을 때 그녀의 건강한 커다란 얼굴에 퍼진 약간의 경직 상태로 보아 편지들이 전부 유쾌한 내용은 아니었다. 그녀의 얼굴에 새겨진 걱정과 책임감으로 인한 주름들은 그녀가 여성이라기보다는 나이 든 남성을 닮아 보이게 했다. 편지들은 뉴질랜드에서 작년 과일 수확이 실패였다는 소식을 그녀에게 전했는데, 이것은 심각한 문제였다. 왜냐하면 그녀의 하나 있는 오빠인 허버트가 과일농장으로 생계를 꾸려가고 있는데, 만약 또다시 실패했다면 그는 물론 그곳을 포

---

1 몸집 작은 불독 비슷한 발바리의 일종.

기하고 영국으로 돌아올 것이므로, 이번에는 그를 어떻게 대하여야 할 것인가? 한 학기 작업의 손실을 뜻하는 이곳으로의 여행은 십오 년 동안 시간 맞춰 강의하고 영문학에 관한 에세이들을 교정해준 후에 오는 그녀에게 마땅한 정당하고 멋진 휴가가 아니라 사치가 되었다. 역시 선생님인 그녀의 동생 에밀리가 편지에 썼다. "비록 이번에는 허버트 오빠가 훨씬 이성적일 것이라고 의심치 않지만, 우리는 준비를 해야 할 거야." 그리고 이어서 자신은 호수지방에서 아주 즐거운 시간을 보내고 있다고 사려 깊게 말했다. "호수지방은 지금 굉장히 아름다운 상태야. 나는 일 년 중 이 시기에 나무들이 그렇게 계절에 앞선 것을 본 적이 없어. 우리는 여러 날 점심을 밖에 가지고 나와서 먹었어. 언제나 그렇듯이 우리의 엘리스는 여전히 예전과 다름없이 젊고 모든 사람의 안부를 다정하게 물어. 세월이 너무 빨리 흘러서 이곳에서는 곧 개각이 있을 거야. 나는 개인적으로 정치 전망이 좋지 않다고 생각하지만, 앨런 언니의 열정을 좌절시키고 싶지는 않아. 로이드 조지[2]는 법안을 처리하였지만, 전에도 여러 번 그랬듯이 우리는 여전히 그대로야. 하지만 내가 잘못 생각하고 있는 것이기를 바라. 어차피 우리는 우리에게 맞는 우리의 일을 갖고 있어…… 확실히 메리디스는 W. W.(윌리엄 워즈워스)에게서 우리가 좋아하는 **인간적인** 특징이 부족하지?"라고 그녀는 결론짓고는 앨런 양이 지난 편지에서 제기했던 영문학에 관한 몇 가지 질문을 토론하기 시작했다.

2 데이비드 로이드 조지(David Lloyd George, 1863~1945), 많은 사회개혁을 위해 일했으며, 애스퀴스자유당내각의 재무상으로 1909년 예산안을 개정하였는데 너무 급진적이어서 상원은 법안 통과를 거부하였으며, 1910년 1월 총선을 촉진시켰다. 여기에 언급된 법안은 아마도 1910년 7월에 제안된 참정권인 듯하다. 1918년 당시 연합내각의 수상(1916~1922)이던 로이드 조지는 대의법안Representation of the People Act을 통과시키도록 도와서 결국 적어도 30세 이상의 여성에게는 투표권을 부여하였다.

앨런 양으로부터 약간 떨어진 곳에, 두꺼운 야자수 둥치에 의해 그늘지고 반쯤은 사적인 공간으로 만들어진 의자에서, 아서와 수잔은 서로의 편지를 읽고 있었다. 윌트셔에서 하키 경기를 하는 젊은 여성들이 큰 글씨로 마구 휘갈긴 편지가 아서의 무릎 위에 놓여 있었다. 한편으로 수잔은 거의 한 장 이상을 채우지 못하고 언제나 똑같이 익살스럽고 쾌활한 호의를 전하는 법률가다운 빽빽하고 작은 필체를 판독하고 있었다.

"허친슨 씨가 저를 좋아하길 바라요, 아서." 그녀가 올려다보며 말했다.

"당신이 사랑하는 프로는 누구죠?" 아서가 물었다.

"프로 그레이브즈—제가 말씀드린 아가씨인데, 그 끔찍한 빈센트 씨와 약혼했어요." 수잔이 말했다. "허친슨 씨는 결혼했나요?"라고 그녀가 물었다.

이미 그녀의 머릿속은 친구들을 위한 친절한 계획들로, 아니 오히려 한 가지 중대한 계획으로 바빴는데,—이것은 역시 간단한 것으로,—그녀가 영국에 돌아가자마자—동시에—그들이 모두 결혼한다는 것이었다. 결혼이라, 결혼은 옳은 것이고 유일한 것이었으며, 그녀가 아는 모든 사람이 필요로 하는 해결책이었다. 그녀는 모든 경우의 불편함, 외로움, 병약함, 충족되지 못한 야심, 불안함, 괴벽, 일에 착수했다가 중간에 그만두는 것, 대중연설, 그리고 남자 쪽에서 특히 여자 쪽에서 보여주는 자비로운 행동을, 그들이 결혼을 원했고 시도했지만 결혼에 성공하지 못했다는 사실에서 원인을 추적하며 대부분의 명상 시간을 보냈다. 그녀가 인정하기로 한 것처럼 만약 이런 징후들이 결혼 후에도 남아 때때로 나타난다면, 그녀는 그것들을 단지 한 명의 아서 베닝이 있으며 그와 결혼할 수 있는 것은 단지 한 명의 수잔 뿐이라고

정해놓은 불행한 자연법칙의 탓으로 돌릴 수밖에 없었다. 물론, 그녀의 이론은 자신의 경우에는 완전히 들어맞는 장점을 지녔다. 그녀는 지금 이삼 년간 집에서 막연히 불편한 상황이며, 그녀의 여행경비를 대고 자신을 하녀이며 고용된 말동무로 취급하는 이기적인 늙은 숙모와 이런 여행을 하는 것은 딱히 기대할 것 없는 따분함의 연속이었다. 그녀가 약혼을 하자, 곧 페일리 부인은 본능적인 존경심을 가지고 행동했으며, 평소처럼 수잔이 그녀의 신발 끈을 묶기 위해 무릎을 꿇었을 때 적극적으로 저항하였고, 전에는 두세 시간은 같이 있어주기를 자신의 권리로 강요하였던 것을 한 시간만 같이 있어줘도 정말로 고마워하는 것처럼 보였다. 그러므로 수잔은 과거에 지내온 것보다 훨씬 편안한 자신의 삶을 예견하였으며, 이런 변화는 이미 다른 사람들을 향한 그녀 감정의 온기를 엄청나게 증가시키고 있었다.

페일리 부인이 자신의 신발 끈을 묶을 수 없고 심지어 그것을 보기조차 힘들어진 것은 이제 거의 이십 년이 되어가는데, 그녀의 발을 보기 힘들어진 것은 사업가였던 남편의 죽음과 다소간 정확하게 일치하는 것으로, 그 사건이 있은 후 바로 페일리 부인은 뚱뚱해지기 시작했다. 그녀는 이기적이고 독립적인 노부인으로 상당한 수입이 있어서, 이 수입을 랭카스터 게이트[3]에서 일곱 명의 하인과 가정부 한 명이 필요한 집의 유지비에 썼으며 또 써리[4]에서 정원 딸린 집과 마차 말을 관리하는 데 사용했다. 수잔의 약혼은 그녀의 아들 크리스토퍼가 사촌과 "얽히게 되는" 그녀 삶의 큰 걱정거리를 덜어주었다. 이제 매일같이 신경 쓸 일이 사

---

3 켄싱턴 가든으로부터 베이스워터 가를 바로 가로질러, 베이스워터에 있는 런던의 주소로, 랭카스터 게이트 69번지는 리튼 스트래치Lytton Strachey의 집이었다.
4 잉글랜드 남부의 주.

라졌으므로, 그녀는 약간 기분이 가라앉았으며 과거 그랬던 것보다 수잔을 더 너그럽게 봐준 마음이 생겼다. 그녀는 매우 멋진 결혼 선물로 수잔에게 수표로 이백이나 이백오십, 어쩌면 삼백 파운드를 줄 결심을 하였는데, 이것은 정원사 조수와 수리공 휴쓰의 거실 수리비 청구서에 달려 있었다.

그녀는 옆에 있는 테이블에 카드를 펼쳐놓고 휠체어에 앉아서 합계 액수를 궁리하며 바로 이 문제를 생각하고 있는 중이었다. 아무래도 인내력이 혼란에 빠졌지만, 수잔이 아서와 바빠 보였으므로 도와달라고 수잔을 부르고 싶지는 않았다.

"물론, 그녀는 나에게서 멋진 선물을 기대할 충분한 권리를 갖고 있어." 그녀는 표범 뒷다리를 막연하게 바라보며 생각했다. "그녀가 그런 권리를 가졌다는 것을 나는 확신해! 돈은 모든 사람에게 효과가 있지. 젊은이들은 매우 이기적이야. 만약 내가 죽게 되면, 데킨즈 말고는 아무도 나를 그리워하지 않겠지. 그리고 그녀는 유산으로 위로받을 거야! 그렇지만, 내가 불평할 이유는 없지…… 나는 여전히 즐길 수 있어. 나는 누구에게도 짐이 되지는 않아…… 나는 다리가 불편하기는 하지만, 많은 것들을 굉장히 좋아해."

그렇지만, 약간 의기소침하여 그녀는 자신이 알기에 유일하게 전혀 이기적이거나 돈을 좋아하는 것처럼 보이지 않는 사람에 대해 생각하기 시작하였는데, 그 사람은 평범한 사람보다 어쨌든 좀 더 멋져 보였다. 그녀는 그들이 자신보다 훨씬 멋지다는 점을 기꺼이 인정했다. 그러한 사람은 단지 두 명이었는데, 한 명은 자신의 남동생으로 그녀의 눈앞에서 물에 빠져 죽었고, 다른 한 명은 가장 가까웠던 여자 친구로 첫 아이를 낳다가 죽었다. 이런 일들은 약 오십여 년 전에 일어났다.

"그들은 죽지 않았어야 했는데." 그녀는 생각했다. "그렇지만, 그들은 죽었고―이기적인 우리 노인들은 살아간다." 그녀의 눈에서 눈물이 솟았다. 그녀는 그들에 대해 진정으로 회한에 빠졌다. 그것은 그들의 젊음과 아름다움에 대한 일종의 존경이자, 자신에 대한 수치심이었다. 그러나 눈물이 흘러내리지는 않았다. 그래서 그녀는 자신이 좋다거나 나쁘다거나, 상당히 중간이거나, 아니면 아주 훌륭하다고 판단 내리곤 하는 수많은 소설들 중 한 권을 펼쳤다. "사람들이 어떻게 이런 것들을 상상하게 되는지 알 수가 없어." 그녀는 안경을 벗고 점점 백내장이 되어가는 노쇠한 흐릿한 눈으로 위를 쳐다보며 말할 것이다.

박제된 표범 바로 뒤에서 엘리엇 씨는 페퍼 씨와 체스를 하고 있는 중이었다. 페퍼 씨가 체스 판에서 거의 눈길을 떼지 않았기 때문에, 자연히 엘리엇 씨는 지고 있었다. 엘리엇 씨는 계속 의자에서 뒤로 몸을 기대며 바로 어젯밤 도착한 신사에게 말을 건네고 있었는데, 그 남자는 키가 크고 잘생겼으며 머리가 이지적인 숫양의 머리를 닮아 있었다. 일반적인 얘기를 몇 마디 나눈 후에, 그들은 서로를 보자마자 차림새에서 사실상 분명했던 것처럼, 자기들이 몇 사람을 서로 공통으로 알고 있다는 사실을 깨달았다.

"아, 그래요. 늙은 트루피트요." 엘리엇 씨가 말했다. "그는 옥스퍼드에 다니는 아들이 있어요. 저는 가끔 그들 집에서 지냈어요. 아름다운 제임스 1세 시대 저택이지요. 그 친구는 아주 훌륭한 그뢰즈[5] 그림들 몇 점과―네덜란드 화풍의 그림 한두 점을 지하 저장실에 보관하고 있지요. 그리고 출판물이 서가마다 쌓여 있어요. 오, 그 집의 먼지들! 그가 구두쇠라는 것은 당신도 아시지요.

---

5 장 바티스트 그뢰즈(Jean-Baptiste Greuze, 1725~1805), 프랑스의 대중적인 생활화가로, 도덕적 교훈을 주제로 감정적 공감을 불러일으키는 작품으로 격찬받은 18세기 대표적 화가.

그는 핀웰즈 경의 딸과 결혼했어요. 저는 그들도 역시 알아요. 수집벽이 핏속에 흐르는 경향이 있어요. 이 친구는 버클을 수집하지요. 그것들은 남성 구두 죔쇠들로 1580년에서 1660년 사이에 사용되었던 것이에요. 날짜가 정확할지는 모르지만, 제가 말한 바는 사실이요. 진짜 수집가는 항상 그런 종류의 어떤 설명할 수 없는 별난 취미를 갖고 있어요. 다른 점에서는 그는 뿔이 짧은 쇼트혼종 소의 사육자처럼 분별력이 있는데, 그가 그렇게 된 것은 우연한 일이지요. 그리고 아마 당신도 알다시피 핀웰즈 부부 역시 기이한 점을 나눠 갖고 있어요. 예를 들어 모드 여사는—" 여기서 그는 자신의 체스를 옮기는 문제를 생각하여야 하므로 중단했다.—"모드 여사는 고양이들과 성직자 그리고 큰 앞니를 가진 사람을 무서워해요. 저는 그녀가 테이블 맞은편에 대고, '입 다물어, 스미스 양. 당근처럼 노랗다고!'라고 소리치는 것을 들었어요. 테이블 맞은 편에서 말이에요, 알겠어요? 나에게 그녀는 항상 예의 바름 그 자체였지요. 그녀는 문학에 잠깐 기웃거렸으며, 그녀 거실에 우리 몇 명을 불러 모으고, 성직자, 심지어 주교, 아니 뿐만 아니라 대주교를 언급하기를 좋아하며, 수칠면조처럼 고르륵 소리를 낸답니다. 저는 그것이 찰스 1세 시대의 조상과 관련이 있는 어떤 것—가정 불화라고 들었어요. 그래요." 그는 체스의 장군을 방어하느라 고심하며 말을 계속했다. "저는 항상 우리 사교계 젊은이들의 할머니들에 대해 무엇인가를 알고 싶습니다. 제 생각에 그들은 대부분의 경우에 개인적으로 깨끗하다는 장점과 함께 18세기에 관해 우리가 존경하는 모든 것을 간직하고 있습니다. 그러나 그녀가 깨끗하다고 말함으로써 늙은 바보로우 여사를 모욕하는 것은 아닙니다. 힐다, 당신은 그 귀부인이 얼마나 자주 목욕한다고 생각하오?" 그가 부인에게 큰 소리로 말했다.

"굳이 말한다면, 휴," 엘리엇 부인이 킥킥거렸다. "가장 더운 8월 에조차 암갈색 벨벳을 입는 것은 암만해도 아닌 것 같아요."

"페퍼 씨, 당신이 이겼소." 엘리엇 씨가 말했다. "내 체스 실력은 내가 기억하는 것보다 형편없군." 그는 정말로 얘기를 나누고 싶었기 때문에 굉장히 침착하게 자신의 패배를 받아들였다.

그는 새로 온 손님 윌프리드 플러싱 옆으로 자신의 의자를 끌어당겼다.

"도대체 이것들이 당신의 취향인가요?" 그는 그들 앞에 있는 상자를 가리키며 물었는데, 거기에는 굉장히 광을 낸 십자가들, 보석들, 자수 세공 소품들, 원주민들의 작품이 방문객들을 유혹하도록 전시되어 있었다.

"가짜예요, 모두." 플러싱 씨는 짧게 말했다. "지금 이 양탄자는 조금도 나쁘지는 않지요." 그는 몸을 굽히고는 그들 발아래 있는 양탄자 한 점을 집어 들었다. "물론, 오래되지는 않았지만, 디자인은 상당히 제대로 된 전통을 따르고 있어요. 엘리스, 당신 브로치 좀 빌려주구려. 옛것과 새것의 차이를 보세요."

굉장히 집중하여 읽고 있던 부인은 남편을 바라보거나 엘리엇 씨가 자신에게 건네려 한 머뭇거리는 인사를 아는 체하지 않고 자신의 브로치를 끌러서 남편에게 주었다. 만약 그녀가 그들의 대화를 들었다면 자신의 대고모인 바보로우 여사에 관한 언급에 흥미를 느꼈겠지만, 그녀는 주위 상황에는 아무 관심 없이 계속해서 읽어 나갔다.

기침하려고 준비 중인 노인처럼 몇 분 동안 씨근거리던 시계는 이제 아홉 시를 쳤다. 이 소리는 의자에 기대어 앉아 담소를 나누고 담배를 피우며 눈을 반쯤 감고는 자신의 일들을 곰곰이 생각하고 있는 어떤 졸린 상인들과 정부 관리들과 독립적인 자산

가들을 약간 방해했다. 그들은 시계 소리에 잠시 눈꺼풀을 들어 올렸다가 다시 닫았다. 그들은 지난 끼니를 포식하여서 세계의 미래는 그들에게 조금도 고통을 주지 않는 악어들의 모습을 하고 있었다. 평온한 밝은 방에서 유일한 방해는 불빛에서 불빛으로 돌진하는 커다란 나방으로 인한 것으로, 이것은 정교하게 손질한 머리 위로 윙 날아다녀서 몇몇 젊은 여자들은 신경질적으로 손을 들어올리며 소리쳤다. "누구든 이것 좀 잡으세요!"

자신들 생각에 골몰하여, 휴잇과 허스트는 한참 동안 아무 말도 하지 않았다.

시계가 칠 때, 허스트가 말했다.

"아, 사람들이 동요하기 시작하는군……" 그는 사람들이 몸을 일으키고, 주변을 둘러보며, 다시 자리 잡고 앉는 것을 보았다. "내가 가장 혐오하는 것은," 그는 결론적으로 말했다. "여성의 가슴이네. 베닝이 되어서 수잔과 함께 잠자리에 든다고 상상해보게! 그러나 정말로 몸서리쳐지는 것은 그들이 전혀 아무것도 못느낀다는 거야.─내가 뜨거운 물로 목욕을 할 때 무엇을 하는지에 대해. 그들은 추잡하고 어이없으며 정말 참을 수가 없어!"

이렇게 말하며 휴잇으로부터 아무런 대꾸도 듣지 않고, 그는 자기 자신에 대하여, 과학에 대하여, 케임브리지에 대하여, 법정 변호사에 대하여, 헬렌과 그녀가 자신을 어떻게 생각하는지에 대하여 생각하기 시작했으며, 마침내 매우 피곤해져서 꾸벅꾸벅 졸고 있었다.

갑자기 휴잇이 그를 깨웠다. "자네는 무엇을 느끼는지 어떻게 아는가, 허스트?"

"자네 사랑하고 있나?" 허스트가 물었다. 그는 안경을 꼈다.

"바보 같은 소리 하지 마." 휴잇이 말했다.

"좋아, 앉아서 그 점에 대해 생각해볼게." 허스트가 말했다. "정말로 그래야만 해. 만약 이 사람들이 사물들에 관해서 생각하며 산다면, 이 세상은 우리 모두가 살기에 훨씬 좋은 세상이 될 거야. 자네는 생각하려고 노력 중인가?"

그것이야말로 휴잇이 지난 30분 동안 하고 있는 바로 그 일이었지만, 그 순간 그는 허스트가 공감하고 있다는 생각이 들지 않았다.

"산책 나가겠네." 그가 말했다.

"어젯밤 잠자지 않았다는 것을 기억하게." 엄청나게 크게 하품을 하며 허스트가 말했다.

휴잇은 일어나서 몸을 쭉 뻗었다.

"나가서 바람을 쐬고 싶네." 그가 말했다.

저녁 내내 이상한 감정이 그를 괴롭히고 있었으며, 그가 계속적으로 한 가지 생각에 몰두하는 것을 방해했다. 정확하게 그것은 마치 그가 굉장히 흥미로운 이야기 중에 있을 때 누군가 와서 방해하는 것 같았다. 그는 대화를 끝낼 수가 없었으며, 그곳에 오래 앉아 있으면 있을수록 더욱더 대화를 끝내고 싶었다. 방해받은 대화가 레이첼과의 대화일 때, 그는 자신이 왜 그렇게 느끼는지 그리고 왜 계속해서 그녀와 대화를 나누고 싶어 하는지를 자신에게 물어보아야만 했다. 허스트는 단지 그가 그녀와 사랑에 빠졌다고만 말할 것이다. 그러나 그는 그녀와 사랑에 빠지지 않았다. 사랑은 계속해서 대화를 나누고 싶어 하는 것과 같은 이런 식으로 시작하였나? 아니다. 자신의 경우에 그것은 항상 분명한 육체적 감각들과 함께 시작하였으며, 이러한 감정들이 지금은 부재하였다. 그는 그녀가 육체적으로 매력적이라고 생각조차 하지 않았다. 물론, 그녀에게는 뭔가 이상한 점이 있었다. 그녀는 젊고 세상 경험이 없으며 호기심이 강했다. 여자들은 유별나게 서로에게 숨김없이 터놓고 지냈다. 그는 언제나 여자들에게 말을 거는 것이 흥미가 있다고 생각했으며, 확실히 이것들이 그가 그녀와 계속해서 이야기하고 싶어 하는 좋은 이유들이었다. 그래서 어젯밤, 붐비고 혼란스러운 가운데도 그는 그녀와 얘기를 시작할 수 있었다. 그녀는 지금 무엇을 하고 있을까? 아마 소파에 누워 천장을 바라보고 있겠지. 그는 레이철이 그렇게 하고 있으며 헬렌은 안락의자에 앉아 팔걸이에 손을 얹고는 커다란 눈으로 앞을 바라보고 있는 것을 상상할 수 있었다. 아니, 물론 그들은 댄스파티에 대해 얘기를 나누고 있을 것이다. 그러나 만약 레이철이 하루나 이틀 후에 떠나버린다면, 이것이 그녀의 마지막 방문으로 그녀의 아버지가 만에 정박해 있는 선박들 중 하나에 도착해 있다면, 어떠하겠는가. 그렇게 거의 알 수 없다는 것을 그는 참을 수가 없었다. 그래서 그는 스스로 생각하는 것을 멈추기 위해서 큰 소리로 말했다. "허스트, 자네는 자네가 무엇을 느끼는지 어떻게 아는가?"

그러나 허스트는 그에게 도움이 되지 못했으며, 다른 사람들은 목적 없는 움직임과 알 수 없는 미지의 삶으로 혼란스러워하고 있었으므로, 그는 차라리 공허한 어둠을 갈망했다. 홀 문을 걸어 나왔을 때 그가 찾은 가장 첫 번째는 앰브로우즈 씨 빌라의 불빛이었다. 언덕 조금 위쪽으로 다른 집들과는 떨어져 있는 어떤 불빛이 분명하게 그 집 불빛이라고 단정 지었을 때, 그는 상당히 안심이 되었다. 이 모든 뒤죽박죽 속에 즉시 약간의 안정이 찾아온 것 같았다. 머릿속에 아무런 명확한 계획도 없이, 그는 오른쪽으로 돌아서 시내를 통과하여 도로들이 만나는 제방까지 걸어와서 멈췄다. 바다가 크게 울리는 소리가 들렸다. 암청색 산들이 연푸른 하늘을 배경으로 솟아 있었다. 달은 없지만 별들이 무수히 많았으며, 불빛들은 모든 그 주변의 어두운 육지의 파도 속에서 위아래로 흔들리고 있었다. 그는 돌아가고자 하였지만, 앰브로우즈 씨 빌라에서 비추던 한 개의 불빛이 이제는 세 개가 되었으며, 그는 들어가보고 싶은 유혹에 이끌렸다. 그는 여전히 레이철이 그곳에 있는지 확인하고 싶었다. 빠르게 걸어서 그는 곧 그들 정원의 철문에 도착해서는 그것을 밀어 열었다. 갑자기 그의 눈앞에 그 집의 윤곽이 뚜렷이 드러났으며, 희미하게 불빛이 비치는 테라스의 자갈길에 베란다의 가는 기둥이 똑바로 뻗어 있었다. 그는 주저하였다. 집 뒤편에서는 누군가 양철통들을 덜컹거리고 있었다. 그는 앞쪽으로 접근하였다. 테라스 불빛은 거실들이 그쪽에 있음을 보여주었다. 그는 집 모퉁이에서 덩굴식물 이파리들이 그의 얼굴을 스치는 가운데 할 수 있는 한 불빛 가까이에 서 있었다. 잠시 후 그는 어떤 목소리를 들을 수 있었다. 그 목소리는 꾸준히 계속되었다. 그것은 대화를 나누는 것은 아니었으며, 소리가 지속되는 것으로 보아 큰 소리로 읽고 있는 목소리였다. 그는 조금 더 가까이 다가갔다. 그는 자신의 귀에 바스락거리는 소리를 멈추기 위해서 나뭇잎들을 모두 찌부러뜨렸다. 그것은 레이철의 목소리일 수도 있었다. 그는 어둠을 떠나 불빛 속으로 걸어갔으며, 그때 아주 분명하게 한 문장을 말하는 것을 들었다.

"그리고 우리는 부모님 생애에서 가장 행복한 시절인 1860년에서 1895년을 그곳에서 살았으며, 1862년 오빠 모리스가 태어나자 부모님은 무척 기뻐하셨는데, 그는 자신을 아는 모든 사람들에게 기쁨이 될 운명이었다."

목소리가 빨라졌으며, 마치 장의 결말에 이른 것처럼 어조가 약간 높아지며 단호해졌다. 휴잇은 다시 어둠 속으로 물러났다.

긴 침묵이 흘렀다. 그는 안에서 의자들을 움직이는 소리만을 들을 수 있었다. 그가 돌아가기로 거의 마음먹었을 때, 2미터도 채 안 떨어진 창가에 갑자기 두 명이 나타났다.

"물론, 네 어머니가 약혼했던 것은 모리스 필딩이었어." 헬렌의 목소리였다. 그녀는 어두운 정원을 내다보면서, 그녀가 말하고 있는 것에 대한 것만큼이나 밤의 모습에 대해서도 분명히 많이 생각하며 말했다.

"어머니가요?" 레이철이 말했다. 휴잇의 심장이 뛰었으며, 그는 그 사실을 알아챘다. 그녀의 목소리는 비록 낮았지만 놀라움으로 가득 차 있었다.

"그것을 몰랐니?" 헬렌이 말했다.

"누군가 다른 사람이 있었다는 것을 전혀 몰랐어요." 레이철이 말했다. 그녀는 분명히 놀랐지만, 서늘한 어두운 밤에 속내를 드러내는 말을 하고 있었기 때문에, 그들은 모든 것을 소리를 죽이고 무표정하게 말했다.

"많은 사람들이 내가 아는 어떤 사람보다도 더 그녀와 사랑에 빠졌지." 헬렌이 말했다. "그녀는 그런 능력을 지녔어 ─그녀는 만사를 즐겼어. 그녀는 아름답지는 않았지만, 하지만─나는 어젯밤 댄스파티에서 그녀를 생각했었지. 그녀는 모든 종류의 사람들과 잘 지냈고, 게다가 그 모든 것을 놀랍게도 재미있게 만들었지."

헬렌은 자신의 말들을 신중하게 선택하며, 테레사가 죽은 이후로 그녀가 알았던 사람들과 테레사를 비교하며, 과거로 되돌아가고 있는 것처럼 보였다.

"그녀가 어떻게 그랬었는지 모르겠어." 그녀는 이어서 말을 하고는 멈췄으며 긴 휴지가 있었다. 이때 작은 올빼미가 정원의 나무에서 나무로 옮겨가며, 처음엔 이곳에서 다음엔 저곳에서 울어 댔다.

"루시 고모와 케이티 고모도 비슷한 생각이세요." 레이철이 마침내 말했다. "그들은 어머니가 아주 슬퍼했고 매우 착했다고 언제나 말씀하세요."

"도대체, 그러면 왜 그들은 테레사가 살았을 때 비난하기만 했던 걸까?" 헬렌이 말했다. 그들의 목소리는 마치 바다의 파도 속으로 잠기듯이 아주 부드럽게 들렸다.

"만약 내가 내일 죽는다면……" 그녀가 말하기 시작했다.

이 끊어진 문장들은 마치 잠들어 있는 사람들이 한 말처럼 휴잇의 귀에 이상한 아름다움과 초연함을 그리고 또한 일종의 신비감을 전해주었다.

"아니, 레이철." 헬렌의 목소리가 계속되었다. "나는 정원을 걷지 않겠어. 습해. 분명히 축축할 거야. 게다가 두꺼비들이 적어도 열두 마리는 있을 거야."

"두꺼비라고요? 저것들은 돌들이에요, 헬렌 외숙모. 나오세요. 밖이 훨씬 좋아요. 꽃향기가 나요." 레이철이 대답했다.

휴잇은 조금 뒤로 물러났다. 그의 심장은 아주 빠르게 박동치고 있었다. 분명히 레이철은 헬렌을 테라스로 끌어내려 하였으며 헬렌은 저항하였다. 서로 간에 상당한 실랑이와 간청과 저항과 웃음이 있었다. 그때 어떤 남자의 형체가 나타났다. 그들이 무슨 말을 하고 있는지 그는 들을 수 없었다. 곧 그들은 안으로 들어갔다. 그리고 그는 빗장이 삐걱거리는 소리를 들을 수 있었다. 죽음과 같은 침묵이 흐르며, 모든 불빛이 꺼졌다.

여전히 그는 담에서 뜯어낸 한 줌의 나뭇잎들을 부셔 으깨며 몸을 돌렸다. 강렬한 즐거움과 안도감이 그를 사로잡았다. 그가 그들에 반했든 아니든, 호텔에서 무도회가 있은 후 모든 것이 그렇게 확실하고 평화로웠다. 그리고 그는 그들과 사랑에 빠지지 않았다. 아니었다. 하지만 그들이 살아 있다는 것이 좋았다.

잠시 조용히 서 있은 후 그는 몸을 돌려서 대문을 향해 걷기 시작했다. 그의 몸의 움직임과 함께, 삶의 흥분과 로맨스와 풍요로움이 그의 머릿속으로 밀려들었다. 그는 시 한 줄을 큰 소리로 외웠지만, 시어들은 그에게서 도망쳤으며, 그는 단어들의 아름다움을 제외하고는 전혀 의미를 갖지 않는 시행들과 시행들의 파편 가운데서 비틀거렸다. 그는 대문을 닫고는 그의 머릿속에 떠오르는 되지도 않는 말을 소리 지르며 몸을 이쪽저쪽으로 흔들면서 언덕을 달려 내려갔다. "여기서 나는," 그는 왼쪽으로 오른쪽으로 쿵쾅쿵쾅 걸으며 리듬에 맞춰 소리 질렀다. "정글 속의 코끼리처럼 돌진하며, 나아가면서 나뭇가지들을 잘라내고(그는 길가 덤불의 잔가지들을 잡아채었다), 수많은 것들에 대한 사랑스런 단어들, 수많은 단어들을 큰 소리로 외치며, 비탈을 달려 내려가며 도로들과 나뭇잎들과 불빛들과 어둠 속에 나타난 여성들에 대해 ─ 여성들에 대해 ─ 레이철에 대해, 말도 안 되는 것을 나 자신에게 큰 소리로 얘기하고 있는 중이다." 그는 멈추고는 깊은 숨을 내쉬었다. 밤은 거대하고 환영하는 듯이 보였으며, 비록 아주 어두웠지만 항구에서 사물들이 움직여 내려가는 것과 바다에서 움직이고 있는 모습이 보였다. 그는 어둠이 그를 마비시킬 때까지 응시하였다. 그러고는 여전히 스스로에게 중얼거리며 빠르게 걸었다. "그리고 나는 코를 골고 꿈꾸며, 꿈꾸며, 꿈꾸며 잠을 자야만 한다. 꿈과 현실, 꿈과 현실, 꿈과 현실." 그는 자신이 무슨 말을 하고 있는지도 거의 알지 못하며, 호텔 정문에 도달할 때까지 큰 길을 따라 올라오는 내내 반복하였다. 여기서 그는 잠시 멈추었으며, 문을 열기 전에 마음을 가라앉혔다.

그의 눈은 흐리멍덩했고, 손은 매우 차가웠으며, 머리는 흥분되어 있었지만 반쯤은 잠들어 있었다. 홀이 지금은 텅 비어 있는 것을 제외하고는 문 안쪽의 모든 것이 그가 떠났을 때 그대로였다. 앉아서 얘기를 나누는 사람들을 향하여 의자들의 방향이 돌려져 있었고, 작은 탁자들 위에는 빈 유리컵들이 있었으며, 신문들은 마룻바닥에 흩어져 있었다. 문을 닫았을 때 그는 마치 자신이 네모난 상자에 갇혀 있는 것처럼 느꼈으며, 즉시 움츠러들었다. 모든 것이 빛났으며 매우 작았다. 그는 자신이 읽으려는 신문을 찾기 위해 긴 테이블 옆에 잠시 멈췄지만, 여전히 어둠과 신선한 공기의 지나친 영향으로 그것이 어떤 신문이었는지 아니면 그것을 어디에서 보았는지를 주의 깊게 생각할 수가 없었다.

막연하게 신문들을 만지작거릴 때 그는 자신의 눈꼬리 쪽으로 한 인물이 아래층으로 내려오는 것을 보았다. 그는 스커트가 스치는 소리를 들었으며, 아주 놀랍게도 이블린 M이 그에게 다가와서 마치 그가 신문을 집는 것을 방해하려는 듯이 테이블을 잡고 말했다.

"당신은 제가 얘기를 나누고 싶었던 바로 그 사람이에요." 그녀의 목소리는 약간 기분 나쁜 쇳소리가 났으며, 그녀의 눈은 매우 반짝이며 그에게 고정되어 있었다.

"저와 얘기를 나눈다고요?" 그가 되풀이해서 말했다. "하지만 저는 반은 잠들어 있습니다."

"당신은 대부분의 사람들보다 훨씬 잘 이해한다고 생각해요"라고 대답하면서 그녀가 커다란 가죽의자 옆에 놓인 작은 의자에 앉았으므로, 그는 그녀 옆에 앉아야만 했다.

"그래요?" 그는 드러내놓고 하품을 하고는 담배에 불을 붙였다.

그는 이 상황이 정말로 자신에게 벌어지고 있다고 믿을 수가 없었다. "무슨 말씀이시죠?"

"당신은 정말로 공감하시는 건가요, 아니면 단지 겉치레인 건가요?" 그녀가 물었다.

"말씀해보세요." 그가 대답했다. "흥미롭군요." 그는 아직도 완전히 마비된 것처럼 느꼈으며 그녀가 그에게 너무 가까이 있는 것 같았다.

"누구나 흥미를 느낄 수는 있어요!" 그녀가 참지 못하여 소리쳤다. "아마 당신 친구 허스트 씨도 흥미를 느낄 거예요. 하지만 저는 당신을 믿어요. 어쩐지 당신은 멋진 여동생이 있을 것만 같아요." 그녀는 자신의 무릎 위에 놓인 몇 개의 시퀸[6]을 가지고 놀며 잠시 말을 멈추었다. 그러고는 마치 결심을 한 듯이 말을 하기 시작했다. "어쨌든 저는 당신의 충고를 청해야겠어요. 당신은 자신의 마음을 알지 못하는 상태인 적이 있나요? 제가 지금 그런 상태에 있어요. 아시다시피, 어젯밤 댄스파티에서 레이몬드 올리버와―그는 마치 인디언 피가 흐르는 것처럼 보이는 키가 크고 거무스름한 청년인데 자신은 정말로 그렇지 않다고 말했어요.―그래요, 우리는 함께 밖에 앉아 있었고, 그는 자신에 관한 모든 것을 저에게 말했어요. 자신이 집에서 얼마나 불행한지와 여기 밖에 나와 있는 것을 얼마나 싫어하는가를요. 그들은 지겨운 광산업을 그에게 시켰어요. 그는 그 일이 끔찍하다고 말해요.―그 일을 좋아해야 한다는 것은 알지만, 그 일은 하찮은 것이라고요. 그래서 저는 그를 굉장히 불쌍하게 느꼈어요. 그를 가엾게 여기지 않을 수가 없어요. 그래서 나와 키스하게 해달라고 부탁했을 때, 저는 응낙했어요. 그렇다고 무슨 해가 되는 것은 아니잖아요, 그

---

6   옛 베네치아의 금화. 의복 장식으로 다는 원형의 작은 금속판.

렁죠? 그런데 오늘 아침 그는 제 키스가 그 이상의 의미를 담고 있었으며, 제가 아무나 하고 키스하는 그런 사람은 아니라고 생각했다고 말했어요. 그래서 우리는 얘기를 나누고 또 나눴죠. 아마도 제가 매우 어리석은 것이겠지만, 사람들이 불쌍해 보일 때는 좋아하지 않을 수가 없어요. 저는 정말로 굉장히 그를 좋아해요.—" 그녀는 잠시 멈추었다. "그래서 저는 그에게 어느 정도는 약속했어요. 그런데 아시다시피, 앨프레드 페롯이 있잖아요."

"오, 페롯," 휴잇이 말했다.

"우리는 요 전날 소풍에서 서로를 알게 되었어요." 그녀는 계속해서 말했다. "특히 아서가 수잔과 함께 사라져버려서 그는 매우 외로워 보였어요. 그래서 그의 마음속으로 무슨 생각을 하는지 추측하지 않을 수 없었죠. 우리는 당신이 폐허를 바라보고 있을 때 상당히 오랫동안 얘기를 나누었으며, 그는 자신의 삶에 대한 모든 것을, 자신의 고군분투와 그 일이 얼마나 무섭게 힘들었는지를 저에게 말했어요. 그가 식료품상의 아들이었으며 손님들 집까지 물건을 배달했었다는 것을 아세요? 그 점이 저를 굉장히 흥미롭게 했어요. 왜냐하면 언제나 저는 내면에 적합한 재능만 지녔다면 우리가 어떻게 태어나는지는 문제가 되지 않는다고 생각하기 때문이에요. 그리고 그는 몸이 마비된 가여운 아가씨인 자신의 누이에 관하여 말했는데, 비록 분명히 그녀에게 매우 헌신적이기는 하지만 그녀가 커다란 골칫거리라는 것을 알 수 있어요. 저는 그런 사람들을 존경한다고 말하지 않을 수 없네요! 당신은 매우 영리하기 때문에 당신도 그러리라고는 기대하지 않아요. 그래요, 우리는 어젯밤 함께 정원에 나와 앉아 있었으며, 저는 그가 말하고자 하는 것을 이해하고 그를 약간 위로하며 제가 좋아한다는 말을 하지 않을 수 없었어요. 저는 정말로 그래요. 그런데, 레이몬드 올리버가 있어요. 당신이 저에게 말해주기를 바라는 것은, 우리가 동시에 두 사람과 사랑에 빠질 수 있는가, 없는가예요."

그녀는 조용해졌으며, 그들 사이에 토론되어야 할 진짜 문제에 직면해 있는 것처럼 양손에 턱을 괴고 매우 골몰히 앉아 있었다.

"그것은 당신이 어떤 종류의 사람인지에 달려 있다고 생각합니다." 휴잇이 말했다. 그는 그녀를 바라보았다. 그녀는 자그마하고 귀여웠으며 나이는 스물여덟이나 아홉쯤 되어 보였는데, 비록 당당하고 뚜렷하게 눈에 띄는 용모였지만 아주 기백 있고 건강하다는 것을 빼고는 아무것도 분명하게 드러내지는 못했다.

"당신은 누구이며 무슨 일을 하시나요? 아시다시피, 저는 당신에 관해 아무것도 모릅니다." 그가 계속해서 말을 했다.

"그래요, 그 점에 관해서는," 이블린 M이 말했다. 그녀는 계속해서 양손으로 턱을 받치고는 열심히 앞을 바라보았다. "만약 그 점에 관심이 있으시다면, 저는 미혼모의 딸이에요." 그녀가 말했다. "그것은 정말 멋진 일이 아니죠. 그것은 종종 시골에서 일어나는 일이에요. 어머니는 농부의 딸이셨고, 아버지는 상당한 명사로 대단한 집안에서 자란 젊은이였어요. 비록 우리에게 상당히 많은 돈을 주셨지만, 결코 일을 솔직하게 처리하지는, 어머니와 결혼하지는 않았어요. 그의 집안 사람들이 그렇게 하도록 내버려두지 않을 것이니까요. 가여운 아버지! 저는 그를 좋아하지 않을 수 없었어요. 어차피 어머니는 아버지가 솔직하게 살 수 있도록 하는 그런 종류의 여성은 아니었어요. 아버지는 그 전쟁[7]에서 돌아가셨어요. 저는 아버지의 부하들이 그를 숭배했다고 믿어요. 전쟁터에서 거대한 기병대들이 좌절하여 무너졌으며 그의 시

7   '그' 전쟁의 일상적인 언급은 남아프리카 전쟁(1899~1902)에 대한 것을 암시한다.

신을 붙잡고 울고불고 난리였다고 해요. 저도 아버지를 알았더라면 좋았을걸. 어머니는 자신의 모든 삶을 짓이겨버렸어요. 세상은—" 그녀는 주먹을 꼭 쥐었다. "아, 사람들은 그 같은 여자에게는 끔찍할 수 있어요!" 그녀는 휴잇에게로 몸을 돌렸다.

"그래," 그녀가 말했다. "저에 대해 더 알고 싶으세요?"

"그러면 당신은?" 그가 물었다. "누가 당신을 보살펴주었나요?"

"제 일은 대부분 제가 알아서 처리했어요." 그녀는 웃었다. "저는 아주 좋은 친구들을 두었어요. 저는 사람들을 좋아해요! 그것이 고민이죠. 만약 당신이 두 사람을 좋아하고, 그 둘을 끔찍하게 좋아해서 어느 쪽을 더 좋아하는지 말할 수 없다면, 당신은 어떻게 하시겠어요?"

"계속해서 그들을 좋아해야겠지요. 저는 기다려볼 겁니다. 그렇지 않아요?"

"그러나 결정을 내려야만 해요." 이블린이 말했다. "아니면 당신은 결혼 따위를 믿지 않는 사람 중 하나인가요? 이것 보세요. 이것은 공평하지 않아요. 저는 전부 말했는데, 당신은 아무것도 말하지 않았어요. 아마 당신도 당신 친구와 똑같겠죠." 그녀는 그를 의심쩍게 바라보았다. "아마 당신은 저를 좋아하지 않지요?"

"저는 당신을 모릅니다." 휴잇이 말했다.

"저는 사람을 좋아할 때 그들을 보자마자 알죠! 저는 바로 첫날 저녁식사 때 당신을 좋아한다는 것을 알았어요." 그녀는 조바심 내며 말을 계속했다. "만약 사람들이 자신이 생각하는 것을 솔직하게 말한다면 얼마나 많은 귀찮은 일들이 덜어지겠어요! 저는 그런 사람이에요. 어쩔 수 없어요."

"그러나 당신은 그것이 어려움을 낳는다는 것을 발견하지 않아요?" 휴잇이 물었다.

"그것은 남자들 잘못이에요." 그녀가 대답했다. "그들은 항상 그것을 억지로 끌어들이죠. ―제 뜻은 사랑 말이에요."

"그래서 당신은 계속해서 청혼을 받아들였군요." 휴잇이 말했다.

"저는 대부분의 여성들보다 더 많은 청혼을 받았다고는 생각지 않아요." 이블린이 말했지만, 확신에 차 있지는 않았다.

"다섯, 여섯, 열 명?" 휴잇이 과감히 물었다.

이블린은 아마 열 명이 맞는 숫자지만 정말로 그것이 많은 숫자는 아니라고 암시하는 것처럼 보였다.

"당신이 저를 무정한 바람둥이로 여긴다고 생각해요." 그녀가 항변했다. "그러나 저는 당신이 그렇게 생각한다고 해도 상관 안 해요. 저는 다른 사람이 저를 어떻게 생각하던 상관 안 해요. 단지 남자들의 주의를 끌고 그들과 친구하기를 좋아해서 여자들과 얘기를 나누는 것처럼 남자들과 대화를 나누기 때문에 바람둥이라고 불리는 거죠."

"하지만 머거트로이드 양―"

"이블린이라고 불러주시길 바라요." 그녀가 말을 가로챘다.

"열 번의 청혼을 받고 나서도 솔직히 당신은 남자들이 여자들과 똑같다고 생각하시나요?"

"정직하게, 솔직히―저는 그 단어를 정말로 싫어해요! 그것은 언제나 새침데기들이 사용하는 단어예요." 이블린이 소리쳤다. "솔직하게 저는 같아야만 한다고 생각해요. 그것이 그렇게 실망스러운 점이죠. 매번 그런 일이 일어나지 않으리라고 생각할 때마다, 예외 없이 그런 일이 일어나요."

"우정의 추구라," 휴잇이 말했다. "코미디 제목 같네요."

"당신은 못됐어요." 그녀가 소리쳤다. "당신은 정말로 조금도 개의치 않는군요. 당신은 어쩌면 허스트 씨 같은 사람이에요."

"자," 휴잇이 말했다. "생각해봅시다. 생각해보자고요." 그는 순간 그들이 생각해야 하는 것이 무엇인지 기억할 수 없어서 잠시 멈췄다. 그는 그녀의 이야기보다 그녀에게 훨씬 더 관심을 가졌다. 왜냐하면 그녀가 계속 얘기할 때 그의 무감각이 사라졌으며 그는 호감과 연민과 불신이 혼합된 감정을 느꼈다. "당신은 올리버와 페롯, 양쪽과 결혼을 약속했군요?" 그가 결론적으로 말했다.

"정확히 약속한 것은 아니에요." 이블린이 말했다. "정말로 어느 쪽을 좋아하는지 마음의 결정을 내릴 수가 없어요. 오, 저는 현대 생활을 정말로 싫어해요!" 그녀가 내뱉었다. "엘리자베스 시대 사람들에게는 훨씬 더 쉬운 일이었을 거예요. 요 전날 산에서 저는 식민지 주민들 중 한 명이 되어서, 사람을 단지 한 명의 귀여운 아가씨 정도로 생각하는 사람들과 빈들거리며 세월을 보내는 대신 나무들을 베어 쓰러뜨리고 법률 따위 여러 가지를 만든다면 얼마나 좋았을까 생각했어요. 물론 제가 예쁘다는 것은 아니에요. 비록 제가 지금은 그러지 못하지만, 아마도 저는 정말 중요한 어떤 일을 할지도 모르죠." 그녀는 잠시 말없이 생각에 잠겼다. 그러고는 그녀가 말했다.

"저는 솔직히 마음속으로, 앨프레드 페롯이 그러지 못할 것 같아요. 그는 강하지 않아요. 그렇죠?"

"아마도 그는 나무를 베어 넘어뜨릴 수는 없을 겁니다." 휴잇이 말했다. "당신은 결코 누군가를 좋아한 적이 없지요?" 그가 물었다.

"많은 사람들을 좋아했지만, 그들과 결혼하기 위한 것은 아니었죠." 그녀가 말했다. "저도 제가 너무 까다롭다고 생각해요. 평생 저는 제가 존경할 수 있는 누군가를, 위대하고 체격이 크고 훌륭한 누군가를 원했어요. 그러나 남자들은 대체로 매우 작아요."

"훌륭하다는 것은 무슨 뜻인가요?" 휴잇이 물었다. "사람들은―

더 이상은 그만두죠.”

이블린이 당황했다.

“우리는 사람들의 장점 때문에 그들을 좋아하지는 않아요.” 그가 설명하려고 했다. “우리가 좋아하는 것은 바로 그들입니다.” 그는 성냥을 그어 불꽃을 가리키며, “바로 저것” 이라고 말했다.

“당신 말뜻을 알겠어요.” 그녀가 말했다. “그렇지만 동의하지는 않아요. 저는 제가 사람들을 왜 좋아하는지를 알며, 제가 틀린 적이 거의 없다고 생각해요. 저는 그들이 내면에 무슨 생각을 하고 있는지 바로 알아요. 지금 저는 당신이 상당히 훌륭하다고 생각해요. 그렇지만 허스트 씨는 아니에요.”

휴잇이 머리를 저었다.

“그는 전혀 애타적이거나 동정심이 많거나, 아니면 체격이 크거나, 아니면 이해심이 있지도 않아요.” 이블린이 계속해서 말했다.

휴잇은 담배를 피우며 조용히 앉아 있었다.

“저는 나무 베어 넘기는 일을 **싫어해야**겠는데요.” 그가 언급했다.

“당신이 그렇게 생각한다고 추측은 하지만, 저는 당신과 시시덕거리려는 것이 아니에요!” 이블린이 쏘아붙였다. “당신이 저를 불쾌한 존재로 여길 뿐이라고 생각했다면, 결코 당신에게 오지 않았을 거예요!” 그녀의 눈에 눈물이 고였다.

“당신은 절대로 장난으로 희롱하고 있는 것은 아니죠?” 그가 물었다.

“물론 아니에요.” 그녀가 단언했다. “제가 당신에게 말하지 않았어요? 저는 우정을 원해요. 저는 저보다 위대하고 고상한 사람을 좋아하고 싶어요. 그래서 만약 그들이 저와 사랑에 빠진다고 해도 그것은 제 잘못이 아니에요. 저는 그것을 원치 않으며, 절대적으로 싫어해요."

휴잇은 계속 대화를 나누는 것은 소용없는 일이라는 것을 알수 있었다. 왜냐하면 이블린은 특별히 무슨 말인가를 하고 싶어하는 것이 아니라, 그녀가 드러내려 하지 않는 어떤 이유에선지 자신이 불행하거나 불안정하다는 이미지를 그에게 각인시키려는 것이 분명하기 때문이었다. 그는 매우 피곤했으며, 창백한 웨이터는 보란 듯이 계속 방 한가운데로 걸어오며 의미심장하게 그들을 바라보았다.

"그들이 문을 닫기를 원하는군요." 그가 말했다. "내 충고는 당신이 내일 올리버와 페롯에게 당신은 그들 중 누구와도 결혼할 의사가 없다고 말해야 한다는 겁니다. 저는 당신이 결혼할 생각이 없다고 확신해요. 만약 당신 생각이 바뀌면 언제든지 그들에게 그렇게 말할 수 있어요. 그들은 두 사람 다 현명한 남자들입니다. 그들은 이해할 겁니다. 그러면 이 모든 고민이 끝날 겁니다." 그는 일어섰다.

그러나 이블린은 움직이지 않았다. 그녀는 열망하며 빛나는 눈으로 그를 올려다보며 앉아 있었는데, 그는 그녀의 눈 심연에서 어떤 실망, 아니면 불만을 감지했다고 생각했다.

"잘 자요." 그가 말했다.

"당신에게 말하고 싶은 것들이 여전히 많아요." 그녀가 말했다. "언젠가 말할 거예요. 지금은 주무셔야겠지요?"

"예." 휴잇이 말했다. "반은 잠든 상태입니다." 그는 여전히 텅빈 홀에 홀로 앉아 있는 그녀를 떠났다.

"왜 그들은 정직하려고 **하지 않는** 것일까?" 그는 위층으로 올라가며 스스로에게 중얼거렸다.

왜 서로 다른 사람들 사이의 관계는 그렇게 불만스럽고 파편적이고 모험적이며, 단어들은 그렇게 위험해서 다른 사람과 동감하는 본능은 조심스럽게 검토되고 아마도 짓밟히고 싶은 본능이었을까? 이블린이 정말로 그에게 말하고 싶었던 것은 무엇이었을까? 텅 빈 홀에 혼자 남은 느낌은 어떠했을까? 그가 방으로 가는 복도를 걸어갈 때 인생의 신비와 심지어 자신의 감각들에 대한 비현실성이 그를 압도했다. 불빛은 희미했지만, 빛나는 실내복을 입은 어떤 형체가 그의 앞으로 빠르게 지나가는 것을 보기에는 충분했는데, 어떤 여성이 한 방에서 나와 다른 방으로 건너갔다.

제15장

한밤중에 호텔에서 우연히 만나는 사람들을 묶어주는 끈들
이 아무리 보잘것없건 희미하건 간에, 일단 함께 살아온 이상 영
원히 살아야만 하는 나이 든 사람들을 묶어놓는 끈에 비하면 적
어도 한 가지 장점을 지니고 있다. 그 결속력은 하찮을지도 모르
지만, 각자가 이 결속을 유지하기 위해서 애써 노력하고 있기 때
문에 이것은 진정으로 힘이 있다는 것이다. 만약 그것을 지속하
겠다는 진실한 욕망이 없다면 이 결속은 쉽게 깨어져버릴 것이
다. 두 사람이 결혼하여 세월이 흐르면 서로 각자의 육체적 존재
를 의식하지 못하게 되는 것처럼 보여서, 그들은 마치 혼자인 것
처럼 움직이고 대답을 듣고자 기대하지도 않는 것들을 큰 소리
로 말하며, 일반적으로 외로움을 느끼지 않고 모든 고독의 위안
을 경험하는 것처럼 보인다. 리들리와 헬렌이 함께하는 삶은 이
런 단계의 공동체 생활에 도달해서, 이 둘 각자는 서로 어떤 것을
말한 적이 있는지 아니면 단지 생각만 했던 것인지, 공유했던 것
인지 아니면 몰래 꿈을 꾼 것인지 애써 생각해보는 일이 종종 필
요했다. 그로부터 이삼 일 후 오후 네 시에 앰브로우즈 부인은 서

서 머리를 빗고 있었으며, 그녀의 남편은 그녀의 방 쪽으로 문이 열려 있는 드레싱 룸에 있었는데, 물이 쏟아지는 소리 사이로 가끔 ─ 그는 얼굴을 씻고 있는 중이었다 ─ 그녀는 외침을 들었다. "그래 매년 계속되는군. 부디, 제발 좀 끝내버릴 수 있다면." 그녀는 이 말에 아무런 주의도 기울이지 않았다.

"흰색이야? 아니면 갈색이야?" 그녀는 갈색 가운데 의심스럽게 빛나고 있는 머리카락을 살펴보며 이렇게 중얼거렸다. 그녀는 그것을 뽑아서 화장대 위에 놓았다. 그녀의 남편이 얼굴을 수건으로 반쯤 가리고 셔츠 차림으로 방문 앞에 나타났을 때, 그녀는 거울에서 약간 뒤로 물러서서 최고의 자부심과 깊은 생각에 잠겨 자기 얼굴을 바라보며 자신의 외모를 비판하고 아니 오히려 인정하고 있었다.

"당신은 내가 사물들을 주목하지 않는다고 종종 나에게 말하지." 그가 말했다.

"그러면, 이것이 흰 머리카락인지 아닌지 말해보세요." 그녀가 대답하며 그의 손에 머리카락을 놓았다.

"당신은 흰머리가 전혀 없소." 그가 큰 소리로 말했다.

"오, 리들리, 저는 그렇지 않은 것 같아요." 그녀가 한숨지었다. 그리고 그가 판단 내리도록 하기 위해서 그의 눈 밑으로 자신의 머리를 숙였지만, 그 검사는 단지 그녀 머리 가르마에 키스하는 것으로 끝났으며, 남편과 부인은 이따금 중얼거리며 계속 방을 돌아다녔다.

"당신이 무슨 말하고 있었어요?" 어떤 제삼자도 이해할 수 없는 대화의 간격이 있은 후 헬렌이 말했다.

"레이철 ─ 당신은 레이철을 지켜봐야만 하오." 그가 의미심장하게 자신의 생각을 말했으며, 헬렌은 비록 계속 머리를 빗질하고 있는 중이었지만 그를 바라보았다. 그의 관찰들은 흔히 사실이었다.

"젊은 남자들은 어떤 동기가 없다면 젊은 여성의 교육에 관계하지 않는 법이오." 그가 말했다.

"오, 허스트 말씀인거죠." 헬렌이 말했다.

"허스트와 휴잇, 그들은 둘 다 나에게 똑같소 — 모두 결점투성이지." 그가 대답했다. "그가 레이철에게 기본을 읽으라고 충고하는데, 알고 있소?"

헬렌은 그 사실을 몰랐지만, 관찰력에 있어서 자신이 남편보다 뒤진다는 것을 인정하려 하지 않았다. 그녀는 단지 말했다.

"어떤 일도 저를 놀라게 하지 않을 거예요. 우리가 댄스파티에서 만났던 그 끔찍한 비행가도 — 댈러웨이 씨조차도 — 심지어 —"

"나는 당신이 신중할 것을 충고하오." 리들리가 말했다. "윌로우비가 있지 않소, 기억해요 — 윌로우비를." 그가 편지를 가리켰다.

헬렌은 한숨을 쉬며 자신의 화장대에 놓인 봉투를 바라보았다. 그렇다. 거기에 무뚝뚝하고 무표정하고 끊임없이 익살스러우며 전 대륙에서 신비한 물건을 빼앗고 다니는 윌로우비가 있었다. 그는 자기 딸의 예절과 품행에 대해 물어보고, 그녀가 따분한 사람이 아니기를 바라며, 만약 귀찮은 존재라면 바로 다음 배를 태워 자기에게 보내버리라고 말하고는, 감정을 억제하며 고마움과 애정을 표했다. 그러고는 반 장 정도에는 계속 파업하며 그의 선박에 짐을 싣기를 거부하던 불쌍한 어린 원주민들을 어떻게 제압하였는지를 적었는데, 결국 그는 그들에게 큰 소리로 영국 욕설을 퍼부었다고 썼다. "내가 전에 그랬던 것처럼 셔츠 차림으로 창문으로 머리를 불쑥 내밀었지요. 비렁뱅이들도 해산할 만한 지각은 있더군요."

"테레사가 윌로우비와 결혼했어도," 그녀는 머리핀으로 페이지를 넘기며 말했다. "무슨 수로 레이철을 막을지는……"

그러나 리들리는 지금 자신의 셔츠 세탁에 불만이 있어 기분이 상해 있었는데, 이것은 어쩐 일인지 휴링 엘리엇의 잦은 방문과도 연관되어 있었다. 엘리엇은 따분하고 학자연하고 메마른 나무토막 같은 사람이었지만 리들리는 단순히 문을 가리키며 그에게 가라고 말할 수는 없었다. 진실은 그들이 너무나 많은 사람들을 만났다는 데 있었다. 그 외 등등, 더욱 부부만의 대화를 조용하고 이해하기 어렵게 지껄이고는 마침내 그들은 둘 다 차를 마시러 아래층으로 내려갈 준비가 되었다.

헬렌이 아래층으로 내려왔을 때 맨 처음 그녀의 눈길을 끈 것은 문 앞에 있는 사륜마차였는데, 그것은 스커트와 모자 꼭대기에서 끄덕이는 깃털로 가득 차 있었다. 그녀가 막 거실에 도달했을 때 스페인 하녀가 두 명의 이름을 이상하게 잘못 발음하였으며, 쏜버리 부인이 윌프리드 플러싱 부인을 조금 앞서서 들어왔다.

"윌프리드 플러싱 부인이에요." 쏜버리 부인이 손을 흔들며 말했다. "우리가 같이 아는 친구 레이몬드 패리 부인의 친구예요."

플러싱 부인은 힘차게 악수했다. 그녀는 아마도 마흔 살 정도로 보였고, 비록 그녀의 곧추선 모습이 보여주는 것처럼 그렇게 키가 크지는 않았지만, 자세가 똑바르고 곧았으며 굉장히 건장했다.

그녀는 헬렌의 얼굴을 똑바로 바라보며 말했다. "당신은 멋진 집을 갖고 계시네요."

그녀는 굉장히 눈에 띄는 얼굴로, 상대방을 똑바로 바라보았으며, 비록 본래 태도에 있어 오만하였지만 동시에 긴장하고 있었다. 쏜버리 부인은 통역관 노릇을 하며 연이어 재미있는 일반적인 소견들로 분위기를 전반적으로 부드럽게 만들었다.

"앰브로우즈 씨," 그녀가 말했다. "저는 당신이 매우 친절해서 경험에서 얻은 혜택을 플러싱 부인에게 주리라고 과감하게 약속했어요. 이곳에 있는 누구도 당신만큼 시골에 대해 알지 못한다고 확신해요. 누구도 그렇게 오랫동안 멋진 산책을 하지는 않지요. 아무도 모든 주제에 관해 당신처럼 백과사전적 지식을 갖고 있지는 못하다고 확신해요. 윌프리드 플러싱 씨는 수집가예요. 그는 이미 정말로 아름다운 것들을 발견했어요. 저는 소작인들이 그렇게 예술적인지 몰랐어요. —비록 물론 과거에도—"

"옛날 것들이 아니라—새로운 것들이죠." 플러싱 부인이 퉁명스럽게 말을 가로챘다. "말하자면, 만일 그가 제 충고를 받아들인다면 말이에요."

앰브로우즈 부부는 여러 해 동안 런던에 살며 적어도 이름으로나마 상당히 많은 사람들을 알게 되었으며, 헬렌은 플러싱 부부에 관하여 들었던 기억이 났다. 플러싱 씨는 고가구상을 경영하는 사람이었다. 그는 대부분의 여성들은 뺨이 붉기 때문에 결혼하지 않을 것이며, 대부분의 집들은 계단이 좁기 때문에 집도 갖지 않고, 대부분의 동물들은 죽일 때 피를 흘리기 때문에 고기를 먹지 않겠다고 언제나 말했었다. 그러고는 그는 성격이 까다로운 귀족 숙녀분과 결혼했는데, 그녀는 확실히 얼굴빛이 창백하지 않았으며, 고기를 먹는 것처럼 보였고, 그가 가장 싫어하는 모든 일을 시켰다. —그런데 이분이 바로 그 숙녀분이었다. 헬렌은 관심을 갖고 그녀를 바라보았다. 그들은 정원으로 나갔으며, 그곳 나무 아래 차가 준비되었고, 플러싱 부인은 체리 잼을 마음대로 먹고 있었다. 그녀는 말할 때 특이하게 몸을 휙 움직였으며, 이것은 그녀의 모자에 달린 샛노란 깃털도 역시 휙 움직이게 만들었다. 그녀의 작지만 멋지게 빠진 원기 왕성한 용모는 진한 붉은색 입술과 뺨과 더불어 그녀의 조상들이 여러 세대에 걸쳐 훌륭한 교육을 받고 영양 섭취를 잘하였다는 증거가 되었다.

"이십 년 이상 된 것은 아무것도 나의 흥미를 끌지 못해요." 그녀가 계속했다. "곰팡내 나는 오래된 그림들, 더럽고 오래된 책들을, 이것들은 태워 없애버리는 것이 더 나을 것임에도 불구하고 박물관에 처박혀 있죠."

"저도 전적으로 동감이에요." 헬렌이 웃었다. "하지만 제 남편은 아무도 원치 않는 원고들을 조사하는 데 평생을 바치고 있답니다." 그녀는 깜짝 놀라며 아니라고 하는 리들리의 표정이 재미있었다.

"옛 거장들보다 훨씬 그림을 잘 그리는, 존[1]이라고 불리는 똑똑한 친구가 런던에 있어요." 플러싱 부인이 말을 계속했다. "그의 그림들은 저를 흥분시켜. 옛날 것들은 어떤 것도 저를 흥분시키지 못해요."

"하지만 그의 그림들조차도 오랜 것이 될 거예요." 쏜버리 부인이 끼어들었다.

"그러면 저는 그것들을 불태워버릴 거예요. 아니면 불태우도록 제 유언을 남길 거예요." 플러싱 부인이 말했다.

"그런데도 플러싱 부인은 잉글랜드에 있는 가장 아름다운 오래된 저택 중 하나에 살았어요. ─ 칠링리요." 쏜버리 부인이 나머

---

1   아우구스투스 에드윈 존(Augustus Edwin John, 1878~1961), 영국 화가이며 그래픽 아티스트로, 새로운 예술과 새로운 도덕성을 정력적으로 실천하고 선전하였다.

지 사람들에게 설명했다.

"제 마음대로라면 내일 당장 그것을 불태워버릴 거예요." 플러싱 부인이 웃으며 말했다. 그녀는 놀랍고도 음산하게 어치의 울음 같은 웃음소리를 냈다.

"제정신이 박힌 사람이라면 무엇 때문에 그런 대저택들을 원하겠어요?" 그녀가 물었다. "어두워진 후 아래층으로 내려가면 바퀴벌레들이 가득 차 있고, 전깃불은 항상 꺼져 있죠. 온수를 틀었을 때 수도꼭지에서 거미들이 나온다면 어떠시겠어요?" 그녀가 헬렌에게 눈을 고정시키며 물었다.

앰브로우즈 부인은 미소 지으며 어깨를 움츠렸다.

"이것이 제가 좋아하는 거예요." 플러싱 부인이 말했다. 그녀는 빌라로 그녀의 고개를 휙 돌렸다. "정원에 있는 작은 집. 저도 아일랜드에서는 한때 이런 집을 가졌었죠. 아침에 침대에 누워서 발가락으로 창 밖에 있는 장미를 꺾을 수 있었답니다."

"그러면 정원사들이, 놀라지 않았어요?" 쏜버리 부인이 물었다.

"정원사들은 한 명도 없었어요." 플러싱 부인이 킬킬거리며 말했다. "저와 치아가 하나도 없는 늙은 여자밖에 아무도 없었어요. 아일랜드에서 가난한 사람들은 스무 살이 넘으면 치아를 잃는다는 것을 알고 계시죠. 그렇지만 정치인이 그것을 이해하기를 기대하진 않아요. ─ 아서 밸푸어[2]는 그것을 이해하지 못할 거예요."

리들리는 모든 정치인들은 말할 필요도 없고 어느 누구라도 무엇인가를 이해하리라고는 결코 기대하지 않는다고 말하며 탄식했다.

"그렇지만," 그는 말을 맺었다. "아주 나이가 드니 한 가지 장점

---

2 아서 밸푸어(Arthur Balfour, 1848~1930), 영국 보수당 정치가로 수상(1902~1905)을 지냄. 또한 철학자로 『철학적 의심의 변호 A Defence of Philosophic Doubt』(1879)의 저자.

은 있습니다. 먹는 것과 소화 시키는 것 외에는 전혀 아무것도 중요하지가 않아요. 내가 요구하는 것이라고는 고독 속에 곰팡이 슬도록 홀로 남겨지는 겁니다. 세상은 할 수 있는 한 빠르게 지옥의 나락으로 떨어지고 있는 것이 분명하고, 내가 할 수 있는 일이라고는 조용히 앉아 가능한 많이 담배를 피우는 겁니다." 그는 신음하듯 말했으며, 이 무뚝뚝한 귀부인의 분위기로 보아 분명히 자신에게 공감하지 않는다고 느꼈기 때문에, 생각에 잠긴 눈짓으로 자신의 빵에 잼을 발랐다.

"저는 남편이 저렇게 말할 때면 언제나 반박해요." 쏜버리 부인이 상냥하게 말했다. "당신 남자들! 만일 여자들이 없다면 당신들은 어떠할까요!"

"『심포지엄』³을 읽어보시오." 리들리가 완강하게 말했다.

"『심포지엄』?" 플러싱 부인이 소리쳤다. "라틴어판인가요 아니면 그리스어판인가요? 말씀해주세요. 좋은 번역본이 있나요?"

"없습니다." 리들리가 말했다. "그리스어를 배워야만 할 겁니다."

플러싱 부인은 소리 질렀다. "아, 아, 아! 저는 차라리 도로에 깔린 자갈들을 부수겠어요. 저는 하루 종일 안경을 끼고는 돌을 부수며 그 멋진 작은 돌 더미에 앉아 있는 남자들을 항상 부러워했지요. 저는 가금류 사육장을 청소하거나 젖소들 먹이를 주거나, 다른 걸 하느니 돌들을 부수는 편이 훨씬 더 나아요."

이때 레이철이 손에 책을 들고 아래쪽 정원에서 올라왔다.

"그 책은 뭐니?" 그녀가 인사할 때 리들리가 물었다.

"기본이에요." 레이철이 앉으며 말했다.

"『로마제국 쇠망사』?" 쏜버리 부인이 말했다. "아주 훌륭한 책이라는 것을 알아요. 나의 아버지께서는 항상 우리들에게 그 책

---

3 『향연Symposium』 좌담 형식으로 쓰인 플라톤의 대화편 중 하나.

을 인용하셨지요. 그래서 우리는 절대로 한 줄도 읽지 않기로 결심했었거든요."

"역사가 기본 말인가요?" 플러싱 부인이 물었다. "저는 그를 내 생애 가장 행복한 시절 중 한때와 결부시켜요. 우리는 침대에 누워 기본을 읽곤 했어요. — 제 기억에 기독교인의 대학살에 관한 것이었는데 — 그때 우리는 막 잠이 들려고 했어요. 야간등[4]과 문틈새로 들어오는 빛으로 양단으로 인쇄된 대단히 두꺼운 큰 책을 읽는 것은 장난이 아니에요. 그리고 나방들이 있었어요. — 불나방들, 노란 나방들, 무시무시한 떡갈잎 풍뎅이들. 제 여동생 루이자는 창문을 열어놓곤 했어요. 저는 그것을 닫기를 원했죠. 우리는 그 창문 때문에 매일 밤 싸웠어요. 나방이 야간등에 죽은 것을 보신 적이 있으세요?" 그녀가 물었다.

다시금 훼방이 있었다. 휴잇과 허스트가 거실 유리창에 나타나서는 차탁자로 다가왔다.

레이철의 심장이 심하게 고동쳤다. 그들의 존재가 사물들 표면의 어떤 덮개를 벗겨내는 것처럼 그녀는 모든 것에 이상한 긴장감을 느꼈지만, 인사는 상당히 평범하게 오갔다.

"실례합니다." 허스트는 앉자마자 의자에서 일어나며 말했다. 그는 거실에 가서 쿠션을 가지고 돌아와서는 조심스럽게 자기 의자에 놓았다.

"류머티즘 때문이에요." 그가 또다시 앉으며 말했다.

"춤을 춰서 그런가요?" 헬렌이 물었다.

"저는 조금이라도 몸이 쇠약해질 때면 류머티즘이 나타나는 경향이 있습니다." 허스트가 말했다. 그는 자신의 손목을 갑자기 뒤로 젖혔다. "저는 백악 같은 작은 뼈마디들이 함께 마모되는 소

4 침실, 복도용의 희미한 불빛.

리를 듣습니다."

레이철이 그를 바라보았다. 그녀는 우스웠지만, 공손했다. 만일 그런 일이 있을 수 있다면, 그녀 얼굴 윗부분은 웃는 것처럼 보였으며, 얼굴 아랫부분은 웃음을 억누르는 것처럼 보였다.

휴잇은 바닥에 놓여 있는 책을 집어 들었다.

"이 책이 마음에 드세요?" 그가 작은 소리로 물었다.

"아니요, 좋아하지 않아요." 그녀가 응답했다. 그녀는 사실 오후 내내 그 책을 읽으려고 했다. 그런데 어떤 이유에선지 그녀가 처음 느꼈던 승리감이 사라졌으며, 책을 읽으려 해도 그녀는 집중해서 그 의미를 파악할 수가 없었다.

"말아놓은 유포油布처럼 머릿속에서 돌고 돌아요." 그녀가 용기를 내어 말했다. 분명히 그녀는 휴잇 혼자만 자신의 말을 듣고 있는 줄 알았는데, 허스트가 물었다. "무슨 말입니까?"

그녀는 즉시 자신의 말투가 부끄러웠다. 왜냐하면 그녀는 진지한 비평의 단어들로 그것을 설명할 수 없기 때문이었다.

"확실히 그 책은 문체에 관한 한 여태껏 고안된 것 중 가장 완벽한 문체입니다." 그는 계속 이어 말했다. "모든 문장이 실제로 완벽하고, 재치는―"

그녀는 기본의 문체에 관하여 생각하는 대신, "생긴 것도 못생기고, 마음도 쌀쌀맞아"라고 생각했다. "그래, 하지만 정신적으로 강하고 날카롭게 꿰뚫어 보고 단호하지." 그녀는 덧붙여야만 했다. 그녀는 균형에 맞지 않는 넓은 이마를 가진 그의 두상과, 솔직하고 엄숙한 눈을 바라보았다.

"저는 절망하여 당신을 포기합니다." 그가 말했다. 그는 별 의미 없이 그렇게 말했지만, 그녀는 그 말을 진지하게 받아들였으며, 그녀가 우연히도 기본의 문체를 존경하지 않았기 때문에 인간으로서 그녀의 가치가 감소되었다고 믿었다. 지금 다른 사람들은 모여 앉아 플러싱 부인이 방문해야만 하는 원주민 마을에 관하여 대화를 나누고 있는 중이었다.

"저도 역시 절망이에요." 그녀가 격렬하게 말했다. "당신은 어떻게 사람을 머리만 가지고 판단하려 하세요?"

"당신은 제 노처녀 고모와 의견이 같으시군요." 세인트 존이 명랑한 태도로 말했는데, 이것은 그와 얘기하는 상대방을 굉장히 재치 없고 진지하게 만들었기 때문에 언제나 화나게 만드는 일이었다. "'착하게 구세요, 상냥한 아가씨'⁵ — 저는 킹즐리 씨와 제 고모는 이제 구식이라고 생각합니다."

"책을 읽지 않아도 아주 훌륭할 수 있어요." 그녀가 주장했다. 그녀의 말은 매우 어리석고 바보같이 들렸으며, 그녀를 웃음거리로 내몰았다.

"제가 그것을 부인한 적이 있나요?" 허스트가 눈썹을 치켜뜨며 물었다.

매우 뜻밖에도 쏜버리 부인은, 일들을 순조롭게 진행시키는 것이 그녀의 임무였기 때문이었는지 아니면 오랜 동안 허스트 씨와 얘기를 나누고 싶어 했었기 때문이었는지, 그녀가 그러듯이 모든 젊은이들을 자신의 아들이라고 느끼며, 이때에 끼어들었다.

"허스트 씨, 나는 평생을 당신 고모 같은 사람들과 살아왔어요." 그녀는 자신의 의자에서 몸을 앞으로 기울이며 말했다. 그녀의 갈색 다람쥐 같은 눈은 평소보다 훨씬 빛났다. "그들은 기본에 대해 들어본 적이 없어요. 그들은 단지 자기의 꿩들과 소작농들만 관심갖지요. 내 생각에 큰 전쟁들이 있었던 시절에 사람들이 분명 그랬을 것처럼, 그들은 말 등에 올라타 있을 때 아주 멋있어

---

5 찰스 킹즐리(Charles Kingsley, 1819~1875)의 「안녕A Farewell」이란 시의 인용 구절.

보이는 매우 대단한 사람들이죠. 당신이 그들에게 반대하고 싶은 것을 말하자면 ― 그들은 동물적이고, 그들은 이지적이지 않아요. 그들은 스스로 책을 읽지도 않고, 다른 사람들이 책을 읽기를 원치도 않지만, 그들은 지구상에서 가장 멋있고 가장 친절한 인간들이에요! 당신은 내가 말하는 어떤 얘기들을 듣고 놀랄 거예요. 당신은 아마 산간벽지에서 일어나는 로맨스들에 대해서는 전혀 상상해본 적도 없을 거예요. 만약 셰익스피어가 다시 태어난다면 이런 사람들 가운데 있으리라고 느껴요. 다운스[6] 위쪽으로 그 오래된 저택들에서 ―"

"제 고모님은," 허스트가 끼어들었다. "이스트 램버스[7]에서 품위 없는 가난한 사람들 속에서 일생을 보내고 계세요. 제가 고모님을 인용하는 것은 단지 그녀가 자신이 '지성인'이라고 부르는 사람들을 박대하는 경향이 있기 때문인데, 지금 빈레이스 양 역시 그러신 것 같아요. 요즈음 그것이 유행인가 보군요. 만일 당신이 똑똑하면, 당신이 전혀 동정심이나 이해심이나 애정이 없는 것이 언제나 당연하다고 생각되죠.―정말로 중요한 모든 것들이요. ― 오, 여러분 기독교도들은! 당신들은 대영제국에서 가장 젠체하고 생색내며 위선적인 늙은 사기꾼들이에요! 물론," 그는 말을 계속했다. "저는 당신네 시골 신사들의 위대한 장점을 인정하는 최초의 사람입니다. 우선 한 가지는, 그들은 아마도 자신들의 열정에 대하여 매우 솔직하다는 점인데, 우리들은 솔직하지 못해요. 노력에서 성직자인 제 부친은 시골에 다음 같은 지주는 거의 없다고 말씀하시죠. 그 지주는 ―"

"그런데 기본에 대해서는 어떻게 됐지?" 휴잇이 참견했다. 그

6 잉글랜드 남부 및 남동부의 구릉지대.
7 런던 남부의 자치구. 19세기에는 범죄지구로 20세기 초에는 지저분하고 더러운 곳으로 알려져 있었다.

의 참견으로 모든 얼굴에 번져 있는 성마른 긴장의 표정이 풀어
졌다.

"당신은 아마 기본의 책이 지루하다고 생각할 거예요. 그러나
아시다시피 —" 그는 책을 펼치고 큰 소리로 읽을 구절들을 찾기
시작했으며, 곧바로 적합하다고 생각하는 좋은 구절을 발견했다.
그러나 세상에서 소리 내어 읽는 것을 듣는 것보다 리들리를 지
루하게 만드는 것은 없었으며, 게다가 그는 숙녀분들의 드레스와
행동에 관해 면밀하고 까다로웠다. 15분 이내에 그는 그녀의 오
렌지색 깃털이 그녀의 안색에 어울리지 않고, 그녀가 너무 큰 소
리로 말을 하며, 다리를 꼬고 앉는다는 이유로 플러싱 부인이 마
음에 들지 않는다는 결론을 내렸으며, 마침내 그녀가 휴잇이 권
하는 담배를 받아들이는 것을 보았을 때 '호텔주점'에 관해 무언
가를 큰 소리로 말하며 급히 일어나서 그들을 떠나버렸다. 그가
떠나자 플러싱 부인은 분명히 안심하였다. 플러싱 부인은 담배
연기를 내뿜고, 다리를 쭉 뻗었으며, 그들 둘 다 아는 친구 레이
몬드 패리 부인의 평판과 성격에 대하여 헬렌의 의견을 면밀하
게 검토하였다. 일련의 사소한 전략들로 몰아붙여 플러싱 부인은
헬렌으로 하여금 패리 부인이 상당히 나이 들었고 결코 아름답
지도 않으며 짙은 화장을 하는 한마디로 말해 거만한 늙은 노파
로, 그녀가 여는 파티는 이상한 사람을 만나기 때문에 즐거운 것
이라는 정의를 내리도록 하였다. 하지만 헬렌 자신은 불쌍한 패
리 씨를 언제나 동정하였는데, 그는 부인이 거실에서 즐기는 동
안 보석들로 가득 찬 상자들이 즐비한 아래층에 갇혀 있다는 것
을 들어서 알고 있었다. "사람들이 그녀를 나쁘게 말하는 것을 제
가 믿는다는 것은 아니에요. — 물론 그녀가 그런 암시를 주기는
하지만 —" 이 말에 플러싱 부인은 즐겁게 소리 질렀다.

"그녀는 내 첫째 사촌이에요! 계속하세요. ─ 계속해요."

떠나려고 일어났을 때 플러싱 부인은 자기가 새롭게 알게 된 사람들로 인해 분명히 기뻐했다. 그녀는 마차로 가는 길에, 모임을 갖거나 소풍을 가거나 아니면 그들이 구입한 물건들을 헬렌에게 보여주려는 서로 다른 서너 가지 계획을 세웠다. 그녀는 막연하지만 근사한 초대에 그들 모두를 포함하였다.

헬렌이 다시 정원으로 돌아갔을 때 리들리의 경고가 떠올라, 그녀는 잠시 주저하며 레이철이 허스트와 휴잇 사이에 앉아 있는 것을 바라보았다. 그러나 그녀는 어떤 결정도 이끌어낼 수가 없었는데, 왜냐하면 휴잇은 여전히 기본을 큰 소리로 읽고 있었으며, 레이철은 그녀가 짓고 있는 표정에도 불구하고 하나의 조가비여서 그의 말들이 바닷물이 바위 가장자리에 붙어 있는 조가비를 문지르듯이 그녀의 귀를 비벼대며 흐르고 있을지도 모를 일이었다.

휴잇의 목소리는 매우 유쾌했다. 읽던 시대의 결말에 이르렀을 때 그가 멈췄으며, 그 누구도 자진하여 어떤 비평도 하지 않았다.

"저는 귀족을 숭배합니다!" 허스트가 잠시 주저한 후 큰 소리로 말했다. "그들은 아주 놀랍게도 거리낌이 없어요. 우리 중 누구도 감히 저 여자가 행동하는 것처럼 행동하지는 못할 겁니다."

"제가 그들에 관해 좋아하는 점은," 헬렌이 앉으며 말했다. "그들의 몸매가 근사하다는 점이에요. 옷을 벗으면, 플러싱 부인은 눈부실 거예요. 물론, 그녀가 입고 있는 것처럼 옷을 입는 것은 우스운 일이지만요."

"그래요." 허스트가 말했다. 침울함의 그림자가 그의 얼굴을 스쳤다. "저는 평생 몸무게가 64킬로그램 이상 나가본 적이 없어요." 그가 말했다. "제 키를 고려할 때 이것은 어이없는 일이지요.

저는 여기 온 이후로 사실상 몸무게가 줄었어요. 아마 그것이 류머티즘을 설명해줄 거예요." 다시금 그는 갑자기 팔목을 뒤로 홱젖혔으며, 헬렌은 아마 통풍석이 마모되는 소리를 들은 듯했다. 그녀는 미소 짓지 않을 수 없었다.

"확실히, 저에게는 웃을 일이 아니에요." 그가 항변했다. "제 어머니가 고질병을 앓고 계셔요. 저는 제가 심장병에 걸렸다고 듣게 되리라는 것을 언제나 예상하고 있어요. 류머티즘은 결국에는 심장으로 가게 되거든요."

"제발, 허스트," 휴잇이 항변했다. "사람들은 아마 자네가 팔십 먹은 늙은 불구자라고 생각하겠네. 그렇게 말하자면, 나도 암으로 돌아가신 고모가 한 분 계시지만, 그 점에 대해서는 태연하네.─" 그는 일어나서 의자 뒷다리를 앞뒤로 흔들기 시작했다. "여기 계신 분 중에 산보하고 싶으신 분 계세요?" 그가 말했다. "집 뒤편 위로 굉장한 산책로가 있어요. 절벽에 이르면 바로 아래로 바다가 보입니다. 바위들은 모두 붉은색으로, 여러분은 바닷물 속으로 바위들을 볼 수 있어요. 일전에 저는 아주 깜짝 놀랄 만한 광경을 보았는데, 이십여 마리의 해파리가 반투명한 분홍빛으로 길게 펄럭이며 파도 위에 떠다니고 있었어요."

"인어아가씨들이 아니었던 것이 확실해?" 허스트가 말했다. "너무 더워서 언덕 위로 올라가지는 못하겠어요." 그는 헬렌을 바라보았는데, 그녀는 아무런 움직임의 몸짓도 보이지 않았다.

"그래요. 너무 덥네요." 헬렌이 단호하게 말했다.

짧은 침묵이 흘렀다.

"저는 가고 싶어요." 레이철이 말했다.

"그러나 그녀는 어차피 그렇게 말했을 거야." 휴잇과 레이철이 함께 가버리자 헬렌은 속으로 생각했으며, 헬렌은 세인트 존과 단둘이 남았는데, 이는 그를 대단히 만족스럽게 했다. 그는 아마 만족하였겠지만, 한 주제가 다른 주제보다 훨씬 주목할 가치가 있다는 결정을 내리는 데 있어 그가 일상적으로 겪는 어려움으로 잠시 침묵을 지켰다. 그는 꺼진 성냥머리를 열심히 응시하며 앉아 있었으며, 헬렌은—그녀 눈의 표정으로 그렇게 보였는데—현재 순간과 밀접하게 연관되지 않는 무엇인가를 생각하고 있었다.

마침내 세인트 존이 소리쳤다. "제기랄! 젠장맞을 것들! 빌어먹을 사람들!" 그가 덧붙였다. "케임브리지에는 대화 나눌 사람들이 있어요."

"케임브리지에는 대화 나눌 사람들이 있어요." 헬렌은 리듬에 맞춰 아무 생각 없이 그대로 흉내 냈다. 그러고 나서 그녀는 정신이 들었다.

"그런데, 당신은 앞으로 무엇을 할지 정했나요?—케임브리지에 남을 건가요 아니면 법조계로 갈 건가요?"

그는 입을 오므렸지만, 헬렌이 여전히 약간 무관심했기 때문에 즉시 대답하지는 않았다. 그녀는 레이철에 대해 그리고 그녀가 이 두 젊은이 중 어느 쪽과 사랑에 빠질 것인가에 대해 생각해보고 있었으며, 지금은 허스트 맞은편에 앉아 "그는 못생겼어. 그들이 그렇게 못생겼다는 것은 애석한 일이야"라고 생각했다.

그녀는 이런 비판에 휴잇을 포함시키지는 않았다. 그녀는 자신이 아는 똑똑하고 정직하고 재미있는 젊은이들을 생각하고 있었는데, 그들 중 허스트가 가장 좋은 본보기였다. 또한 그녀는 사고하는 것과 장학금이 이렇게 그들의 신체를 학대해야만 하는지와, 그곳에서 보면 인류가 싸구려 아파트에서 꿈틀거리는 쥐나 생쥐들처럼 보이는 매우 높은 탑까지 그들의 정신을 이렇게 고양시켜야만 하는지를 궁금해하고 있었다.

"그래서 미래에는?" 그녀는 점점 더 허스트처럼 되고 있는 남자들과 점점 더 레이철처럼 되고 있는 여자들을 막연하게 마음속에 그리며 곰곰이 생각해보았다. "오, 아니야." 그녀는 그를 흘깃 보며 결론을 내렸다. "사람들은 당신과는 결혼하지 않을 거야. 글쎄, 그렇다면, 인류의 미래는 수잔과 아서의 손에 달려 있겠군. 아니, ─그것은 끔찍한 일이야. 농장 일꾼들의 손에. 안 돼. 영국인의 손이 아니라 러시아인이나 중국인의 손에는 절대 안 돼." 이런 일련의 생각들은 그녀를 만족스럽지 못하게 했으며 세인트 존에 의해 방해를 받았는데, 그는 다시금 말을 시작했다.

"당신이 베넷을 알았으면 해요. 그는 세상에서 가장 위대한 사람이에요."

"베넷?" 그녀가 물었다. 세인트 존은 보다 편해지며 굉장히 무뚝뚝한 태도를 버리고, 베넷은 케임브리지에서 십 킬로미터 떨어진 오래된 풍차에 사는 남자라고 설명했다. 세인트 존에 따르면 그는 단지 사물의 진실만을 좋아하며, 항상 얘기할 준비가 되어 있고, 자신의 정신이 가장 위대할지라도 놀랍게 겸손하며, 매우 외롭고 매우 소박한, 완벽한 삶을 살고 있었다.

"그런 생각 안 드세요?" 그에 대한 묘사를 마쳤을 때 세인트 존이 말했다. "그런 종류의 것이 이런 종류의 것을 다소 하찮게 만든다고? 당신은 차 마시는 시간에 가여운 친구 휴잇이 어떻게 대화를 바꿔야만 했는지를 눈치채셨지요? 그들은 제가 무슨 부적당한 말인가를 하려고 한다는 생각 때문에 저한테 덤벼들 만반의 준비를 하고 있지 않던가요? 실제로 아무 얘기도 아니었는데 말이죠. 만약 베넷이 그 자리에 있었다면 그는 정확히 자신이 말하고자 하는 것을 말했을 거예요. 아니면 일어나서 가버렸을 거예요. 그러나 그런 행동에는 성격상 다소 나쁜 점이 있지요.─만일 우리가 베넷과 같은 성격을 지니지 않았다면 그렇다는 거예요. 그것은 사람을 신랄하게 만드는 경향이 있어요. 당신은 제가 신랄하다고 말씀하시겠어요?"

헬렌은 대답하지 않았으며, 그가 계속 말했다.

"물론 저는 지독하게 신랄해요. 그리고 그것은 잔인한 일이죠. 그러나 저에게 최악인 점은 제가 매우 질투가 심하다는 거예요. 저는 모든 사람을 질투해요. 저는 저보다 잘하는 사람을 견딜 수 없어요.─아주 말도 안 되는 것들 있지요.─쌓아 올린 접시들을 균형 있게 잘 드는 웨이터들이나─심지어 수잔이 사랑에 빠진 아서조차도. 저는 사람들이 저를 좋아하길 원하는데, 그들은 그러질 않아요. 그것은 조금은 내 외모 때문이라고 생각해요." 그는 계속 말을 이었다. "제 몸에 유대인 피가 흐르고 있다고 말하는 것은 절대적으로 거짓말이지만─사실 우리는 적어도 3세기 동안 허스트본 홀의 허스트로서 노퍽에 살고 있어요. 모든 사람이 즉시 좋아하는─당신 같은 그런 사람이 된다면 정말로 기쁠 거예요."

"틀림없이 그들은 좋아하지 않아요." 헬렌이 웃었다.

"사람들은 좋아해요." 허스트는 확신을 가지고 말했다. "첫째로, 당신은 제가 본 중에서 가장 아름다운 여성이에요. 둘째로, 당신은 이례적으로 좋은 성품을 지녔어요."

만일 허스트가 자신의 찻잔을 열심히 바라보는 대신 그녀를 쳐다보았다면 그는 헬렌이 얼마만큼은 기뻐서, 얼마만큼은 매우 못생기고 도량이 좁아 보였으며 또다시 그렇게 보일 젊은 남자를 향한 애정의 충동에서, 얼굴을 붉히는 것을 보았을 것이다. 그녀는 그가 고통 받는다고 생각해서 그를 동정했으며, 그가 말한 많은 것들이 그녀에게 사실로 보여서 그에게 흥미를 느꼈다. 그녀는 젊음의 도덕성을 존중했지만, 답답한 느낌이 들었다. 마치 그녀의 본능이 자신의 손에 쥘 수 있는 밝은 색채의 인격을 가지지 않은 어떤 것으로 도피하려는 것처럼, 그녀는 집에 들어가서 자수를 가지고 나왔다. 그러나 그는 그녀의 자수 세공에 관심이 없었으며, 그것을 쳐다보지도 않았다.

"빈레이스 양에 관해서," 그는 시작했다 —"아, 보세요, 세인트 존과 헬렌, 레이철과 테렌스가 있다고 해요 — 그녀는 어떤 사람이죠? 그녀는 이성적으로 생각하나요, 그녀는 느낄 줄 아나요, 아니면 그녀는 단순히 일종의 발 받침대 같은 존재인가요?"

"오, 아니에요." 아주 단호하게 헬렌이 말했다. 차 마시는 시간에 자신이 관찰한 바로는 허스트가 레이철을 교육시킬 만한 사람인지 그녀는 의심이 들었다. 그녀는 점차로 자신의 조카에게 관심을 갖고 그녀를 좋아하게 되었다. 그녀는 레이철에 대해 어떤 점은 굉장히 싫어했지만, 다른 점에는 흥미가 있었다. 그러나 대체적으로 헬렌은 그녀가 미숙하긴 하지만 살아 있는 인간이며, 경험을 기초로 하고, 실험에 있어서 언제나 운이 따르지는 않지만 실험적이며, 어떤 종류의 능력과 감수성을 갖고 있는 것으로 느꼈다. 그녀의 내면 깊숙한 곳 어딘가에서 역시 그녀는 설명할 수는 없지만 파괴할 수 없는 성性의 연줄로 레이철과 묶여 있었다. "그녀는 멍해 보이지만 자신만의 의지를 갖고 있어요." 마치 그 사이에 레이철의 성격을 꿰뚫어 본 듯이 그녀가 말했다.

자수는 디자인이 어렵고 색채도 곰곰이 따져봐야 하는 사고를 요하는 일이어서, 그녀가 명주실을 고르는 데 열중하는 것처럼 보이거나 아니면 고개를 약간 뒤로 젖히고 눈을 가늘게 뜨고는 전체적인 효과를 생각할 때면 대화 사이에 시간의 흐름이 있었다.

그래서 그녀는 세인트 존의 바로 다음 의견에 단지 "음—으—음, 내가 그녀한테 같이 산보 가자고 할게요"라고 말했다.

아마도 그는 이렇게 주의가 분산되는 것을 불쾌하게 여겼다. 그는 헬렌을 면밀히 지켜보며 조용히 앉아 있었다.

"당신은 정말로 행복하시군요." 그가 마침내 선언했다.

"네?" 헬렌은 바늘을 꽂으며 물었다.

"결혼 생활이요." 세인트 존이 말했다.

"그래요." 헬렌은 조용히 바늘을 빼내며 말했다.

"아이들도요?" 세인트 존이 물었다.

"네." 헬렌은 다시 바늘을 꽂으며 말했다. "내가 왜 행복한지 이유는 모르겠어요." 그녀가 그를 똑바로 바라보며 갑자기 웃었다. 대화가 잠시 중지되었다.

"우리 사이에는 심연이 있어요." 세인트 존이 말했다. 그의 목소리는 마치 암벽 속 깊은 동굴에서 나오는 것처럼 들렸다. "당신은 저보다 아주 훨씬 단순해요. 물론 여자들은 언제나 그래요. 그것이 불가사의예요. 어떻게 여자가 행복에 이르는지 도저히 알 수 없어요. 만일 당신이 그동안 내내 '아, 정말 우울한 젊은이로군!'이라고 생각하고 있는 중이라고 가정하면."

헬렌은 앉아서 손에 바늘을 쥔 채로 그를 바라보았다. 그녀의 위치에서 헬렌은 거무스름한 피라미드형으로 다듬어진 목련나무 앞에 있는 그의 머리를 보았다. 한쪽 발은 의자 다리의 가로장에 올리고 바느질을 위한 자세로 팔꿈치를 밖으로 내민 그녀의 모습은 운명의 실을 잣는 고대 여성의 자태의 숭고함,—오늘날 문질러 청소하거나 바느질을 할 때 필요한 자세를 취하는 여성들이 갖고 있는 숭고함을 지니고 있었다. 세인트 존은 그녀를 바라보았다.

"당신은 일생 동안 절대로 어느 누구도 칭찬한 적이 없었으리라는 생각이 듭니다." 그가 뜬금없이 말했다.

"오히려 나는 리들리를 버려놓고 있는데요." 헬렌은 생각해보았다.

"당신에게 솔직하게 묻겠어요 ─ 저를 좋아하세요?"

약간의 시간이 흐른 후 그녀가 대답했다. "네, 그렇고말고요."

"고마워요!" 그가 소리쳤다. "아시다시피, 진심으로 고마운 일입니다." 그는 감동하여 계속 말했다. "제가 만난 그 누구보다도 당신이 저를 좋아했으면 했어요."

"그 다섯 명의 철학자들은 어떤가요?" 헬렌은 자수틀에 단호하고 빠르게 수를 놓으며 웃으면서 말했다. "당신이 그들을 묘사해줬으면 해요."

허스트는 특별히 그들을 설명하고 싶은 마음은 없었지만, 그가 그들을 생각하기 시작했을 때 스스로 위로 받고 기운이 나는 것을 느꼈다. 세상 다른 쪽에 멀리 떨어져 담배 연기 자욱한 방들에 그리고 어둑어둑한 중세의 대저택에 있는 그들은 훌륭한 인물들, 즉 편한 마음으로 함께 숨김없이 대화를 나누는 남자들로 보였다. 그들은 이곳에 있는 사람들과는 비길 바 없이 훨씬 예민한 감정을 지녔다. 분명히 그들은 그 어떤 여성도 심지어 헬렌조차도 그에게 줄 수 없는 것을 주었다. 그들 생각에 흥분되어 그는 앰브로우즈 부인 앞에 자신의 처지를 계속해서 늘어놓았다. 케임브리지에 그대로 남을 것인가 아니면 법정변호사가 될 것인가? 어느 날은 이렇게 생각했다가 또 다음 날은 생각이 바뀌었다. 헬렌은 주의 깊게 들었다. 거두절미하고 마침내 그녀가 자신의 결정을 밝혔다.

"케임브리지를 떠나 법조계로 나가세요." 그녀가 말했다. 그는 이유를 말해달라고 졸랐다.

"나는 당신이 런던을 훨씬 즐길 거라고 생각해요." 그녀가 말했다. 그것은 매우 정교한 이유로 보이지는 않았지만, 그녀는 그 문제를 충분히 생각한 듯 보였다. 그녀는 꽃이 피어 있는 목련을 배경으로 그를 바라보았다. 시야에 뭔가 흥미로운 점이 있었다. 아마도 무겁게 매달린 밀랍 같은 목련꽃들은 그렇게 말없이 매끄럽게 피어 있었고, 그의 얼굴은—그는 모자를 벗어 던졌으며 머리카락은 헝클어져 있었고 손에 안경을 들고 있어서 양 콧등에 붉은 자국이 나 있었다—너무나 수심에 차서 얘기를 하고 싶어 하는 것처럼 보였기 때문이었다. 시야에는 아름다운 관목이 매우 넓게 퍼져 있었으며, 그곳에 앉아 이야기하는 동안 내내 그녀는 그림자 조각들과 나뭇잎들의 형태 그리고 거대한 하얀 꽃들이 녹색 가운데 피어 있는 모습을 주시하고 있었다. 그녀는 그것을 거의 의식 없이 주목하고 있었지만, 그럼에도 불구하고 그 패턴은 그들 대화의 일부가 되었다. 그녀는 바느질감을 내려놓고 정원을 여기저기 걷기 시작했으며, 허스트 역시 일어나 그녀 옆에서 보조를 맞췄다. 그는 다소 마음이 뒤숭숭하고 편안하지 않으며 생각들로 가득 차 있었다. 둘 중 누구도 말하지 않았다.

해가 지기 시작하였으며, 산들 위로 변화가 일어나 마치 산들이 세상과 동떨어져 단지 강렬한 푸른 안개로만 이루어진 것처럼 보였다. 길고 엷은 홍학 구름이 곱슬곱슬한 타조 깃털 언저리 같은 테를 두르고 하늘 여기저기에 서로 다른 높이로 퍼져 있었다. 마을의 지붕들은 여느 때보다 훨씬 낮게 가라앉아 있는 것처럼 보였다. 지붕들 사이에서 삼나무들이 매우 검게 보였으며, 지붕들 자체는 갈색과 흰색이었다. 저녁이면 늘 그러하듯이 하나가 된 외침들과 일치단결한 종소리들이 아래쪽으로부터 들려왔다.

세인트 존이 갑자기 멈춰 섰다.

"그런데, 당신은 책임을 져야 해요." 그가 말했다. "저는 결심했어요. 법정변호인이 될 거예요."

그의 말은 매우 진지했으며 거의 감동적이었다. 그의 말은 잠시 주저한 후에 헬렌을 자신의 몽상으로부터 깨어나게 했다.

"당신이 옳다고 확신해요." 그녀는 따뜻하게 말하며 그가 내민 손을 잡고 흔들었다. "분명히 당신은 대단한 사람이 될 거예요."

그러고 나서 그녀는 마치 그가 그 장면을 바라보게 만드려는 것처럼 자신의 손으로 거대한 주변 경관을 쭉 훑었다. 바다로부터 마을의 지붕들 위로 산꼭대기를 가로질러 강과 평원 위로 그리고 또다시 산꼭대기를 거쳐, 손은 빌라와 정원과 목련나무에 이르렀으며, 허스트와 함께 서 있는 자신의 모습에 이르렀다가, 마침내 그녀의 옆구리로 내려왔다.

제16장

　휴잇과 레이철은 한참 전에 절벽 가장자리의 특별한 장소에
도착했는데, 그곳에서 바다를 내려다보면 아마 뜻밖에 해파리와
돌고래들을 볼 수도 있다. 다른 쪽을 바라보면 거대하게 넓은 땅
이 영국에서는 아무리 확장시켜 둘러보아도 어떤 풍경에서도 느
낄 수 없는 감동을 그들에게 주었다. 저기 영국에서 마을과 언덕
들은 제각기 이름을 갖고 있으며, 종종 언덕들의 가장 멀리 있는
지평선은 잠겼다 나타나며 바다의 엷은 안개의 경계를 보여주었
다. 이곳에서 보이는 광경은 무한정 볕에 말라빠진 대지의 모습
으로, 산봉우리가 뾰족이 솟아 있고 거대한 장벽들에 쌓여 있는
대지, 거대한 바다 바닥처럼 넓어지고 멀리멀리 퍼져나가는 대
지, 밤낮으로 여러 가지로 변하며 다른 땅들로 분리 구획되어지
는 대지였다. 그곳에 유명한 도시들이 세워졌고 인종들은 검은
야만인에서 백색 문명인으로 바뀌었다가 다시금 검은 야만인으
로 되돌아갔다. 아마도 이런 대지의 전망이 영국인의 피가 흐르
는 그들에게는 불쾌하게 비인간적이고 적대적이었는지, 그들은
한번 저쪽으로 얼굴을 돌리고는 곧이어 바다를 향한 후 계속 바

다를 바라보며 앉아 있었다. 이곳에서 보이는 바다는 큰 파도가 일거나 분노할 수 없는 것처럼 보이는 얕고 반짝이는 물이었지만, 결국에는 스스로 좁아지며, 그 순수한 빛깔이 잿빛으로 흐려져서, 소용돌이치며 좁은 해협을 흐르고, 거대한 화강암 바위에 부딪쳐 산산이 부서졌다. 템스 강 입구로 흘러가는 것이 바로 이 바다였으며, 템스 강은 런던 시가 저변을 씻어 내렸다.

휴잇의 생각은 이와 같은 흐름을 타고 이어졌으며, 그들이 절벽 가장자리에 섰을 때 그가 처음 한 말은—

"영국에 있다면 좋겠어요!"였다.

레이철은 팔꿈치를 괴고 엎드렸으며, 탁 트인 풍경을 보기 위해서 가장자리에서 자라고 있는 키 큰 풀들을 옆으로 밀쳤다. 바닷물은 아주 고요했다. 물은 절벽 아래서 위아래로 철썩이고 있었으며, 매우 맑아서 바다 바닥에 있는 돌들이 붉은색인 것을 알 수 있었다. 그것은 처음 세상이 만들어질 때 그러했으며 그 후로도 계속 그렇게 남아 있었다. 아마도 어떤 인간도 보트나 몸으로 그 물을 부순 적이 없었을 것이다. 어떤 충동에 이끌려 그녀는 저 불멸의 평화를 망쳐놓고자 결심하고는 가장 큰 조약돌을 찾아서 던졌다. 조약돌이 물에 부딪치며 잔물결이 퍼져나갔다. 휴잇도 역시 내려다보았다.

"훌륭해요." 잔물결이 퍼져나가다 멈췄을 때, 그가 말했다. 그 신선함과 새로움이 그에게 놀라움을 줬다. 그도 옆에 있는 조약돌 하나를 던졌다. 거의 아무런 소리도 들리지 않았다.

"그러나 영국," 레이철은 눈길을 어떤 광경에 집중하고 있는 사람의 열중한 어조로 중얼거렸다. "영국에서 무엇을 원하세요?"

"주로 제 친구들이죠." 그가 말했다. "그리고 우리가 하는 모든 것을요."

그는 레이철이 눈치채지 않게 그녀를 바라볼 수 있었다. 그녀는 바닷물과 바위들을 씻어내는 얕은 바닷물이 전해주는 더할 나위 없이 유쾌한 느낌에 여전히 빠져 있었다. 그는 그녀가 몸매를 그대로 드러내는 부드럽고 얇은 면 소재로 만든 짙푸른 드레스를 입고 있는 것을 주목했다. 그것은 아직 완전히 성숙하지는 않았지만 탱탱해서 흥미롭고 사랑스럽기조차 한 젊은 여성의 굴곡 있는 몸매였다. 휴잇은 눈을 들어 그녀의 머리를 살펴보았다. 그녀는 모자를 벗었으며 얼굴을 손으로 괴고 있었다. 그녀는 바다를 내려다보며 입술을 약간 벌리고 있었다. 그녀는 마치 깨끗한 붉은색 바위 위로 물고기 한 마리가 헤엄쳐 가는 것을 지켜보고 있는 것처럼, 어린아이같이 골똘한 표정을 짓고 있었다. 그렇지만 스물네 해 동안 살아온 그녀의 얼굴에는 자제하는 모습이 서려 있었다. 손가락을 약간 구부린 채로 바닥에 놓여 있는 그녀의 손은 잘생겼으며 적당했다. 가지런하게 끝을 다듬은 신경질적인 손가락들은 음악가의 손가락이었다. 다소 비통하게 휴잇은 그녀의 몸매가 남의 눈을 끌지 못하기는커녕 아주 매력적으로 자신을 사로잡는다는 것을 깨달았다. 그녀가 갑자기 쳐다보았다. 그녀의 두 눈은 열망과 흥미로 가득 차 있었다.

"소설을 쓰신다고요?" 그녀가 물었다.

순간 그는 자신이 무슨 말을 하고 있는지 생각할 수 없었다. 그녀를 껴안고 싶은 욕망에 압도되었다.

"아, 네." 그가 말했다. "말하자면, 소설 쓰기를 원해요."

그녀는 자신의 커다란 회색 눈을 그의 얼굴에서 떼려 하지 않았다.

"소설들." 그녀가 반복해서 말했다. "왜 소설을 쓰세요? 악보를 쓰셔야 해요. 아시다시피, 음악은." ─ 그녀가 눈길을 돌려 골똘히 생각하기 시작하자, 마음에 들지 않는 어떤 변화가 그녀의 얼굴에 나타났다.―"음악이 사물을 직접적으로 잘 표현해요. 그것은 말하고자 하는 모든 것을 즉시 말해줘요. 저에게 글쓰기는 이렇게 여러 번 ―"―그녀는 표현하기 위해 잠시 멈추고는 땅에 손가락들을 비볐다―"성냥갑을 긁어대는 것 같아요. 오늘 오후 기본을 읽는 시간 대부분 저는 끔찍하게 지옥처럼 지긋지긋하게 지루했어요!" 그녀가 휴잇을 바라보며 웃음을 터트렸으며 그도 역시 웃었다.

"**저는** 당신에게 책을 빌려주지 않을 거예요." 그가 말했다.

"왜," 레이철이 말을 이었다. "저는 허스트 씨 면전이 아니라 당신 앞에서 그를 비웃을 수 있는 거죠? 차 마시는 시간에 저는 그의 못생긴 외모가 아니라―그의 생각에 완전히 질렸어요." 그녀는 공중에 양손으로 원을 만들었다. 그녀는 편하게 휴잇과 말할 수 있다는 것에 정말로 커다란 위로를 받으며, 어떤 관계의 표면을 찢는 가시나 거친 구석들이 매끄럽게 제거되는 것을 느꼈다.

"그래서 제가 생각하기로," 휴잇이 말했다. "바로 그 점이 끊임없이 저를 놀라게 하는 겁니다." 그는 자신의 평정심을 회복하여 담배에 불을 붙여 피울 수 있게 되었으며, 그녀가 편안함을 느끼자 자신도 행복하고 편안해졌다.

"아주 훌륭한 교육을 받은 매우 유능한 여성들조차 남성들에게 갖는 존경심 말입니다," 그는 계속해서 말했다. "저는 남성들이 흔히 말을 마음대로 다루는 그런 종류의 힘을 여성에게 발휘하고 있다고 믿습니다. 여성들은 우리를 본래보다 세 배는 크게 보며, 그렇지 않으면 그들은 절대로 우리들에게 복종하지 않을 겁니다. 바로 이런 이유에서 저는 당신들이 투표권을 갖게 되었을 때조차 어떤 일을 할 수 있을지 의심스럽습니다." 그는 생각에 잠겨 그녀를 바라보았다. 그녀는 매우 부드럽고 섬세하고 젊어 보였다. "적어도 여섯 세대는 지나야 당신은 법정이나 사무실에 갈 정도로 충분히 뻔뻔스러워질 것입니다. 보통 남자가 얼마나 근사한지 생각해보세요." 그가 계속했다. "열심히 일하는 보통 남자, 부양해야 할 가족이 있고 지켜야 할 어떤 직책을 갖고 있는 사업가나 다소 야망 있는 변호사를 말입니다. 그런데 물론 딸들은 아들들에게 양보해야만 합니다. 아들은 교육을 받아야 합니다. 그들은 자기 부인과 가족을 위해서 위협하며 밀치고 나가야 하며, 이 모든 일은 되풀이해서 일어납니다. 그러는 동안 여성들은 뒷전에 있습니다…… 당신은 정말로 투표권이 당신에게 어떤 이익을 가져다주리라고 생각하나요?"

"투표권?" 그녀가 반복했다. 그녀는 그것을 상자에 떨어뜨리는 작은 종잇조각으로 그려보고 나서야 그의 질문을 이해했으며, 그들은 서로를 바라보며 질문에 담긴 터무니없는 어떤 점 때문에 미소 지었다.

"저에게는 그렇지 않아요." 그녀가 말했다. "그러나 저는 피아노를 쳐요…… 남자들은 정말로 그런가요?" 그녀는 자신의 흥미를 일으키는 문제로 되돌아가서 물었다. "당신이 두렵지 않아요." 그녀가 편안하게 그를 바라보았다.

"아, 저는 달라요." 휴잇이 대답했다. "저는 일 년에 육칠백 파운드의 제 수입이 있어요. 그리고 고맙게도 아무도 소설가를 진지하게 받아들이지 않아요. 만일 어떤 사람의 직업이 모든 사람들에 의해 아주 대단히 진지하게 여겨진다면 틀림없이 그것은 그 직업의 단조롭고 고된 일을 보상해주는 데 도움이 됩니다. ─만일 그가 임용되어, 개인 사무실과 직함을 받고, 이름 뒤에 여러 문자들이 따라 붙게 되고, 훈장의 장식 리본들과 학위들을 갖게 된다면 말이죠. 비록 때때로 그것이 저를 짓누르기는 하지만, 저는 그것들을 불평하지는 않아요. —얼마나 재미있는 조합인가요! 삶에 대한 남성적 개념이란 얼마나 기적 같은 것인가요. —재판관들, 공무원들, 육군, 해군, 국회의원들, 시장들 — 우리는 그것으로 어떤 세상을 만들어왔나요! 자 허스트를 보세요. 맹세코," 그가 말했다. "우리가 이곳에 온 후로 단 하루도 그가 케임브리지에 남을 것이냐 아니면 법정변호사가 될 것이냐에 관해 토론하지 않고 보낸 날이 없어요. 그것은 그의 장래 직업이죠. — 그의 신성한 직업. 만일 제가 그 말을 스무 번 들었다면, 그의 어머니와 누이는 오백 번은 들었으리라고 확신해요. 당신은 세인트 존이 자신만의 공부방을 가져야 하기 때문에 가족회의를 열고 누이는 달려 나가 토끼들에게 먹이를 주라는 말을 들었다는 것을 상상할 수 없지요? — '세인트 존은 공부 중이야,' '세인트 존이 차를 달라고 해.' 당신은 이런 일을 알지 않아요? 세인트 존이 그것을 상당히 중요한 문제라고 생각하는 것은 놀랄 일이 아니에요. 물론 중요한 일이죠. 그는 자신의 밥벌이를 해야 합니다. 그러나 세인트 존의 누이는 —" 휴잇은 말없이 숨을 혹 내쉬었다. "가엾게도, 아무도 그녀를 진지하게 이해하지 않아요. 그녀는 토끼들의 밥을 주고 있지요."

"그래요," 레이철이 말했다. "저도 이십사 년 동안 토끼들의 먹이를 줘왔어요. 그것이 지금은 이상해 보이는군요." 그녀는 생각에 잠긴 듯 보였으며, 되는 대로 얘기하며 본능적으로 여성적 관점을 취해온 휴잇은 그녀가 이제는 그녀 자신에 대해 말하리라는 것을 알았다. 아마도 그럼으로써 그들은 서로를 알게 될 것이기 때문에, 이것은 그가 원하는 바였다.

그녀는 생각에 잠겨 자신의 과거 삶을 되돌아보았다.

"당신은 하루를 어떻게 보내나요?" 그가 물었다.

그녀는 아직도 곰곰이 생각 중이었다. 그녀가 그들의 하루를 생각했을 때 그것은 식사시간에 맞춰 네 조각으로 나눠지는 것 같았다. 이러한 구분은 절대적으로 엄격해서, 하루의 일과 내용은 네 개의 단단한 가로장 안에 순응해야만 했다. 그녀의 삶을 뒤돌아보니 그녀가 본 것은 이러했다.

"아홉 시에 아침식사, 한 시에 점심, 다섯 시에 차, 여덟 시에 저녁식사." 그녀가 말했다.

"그래," 휴잇이 말했다. "당신은 오전에 무엇을 하나요?"

"저는 몇 시간이고 피아노를 치곤 해요."

"그러면 점심식사 후에는?"

"그때는 고모 한 분과 쇼핑을 갔어요. 아니면 우리는 누구를 만나러 갔거나 메시지를 받았어요. 아니면 처리해야 할 일을 했어요. ─수도꼭지가 새는 일 같은 것 말이에요. 고모들은 가난한 사람들을 많이 방문하는데, ─다리가 아픈 늙은 일용잡역부나 병원비가 없는 여자들이에요. 아니면 저는 혼자서 공원을 산책하곤 했어요. 오후에 차를 마신 후에는 때때로 사람들이 찾아왔어요. 여름에는 정원에 앉아 있거나 크로케를 했어요. 겨울에는 고모들이 일하는 동안 저는 소리 내어 책을 읽었지요. 저녁을 먹고 나서는 저는 피아노를 치고 고모들은 편지를 썼어요. 아버지께서 집에 계실 때면 친구들을 저녁식사에 초대하셨고, 대략 한 달에 한 번은 연극을 보러 갔어요. 가끔 우리는 밖에 나가서 식사를 했어요. 때때로 저는 런던의 댄스파티에 갔었는데, 돌아오는 것 때문에 힘들었어요. 우리는 오랜 집안 친구들이나 친척들만 만났기에 많은 사람들을 알지는 못했어요. 그중에 성직자 페퍼 씨와 헌트 씨 가족이 있어요. 아버지는 헐에서 너무도 일에 열중하시기 때문에 대체적으로 집에서는 조용히 계시기를 바라셨어요. 또한 제 고모들은 아주 건강하진 않으세요. 집안일을 제대로 해내려면 많은 시간이 필요해요. 우리 집 하인들은 언제나 성실하지 못해서 루시 고모가 주방에서 상당히 많은 일을 하곤 했어요. 제 생각에 클라라 고모도 오전 시간 거의 대부분을 거실의 먼지를 털어내고 리넨의류와 은제품을 정리하는 데 보내셨어요. 그리고 개들도 있어서, 씻기고 털을 빗겨줄 뿐만 아니라 운동도 시켜야만 했어요. 지금 샌디는 죽었지만, 클라라 고모는 아주 늙은 인도산 앵무새를 한 마리 갖고 있어요. 우리 집에 있는 모든 것들은," 그녀가 큰 소리로 말했다. "전부 어딘가에서 온 것들이에요! 우리 집은 낡은 가구로 가득 차 있어요. 빅토리아 시대 것이니까 정말로 오래된 것은 아니지만, 어머니 집안에서 아니면 아버지 집안에서 가져온 것으로, 비록 그것들을 놓을 공간이 없다 해도 부모님은 그것들을 버리기를 원치 않으셨을 거예요. 우리 집은 상당히 멋있는 집이에요." 그녀가 계속해서 말했다. "약간 음침한 점을 빼고는요—단조롭다고 말해야겠군요." 그녀는 눈앞에 거실의 모습을 떠올렸다. 거실은 정원으로 사각형의 창문이 열려 있는 커다란 장방형의 방이었다. 벽 쪽으로는 초록색 플러시 천의 의자들이 있었으며, 유리문들이 달려 있는 육중하게 조각된 책장이 있었다. 색이 바랜 소파 덮개들과 연녹색의 넓은 공간들과 털실 자수 조각들을 담고 있는 바구니들이 일반적인 인상으로 떠올랐다. 벽에는 오래된 이탈리아 명화의 사진들과 가족들이 수년 전 가본 적이 있는 베네치아 다리와 스웨덴 폭포들의 풍경사진이 걸려 있었다. 또한 조부와 조모들의 초상화 한두 점이 있었으며, 왓츠의 그림에 이어서, 옆으로 존 스튜어트 밀의 판화도 한 점 있었다. 거실은 분명한 특징이 없는 방으로, 전형적으로 드러내놓고 끔찍하지도 않았으며 열심히 예술적으로 꾸며 있지도 않았고 정말로 안락한 것도 아니었다. 레이철은 이런 익숙한 모습에 대한 명상에서 깨어났다.

"하지만 이것은 당신에게 그다지 흥미롭지 않을 거예요."

"맙소사!" 휴잇이 소리쳤다. "평생 이렇게 많이 흥미를 느껴본 적이 없었어요." 그때 그녀는 자신이 리치몬드에 대해 생각하고 있는 동안 그의 눈이 절대로 그녀의 얼굴을 떠난 적이 없다는 것을 깨달았다. 이것을 알자 그녀는 흥분되었다.

"계속해요. 부디 계속 말씀해보세요." 그가 재촉했다. "수요일이라고 상상해봅시다. 당신들은 점심식사 중이에요. 당신은 저기에 앉고, 루시 고모는 저기에, 클라라 고모는 여기에 앉았어요." 그는 그들 사이의 풀 위에 세 개의 조약돌을 배열하였다.

"클라라 고모는 양 목덜미 살을 베어 나눠주고 있어요." 레이철이 계속 말을 하며, 조약돌에 시선을 고정하였다. "제 앞에는 아주 볼품없는 노란색 도자기 스탠드가 세워져 있는데, 그것은 회전 식품대라고 부르는 것으로 거기에는 각각 비스킷, 버터, 치즈를 담은 세 개의 접시가 올려져 있어요. 양치류를 담아놓은 둥근 항아리도 하나 있어요. 그리고 블랑슈라는 하녀가 있는데, 그녀는 코 때문에 킁킁거리며 콧소리를 내지요. 우리는 얘기를 나눠요. ─아 그래요, 루시 고모가 오후에 왈워쓰에 가야 하기 때문에 우리는 좀 서둘러 점심을 끝내요. 루시 고모가 자주색 가방과 검은색 공책을 가지고 나가지요. 클라라 고모는 수요일에 거실에서 G. F. S.[1]라는 모임을 갖기 때문에 저는 개들을 데리고 나가지요. 저는 리치몬드 언덕을 올라 언덕 양쪽에 늘어선 집들을 지나 공원으로 들어가요. 4월 18일 ─지금 이곳과 똑같은 날이에요.

---

1 걸스 프랜들리 소사이어티(Girl's Friendly Society: 여성친선협회).

영국에서는 봄이지요. 땅은 약간 축축해요. 하지만 저는 길을 건너 잔디밭을 따라 걸으며, 제가 혼자 있을 때면 언제나 그러하듯이 노래를 부르죠. 마침내 앞이 탁 트인 곳에 당도하는데 그곳에서는 맑은 날에는 런던이 모두 내려다보여요. 저기에는 햄스테드 교회 첨탑이, 저 위쪽으로는 웨스트민스터 대성당이, 여기 쪽으로는 공장 굴뚝들이 있어요. 런던의 낮은 지역들은 대개 안개가 자욱해요. 하지만 런던이 안개에 잠겨 있을 때에도 공원에서는 종종 푸른 하늘을 볼 수 있어요. 그곳은 트인 공간이어서 헐링햄 위쪽으로 떠 있는 풍선들이 보여요. 연노란색 풍선들이요. 그리고 특히나 그곳에 있는 관리인의 오두막에서 나무를 태우는 날이면 정말로 냄새가 좋아요. 저는 지금 이 장소에서 저 장소로 어떻게 가는지를, 정확히 어떤 나무들을 지나가는지를, 그리고 어디에서 길들을 건너는지를 자세히 얘기해줄 수 있어요. 아시다시피, 저는 어렸을 때 그곳에서 놀곤 했어요. 봄도 좋지만, 사슴의 울음소리를 듣는 가을이 더 좋아요. 어둑어둑해지면 거리를 지나 집으로 돌아오는데, 그때는 사람들을 자세히 볼 수 없어요. 사람들이 아주 빨리 걸어가서 그들의 얼굴을 보는 순간 벌써 지나가 버려요. ― 그 점이 제가 좋아하는 거예요 ― 아무도 제가 무슨 일을 하고 다니는지 전혀 모르거든요. ―"

"하지만 당신은 오후 차 마시는 시간에는 돌아와야 하잖아요?" 휴잇이 그녀를 방해했다.

"차? 아 그래요. 다섯 시에요. 그 시간에 저는 제가 그날 한 일을 말하고 고모들도 하신 일들을 말씀하세요. 그러고 있으면 아마도 누군가 들어오죠. 헌트 부인이라고 가정해보세요. 그녀는 다리를 저는 나이 든 부인이에요. 그녀는 현재 그렇거나 아니면 한때 여덟 명의 자녀가 있었어요. 우리는 자녀들에 대해 물어봐요. 그들은 세계 도처에 흩어져 있어요. 그래서 우리는 그들이 어디에 있는지 물어보고, 때때로 그들이 아프다는 것, 아니면 그들이 콜레라 지역에 주둔 중이라는 것, 아니면 다섯 달에 겨우 한 번밖에 비가 오지 않는 지역에 있다는 말을 듣게 되지요. 헌트 부인은," 그녀는 미소 지으며 말했다. "곰한테 압사당한 아들이 있었대요."

여기서 그녀는 말을 멈추고 자신이 재미있어 하는 것에 휴잇도 똑같은 흥미를 느끼는지 어떤지 알기 위해 그를 바라보았다. 그녀는 안심이 되었다. 그러나 그녀는 다시금 사과할 필요가 있다고 생각했다. 그녀는 말을 너무 많이 하고 있었다.

"당신은 그 얘기가 저를 얼마나 재미있게 하는지 상상도 못 하실 거예요." 그가 말했다. 사실 그는 담배를 다 피워서 또 다른 담배에 불을 붙여야만 했다.

"왜 그 얘기가 흥미로우세요?" 그녀가 물었다.

"조금은, 당신이 여성이기 때문이기도 하지요." 그가 대답했다. 그가 이렇게 말했을 때, 그 어떤 것도 안중에 없이 어린아이 같은 재미와 즐거움의 상태로 되돌아가 있던 레이철은 자유를 잃고 자신을 의식하게 되었다. 그녀는 세인트 존 허스트에게서 느꼈던 것처럼 스스로 야릇한 기분이 들며 관찰당하고 있다고 느꼈다. 그녀가 서로를 아주 적대적으로 느끼게 만들 논쟁을 시작하며, 느낌을 표현하는 단어들이 반드시 주게 되어 있는 그러한 사소한 느낌을 분명히 정의하려 하고 있을 때, 바로 그때 휴잇이 그녀의 생각들을 다른 방향으로 이끌었다.

"저는 사람들이 일렬로 나란히 살고 한 집이 다른 집과 아주 똑같이 생긴 거리들을 따라 가끔 산책을 하며, 도대체 여자들은 저 안에서 무엇을 하고 있을까 궁금해합니다." 그가 말했다. "생각해보세요. 지금은 20세기 초반이고, 몇 년 전까지만 해도 그 어떤 여자도 혼자 밖에 나오거나 도대체 무엇인가에 대한 말을 한 적이 없었지요. 수천 년 동안 이 이상하게 침묵하는 표현되지 못하는 삶은 눈에 띄지 않는 곳에서 진행되어왔어요. 물론 우리는 언제나 여성에 대한 글을 쓰고 있어요. 여성들을 학대하거나, 아니면 조롱하거나, 아니면 숭배하지요. 그러나 그 글은 결코 여성들 자신이 쓴 것은 아니에요. 여전히 우리는 여자들이 어떻게 사는지, 혹은 무엇을 느끼는지, 혹은 정확하게 무슨 일을 하는지를 조금도 알지 못합니다. 만약 누군가 남자라면, 그가 얻게 되는 유일하게 확실한 비밀은 젊은 아가씨들한테서 그들의 연애담에 대해 듣는 것뿐입니다. 그러나 사십 대 여성, 독신 여성, 일하는 여성, 가게를 지키고 아이들을 키우는 여성, 당신 고모들이나 쏜버리 부인이나 앨런 양 같은 여성의 삶에 대해서는 ─ 전혀 아무것도 아는 것이 없습니다. 그들은 당신에게 말해주지 않을 테니까요. 그들이 남자들을 두려워하는지, 아니면 남자들을 다루는 법을 알고 있는지를요. 아시다시피, 표현되는 것은 남성의 관점에서 나온 것입니다. 기차를 한 대 생각해보세요. 15개 차량 모두가 담배 피우기를 원하는 남자를 위한 것입니다. 그것이 당신의 피를 끓어오르게 하지 않습니까? 만약 내가 여자라면, 누군가의 머리에 총을 쏘아버릴 것 같아요. 당신은 우리를 굉장히 비웃지 않으세요? 당신은 그 모든 것이 터무니없는 엉터리라고 생각지 않으세요? 내 말은 당신은 ─ 이 모든 것이 충격적이지 않으세요?"

알고자하는 그의 결심은 그들의 얘기에 의미를 주는 반면에 그녀를 방해했다. 그는 더욱더 몰아세우는 것처럼 보였으며 그것을 중요하게 보이게 만들었다. 그녀는 대답할 여유를 갖고서 그동안 자신의 이십사 년간의 삶에 대해 곰곰이 생각해보았다. 이번엔 이런 점에서 또 이번엔 다른 점에서 ─ 자신의 고모들과 어머니와 아버지에 대해 이런저런 생각을 하고는, 마침내 고모들과 아버지에게 마음을 고정시켰다. 그러고는 이렇게 떨어진 거리에서 그들이 자신에게 나타나 보이는 그대로 묘사하고자 애썼다.

그들은 그녀의 아버지를 굉장히 두려워하였다. 그는 집에서 모호한 큰 힘을 지니고 있어서, 그 힘의 덕으로 그들은 매일 아침 『타임스』에 묘사되는 거대한 세상에서 견뎌내고 있었다. 그러나 집 안의 실질적인 삶은 이것과는 아주 다른 것이었다. 그 삶은 빈 레이스 씨와는 무관하게 이루어졌으며, 그에게는 그것을 숨기는 경향이 있었다. 그는 그들에게 상냥했지만 경멸적인 태도를 보였다. 그녀는 아버지의 관점이 올바르고, 사물의 이상적인 척도에 세워져 있다는 것을 언제나 당연시 여겼는데, 이 척도에 따르면 한 사람의 삶이 다른 사람의 삶보다 절대적으로 훨씬 더 중요하였으며, 그러한 척도에서는 그들은 그녀의 아버지보다 훨씬 덜 중요하였다. 그러나 그녀는 정말로 그것을 믿었는가? 휴잇의 말을 듣고 그녀는 생각하게 되었다. 그들이 그러하듯이 언제나 아버지에게 복종하였지만, 그녀에게 정말로 영향을 미치는 것은 고모들이었다. 가정에서 멋지고 단단히 짜 엮은 삶의 본질을 쌓아 올리는 것은 바로 고모들이었다. 고모들은 그녀의 아버지보다 훌륭하지는 못했지만 훨씬 자연스러웠다. 그녀가 화를 내는 것은 대부분 고모들 때문이었다. 그녀가 그렇게 면밀히 검토하고 아주 격렬하게 산산조각으로 부숴버리고 싶었던 것은, 바로 하루 네 끼의 식사와 시간 엄수와 열 시 반에 하인들에게 층계 청소를 시키는 그들의 일상이었다. 이런 생각들을 따라가다가 레이철은 쳐다보며 말했다.

"그래도 그 안에는 일종의 아름다움이 있어요 ─ 이 순간에도 그들은 거기 리치몬드에서 세상을 쌓아나가고 있어요. 아마도 그들 모두가 틀릴지도 모르지만, 그 안에는 일종의 아름다움이 있어요." 그녀가 반복했다. "그것은 아주 무의식적이고, 아주 겸손한 거예요. 그러나 그들은 세상을 느껴요. 그들은 사람이 죽으면 마음을 쓰지요. 늙은 노처녀들은 언제나 일들을 하고 있지요. 저는 그들이 무슨 일을 하는지를 잘 몰라요. 단지 그것이 제가 그들과 함께 살면서 느꼈던 거예요. 그것은 아주 사실적이었어요."

레이철은 월워쓰 지역으로, 다리가 불편한 일용잡역부에게로, 이런저런 모임들로 여기저기 다닌 작은 여정들, 그들이 반드시 해야 한다는 분명한 관점에서 지체 없이 꽃피웠던 소소한 자선활동과 비이기적인 행동들, 그들의 우정, 그들의 기호와 취미들을 회고해보았다. 그녀는 이 모든 것들이 모래알갱이처럼 수많은 나날 동안 똑 똑 떨어져 내리며, 분위기를 만들어내고 견고한 덩어리, 배경을 굳건히 쌓아올리는 것을 보았다. 그녀가 이런 생각을 하고 있을 때 휴잇은 그녀를 관찰하고 있었다.

"행복했어요?" 그가 물었다.

다시금 그녀는 어떤 다른 것에 골몰해 있었는데, 그가 유난히 생생한 의식으로 그녀를 되돌려놓았다.

"양쪽 다였어요." 그녀가 대답했다. "저는 행복했으며 또한 비참했어요. 당신은 젊은 여자라는 것 ─ 그것이 어떤 것인지 전혀 짐작도 못하겠죠." 그녀가 그를 똑바로 바라보았다. "공포와 고통이 있어요." 그가 조금이라도 웃는 기색이 있는지 그를 주시하며 그녀가 말했다.

"그렇겠지요." 그가 말했다. 그가 아주 진지한 표정으로 그녀를 바라보았다.

"거리에서 보는 여자들요." 그녀가 말했다.

"매춘부들 말인가요?"

"남자들이 키스를 하고요."

그가 고개를 끄덕였다.

"우리가 추측하는 일을"

"들어보지 못했어요?"

그녀는 고개를 저었다.

"그리고," 그녀가 말을 시작하다가 멈췄다. 그 누구도 침투한 적이 없는 거대한 삶의 공간이 있었다. 그녀가 자신의 아버지와 고모들과 리치몬드 파크에서 산책하는 것과 매 시간별로 하루를 어떻게 보내는지에 대해 말하고 있는 것은 단지 표면일 뿐이었다. 휴잇이 그녀를 지켜보고 있었다. 그는 그녀가 그것도 또한 묘사하기를 요구했던 것인가? 그는 왜 이렇게 가까이 앉아 그녀를 뚫어져라 바라보는 것일까? 그들은 왜 이런 탐색과 고통을 끝내지 못한 걸까? 어째서 그들은 쉽게 서로에게 키스하지 않는 걸까? 그녀는 그와 키스하고 싶었다. 그러나 그녀는 계속해서 말을 질질 끌고 있었다.

"젊은 아가씨가 젊은 남자보다 더 외로워요. 그 누구도 그녀가 무엇을 하는지 전혀 신경 쓰지 않아요. 그녀한테는 아무것도 기대하지 않아요. 그녀가 아주 예쁘지 않으면 그녀가 하는 말을 듣지도 않아요…… 그리고 이것이 제가 좋아하는 점인데," 그녀는 마치 그 기억이 아주 행복한 듯이 힘차게 덧붙였다. "저는 리치몬드 파크를 걸으며 혼자서 노래 부르며 아무도 그것을 신경 쓰지 않는다는 것이 좋아요. 저는 세상이 계속 돌아가는 것을 보는 것이 좋아요 ─ 그날 밤 당신은 우리를 보지 못했지만 우리는 당신을 보았던 것처럼 ─ 그것은 바람이나 바다가 되는 느낌이에요." 그녀는 손들을 이상하게 휘두르며 몸을 돌리고 바다를 바라보았다. 바다는 여전히 푸르고 눈길이 닿을 수 있는 한 멀리 춤추며 사라졌다. 그러나 바다에 비치는 빛은 훨씬 노란색이었으며 구름은 홍학처럼 붉은색으로 변하고 있었다.

그녀가 말을 할 때 강한 절망감이 휴잇의 마음을 스쳐갔다. 그녀가 절대로 다른 사람보다 어떤 특정한 사람을 좋아하지 않는 것은 명백해 보였다. 그녀는 분명히 그에게 무관심했다. 그들이 아주 가까워진 것 같았지만, 그들은 다시금 전처럼 멀리 떨어져 있었다. 그녀가 그로부터 몸을 돌리는 몸짓은 이상하게 아름다웠다.

"바보같이!" 휴잇이 퉁명스럽게 말했다. "당신은 사람들을 좋아해요. 당신은 칭찬을 좋아해요. 허스트에 대한 당신의 진짜 원한은 그가 당신을 숭배하지 않는다는 거죠."

그녀는 잠시 동안 대답하지 않았다. 그러고서 그녀가 말했다.

"그 말은 아마 사실일 거예요. 물론 저는 사람들을 좋아해요— 만난 적이 있는 거의 모든 사람을 좋아해요."

그녀는 바다로 등을 돌리고는 비판적이기는 하지만 상냥한 눈으로 휴잇을 쳐다보았다. 그는 항상 먹을 소고기와 들이마실 신선한 공기를 충분히 가진 사람이었다는 그런 의미에서 보기 좋았다. 머리가 크고, 눈 또한 큼직해서, 전반적으로 뚜렷하게 알 수는 없지만 강렬해 보일 수 있었으며, 입술은 민감해 보였다. 사람들은 아마도 그가 상당한 열정과 변덕스런 에너지를 지닌 사람으로, 사실과 관련이 없는 기분에 좌우될 것 같으며, 관대하고 동시에 까다로운 존재로 생각할 것이다. 그의 넓은 이마의 폭은 생각의 능력을 보여주었다. 레이철이 그를 관심을 갖고 본다는 것은 그녀의 목소리에서도 드러났다.

"당신은 무슨 소설을 쓰세요?" 그녀가 물었다.

"저는 침묵에 관한 소설을 쓰고 싶어요." 그가 말했다. "사람들이 말하지 않는 것들을요. 하지만 어려움이 엄청나요." 그가 한숨을 내쉬었다. "그렇지만, 당신은 개의치 않지요." 그가 이어서 말하며 거의 엄할 정도로 그녀를 바라보았다. "그 누구도 상관하지 않아요. 당신이 소설을 읽는다는 것은 작가가 어떤 유형의 사람인지 알고자 하는 겁니다. 만약 작가를 알고 있다면, 그가 그의 친구들 중 어느 쪽에 속하는지 알고자 하는 것이지요. 소설 자체, 소설의 전반적인 개념, 사물을 보고, 사물에 대해 느끼며, 다른 사물들과의 관계에서 취하는 입장에 대해서는 전혀 아무런 신경도 쓰지 않아요. 하지만 저는 때때로 이 세상에서 그런 것 외에 가치 있는 어떤 다른 것이 있는지 궁금합니다. 저기 다른 사람들은," 그가 호텔을 가리켰다. "언제나 그들이 얻을 수 없는 무언가를 원하고 있어요. 그러나 글쓰기에는, 글을 쓰려는 시도만으로도 엄청난 만족이 있습니다. 당신이 이제 방금 말씀했던 것은 사실이에요. 사람은 사물이기를 원하지 않아요. 단지 사물들을 보게 되기만을 원하지요."

그가 바다를 응시할 때 그가 말하는 것에 대한 어떤 만족감이 그의 얼굴에 나타났다.

맥이 풀린 것은 이제 레이철의 차례였다. 그가 글쓰기에 관해 얘기할 때 그는 갑자기 비정한 인물이 되었다. 그는 결코 아무도 좋아하지 않는 것 같았다. 그녀를 알고자 하며 그녀에게 가까이 가고자 하는 모든 욕망, 거의 가슴 아플 정도로 자신을 짓누른다고 그녀가 느껴왔던 욕망이 완전히 사라져버린 것 같았다.

"당신은 훌륭한 작가인가요?" 그녀가 수줍게 물었다.

"네." 그가 말했다. "물론 일류는 아니고, 훌륭한 이류작가예요.

대략 새커리[2] 정도는 된다고 말해야겠군요."

레이철은 깜짝 놀랐다. 우선 새커리를 이류작가라고 부르는 것을 듣고 놀랐다. 그리고 그녀는 현재 현존하는 위대한 작가들이 있을 수 있다거나, 설혹 만일 있다면 자신이 아는 누군가가 위대한 작가일 수 있다고 믿도록 자신의 관점을 넓힐 수가 없었다. 그래서 휴잇의 확신은 그녀를 놀라게 했으며, 그가 더욱더 멀게 느껴졌다.

"제 다른 소설은," 휴잇은 이어서 말했다. "한 가지 생각―신사가 되겠다는 생각―에 사로잡힌 젊은 남자에 관한 것입니다. 그는 일 년에 백 파운드로 케임브리지에서 그럭저럭 꾸려가고 있어요. 그는 코트를 한 벌 갖고 있어요. 한때는 아주 훌륭한 코트였지요. 그러나 양복바지는―그다지 썩 좋지 않아요. 그래, 그는 런던으로 상경하여, 서펀타인 연못의 기슭에서 이른 아침 뜻하지 않은 경험 덕분에 훌륭한 사회에 들어가게 됩니다. 그는 어쩔 수 없이 거짓말을 하게 되어서―아시다시피 제 생각은 영혼의 점진적 타락을 보여주는 것이지요―자신을 데본셔에 사는 어떤 대단한 지주의 아들이라고 생각합니다. 반면에 코트는 점점 더 낡게 되며, 양복바지는 거의 입을 수 없게 됩니다. 며칠 저녁 화려한 방탕생활을 한 뒤―옷들을 침대 발치에 걸어놓고, 때로는 훤한 불빛 속에서 또 때로는 어둠 속에서 의복을 정리하며, 그 옷들이 자기보다 오래 견딜까 아니면 자신이 그 옷들보다 오래 살아남을까를 궁금해하며―이 옷들에 대해 곰곰이 생각하고 있는 비참한 남자를 상상할 수 있나요? 자살에 대한 여러 생각들이 그의 마음속을 스쳐 지나갑니다. 또한 그는 친구가 한 명 있는데, 그는 작은 새들을 팔아서 그럭저럭 생활을 하는 친구라서 옥스브

2 윌리엄 메이크피스 새커리(William Makepeace Thackeray, 1811~1863), 영국 소설가.

리지 근처 들판에 덫을 놓지요. 그들은 둘 다 학자예요. 저는 당신 앞에서는 튀긴 청어와 흑맥주 한 잔을 놓고 아리스토텔레스를 인용하지만 이처럼 비참하게 굶주리고 있는 자들을 한두 명 알고 있습니다. 또한 저는 모든 상황에서 저의 주인공을 보여주기 위해서 상당히 자세하게 사교계 삶을 보여줘야만 합니다. 그는 테오 빙햄 빙리 여사의 적갈색 암말을 멈추게 하는 행운을 누렸는데, 그녀는 아주 훌륭한 토리당 의원의 따님입니다. 제가 한때 참석했던 파티들―당신도 알다시피, 자신의 책상 위에 가장 최근에 나온 책을 두고 싶어 하는 사교계의 지식인들의 파티들―에 대해 묘사해보겠습니다. 그들은 수상 파티나 게임을 하는 파티들을 엽니다. 작은 사건들을 그려내는 것은 어렵지 않습니다. 문제는 테오 여사가 그런 것처럼 함께 달아나버리는 것이 아니라―사건들을 구체화하여 틀을 잡는 것이지요. 가엾게도 이야기는 그녀에게 비참하게 끝났습니다. 제가 계획했던 것처럼 이 작품은 철저하고 엄격한 체면을 존중하며 끝나게 되어 있거든요. 아버지와 의절하고 그녀는 우리의 주인공과 결혼합니다. 그리고 그들은 크로이든[3] 외곽의 아담한 작은 빌라에 살며, 그곳에서 그는 주택 중개업자로 생활을 하게 됩니다. 그는 결국 진정한 신사가 되는 일에 결코 성공하지 못합니다. 이것이 이 소설의 흥미로운 부분이지요. 그런 종류의 책을 읽고 싶지 않으세요?" 그가 물었다. "아니면 당신은 제 스튜어트 시대 비극을 훨씬 좋아할지도 모르지요." 그녀가 대답하기를 기다리지도 않고 그가 말을 이었다. "제가 생각하기에 과거에는 아름다움에 대한 확실한 특성이 있습니다. 평범한 역사 소설가는 그의 엉터리 관습으로 이것을 완전히 망쳐버리지요. 달은 하늘의 통치자가 되지요. 사람들이

---

3 런던 동남부 서리 주의 도시.

말에 급히 박차를 가하는 등등, 그런 것 말입니다. 저는 사람들을 지금의 우리들과 아주 똑같이 다룰 생각입니다. 그것의 장점은, 현대 상황과 초연하게, 그들을 우리 현대인들보다 훨씬 강렬하고 추상적으로 만들 수 있다는 겁니다."

레이철은 매우 주의 깊게, 하지만 상당히 당황하여 이 모든 얘기를 들었다. 그들은 둘 다 자신의 생각에 빠져 앉아 있었다.

"저는 허스트와 같지 않아요." 잠시 후 휴잇이 말했다. 그는 생각에 잠겨 말했다. "저는 사람들 발 사이에 백묵으로 그려진 원들을 보지 않아요. 때로 그랬으면 좋겠는데. 저에게 그것은 엄청나게 복잡하고 혼란스러워 보여요. 절대로 어떤 결정에 이를 수가 없어요. 점점 더 판단을 내릴 수 없게 되지요. 알겠어요? 그리고 사람은 누가 어떤 느낌을 갖고 있는지를 결코 알지 못해요. 우리는 모두 암흑 속에 있어요. 우리는 알아내고자 노력하지요. 하지만 당신은 어떤 사람이 다른 사람에 대해 갖는 개인적 견해보다 더 웃기는 것이 있다고 생각하세요? 사람은 자신이 알고 있다고 계속 생각하지만, 사실은 알지 못하죠."

이 말을 할 때 그는 팔꿈치에 기대고서, 점심 식탁에 앉아 있는 레이철과 두 고모들을 나타내었던 돌들을 풀밭 위에 정돈하고 재배열하고 있었다. 그는 레이철에게 말하는 만큼이나 자신에게도 말하고 있었다. 그는 욕망에 맞서 생각하고 있었는데, 이것은 강하게 되살아난 욕망으로, 그녀를 팔로 껴안고 싶다는 것이었다. 간접적으로 행해온 욕망이며, 자신이 느낀 바를 정확히 표현하는 욕망이었다. 그가 말한 것은 자신의 믿음과는 반대되는 것이었다. 그녀에 대해 중요한 모든 것을 그는 알았으며, 동시에 그들 주변의 공기 속에서 그것들을 느꼈다. 그러나 그는 아무 말도 하지 않고, 계속해서 돌들을 배열하였다.

"저는 당신을 좋아해요. 당신은 저를 좋아하세요?" 레이철이 갑자기 물었다.

"당신을 말할 수 없이 좋아해요." 휴잇은 예상치 않게 자신이 말하고 싶은 것을 말할 기회를 얻은 사람처럼 안도하며 말했다. 그는 조약돌을 옮기는 것을 멈췄다.

"우리 서로를 레이철과 테렌스라고 부르지 않을래요?" 그가 물었다.

"테렌스." 레이철이 반복했다. "테렌스─올빼미의 울음소리 같아요."

그녀는 갑자기 몰려드는 즐거움으로 위를 바라보았다. 그녀는 기뻐서 크게 뜬 눈으로 테렌스를 보다가, 그들 뒤편 하늘을 덮고 있는 변화에 깜짝 놀랐다. 본래의 하늘빛이 훨씬 연하고 미묘한 하늘빛으로 희미해져 있었으며, 구름은 분홍빛으로 저 멀리 빽빽하게 모여 있었다. 이제 밤이 주는 평화로움이 남쪽 지방의 오후 열기를 대치하였는데, 그 열기 속에서 그들은 산책을 시작했었다.

"늦었음에 틀림없어요!" 그녀가 소리쳤다.

거의 여덟 시가 다 되었다.

"하지만 여덟 시는 여기에서는 중요하지 않아요, 안 그래요?" 그들이 일어나서 다시금 내륙으로 방향을 틀었을 때 테렌스가 물었다. 그들은 올리브 나무들 사이로 좁은 길을 따라 상당히 빨리 언덕을 내려오기 시작했다.

그들은 리치몬드에서 여덟 시가 무엇을 의미하는지를 서로 알고 있었기에 훨씬 더 친밀함을 느꼈다. 그들은 나란히 서서 걸을 공간이 없기 때문에 테렌스가 앞서 걸었다.

"제가 소설을 쓰면서 하고 싶은 것이 당신이 피아노를 칠 때 하고 싶은 것과 같다고 생각해요." 그가 고개를 돌리고 어깨너머로 말하기 시작했다. "우리는 이면에 있는 뭔가를 찾아내기를 원해요, 그렇지요? — 저 아래 불빛들을 보세요." 그가 말을 계속했다. "아무렇게나 흩어져 있지요. 제가 느끼는 사물도 빛처럼 나에게 다가와요…… 저는 그것들을 결합시키길 원해요…… 당신은 형체를 만들어내는 불꽃놀이를 본 적이 있나요?…… 저는 형체를 만들기를 원해요…… 당신이 원하는 것도 그런 것이 아닌가요?"

이제 그들은 큰 길로 나와서 나란히 걸을 수 있었다.

"제가 피아노를 칠 때요? 음악은 달라요…… 하지만 무슨 말인지 알겠어요." 그들은 이론을 만들어내고 그들의 이론들을 일치하게 만들려고 애썼다. 휴잇이 음악에 대해 아는 것이 없기 때문에, 레이철은 바흐가 그의 푸가를 어떻게 작곡했는지 설명하기 위해서 휴잇의 막대기를 가져다가 메마른 흰 지면에 악보를 그렸다.

"제 음악적 재능이 파괴된 것은," 레이철이 악보들을 그려준 후에 다시 걸으며 그가 설명했다. "집에 있던 마을 오르간 주자 때문이에요. 그가 표음법의 체계를 창안하여 저를 가르치려고 했지요. 그 결과로 저는 화음연주를 절대로 이해하지 못하게 되었어요. 제 어머니는 아들이 음악을 한다는 것은 남자답지 못하다고 생각하셨어요. 어머니는 제가 쥐나 새들을 잡기를 원하셨지요. 그것이 시골 생활의 가장 나쁜 점이에요. 우리는 데본셔에 살아요. 그곳은 세상에서 가장 아름다운 곳이지요. 단지 — 어른이 되어서도 집에 있기는 언제나 힘든 법이지요. 저는 당신이 제 누이들 중 한 명을 알았으면 해요…… 아, 벌써 당신 집 대문이군요. —" 그가 문을 밀어 열었다. 그들은 잠시 멈춰 섰다. 그녀는 그에게 들어오라고 청할 수가 없었다. 그녀는 다시 만나기를 바란다고 말할 수도 없었고, 할 말도 없었다. 그래서 그녀는 말 한마디 없이 대문으로 들어갔으며 곧 보이지 않았다. 그녀가 시야에서 사라지자마자, 휴잇은 예전의 불안감이 전보다 훨씬 강하게 되살아남을 느꼈다. 그들의 대화는 중간에, 그가 자신이 원하는 말을 막 시작하려 할 때 방해받았다. 결국 그들은 무슨 말을 할 수 있었던가? 그는 자기들이 말했던 것들을 머릿속으로 생각해보았다. 아무렇게나 내뱉은 불필요한 말들이 원형으로 둥글게 소용돌이 치고는 언제나 소진되어버렸으며, 그들 둘을 아주 가깝게 끌어당겼다가 아주 멀리 따로따로 내동댕이쳤다. 결국 그는 그녀가 어떻게 느꼈으며 그녀가 어떤 사람이었는지에 대해 여전히 모르는, 불만스런 상태로 남겨졌다. 얘기하고, 얘기하고, 단지 얘기만 하는 것이 무슨 소용이었던 말인가?

제17장

　지금은 성수기여서 영국에서 오는 모든 배들은 산타 마리나 해안에 사람들을 몇 명씩 내려주었으며 그들은 호텔로 향했다. 약간 비인간적인 호텔 분위기로부터 잠시나마 피할 수 있는 집을 앰브로우즈 부부가 갖고 있다는 사실은 허스트와 휴잇에게뿐만 아니라 엘리엇 부부, 쏜버리 부부, 플러싱 부부, 앨런 양, 이블린 M에게도 진정한 기쁨의 근원이었으며, 동시에 그들의 신원이 거의 밝혀지지 않아 앰브로우즈 부부가 그들의 이름조차 알 수 없는 다른 사람들에게도 그러하였다. 점차로 큰 집과 작은 집, 이 두 집 사이에 일종의 통신이 이루어졌으며, 따라서 하루의 대부분의 시간에 있어서 한 집은 다른 집에서 무슨 일이 일어나고 있는지를 추측할 수 있었고, '빌라'와 '호텔'이라는 단어들은 두 개의 독립된 삶의 체계의 개념을 상기시켰다. 안면 있는 사람들은 친구로 발전하는 조짐을 보였는데, 그럼에도 불구하고 패리 부인의 거실에 연결된 한 매듭은 영국의 다른 부분들과 결합된 많은 다른 매듭들로 어쩔 수 없이 나뉘어졌으며, 따라서 이러한 결연들은 실제로 그러하듯이 조직화된 영국 생활을 지탱하는 기반이 결여되어 있어서, 때로는 비웃는 듯이 약하여 부서지기 쉽고 때로는 고통스러울 정도로 날카로워 보였다. 달이 나무 사이에 둥글게 걸려 있던 어느 날 밤, 이블린 M은 헬렌에게 자신이 살아온 이야기를 하며 그녀의 영원한 우정을 요구하였다. 또 다른 경우에는, 단지 한숨짓거나 아니면 말없이 있거나 아니면 경솔하게 내뱉은 말 한마디 때문에 가여운 엘리엇 부인은 자신을 모욕하는 냉정하고 냉소적인 여자와는 결코 다시는 만나지 않겠다고 맹세하며 거의 울상이 되어 빌라를 떠났으며, 사실상 그들은 결코 다시 만나지 않았다. 그렇게 보잘것없는 우정을 이어 맞추는 것은 가치 있어 보이지 않았다.

사실 휴잇은 아마 이때쯤에는 빌라에서 '침묵, 또는 사람들이 말하지 않는 것들'이라고 불리어질 소설의 몇 개의 장을 위한 훌륭한 소재를 발견했을지도 모른다. 헬렌과 레이첼은 매우 말이 없어졌다. 비밀을 감지하고 레이첼이 자신한테 비밀로 하고 싶어 한다고 판단한 앰브로우즈 부인은 조심스럽게 그것을 존중하였는데, 비록 고의적이진 않지만 그런 이유로 그들 사이에 이상하게 말을 삼가는 분위기가 팽배해졌다. 모든 주제에 관해 자기들의 생각을 나누고 어느 쪽으로건 한 가지 아이디어에 몰두하는 대신에, 그들은 주로 자기들이 보는 사람들에 대해 논평했으며, 그들 사이의 비밀은 쏜버리 부부나 엘리엇 부부에 대해 말하는 내용에서조차 느껴졌다. 언제나 조용하고 자신의 판단에 있어 감정적이 아닌 앰브로우즈 부인은 이제 분명히 염세적인 경향을 보였다. 그녀는 개인에 대해 엄격하기보다는 운명이나 숙명, 결국에는 일어나게 되어 있는 것의 친절함을 믿지 않았으며, 사람이 착한 것과 비례하여 운명은 더 적대적이라고 주장하게 되었다. 혼돈을 승리하게 만들고, 도대체 아무 이유 없이 일을 일으키며, 모든 사람을 환상과 무지 속에서 암중모색하게 만드는 이론을 지지하여, 그녀는 이 이론조차 버릴 준비가 되어 있었다. 확실한 즐거움에서 헬렌은 집에서 오는 편지를 텍스트 삼아 자신의 조카에게 이런 견해들을 전개하였다. 편지는 좋은 소식을 전했지만, 차라리 나쁜 소식을 전하는 것이 나았을 것이다. 바로 이 순간 그녀의 아이들 둘이 모두 자동차에 깔려 죽지 않았다는 것을 어떻게 알겠는가? "그것은 누군가에게 일어나고 있어. 왜 나에게는 일어나지 말라는 법이 있니?" 그녀는 예상되는 슬픔에 대해 극기하는 표정을 지으며 주장했다. 이런 견해들은 아무리 심각할지라도 틀림없이 그녀 조카의 불합리한 마음상태에 의해서 환기되었다. 그녀의 마음은 요동치고 있어서 즐거워하다가 곧장 절망 속으로 빠져들었기에, 자연히 차분하며 은밀한 어떤 안정된 견해를 갖고서 그녀를 대할 필요가 있어 보였다. 아마 앰브로우즈 부인도 대화를 이런 방면으로 이끌어감으로써 레이철 마음속의 생각을 알아낼 수도 있으리라는 생각을 가졌겠지만, 판단 내리는 것은 어려웠다. 왜냐하면 때때로 레이철은 자신이 들은 가장 우울한 것에도 동의하다가, 또 가끔은 듣기를 거부하며 웃고 재잘대고 아주 함부로 조롱하며, 소위 "진흙 속에 박힌 갈까마귀의 껙껙거리는 울음"에조차 맹렬히 분노를 터뜨리며, 헬렌의 이론들을 억지로 꾸역꾸역 받아들였다.

"그것 없이는 정말로 힘들어요." 그녀가 주장했다.

"뭐가 힘들다는 거야?" 헬렌이 물었다.

"삶이요." 그녀가 대답하자 둘은 말없이 조용해졌다.

헬렌은 왜 삶이 힘든지에 대해, 아마도 한 시간 후에는 왜 삶이란 그렇게 멋지고 눈부신 것이어서 그것을 바라보는 레이철의 눈이 구경꾼을 아주 유쾌하게 하는지에 대해, 그녀 나름의 결론을 이끌어낼 것이다. 비록 더 과격한 사람이라면 윽박질러서라도 모든 것을 알아낼 수 있는 침울한 순간들이 충분히 있었지만, 헬렌은 자신의 신조에 충실하게, 방해하려고 하지 않았으며, 어쩌면 레이철은 헬렌이 방해하지 않는 것을 서운해했다. 이런 모든 기분들이 그들을 한 가지 일반적인 결과로 이끌었는데, 헬렌은 이것을 강물이 빨리, 더 빨리, 여전히 더 빨리 활주하여 폭포로 질주하는 것에 비유하였다. 그녀는 본능적으로 멈춰!라고 소리치고 싶었다. 하지만 멈춰!라고 소리치는 것이 어떤 소용이 있다한들, 그녀는 물이 질주하도록 지구가 만들어졌기 때문에 강물이 전 속력으로 흐르는 것이라고, 사물들이 자신의 길을 가는 것이 가장 좋은 것이라고 생각하며 자제했을 것이다.

레이철은 자신이 관찰당하고 있다거나, 아니면 자신의 태도에 헬렌의 관심을 끌 것 같은 무언가가 있다는 것을 전혀 의심치 않는 것처럼 보였다. 헬렌에게 무슨 일이 일어났는지를 레이철은 전혀 몰랐다. 레이철의 마음은 헬렌이 비유한 질주하는 물의 상태에 아주 근접해 있었다. 그녀는 테렌스를 보기를 원했다. 그녀는 그가 거기에 없을 때면 끊임없이 그를 보고 싶어 했다. 그를 보지 못하는 것은 격심한 고통이었다. 그 때문에 온종일 고통에 싸여 있었지만, 자신의 삶을 이끌어가는 이 힘이 어디에서 나온 것인지를 결코 자문하지 않았다. 바람의 힘 때문에 자라지 못하고 납작해진 나무가 그 결과를 바람 탓으로 돌리지 않는 것과 마찬가지로 그녀는 결과를 생각하지 않았다.

그들이 함께 산보하고 이삼 주가 지나는 동안, 그에게서 온 대여섯 통의 짧은 편지가 그녀의 서랍에 모였다. 그녀는 그것들을 읽으며 행복하여 얼이 빠진 상태에서 아침나절을 보냈다. 창밖 양지바른 땅이 스스로의 색채와 열기를 분석할 수 없는 것과 마찬가지로 그녀는 자신의 마음을 분석할 수 없었다. 이러한 기분으로는 책을 읽거나 피아노를 치거나 자신의 기분을 넘어서 움직이는 것조차 불가능함을 알았다. 그녀가 미처 알아차리기도 전에 시간은 흘렀다. 어두워지면 그녀는 호텔 불빛에 이끌려 창가로 왔다. 켜졌다 꺼졌다 하는 불빛은 테렌스 방 창문의 불빛이었다. 그는 거기에 앉아 아마도 책을 읽거나, 아니면 왔다 갔다하며 이 책 저 책을 꺼내보고 있을 것이다. 이제 다시 그는 의자에 자리 잡고 앉았으며, 그녀는 그가 무엇에 관해 생각하고 있는지 상상하려고 애썼다. 고정되어 있는 불빛들은 테렌스가 자기 주변의 사람들과 함께 앉아 있던 방들을 나타내었다. 호텔에 머무는 사람은 누구나 자기들의 특이한 로맨스와 관심을 갖고 있었다. 그들은 평범한 사람이 아니었다. 테렌스가 그들과 이야기를 나눴기 때문에, 레이철에게 엘리엇 부인은 지혜를, 수잔 워링턴은 아름다움을, 이블린 M은 놀라운 활력을 의미했다. 침울한 기분이 무분별하게 널리 퍼졌다. 그녀의 마음은 구름 밑이 어두컴컴하며 바람이 불고 우박이 험하게 내리치는 바깥 풍경 같았다. 다시금 그녀는 고통에 노출되어 활기 없이 의자에 앉아 있곤 하였으며, 헬렌의 엉뚱하고 우울한 말들은 수많은 창살들 같아 그녀로 하여금 힘든 삶에 맞서 소리치고 싶게 만들었다. 무엇보다 기분이 좋을 때는 아무 이유 없이 다시금 감정의 스트레스가 느슨해지고, 전에는 모르던 중요한 일들에 있어서 즐거움과 빛깔만을 지닌 채 평소처럼 삶이 계속될 때였다. 그녀가 나무를 보았을 때 느꼈던 것과 같은 의미를 지닌 그 기분들로 인해서, 밤들은 낮들로부터 그녀를 분리시키는 검은색 막대에 불과했다. 그녀는 밤이나 낮이나 하나의 긴 지속적인 감정을 갖고 싶었을 것이다. 비록 이런 기분들이 직접적이건 간접적이건 테렌스의 존재나 그에 대한 생각에서 야기되었지만, 그녀는 절대로 자신이 그를 사랑한다고 스스로에게 말하지 않았으며, 만일 자신이 계속해서 그런 느낌이라면 무슨 일이 일어날지를 생각해보지도 않았다. 따라서 헬렌이 갖고 있는 폭포로 미끄러지는 강물의 이미지는 사실들과 커다란 유사성을 지녔으며, 헬렌이 때때로 느꼈던 놀람은 정당한 것이었다.

분석되지 않는 이상한 감정의 상태에서 레이철은 자신의 마음 상태에 어떤 영향을 끼쳐야 하는 계획을 세울 수가 없었다. 그녀는 우연의 자비에 스스로를 내맡겨서, 하루는 테렌스를 그리워하고, 다음 날은 만났으며, 언제나 깜짝 놀라며 그의 편지를 받았다. 구애의 과정을 경험한 여성이라면 이 모든 것들로부터 적어도 그에 따라 판단할 만한 어떤 이론을 그녀가 갖게 할 확실한 생각들을 얻어낼 수 있었을 것이다. 그러나 누구도 레이철을 사랑한 적이 없었으며, 그녀도 절대로 사랑에 빠진 적이 없었다. 더구나 『폭풍의 언덕』에서 『인간과 초인』[1]에 이르기까지 어떤 책도, 입센의 어떤 희곡작품도, 사랑의 분석에 있어서 여주인공들이 느꼈던 감정이 지금 그녀가 느끼고 있는 바로 그것이라고 암시해주지 않았다. 레이철에게 자신의 감정은 아무런 이름을 갖고 있지 않는 것처럼 보였다.

그녀는 테렌스를 자주 만났다. 그들이 만나지 않을 때면 그는 책에 관한 아니면 책과 함께 짧은 편지를 보내었다. 왜냐하면 그는 결국 친밀함을 표현하는 데 그런 식의 접근을 무시할 수 없기 때문이었다. 그러나 때때로 그는 한 번에 며칠씩 오지도 않고 편지도 쓰지 않았다. 다시금 그들이 만났을 때 그들의 만남은 원기를 북돋우는 즐거움이나 혹은 괴롭히는 절망감을 주었으리라. 그

---

1   조지 버나드 쇼George Bernard Shaw의 희곡 『Man and Superman』으로 1903년 출판됨.

들의 헤어짐에는 훼방감이 남아 있었으며, 비록 상대방도 그런 느낌을 갖고 있다는 사실을 서로 모른다 하여도, 그들은 둘 다 불만스러웠다.

레이철이 자신의 감정을 몰랐다면, 테렌스의 감정에는 훨씬 더 철저하게 무지하였다. 처음에 그는 신과 같은 감동을 주었으며, 그를 더 잘 알게 되었을 때 그는 여전히 빛의 중심이었지만, 그녀가 대담하고 자신감을 갖도록 만드는 놀라운 힘이 이런 아름다움과 결합되었다. 그녀는 자신에게서 결코 어렴풋이나마 느낀 적이 없던 느낌들과 힘들을, 지금까지 세상에 알려지지 않았던 심원을 의식하게 되었다. 그들의 관계에 대해 생각할 때, 그녀는 추론하기보다는 직감했고, 자기 옆에 서 있기 위해서 방을 가로질러 오는 그의 모습을 그려보는 것으로 테렌스가 갖는 느낌에 대한 그녀 자신의 생각을 재현해보았다. 그가 방을 가로질러 오는 것은 육체적인 흥분을 자아냈지만, 그녀는 그것이 의미하는 바를 알지는 못했다.

이렇게 시간은 표면상 고요하고 밝은 표정을 지으며 흘러갔다. 영국에서 편지들이 왔으며, 윌로우비가 편지들을 보냈고, 나날이 한 해를 형성하는 작은 사건들이 축적되었다. 표면적으로, 핀다로스의 송시 세 편이 손질되었고, 헬렌은 자수를 13센티미터 정도 놓았으며, 세인트 존은 희곡의 첫 2막을 완성하였다. 세인트 존과 레이철은 지금은 아주 좋은 친구로 그는 그녀에게 작품을 큰 소리로 읽어주었다. 그녀는 그가 테렌스의 친구라는 사실과 그가 법률보다는 문학을 목표로 해야 하지 않을까 생각하기 시작했다는 사실뿐 아니라 그의 운율의 기술과 다양한 형용사들의 사용에 아주 진심으로 감명 받았다. 한 쌍 이상의 커플과 몇 명의 개인들이 심오한 생각과 갑작스런 계시를 얻기에 좋은 때였다.

레이철과 스페인인 하녀를 제외하고는 빌라에 있는 그 누구도 특별히 의미를 두지 않는 일요일이 왔다. 레이철은 여전히 교회에 나갔는데, 헬렌에 따르면 그것은 레이철이 교회에 대해 생각하는 수고를 전혀 하지 않았기 때문이었다. 그들이 호텔에서 예배를 드린 이후로, 비록 그녀가 테렌스를 본다거나 아무튼 그에게 말을 걸 기회를 가질지는 매우 의심스러웠지만, 그녀는 정원을 가로질러 지날 때나 호텔의 홀을 통과할 때 어떤 기쁨을 얻기를 기대하며 그곳에 갔다.

호텔에 있는 많은 방문객들이 영국인이었기 때문에 일요일과 수요일 사이의 차이는 거의 영국에서만큼이나 컸으며, 영국에서처럼 이곳에서도 일요일에는 바쁜 한 주를 보낸 말없는 검은 혼령이나 혹은 죄를 뉘우치는 영혼이 나타났다. 영국인이라고 햇빛을 흐리게 할 수는 없었지만, 어떤 기적적인 방법으로 시간을 천천히 가게 하고, 사건들을 시시하게 만들며, 식사 시간을 길게 늘이고, 하인들이나 시중꾼들조차 권태로움과 예의바른 표정을 짓게 만들 수는 있었다. 모두가 입고 있는 가장 좋은 옷은 한결같이 일요일의 분위기를 살렸다. 어떤 숙녀라도 앉으려면 깨끗하게 풀을 먹인 페티코트를 구부려야만 했고, 어떤 신사도 숨을 쉴 때면 빳빳한 와이셔츠 앞가슴에서 갑자기 바삭바삭하는 소리가 났다.

이런 특별한 일요일에 시계 바늘이 열한 시에 가까워짐에 따라 다양한 사람들이 손에 붉은색 표지의 작은 책들[2]을 힘차게 쥐고는 홀로 모여들었다. 시계가 열한 시 몇 분 전을 가리킬 때 한 뚱뚱한 흑인이 비록 주변의 인사를 의식하였지만 마치 인정하지 않겠다는 듯이 골몰한 표정으로 홀을 가로질러서 이어지는 복도 아래로 사라졌다.

2 영국 국교회의 공식 기도서.

"벡스 씨예요." 쏜버리 부인이 속삭였다.

이때 몇몇의 사람들이 뚱뚱한 흑인과 같은 방향으로 움직이기 시작했다. 그들과 함께 하려고 아무런 노력도 하지 않는 사람들이 이상하게 바라보는 가운데, 그들은 한 명을 제외하고 천천히 의식적으로 계단을 향해 움직였다. 플러싱 부인만이 예외였다. 그녀는 아래층으로 달려 내려와 홀을 성큼성큼 가로질러서 굉장히 숨을 헐떡이며 행렬에 합류하고는 흥분하여 쏜버리 부인에게 속삭였다. "어디에요, 어느 쪽이에요?"

"우리 모두 가고 있는 중이에요." 쏜버리 부인이 점잖게 말했으며, 곧 그들은 두 명씩 계단을 내려갔다. 레이철은 계단을 내려가는 선두에 있었다. 그녀는 테렌스와 허스트가 검은 책이 아니라 연하늘색 천으로 장정된 얇은 책을 갖고 뒤에서 오고 있는 것을 보지 못했는데, 세인트 존은 이 책을 겨드랑이에 끼고 있었다.

교회당은 수사들의 오래된 예배당이었다. 그곳은 굉장히 서늘한 곳으로, 그곳에서 그들은 수백 년 동안 미사를 올렸으며, 추운 달빛에서 고해성사를 하였고, 벽의 움푹 들어간 곳에 손을 들고 기도하며 서 있는 성인 조각상들과 오래된 갈색 그림들을 숭상하였다. 가톨릭으로부터 개신교 숭배로 전이되는 시간 동안 이곳은 사용되지 않았는데, 이때는 이곳에서 예배도 드리지 않았으며, 이곳은 기름단지와 술병과 접의자들을 저장하는 데 사용되었다. 호텔이 번성하고 어떤 종교 단체가 이곳을 관리하며 이곳은 이제 유약 광을 낸 많은 노란색 긴 의자들과 붉은 포도주 빛 발받침대를 갖게 되었다. 이곳은 작은 설교단과 등에 성경을 지고 있는 청동 독수리 상을 갖게 되었으며, 서로 다른 여자들이 신앙심에서 볼품없는 사각 카펫과 금실로 모노그램들을 촘촘하게 수놓은 긴 자수공예품을 공급하였다.

회중은 들어오며 소형 오르간에서 울리는 부드럽고 감미로운 화음을 들었는데, 이 오르간에는 윌렛 양이 자리 잡고 앉아 분명치 않은 손가락들로 강한 화음을 치고 있었다. 위에서 떨어진 돌멩이로부터 물의 울림이 퍼져나가듯이 이 소리도 예배당에 울려 퍼졌다. 회중을 구성하는 스물에서 스물다섯 명의 사람들은 먼저 고개를 숙이고 난 다음 단정히 앉아 자기들 주변을 둘러보았다. 그곳은 매우 조용했으며, 여기 아래쪽 불빛은 위쪽 불빛보다 훨씬 약해 보였다. 일상적인 인사와 미소를 나누지는 않았지만 그들은 서로를 알아보았다. 주기도문이 낭독되었다. 어린애 같은 목소리들의 재잘거림이 일어나자, 대부분 단지 층계에서 만났던 회중들은 자신들이 감동적으로 결합되어 있으며 서로에게 호의를 가지고 있음을 느꼈다. 마치 기도가 기름을 붓는 횃불인 것처럼 연기가 자동적으로 일어나서 고국에서 수많은 일요일 아침마다 예배드리는 수많은 영혼들이 그곳을 채우는 것처럼 보였다. 특히 수잔 워링턴은 얼굴을 손으로 가리고 자신의 손가락 사이로 굽은 등들이 길게 늘어선 것을 보았을 때, 가장 감미로운 수녀회 자매애를 의식하였다. 자기 자신과 동시에 삶을 승인하며, 고요하고 차분하게 감정이 솟구쳤다. 모든 것이 아주 조용하고 아주 훌륭했다. 그러나 이런 평화로운 분위기를 만든 후에, 벡스 씨는 갑자기 성경책을 넘겨서 시편을 읽었다. 비록 그가 목소리를 전혀 바꾸지 않고 그것을 읽었지만 분위기가 깨져버렸다.

　"오 주여, 저에게 자비를 베풀어주소서. 인간이 저를 멸망시키려 합니다. 인간은 매일같이 싸우며 저를 괴롭히나이다…… 저들은 매일같이 저의 말을 잘못 알아듣나이다. 저들이 상상하는 것은 모두가 저에게 악을 행하는 것입니다. 저들은 모두 함께 가까이 모여 있습니다…… 오 주여, 저들의 입안의 이를 부숴주소서.

오 주여, 사자들의 턱뼈를 강타하여주소서. 오 주여, 빠르게 흐르는 물처럼 그들이 떨어져가게 하소서. 그리고 저들이 자기들의 화살을 쏘았을 때 저들이 뿌리채 뽑히게 하소서."[3]

수잔의 경험으로는 도대체 그 어떤 것도 이와 상응하는 것이 없었다. 그리고 그녀는 언어를 사랑하지 않았기 때문에, 오랫동안 그러한 말들을 경청하는 것을 그만두었다. 비록 리어의 많은 대사들[4]이 큰 소리로 낭송되는 것을 들을 때와 똑같은 어떤 기계적인 존경심으로 벡스 씨의 시편 낭독을 따라가기는 하였지만 말이다. 그녀의 마음은 여전히 차분하였으며 정말로 자신의 본성과 신에 대한 찬양으로, 즉 장엄하고 만족스런 세상의 질서에 대한 찬미로 가득 차 있었다.

그러나 그들의 얼굴을 힐끗 보아 대부분의 다른 사람들 특히 남자들은 이 늙은 야만인의 갑작스런 침입에 불편을 느끼고 있음을 알 수 있었다. 그들은 허리에 천을 두른 늙은 흑인이 사막의 모닥불 옆에서 하는 듯한 격렬한 제스처로 저주하는 헛소리를 들을 때 더욱 세속적이고 비판적이 되었다. 그 후 마치 수업 중인 것처럼 전반적으로 책장 넘기는 소리가 들렸으며, 그러고 나서 그들은 학생들이 불어 문법책을 덮어두고 크세노폰의 『아나바시스』[5]의 아주 쉬운 구절을 번역할 때와 매우 흡사하게 구약성서에서 우물을 파는 것[6]에 관한 짧은 구절을 읽었다. 그리고 그들은 신약성경과 예수의 슬프고 아름다운 묘사를 골라 읽었다. 예수님의 말씀을 들으며 그들은 예수의 삶에 대한 해석을 그들이

---

3 시편 56의 1, 5, 6행과 시편 58의 6행을 서로 섞었다.
4 셰익스피어의 『리어왕King Lear』(1608)에서 리어왕의 광증과 복수와 절망을 나타내는 말들.
5 그리스의 철학자, 역사가, 장군인 크세노폰Xenophon이 쓴 그리스인과 페르시아인들 사이에 있었던 전쟁들 중 한 에피소드에 대한 역사적 이야기.
6 구약성경에서 4월과 5월에 우물을 파는 것에 대해 언급하지 말라는 교훈에 관한 구절.

살고 있는 삶에 맞추려고 또 다른 노력을 하였다. 그러나 그들은 모두 너무나 달라서, 어떤 이는 실질적이고, 어떤 이는 야망이 있으며, 어떤 이는 어리석고, 어떤 이는 거칠고 실험적이며, 어떤 이는 사랑을 하고 있고, 다른 이들은 너무나 오랫동안 편안한 감정만을 느껴와서, 그들은 예수님의 말씀을 들으며 아주 다르게 받아들였다.

얼굴로 봐서 그들은 대부분 전혀 아무런 노력도 하지 않았고 굼뜨기는 했지만 하느님의 말씀이 선을 대변하는 것으로 받아들였는데, 이것은 틀림없이 근면한 침모들 중 한 명이 자신의 매트에 있는 뚜렷하게 볼품없는 패턴을 아름답다고 받아들이는 것과 똑같은 방식이었다.

어떤 이유에서인지 난생 처음으로, 레이철은 너무나 익숙하여 아무 생각 없이 이상하게 유쾌한 감정의 구름 속으로 곧장 빠져들었던 것과 달리, 목사님의 말씀을 비판적으로 들었다. 그때 그들은 기도에서 찬송가로, 찬송가에서 역사로, 역사에서 시로 불규칙적으로 책장을 넘겼으며, 벡스 씨가 성경구절을 인용하고 있었고, 그녀는 아주 불편한 상태에 있었다. 그것은 불만스런 음악이 형편없이 연주되는 것을 듣고 앉아 있도록 강요받을 때 느끼는 불편함이었다. 틀린 곳에 강세를 두는 지휘자의 서투른 둔감함에 화가 나고, 알지도 좋아하지도 않으며 온순하게 찬양하고 묵묵히 따르는 많은 관중들에 짜증이 나고 실망하여 고통 받듯이, 그녀는 지금 단지 이곳에서 고통스럽고 화가 나서 눈을 반쯤 감고 입을 꽉 다물고 있었으며, 강압적인 엄숙한 분위기 때문에 그녀의 분노가 증가하였다. 그녀의 주변에는 자신들이 느끼지 않은 것을 느끼는 척하는 사람들이 있었으며, 그녀 위쪽 어딘가에는 그들 누구도 이해할 수 없는 생각이 떠돌았는데, 이 생각은 언제나 닿을 수 없는 곳에 있어 그들이 단지 이해하는 척할 뿐인 생각, 하나의 아름다운 생각, 한 마리 나비와 같은 생각이었다. 연이어, 이런 어쭙잖은 노력과 오해가 영원히 지속되고 있는 전 세계의 교회들이 그녀에게 거대하고 단단하고 냉정해 보였다. 이 거대한 건물들은 분명하게 보지 않으며, 결국 보려는 노력을 포기하고, 눈을 반쯤 감고 입을 다문 채로 유순하게 찬양과 묵종에 다시 빠져드는 수많은 남자들과 여자들로 가득 차 있었다. 생각은 언제나 눈과 인쇄된 페이지 사이에 들어온 안개막이 야기한 것과 같은 종류의 육체적 불편함을 가졌다. 그녀는 예배가 진행되는 동안 이 막을 쓸어버리고 숭배해야 할 어떤 것을 상상하고자 최선을 다했지만, 생각과 동떨어진 내용을 전하고 있는 벡스 씨의 설교 목소리와 젖은 나뭇잎들처럼 그녀 주변에 떨어지며 음매하고 우는 듯한 무표정한 인간의 재잘거림으로 언제나 실패하고 말았다. 그 노력은 힘들고 낙담시키는 것이었다. 그녀는 듣기를 그만두고 가까이 앉은 병원 간호사인 한 여자의 얼굴에 시선을 고정하였는데, 열렬히 집중하는 그녀의 표정은 아무튼 만족하고 있다는 것을 증명하는 것처럼 보였다. 그러나 그녀를 자세히 보며 레이철은 그 병원 간호사가 단지 비굴하게 순종하고 있으며, 만족한 표정은 자기 내면에 있는 장엄한 신의 개념에 의해 만들어진 것이 아니라는 결론에 이르게 되었다. 사실, 어떻게 그녀처럼 평범한 얼굴의 여성이, 시시한 의무들과 시시한 악의들로 주름이 진 불그레하고 자그마한 둥근 얼굴에 결단력 없는 푸른색 눈은 강렬함이나 개성이 없으며 이목구비도 흐릿하고 무감각하고 무정해 보이는 여성이, 자신이 경험하지 않은 무엇인가를 상상할 수가 있겠는가? 그녀는 완고한 입이 증명하듯이 삿갓조개의 근면함으로, 얄팍하고 젠체하는 어떤 것을 숭배하며 그것에 매달려 있었다. 그 어떤 것도 그녀 자신의 가치와 종교의 미덕에 대한 그녀의 진지한 믿음으로부터 그녀를 떼어내지는 못할 것이다. 그녀는 자신의 민감한 부분을 바위에 고착시키고, 그녀를 넘어서 돌진하는 신선하고 아름다운 것들에 영원히 죽어 있는 삿갓조개였다. 이 단순한 숭배자의 얼굴은 레이철의 마음에 예리한 공포의 인상을 각인시켰으며, 그러한 인상은 갑자기 그녀에게 헬렌과 세인트 존이 기독교에 대한 그들의 증오심을 선언할 때 의미했던 바를 드러내주었다. 지금 자신의 감정을 나타내듯 격렬하게 그녀는 자신이 전에 맹목적으로 믿어왔던 모든 것을 거부하였다.

그동안 벡스 씨는 두 번째 성경 봉독을 중간까지 진행하였다. 그녀는 그를 바라보았다. 그는 세상 물정에 밝은 사람으로 남의 비위를 잘 맞추는 말재주와 기분 좋은 매너를 가졌으며, 비록 조금도 영리하지는 않지만 사실상 굉장히 친절하고 단순한 사람이었다. 그러나 그녀는 그러한 자질을 조금이라도 신뢰할 기분이 아니었으며, 마치 그가 자신의 예배에 드러나는 모든 악의 화신인 것처럼 그를 자세히 따져보았다.

예배당 뒤쪽 오른편으로 플러싱 부인과 허스트와 휴잇이 아주 다른 마음 상태로 일렬로 앉아 있었다. 휴잇은 양쪽 다리를 앞으로 내뻗고는 지붕을 응시하고 있었다. 예배를 자신의 감정이나 생각에 적합하게 만들고자 결코 노력한 적이 없었기 때문에, 그는 방해받지 않고 언어의 즐거움을 즐길 수 있었다. 그의 마음은 처음에는 자기 앞에 앉은 여자들의 머리카락이나 얼굴들에 비치는 불빛과 같은 우연한 것들에 빼앗겼지만, 그 후는 자기에게 의미 있어 보이는 단어들로, 그러고는 보다 막연하게 다른 신도들의 특징들에 사로잡혔다. 그러나 그가 갑자기 레이철을 인식하였을 때, 이 모든 생각들은 그의 머리에서 추방되었으며, 그는 오직 그녀만을 생각하였다. 찬송가들, 기도들, 리터니[7], 설교는 모두 하나의 찬송가 부르는 소리로 바뀌었으며, 그 소리는 잠시 멈췄다가 다시 들리며 약간 좀 더 높아지거나 아니면 좀 더 낮아지기도 했다. 그는 레이철과 천장을 번갈아가며 응시하였지만, 이제 그의 표정은 그가 눈으로 본 것이 아니라 자신의 마음속에 있는 어떤 것에 의해 만들어졌다. 그녀가 자신의 생각들로 마음의 방해를 받는 것처럼 휴잇도 자신의 생각들 때문에 거의 고통스러울 정도로 마음이 어지러웠다.

예배 초반에 플러싱 부인은 자신이 기도서 대신에 성경을 가지고 온 것을 알아챘으며, 따라서 허스트 옆에 앉았을 때 그의 어깨 너머로 슬쩍 훔쳐보았다. 그는 끊임없이 얇은 연푸른 색깔의 책을 읽고 있는 중이었다. 그녀는 알 수가 없어서 조금 더 가까이에서 자세히 보았으며, 허스트는 정중하게 그녀 앞에 책을 놓으며 그리스어 시의 첫 행을 가리키고는 그다음에는 옆의 번역문을 가리켰다.

"이게 뭐예요?" 호기심이 일어 그녀가 속삭였다.

"사포[8]입니다." 그가 대답하였다. "스윈번이 번역한 것으로— 쓰인 것들 중 최상의 작품이죠.[9]"

플러싱 부인은 그러한 기회를 거절할 수가 없었다. 그녀는 리터니 동안 「아프로디테 송시」를 읽어 그대로 전부 받아들이며, 사포가 언제 살았는지 그리고 그 밖에 읽을 가치가 있는 그녀

---

7 영국 국교회의 기도서 중, 탄원. 영국국교회 기도서의 호칭기도 형식의 기도로 식을 집행하는 사람이 선창하는 기도에 대하여 신자들이 짧은 응답을 반복하는 기도 형식.

8 기원전 610년경에 활약하였던, 그리스 레스보스 섬 태생의 여류 서정시인. 중요 작품으로 「아프로디테 송시Ode to Aphrodite」가 있다.

9 비록 그 당시 블룸즈버리 그룹의 케임브리지 출신들에게 후기 빅토리아 조 시인들이 인기 있기는 하였으나, 허스트는 아마도 스윈번이 아니라 사포를 찬양하고 있다.

작품이 무엇인지 묻고 싶은 것을 힘들게 참으며, "죄를 사하여 주옵시며, 몸이 다시 사옵시며, 영원히 사옵나이다. 아멘"이라고 시간에 맞춰 그럭저럭 기도를 끝냈다.

반면에 허스트는 봉투를 꺼내 뒷면에 끼적거리기 시작했다. 벡스 씨가 설교단에 올랐을 때 허스트는 책 사이에 봉투를 끼우고 사포의 책을 덮고는, 안경을 끼고, 목사에게 시선을 집중하였다. 설교단에 서 있는 목사는 아주 크고 뚱뚱해 보였다. 녹색의 착색되지 않은 창유리를 통해 비치는 햇빛으로 그의 얼굴은 아주 커다란 달걀처럼 희고 매끄러워 보였다.

그는 비록 그들 중 일부는 자신의 조부모 연배가 됨직한 얼굴들이었지만, 자신을 온순하게 올려다보는 얼굴들을 빙 둘러보았다. 그러고는 아주 의미심장하게 설교문을 낭송하였다. 설교의 요지는 이 아름다운 땅에 온 방문객들은 비록 그들이 휴가를 즐기러 왔지만, 원주민들에게 의무가 있다는 것이었다. 사실 그것은 주간지에 실린 일반적인 관심거리에 관한 사설과 아주 크게 다르지는 않았다. 설교 내용은 한 가지 항목에서 다른 항목으로 상냥하고 장황하게 전개되어 나갔다. 그는 모든 인간은 한 꺼풀 벗기면 아주 똑같다는 것을 어린 스페인 남자 아이들이 하는 놀이와 런던 거리에서 꼬마 녀석들이 하는 놀이가 유사함을 예로 들며 암시했다. 아주 작은 일들도 사람들 특히 원주민들에게 영향을 미친다고 소견을 말했는데, 사실 벡스 씨의 아주 친한 친구는 그 거대한 나라인 인도에서 영국의 통치가 성공하는 것은 전적으로 영국인이 인도 원주민들을 엄격한 정중함으로 대하기 때문이라고 말한 적이 있었다. 이것이 작은 것들이 반드시 작은 것만은 아니며, 다소간 공감의 미덕을 가져야 한다는 의견을 이끌어내었다. 공감은 오늘날 가장 필요한 덕목으로, 우리는 오늘

날 비행기나 무선전신을 목격하듯이[10] 실험과 격변의 시대에 살고 있으며, 우리 선조들에게는 거의 모습을 드러내지 않았었지만 요즘 사람이라면 그 누구도 미해결로 그냥 남겨둘 수 없는 다른 문제들이 있다고 설교하였다. 여기에서 벡스 씨는 보다 분명하게 성직자가 되었으며, 이 모든 것이 진지한 기독교인들에게 특별한 의무를 지우는 것이라고 지적할 때 그는 확실히 순진하지만 능란하게 말하는 것 같았다. 이제 사람들이 말하고 싶어지는 것은 "아, 저 친구―저 사람은 성직자야"였다. 그들이 말했으면 하고 우리가 바라는 것은, "그는 좋은 친구야", 달리 말해, "그는 내 형제야"라는 것이다. 그는 그들에게 현대적 유형의 사람들과 접촉을 유지하라고 열심히 권유했다. 지금껏 이루어진 발견 중에서 능가할 수 없는 최고의 발견이 하나 있는데, 그것은 그들의 조상에게 그러했던 것처럼 그들 중 가장 성공하고 똑똑한 사람들에게도 필수적인 발견이라는 사실을 눈앞에 간직하기 위해서 그들의 잡다한 관심거리와 공감을 유지해야만 한다는 것이었다. 가장 미천한 사람이 도움을 줄 수 있으며, 가장 중요하지 않은 것들이 영향을 미친다는 것이다. (여기에서 그의 태도는 분명히 성직자답게 되었으며 그의 설교는 여자들을 향하는 것처럼 보였다. 왜냐하면 사실상 벡스 씨의 회중은 주로 여자들로 구성되어 있었으며, 그는 순진한 목사로서의 설교 가운데서 여자들에게 그들의 의무를 할당하는 데 익숙하였다). 그는 보다 분명한 지시를 내리며 계속 설교하였으며, 주제의 폭이 넓어지며 점점 장황해져 가자, 그는 길게 숨을 들이쉬고는 꼿꼿하게 선 자세를 취했다.―"구름에서 떨어진 물방울 하나가 홀로 분리되어 거대한

---

10 현대성의 두 가지 징표로, 비행기는 1903년, 무선전신은 1894년 시작됨. 영국에서 첫 비행은 1908년 로우A. V. Roe가 하였으며, 첫 무전 시설은 1896년 와이트 섬Isle of Wight에 설치됨.

대양으로 들어감으로써 물방울이 떨어지는 바다 바로 그 지점뿐만 아니라 함께 모여 거대한 바다의 세계를 구성하는 수많은 물방울들을 변화시키고, 이와 같은 방법으로 지구의 형상과 수많은 바다 생물의 삶을, 그리고 결국은 해변에서 생계를 찾는 사람들의 삶을 변화시킨다고 과학자들이 말합니다. 어떤 소나기는 지구상에서 수백만을 사라지게 한다고 우리가 말하지만, 비가 없이는 지구상의 열매가 결실을 맺을 수 없다는 것을 우리가 아주 잘 아는 것처럼, 이 모든 것들은 단지 물 한 방울의 범위 내에 있는 것입니다. 이와 같이 우리 각자 안에도 이에 비유되는 놀라운 힘이 있어, 각자가 내뱉는 사소한 말 한마디나 작은 행동 하나가 거대한 우주를 변화시킨다는 것입니다. 그렇습니다. 그것은 엄숙한 생각으로, 좋게든 나쁘게든, 순간적으로 한 부근에서만이 아니라, 전 인류적으로 영원히 우주를 **변화시킵니다.**" 마치 박수를 피하려는 듯이 휙 돌아보며, 그는 목소리 어조만 달리하여 연이어서 말했다.―"그리고 이제 아버지 하나님께……"

그는 축복기도를 올렸다. 그리고 커튼 뒤쪽에 있는 오르간에서 엄숙한 화음이 울려 나오는 동안, 사람들은 제각각 서로 스치고 더듬거리며 문을 향해 아주 어색하게 의식적으로 움직이기 시작했다. 위층으로 올라가는 도중에, 위쪽 세계의 빛과 소리가 아래쪽 세계의 어둠함과 꺼져가는 찬송가 소리와 충돌하는 지점에서, 레이철은 누군가 자신의 어깨에 손을 얹는 것을 느꼈다.

"빈레이스 양," 플러싱 부인이 단호하게 속삭였다. "점심식사 때까지 머물러요. 정말 우울한 날이에요. 점심식사로 소고기 한 쪽도 주지 않아요. 부디 머물러주세요."

이때에 그들은 홀 안으로 들어왔으며, 이곳에서 다시 한 번 이 작은 무리의 사람들은 그들의 옷차림으로 봐서는 교회에 갈 정도로 주일을 지킨다는 점이 분명했지만 예배에 참석치 않았던 사람들로부터 이상하게 존경하는 눈길의 인사를 받았다. 레이철이 이 특이한 분위기를 더 이상 견딜 수 없다고 느끼며 돌아가겠다는 말을 막 하려고 했을 때, 테렌스가 이블린 M과 대화를 나누며 나란히 그들을 지나쳤다. 그래서 레이철은 사람들이 매우 훌륭해 보인다고 말하는 것으로 만족해야 했는데, 플러싱 부인은 이 소극적인 언급을 레이철이 머물겠다는 의미로 해석하였다.

"외국에 있는 영국 사람들!" 그녀는 활기차게 번뜩이는 악의에 차서 대꾸했다. "그들은 너무도 끔찍해요! 하지만 우리는 이곳에 머물지 않을 거예요." 그녀가 레이철의 팔을 잡아당기며 계속해서 말했다. "내 방으로 올라갑시다."

그녀는 휴잇과 이블린과 쏜버리 부부와 엘리엇 부부를 지나치며 레이철을 몰아대었다. 휴잇이 앞으로 걸어왔다.

"점심은—" 그가 말을 시작했다.

"빈레이스 양은 나와 함께 점심을 하기로 약속되어 있어요." 플러싱 부인은 말하며, 마치 영국의 중류계급 사람들이 쫓아오고 있는 것처럼 정력적으로 계단을 쿵쾅거리고 걸어 올라갔다. 그녀는 자기 방에 들어와서 문을 탕 닫고 나서야 멈추었다.

"그런데, 당신은 이것에 대해 어떻게 생각하세요?" 그녀가 약하게 헐떡이며 물었다.

레이철이 축적해오던 모든 혐오감과 공포가 통제력을 잃고 와락 흘러 나왔다.

"이것은 제가 본 중에서 가장 불쾌한 모습이에요!" 그녀가 갑자기 소리 질렀다. "그들은 어떻게 그럴 수 있어요—어떻게 감히—이것이 도대체 무슨 의미예요—벡스 씨, 병원 간호사들, 나이 든 남자들, 매춘부들, 혐오스러운—"

그녀가 할 수 있는 한 빠르게 자신이 기억하는 요점들을 즉석에서 그려냈지만, 너무도 분개한 나머지 자신의 감정을 분석해보기 위해서 멈출 수가 없었다. 플러싱 부인은 레이철이 방 한가운데서 머리와 손을 단호하게 움직이며 소리 지르며 서 있을 때 기쁜 듯이 그녀를 바라보았다.

"계속해, 계속해, 계속해요." 그녀가 손뼉을 치며 웃었다. "당신 말을 들으니 즐거워요!"

"그런데 왜 교회에 가시나요?" 레이철이 물었다.

"기억하기로 평생 매 주일마다 교회에 갔어요." 플러싱 부인은 마치 그것 자체만으로 이유가 되는 것처럼 낄낄거리며 웃었다.

레이철은 갑작스럽게 유리창으로 몸을 돌렸다. 그녀는 지금 자신을 이렇게 격분하게 하는 것이 무엇인지 알지 못했다. 홀에서 본 테렌스의 모습이 그녀를 그저 분개하게 하며 그녀의 생각들을 혼란시켰다. 그녀는 산등성이 중턱에 있는 그들의 빌라를 똑바로 바라보았다. 유리 창틀 안에 짜 맞춰 보이는 가장 익숙한 풍경은 어떤 생소한 외관을 보여주었다. 그녀는 그것을 지켜보며 점점 진정되었다. 그러자 레이철은 자신이 잘 알지 못하는 어떤 사람 앞에 있다는 것을 상기하며, 눈을 돌려 플러싱 부인을 바라보았다. 플러싱 부인은 여전히 침대 가장자리에 앉아 입을 벌리고 위를 바라보고 있어서, 그녀의 튼튼한 하얀 치아가 두 줄로 드러나 보였다.

"말해보세요." 그녀가 말했다. "어느 쪽을 더 좋아하세요. 휴잇 씨인가요, 허스트 씨인가요?"

"휴잇 씨예요." 레이철이 대답했지만, 그녀의 목소리는 자연스럽게 들리지 않았다.

"교회에서 그리스어를 읽은 사람이 어느 쪽이죠?" 플러싱 부인이 물었다.

아마도 둘 중 하나일 것이어서, 플러싱 부인이 계속해서 그 둘을 묘사하며 양쪽 모두 그녀를 놀라게 하지만 한쪽이 훨씬 더 그녀를 놀라게 한다는 말을 하고 있는 동안, 레이철은 의자를 찾아보았다. 물론 이 방은 호텔에서 가장 크고 가장 호화스러운 방 중의 하나였다. 많은 안락의자들과 갈색의 표백하지 않은 삼베로 덮인 긴 의자들이 있었지만, 커다란 정사각형의 노란색 마분지가 각 의자들을 차지하고 있었으며, 모든 마분지들에는 밝은색 유화 그림물감으로 점이 찍혀 있거나 선이 그어져 있었다.

"하지만 당신은 저 그림들을 보지는 않겠지요." 플러싱 부인은 레이철의 눈이 방황하는 것을 보고 말했다. 그녀는 급히 일어나서는 얼굴을 마룻바닥으로 향하고 할 수 있는 한 많이 돌아보았다. 레이철이 가까스로 그림들 중 하나를 집어 들자, 플러싱 부인은 예술가의 허영심에서 조바심을 내며 물었다. "자, 어떤가요?"

"언덕이네요." 레이철이 대답했다. 플러싱 부인이 땅이 힘차게 갑자기 공중으로 불끈 솟아오르는 모습을 나타냈다는 것은 의심의 여지가 없었다. 소용돌이 칠 때 흙덩어리가 나는 것을 거의 볼 수 있을 정도였다.

레이철은 하나하나 살펴보았다. 그것들은 모두 그린 사람의 급격한 움직임과 결심을 드러냈다. 그림들은 모두 언덕이나 나무로 암시되는 반쯤 실현된 생각에 완벽하게 훈련받지 못한 화필로 맹공격을 가한 것들이었다. 그림들은 모두 어떤 식으로든 플러싱 부인의 특색을 나타내었다.

"내 눈에는 사물들이 움직여요." 플러싱 부인이 설명했다. "그래서"— 그녀는 손으로 허공을 휩쓸었다. 그러고 나서 그녀는 레이철이 옆에 놓은 마분지들 중 하나를 집어 들고 스툴에 앉아서는 목탄 토막을 휘두르기 시작했다. 다른 사람들에게는 말이 그러하듯이 플러싱 부인이 마음대로 화필을 휘두르는 데 전념하는 동안, 레이철은 안절부절못하며 주변을 둘러보았다.

"옷장을 열어봐요." 잠시 쉬며 플러싱 부인은 입에 그림붓을 물고 있어서 분명치 않게 말했다. "물건들을 살펴봐요."

레이철이 주저하자 플러싱 부인은 여전히 입에 그림붓을 문 채로 앞으로 나서서 옷장의 양문을 활짝 열어 제치고, 많은 숄들과 직물들과 옷들과 자수품 들을 꺼내 침대에 내던졌다. 레이철은 그것들을 만지작거리기 시작했다. 플러싱 부인은 다시 한 번 와서 많은 목걸이, 브로치, 귀걸이, 팔찌, 장식술 그리고 빗들을 직물들 위에 내려놓았다. 그리고 그녀는 스툴로 돌아가서 말없이 그림을 그리기 시작했다. 물건들은 어슴푸레 거무스름한 색깔을 띠고 있었다. 그것들은 그들 가운데 놓여 있는 불그스름한 돌덩어리들과 공작의 깃털들과 아주 희미한 빛깔의 거북딱지 빗들과 함께 침대이불에 이상한 선들과 색깔들의 형상을 만들었다.

"이곳 여성들은 수백 년 전에 이것들을 걸쳤는데, 지금도 여전히 몸에 지니고 있어요." 플러싱 부인이 말했다. "남편은 말을 타고 돌아다니며 그것들을 찾아내죠. 이 사람들은 이것들이 어떤 가치를 지니고 있는지 몰라요. 그래서 우리는 그것을 싼 값으로 구하지요. 그러고는 런던의 멋쟁이 여자들에게 파는 거예요." 그녀는 마치 이 귀부인들과 그들의 이상한 외모를 생각하는 것이 자신을 즐겁게 하는 것처럼 빙그레 웃었다. 잠시 동안 물감을 칠한 후에 그녀는 갑자기 그림붓을 내려놓고는 눈을 떼지 않고 레이철을 지켜보았다.

"내가 무얼 하고 싶은지 말할게요." 그녀가 말했다. "원주민 마을에 올라가서 나 스스로 물건들을 보고 싶어요. 마치 우리가 영국의 해변에 있는 것처럼 노부인들과 여기에 머물러 있는 것은 어리석은 짓이에요. 나는 강을 타고 올라가서 그들의 캠프에 사는 원주민들을 보고 싶어요. 그것은 단지 열흘만 야영생활을 하면 되는 일이에요. 남편은 이미 해봤어요. 밤에는 나무 아래 누워서 자고 낮에는 강을 따라 항해하면 돼요. 그러다 어떤 멋진 것을 보게 되면 소리쳐서 멈추게 하면 되지요." 그녀는 자신의 제안이 레이철에게 어떤 영향을 미쳤는지 알고자 주시하며, 일어나서 기다란 금색 핀으로 침대를 반복해서 찌르기 시작했다.

"일행을 구성해야 해요." 그녀는 계속해서 말했다. "열 명이면 작은 증기선을 빌릴 수 있어요. 자, 그럼 당신은 갈 것이고, 앰브로우즈 부인도 갈 것이고, 허스트 씨와 또 다른 젊은이도 가겠죠? 연필이 어디 있지?"

그녀는 자신의 계획을 발전시키며 결심이 점점 확고해졌으며 흥분하였다. 그녀는 침대 모서리에 앉아 사람들의 성姓을 적어 내려갔는데, 언제나 철자법이 틀렸다. 레이철도 열성적이었는데, 실제로 그 생각이 이루 말할 수 없이 그녀를 즐겁게 했기 때문이었다. 그녀는 항상 강을 보고 싶다는 커다란 욕망을 갖고 있었으며, 테렌스라는 이름이 이런 기대에 빛을 비추어주어서, 이렇게 좋은 계획이 실현될 수 있을까 염려될 지경이었다. 그녀는 플러싱 부인에게 이름들을 상기시켜주며, 플러싱 부인이 이름 철자 쓰는 것을 도와주고, 자신의 손가락으로 날짜를 계산하며, 플러싱 부인을 돕기 위해 할 수 있는 모든 일을 하였다. 플러싱 부인은 레이철이 넌지시 말해주는 모든 사람의 가문과 직업에 관해 그녀가 자신에게 말해줄 수 있는 모든 것을 알고 싶어 했으며, 예술가들의 기질과 습관에 관해 자기 나름의 엉뚱한 이야기들을 삽입하였고, 물론 동일 인물은 아니지만 예전에 칠링리에 오곤 했던 같은 이름을 가진 사람들이 이집트학에 관심을 가진 매우 총명한 사람들이었다는 말을 하였기 때문에, 이 일은 시간이 걸렸다. 마침내 플러싱 부인은 손가락으로 날짜를 계산하는 방법이 만족스럽지 못함이 드러나자 도움을 받기 위해 자신의 수첩을 찾았다. 그녀는 책상의 모든 서랍을 열었다 닫았으며, 그러고는 맹렬하게 소리 질렀다. "야머스! 야머스! 빌어먹을! 필요할 때면 항상 옆에 없으니!"

이 순간 점심을 알리는 벨이 미친 듯이 울리기 시작했다. 플러싱 부인은 자신의 벨을 힘차게 울렸다. 자신의 안주인처럼 거의 똑바로 몸을 세운 잘생긴 하녀가 문을 열었다.

"아, 야머스." 플러싱 부인이 말했다. "내 수첩을 찾아서 앞으로 열흘 후에는 우리가 어디에 있게 되는지 살펴봐. 그리고 일주일 동안 여덟 명이 강을 저어 올라가려면 남자들이 몇 명이나 필요한지, 그 비용은 얼마나 드는지를 홀 짐꾼한테 물어보고, 종이에 적어서 내 화장대 위에 두렴. 자, 이제 —" 레이철이 앞서가도록 그녀는 멋진 집게손가락으로 문을 가리켰다.

"아, 그리고 야머스," 플러싱 부인은 어깨 너머로 뒤돌아보며 말했다. "이것들을 치워두고 저것들은 제자리에 걸어둬. 잘 해놓으렴. 그렇지 않으면 플러싱 씨가 짜증낼 거야."

이 모든 지시에 야머스는 단지 "예, 마님"이라고만 대답했다.

그들이 길쭉한 식당에 들어갔을 때, 비록 분위기는 다소 가라앉아 있었지만, 여전히 일요일인 것은 분명했다. 플러싱 부부의 식탁은 창가 쪽에 차려져 있어서, 플러싱 부인은 사람들이 들어오는 것을 살펴볼 수 있었으며, 그녀의 호기심은 강렬해 보였다.

"페일리 노부인" 아서가 뒤에서 미는 휠체어가 식당 문으로 서서히 들어오자 그녀가 속삭였다. "쏜버리 부부"가 다음에 들어왔다. "저 멋진 여자는" 그녀는 앨런 양을 보라고 레이철을 팔꿈치로 슬쩍 찔렀다. "이름이 뭐죠?" 항상 늦으며, 마치 무대에 등장하듯이 준비된 미소를 지으며 경쾌한 걸음으로 들어오는 화장을 한 여자는 플러싱 부인이 빤히 바라보니 움찔하는 것이 당연했는데, 플러싱 부인의 응시는 모든 화장한 여성들에 대한 자신의 완고한 적대감을 표현하는 것이었다. 그다음으로는 플러싱 부인이 한데 뭉뚱그려 허스트 일행이라고 부르는 두 명의 젊은이가 들어왔다. 그들은 통로를 가로질러 반대편에 앉았다.

플러싱 씨는 자신의 온화하고 유창한 말솜씨로 부인의 퉁명스러움을 원만히 수습하며, 칭찬과 관대함이 섞인 태도로 부인을 대했다. 부인이 날뛰며 소리 지르는 동안 그는 레이철에게 남미의 역사를 대략 설명해주었다. 그는 자기 부인의 불만을 하나 처리해주고는 다시 변함없이 부드럽게 자기가 말하던 주제로 돌아왔다. 그는 어떻게 하면 지루하지도 너무 친밀하지도 않게 점심식사 시간을 유쾌하게 보내는지 매우 잘 알고 있었다. 그는 자신의 전문적인 견해를 갖고 있었으며, 레이철에게 땅 속 깊은 곳에 훌륭한 보물들이 숨겨져 있다고 말해주었다. 레이철이 방에서 보았던 것은 짧은 여행 중에 주운 아주 보잘것없는 것들일 뿐이었다. 그는 산 중턱에는 돌에 새겨진 거대한 신들의 형상이 있을지도 모르며, 원주민 외에는 아무도 걸어본 적이 없는 거대한 푸른 목초지들 가운데 거상巨像들이 홀로 세워져 있을 것이라고 생각했다. 유럽 예술이 시작되기 전에 원시 사냥꾼들과 성직자들은 거대한 돌의 평석들로 사원들을 짓고, 암석들과 커다란 삼목나무로 신들과 짐승들의 거대한 조상造像들과 위대한 힘의 상징들, 물, 공기, 그들이 사는 숲을 만들었다고 그는 믿었다. 그리스나 아시아에 있는 도시들처럼 나무들 사이의 탁 트인 공간에 세워져

이 옛날의 작품들로 가득 채워져 있는 선사 시대의 마을들이 있을 것이다. 아무도 그곳에 가본 적이 없고, 알려진 것도 거의 아무것도 없었다. 그는 이렇게 자신의 이론들을 아주 그림같이 생생하게 얘기해주어서, 레이철은 온 정신을 그에게 집중하였다.

그녀는 접시를 들고 서둘러 급히 지나가는 웨이터들의 모습 사이로 휴잇이 통로를 가로질러 그녀를 계속 바라보고 있다는 것을 알지 못했다. 휴잇은 주의를 집중하지 않았으며, 허스트는 그가 매우 찌무룩하고 기분 나빠 있다는 것을 알아채고 있었다. 그들은 모든 일반적인 화제들을 간단히 언급했는데, 정치와 문학, 가십과 기독교에 관한 것이었다. 그들은 예배에 관해 언쟁을 벌였는데, 휴잇에 따르면 예배는 사포처럼 전적으로 멋진 것이어서, 허스트의 이교사상은 단지 허식일 뿐이었다. 단지 사포를 읽기 위해서라면 왜 교회에 가느냐고 휴잇이 물었다. 허스트는 만약 휴잇이 설교를 반복하기를 원한다면 자신이 증명해줄 수 있을 정도로 설교의 모든 단어를 경청하였다고 말했다. 그리고 허스트가 자신은 창조자의 본질을 깨닫기 위해서 교회에 가며, 벡스 씨 덕분에 그날 아침 이것을 아주 생생하게 깨달았는데, 벡스 씨는 영문학상 가장 훌륭한 시구 세 줄로 신의 기원을 쓰도록 그에게 영감을 주었다고 했다.

"숙모님이 지난번에 보내신 봉투 뒷면에 시를 적었네"라고 말하며, 그는 사포 작품집에 끼워 놓은 봉투를 끄집어내었다.

"그래, 들어보세." 휴잇은 문학적인 토론을 할 수 있다는 기대에 약간 진정되어 말했다.

"여보게, 휴잇, 자네는 우리 둘 다 성난 폭도 같은 쏜버리 부부와 엘리엇 부부에 의해서 호텔에서 쫓겨나기를 원하는가?" 허스트가 물었다. "아주 작게 속삭이는 것만으로도 나를 영원히 죄인으로 만들기에 충분할 것이네. 맙소사!" 그가 갑자기 소리 질렀다. "세상에 이런 터무니없는 바보들이 살고 있는데 글을 쓰려고 노력한다는 것이 무슨 소용인가? 휴잇, 진정으로 자네가 문학을 그만두기를 충고하네. 문학이 무슨 소용이 있나? 저기 자네의 청중이 있네."

그는 매우 다양한 유럽인들이 모여 있는 식탁들을 향해 머리를 끄덕였는데, 그들은 어떤 경우에는 힘줄이 많은 이국의 닭고기를 뜯어 먹으며 식사하고 있었다. 휴잇은 그 광경을 바라보며 전보다 점점 더 화가 났다. 허스트 역시 바라보았다. 그의 눈길은 레이철에게 멈췄으며, 그녀에게 고개 숙여 인사했다.

"나는 어느 정도 레이철이 나를 사랑한다는 생각이 드네." 그는 자신의 눈길을 접시로 돌리며 말했다. "그것이 젊은 여자들과 나누는 우정의 가장 나쁜 폐해야. 그들은 누군가와 사랑에 빠지는 경향이 있어."

이 말에 휴잇은 전혀 아무런 대답도 하지 않았으며, 이상하게 조용히 앉아 있었다. 허스트는 대답이 없는 것을 신경 쓰는 것 같아 보이지 않았다. 왜냐하면 그는 물방울에 관한 장광설을 인용하며 다시 벡스 씨 이야기로 돌아가 있었다. 휴잇이 이런 말들에도 역시 거의 대답하지 않자, 그는 단지 입을 오므리고 무화과를 하나 고르고는 아주 만족스럽게 자신만의 생각으로 되돌아갔는데, 그는 언제나 생각거리를 아주 많이 갖고 있었다. 점심이 끝나고 그들은 각자 커피 잔을 갖고서 홀의 다른 자리로 흩어졌다.

야자수 아래 자기 의자에서 휴잇은 레이철이 플러싱 부부와 함께 식당 밖으로 나오는 것을 보았다. 그는 그들이 의자를 찾아서 주위를 둘러보고는 은밀히 계속 대화를 나눌 수 있는 구석에서 의자 세 개를 선택하는 것을 보았다. 플러싱 씨의 이야기는 이제 절정에 달해 있었다. 그는 종이 한 장을 마련해서는 자신의 말에 따라 그림을 그렸다. 그는 레이철이 몸을 굽히고는 손가락으로 이것저것 가리키며 바라보는 것을 지켜보았다. 휴잇은 몰인정하게도 플러싱 씨를 매우 구변이 좋은 상점 주인에 비유하였는데, 그는 뜨거운 날씨에도 옷을 아주 잘 빼입었으며 태도에 있어서도 상당히 정성을 다하는 모습을 보이고 있었다. 휴잇은 한동안 그들을 바라보며 앉아 있다가 쏜버리 부부와 앨런 양에게 말려들게 되었는데, 그들은 손에 잔을 들고서 잠시 배회하다가 그의 주변에 있는 의자에 자리를 잡았다. 그들은 그가 벡스 씨에 관해 무언가 말하기를 원했다. 쏜버리 씨는 여느 때처럼 멍하니 앞을 바라보며 아무 말 없이 앉아서는 때때로 마치 안경을 끼려는 듯이 집어 들었다가는 항상 마지막 순간에 마음을 바꾸고는 다시 내려놓았다. 대화를 조금 나눈 후에 숙녀분들은 벡스 씨가 윌리엄 벡스 씨의 아들이 아니라는 것을 의심하지 않았다. 잠시 대화가 중단되었다. 그리고 쏜버리 부인이 자신은 아직도 애국가에서 왕을 여왕이라고 부르는 습관[11]이 있다고 말했다. 또다시 잠깐 휴지가 있었다. 그러자 앨런 양은 외국에서 교회에 가는 것은 언제나 마치 선원의 장례식에 다녀오는 것 같은 느낌이 든다고 생각에 잠겨 말했다. 그러고는 매우 길게 대화가 중단되었는데, 이것은 이제 끝이라는 위협을 주었다. 그때 다행히도 크기는 대략 까치만 하지만 금속 빛이 나는 푸른 빛깔 새 한 마리가 그들이 앉아 있는 곳에서 볼 수 있는 테라스 구역에 나타났다. 쏜버리 부인은 이에 이끌려 만약 영국의 떼까마귀들이 모두 푸른색이라면 우리가 좋아하게 될 것인지를 물었다. "**당신은** 어떻게 생각하세요, 윌리엄?" 그녀는 남편의 무릎을 건드리며 물었다.

11 빅토리아 여왕이 1901년 1월에 서거하였다.

"만약 우리의 떼까마귀들이 모두 푸른색이라면," — 그는 안경을 들어 올려서 실제로 자신의 코 위에 놓았다. — "월트셔에서는 오래 살지 못할 거요"라고 결론지었다. 그는 안경을 다시금 옆에 내려놓았다. 나이가 지긋한 이 세 명은 이제 명상에 잠겨 그 새를 응시하였으며, 이 새는 매우 친절하게도 시야 속에 상당히 오래 머물러 있어서 그들이 또다시 말을 할 필요가 없게 만들어주었다. 휴잇이 플러싱 부부가 있는 구석 자리로 옮겨갈지 말지를 궁리하기 시작했을 때, 허스트가 어디선가 나타나서 레이철 옆 의자에 살짝 끼어 앉아 아주 친숙한 모습으로 그녀와 얘기를 나누기 시작했다. 휴잇은 더 이상 견딜 수가 없었다. 그는 일어나 모자를 집어 들고 문을 급히 빠져나왔다.

제18장

그는 자신이 보는 모든 것이 혐오스러웠다. 그는 푸른색과 흰색, 강렬함과 분명함, 남미의 윙윙거리는 소음과 열기가 싫었다. 풍경은 무대 위 마분지 배경처럼 단단하고 낭만적으로 보였으며, 산은 푸른색으로 칠해진 시트를 배경으로 한 나무 스크린처럼 보였다. 그는 태양의 열기에도 불구하고 빨리 걸었다.

동쪽에 시내를 빠져나가는 두 개의 길이 나 있었다. 한쪽 길은 앰브로우즈 씨네 빌라를 향해 뻗어 있었으며, 다른 길은 시골로 향해 있어, 결국에는 평원에 있는 마을에 닿게 되었다. 그러나 땅이 축축할 때 짓밟아 만들어진 많은 오솔길들이 넓은 건조한 들판을 가로질러 드문드문 산재해 있는 농가들과 부유한 원주민들의 빌라로 이어져 있었다. 휴잇은 단단하고 열기를 내뿜는 큰길을 피하고, 즐거운 농부들 일행이나 그물망 아래 한 묶음의 고무풍선처럼 울룩불룩 부어오른 칠면조들이나 어떤 신혼부부의 놋쇠침대 틀과 검은 나무 상자들을 실어 나르는 이륜 짐마차나 덜컹거리는 전세마차가 계속 일으키는 작은 구름 같은 먼지를 피해서, 도로에서 벗어나 샛길 중 하나로 들어섰다.

운동은 사실상 아침나절 표면상의 짜증을 일소시켜주었지만, 그는 여전히 비참했다. 레이철이 자신에게 무관심하다는 것이 의심의 여지없이 증명된 것처럼 보였다. 왜냐하면 그녀는 그를 거의 바라보지 않았으며, 그와 얘기하는 것과 똑같은 관심을 가지고 플러싱 씨와 대화를 나누었기 때문이었다. 마침내 허스트의 끔찍한 말들이 채찍처럼 그의 마음을 후려쳤으며, 그는 그녀를 허스트와 얘기하도록 남겨두었다는 것을 기억했다. 그녀는 이 순간 허스트와 얘기를 나누고 있으며, 허스트가 말한 것처럼 그녀가 허스트를 사랑하는 것이 사실일지도 모른다. 그는 이 가정에 대한 모든 증거를 꼼꼼히 조사하였다. ─허스트의 글에 대한 그녀의 갑작스런 관심이나, 그의 의견들을 존경하듯이 아니면 반쯤 웃으며 인용하는 태도나, 그를 칭하는 "대단한 사람"이라는 그녀의 바로 이 별명이 아마도 그 안에 어떤 심각한 의미를 담고 있는 것일지도 모른다. 만약 그들이 서로 통하고 있다면, 그것은 그에게 어떤 의미를 주는 것일까?

"빌어먹을!" 그는 힐문하였다. "내가 그녀를 사랑하고 있는가?" 이 질문에 그는 단지 한 가지 대답밖에 할 수 없었다. 만약에 그가 사랑이 의미하는 바를 안다면 그는 확실히 그녀를 사랑하고 있었다. 처음 본 이후로 그는 그녀에게 관심을 갖고 끌렸으며, 점점 더 흥미를 갖게 되며 매혹되어, 레이철을 빼놓고는 그 어떤 것도 생각할 수 없을 지경이었다. 그러나 자기들 둘에 대한 긴 명상의 즐거움 중 하나에 막 빠져들자, 그는 자신이 그녀와 결혼하기를 원하는지를 자문하며 스스로를 억제하였다. 그는 이런 비참함과 고뇌를 견디어낼 수 없었으며, 자신의 마음을 결정해야 할 필요가 있었기에 그것은 현실적인 문제였다. 그는 곧 자신은 그 누구와도 결혼하기를 원치 않는다는 결심이 섰다. 부분적인 이유이지만 그는 레이철로 인해 속이 탔기 때문에 결혼이라는 생각 또한 그를 화나게 하였다. 그것은 즉시 불가에 단둘이 앉아 있는 두 사람의 그림을 떠올렸다. 남자는 책을 읽고 있으며 여자는 바느질을 하고 있었다. 두 번째 그림을 떠올렸다. 한 남자가 급히 일어나서 잘 자라는 인사를 하고는 일행을 떠나 어떤 행복으로 몰래 움직이고 있는 사람의 조용하고 은밀한 표정을 지으며 서둘러 가버린다. 이 그림들은 양쪽 모두 매우 불쾌하였으며, 남편과 부인과 친구가 있는 세 번째 그림은 훨씬 더 그러했다. 이 그림에서 결혼한 부부는 그들 스스로 보다 깊은 진실을 지니고 있어서, 마치 질문하지 않고 무언가를 너그럽게 봐주는 것을 만족해하는 듯이 서로를 응시하고 있었다. 다른 그림들이 계속 이어져 나왔다. 그는 화가 나서 매우 빨리 걸었으며, 이것들은 아무런 의식적인 노력이 없이도 도면의 그림들처럼 그 앞에 펼쳐졌다. 매우 인내심이 강하고 아량 있고 현명하게 자식들에 둘러싸여 앉아 있는 지친 남편과 아내의 모습이 있었다. 그러나 그것 역시 불쾌한 그림이었다. 그는 많은 다양한 부부들을 알고 있었기 때문에, 자기 친구들의 삶에서 모든 종류의 모습들을 그려보았다. 하지만 그는 언제나 그들이 따뜻한 난롯불이 타고 있는 방에 갇혀 있는 것을 보았다. 반면에 결혼하지 않은 사람들을 생각하기 시작했을 때, 그는 그들이 무한한 세상에서 활동하는 모습을 보았다. 그들은 우선 첫째로 나머지 사람들과 똑같은 땅에 은신처나 우월함이 없이 서 있었다. 자신의 친구들 중 가장 독자적이고 인간적인 사람들은 미혼 남성이나 여성들이었다. 그는 사실상 자기가 가장 숭배하거나 제일 좋아하는 여성들은 결혼하지 않은 여성들이라는 것을 발견하고 놀랐다. 결혼은 남성들에게보다는 여성들에게 더 나빠 보였다. 이런 일반적인 그림을 떠나서 그는 최근에 호텔에서 관찰한 사람들에 대해 생각해보았다. 그는 수잔과 아서를, 혹은 쏜버리 씨와 쏜버리 부인을, 혹은 엘리엇 씨와 엘리엇 부인을 지켜볼 때 종종 마음속으로 곰곰이 이런 질문들을 생각하였다. 그는 마치 약혼한 커플이 이미 은밀한 사랑의 모험단계를 거쳐 자신들의 역할을 정한 것처럼, 그들의 수줍은 행복과 놀라움이 어떻게 점차로 편안하고 아량 있는 마음 상태로 대치되는지를 잘 알게 되었다. 수잔은 어느 날 아서가 자기 동생이 폐렴으로 죽었다는 말을 무심코 입 밖에 내었기 때문에, 스웨터를 가지고 아서를 뒤쫓아 다니곤 했다. 그 광경은 그를 재미있게 해주었지만, 아서와 수잔 대신 테렌스와 레이철을 바꿔놓은 것은 유쾌한 일이 아니었다. 그리고 아서는 그를 구석에 붙잡아두고 비행과 비행기의 구조에 대해 얘기하는 일에도 훨씬 열심이지 않았다. 그들은 정착할 것이다. 그러자 그는 몇 년 동안 결혼생활을 한 부부들을 살펴보았다. 쏜버리 부인은 남편이 있어서 대화에 그를 끌어들이는 데 멋지게 성공한다는 것은 사실이었다. 그러나 자기들만 있을 때 서로에게 무슨 말을 하는지를 상상할 수는 없었다. 그들이 아마도 공공연하게 사적으로 말다툼을 한다는 것을 제외하고는 엘리엇 부부에 관해서도 똑같은 어려움이 있었다. 그들은 때때로 숨김없이 말다툼을 하였지만, 이런 불화는 공공의 의견을 두려워하는 부인 측의 사소한 위선에 의해 고통스럽게 덮여 가려졌는데, 그녀는 남편보다 훨씬 어리석었으며 그를 이해하기 위해서 노력해야만 했기 때문이었다. 이 부부들이 헤어진다면 세상이 훨씬 좋아질 것이라는 점은 의심의 여지가 없다고 그는 결정 내렸다. 그가 굉장히 숭배하고 존경하는 앰브로우즈 부부조차 그들 사이의 모든 사랑에도 불구하고, 그들의 결혼 역시 하나의 타협이 아니었을까? 그녀는 그에게 양보하였으며, 그의 버릇이 나빠지게 모두 받아주었다. 다른 사람들에게는 진실한 그녀가 자기 남편에게는 진실하지 못했으며, 만약 자기 친구들이 남편과 충돌할 때는 친구들에게도 진실하지 않았다. 그것은 그녀의 본성에 있어서 이상하고 불쌍한 결함이었다. 그렇다면 레이철이 그날 밤 정원에서 "우리는 서로에게 가장 나쁜 점을 드러내요ㅡ우리는 떨어져 살아야만 해요"라고 말했을 때, 옳은 말을 한 것이었다.

아니, 레이철이 완전히 틀렸던 것이다! 레이철의 논의에 이를 때까지 모든 논의는 결혼의 부담을 이행하는 것을 반대하는 것처럼 보였는데, 이것은 분명히 부조리한 것이었다. 그는 추적당하는 사람에서 방향을 돌려 이제 추적자가 되었다. 결혼에 반대하는 사례가 모르는 사이에 지나가게 놔두고, 그는 그녀가 그렇게 말하도록 이끌었던 성격의 특이함에 대해 생각하기 시작했다. 그녀는 진심이었을까? 확실히 사람은 자신과 평생을 함께 보내게 될지도 모를 사람의 성격을 알아야만 한다. 그로 하여금 소설가가 되어서 그녀가 어떤 종류의 사람인지 발견해내도록 노력하게 하자. 그녀와 함께 있을 때 그는 그녀의 성격을 본능적으로 아는 것처럼 보였기 때문에, 그것을 분석할 수 없었다. 그러나 그녀와 떨어져 있을 때면, 때때로 그는 그녀를 전혀 모르는 것처럼 보였다. 그녀는 젊었지만 또한 나이 들었으며, 그녀는 자신감이 전혀 없었지만 사람들을 훌륭히 판단하였다. 그녀는 행복했는데, 무엇이 그녀를 행복하게 만들었을까? 만약 그들이 단둘만 있으며 흥분은 점차로 사라져버렸고 평범한 일상적인 일들만 처리해야 한다면, 무슨 일이 일어날 것인가? 자신의 성격에 눈길을 던져보니, 두 가지 것이 확실하게 드러났다. 그는 시간을 매우 지키지 않는다는 것과 짧은 편지에 답하는 것을 싫어한다는 것이었다. 그가 아는 한 레이철은 시간을 엄수하는 경향이 있었지만, 그녀가 손에 펜을 잡고 있는 것을 본 적이 있는지는 기억할 수 없었다. 다음으로, 그는 말하자면 크룸 씨네 집에서 열리는 디너파티를 상상하는데, 윌슨은 자유당 정부에 대해 얘기하며 그녀의 콧대를 꺾어놓았었다. 그녀는—물론 자신은 정치에 대해서는 완전히 무지하다고—말했을 것이다. 그럼에도 불구하고 그녀는 확실히 지적이고 또한 정직하였다. 그가 주목한 바, 그녀의 기분은 불확실했으며 그녀는 가정적이지 않고, 그녀는 너그럽지도 않고, 조용하지도 않으며, 어떤 불빛 아래 입었던 드레스들의 경우를 제외하고는 아름답지도 않았다. 그러나 그녀가 가진 대단한 재능은 자기가 들은 말을 이해한다는 점이었다. 말을 하기에 그녀같이 적합한 사람은 없었다. 당신은 어떤 것을 말할 수 있으며—당신은 모든 것을 말할 수 있다. 그러나 그녀는 결코 비굴하지는 않았다. 여기서 그는 스스로 자책하였는데, 갑자기 그는 어떤 다른 사람에 관하여보다 그녀에 관하여 아는 것이 없는 것처럼 생각되기 때문이었다. 이 모든 생각들은 이미 여러 번 그에게 떠올랐다. 가끔 그는 주장하고 추론하고자 하였으며, 또다시 오랜 의혹 상태에 도달했었다. 그는 그녀를 알지 못했으며, 그녀가 어떻게 느끼는지, 혹은 그들이 함께 살 수 있는지, 혹은 그가 그녀와 결혼하기를 원하는지를 알지 못했다. 그러나 그는 그녀를 사랑하고 있었다.

만약 그가 그녀에게 가서 말한다면, (그는 발걸음을 늦추고 마치 레이철에게 말하고 있는 것처럼 큰 소리로 말하기 시작했다.)

"나는 당신을 숭배하지만 결혼을 혐오합니다. 결혼의 젠체함을 안전함을 타협을 싫어하며, 당신에 대한 생각이 나의 일을 간섭하고 나를 방해하는 것을 싫어합니다. 당신은 뭐라고 대답하시겠습니까?"

그는 멈춰서 나무 몸통에 기대고는 마른 강바닥의 기슭에 흩어져 있는 몇몇 돌멩이들을 멍하니 응시하였다. 그는 레이철의 얼굴을 분명히 볼 수 있었다. 회색 눈과 머리카락과 입. 그녀의 얼굴은 평범하고 공허하고 무의미하거나 아니면 거칠고 열정적이고 대체로 아름다운—그렇게 많은 것들을 나타낼 수 있는 얼굴이었다. 그러나 그녀가 이상하리만큼 자유롭게 그를 바라보고 자신이 느낀 바를 말했기 때문에 그의 눈에는 언제나 똑같아 보였다. 그녀는 뭐라고 대답했을까? 그녀는 어떻게 느꼈을까? 그녀는 그를 사랑했을까, 아니면 요 전날 오후에 그녀가 바람이나 바다처럼 자유롭다고 말했던 것처럼 그나 어떤 다른 남자에 대해서도 전혀 아무런 감정도 느끼지 않았을까?

"아, 당신은 자유로워요!" 그는 그녀에 대한 생각에 몹시 기뻐서 소리 질렀다. "그리고 나는 항상 당신을 자유롭게 둘 거예요. 우리는 함께 자유로울 겁니다. 우리는 모든 것을 함께 나눌 것입니다. 어떤 행복도 우리 행복 같지는 않을 겁니다. 어떤 삶도 우리 삶과 비교되지 못할 겁니다." 그는 마치 한 번 포옹으로 그녀와 세계를 껴안으려는 것처럼 팔을 활짝 벌렸다.

더 이상 결혼에 대해 생각하거나, 아니면 그녀의 본성이 어떠한지, 그들이 함께 살면 어떠할지를 냉정하게 숙고할 수 없어서, 그는 땅에 푹 쓰러져 그녀에 대한 생각에 빠져 앉아 있었으며, 다시금 그녀와 함께 있고 싶다는 욕망에 곧 괴로워했다.

제19장

그러나 휴잇은 허스트가 여전히 레이철과 얘기를 나누고 있다고 상상하며 자신의 고통을 키울 필요가 없었다. 그 모임은 바로 흩어져, 플러싱 부부는 한쪽 방향으로 갔고, 허스트는 또 다른 방향으로 갔으며, 레이철은 홀에 남아 주변에 널린 삽화가 그려진 신문을 끌어당겨 한 쪽 한 쪽 넘기고 있었는데, 그녀의 동작은 마음속에 아직 형체를 이루지 않은 들떠 있는 욕망을 표현하고 있었다. 비록 플러싱 부인이 차 마시는 시간에 보자고 말하기는 하였지만, 그녀는 그만 갈지 아니면 머물지를 정하지 못했다. 홀 안은 종교 음악의 악보 위에 손가락으로 음계를 치고 있는 윌레트 양과 부유한 카터 부부를 제외하고는 텅 비어 있었다. 카터 부부는 윌레트 양의 신발 끈이 풀려 있고 그녀가 충분히 쾌활하게 보이지 않아 그녀를 싫어했으며, 역지사지로 그들도 그녀가 자기들을 좋아하지 않을 것이라고 생각하게 되었다. 만약 레이철이 카터 부부를 보았더라면, 그녀도 확실히 그들을 좋아하지 않았을 것이다. 왜냐하면 카터 씨는 콧수염에 밀랍을 발랐으며, 카터 부인은 팔찌를 하였고, 그들은 분명히 자신을 좋아하지 않을 그런 종류의 사람들이라는 훌륭한 이유가 있었기 때문이었다. 그러나 그녀는 자신의 들떠 있는 상태에 너무 몰두해 있어서 생각하거나 쳐다볼 겨를이 없었다.

레이철이 미국 잡지의 반들반들한 페이지를 넘기고 있을 때, 홀 문이 흔들리며 쐐기 모양의 빛이 마루에 비치더니 그 빛을 집중적으로 받은 자그마한 하얀 모습이 방을 가로질러 똑바로 그녀에게 나타났다.

"아니! 당신 여기에 있었어요?" 이블린이 소리쳤다. "점심 때 당신을 흘끗 보았어요. 하지만 당신은 짐짓 나를 보려하지 않더군요."

그녀가 실제로 받았거나 상상했던 많은 냉대에도 불구하고, 자신이 알고자 하는 사람들을 끝까지 따라다녀 결국은 그들을 알게 되고 그들이 자신을 좋아하게끔 만드는 것이 일반적으로 이블린 성격의 일부였다.

그녀는 자기 주변을 둘러보았다. "나는 이곳이 싫어요. 나는 이 사람들이 싫답니다." 그녀가 말했다. "당신과 함께 내 방에 올라가서 얘기를 나누고 싶어요."

레이철이 가고 싶지도 머물고 싶지도 않을 때, 이블린은 그녀의 팔목을 잡고는 홀을 나가 층계로 끌어당겼다. 그들이 한 번에 두 계단씩 층계를 올라갈 때, 여전히 레이철의 손을 잡고 있던 이블린은 사람들이 하는 말에 전혀 신경 쓰지 않는다는 것을 갑자기 엉터리 문장으로 소리 질렀다. "만약 자신이 옳다고 알고 있다면 왜 신경 써야 하는 거죠? 그 사람들은 지옥에나 떨어지라고 해요! 빌어먹을 인간들!"

그녀는 굉장히 흥분 상태에 있었으며, 그녀 팔의 근육들이 신경질적으로 씰룩거리고 있었다. 그녀는 레이철에게 그것에 대해 모두 말하기 위해서 오직 문을 닫기만을 기다리고 있는 것이 분명했다. 사실상 그들이 방에 들어오자마자, 그녀는 침대 모서리에 앉아 말했다. "당신은 내가 미쳤다고 생각하지요?"

레이철은 다른 누군가의 마음 상태에 대해 분명히 생각할 기분이 아니었다. 하지만 그녀는 결과에 대한 두려움 없이 자신에게 떠오르는 것은 무엇이든지 솔직하게 말할 기분이었다.

"누군가 당신에게 청혼을 했군요." 그녀가 말했다.

"도대체 어떻게 그렇게 추측했어요?" 이블린은 놀람이 섞인 즐거움에서 소리 질렀다. "내가 이제 방금 청혼을 받은 걸로 보이나요?"

"당신은 매일 청혼을 받는 것처럼 보여요." 레이철이 대꾸했다.

"하지만 당신보다 많이 받을 거라고는 생각하지 않는데요." 이블린이 다소 가식적으로 웃었다.

"나는 한 번도 받아본 적이 없어요."

"하지만 당신은 받게 될 거예요 — 많이 — 그것은 세상에서 가장 쉬운 일이에요. — 그렇지만 오늘 오후에 일어난 일은 정확히 그 일이 아니에요. 그것은 — 아, 그것은 엉망진창, 혐오스럽고 끔찍하고 구역질나게 난잡스러워요!"

그녀는 세면대로 가서 자신의 뺨을 차가운 물로 적시기 시작했다. 왜냐하면 뺨이 뜨겁게 달아올랐기 때문이었다. 여전히 물로 적시고 약간 몸을 떨며, 그녀는 고개를 돌리고 신경질적으로 흥분한 높은 어조의 목소리로 설명했다. "앨프레드 페롯은 내가 자기와 결혼 약속을 했다고 말하고, 나는 결코 그런 말을 한 적이 없다고 말했죠. 싱클레어는 내가 자기와 결혼하지 않으면 권총 자살을 하겠다고 말해서, 내가 말했죠. '그럼, 자살하세요!' 그렇지만 물론 그는 자살하지 않아요. 그들은 절대로 그러지 않아요.

싱클레어는 오늘 오후 나를 붙잡고 대답을 달라고 괴롭히기 시작했어요. 그러고는 내가 앨프레드 페롯과 놀아났다고 비난하면서 내가 인정머리 없으며 단지 요부인 사이렌이라고 말했어요. 아, 그리고 그와 같은 수많은 유쾌한 말들을 했어요. 그래서 마침내 나는 그에게 말했어요. '그래요, 싱클레어, 당신은 이제 충분히 말했어요. 그만 나 좀 놔줄 수 있지요.' 그러자 그때 그는 나를 잡고서 키스를 했어요. ― 구역질나는 짐승 같으니라고 ― 나는 아직도 바로 이곳에 그의 더러운 털투성이의 얼굴을 느낄 수 있어요. ― 마치 자신이 그런 말을 했으니, 어떤 권리라도 가진 것처럼!"

그녀는 자신의 왼쪽 뺨의 한 지점을 열심히 닦아냈다.

"나는 여자와 비교하기에 적합한 남자를 만난 적이 없어요!" 그녀가 소리 질렀다. "그들은 위엄도 갖추지 못했고, 그들은 용기도 없으며, 단지 짐승 같은 열정과 야수 같은 힘밖에 없어요! 어떤 여성이 그와 같이 행동했겠어요? ― 만약 어떤 남자가 자기를 원치 않는다고 말했다면. 우리 여성은 아주 대단한 자존심을 갖고 있으며, 우리는 남자들보다 훨씬 더 훌륭해요."

그녀는 수건으로 자신의 젖은 뺨을 가볍게 두드리며 방을 거닐었다. 차가운 물방울과 함께 이제 눈물이 흘러내리고 있었다.

"그것이 나를 화나게 해요." 그녀가 눈물을 닦으며 설명했다.

레이철은 그녀를 바라보며 앉아 있었다. 그녀는 이블린의 입장에 대해 생각하지 않았다. 그녀는 그저 세상은 고통 받는 사람들로 가득 차 있다고 생각했다.

"내가 정말로 좋아하는 남자가 여기 딱 한 명 있어요." 이블린이 계속해서 말했다. "테렌스 휴잇이에요. 그는 믿을 수 있게 느껴져요."

이 말에 레이철은 형언할 수 없이 소름이 돋았다. 차가운 손들이 함께 자신의 심장을 압박하고 있는 것 같았다.

"왜 그러죠?" 그녀가 물었다. "왜 그는 믿을 수 있나요?"

"모르겠어요." 이블린이 말했다. "당신은 사람들에 대해 느낌이라는 것이 없나요? 당신이 절대적으로 확신하는 감정이 옳은 것인가요? 요 전날 밤에 테렌스와 한참 동안 대화를 나눴어요. 나는 그 후로 우리가 정말로 친구라고 느껴요. 그에게는 무언가 여자다운 점이 있어요. —" 그녀는 마치 테렌스가 그녀에게 말했던 아주 친밀한 것들을 생각하고 있는 것처럼 잠시 중단하였다. 아니면 적어도 레이철은 그녀의 말 없는 응시를 그렇게 해석하였다.

그녀는 "그가 당신에게 청혼했나요?"라고 말하고자 했지만, 그 질문은 너무 엄청난 것이었고, 다음 순간 이블린은 가장 멋진 남자들은 여자들과 같으며 여자들은 남자들보다 훨씬 고상하다고 — 예를 들어 라일라 해리슨 같은 여자가 비열한 것을 생각하거나 어떤 야비한 점을 지니고 있다고는 상상할 수 없다고 — 말하고 있는 중이었다.

"당신이 그녀를 알면 얼마나 좋을까요!" 그녀가 소리 질렀다.

그녀는 점점 더 조용해졌으며, 뺨은 이제 아주 말라 있었다. 눈길은 평상시의 예리한 생기 있는 표정을 되찾았으며, 그녀는 앨프레드나 싱클레어나 자신의 감정은 잊은 것 같았다.

"라일라는 뎁포드 가[1]에서 주정뱅이 여성들을 위한 집을 운영하고 있어요." 그녀는 계속해서 말했다. "그녀가 그것을 시작했고, 관리했으며, 모든 것을 그녀 힘으로 했어요. 그리고 지금은 그곳이 영국에 있는 그런 시설들 중에서 가장 커요. 당신은 이 여성들이 어떠하며, 그들의 집들은 어떤지 생각할 수 없죠. 그러나 그녀는 밤낮으로 언제든지 그들 가운데 있어요. 나도 종종 그녀와

---

1 런던 동쪽으로 템스 강 남쪽에 있는 구역.

함께 있었어요…… 그것이 우리에게 중요한 점이에요…… 우리는 일을 **하지는** 않아요. 당신은 무슨 일을 **하나요?**" 그녀는 약간 냉소적인 미소를 지으며 레이철을 바라보며 물었다. 레이철은 이런 말은 거의 들은 적이 없었으며, 그녀의 표정은 공허하고 불행해 보였다. 레이철은 라일라 해리슨과 뎁포드 가에서 그녀의 일에 대해, 그리고 이블린 M과 그녀의 풍부한 연애사건에 대해 똑같은 혐오감을 느꼈다.

"나는 피아노를 쳐요." 그녀는 둔감하게 평온함을 가장하며 말했다.

"대체로 그래요!" 이블린이 재미있어했다. "우리들 누구도 피아노 치는 것 외에는 아무것도 하지 않아요. 그래서 라일라 해리슨 같은 여자들이 당신이나 나의 스무 배는 가치가 있는데, 그들은 뼛속까지 철저하게 스스로 일해야만 하는 거예요. 하지만 나는 연주하는 일에는 싫증이 나요." 그녀는 침대에 길게 누워 자기 머리 위로 양팔을 들어 올리며 계속 말했다. 그렇게 쭉 뻗고 있으니 그녀는 여느 때보다 훨씬 작아 보였다.

"나는 뭔가 할 작정이에요. 굉장한 아이디어를 갖고 있어요. 좀 들어봐요, 당신도 참여해야만 해요. 당신의 내면에 어느 정도의 소질을 갖고 있다고 확신해요. 비록 당신은 보기에 — 글쎄, 마치 온실에서만 살아온 것 같지만 말이에요." 그녀는 일어나 앉아서 힘차게 설명하기 시작했다. "나는 런던에 있는 한 클럽에 속해 있어요. 매주 토요일에 모이기 때문에 토요 클럽[2]이라 부르죠. 우리는 예술에 관해 얘기 나누기로 되어 있지만, 나는 예술에 대해 말하는 것에 싫증이 나요. ─ 그것이 무슨 소용이 있나요? 우리 주변에 온갖 종류의 현실적인 일들이 진행되고 있는데 말이죠? 그

2 울프의 언니 바네사Vanessa에 의해 조직된 금요 클럽Friday Club의 인유.

들 역시 예술에 대해 화젯거리를 갖고 있는 것 같지 않아요. 그래서 내가 그들에게 말하고자 하는 것은 우리가 예술에 대해서는 충분히 얘기해왔으니, 변화를 위해서 삶에 관해 얘기하는 것이 낫다는 거예요. 사람들의 삶에 정말로 중요한 질문들, 즉 백인 매춘부 매매, 여성참정권, 보험법안 등이에요. 우리가 무엇을 하고자 하는지를 결심하면, 우리는 그 일을 하기 위한 협회를 스스로 만들 수 있어요…… 만약 그것을 경찰이나 치안판사에게 맡기는 대신 우리 같은 사람들이 직접 맡아 한다면, 우리는 중지시킬 수 있어요—매춘을"—그녀는 이 추악한 단어에서 목소리를 낮추었다—"육 개월 안에. 내 생각은 남성과 여성들이 이 문제들에 함께해야 한다는 거예요. 우리는 피커딜리 가로 가서 이 비참한 사람들 중 하나를 멈춰 세우고 말해야 합니다. '자, 보세요, 나는 당신보다 전혀 훌륭하지 않아요. 그리고 당신보다 훌륭한 척하지도 않지만, 당신은 자신도 짐승 같다고 알고 있는 일을 하고 있어요. 나는 당신이 야수 같은 일을 하게 두지 않을 거예요. 왜냐하면 한 꺼풀 벗기면 우리는 모두 똑같기 때문이에요. 그래서 만약 당신이 짐승 같은 짓을 하면 나에게 문제가 되죠.' 이것이 벡스 씨가 오늘 아침에 말한 거예요. 그리고 이것은 비록 당신 같은 영리한 사람들이—당신은 물론 영리하겠지요?—믿지 않겠지만, 사실이에요."

이블린이 말하기 시작했을 때—그것은 그녀가 가끔 유감으로 생각하는 사실이었다—그녀의 생각들은 너무도 빨리 떠올라서 다른 사람의 생각을 들을 시간이 없었다. 그녀는 잠시 한숨 돌릴 틈도 없이 말을 계속하였다.

"나는 왜 토요 클럽 사람들이 그런 식으로 정말로 훌륭한 일을 하지 않는지 모르겠어요." 그녀는 계속했다. "물론 그 일은 조직을 필요로 할 것이며, 누군가는 그 일에 자신의 삶을 바쳐야 할 거예요. 하지만 나는 그렇게 할 준비가 되어 있어요. 내 생각은 인간을 먼저 생각하는 것이며 추상적인 생각들은 되어가는 대로 내버려두는 거예요. 라일라에게 있어서 잘못된 점은—만약 뭔가 잘못된 점이 있다면—그녀가 여성들보다 금주를 먼저 생각한다는 점이에요. 이제 내가 명예를 걸고 말할 게 하나 있어요." 그녀는 계속하였다. "나는 지적이지도 예술적이지도 혹은 그런 종류의 어떤 특별한 점도 없지만, 나는 유쾌한 인간이에요." 그녀는 침대에서 미끄러져 마룻바닥에 앉아 레이철을 올려다보았다. 그녀는 레이철의 얼굴 이면에 어떤 특성이 감춰져 있는지를 읽어내려고 하는 것처럼 그녀의 얼굴을 유심히 살폈다 그녀는 레이철의 무릎에 손을 얹었다.

"중요한 것은 인간답다는 거예요, 그렇지 않아요?" 그녀가 계속하였다. "허스트 씨가 말하는 것이 무엇이든, 진실하다는 거예요. 당신은 진실한가요?"

테렌스가 느꼈던 것처럼 레이철은 이블린이 자기에게 너무 가까이 다가와 있고, 이런 밀접함에는 불쾌함이 있기도 하지만 또한 흥분되는 무언가가 있다고 강하게 느꼈다. 그녀는 이 질문에 대답을 찾아내야 할 필요의 수고가 덜어졌다. 이블린이 말을 계속하였기 때문이었다. "당신은 무언가를 믿나요?"

이 빛나는 푸른 눈의 탐색을 끝내고 자신의 육체적 불안감을 덜기 위해서, 레이철은 자신의 의자를 뒤로 밀치고 소리 질렀다. "모든 것을 믿어요!" 그러고는 여러 다른 물건들을 만지작거리기 시작했다. 책상 위에 놓인 책들, 사진들, 창가의 커다란 질그릇에 심어 있는 뻣뻣한 털과 함께 육감적인 잎들이 달린 식물을.

"나는 침대를, 사진들을, 질그릇을, 발코니를, 햇빛을, 플러싱 부인을 믿어요." 그녀는 여전히 아무렇게나 말하면서, 그녀로 하여금 사람들이 대개 말하지 않는 것들을 말하도록 하는 무언가를 마음속에 담고서 한마디 하였다. "그러나 나는 신을 믿지 않아요, 나는 벡스 씨를 믿지 않아요, 나는 병원 간호사를 믿지 않아요. 나는 믿지 않아요—" 그녀는 사진 한 장을 집어 들었으며, 그것을 바라보며 문장을 끝맺지 않았다.

"그분은 나의 어머니예요." 양쪽 무릎을 팔로 껴안고 앉은 이블린은 레이철을 호기심을 가지고 바라보며 말했다.

레이철은 그 인물사진을 자세히 보았다. "글쎄요, 나는 그녀를 많이 믿지 않아요." 그녀가 잠시 후 낮은 목소리로 말했다.

머거트로이드 부인은 정말로 짓밟혀 온 삶을 살아온 것처럼 보였다. 그녀는 마치 보호하기 위한 것처럼 자신의 뺨에 꼭 껴안고 있는 포메라니안 종의 개 뒤에서 슬프게 바라보며 의자에 무릎을 굽히고 있었다.

"그리고 이분은 내 아버지예요." 한 사진틀에 두 명의 인물사진이 있었기 때문에 이블린이 말했다. 두 번째 사진은 아주 균형 잡힌 용모와 멋진 검은 콧수염을 가진 잘생긴 군인을 보여주었다. 그의 손은 자신의 칼 손잡이에 놓여 있었으며, 그와 이블린 사이에는 명백히 닮은 점이 있었다.

"그리고 내가 다른 여성들을 도우려고 하는 것은" 이블린이 말했다, "그들 때문이에요. 아마 당신은 나에 대해 들으셨지요? 당신도 알다시피, 그들은 결혼하지 않았어요. 나는 특별히 이렇다 할 사람은 못 돼요. 하지만 나는 전혀 그것을 부끄러워하지 않아요. 어쨌든 그들은 서로를 사랑했으며, 그것은 대부분의 사람들이 자기 부모에 대해 말할 수 있는 것 이상이에요."

레이철은 손에 두 장의 사진을 들고 침대에 앉아—서로를 사랭했었다고 이블린이 말한―그들을 비교해보았다. 그 사실은 이블린이 또다시 설명하기 시작하고 있는 불행한 여성들을 대변하는 캠페인보다 훨씬 더 그녀를 흥미롭게 하였다. 그녀는 다시금 한 명 한 명 바라보았다.

"어떤 거라고 생각하세요?" 이블린이 잠시 멈췄을 때 그녀가 물었다. "사랑한다는 것이."

"당신은 사랑해본 적이 없나요?" 이블린이 물었다. "아, 없군요.―당신을 보기만 해도 알 수 있어요." 그녀가 덧붙였다. 그녀는 숙고하였다. "나는 한때 정말로 사랑에 빠졌었죠." 그녀가 말했다. 그녀는 생각에 잠겼는데, 눈은 빛나는 생기를 잃으며 온화한 표정으로 접근해가고 있었다. "사랑이 지속되는 동안은―천국이었어요! 나에게 가장 나쁜 점은, 사랑이 지속되지 않는다는 거예요. 그것이 괴로운 일이지요."

그녀는 레이철의 충고를 구하는 척했던 앨프레드와 싱클레어 대한 어려움을 계속해서 곰곰이 생각했다. 그러나 그녀는 충고를 원했던 것이 아니라 친밀함을 원했다. 여전히 침대에서 사진들을 쳐다보고 있는 레이철을 보았을 때, 이블린은 그녀가 자기에 대해 생각하고 있지 않다는 것을 깨닫지 않을 수 없었다. 그렇다면, 그녀는 무엇에 대해 생각하고 있는 중일까? 이블린은 언제나 애쓰며 다른 사람에게 다가가서는 언제나 좌절당하는 자기 내면의 작은 생명의 불꽃으로 고통스러웠다. 침묵에 빠져 그녀는 자기의 방문객을, 그녀의 신발과, 스타킹과, 머리빗과, 간단히 말해 그녀 옷의 모든 자세한 부분들을 살펴보았다. 마치 모든 세목들을 포착하여서 내면의 삶에 보다 가깝게 다가가려는 것 같았다.

레이철은 마침내 사진들을 내려놓고 창가로 걸어가서는 한 마디 던졌다. "이상해요. 사람들은 종교에 관해 말하는 것만큼이나 사랑에 관해 많이 말해요."

"나는 당신과 앉아서 얘기를 나눴으면 해요." 이블린이 성급하게 말했다.

그 대신 레이철은 두 개의 긴 창유리로 된 창문을 열고는 아래 정원을 내려다보았다.

"저곳이 우리가 첫날밤 길을 잃었던 곳이에요." 그녀가 말했다. "틀림없이 저 덤불 속이었어요."

"사람들은 저곳에서 닭을 잡아요." 이블린이 말했다. "그들은 칼로 닭 모가지를 자르지요. 구역질나요! 그러나 나에게 말해보세요—무엇이—."

"호텔을 돌아보고 싶어요." 레이철이 말을 중단시켰다. 그녀는 고개를 숙여, 아직도 바닥에 앉아 있는 이블린을 바라보았다.

"다른 호텔들이나 같아요." 이블린이 말했다.

비록 그곳의 모든 방과 복도와 의자가 레이철이 보기에는 그 나름의 특징을 갖고 있었지만, 아마 그럴지도 몰랐다. 그러나 더 이상 한 곳에 머물고 싶은 마음이 내키지 않았다. 그녀는 서서히 문을 향해 움직였다.

"당신이 원하는 것이 뭔가요?" 이블린이 말했다. "당신은 언제나 말하고 있지 않은 무언가를 생각하고 있는 것처럼 느끼게 만들어요…… 말해보세요!"

그러나 레이철은 이 초대에도 역시 반응을 보이지 않았다. 그녀는 방문 손잡이에 손가락들을 대고 멈췄는데, 마치 어떤 종류의 선언을 하도록 예정되어 있다는 것을 기억한 것 같았다.

"나는 당신이 그들 중 한 명과 결혼하리라고 생각해요"라고 말하고 나서 그녀는 손잡이를 돌리고 나가며 문을 닫았다. 레이철은 옆의 벽을 따라 손을 미끄러지듯 움직이며 복도를 서서히 걸어갔다. 자신이 어느 쪽으로 가고 있는지 모른 채로, 그저 유리창과 발코니로 이어지는 복도로 걸어 내려갔다. 그녀는 호텔 생활의 뒷면인 주방 경내를 내려다보았는데, 그곳은 미로 같은 작은 덤불들로 정면으로부터 차단되어 있었다. 바닥은 휑뎅그렁했으며, 낡은 양철 냄비들이 주변에 흩어져 있었고, 덤불들 위에는 말릴 수건과 앞치마들이 널려 있었다. 가끔 흰색 앞치마를 두른 웨이터가 나와 더미에 쓰레기를 던졌다. 면 원피스를 입은 두 명의 건장한 여자가 그들 앞에 피가 배어 있는 양철 쟁반을 놓고 무릎 사이에 누런 물체를 끼고는 벤치에 앉아 있었다. 그들은 닭털을 뽑으며 얘기를 나누고 있었다. 갑자기 닭 한 마리가 반쯤은 날고 반쯤은 달려서 허우적거리며 그곳으로 들어왔으며, 족히 여든은 되어 보이는 또 다른 여자가 잡으려고 뒤쫓았다. 비록 매우 여위고 다리가 휘청거렸지만 그녀는 다른 두 여자의 웃음에 자극을 받아 계속 잡으러 다녔다. 그녀의 얼굴은 맹렬한 분노를 드러냈으며, 달리며 스페인어로 욕설을 퍼부었다. 여기서는 손뼉을 치며 저기서는 냅킨을 휘두르는데 놀라서 닭은 날래게 이쪽저쪽으로 내달렸으며, 마침내 곧장 늙은 여자에게로 퍼덕거리며 돌진했다. 그것을 에워싸기 위해 궁색한 회색 치마를 펼치고 있던 여자는 한 번에 덥석 덮친 다음, 꽉 붙잡고 복수하는 힘과 승리가 결합된 표정으로 닭 모가지를 잘랐다. 피와 추악한 몸부림이 레이철을 매혹시켰다. 그래서 비록 뒤에서 누군가 와서 그녀 옆에 서 있는 것을 알았지만, 늙은 여자가 벤치의 다른 여자들 옆에 자리를 잡고 나서야 고개를 돌렸다. 그녀는 자신이 보았던 추악함 때문에 매섭게 쳐다보았다. 그녀 옆에 서 있는 사람은 앨런 양이었다.

"아름다운 광경은 아니군요." 앨런 양이 말했다. "아마도 우리 방법보다 정말로 훨씬 더 인간적이겠지만…… 당신 내 방에 온

적 없지요"라고 덧붙이며, 그녀는 레이철이 자신을 따라오기를 바라는 듯이 몸을 돌렸다. 레이철은 그녀를 따라갔다. 각각의 새로운 사람들이 아마도 그녀를 짓누르고 있는 신비로움을 제거해 줄 것 같았기 때문이었다.

호텔의 방들은 어떤 것은 보다 크고 어떤 것은 보다 작은 것 말고는 모두가 같은 모양이었다. 방들은 모두 바닥이 진한 붉은색 타일로 되어 있고, 높은 침대가 있었으며 모기장이 예쁘게 주름 잡혀 꾸며져 있었다. 각 방마다 책상과 화장대와 한 쌍의 안락의 자가 있었다. 그러나 각자의 상자를 풀어놓자마자 방들은 아주 달라져서, 앨런 양의 방은 이블린의 방과 전혀 달랐다. 그녀의 화장대에는 다양한 색깔의 모자 핀들이 없었다. 향수병도 없으며, 줍게 굴곡진 가위들도 없으며, 다양한 신발들이나 부츠들도 없고, 의자들에 실크 페티코트도 놓여 있지 않았다. 방은 아주 깔끔했다. 모든 것이 두 쌍씩 있는 것처럼 보였다. 그러나 책상에는 원고가 쌓여 있었으며, 테이블 하나가 안락의자 옆에 끌어당겨 있어서, 그 위에는 우중충한 도서관 책들이 두 더미 놓여 있었는데, 책들 군데군데 서로 다른 두께마다 많은 종잇조각들이 끼워져 있었다. 앨런 양은 레이철이 하는 일이 없이 주변을 배회하고 있다고 생각하여 친절한 마음에서 자기 방에 들어오라고 청하였던 것이다. 더구나 그녀는 젊은 아가씨들을 많이 가르쳤었기 때문에 그들을 좋아하였으며, 앰브로우즈 부부로부터 아주 많은 대접을 받았기 때문에 조금이라도 되갚을 수 있다는 것이 기뻤다. 따라서 그녀는 레이철에게 보여줄 것을 찾으며 주변을 둘러보았다. 방에는 즐거움을 줄 만한 것이 많지 않았다. 그녀는 자기가 쓴 원고에 손을 대었다. "초서 시대, 엘리자베스 시대, 드라이든[3] 시대,"

3 존 드라이든(John Dryden, 1631~1700), 영국 시인이자 극작가.

그녀는 곰곰이 생각하였다. "시대들이 더 많이 없어서 기뻐요. 나는 아직도 18세기 중간에 있어요. 앉으실래요, 빈레이스 양? 의자가 작긴 하지만 튼튼해요⋯⋯ 『유피어스』.[4] 영국 소설의 기원은," 그녀는 다른 페이지를 응시하며 계속했다. "이런 얘기에 관심 있나요?"

그녀는 마치 레이철이 갖고자 원하는 무언가를 주려고 최선을 다하려는 듯이 아주 친절하고 순박하게 그녀를 바라보았다. 이런 표정으로 그렇지 않았다면 걱정과 상념으로 많은 주름이 생겼을 법한 얼굴에 현저한 매력이 드러났다.

"아, 아니지. 당신이 관심 있는 것은 음악이지요?" 그녀가 생각해내며 말을 계속했다. "나도 그 두 가지가 어울리지 않는다는 것을 일반적으로 알고 있어요. 물론 때때로 비범한 사람들도 있지요―" 그녀는 무언가를 찾기 위해 주변을 둘러보았으며 벽로 선반에 놓인 단지를 보고는 손을 뻗쳐 내려서는 레이철에게 주었다. "단지에 손가락을 넣어보면 생강조림 한 조각을 꺼낼 수 있을 거예요. 당신은 비범한 사람인가요?"

하지만 생강은 깊이 있어서 손에 닿지가 않았다.

"걱정 마세요," 앨런 양이 다른 도구를 찾기 위해 주변을 둘러보자 그녀가 말했다. "저는 아마도 생강조림을 좋아할 것 같지 않아요."

"먹어본 적 없어요?" 앨런 양이 물었다. "그러면 지금 먹어보는 것이 당신의 의무라고 생각해요. 아니, 당신 삶에 새로운 즐거움을 더할지도 모르잖아요, 그리고 당신은 아직 젊으니―" 그녀는 단

---

4 『유피어스Euphues』는 영국 작가 존 릴리(John Lyly, 1554?~1606)의 산문작품으로, 사랑과 연애사건들에 관한 지극히 고도로 양식화된 편지들과 대화와 논고들로 구성되어 있다. 전통적으로 이 작품은 가장 초기의 소설적 산문 이야기의 예들 중 하나로 간주된다. 유피이즘(Euphuism: 화려한 만연체)은 이 작품 제목에서 유래한 명칭이다.

추걸이로 꺼내면 가능할지 궁금했다. "나는 모든 것을 시도해보는 것을 규칙으로 삼고 있어요." 그녀가 말했다. "만약 당신이 임종에 처음으로 생강을 맛보고는 그렇게 마음에 드는 것은 처음이라는 것을 알게 된다면 정말 화가 나리라는 생각이 들지 않아요? 나는 정말 엄청나게 화가 나서 단지 그 때문에라도 건강해야만 한다고 생각할 거예요."

이제 막 그녀가 성공하여 생강 한 덩어리가 단추걸이 끝에 딸려 나왔다. 그녀가 단추걸이를 닦으러 간 동안 레이철은 생강을 한입 물어보고는 즉시 소리 질렀다. "뱉어버려야겠어요!"

"그것을 정말로 맛보았다고 확신해요?" 앨런 양이 물었다.

대답 대신 레이철은 그것을 창밖으로 던졌다.

"어쨌든 하나의 경험이지요." 앨런 양이 조용히 말했다. "자, 봅시다—당신이 이것을 맛보고 싶어 하지 않는다면 당신에게 줄 만한 것이 없는데요." 그녀의 침대 위쪽으로 작은 찬장이 걸려 있었으며, 그녀는 그 안에서 연한 녹색 액체로 가득 채워진 가늘고 우아한 단지를 꺼냈다.

"크렘 드 만트[5]예요." 그녀가 말했다. "리큐르, 아시죠. 마치 내가 마신 것처럼 보이지 않아요? 사실 이것은 내가 얼마나 대단히 절제하는 사람인지를 증명해줘요. 이십육 년 동안 저 단지를 갖고 있어요." 자부심을 갖고 그것을 바라보며 그녀가 덧붙였다. 그녀가 단지를 기울였을 때, 액체의 높이로 보아서 그 병은 아직 따지도 않은 것임을 알 수 있었다.

"이십육 년 동안이나요?" 레이철이 소리 질렀다.

앨런 양은 레이철을 놀라게 할 작정이었기 때문에 만족하였다.

"내가 이십육 년 전에 드레스덴에 갔을 때," 그녀가 말했다, "내

---

5 박하가 든 리큐르(설탕, 향료 따위를 가한 독한 알코올성 음료).

친구 하나가 나에게 선물을 하겠다는 의도를 밝혔어요. 그녀는 배가 난파되거나 사고가 났을 때 홍분제가 유용하리라고 생각했지요. 그러나 그런 일이 일어나지 않아서 나는 그것을 도로 갖고 왔어요. 외국 여행을 떠나기 전날 밤에는 똑같은 메모와 함께 똑같은 병이 항상 모습을 드러낸답니다. 나는 그것이 사고를 막아주는 일종의 부적이라고 생각해요. 비록 한번은 앞선 기차의 사고로 내가 탄 기차가 24시간 동안 꼼짝달싹 못하는 적은 있었지만, 나 자신이 사고를 당한 적은 없어요. 그래요." 그녀는 이제 병에게 말을 걸며 계속했다. "우리는 함께 많은 나라들과 찬장들을 보아왔지, 그렇지? 나는 언젠가는 헌사가 붙은 은색 꼬리표를 만들 예정이랍니다. 당신이 보듯이 이분은 신사로 그의 이름은 올리버예요…… 빈레이스 양, 만약 당신이 내 올리버를 깨뜨린다면 당신을 용서할 수 없으리라고 생각해요." 그녀는 레이철의 손에서 병을 단호하게 가져가서는 찬장에 다시 올려놓았다.

레이철은 병의 목을 잡고 흔들고 있었다. 그녀는 병을 들고 있다는 사실을 잊을 정도로 앨런 양에게 흥미를 느끼고 있었다.

"글쎄요." 그녀가 큰소리로 말했다. "저는 이상하다고 생각해요. 이십육 년 동안 한 친구를 갖는다는 것을, 또한 한 술병을 갖고 있으며, 그리고 — 이 모든 여행을 해왔다는 것을."

"전혀 그렇지 않아요. 나는 이상함과는 정반대라고 생각한답니다." 앨런 양이 대답했다. "나는 언제나 나 자신을 내가 아는 가장 보통사람이라고 생각해요. 나처럼 평범한 것이 오히려 눈에 띄는 법이지요. 내가 잊고 있었는데 — 당신은 비범한 사람인가요, 아니면 그렇지 않다고 말했나요?"

그녀는 레이철에게 매우 친절하게 미소 지었다. 그녀가 성가시게 방을 돌아다닐 때, 그녀는 굉장히 많이 알고 있고 경험도 많이 한 것 같아 보여서, 만약 그녀를 설득하여 그녀의 말에 의지할 수만 있다면 그녀의 말에는 틀림없이 모든 고뇌를 위한 진통제가 있을 것이었다. 그러나 이제 찬장 문을 잠그고 있는 앨런 양은 오랫동안 자신을 압도해온 과묵함을 깨뜨리려는 조짐을 보이지 않았다. 불편한 감정에서 레이철은 침묵을 지켰다. 한편으로 그녀는 높이 선회하여 차가운 핑크빛 육체로부터 불꽃을 내리치고 싶었으며, 다른 한편으로는 침묵 속에 각자 서로 표류하는 것밖에는 할 일이 없다는 것을 인식하였다.

"저는 비범한 재능을 지닌 사람이 아니에요. 저는 제가 의도한 바를 말하는 것이 아주 어렵다고 느껴요—" 그녀가 마침내 자기 생각을 말했다.

"그것은 기질의 차이라고 믿어요." 앨런 양이 그녀를 도와주었다. "아무런 어려움도 갖지 않는 사람들도 있어요. 나로 말하자면 내가 간단히 말할 수 없는 것들이 많이 있다는 것을 알아요. 그리고 나는 자신을 매우 느리다고 생각해요. 내 동료들 중 하나는 지금 당장 자신이 당신을 좋아하는지 아닌지를 알지요—봅시다, 그녀가 어떻게 그것을 알게 되는지를?—아침식사 시간에 당신이 아침 인사를 하는 방식에 의해서지요. 나는 결정을 내리려면 때때로 몇 년씩 걸리지요. 하지만 대부분의 젊은이들은 쉽게 알아내는 것 같아 보이죠?"

"아, 아니에요." 레이철이 말했다. "힘들어요!"

앨런 양은 아무 말 없이 조용히 레이철을 바라보았다. 그녀는 어떤 종류의 어려움들이 있다는 것을 어렴풋이 느꼈다. 그러고는 자신의 뒷머리를 만지고는, 회색 헤어롤들 중 하나가 풀려 느슨해졌음을 발견했다.

"잠깐 실례할게요." 그녀가 일어나며 말했다. "머리 손질을 해야겠어요. 아직 만족할 만한 타입의 헤어핀을 찾지 못했거든요. 그 때문에 역시 옷도 갈아입어야겠어요. 당신이 도와준다면 특별히 기쁠 거예요. 후크들이 성가시게 죽 달려 있어서, 나 혼자서도 채울 수는 있지만 10분에서 15분은 걸릴 거예요. 반면에 당신이 도와주면 —"

그녀는 자신의 코트와 스커트와 블라우스를 거침없이 벗고, 거대하고 수수한 모습으로 거울 앞에 서서 머리 손질을 하였는데, 그녀의 페티코트가 매우 짧아서 굵은 암청회색빛 다리가 드러나 보였다.

"사람들은 젊음이 즐겁다고 말하죠. 나 자신은 중년이 훨씬 더 유쾌하다는 것을 알아요." 그녀는 머리핀들과 빗들을 치우고 브러시를 집어 들며 말했다. 풀어놓자 그녀의 머리는 겨우 목 부분까지 내려왔다.

"젊을 때는," 그녀는 계속했다. "만약 심각한 편이라면 사물들이 매우 진지하게 보일 수 있어요…… 이제 내 드레스."

놀랍게도 짧은 시간 안에 그녀의 머리는 평범한 헤어롤들로 멋지게 다시 손질되었다. 그녀 상체는 이제 그 위에 검은 줄이 있는 진한 녹색이 되었다. 그러나 스커트는 다양한 각도에서 후크를 채울 필요가 있어서, 레이철은 후크들에 눈을 맞추기 위해서 바닥에 무릎을 꿇어야만 했다.

"내가 기억하기로 우리 존슨 양은 인생을 매우 불만스럽게 생각하곤 했어요." 앨런 양은 계속해서 말했다. 그녀는 불빛으로 등을 돌렸다. "그러고는 그녀는 돈을 벌기 위해 기니피그를 기르는 일에 적응해서, 그 일에 전념하게 되었지요. 노란색 기니피그가 검은색 새끼를 낳았다고 방금 들었어요. 우리는 거기에 대해 내기로 6펜스를 걸었어요. 그녀는 아주 의기양양할 거예요."

스커트를 죄었다. 일반적으로 거울을 보기 때문에 생기는 이상하게 굳은 얼굴로 그녀는 거울 속 자신을 바라보았다.

"내가 동료들을 만나기에 적당한 상태에 있는 것 같아요?" 그녀가 물었다. "어느 쪽인지는 생각이 나지 않지만 — 그러나 그들은 검은색 동물들은 좀처럼 색깔 있는 새끼들을 낳지 않는다는 것을 알고 있지요. — 아마 반대일 수도 있어요. 그렇게 여러 번 스스로에게 설명해주었는데도 또다시 잊었다는 것은 내가 매우 어리석다는 거예요."

그녀는 방을 돌아다니며 조용히 작은 물건들을 집어서 자기 몸에 고정시켰다. 로켓[6], 시계와 시곗줄, 묵직한 금팔찌, 그리고 참정권 협회의 얼룩덜룩한 배지였다. 마침내 일요일 오후 차 모임을 위한 채비를 완전히 갖추고, 그녀는 레이철 앞에 서서 그녀에게 상냥하게 미소 지었다. 그녀는 충동적인 여성이 아니었으며, 그녀의 삶은 그녀로 하여금 말을 억제하도록 훈련시켰다. 동시에 그녀는 다른 사람에 대한 상당한 선의를 지니고 있었으며, 특히 젊은이들에게 그러하여서, 얘기가 그렇게 어려웠던 것을 종종 후회하였다.

"우리 내려갈까요?" 그녀가 말했다.

그녀는 레이철의 어깨에 한 손을 얹었으며, 몸을 굽혀 다른 손으로 외출용 신발을 한 켤레 집어서는 자기 방문 옆에 익숙하게 나란히 놓았다. 복도를 걸어 내려가며 그들은 여러 켤레의 부츠와 신발들을 지나쳤는데, 어떤 것은 검은색, 어떤 것은 갈색으로 모두 나란히 놓여 있었다. 그러나 그것들은 다들 크기와 모양이 달랐는데 심지어는 함께 놓여 있는 방식마저도 달랐다.

"나는 언제나 사람들이 자기들의 부츠와 매우 흡사하다고 생

6 목걸이에 다는 작은 금합.

각해요." 앨런 양이 말했다. "저것은 페일리 부인의 것이지요?"
그러나 그녀가 말할 때 문이 열렸으며, 페일리 부인이 역시 오후
차 마실 준비를 갖추고는 휠체어를 굴리며 나왔다.

그녀는 앨런 양과 레이철에게 인사했다.

"저는 방금 사람들이 자기들 신발과 아주 비슷하다고 말하고
있던 중이었어요." 앨런 양이 말했다. 페일리 부인이 듣지 못했다.
하지만 그녀는 보다 큰 소리로 그 말을 반복했다. 페일리 부인이
듣지 못했다. 그녀는 세 번째로 그 말을 반복했다. 페일리 부인은
들었지만, 이해하지 못했다. 그녀가 네 번째로 그 말을 분명하게
반복하려 할 때, 레이철은 갑자기 알아들을 수 없는 무슨 말인가
를 하고는 복도 아래쪽으로 사라졌다. 그녀는 말뜻을 잘못 알아
들으며 이렇게 복도를 완전히 가로막고 있는 것을 견딜 수 없었
다. 그녀는 반대쪽 방향으로 빠르게 무턱대고 걸었으며, 자신이
막다른 길의 끝에 와 있음을 알았다. 창문이 있었으며 창가에는
책상과 의자가 있었고, 책상에는 녹슨 잉크병과 재떨이와 오래된
불어 신문과 부서진 펜촉이 달린 펜이 있었다. 레이철은 마치 불
어 신문을 공부하려는 듯이 앉았지만, 인쇄가 흐릿한 불어 신문
에 눈물이 떨어져서 희미한 얼룩을 만들었다. 그녀는 "참을 수가
없어!"라고 큰 소리를 지르며, 격렬하게 고개를 들었다. 비록 눈
물 탓만은 아니라고 하더라도 아무것도 주목하지 못했을 눈으로
창밖을 바라보며, 그녀는 마침내 온전한 하루를 형편없이 망쳤
다는 생각에 빠져들었다. 처음부터 끝까지 절망적이었다. 처음에
교회당에서의 예배, 그리고 나서 점심식사, 그리고 이블린, 그리
고 앨런 양, 그리고 복도를 가로막고 있는 늙은 페일리 부인. 하루
종일 그녀는 애태우고 방해받았다. 그녀는 이제 그 고지들 중의
하나에, 어떤 위기의 결과에 도달했으며, 그곳에서 세상은 마침

내 진짜의 규모로 드러난다. 그녀는 그 세상의 모습이 너무도 싫었다. ─교회들, 정치인들, 부적응자들, 그리고 거대한 협잡들 ─ 댈러웨이 씨 같은 남성들, 벡스 씨 같은 남성들, 이블린과 그의 수다, 복도를 가로막는 페일리 부인. 반면에 꾸준히 뛰고 있는 그녀 자신의 맥박은 저변에서 흐르는 뜨거운 감정의 흐름을 나타냈다. 맥박 치며, 투쟁하며, 안달하고 있었다. 한동안 그녀 자신의 몸이 세상의 모든 삶의 근원이었는데, 이것은 여기 ─ 저기서 ─ 갑자기 튀어나오려 했으며, 이번엔 벡스 씨에 의해, 이번엔 이블린에 의해, 이번엔 육중한 어리석음의 짐에 의해 ─ 온 세상의 무게에 의해 억눌렸다. 이렇게 고통스러워하며 그녀는 두 손을 함께 비틀었다. 모든 것들이 틀렸으며 모든 사람들이 어리석기 때문이었다. 어렴풋이 아래쪽 정원에 사람들이 있는 것을 보며, 그녀는 그들이 자신을 방해하는 것밖에는 아무런 목표도 없이 여기저기 떠다니는 목적 없는 물질 덩어리라는 생각이 들었다. 그들은 무엇을 하고 있는 것일까? 세상에 있는 저 다른 사람들은.

"아무도 모르지." 그녀는 말했다. 자신의 분노의 힘이 스스로 가라앉기 시작했으며, 그렇게 생생했던 세상의 비전이 희미해졌다.

"그것은 꿈이야." 그녀는 중얼거렸다. 그녀는 녹슨 잉크병, 펜, 재떨이, 그리고 오래된 불어 신문을 생각하였다. 이러한 작고 가치 없는 물건들이 그녀에게는 인간 삶을 나타내는 것으로 보였다.

"우리는 잠을 자며 꿈을 꾸고 있는 거야." 그녀가 반복했다. 그러나 이제 그 형상들 중의 하나가 테렌스의 모습일 수도 있다는 가능성에 대한 암시가 그녀를 우울한 무기력으로부터 일깨웠다. 그녀는 앉기 전과 마찬가지로 안절부절못했다. 그녀는 더 이상

세상을 그녀 아래쪽으로 펼쳐 있는 마을로 볼 수가 없었다. 세상은 그게 아니라 뜨거운 붉은 연무의 아지랑이로 덮여 있었다. 그녀는 하루 종일 지속되어 온 상태로 돌아갔다. 생각하는 것은 도피가 아니었다. 무엇인지 알지 못하는 것을 추구하며, 방들 안팎에서, 사람들의 정신 안팎에서, 육체적으로 움직이는 것만이 유일한 도피구였다. 그러므로 그녀는 일어나서 테이블을 밀치고는 아래층으로 내려갔다. 그녀는 홀 문으로 나갔으며, 호텔 모퉁이를 돌아서자 자신이 창문에서 내려다본 사람들 가운데 있음을 알았다. 그러나 그늘진 통로에 있다가 환한 햇빛 속으로 나왔으며 꿈을 꾸다가 실체가 있는 살아 있는 사람들에게 돌아왔기 때문에, 마치 모든 것에서 먼지투성이 표면을 모두 벗겨내고 단지 실재와 그 순간만이 남겨진 듯, 이 무리는 놀라울 정도로 강렬하게 나타났다. 그것은 밤에 어둠에 새겨졌던 환상의 모습을 띄었다. 흰색과 회색과 자줏빛 모습들이 잔디에, 고리 버들 세공의 테이블들 주변에 흩어져 있었으며, 한가운데 대기는 찻주전자의 불꽃으로 결함 있는 유리판처럼 흔들렸고, 거대한 녹색 나무는 마치 정지해 있는 원동력인 양 그들을 감독하고 있었다. 다가감에 따라 그녀는 지루하게 반복되는 이블린의 목소리를 들을 수 있었다. "자 여기 — 이리 와 — 착하지 멍멍아, 이리 오렴." 잠시 동안 아무 일도 일어나지 않은 것 같았다. 모든 것이 정지해 있었다. 그러고 나서 그녀는 그 사람들 중 한 명이 헬렌 앰브로우즈인 것을 알아차렸다. 그러자 먼지가 또다시 내려앉기 시작했다.

사실 이 그룹은 잡다한 방식으로 함께 모여 있었다. 티 테이블 하나가 또 다른 티 테이블에 붙어 있었으며, 접이의자들이 두 그룹을 연결해주고 있었다. 그러나 멀리서조차도 똑바로 선 거만한 플러싱 부인이 모임을 지배하고 있음을 알 수 있었다. 그녀는 테이블 맞은편 헬렌에게 열심히 말하고 있는 중이었다.

"텐트에서 열흘이에요." 그녀가 말하고 있었다. "전혀 편안하지는 않아요. 편안함을 원한다면 가지 마세요. 하지만 가지 않는다면 평생 후회할 거라고 말씀드리고 싶네요. 승낙하시는 거죠?"

이 순간 플러싱 부인이 레이철을 보았다.

"아, 당신 조카가 있네요. 그녀는 약속했어요. 당신도 가시는 거죠?" 이 계획을 채택하자 그녀는 기운찬 어린아이처럼 그 일을 속행했다.

레이철이 열심히 편을 들었다.

"물론 저는 갈 거예요. 외숙모도 가시죠? 그리고 페퍼 씨도요." 레이철은 앉으며 자신이 아는 남자와 여자들로 둘러싸여 있지만 그들 가운데 테렌스는 없음을 알아차렸다. 사람들은 제안된 탐험 여행에 대해 자기들이 어떻게 생각하는지를 다양한 관점에서 말하기 시작했다. 몇 사람은 뜨겁겠지만 밤에는 추우리라고 말했고, 다른 이들은 오히려 보트를 구하고 언어소통에 어려움이 있으리라는 것이었다. 플러싱 부인은 인간에 의한 것이건 자연에 의한 것이건 자기 남편이 그 모든 것을 준비해줄 것이라고 선언함으로써 모든 반론들을 해결했다.

반면에 플러싱 부인은 탐험여행이 정말로 간단한 일이라고 헬렌에게 조용히 설명하였다. 밖에서는 5일이 걸리며, 그 장소—원주민 마을—는 그녀가 영국으로 돌아가기 전에 확실히 아주 볼 만한 가치가 있는 곳이라는 거였다. 헬렌은 모호하게 중얼거리며 딱 부러지게 하나의 대답으로 약속을 하지 않았다.

티파티에는 일반적인 대화를 발전시키기에는 너무도 많은 여러 종류의 사람들이 모여 있었는데, 레이철의 관점에서 볼 때는 그녀가 말할 필요가 전혀 없다는 커다란 장점을 갖고 있었다. 저쪽에서는 수잔과 아서가 페일리 부인에게 탐험여행이 제안되었다고 설명하고 있는 중이었다. 그래서 사실을 파악한 페일리 부인은 그들이 훌륭한 야채통조림과 모피망토와 벌레 물린 데 뿌리는 가루약을 가져가야만 한다고 나이 든 여행가의 충고를 늘어놓았다. 그녀는 플러싱 부인에게 몸을 기울이고는 무언가를 속삭였는데, 자기 눈을 깜빡거리는 것으로 보아 아마도 벌레에 관한 언급인 듯했다. 그리고 헬렌은 아마도 분명히 테이블에 놓인 6펜스를 따기 위해서 세인트 존 허스트에게 "용감한 자를 위한 종소리"[7] 를 암송하고 있는 중이었다. 반면에 휴링 엘리엇 씨는 커즌 경[8]과 학부생의 자전거에 관한 재미있는 일화로 자기 주변의 청중들을 침묵시키고 있었다. 쏜버리 부인은 또 다른 가리발디일 수도 있으며 그들이 읽어봐야만 하는 책을 썼던 어떤 남자의 이름을 기억해내려고 애쓰고 있는 중이었다. 쏜버리 씨는 누구든지 마음대로 사용할 수 있는 쌍안경을 자신이 갖고 있다는 것을 기억했다. 반면에 앨런 양은 독신여성이 종종 개들을 다루는 이상한 친밀함을 가지고, 이블린이 마침내 그들에게 오도록 유혹해낸 폭스테리어에게 속삭였다. 나뭇가지들이 위에서 살랑거릴 때 때때로 작은 먼지나 꽃잎들이 쟁반에 떨어졌다. 레이철은 강물이 그 위에 떨어진 잔가지들을 느끼며 멀리 하늘을 바라보는 것이나 마찬가지로, 모든 것을 조금씩 보며 듣고 있는 것 같았지만, 그녀의 눈길은 이블린이 좋아하기에는 너무 막연하고 분명치 않았다. 그녀가 건너와서 레이철의 발치에 앉았다.

"그래," 그녀가 물었다. "무슨 생각을 하고 있어요?"

"워링턴 양에 대해서요." 레이철은 무언가 말해야만 했기 때문

---

7 윌리엄 쿠퍼의 시 「Toll for the Brave」
8 조지 너대니얼 커즌(George Nathaniel Curzon, 1859~1925), 영국 정치가로, 인도 총독 (1899~1905)을 지냈으며, 1907년에는 옥스퍼드 대학의 명예총장이 되었다.

에 조급하게 대답했다. 그녀는 사실상 수잔이 엘리엇 부인에게 중얼거리는 동안 아서가 자신의 사랑에 완전한 확신을 가지고 그녀를 응시하고 있는 것을 보았다. 레이첼과 이블린 둘 다 그때 수잔이 말하는 것을 듣기 시작했다.

"정돈하는 일이 있고 개들과 정원이 있으며, 아이들이 배우러 와요." 그녀의 목소리는 마치 목록을 점검하듯이 운율적으로 진행되었다. "그리고 테니스, 마을 사람, 아버지를 위해서 써야 할 편지들, 그리고 그다지 중요해 보이지 않는 수많은 자잘한 일들이 있어요. 그러나 저만의 시간은 한순간도 가질 수 없으며, 잠자리에 들면 너무 졸려서 베개에 머리가 닿자마자 골아 떨어져요. 게다가 저는 숙모들과 함께 있는 것을 굉장히 좋아해요. 저는 아주 지루한 사람이지요, 그렇지 않은가요? 엠마 숙모." (그녀는 늙은 페일리 부인에게 미소 지었는데, 그녀는 머리를 약간 숙이고서 사색에 잠겨 케이크를 주시하고 있었다.) "그리고 아버지는 겨울에 맹위를 떨치는 감기를 조심하셔야 해요. 아서! 당신이 그러는 것처럼 아버지께서는 자신을 돌보지 않으시기 때문이에요. 이렇게 이 모든 것들이 늘어나요!"

자신의 삶과 본성에 대해 만족하는 온화한 환희로 그녀의 목소리 역시 높아졌다. 레이첼은 상냥하고, 겸손하고, 애처롭기조차 했던 모든 것을 무시하며, 갑자기 수잔에 대한 혐오감이 들었다. 그녀는 진지하지 않고 잔인해 보였다. 그녀는 수잔이 뚱뚱해지고 많은 아이를 낳은 모습을 떠올렸는데, 친절한 푸른 눈은 이제 푹 꺼지고 눈물이 어려 있으며, 양 볼의 홍조는 말라붙은 붉은 운하들의 망상조직으로 생기를 잃고 굳어 있었다.

헬렌이 그녀에게 물었다. "교회에 갔었니?" 그녀는 6펜스를 땄고, 떠날 채비를 하는 것 같았다.

"네," 레이철이 말했다. "마지막으로요." 그녀가 덧붙였다.

헬렌은 장갑을 낄 준비를 하다가 한 짝을 떨어뜨렸다.

"가시려는 거는 아니지요?" 이블린이 그들을 붙잡으려는 듯이 한쪽 장갑을 쥐고서 물었다.

"가야 할 시간이에요." 헬렌이 말했다. "모두들 얼마나 말이 없어지는지 보이시죠?"

일부는 우연한 대화들 중의 하나로 인해, 그리고 일부는 누군가 다가오는 것을 보았기 때문에, 그들 모두가 침묵에 잠겼다. 헬렌은 그가 누구인지 볼 수 없었지만, 레이철에게 시선을 고정함으로써 무언가가 "그래 휴잇이야"라고 생각하게 만든다는 것을 알았다. 그녀는 그 순간의 의미를 이상하게 느끼며 장갑을 꼈다. 그리고 그녀는 일어났다. 왜냐하면 플러싱 부인 역시 휴잇을 보았으며, 강과 보트에 대한 정보를 구하고 있는 중이어서 그 모든 대화가 지금 또다시 시작될 것처럼 보이기 때문이었다.

레이철이 그녀를 따라 나왔으며, 그들은 말없이 가로수 길을 따라 걸었다. 헬렌은 보고 이해했음에도 불구하고, 그녀의 마음 속에 가장 크게 드는 느낌은 지금 이상하게 뻬딱했다. 만약 이번 탐험여행을 간다면, 목욕을 할 수 없을 것이다. 그녀에게 그 수고는 엄청나게 불쾌해 보였다.

"잘 알지도 못하는 사람들과 함께 갇혀 있어야 한다는 것은 아주 불쾌한 일이야." 그녀가 언급했다. "알몸을 보이는 것을 신경써야 하는 사람들 말이야."

"가실 생각 아니세요?" 레이철이 물었다.

격렬한 어조가 앰브로우즈 부인을 짜증나게 했다.

"간다고 하지도 않았고, 가지 않는다고 하지도 않았어." 그녀가 대답했다. 그녀는 점점 더 무심하고 냉담해졌다.

"결국, 나는 우리가 볼 수 있는 모든 것을 보았다고 생각해. 그리고 그곳에 가는 것은 아주 힘든 일이며, 그들이 뭐라고 말하든 간에 지독하게 불편하게 되어 있어."

한동안 레이철은 아무 대답도 하지 않았다. 그러나 헬렌이 말한 모든 문장이 그녀의 신랄함을 증가시켰다. 마침내 그녀가 갑자기 소리 질렀다.

"맙소사, 외숙모, 저는 외숙모와 같지 않아요! 저는 가끔 외숙모가 생각하거나 느끼거나 걱정하거나 무엇인가 하는 일 없이 그저 존재할 뿐이라는 생각이 들어요! 허스트 씨 같아요. 외숙모는 사태가 나쁘다는 것을 알고는 그렇게 말하는 자신을 자랑스러워해요. 그것이 외숙모가 정직하다고 부르는 거죠. 사실 그것은 게으른 것이며, 둔감한 것이고 아무것도 아닌 것이에요. 외숙모는 도움을 주지 않으며, 만사를 끝내버려요."

헬렌은 마치 그 공격을 오히려 즐기는 듯이 미소 지었다.

"그래서?" 그녀가 물었다.

"그것은 저에게 나쁘게 보여요―그게 다예요." 레이철이 대답했다.

"아주 그럴 듯해." 헬렌이 말했다.

다른 때라면 레이철은 외숙모의 솔직함에 아마 침묵을 지켰을 것이다. 그러나 이날 오후 그녀는 누구에게도 침묵을 지키고 싶은 기분이 아니었다. 기꺼이 싸움을 받아들이려는 것이었다.

"외숙모는 단지 반쯤 살아 있어요." 그녀는 계속했다.

"내가 플러싱 씨의 초대를 수락하지 않아서 그런 거니?" 헬렌이 물었다. "아니면 언제나 네가 그렇게 생각하는 거니?"

그 순간 레이철은 헬렌이 지닌 아름다움에도 불구하고, 그녀의 너그러움과 그들의 사랑에도 불구하고, **에우프로시네** 호에 승선한 첫날밤부터 헬렌에게서 언제나 같은 결함을 보아온 것처럼 생각되었다.

"아, 그것은 그저 모든 사람에게 문제되는 거예요!" 그녀가 큰 소리로 말했다. "누구나 느끼지 못해요—누구나 오직 다른 사람의 마음을 상하게 하는 일만 해요. 외숙모, 저는 세상이 나쁘다고 말하는 거예요. 그것은 고통이에요. 살며, 원한다는 것은—"

여기서 그녀는 자제하기 위해서 수풀에서 나뭇잎을 한 움큼 뜯어서 뭉갰다.

"이 사람들의 삶은," 그녀는 설명하려고 하였다. "아무런 목적도 없이, 그들이 사는 방식. 우리는 한 방식으로부터 또 다른 방식으로 옮겨가지만, 모두 똑같아요. 우리는 그 방식들 중 어느 것으로부터도 우리가 원하는 것을 결코 얻지 못해요."

그녀의 감정 상태와 혼란스러움은 만약 헬렌이 논쟁하기를 바라거나 확신을 끌어내기를 바랐다면 그녀를 쉬운 먹잇감으로 만들었을 것이다. 그러나 그들이 걸을 때 헬렌은 얘기를 나누는 대신 깊은 침묵에 빠져들었다. 목적 없고, 시시하고, 의미 없고, 당치도 않아,—그녀는 티파티에서 목격한 것 때문에 삶을, 삶의 의미를 믿을 수 없었다. 시시한 농담들, 수다스런 지껄임, 오후의 공허함이 그녀의 눈앞에서 오그라들었다. 좋아함과 악의, 함께 가는 것과 헤어짐의 지배하에 거대한 일들이 일어나고 있었다.—너무 거대해서 끔찍한 일들이. 마치 잔가지들과 낙엽들 아래서 뱀이 한 마리 움직이고 있는 것을 본 것처럼 그녀의 안전감이 흔들렸다. 그녀는 한순간의 휴식, 한순간의 거짓이 허락되었다가 다시금 심원하고 분별이 없는 법이 나타나서 그들 모두를 자기 마음에 들도록 주물러 만들고 파괴하는 것처럼 보였다.

그녀는 여전히 손가락으로 나뭇잎들을 부숴 으깨며 자기만의 생각에 빠져서 옆에서 걷고 있는 레이철을 바라보았다. 레이철은 사랑하고 있었으며, 헬렌은 그녀를 굉장히 가엾게 여겼다. 그러나 헬렌은 이런 생각들에서 깨어나서 사과하였다. "매우 미안하구나." 그녀가 말했다. "하지만 만약 내가 둔감하다면 그것은 내 천성이라 어쩔 수가 없어." 그러나 그것이 타고난 결점이라 하더라도 그녀는 쉬운 구제책을 발견하였다. 왜냐하면 계속해서 그녀는 플러싱 씨의 계획이 단지 약간만의 생각을 필요로 하는 아주 좋은 구상이라고 생각한다고 말했기 때문이다. 그들이 집에 도착했을 즈음에는 그 계획에 대한 생각을 마친 듯했다. 그래서 그들은 그 계획에 관해 어떤 연락이 더 온다면 초대를 받아들이기로 결정했다.

제20장

플러싱 씨와 앰브로우즈 부인이 세심하게 고려해보았을 때 탐험여행은 위험하지도 어렵지도 않은 것으로 증명되었다. 그들은 또한 그것이 이례적이지도 않다는 것을 알게 되었다. 매년 이맘때면 영국 사람들은 일행을 모아서 강 상류로 짧은 길을 올라가서는 배에서 내려 원주민 마을을 둘러보고 그들로부터 상당한 물건을 구입한 다음 정신적으로나 육체적으로 아무런 손상 없이 다시 되돌아왔다. 여섯 명의 사람들이 정말로 같은 것을 원한다고 밝혀졌을 때 즉시 준비 작업이 이행되었다.

엘리자베스 시대 이래로 그 강을 본 사람이 거의 없었으며, 그 강을 엘리자베스 시대 항해자들의 눈에 보였던 모습과 다르게 변화시키기 위해서 그 어떤 작업을 행한 것도 없었다. 엘리자베스 시대와 현재의 거리는 이들 강둑 사이로 물이 흘러내린 후 지나간 세월에 비교하면 단지 한순간으로, 저기에 녹음 진 수풀이 울창해졌고, 작은 나무들이 홀로 외로이 거대한 주름진 나무들로 자라났다. 단지 햇빛과 구름의 변화에 따라서만 바뀌면서 흔들리는 녹색 덩어리는 세기를 거듭하며 저기에 서 있었으며, 강물은 때로는 땅을 또 때로는 나뭇가지들을 씻어 내리며 쉼 없이 강둑 사이를 흘러내렸다. 반면에 세상 다른 쪽에서는 또 다른 도시의 폐허에 한 도시가 세워졌으며, 도시의 사람들은 점점 더 생각을 분명히 말하며 서로가 달라져 갔다. 이 강 몇 킬로미터 정도는 몇 주 전 호텔의 일행이 소풍을 갔던 산의 정상에서도 볼 수 있었다. 수잔과 아서가 서로 키스를 할 때, 테렌스와 레이철이 리치몬드에 대해 얘기하며 앉아 있을 때, 그리고 이블린과 페롯이 자기들이 세상을 식민지로 개척하라고 보내진 위대한 대장이라고 상상하며 주변을 거닐 때 이 강을 보았었다. 그들은 모래를 가로질러 드넓은 푸른 경계선을 보았었는데, 여기서 그것은 바다로 흘러들었고, 녹색의 나무 구름은 훨씬 더 위쪽으로 무리를 이루며, 마침내 시야에서 강물을 완전히 감추어버린다. 처음 삼십여 킬로미터 정도까지는 강둑에 집들이 드문드문 흩어져 있었다. 점차로 집들은 오두막이 되었으며, 좀 더 지나자 오두막도 집도 없고 나무들과 풀만 있었으며, 이것들은 정착하지는 않고 행군하거나 아니면 배를 타고 지나가는 사냥꾼들, 탐험가들, 혹은 상인들의 눈에만 띄었다.

마침내 여섯 명의 영국 사람들로 구성된 일행은 아침 일찍 산타 마리나를 출발하여 삼십이 킬로미터는 마차로 달리고 십이 킬로미터는 말을 타고서 밤이 되어서야 강가에 도착했다. 그들—플러싱 씨와 플러싱 부인, 헬렌 앰브로우즈, 레이철, 테렌스, 세인트 존—은 나무 사이로 느리게 나아갔다. 그때 지친 작은 말들이 자동적으로 멈추어서 영국인들은 말에서 내렸다. 플러싱 부인은 활기차게 큰 걸음으로 강둑으로 걸어갔다. 하루가 길고 무더웠지만, 그녀는 빠른 속도와 탁 트인 바깥공기를 즐겼다. 그녀는 자신이 싫어하는 호텔을 떠나왔으며, 자기 마음에 드는 일행을 찾았다. 강은 어둠 속에서 소용돌이치며 흐르고 있었다. 그들은 단지 부드럽게 움직이는 물의 표면을 구별할 수 있었으며, 대기는 물소리로 가득 차 있었다. 그들은 거대한 나무둥치들 한가운데 텅 빈 공간에 섰으며, 저쪽에 위아래로 약하게 움직이는 작은 녹색 불빛이 그들이 출항하기로 되어 있는 증기선이 정박해 있는 곳을 보여주었다.

그들 모두 갑판에 섰을 때 그들은 그것이 아주 작은 보트로 몇 분 동안 서서히 엔진 소리를 내다가 부드럽게 물을 헤치며 나아가는 것을 알 수 있었다. 나무들이 그들 앞에 밀집해 있어서 그들은 마치 밤의 심장 속으로 달리는 것 같았으며, 주변에서 온통 나뭇잎들이 바스락거리는 소리를 들을 수 있었다. 거대한 어둠이 그들의 말을 희미하고 작게 들리게 해서 서로 대화를 나누고 싶은 욕망을 삼켜버렸다. 그래서 그들은 갑판 주변을 서너 번 걸은 후에 함께 모여서 크게 하품을 하고 강둑의 아주 어두운 지점을 똑같이 바라보고 있었다. 대기에 억눌린 사람이 규칙적으로 반복하는 어조로 매우 낮게 속삭이며, 플러싱 부인은 그들이 어디에서 자야 할지를 궁리하기 시작했다. 왜냐하면 그들은 아래층에서 잘 수도 없고, 기름 냄새 나는 좁고 누추한 곳에서 잘 수도 없으며, 갑판에서 잘 수도 없고, 그들은— 잘 수 없기 때문이었다. 그녀는 크게 하품을 하였다. 그것이 헬렌이 예견했던 것이었다. 비록 그들이 반쯤 잠들었고 거의 서로가 보이지 않았지만, 옷을 벗는 문제는 이미 발생하였다. 그녀는 세인트 존의 도움으로 차양을 쳤으며, 그 뒤에서 옷을 벗을 수 있고 사십오 년간 감추어온 몸의 일부가 우연히 인간의 눈에 폭로되더라도 아무도 주목하지 않을 것이라고 플러싱 부인을 설득하였다. 매트리스들을 던져 깔았으며 덮개들이 준비되자, 세 여성은 부드러운 대기 속에서 서로 가까이 붙어서 누었다.

담배를 상당히 많이 피운 남성들은 빨갛게 타고 있는 꽁초를 강물에 버리고는 검은 강물에 일어나는 잔물결을 한동안 바라보다가 역시 옷을 벗고서 보트 반대쪽 끝에 누었다. 그들은 매우 피곤했으며, 어둠에 의해 서로 간에 장막이 쳐 있었다. 랜턴에서 나온 불빛이 로프들과 갑판의 두꺼운 판자들과 보트의 난간에 비쳤지만, 그 너머로는 연속되는 어둠뿐이어서 그들의 얼굴에는 전혀 불빛이 닿지 않았으며 강가에 무리지어 있는 나무들에도 역시 불빛이 미치지 않았다.

곧 월프리드 플러싱은 잠이 들었고, 허스트도 잠이 들었다. 휴잇 홀로 똑바로 하늘을 바라보며 누워 깨어 있었다. 부드러운 움직임과 끊임없이 그의 눈을 가로질러 다가오는 검은 형체들이 그가 생각하는 것을 불가능하게 만드는 효과를 자아냈다. 그와 그렇게 가까이 있는 레이첼의 존재가 생각이 잠들도록 달래주었다. 보트 다른 쪽 끝에 단지 몇 발자국 떨어져 그렇게 가까이 있으면서도, 마치 서로의 이마가 맞닿을 정도로 아주 가깝게 서 있다 하더라도 그녀를 보는 것이 아마 불가능할 것처럼, 그녀는 그로 하여금 그녀에 대해 생각하는 것을 불가능하게 만들었다. 어떤 이상한 방식으로 보트는 그 자신과 일체가 되었으며, 그가 일어나서 보트를 조종하는 것이 소용없을 것과 꼭 마찬가지로 저항할 수 없는 자신의 감정의 세력과 더 이상 투쟁하는 것이 그에게는 쓸모없는 일이었다. 그는 보트가 매끄러운 강물 표면으로 미끄러져 나아감에 따라 자신이 알고 있는 모든 것으로부터 점점 멀어져갔으며, 장애물들을 미끄러져 넘어서 표지판을 지나 알지 못하는 물속으로 휩싸여 들어갔다. 여러 날 밤 그랬던 것보다 훨씬 깊은 무의식에 싸여 심원한 평화 속에서, 그는 나무 꼭대기들이 하늘을 배경으로 약간씩 위치를 바꿔가며 스스로 활 모양으로 굽히고 가라앉았다가 거대하게 우뚝 솟아나는 것을 지켜보며, 갑판에 누워 있었다. 마침내 그는 그것들을 보는 것을 지나 꿈속으로 빠져들었으며, 꿈에서 그는 하늘을 올려다보며 거대한 나무들의 그늘 아래 누워 있었다.

다음 날 아침 깨어났을 때 그들은 강 상류로 상당히 올라가 있었는데, 오른쪽에는 나무들로 덮인 노란색의 높은 모래 둔덕이 있었으며, 왼쪽에는 그 꼭대기에 선명한 녹색과 노란색 새들이 앉아 약간 흔들리고 있는 긴 갈대들과 키가 큰 대나무들로 이루어진 습지가 있었다. 아침은 덥고 고요했다. 아침식사를 끝내고 그들은 의자를 끌어당겨 뱃머리에 일정치 않은 반원의 형태로 앉았다. 머리 위의 차일이 태양의 열기로부터 그들을 보호했으며, 보트가 일으키는 미풍이 그들에게 부드러운 바람을 쐬어주었다. 플러싱 부인은 안달이 나서 낟알을 쪼아 먹는 새의 동작처럼 이쪽저쪽으로 고개를 홱 움직이며, 이미 화폭에 점을 찍고 선을 긋고 있었다. 다른 사람들은 무릎에 책이나 신문이나 자수를 올려놓고서 단속적으로 바라보다가 다시금 앞쪽 강물을 바라보았다. 어느 순간에 휴잇이 소리 내어 시를 읽었지만 움직이고 있는 많은 것들이 그의 단어들을 완전히 정복해버렸다. 그는 읽기를 멈췄으며, 아무도 말하지 않았다. 그들은 나무들의 그림자 아래로 이동하였다. 이번엔 왼쪽에 있는 작은 섬들 중 한 곳에서 서식하는 한 무리의 홍관조들이 있었으며, 또 한편 청록색 앵무새가 이 나무에서 저 나무로 소리를 지르며 날아다녔다. 그들이 이동함에 따라 지역은 점점 더 황량해졌다. 나무들과 관목들은 지면 가까이에서 가지가지의 힘든 노력으로 서로의 목을 조르고 있는 것처럼 보였다. 반면에 여기저기서 아름드리나무가 습지 위로 높이 솟아 상공에서 가느다란 녹색의 우산들을 가볍게 흔들고 있었다. 휴잇은 다시 자신의 책을 들여다보았다. 밤이 그랬던 것처럼 아침은 평화로웠으며, 단지 빛이 있어서 레이철을 보고 그녀의 목소리를 들으며 그녀 가까이에 있을 수 있다는 점은 아주 이상하였다. 그는 마치 자신이 기다리고 있는 것처럼, 마치 웬일인지 자신이 위로 그리고 주변으로 지나가는 것들과, 목소리들, 사람들의 몸, 새들 가운데 정지되어 있는 것처럼, 레이철만이 역시 그와 함께 기다리고 있는 것처럼 느꼈다. 그는 마치 그들이 함께 기다리며 아무런 저항도 할 수 없이 함께 의지하고 있는 중이라는 것을 그녀가 알아야만 하는 것처럼 가끔씩 그녀를 바라보았다. 다시 그는 책을 읽었다.

　　지금 당신 손에 나를 붙잡고 있는 그대가 누구이든,
　　한 가지가 없다면 모든 것이 쓸모없다네.[1]

새 한 마리가 거칠게 지저댔고, 원숭이가 악의 있는 질문을 던지듯 낄낄거렸으며, 뜨거운 햇빛 속에서 불이 사그라지듯이 단어들은 명멸하다가 사라졌다.

점차로 강이 좁아지고 높은 모래톱이 나무들이 빽빽하게 자란 평평한 땅까지 뻗어 있어서, 숲의 소리를 들을 수 있었다. 그곳은 홀처럼 소리가 울려 퍼졌다. 대성당에서 한 소년의 목소리가 멈췄을 때 그 메아리가 여전히 지붕 멀리 곳곳에서 일어나는 것처럼, 갑작스런 외침이 있고 나서는 긴 침묵의 공간이 있었다. 한번은 플러싱 씨가 일어나서 선원에게 말했으며, 점심식사 후 조금

1　미국 시인 월트 휘트먼(Walt Whitman, 1819~1892)의 『풀잎Leaves of Grass』의 「캘러머스Calamus」 섹션을 약간 변용하여 인용함. 원문에서는 '손에'인데 여기서는 '당신 손에'로 변용됨.

있다가 배가 멈출 것이며 그들은 숲을 조금 걸을 수 있다고 큰 소리로 말하기조차 하였다.

"저기 나무들 사이에 오솔길들이 있어요." 그가 설명했다. "우리는 아직 문명으로부터 멀리 있지는 않아요."

그는 자기 부인의 그림을 자세히 바라보았다. 너무 점잖아서 공공연하게 그것을 칭찬할 수는 없는 그는 한 손으로는 화폭의 한쪽 반을 잘라내고 다른 한 손은 공중에 휘두르는 것으로 만족하였다.

"대단해요!" 허스트가 똑바로 앞을 응시하며 소리쳤다. "놀랍도록 아름답다고 생각지 않으세요?"

"아름답다고?" 헬렌이 물었다. 그것은 이상한 짧은 단어처럼 들렸다. 그녀는 허스트와 자신이 너무나 왜소하게 느껴져서 대답하는 걸 잊고 말았다.

휴잇은 자신이 말해야만 한다고 느꼈다.

"저것이 엘리자베스 시대 사람들이 그들의 유행양식을 얻은 곳이지요." 그는 넘치게 많은 나뭇잎들과 꽃들과 거대한 과일들을 빤히 바라보며 생각에 잠겼다.

"셰익스피어? 나는 셰익스피어를 싫어해요!" 플러싱 부인이 소리쳤다. 윌프리드는 감탄하듯이 대꾸했다. "감히 그런 말을 하는 사람은 당신뿐이라는 생각이 드는구려, 엘리스." 그러나 플러싱 부인은 계속해서 그림을 그렸다. 그녀는 남편의 칭찬에 많은 가치를 부여하는 것 같지 않았으며, 때로 거의 잘 들리지 않는 단어를 중얼거리거나 신음 소리를 내며 꾸준히 그림을 그렸다.

이제 오전이 너무 뜨거웠다.

"허스트를 봐요!" 플러싱 부인이 속삭였다. 종이가 갑판 위에 떨어져 있으며, 그는 머리를 뒤로 젖히고 길게 코를 골았다.

테렌스가 종이를 주워서 레이철 앞에 펼쳐놓았다. 그것은 허스트가 예배당에서 쓰기 시작했던 신에 관한 시의 연속이었으며, 매우 외설적이어서 비록 그 시가 음란하다는 것을 알지라도 레이철은 그 시의 절반도 이해하지 못하였다. 휴잇은 허스트가 공란으로 남겨놓은 곳을 단어로 채우기 시작하였지만, 곧 그만두었다. 그의 연필이 갑판 위로 굴렀다. 점차로 그들은 오른쪽 강둑에 점점 더 접근하고 있었으며, 따라서 그들을 뒤덮고 있는 빛은 녹색 나뭇잎들을 통해 비춰졌기 때문에 분명히 녹색이 되었다. 플러싱 부인은 자신의 스케치를 옆으로 치워놓고 말없이 앞을 응시하였다. 허스트가 잠에서 깨어났다. 그런 다음 그들은 점심식사를 하였으며, 그들이 먹는 동안 증기선은 강둑에서 약간 떨어진 곳에 멈추었다. 그들 뒤에서 견인되었던 보트를 옆으로 가져왔으며, 여성들은 도움을 받아 그 보트에 탔다.

지루하지 않게 헬렌은 겨드랑이에 회고록을 끼었으며 플러싱 부인은 그림물감 상자를 챙겼다. 이렇게 준비를 마치고서 그들은 큰마음을 먹고 숲에 접한 해안에 자리 잡았다.

"여기 앉겠어요." 헬렌은 오래전에 쓰러져 지금은 양담쟁이들과 가죽끈 같은 가시나무들로 에워싸인 나무둥치를 가리키며 큰소리로 말했다. 그녀는 자리 잡고 앉아 양산을 펼치고 나무줄기들로 막혀 있는 강을 바라보았다. 그녀는 뒤쪽 검은 어둠 속에 사라져 묻혀 있는 나무들에 등을 돌렸다.

"나도 전적으로 동의해요." 플러싱 부인이 말하며 그림물감 상자를 풀기 시작했다. 그녀의 남편은 그녀를 위해 흥미 있는 조망지점을 고르기 위해 주변을 어슬렁거렸다. 허스트는 헬렌 옆의 자리를 깨끗이 치우고는, 그녀와 오랫동안 대화를 나누고 난 다음에야 움직일 작정인 양 아주 신중하게 앉았다. 테렌스와 레이철은 아무 할 일 없이 선 채로 있었다. 테렌스는 오기로 운명 지어진 시간이 왔다는 것을 알았다. 그러나 비록 그것을 깨달았다고는 하지만 그는 아주 조용하고 침착하였다. 그는 잠시 헬렌과 얘기하며 서 있기로 마음먹고는 그녀를 자리에서 일어나도록 설득하였다. 레이철도 역시 그와 합류하여 그들과 함께 하자고 권하였다.

"제가 만난 사람들 중에" 그가 말했다. "당신이 가장 모험심이 없어요. 당신은 아마도 하이드 파크에서 녹색 의자들에 계속 앉아 있겠지요. 당신은 오후 내내 거기 앉아 있을 건가요? 걷지 않으시겠어요?"

"오, 아니요." 헬렌이 말했다. "사람은 단지 자신의 눈만 활용하면 돼요. 여기 모든 것이 다 있어요. ― 온갖 것이." 그녀가 졸리는 목소리로 반복해서 말했다. "걸어서 뭘 얻겠다는 거예요?"

"차 마시는 시간에 자네는 덥고 불쾌하겠지만, 우리는 시원하고 상쾌할 거네." 허스트가 끼어들었다. 그가 그들을 올려다볼 때 하늘과 나뭇가지들로부터 노랑과 녹색의 반사광이 그의 눈에 비춰서 눈에서 집중력을 빼앗았으며, 따라서 그는 자기가 말하지 않은 것을 생각하고 있는 것처럼 보였다. 이렇게 해서 테렌스와 레이철이 함께 숲을 걷자고 제안한 것이 그들 서로에게 당연한 것으로 되었으며, 그들은 서로를 한번 바라보고 출발했다.

"잘 있어요!" 레이철이 큰소리로 외쳤다.

"잘 다녀와요. 뱀 조심하고." 허스트가 대답했다. 그는 쓰러진 나무와 헬렌의 그림자 아래 훨씬 더 편안하게 자리 잡았다. 그들이 갈 때 플러싱 씨가 등 뒤에 대고 말했다 "한 시간 안에 출발해야 하네. 휴잇, 꼭 기억해주게나. 한 시간이야."

사람에 의해 만들어졌는지 아니면 어떤 이유에서 본래 있던 길이 보존된 것인지, 강에 직각으로 숲을 꿰뚫는 넓은 오솔길이 나 있었다. 그 길은 칼날 같은 나뭇잎들이 달린 열대 관목들이 길 가에서 자라고 있으며 지면은 풀 대신에 눈에 띄지 않는 질척질 척한 이끼로 덮여 작은 노란 꽃들이 점점이 흩뿌려져 있는 점을 제외하고는 영국의 숲에 있는 차도를 닮아 있었다. 그들이 깊은 숲속으로 들어감에 따라 빛은 점점 더 어두워졌으며, 평범한 세 상의 소음들이 숲속 여행객에게는 자신이 해저를 걷고 있는 중 이라는 암시를 주는 삐걱거리고 탄식하는 소리들로 대체되었다. 오솔길은 점점 좁아지고 구부러졌다. 그 길은 나무와 나무를 잇 는 빽빽한 덩굴식물로 에워싸였으며, 여기저기 별 모양의 심홍색 꽃들이 활활 타오르고 있었다. 위에서 들리는 살랑이며 삐걱거리 는 소리는 때때로 어떤 놀란 동물의 귀에 거슬리는 울음소리에 의해 중단되었다. 대기는 숨이 막힐 듯했으며, 께느른한 냄새를 풍기며 그들에게 다가왔다. 거대한 녹색 빛은 거대한 녹색 우산 같은 머리 위 나무들 사이로 생긴 약간의 틈을 통해 뚫고 들어온 한 조각의 순수한 노란 햇빛에 의해 여기저기 끊겼으며, 이 노란 공간들에서는 심홍색과 검은색 나비들이 선회하며 내려앉고 있 었다. 테렌스와 레이철은 거의 말을 하지 않았다.

침묵이 그들을 압박하였을 뿐만 아니라 그들 둘 다 어떤 생각 을 궁리해낼 수가 없었다. 그들 사이에는 말해져야만 하는 무언 가가 있었다. 그들 중 한 명이 시작해야만 하지만, 어느 쪽이 하게 될 것인가? 그때 휴잇이 붉은 열매 한 개를 집어서 할 수 있는 한 높이 던졌다. 그것이 떨어질 때 그는 말을 할 것이다. 그들은 커다 란 날개들이 퍼드덕거리는 소리를 들었다. 그들은 열매가 나뭇 잎들 사이로 후두두 지나가서는 결국은 톡하고 떨어지는 소리를 들었다. 또다시 침묵이 깊어졌다.

"놀라셨나요?" 떨어지는 열매 소리가 완전히 사라졌을 때 테렌스가 물었다.

"아니요." 그녀가 대답했다. "좋아요."

그녀는 "좋아요"를 반복했다. 그녀는 평소보다 훨씬 자세를 곧추 세우고는 빨리 걷고 있었다. 또다시 잠시 중단되었다.

"나와 함께 있는 것이 좋으세요?" 테렌스가 물었다.

"네, 당신과 있어서요." 그녀가 대답했다.

그는 잠시 침묵을 지켰다. 침묵은 계속해서 세상을 엄습하고 있는 것처럼 보였다.

"이것이 내가 당신을 안 이래로 느껴온 감정인데요." 그가 응답했다. "우리가 함께 있어 행복해요." 그가 말하고 있는 것처럼, 혹은 그녀가 듣고 있는 것처럼 보이지 않았다.

"아주 행복해요." 그녀가 대답했다.

그들은 말없이 한동안 계속 걸었다. 그들의 발걸음은 무의식적으로 빨라졌다.

"우리는 서로를 사랑해요." 테렌스가 말했다.

"우리는 서로를 사랑해요." 그녀가 반복했다.

그때 어떤 단어도 만들어내지 않았던 이상하게 낯선 소리의 어조로 결합된 그들의 목소리로 인해 침묵이 깨졌다. 그들은 점점 더 빨리 걸었다. 그들은 동시에 멈추고, 서로를 꽉 껴안았으며, 그러고는 서로 떨어지며 땅에 주저앉았다. 그들은 나란히 앉았다. 그들의 침묵을 가로질러 다리를 놓으며 눈에 띄지 않는 어딘가에서 소리들이 튀어나왔다. 그들은 나무들이 바삭대는 소리와 멀리서 어떤 짐승이 우는 소리를 들었다.

"우리는 서로를 사랑해요." 테렌스가 그녀의 얼굴을 유심히 살피며 반복했다. 그들의 얼굴은 둘 다 매우 창백하고 조용했으며,

그들은 아무 말도 하지 않았다. 그는 그녀에게 다시 키스하기가 두려웠다. 점차로 그녀가 다가와 그에게 기대었다. 이런 자세로 그들은 한동안 앉아 있었다. 그녀가 "테렌스" 하고 한번 불렀으며, 그가 "레이첼" 하고 대답했다.

"무서워. 무서워요." 잠시 후 그녀가 중얼거렸지만, 이렇게 말하면서 그녀는 자신의 감정뿐 아니라 계속 파도가 일렁이는 강물을 생각하고 있는 중이었다. 무감각하고 잔인하게 거센 물결을 일으키는 강물은 멀리서 계속 흐르고 있었다. 그녀는 테렌스의 뺨으로 눈물이 흘러내리는 것을 보았다.

다음 움직임은 그의 몫이었다. 아주 오랜 시간이 흐른 듯했다. 그가 시계를 꺼내어 봤다.

"플러싱 씨가 한 시간이라고 말했어요. 삼십 분이 훨씬 지났군요."

"돌아가는 데도 그 정도 시간이 걸리겠죠." 레이첼이 말했다. 그녀가 아주 천천히 몸을 일으켰다. 그녀는 일어서서 양팔을 쭉 뻗고서 반은 한숨 쉬듯 반은 하품 하듯 심호흡을 하였다. 그녀는 매우 피곤해 보였다. 그녀의 양쪽 볼이 창백하였다. "어느 쪽이에요?" 그녀가 물었다.

"저쪽이요." 테렌스가 말했다.

그들은 다시금 이끼 낀 오솔길을 걸어 돌아 내려가기 시작했다. 살랑대고 삐걱거리는 소리가 멀리 상공에서 계속되었으며 귀에 거슬리는 동물들의 울음소리도 들려왔다. 나비들은 노란색 햇빛의 조각들 속에서 여전히 선회하고 있는 중이었다. 처음에 테렌스는 가는 길을 확신하였으나, 걸으면서 의심하게 되었다. 그들은 생각해보기 위해서 멈춰야 했으며, 돌아와서 다시 출발해야만 했다. 비록 그가 강의 방향을 확실히 알았지만 다른 사람들을 떠나온 지점을 발견하는 것이 확실치 않았기 때문이었다. 레이첼은 길을 모른 채로, 왜 그가 멈추는지 혹은 왜 돌아 가는지를 알지 못한 채로, 그가 멈추는 곳에서 멈추고 그가 도는 곳에서 돌며, 그를 따랐다.

"늦고 싶지 않은데." 그가 말했다. "왜냐하면 —" 그가 그녀의 손에 꽃 한 송이를 놓았으며, 그녀는 조용히 그것을 오므렸다. "우리는 아주 늦었어요. 너무 늦었어요. 끔찍하게 늦었어요." 그는 마치 꿈속에서 말하는 것처럼 반복했다. "아 — 이 길이 맞아요. 여기에서 돌아요."

그는 영국 숲에 난 차도처럼 넓은 오솔길에 다시 도달했는데, 그곳은 그들이 다른 사람들을 떠날 때 출발했던 곳이었다. 그들은 마치 사람들이 잠자며 걸을 때처럼 말없이 걸으며, 이상하게 가끔씩 그들의 몸을 의식하였다. 그때 레이철이 갑자기 소리 질렀다. "헬렌!"

숲 가장자리의 햇빛이 비치는 곳에서 그들은 헬렌이 아직도 나무둥치에 앉아 있는 것을 보았다. 그녀의 드레스는 햇빛을 받아 매우 하얗게 보였으며, 허스트는 여전히 그녀 옆에서 팔꿈치를 괴고 있었다. 그들은 본능적으로 멈췄다. 다른 사람들을 보자 그들은 계속 갈 수가 없었다. 그들은 손을 잡고 잠시 말없이 서 있었다. 그들은 다른 사람들과 직면하는 것을 견딜 수 없었다.

"하지만 우리는 계속 가야만 해요." 그들 둘이 그동안 말해온 이상하게 활기 없는 목소리로 레이철이 마침내 말하였으며, 애써 그들은 자기들과 나무둥치에 앉아 있는 한 쌍 사이에 있는 짧은 거리를 메우려 하였다.

그들이 다가가자 헬렌이 몸을 돌려 그들을 바라보았다. 그녀는 한동안 아무 말 없이 쳐다보았으며, 그들이 가까이 다가갔을 때 조용히 말했다.

"플러싱 씨를 만났니? 너를 찾으러 갔는데. 그는 네가 길을 잃었을 거라고 생각하더구나. 그렇지만 길을 잃지 않았을 거라고 내가 말씀드렸지."

허스트는 몸을 반쯤 돌리고는 자신의 상공에서 서로 교차하고 있는 나뭇가지들을 바라보기 위해서 머리를 뒤로 젖혔다.

"그래, 노력할 만한 가치가 있었나?" 그가 꿈꾸듯이 물었다.

휴잇은 그의 옆 풀밭에 앉아서 부채질하기 시작했다.

"덥군." 그가 말했다.

레이철은 나무둥치 끝에 있는 헬렌 옆에서 몸의 균형을 잡았다.

"너무 더워요." 그녀가 말했다.

"당신은 어쨌든 지쳐 보이는군요." 허스트가 말했다.

"저 나무들은 무척이나 빽빽이 밀집되어 있어요." 헬렌은 자신의 책을 집어 들고 흔들어서 책장들 사이에 떨어져 있던 마른 풀잎들을 떼어냈다. 그러고 나서 그들은 자기들 앞에서 나무둥치들 사이로 소용돌이치며 흐르는 강물을 바라보며 말없이 있었으며, 그때 플러싱 씨가 그들을 방해하였다. 그가 날카롭게 소리치며, 왼쪽으로 구십여 미터 정도에 있는 나무 사이에서 불쑥 나타났다.

"아, 그래 결국 길을 찾았군. 하지만 늦었네. 예정했던 시간보다 너무 늦었어, 휴잇."

그는 약간 화가 났으며, 탐험여행 리더의 자격으로 명령하는 경향이 있었다. 그는 이상하게 날카롭고 의미 없는 단어들을 사용하며 재빨리 말했다.

"물론 늦는 것이 정상적으로 문제가 되지는 않을 것이오." 그가 말했다. "그러나 사람들이 제시간을 지키는 문제라는 면에서는—"

그는 그들을 함께 모아서 강둑으로 내려가도록 하였는데, 그곳에는 그들을 증기선까지 나르기 위해 보트가 기다리고 있었다.

낮의 열기가 사그라지고 있었으며, 그들의 찻잔 너머로 플러싱 부부는 수다스러워지고 있었다. 테렌스는 그들이 얘기하는 것을 들으며 사람들이 지금 두 개의 서로 다른 층으로 가고 있는 것처럼 보였다. 여기 그의 상공 높이 어디에선가 얘기하고 있는 플러싱 부부가 있으며, 자신과 레이철은 함께 세상의 바닥에 떨어져 있었다. 그러나 플러싱 부인은 어린아이 같은 솔직함과 더불어, 어른들이 뭔가 숨기고 싶어 한다고 의심하는 어린아이 같은 본능을 갖고 있었다. 그녀는 자신의 활기에 찬 푸른 눈을 테렌스에게 고정하고는 특히 그에게 말을 걸었다. 그녀는 만약 보트가 바위와 부딪쳐 가라앉는다면 어떻게 할 것인지를 알고 싶어 했다.

"당신은 자신을 구하는 일 말고 무언가를 걱정하겠어요? 나요? 아니오, 아니에요." 그녀가 웃었다. "추호도 아니지요. — 말씀마세요. 평범한 여자들이 관심 갖는 생물은 단지 두 가지예요." 그녀가 계속해서 말했다. "자식과 개뿐이에요. 남자들한테는 이 두 가지조차도 아니라고 믿어요. 우리는 사랑에 대해 많이 읽지요. — 그것이 시가 그렇게 지루한 이유예요. 그러나 현실 삶에서는 무슨 일이 일어나고 있지요? 아, 그것은 사랑이 아니에요!" 그녀가 큰 소리로 말했다.

테렌스는 영문을 알 수 없는 무슨 말인지를 웅얼거렸다. 그러나 플러싱 씨는 자신의 품위를 회복하였다. 그가 담배를 피우며 이제 부인의 말에 대답하였다.

"당신은 항상 기억해야 하오, 엘리스" 그가 말했다. "당신의 가정교육이 아주 자연스럽지 않았다는 것을 — 평범치 않았다고 말해야겠군. 이 사람 형제들은 어머니가 안 계셨지." 그가 자기 말투에 어떤 격식을 버리고 설명했다. "그리고 아버지는—그는 매우 유쾌한 분이었다는 점은 의심의 여지가 없어요. 그러나 그는 단지 경마 말들과 그리스 조각상들만 좋아했어요. 이 사람들에게 목욕에 대해서 들려줘요, 엘리스."

"마구간—울에," 플러싱 부인이 말했다. "겨울에는 얼음으로 덮인. 우리는 들어가야만 했어요. 만약 그러지 않으면, 채찍으로 맞았지요. 강한 자는 살아남고, 다른 사람들은 죽는 거예요. 적자 생존이라고 부르는 거지요. 자녀가 열셋이라면 아마도 아주 훌륭한 방법이었을 거예요!"

"그리고 이 모든 일이 19세기에 영국의 한복판에서 있었단 말입니다!" 플러싱 씨는 헬렌에게 얼굴을 돌리고 큰소리로 말했다.

"만약 나에게 아이가 있다면 나도 똑같은 방식으로 아이들을 다룰 거예요." 플러싱 부인이 말했다.

모든 말이 테렌스의 귀에 매우 분명하게 들렸다. 그러나 공중 높은 곳 어딘가에 떨어져 있는 이 환상적인 사람들, 그들은 무슨 말을 하고 있으며, 누구에게 얘기하고 있고, 또한 그들은 누구란 말인가? 이제 그들은 차를 마셨으므로, 일어나서 보트의 뱃머리에 기대었다. 태양이 지고 있었으며, 강물은 어스레한 심홍 빛이었다. 강물이 다시 넓어졌으며, 그들은 강물 한가운데 어두운 쐐기처럼 고정된 작은 섬을 지나고 있었다. 붉은빛을 받은 커다란 흰 새 두 마리가 장다리 물떼새 같은 다리로 거기에 서 있었으며, 그 섬의 해안은 새들의 뼈대뿐인 발자국을 제외하고는 아무런 표시도 나 있지 않았다. 강둑에 있는 나뭇가지들은 전보다 더욱 비틀리고 각이 져 보였으며, 나뭇잎들의 녹색은 짙고 금빛으로 얼룩져 있었다. 그때 허스트가 뱃머리에 기대고서 얘기하기 시작했다.

"이것이 사람을 굉장히 이상하게 만든다는 것을 아시죠?" 그가 불평했다. "이 나무들이 사람의 신경을 건드려요. — 모두가 아주 미쳤어요. 신도 틀림없이 미쳤어요. 제정신의 사람이라면 이와 같은 황야를 생각해냈으며, 원숭이들과 악어들이 그곳에 살게 했겠어요? 내가 만약 여기 산다면 나도 미칠 거예요. 아주 완전히 미칠 거예요."

테렌스가 그의 말에 대답하려고 하였는데, 앰브로우즈 부인이 대신 대답하였다. 그녀는 그에게 사물들이 한 무리로 모여 있는 것을 바라보라고 하였다. 놀라운 색채들을 바라보며 나무들의 형상을 바라보도록 하였다. 그녀는 다른 사람들이 접근하는 것으로부터 테렌스를 보호하고 있는 것처럼 보였다.

"그래요." 플러싱 씨가 말했다. "그리고 내 생각에는," 그가 계속하였다. "허스트가 반감을 갖는 인구의 부재가 정확하게 의미 있는 말이오. 허스트, 자네는 심지어 작은 이탈리아 마을 하나가 모든 풍경을 상스럽게 할 수조차 있을 것이며, 거대함 — 원초적인 웅대한 감각 — 을 손상시킬 수 있다는 것을 인정해야만 하네." 그는 숲을 향해 손을 뻗고는, 이제 침묵에 빠져들고 있는 거대한 녹색 숲 덩어리를 바라보며 잠시 잠잠히 있었다. "나는 그것이 우리를 매우 작아 보이게 만든다는 것을 인정해요 — 그들이 아니라 우리를." 그는 옆에 기대어 강물에 침을 뱉고 있는 선원에게 고개를 끄덕였다. "그리고 농부의 근본적인 우월성 — 그것이 내 부인이 느끼는 것이라고 생각하오."

이제 플러싱 씨가 계속해서 세인트 존과 점잖게 얘기하며 그를 설득하고 있는 틈을 타서, 테렌스는 표면상으로는 쓰러져서 반쯤은 물에 잠겨 있는 옹이가 많은 거대한 나무 몸통을 가리키며 레이철을 한쪽으로 끌어내었다. 아무튼 그는 그녀 옆에 있고 싶었지만, 자신이 아무 말도 할 수 없음을 알았다. 그들은 플러싱 씨가 바야흐로 자기 부인에 대하여, 예술에 대하여, 나라의 미래에 대하여, 공기 중에 높이 떠다니는 작은 무의미한 말들을 거침없이 계속하고 있는 것을 들을 수 있었다. 서늘해짐에 따라 그는 허스트와 천천히 갑판을 걷기 시작했다. 그들이 옆을 지나갈 때 그들의 얘기가 단편적으로 분명하게 들려왔다. 예술, 감정, 진실, 현실.

"이것이 사실일까요, 아니면 꿈일까요?" 그들이 지나가버렸을 때, 레이철이 중얼거렸다.

"사실이죠, 사실이에요." 그가 대답했다.

그러나 미풍이 상쾌하게 불었으며, 움직이고 싶은 욕망이 일었다. 일행이 담요와 외투로 다시 자리 정리를 하였을 때, 테렌스와 레이철은 서로 반대쪽 끝에 있게 되어서 서로에게 말을 걸 수가 없었다. 그러나 어둠이 내림에 따라, 다른 사람들의 말들이 불에 탄 종이의 재처럼 말려 올라가 사라지는 것처럼 보였으며, 그들로 하여금 세상의 밑바닥에서 더할 나위 없이 조용하게 앉아 있게 하였다. 이따금 강렬한 기쁨의 충동이 그들을 꿰뚫고 흘렀으며, 그런 다음 그들은 다시 평온하였다.

제21장

플러싱 씨의 훈계 덕분에 강의 정확한 지점에 적절한 시간에 도착하였으며, 다음 날 아침식사 후 의자들을 뱃머리에 다시 반원형으로 끌어내놓았을 때, 증기선은 여행의 최고 한계 지역인 원주민 마을에서 삼사 킬로미터 내에 있었다. 플러싱 씨는 자리에 앉으며 왼쪽 강둑에 그들의 시선을 고정시키라고 충고하였는데, 그쪽으로 그들은 곧 한 개간지를 지나게 될 것이었다. 그 개간지에는 유명한 탐험가인 맥켄지가 약 십 년 전에 거의 문명이 미치는 곳에서 열병에 걸려 죽은 오두막이 있었다. 맥켄지는 과거 어떤 탐험가보다도 훨씬 오지로 갔던 사람이라고 그가 반복해서 말했다. 그들은 모두 순종하여 시선을 그쪽으로 돌렸다. 레이첼의 눈에는 아무것도 보이지 않았다. 노란색과 녹색의 형체들이 그들 앞으로 지나간 것은 사실이었지만, 그녀는 단지 하나는 크고 다른 하나는 작다는 것만 알았다. 그녀는 그것이 나무들이라는 것을 알지 못했다. 비록 어떤 생각을 하고 있는 것은 아니지만, 생각에 골몰한 사람을 방해하면 화가 나듯이, 여기저기를 보라는 이런 지시들은 그녀를 짜증나게 하였다. 그녀는 듣게 되는 모든 말들과 사람들이 목적 없이 몸을 움직이는 것에 화가 났다. 왜냐하면 그들은 그녀를 방해하고 그녀가 테렌스와 얘기하지 못하게 막고 있는 것처럼 보였기 때문이었다. 곧 헬렌은 레이철이 전혀 들으려 하지 않고 밧줄의 감은 고리를 우울하게 응시하고 있다는 것을 알았다. 플러싱 씨와 세인트 존 허스트는 정치적인 관점에서 그 지방의 미래와 그곳이 탐험되어온 정도에 관해 어느 정도 지속적인 대화에 열중해 있었다. 다른 사람들은 다리를 쭉 뻗거나 턱을 손에 괸 자세로 말없이 응시하고 있었다.

앰브로우즈 부인은 충분히 고분고분하게 바라보며 듣고 있었지만, 내면으로는 쉽게 어떤 하나의 원인에 기인하지는 않는 불편한 기분에 사로잡혔다. 플러싱 씨가 말하는 대로 해변을 바라보며, 그녀는 그 지방이 매우 아름답지만 또한 찌는 듯 불쾌하고 불안한 곳이라고 생각했다. 그녀는 스스로 분류되지 않은 감정의 희생물이라고 느끼고 싶지 않았다. 그래서 뜨거운 오전의 태양 아래 증기선이 계속 미끄러져 나아갈 때 그녀는 스스로 엉뚱한 감동을 느꼈다. 그녀는 숲이 낯설다는 것이 그 원인인지 아니면 보다 덜 분명한 무엇이 있는지를 결정할 수 없었다. 그녀의 마음은 그 장면을 떠나서 리들리와 자기 아이들에 대한 걱정으로, 노년과 가난과 죽음과 같이 멀리 떨어져 있는 것들에 대한 걱정으로 사로잡혀 있었다. 허스트 역시 풀이 죽어 있었다. 왜냐하면 그는 이번 탐험여행을 마치 휴일을 바라듯이 기대해왔다. 일단 호텔에서 멀어지면, 아무 일도 일어나지 않는 대신에 확실히 멋진 일들이 일어날 것이라고 기대했으나, 여기에서 그들은 예전처럼 불편하고 구속되고 자의식적이었다. 물론 그것은 무언가에 대한 기대의 결과였다. 기대가 크면 언제나 실망하는 법이었다. 그는 그렇게 옷을 잘 차려입고 그렇게 격식을 차리는 윌프리드 플러싱을 비난하였다. 그는 휴잇과 레이철을 비난하였다. 왜 그들은 얘기를 하지 않는 것일까? 그는 말없이 자기 생각에 빠져 있는 그들을 바라보았으며, 그 모습은 그를 화나게 했다. 그는 그들이 결혼 약속을 했거나 막 그러려고 한다고 생각했지만, 조금이라도 낭만적이거나 흥분되는 대신에 그것은 그 밖의 다른 것들처럼 무미건조한 것이었다. 그들이 사랑하고 있다고 생각하는 것 역시 그를 화나게 했다. 그는 헬렌에게 가까이 다가가 갑판에 누워서 때로는 너무 덥고 때로는 너무 추우며 별들이 너무 밝아서 잠들 수 없이 갑판에 누워 있는 밤이 얼마나 불편했는지를 말하기 시작했다. 그는 밤중 내내 깨어 생각에 잠겨 있었으며, 볼 수 있을 정도로 밝을 때 신에 관한 시 스무 줄을 지었다. 대단한 것은 신이 존재한다는 사실을 그가 실질적으로 증명했다는 것이다. 그는 자신이 그녀를 괴롭히고 있다는 것을 알아채지 못했으며, 만약 신이 존재한다면 무슨 일이 일어날지 계속 궁금해하였다. ─"틀림없이 아주 성미 급하고 까다로우며, 수염을 기르고 긴 푸른색 실내복을 입은 노신사일까요? 각운을 생각할 수 있죠? 신God, 막대rod, 뗏장sod ─ 모두 썼어요. 다른 단어들 있나요?"

비록 그가 평소처럼 많은 말을 하고 있었지만, 만약 그녀가 바라보았다면 그도 역시 조바심 내며 불안해하는 것을 알아챌 수 있었을 것이다. 그러나 그녀는 대답하도록 지명 받지 못했는데, 이때 플러싱 씨가 "저기!" 하고 소리쳤기 때문이었다. 그들은 강기슭에 있는 오두막을 바라보았다. 지붕에 커다란 갈라진 틈이 있는 황량한 곳으로, 그 주변의 땅은 누렇고, 불에 탄 자국이 남아 있고 뚜껑이 열린 녹이 슨 깡통들이 널려 있었다.

"저기서 그의 시체를 찾아냈나요?" 탐험가가 죽었다는 현장을 보기 위해서 열심히 몸을 앞으로 굽히고서 플러싱 부인이 외쳤다.

"그들이 그의 시체와 가죽 부대들과 공책을 찾아냈소." 그녀의 남편이 대답했다. 그러나 배는 그곳을 뒤로 하고 이내 지나가버렸다.

날씨가 찌는 듯이 더워서 그들은 이제 발을 바꾸거나 아니면 다시 성냥을 긋는 일을 제외하고는 거의 꼼짝할 수도 없었다. 강기슭에 집중된 그들의 눈에는 똑같은 녹색의 그림자들이 가득차 있었으며, 허스트의 입술이 반쯤 의식적으로 신이란 단어를 대신할 각운을 찾고 있는 것처럼 간헐적으로 움직이는 것을 제외하고는, 마치 그들이 지나치고 있는 광경이 생각을 불러일으키는 것처럼 그들의 입술은 꼭 다물어져 있었다. 다른 사람들의 생각이 무엇이든 간에, 상당한 시간이 흐르는 동안 그 누구도 아무 말도 하지 않았다. 어느 쪽에든 벽처럼 서 있는 나무들에 아주 익숙해져서 그들은 빛이 갑자기 넓게 비치고 나무들이 끝나가자 놀라서 위를 바라보았다.

"이것은 거의 영국 공원을 생각나게 하는군요." 플러싱 씨가 말했다.

사실 어떤 변화도 이보다 클 수는 없었다. 강의 양쪽 기슭 위로 잔디로 덮이고 식물이 자라는 탁 트인 잔디밭 같은 공간이 펼쳐졌으며, 작은 둔덕 꼭대기에 있는 단아한 나무들과 더불어 그곳이 완만하게 정돈되어 있는 모습은 인간이 돌보고 있다는 것을 보여주었다. 그들은 일어나서 난간에 기대었다.

"애런들[1]이나 윈저[2]가 될지도 모를 일이오." 플러싱 씨가 계속

---

1   웨스트 서섹스에 있는 애런들 성은 드넓은 삼림공원으로 에워싸인 고대의 성이다.

2   윈저에 있는 거대한 공원에서도 나무농장이 보인다.

해서 말했다. "만약 노란 꽃들로 된 저 덤불을 잘라낸다면. 맙소사, 보시오!"

줄지어 선 갈색 등들이 잠시 멈췄다가, 마치 파도를 뛰어넘는 것과 같은 동작으로 뛰어올라 시야에서 사라졌다.

한동안 그 누구도 정말로 자신들이 그 광활한 곳에서 살아 있는 동물들을—야생 사슴 떼를— 보았다는 것을 믿을 수 없었다. 그 광경은 그들의 침울함을 씻어버리며 그들에게 어린아이 같은 흥분을 불러 일으켰다.

"평생 산토끼보다 큰 것은 본 적이 없어요!" 허스트는 진짜로 흥분하여 외쳤다. "이런 바보같이 내 코닥 사진기[3]를 가져오지 않다니!"

그리고 이내 증기선은 점차로 멈췄으며, 선장은 승객들이 지금 강기슭을 산책하는 것이 즐거울 것이라고 플러싱 씨에게 설명했다. 만약 그들이 한 시간 안에 돌아오기를 택한다면 마을에 데려다줄 것이고, 만약 그들이 걷는 것을 택한다면 단지 이삼 킬로미터 더 멀기는 하지만 부두에서 그들을 맞이할 것이었다.

하선이 결정되어서, 그들은 다시 한 번 강기슭에 상륙하였으며, 선원들은 건포도와 담배를 꺼내고는 난간에 기대어서 여섯 명의 영국인들이 돌아다니는 것을 바라보았는데, 그들의 코트와 드레스들은 초원에서 매우 이상하게 보였다. 결코 점잖지 못한 농담에 선원들 모두 한바탕 웃고는 방향을 바꿔 각자 편한 자세로 갑판 위에 누웠다.

그들이 강기슭에 내리자마자 테렌스와 레이철은 다른 사람들보다 조금 앞서 함께 걸어갔다.

---

3 코닥 포켓 카메라는 1895년에 소개되었고, 이 회사를 전 세계적으로 유명하게 만든 코닥 브라우니Kodak Brownie는 1900년에 시장에 나왔다.

"이제 됐다!" 테렌스가 길게 숨을 들이쉬며 소리 질렀다. "마침 내 우리만 있게 되었어요."

"우리가 앞서가면 얘기를 나눌 수 있어요." 레이철이 말했다.

다른 사람들보다 몇 미터 앞에 있어서 자기들이 하고 싶은 말을 무엇이든지 할 수 있었지만, 그들은 둘 다 말이 없었다.

"당신은 저를 사랑하시죠?" 마침내 테렌스가 고통스럽게 침묵을 깨뜨리며 물었다. 말을 하는 것이나 침묵을 지키는 것이나 똑같은 노력이 들었다. 왜냐하면 침묵을 지킬 때 그들은 서로의 존재를 예리하게 의식하였지만, 단어들은 너무 시시하거나 아니면 너무 과장되었기 때문이었다.

레이철은 분명하지 않은 발음으로 중얼거리며 "당신은요?"라고 말을 끝맺었다.

"네, 그럼요" 그가 대답했다. 그러나 말해야 할 것들이 너무 많았으며, 이제 그들끼리만 있으므로 조금 더 가까이 다가가서 지난번 대화를 나눈 이후로 생겨난 장벽을 극복하는 것이 필요해 보였다. 그것은 힘들고 무섭기조차 하며 묘하게 당황스러웠다. 그는 한순간 총명했다가, 다음 순간에는 혼란스러웠다.

"이제 처음부터 시작할 겁니다." 그가 단호하게 말했다. "전에 당신에게 말해야 했던 것을 말할 작정입니다. 첫째로, 저는 다른 여성들을 결코 사랑한 적은 없지만, 다른 여성들이 있기는 했습니다. 그리고 저는 커다란 결점들을 갖고 있습니다. 저는 매우 게으르고, 변덕스럽지요―" 그는 그녀의 외침에도 불구하고 계속하였다. "당신은 저의 가장 나쁜 점을 알아야 해요. 저는 욕망이 강합니다. 저는 무익하다는 감정―무능력하다는 생각―에 압도 당해 있습니다. 저는 당신에게 결혼해달라고 부탁하지 말았어야 한다고 생각합니다. 저는 다소 속물입니다. 저는 야망이 있고―"

"아, 우리의 결점들!" 그녀가 소리 질렀다. "결점들이 무슨 문제가 되나요?" 그녀가 물었다. "제가 사랑하고 있나요? —이것이 사랑에 빠진 건가요? — 우리는 결혼하게 되는 거예요?"

그녀의 매력적인 목소리와 용모에 압도되어 그가 탄성을 질렀다. "아, 당신은 자유로워요, 레이철. 당신에게 시간은 무의미할 거예요. 혹은 결혼도 혹은—"

그들 뒤에 오는 다른 사람들의 목소리가 이번엔 멀리서 또 다음번엔 보다 가까이서 계속 떠다녔으며, 플러싱 부인의 웃음소리가 홀로 분명하게 들려왔다.

"결혼?" 레이철이 반복했다.

그들이 왼쪽으로 너무 멀리 가고 있다고 경고하는 외침이 뒤에서 되풀이되었다. 그들의 진로를 바로잡으며 그가 계속해서 말했다. "그래요, 결혼." 그녀가 자신에 대해 모든 것을 알기 전까지는 그들이 결합되어질 수 없으리라는 느낌에서 그는 다시금 설명하고자 애썼다.

"나의 모든 결점들, 내가 참아온 것들— 차선은—"

그녀는 중얼거리며 자신의 삶에 대해 생각하였지만, 지금 자신에게 보이는 삶을 묘사할 수 없었다.

"그리고 외로움!" 그가 계속 말을 이었다. 그녀와 런던 거리를 걷고 있는 환상이 그의 눈앞에 떠올랐다. "우리는 함께 산책을 할 겁니다." 그가 말했다. 그러한 단순한 생각이 그들을 안심시켰으며, 처음으로 그들은 웃었다. 만약 그들이 대담하게 서로 손을 잡을 수 있었다면 좋았겠지만, 뒤에서 그들을 주시하고 있는 눈길이 아직도 그들에게 머물러 있었다.

"책, 사람, 광경들—너트 부인, 그릴리, 허친슨," 휴잇이 중얼거렸다.

전날 오후 이래로 그들을 서로에게 실재하지 않는 것처럼 보이게 만들며 그들을 에워싸고 있던 안개가 모든 말과 함께 좀 더 많이 사라졌으며, 그들의 접촉이 점점 더 자연스러워졌다. 찌는 듯이 더운 남쪽 풍경을 통해 그들은 자기들이 알았던 세상이 전에 보였던 것보다 훨씬 명확하고 선명하게 보인다는 것을 알았다. 호텔에서 창가에 앉았을 때처럼, 세상은 그녀의 시선 아래 다시 한 번 아주 생생하고 실제의 크기로 나타났다. 그녀는 그의 회색 코트와 자주색 넥타이를 주시하며, 즉 자신의 여생을 함께 보내게 될 남자를 관찰하며, 때때로 신기한 듯이 테렌스를 힐긋힐긋 보았다.

이렇게 힐긋거린 후 그녀가 중얼거렸다. "네, 저는 사랑에 빠졌어요. 의심의 여지가 없어요. 저는 당신을 사랑해요."

그렇지만, 그들은 불편하게 서로 떨어져 있었다. 그녀가 말을 할 때는 매우 가깝게 다가가서 그들 사이에 간격이 없어 보였지만, 다음 순간 떨어지고 다시 멀어졌다. 고통스럽게 이것을 느끼며 그녀가 큰 소리로 외쳤다. "그것은 싸움일 거예요."

그러나 그를 바라보았을 때, 그녀는 그가 눈의 형태와 입가의 주름과 다른 특이한 점들에서 그녀를 즐겁게 한다는 것을 감지하고는 덧붙였다.

"저는 싸우기를 원하는데, 당신은 동정심을 보이는군요. 당신은 저보다 훌륭해요. 당신이 훨씬 더 멋져요."

그는 자신을 반하게 한 그녀의 아주 작은 낱낱의 것들을 인식하며 그녀가 그랬던 것처럼 그녀의 눈길에 응답하며 미소 지었다. 그녀는 영원히 그의 것이었다. 이 장벽이 극복되자 수많은 즐거움들이 그들 둘 앞에 놓였다.

"그렇지 않아요." 그가 대답했다. "나는 더 나이만 들었고, 더 게

을러요. 여성이 아니라 남성이고요."

"남성," 그녀가 반복했다. 그러자 이상한 소유감이 그녀를 엄습하여 이제 그를 만져도 되리라는 생각이 들었다. 그녀는 손을 내밀어 가볍게 그의 뺨에 대었다. 그의 손가락이 그녀의 손이 닿았던 곳에 놓였으며, 자신의 얼굴에 닿는 그의 손의 촉감은 강렬한 비현실감을 상기시켰다. 그의 이 육체도 실재하지 않는 것이었으며 온 세상이 실재하지 않는 것이었다.

"무슨 일이 일어났나요?" 그가 말하기 시작했다. "왜 내가 당신에게 결혼해달라고 청했나요? 어떻게 그런 일이 일어난 거죠?"

"당신이 제게 결혼하자고 했어요?" 그녀가 놀랐다. 그들은 서로 각자로부터 멀어져갔으며, 그들 중 누구도 서로 무슨 말을 했었는지를 기억할 수 없었다.

"우리는 땅바닥에 앉았어요." 그가 생각해 냈다.

"우리는 땅바닥에 앉았어요." 그녀가 그의 말을 반복하였다. 이와 같이 땅에 앉았던 회상은 그들을 다시금 결합시키는 것처럼 보였다. 그들은 때로는 힘들게 생각을 이어가며 때로는 생각하기를 멈추며, 단지 눈으로만 주변의 것들을 인식하며, 침묵 속에서 걸었다. 이제 그는 다시금 그녀에게 자신의 결점을 그리고 왜 자신이 그녀를 사랑하는지를 얘기하고자 시도할 것이다. 그리고 그녀는 이때는 혹은 저때는 어떻게 느꼈었는지를 묘사할 것이며, 그들은 함께 그녀의 감정을 풀이해볼 것이다. 그들 목소리의 울림이 너무 아름다워서 점차로 그들은 자신들이 발음한 단어들을 거의 듣지 못했다. 그들의 말들 사이에 긴 침묵이 흘렀으며, 이것은 더 이상 투쟁과 혼돈의 침묵이 아니라 상쾌한 침묵으로, 이 침묵 안에서 사소한 생각들은 쉽게 자라났다. 그들은 일상적인 것들, 꽃과 나무들에 대해, 집의 정원에 있는 꽃들처럼 어떻게 거기에 그렇게 빨간 꽃이 피어 있는지와, 꼬부라진 노인의 팔처럼 나무들이 거기에서 굽어 꼬부라져 있는지에 대해 자연스럽게 말하기 시작했다.

아주 점잖고 조용하게, 마치 자신의 혈관에서 노래 부르며 흐르는 혈액처럼 혹은 시냇물이 돌멩이 위를 흘러가듯이, 레이철은 자기 내면의 새로운 느낌을 의식하게 되었다. 그녀는 잠시 이 새로운 감정이 무엇인지 궁금하였다. 그런 다음 그녀는 자신이 몸소 그렇게 훌륭한 것을 알아낸 것에 약간 놀라며, 혼잣말을 하였다.

"이것이 행복일 거야." 그러고는 테렌스에게 큰 소리로 말했다. "이것이 행복이에요."

그녀의 말에 잇따라서 그가 대답했다. "이것이 행복이에요." 이것으로 그들은 이 느낌이 자기들에게 동시에 솟구쳤다고 추측했다. 그러므로 그들은 이것을 어떻게 느끼고 또 저것을 어떻게 느끼는지, 그것이 어떻게 똑같지만 또 어떻게 다른지를 묘사하기 시작했다. 왜냐하면 그들은 매우 달랐기 때문이었다.

그들 뒤에서 외치는 목소리들은 그들이 지금 빠져 들어가고 있는 강물을 통해서는 결코 들릴 수 없었다. 요컨대 휴잇의 이름을 반복적으로 부르는 것, 즉 분리된 음절들은 그들에게 마른 나뭇가지가 부러지는 소리거나 아니면 새의 웃음소리 같았다. 그들의 모든 주변에서 풀잎들과 미풍이 소리를 내고 속삭였으며, 그들은 풀잎의 휙휙거리는 소리가 점점 커지고 있으며 미풍의 흐름에 따라 멈추지 않는다는 것을 결코 알아차리지 못했다. 한 손이 레이철의 어깨에 철과 같이 육중하게 돌연 얹혀졌다. 그것은 마치 번개가 친 것 같았다. 그녀는 그 아래 넘어졌으며, 풀잎이 그녀의 눈을 휘갈기듯 스쳤고 그녀의 입과 귀를 채웠다. 흔들리는 풀줄기 사이로 그녀는 하늘을 배경으로 거대하고 볼품없는 한 모습을 보았다. 헬렌이 앞에 있었다. 이리저리 구르며, 이번엔 단지 녹색의 숲만을 또 이번엔 드높은 푸른 하늘을 보며, 그녀는 말을 하지 못했으며 감각도 거의 없었다. 마침내 그녀는 조용히 누워 있었으며, 주변에 있는 모든 풀잎들이 그녀가 헐떡거리는 숨으로 가볍게 흔들렸다. 그녀 위쪽으로 두 개의 커다란 머리가 어렴풋이 보였는데, 한 남자와 여자, 테렌스와 헬렌의 머리였다.

둘 다 홍조를 띠고 웃고 있었으며, 입술들이 움직이고 있었다. 입술들은 함께 다가와 그녀 위쪽 공기 속에서 입맞췄다. 단속적인 말의 파편들이 땅 위의 그녀에게 내려왔다. 그녀는 그들이 사랑이라고 그러고는 결혼이라고 말하는 것을 들었다고 생각했다. 몸을 일으켜 앉으며 그녀는 헬렌의 부드러운 몸과 단단하고 친절한 팔을 실감하며 행복이 하나의 거대한 물결로 부풀어 올랐다 부서지는 것을 깨달았다. 이것이 멀어지고, 풀잎들이 다시 한번 쓰러지고, 하늘이 수평이 되고, 땅이 각 방향으로 평평하게 펼쳐지고, 나무들이 곧추섰을 때, 그녀가 맨 먼저 감지한 것은 멀리 거리를 두고 참을성 있게 서 있는 몇몇 인간의 형상들이었다. 한동안 그녀는 그들이 누구인지 기억할 수가 없었다.

"저들이 누구예요?" 물은 다음, 그녀는 생각해내었다.

플러싱 씨 뒤로 열에 끼어들어, 그들은 그의 신발 끝과 그녀 스커트 끝자락 사이에 적어도 삼 미터의 거리는 남겨놓고자 조심하였다.

그는 일행이 강둑으로 쭉 뻗어 있는 초원을 가로질러 작은 나무숲을 지나가도록 안내하며, 그들이 인간 거주의 흔적들, 검게 변한 풀잎, 숯이 되도록 탄 나무 그루터기를 주목하도록 하였다. 그리고 저쪽 나무들 사이로는 서로 떨어져 있는 나무들을 아치 모양으로 함께 끌어당겨 놓은 나무로 된 이상한 새둥지들과 그들 여행의 목적지인 마을이 있음을 알려주었다.

　조심스럽게 걸음을 옮기며, 그들은 삼각형 모양으로 땅바닥에 쭈그리고 앉아서 밀짚을 엮거나 아니면 사발에 든 무엇인가를 반죽하느라 손을 움직이고 있는 여인들을 지켜보았다. 그러나 잠시 몰래 쳐다보다가 그들은 눈에 띄게 되었으며, 플러싱 씨가 개간지 한가운데로 나아가서 깡마른 위엄 있는 남자와 대화를 나누게 되었는데, 그 남자의 골격과 움푹 들어간 곳들은 플러싱 씨 몸의 형체들이 추하고도 부자연스러워 보이게 만들었다. 여인들은 낯선 사람들을 주목하지 않았다. 그들은 단지 잠시 손을 멈추었으며 그들의 길고 좁은 눈은 말이 들리지 않을 정도로 아주 멀리 떨어진 곳에서 움직임 없이 무표정한 시선으로 빙그르르 미끄러져 그들에게 고정되었을 뿐이었다. 여인들은 다시 손을 움직였지만, 계속해서 빤히 쳐다보았다. 그들이 걸으며 구석에 기대어 있는 총들과 마루에 놓인 사발들과 하찮은 물건 더미들이 보이는 오두막들을 자세히 들여다볼 때 눈길이 따라왔다. 어두컴컴한 곳에서 아기들의 진지한 눈이 그들을 응시했으며, 늙은 여인들도 역시 빤히 바라보았다. 그들이 한가로이 산책할 때, 적대감이 서린 호기심에서 여인들은 겨울 파리가 스멀스멀 기어가는 것처럼 그들의 다리로 몸으로 머리로 계속 시선을 던졌다. 한 여인이 숄을 벗고 아기의 입술에 자신의 젖을 물렸을 때에도 그녀의 시선은 결코 그들의 얼굴을 떠나지 않았다. 그들은 그녀의 시선을 받으며 불편하게 움직였지만 결국은 더 이상 그녀를 바라보며 거기에 서 있기보다는 외면해버렸다. 사탕과자를 주었을 때, 그들은 그것을 잡기 위해 커다란 붉은 손을 내밀었다. 그들은 온화하고 본능적인 사람들 가운데서 꽉 끼는 옷을 입은 군인들처럼 거추장스럽게 걷고 있다고 스스로 느꼈다. 그러나 곧 마을 사람들은 그들을 전혀 주목하지 않았다. 그들은 자신들의 삶에 열중하였다. 여인들의 손은 다시금 밀짚 엮는 일로 바빠졌으며, 그들은 눈길을 떨어뜨렸다. 만약 그들이 움직인다면, 그것은 오두막에서 무언가를 가져오거나, 혹은 옆길로 빠져나가는 아이를 잡아오거나, 혹은 머리에 균형 있게 항아리를 이고는 걷는 것이었다. 또한 만약 그들이 말을 한다면, 그것은 귀에 거슬리는 뜻을 알 수 없는 고함을 지르는 것이었다. 한 아이가 매를 맞을 때 목소리들이 높아졌다가 다시 낮아졌다. 노래하는 목소리들이 조금 미끄러져 올랐다가 조금 미끄러져 내려오고는, 다시금 똑같이 낮고 우울한 음조로 정착되었다. 서로를 찾아서 테렌스와 레이철은 나무 아래로 함께 들어갔다. 그들을 바라보기를 포기했던 여인들의 모습이 평화롭고 처음에는 아름답기조차 했었으나, 이제는 그들을 매우 냉담하고 우울하게 느끼도록 만들었다.

"그런데," 테렌스가 마침내 한숨지었다 "이것이 우리를 의미 없이 보이게 만드는군요. 그렇지 않아요?"

레이철이 동의했다. 나무들 아래 앉아 있는 여인들과 나무들과 강들은 영원히 지속될 것이라고 그녀가 말했다. 그들은 발견될 것을 두려워하지 않고 서로의 팔에 기댄 채로, 방향을 돌려서 나무들 사이로 걷기 시작했다. 그들은 멀리 가지 않아서 자기들이 사랑하고 있으며 행복하고 만족스럽다는 것을 다시 한 번 서로에게 확인하기 시작했다. 그러나 사랑한다는 것은 왜 그렇게 고통스러우며, 행복에는 왜 그렇게 많은 고통이 따르는 것일까?

마을의 풍경은 실로 모두가 다르기는 하지만 모두가 기묘하게 그들에게 영향을 미쳤다. 세인트 존은 다른 사람들을 떠나서 자기만의 생각에 골몰하여 강 하류로 천천히 걷고 있었다. 그는 스스로 외롭다고 느꼈기 때문에 그의 생각들은 몹시 슬프고 불행한 것이었다. 헬렌은 원주민 여인들 가운데 햇빛이 잘 드는 공간에 홀로 서서 예감되는 재난에 노출되어 있었다. 나무둥치에서 나무 꼭대기로 달리며 지르는 의미 없는 짐승들의 울음소리가 높고 낮은 공중에서 그녀의 귀에 울려 퍼졌다. 나무들 사이로 돌아다니는 그 작은 인간 형상들은 얼마나 시시해 보이는가! 그녀는 남자와 여자들의 작은 팔다리와 가는 혈관과 허약한 육신을 날카롭게 의식하게 되었는데, 이 거대한 나무들과 깊은 강물과 비교하여 육신은 너무 쉽게 부서지며 생기가 빠져나가게 한다. 나뭇가지가 떨어지고, 발이 미끄러지며, 육지가 그들을 짓밟거나 아니면 강물이 그들을 익사시켰다. 이렇게 생각하며, 그녀는 마치 그렇게 함으로써 그들을 운명으로부터 보호할 수 있는 것처럼 연인들에게 걱정스럽게 눈길을 고정하였다. 몸을 돌리는 순간 헬렌은 플러싱 부부가 자기 옆에 있는 것을 알았다.

그들은 구입한 물건에 대해 얘기하며 그 물건들이 정말로 오래된 것인지 또한 여기저기 유럽의 영향을 받은 흔적이 있는지 어떤지를 논의하고 있는 중이었다. 그들은 그녀에게 간청했다. 그녀는 브로치와 귀고리 한 쌍을 살펴보아야 했다. 그러나 언제나 그녀는 이번 탐험여행을 진척시킨 것에 대해, 너무 지나치게 위험을 무릅쓰고 그들 자신을 노출시킨 것에 대해 일행을 비난하였다. 그리고 그녀가 분개하여 말하려고 하였지만, 잠시 후 자신이 대낮에 영국의 강에서 전복된 보트의 모습을 보고 있다는 것을 알아챘다. 그런 것들을 상상하는 것만으로도 소름끼치는 일이라는 것을 그녀는 알고 있었다. 그럼에도 그녀는 나무들 사이로 다른 사람들의 모습을 열심히 찾았으며, 그들을 재난으로부터 보호할 수 있을까 해서 그들을 볼 때마다 그들에게 자신의 시선을 고정하였다.

그러나 해가 지고 증기선이 방향을 돌려 문명을 향해 나아가기 시작했을 때, 다시금 그녀의 두려움은 고요해졌다. 반쯤 어둠 속에서 갑판에 있는 의자들과 거기에 앉아 있는 사람들은 각진 형체들로, 입은 조그마한 불타는 지점으로 표시되었고, 같은 지점에서 팔은 시가나 담배가 입술에 닿았다 떼어지는 것에 따라 위나 아래로 움직였다. 말이 어둠을 가로질렀지만, 어디에 떨어질지를 알지 못하며 활력과 실체가 결핍되어 있는 것처럼 보였다. 플러싱 부인처럼 보이는 커다란 흰색 몸통에서, 깊은 탄식이 비록 억누르려는 약간의 시도가 있기는 하였지만 규칙적으로 새어 나왔다. 낮은 길었고 매우 더웠으며, 이제 모든 색채들이 없어졌으므로 서늘한 밤공기가 눈꺼풀을 가리고 부드러운 손가락으로 누르고 있는 것처럼 보였다. 분명히 세인트 존 허스트를 향한 어떤 철학적인 언급이 목표를 못 맞히고 아주 오랫동안 공중에 매달려 있다가 마침내 하품에 삼켜져서 사라진 것으로 생각되었으며, 이것은 다리를 흔들며 잠에 관해 속삭이는 징후를 일으켰다. 흰색 덩어리가 움직이며 마침내 길게 늘어나서 사라져버렸으며, 몇 번의 동작과 발걸음이 있은 후 세인트 존과 플러싱 씨가 물러났고, 세 개의 의자는 세 명의 말없는 육체들이 여전히 차지하고 있었다. 돛대에 높이 걸린 램프에서 비치는 불빛과 별들로 창백한 하늘은 그들을 형체는 있지만 특징이 없는 채로 남겨두었다. 그러나 그들은 모두 같은 생각을 하고 있었기 때문에, 이런 어둠에서조차 다른 사람들이 물러나는 것은 그들로 하여금 매우 가깝게 느끼도록 만들었다. 잠시 서로 아무 말이 없다가, 헬렌이 한숨지으며 말했다. "그래 당신들은 둘 다 매우 행복한가요?"

마치 공기에 씻긴 듯이 그녀의 목소리가 평상시보다 영적이며 부드럽게 들렸다. 약간 떨어진 곳에서 목소리들이 "네"라고 대답했다.

어둠을 꿰뚫고 그녀는 그들을 바라보며, 그를 구별해내고자 하였다. 그녀가 무슨 할 말이 있겠는가? 레이철은 그녀의 보호가 미치지 않는 곳에 있었다. 목소리가 그녀의 귀에 닿을지는 모르지만, 결코 다시는 24시간 전에 들렸던 것처럼 그렇게 멀리까지 들리지는 않을 것이다. 그럼에도 불구하고 잠자리에 들기 전에 그녀가 말하도록 예정되어 있는 것처럼 보였다. 그녀는 말하고 싶었지만 이상하게 스스로 늙고 우울하게 느꼈다.

"당신이 지금 무슨 일을 하고 있는지 알아요?" 그녀가 물었다. "그녀는 젊어요. 당신들 둘 다 젊어요. 그리고 결혼은―" 여기에서 그녀가 멈췄다. 그러나 그들은 마치 다만 충고해주기만을 열망하는 것처럼, 아주 진지하게 들리는 목소리로 계속 말하라고 간청해서 그녀는 덧붙이게 되었다.

"결혼! 그래, 그것은 쉽지가 않아."

"그것이 우리가 알고 싶어 하는 거예요"라고 그들이 대답했으며, 헬렌은 지금 그들은 서로를 바라보고 있는 중이라고 추측했다.

"그것은 당신들 둘 다에게 달려 있어요." 그녀가 말했다. 그녀의 얼굴은 테렌스를 향해 있었으며, 비록 그녀를 거의 볼 수는 없었지만 그녀의 말은 확실히 그에 관해 더 알고자 하는 진정한 욕망을 감추고 있다고 그는 믿었다. 그녀의 침울함을 가시게 하기 위해서 그는 할 수 있는 한 쾌활하게 말했다.

"저는 스물일곱이고, 일 년에 약 칠백 파운드의 수입이 있습니다." 그는 말하기 시작했다. "성격은 전반적으로 좋은 편이고, 비록 허스트는 저의 통풍기를 간파하지만, 건강도 양호합니다. 음, 그리고, 저는 매우 지적이라고 생각합니다." 그는 마치 확인하려는 듯이 잠시 멈췄다.

헬렌이 동의했다.

"그렇지만, 불행하게도, 다소 게을러요. 저는 만약 레이철이 원한다면 바보가 되도록 놔둘 작정입니다. 그리고 — 당신은 제가 다른 면에서는 대체로 괜찮다고 생각하시죠?" 그가 수줍게 물었다.

"그래요, 나는 당신에 대해 아는 것을 좋아해요." 헬렌이 대답했다. "그러나 그래도 — 아는 게 너무 없군요."

"우리는 런던에서 살 겁니다." 그가 계속해서 말했다. "그리고 — " 그들은 갑자기 한목소리로, 그녀가 아는 사람들 중에서 자기들을 가장 행복한 사람들이라고 생각하지 않느냐고 물었다.

"쉿," 그녀가 그들을 제지시켰다. "잊지 말아요. 플러싱 부인이 우리 뒤에 있어요."

그러고 나서 그들은 침묵에 빠졌으며, 테렌스와 레이철은 본능적으로 그들의 행복이 그녀를 슬프게 만들었음을 느꼈다. 그래서 그들은 자신들에 대한 얘기를 계속하기를 열망하면서도, 그러고 싶지 않았다.

"우리 자신에 대해 너무 많이 얘기했어요." 테렌스가 말했다. "우리에게 말해주세요 — "

"그래요, 말해주세요 — " 레이철이 그대로 되풀이하여 말했다. 그들 둘 다 모든 사람이 매우 심오한 무언가를 말할 수 있다고 믿는 기분이었다.

"내가 당신들에게 무슨 말을 해줄 수 있지?" 헬렌은 메시지를 전달하는 예언자라기보다는 두서없이 자신에게 이야기하듯이 곰곰이 생각하였다. 그녀는 가까스로 말을 꺼냈다.

"결국, 비록 내가 레이철을 꾸짖기는 하지만, 나 자신이 훨씬 현명하지는 않아. 물론, 나는 더 나이가 들었고, 거의 인생의 절반은 살았지만, 너는 이제 막 시작하고 있어. 그것은 당황스런 일이지. —때로는 실망스럽다는 생각이 들어. 아마도 위대한 것들은 우리가 기대하는 것처럼 그렇게 대단하지는 않아. —하지만 그것은 재미있지. —아, 그래, 너는 확실히 그것이 흥미롭다는 것을 발견할 거야. —그리고 그렇게 계속되지," 그들은 여기에서 그들이 볼 수 있는 한 멀리 헬렌이 지금 지켜보고 있는 거무스름한 나무들의 행렬을 의식하게 되었다. "우리가 예상치 않았던 곳에 즐거움이 있어. (너는 아버지께 편지를 써야만 해) 그리고 너는 매우 행복할 것이라는 점을 의심치 않아. 그러나 나는 자야겠구나. 만약 네가 분별이 있다면, 십여 분 안에 따라 들어오렴." 그녀는 일어나서 큰 키를 곧추세우며 우두커니 그들 앞에 섰다. "잘 자렴." 그녀는 커튼 뒤로 지나갔다.

그녀가 나간 후 거의 십 분을 침묵 속에 앉아 있은 후, 그들은 일어나서 난간 위로 모습을 쑥 내밀었다. 그들 아래쪽으로 매끄러운 검은 물이 매우 빠르고 조용히 흘러갔다. 담배 불꽃이 그들 뒤로 사라졌다. "아름다운 목소리예요." 테렌스가 중얼거렸다.

레이철이 동의했다. 헬렌은 아름다운 목소리를 갖고 있었다.

침묵 후, 하늘을 올려다보며 그녀가 물었다. "우리는 남미의 강에 떠 있는 증기선의 갑판에 있는 건가요? 나는 레이철이고, 당신은 테렌스인가요?"

거대한 어둠의 세계가 그들 주변에 펼쳐져 있었다. 그들이 매끄럽게 함께 끌어당겨질 때, 그 세계는 거대한 두께와 인내력을 소유하고 있는 것처럼 보였다. 그들은 뾰족한 나무 꼭대기들과 무디고 둥근 나무 꼭대기들을 구분할 수 있었다. 나무들 위쪽으로 눈을 들고서, 그들은 별들과 나무들 위의 창백한 하늘의 가장

자리에 눈길을 고정하였다. 무한히 멀리 서리처럼 하얀 불빛의 작은 점들이 그들의 눈길을 끌어당겨 고정시켰다. 그래서 손으로 난간을 잡고 각자의 몸이 나란히 서 있는 것을 다시 한 번 깨달았을 때, 그들은 마치 자기들이 오랫동안 머물렀으며 아주 멀리 떨어져 있는 것 같았다.

"당신은 나에 대해서 완전히 잊고 있었지요." 테렌스가 그녀의 팔을 잡고 천천히 갑판을 걷기 시작하며 그녀를 책망했다. "그렇지만 나는 당신을 결코 잊지 않아요."

"오, 아니에요." 그녀가 속삭였다. 그녀는 잊지 않았다. 단지 별들이 — 밤이 — 어둠이 —

"당신은 둥지에서 반쯤 잠든 한 마리 새 같아요, 레이철. 당신은 잠들어 있어요. 당신은 잠자며 말하고 있는 중이에요."

반쯤 잠이 들어 단편적인 단어들을 중얼거리며, 그들은 배의 이물 한쪽 귀퉁이에 서 있었다. 배가 강 하류로 미끄러져 내려갔다. 이때 다리에서 종이 울렸으며, 그들은 강 양쪽에서 물결칠 때 철썩이는 물소리를 들었다. 한번은 잠을 자다 깜짝 놀란 새 한 마리가 삐걱거리며 옆 나무로 날아가서는 다시 조용해졌다. 어둠이 아낌없이 밀어닥쳤으며, 그들은 어둠 속에 거기 함께 서 있다는 것을 제외하고는 거의 아무런 생명의 느낌도 느끼지 못했다.

제22장

　어둠이 내렸다 다시 날이 밝으며, 매일매일이 대지 위로 널리 펼쳐졌다. 그들이 원하는 것을 서로에게 말하도록 강요받았던 숲에서의 이상한 날의 감정에서 벗어나면서 그들 각자의 소망은 다른 사람들에게 드러났고, 그 과정에서 그들 스스로에게 약간 이상한 느낌이 들었다. 분명히 어떤 이상한 일이 일어난 것은 아니었다. 그것은 그들이 결혼하기로 약속을 했다는 것이었다. 대부분 호텔과 빌라로 구성된 세상은 두 사람이 결혼하는 것에 대체적으로 기쁨을 나타냈으며, 세상이 계속 유지되기 위해서 행해져야만 하는 일에 그들이 참여하도록 기대하지 않으며 그들은 당분간 빠져도 되리라는 것을 인정해주었다. 따라서 그들은 단둘이 남게 되어서, 마치 거대한 교회에서 연주하고 있는데 문이 그들에게는 닫혀 있는 것 같은 침묵을 느낄 정도였다. 그들은 단둘이 걷고 단둘이 앉아 있게 되었으며, 아무도 꽃을 꺾은 적이 없고 나무들이 적막하게 있는 은밀한 곳들을 찾아다니게 되었다. 외따로 떨어져서 그들은 다른 남녀들의 귀에는 아주 이상하게 불편한, 아름답지만 너무 거대한 갈망들을 표현할 수 있었다. 이것은 그들이 진정 바라는 자신들만의 세상에 대한 갈망들로, 이러한 세상에서 사람들은 서로를 친밀하게 알고 따라서 선량함으로 서로를 판단하며, 결코 시간 낭비일 뿐인 다툼은 하지 않는다.

그들은 책들 사이에서 아니면 바깥 양지바른 곳이나 방해받지 않는 나무 그늘에 앉아 그러한 문제들에 대해 이야기를 나누곤 했다. 그들은 더 이상 당황해하거나 혹은 표현할 수 없는 의미로 인해 반쯤 숨이 막히는 일이 없었다. 그들은 서로를 두려워하지 않았으며 혹은 소용돌이 치는 강 하류의 여행객들처럼 모퉁이를 돌았을 때 갑작스럽게 나타나는 아름다움들로 현혹되지도 않았다. 예상치 않았던 일이 일어났다. 평범한 것조차 아름다웠고, 여러 가지 면에서 황홀한 것과 신비로운 것보다 나았다. 왜냐하면 일상적인 것은 상쾌하게 견고했으며, 노력을 불러일으켰고, 그러한 상황에서 노력은 노력이 아니라 즐거움이었기 때문이다.

레이철이 피아노를 치는 동안, 테렌스는 그녀 옆에 앉아 가끔씩 연필로 단어를 쓰고 있는 것이 입증하듯이, 지금 자신과 레이철이 결혼하게 될 세상을 구상하는 일에 몰두해 있었다. 그것은 확실히 달랐다. 『침묵』이라 불리는 책은 그동안 구상되었던 내용과 지금은 똑같지 않을 것이다. 그때에 그는 연필을 내려놓고 정면을 응시하며, 어떤 면에서 세상이 달랐는지를 생각할 것이다. 아마도 세상은 훨씬 견고했고 응집력이 있었고 중요했으며 보다 심오한 깊이가 있었다. 그렇지, 대지조차도 때때로 그에게는 매우 깊어 보였다. 언덕과 도시와 들판으로 분할되지 않고 거대한 덩어리들로 쌓여 있는 것처럼 보였다. 그는 한 번에 십 분 정도 창밖을 내다보곤 하였지만, 인간을 엄습하는 대지를 좋아하지 않았다. 그는 인간을 좋아하였다. 그는 레이철보다 자신이 인간을 훨씬 더 좋아하지 않나 생각했다. 자신의 음악에 흠뻑 빠져 그곳 음악의 세계에서 그녀가 그를 완전히 잊고 있었다. 그러나 그는 그녀의 그러한 성격을 좋아했다. 그는 그 성격 때문에 그녀가 보여주는 냉담함을 좋아했다. 마침내 의문부호가 곁들인 일련의 짧은 문장들을 적고 나서 그는 큰 소리로 말했다. "'여성들' —여성들이라는 제목 아래 나는 적었다—"

"'남성들보다 정말로 허영심이 강하지는 않음. 아주 심각한 결점들의 밑바탕에는 자신감이 결여되어 있음. 자신의 성을 싫어하는 것은 전통적인 것인가 아니면 사실에 근거한 것인가? 모든 여성이 가슴속에 그렇게 많은 갈퀴를 지니지는 아니함. 낙천가로서, 그들은 생각하지 않기 때문임.' 레이철, 어떻게 생각하나요?" 그는 손에 연필을 쥐고 종이를 무릎에 놓고는 잠시 멈췄다.

레이철은 아무 말도 하지 않았다. 그녀는 폐허가 된 계단을 처음에는 정력적으로 올라가다가 그다음에는 보다 애써서 힘들게 걸음을 내딛는 사람처럼, 아주 후기의 베토벤 소나타의 가파른 상승부를 계속 기어 올라갔으며, 마침내 더 이상 높이 오를 수 없게 되자 아주 밑바닥에서 다시 시작하기 위해서 갑자기 되돌아왔다.

"'또다시, 지금은 여성들이 남성들보다 훨씬 실제적이고 덜 이상적이며 또한 그들이 상당한 조직력은 지녔지만 명예를 중히 여기는 마음은 갖지 못했다고 말하는 것이 유행이다' —그런데, 남성적 용어인 명예는 무엇을 뜻하는 것인가요? —여성에 있어서 그것에 상응하는 것은 무엇이죠? 네?"

그녀의 계단을 다시 한 번 오르느라, 레이철은 자신의 성性이 지닌 비밀들을 드러낼 이번 기회를 다시금 무시하였다. 사실, 그녀는 이러한 비밀들을 고스란히 간직할 지혜의 수행에서 아주 먼 진전을 보였다. 그것들을 철학적으로 토론하는 것은 후대의 몫으로 남겨둔 것 같았다.

윈손으로 마지막 화음을 부서지듯 치고서, 그녀는 몸을 빙 돌려 그의 쪽으로 방향을 바꾸며 마침내 소리쳤다.

"그러지 마세요. 테렌스, 그러는 것은 좋지 않아요. 유럽과 아시아는 물론이고 남미에서 가장 훌륭한 음악가인 제가 여기 있어요. 그런데 저는 매초마다 방해하는 당신 때문에 방에서 연주할 수가 없어요."

"당신은 지난 삼십 분 동안 제가 노린 것이 바로 그것이라는 걸 깨닫지 못한 것 같군요." 그가 말했다. "나는 훌륭하고 꾸밈없는 곡조에는 아무런 반대도 안 해요. ─사실, 그런 곡들은 내 문학 창작에 도움이 되지요. 하지만 당신이 연주하는 음악은, 단지 빗속에서 뒷다리로 돌고 있는 불행한 늙은 개 같아요."

그는 책상에 흩어져 있는, 그들 친구들이 축하를 전하는 내용의 작은 메모지들을 뒤적거리기 시작했다.

"'─결혼을 축하합니다,'" 그가 읽었다. "맞아요, 하지만 아주 생생하지는 않아요. 그렇죠?"

"그것들은 순 엉터리예요!" 레이철이 소리질렀다. "단어들을 소리와 비교해서 생각해보세요!" 그녀가 말을 이었다. "소설과 희곡과 역사서를 생각해보세요. ─" 책상 모서리에 앉아서 그녀는 붉은색과 노란색 책들을 경멸적으로 뒤섞었다. 그녀는 스스로 모든 인간의 학식을 경멸할 수 있는 위치에 있는 것처럼 보였다. 테렌스 역시 그것들을 바라보았다.

"맙소사, 레이철, 당신은 쓰레기를 읽고 있군요!" 그가 소리쳤다. "당신은 또한 시대에 뒤져 있어요. 지금은 누구도 이런 종류를 읽을 생각은 꿈에도 안 해요─시대에 뒤진 문제극들, 이스트 엔드에서의 비참한 삶의 묘사들─오, 안 돼요, 우리는 그런 모든 것을 타파해왔어요, 시를 읽어요, 레이철, 시를요, 시, 시를!"

그는 책들 중 한 권을 집어 들고서 큰 소리로 읽기 시작했는데, 그의 의도는 작가가 쓴 영어의 짧고 날카로운 외침을 풍자하려는 것이었다. 그러나 그녀는 아무런 주의도 기울이지 않았으며 잠시 명상한 후 큰 소리로 말했다.

"테렌스, 당신은 세상이 전부 거대한 물질 덩어리들로 구성되어 있으며, 우리는 단지 빛의 파편들인 것처럼 보이는 적이 없나요? —" 그녀는 카펫 위로 그리고 벽으로 너울거리는 부드러운 햇빛의 얼룩점들을 바라보았다.—"저것처럼."

"없어요." 테렌스가 말했다. "나는 견고하게 느껴요. 아주 견고하게. 내 의자의 다리는 땅 밑에 뿌리 박혀 있을지도 몰라요. 그러나 케임브리지에서는 아침 다섯 시경에 어이없는 반혼수상태에 빠지는 때가 있었던 것을 기억할 수 있어요. 허스트는 지금도 그럴 거예요.—아, 아니에요, 허스트는 그러지 않을 거예요."

레이철이 계속하였다. "우리에게 소풍을 가자고 요청하는 당신의 짧은 편지가 왔던 날, 저는 당신이 지금 앉아 있는 그 자리에 앉아 그것을 생각하고 있었어요. 제가 그것을 또다시 생각할 수 있을까요? 세상은 변하고 있는 걸까요? 만약 변하고 있다면, 언제 세상은 변하는 것을 멈출 것이며, 진짜 세상은 어떤 것일까요?"

"내가 처음 당신을 보았을 때," 그가 말하기 시작했다. "나는 당신이 평생을 진주와 오래된 뼈들[1] 속에서 살아온 사람 같다고 생각했어요. 당신 손이 젖어 있었던 것을 기억하지요? 당신은 한마디도 않고 있다가 내가 빵을 한 조각 드리니 그때서야 말했지요. '인간들!'이라고"

---

1 『폭풍우』에서 에어리얼의 노래의 인용. 휴잇은 자신을 퍼디낸드로, 레이철을 미란다Miranda 로 대입하고 있다.

"그리고 저는 당신을 생각했어요 — 젠체하는 사람이라고." 그녀가 회상했다. "아니에요. 확실히 그렇진 않아요. 혀 모양의 먹을 것을 훔친 개미들이 있었어요. 저는 당신과 세인트 존이 그런 개미들 같다고 생각했어요. — 매우 크고 매우 못생겼고 매우 활력이 넘치며, 등에 모든 힘을 지고 있는. 그렇지만, 당신한테 좋아한다고 말했을 때 —"

"당신은 나하고 사랑에 빠졌어요." 그가 그녀의 말을 정정했다. "당신은 줄곧 나를 사랑했어요. 단지 당신이 알지 못했을 뿐이죠."

"아니에요, 저는 결코 당신과 사랑에 빠지지 않았어요." 그녀가 주장했다.

"레이철 — 거짓말 말아요 — 당신은 여기에 앉아 제 창문을 바라보고 있지 않았나요? — 당신은 대낮의 올빼미처럼 호텔 주변을 배회하지 않았어요? —"

"아니요." 그녀가 반복해서 말했다. "만약 사랑에 빠지는 것이 사람들이 말하는 것과 같은 거라면, 저는 결코 사랑에 빠지지 않았어요. 그리고 거짓말을 하는 것은 세상이지, 저는 진실을 말해요. 오, 거짓말들이야 — 거짓말들!"

그녀는 이블린 M, 페퍼 씨, 쏜버리 부인, 앨런 양 그리고 수잔 워링턴으로부터 온 한 움큼의 편지들을 함께 구겨버렸다. 이 사람들이 얼마나 서로 많이 다른가를 생각하면, 그들이 그녀의 약혼을 축하하기 위해서 글을 쓸 때 거의 똑같은 문장을 사용한다는 것이 이상하였다.

이 사람들 중 누군가 그녀가 느끼는 감정을 느꼈던 적이 있었다거나, 아니면 늘 느낄 수 있다거나, 아니면 잠시라도 그것을 느낄 수 있는 척할 권리라도 갖는 것은, 교회 예배가 그랬던 것만큼이나, 병원 간호사의 얼굴이 그랬던 것만큼이나, 그녀를 섬뜩하게 하였다. 그러나 만약 그런 느낌을 갖지 않는다면 그들은 왜 그러며 또한 왜 그러는 척하는 걸까? 이제 그에 대한 그녀의 사랑에 의해 그랬던 것처럼 하나의 불꽃으로 응축된 그녀의 젊음의 단순함과 거만함과 단단함이 테렌스를 당혹케 하였다. 결혼을 약속한 것이 그에게는 그런 영향을 미치지 않았다. 세상이 달랐지만, 그런 식으로는 아니었다. 그는 여전히 자신이 언제나 원해왔던 것을 원했으며, 특히 아마도 전에 그랬던 것보다 훨씬 더 많이 다른 사람들과의 교제를 원했다. 그는 그녀의 손에서 편지들을 가져가며 단언했다.

"물론 그들은 터무니없어요, 레이철. 물론 그들은 다른 사람들이 단지 그렇게 말을 하기 때문에 그런 말을 하지만, 아무리 그렇다고 해도, 앨런 양은 정말로 훌륭해요. 그 점을 부인할 수는 없을 거예요. 쏜버리 부인 역시 그래요. 그녀가 자녀를 너무 많이 가졌다는 점은 인정해요. 하지만 그들 중 여섯이 아주 확실하게 나무들 꼭대기로 오르는 대신에 나쁜 길로 빠진다고 해도 — 그녀는 일종의 아름다움을 지니지 않았어요? — 플러싱 씨가 말하곤 하는 것과 같은 근본적인 소박함 말이에요. 그녀는 달빛에서 속삭이는 커다란 늙은 나무, 혹은 계속해서 끊임없이 흐르는 강물 같지 않아요? 그런데, 랠프는 캐러웨이 군도[2]의 총독이지요. — 그 직책을 맡은 가장 젊은 총독이에요. 매우 훌륭하지 않아요?"

그러나 레이철은 현재 세상의 거의 대부분의 일들이 자신의 운명과 단 한 가닥의 실로라도 연결되지 않은 채로 일어나고 있다고는 생각할 수 없었다.

"저는 열한 명의 아이들을 갖지 않을 거예요." 그녀가 주장했다.

---

2   캐러웨이 군도Carroway Islands는 추적하기 힘들지만, 세인트 브랜든 군도St Brendan Islands로도 알려진 인도양의 캐러요스 군도Carayos Islands는 영국령이었다.

"저는 노부인의 눈길도 지니지 않을 거예요. 그녀는 마치 사람이 말인 양, 사람을 위아래로 이리저리 처다봐요."

"우리는 아들 하나와 딸 하나를 가져야 해요." 편지들을 내려놓으며 테렌스가 말했다. "왜냐하면, 우리의 아이들이라는 더할 나위 없는 이점은 말할 것도 없고, 그들은 아주 잘 자라게 될 겁니다." 그들은 이상적인 교육의 윤곽을 그리기 시작했다.—여성들은 너무 현실적으로 자라게 되므로, 그들의 딸은 무한의 생각들을 촉구하기 위해서 유아기부터 푸른색으로 색칠된 넓은 사각형의 마분지를 응시하도록 할 필요가 있으며, 그리고 그들의 아들은—그는 대단한 남자들을, 즉 훌륭하게 성공한 남자들을, 훈장의 장식띠들을 달고 세상이라는 나무 꼭대기까지 올라간 남자들을 비웃도록 배워야만 한다. 그는 절대로 세인트 존 허스트를 닮아서는 안 된다고 (레이철이 덧붙였다).

이에 대해 테렌스는 세인트 존 허스트에 대한 가장 큰 칭찬을 언명했다. 그의 훌륭한 자질들을 곰곰이 생각하며 그는 그것들을 진정으로 확신하였다. 세인트 존 허스트는 거짓을 겨냥하는 어뢰와 같은 정신을 지녔다고 그가 단언했다. 그러나 그와 같은 사람이 없다면 우리는 모두 어떻게 되겠는가? 쓸모없는 것들에 숨이 막히고, 기독교인들, 괴팍한 사람들이 되겠지,—어쩌면 레이철 자신도 부채를 들고서 졸음이 온 남자들에게 노래를 불러주는 노예가 될지도 모른다.

"그러나 당신은 절대로 그것을 알지 못할 겁니다!" 그가 소리질렀다. "왜냐하면 당신의 미덕에도 불구하고 당신은 기질적으로 진실의 추구를 전심으로 좋아하지도 않으며, 또한 앞으로도 절대로 그러지 않을 테니까! 레이철, 당신은 사실에 대한 존경심이 없어요. 당신은 본질적으로 여성적이오."

그녀는 애써 그 말을 부인하려고 하지도 않았으며, 테렌스가 감탄하는 장점에 반대하여 반박할 수 없는 한 가지 논증을 제시하는 것이 좋다는 생각이 들지도 않았다. 세인트 존은 그녀가 자기를 사랑한다고 말해왔다. 그녀는 절대로 그것을 용서하지 않을 것이다. 하지만 그녀의 대답은 한 남자에게 항변하기 위한 것이 아니었다.

"그러나 저는 그를 좋아해요." 그녀는 말했으며, 또한 그를 불쌍히 여긴다고 마음속으로 생각했다. 이것은 우리가 그 안에서 마음대로 돌아다니며 변화와 기적들로 가득 찬 따뜻하고 신비로운 지구 밖에 있는 불행한 사람들을 가엾게 생각하는 것과 같은 것이었다. 그녀는 세인트 존 허스트가 된다는 것은 반드시 아주 지루하리라고 생각했다.

그녀는 그럴 것 같지는 않지만, 만약 그가 바란다 할지라도 그와 키스하지 않을 것이라고 말함으로써 그에 대해서 자신이 느낀 바를 요약했다.

그녀가 그때 자신에게 했던 키스에 대해 마치 허스트에게 어떤 사죄를 해야 하는 것처럼, 테렌스가 단언했다.

"그리고 허스트와 비교하면 나는 완전히 제이니[3]요."

이때 시계가 열한 시가 아니라 열두 시를 알렸다.

"우리가 오전 시간을 낭비하고 있군요. — 나는 책을 써야 하고, 당신은 이 편지들에 답장을 써야 해요."

"이제 단지 21일이 남았어요." 레이철이 말했다. "하루 이틀이면 아버지께서 이곳에 오실 거예요."

그렇지만 그녀는 펜과 종이를 앞으로 끌어당겨 힘들여 쓰기

---

3 제이니(Zany/Zanni: Giovanni의 축소형)는 어릿광대, 익살꾼으로, 전통적으로 가면을 쓴 어릿광대이다.

시작했다.

"친애하는 이블린 ―"

반면에 테렌스는 누군가 다른 사람이 쓴 소설을 읽었는데, 이것은 그가 자신의 소설 창작에 필수적이라고 알고 있는 과정이었다. 한동안 시계가 째깍거리는 소리와 레이철이 단속적으로 펜을 휘갈기는 소리만이 들렸으며, 그녀는 자신이 비난했던 문장들과 상당히 유사점을 지닌 문구를 만들어내고 있었다. 그녀는 그점에 스스로 놀라 편지 쓰기를 멈추고 올려다보았다. 안락의자에 깊숙이 앉은 테렌스를 바라보았으며, 여러 다른 가구들과 구석에 있는 자신의 침대와 하늘을 메우고 있는 나뭇가지들을 보여주는 창유리를 바라보았고, 시계가 째깍거리는 소리를 들었고, 이 모든 것들과 그녀가 쓰고 있는 종이 사이에 놓인 심연에 깜짝 놀랐다. 언젠가 세상이 하나이며 나누어지지 않는 때가 올 것인가? 테렌스하고조차도 ― 그들은 얼마나 멀리 떨어져 있을 수 있었으며, 그가 머릿속에서 지금 무슨 생각을 하고 있는지 그녀는 거의 모르고 있지 않은가! 그때 그녀는 자신의 문장을 끝냈는데, 이 글은 서투르고 볼품없었으며, 그들은 "둘 다 매우 행복하고, 아마 가을에 결혼할 예정이고 런던에서 살기를 바라며, 우리가 런던에 돌아가면 보러 와주기를 바란다"는 내용이었다. 조금 더 숙고한 후에 "진심으로"보다는 "애정을 다하여"라는 단어를 골라 편지에 서명을 했으며, 테렌스가 자신이 읽는 책을 인용하며 말할 때 끈질기게 또 다른 편지를 쓰기 시작하고 있는 중이었다.

"레이철, 들어봐요. '아마도 흄는' (그는 주인공으로 문필가이다), '자신이 결혼할 때 남성의 요구와 욕망과 여성의 요구와 욕망을 갈라놓는 심연의 성질을, 재능과 상상력을 지닌 젊은 남성이 흔히 깨닫는 것보다 많이 깨닫지는 못했다…… 처음에 그들은 매우 행복했다. 스위스에서의 도보여행은 그들 둘 다에게 즐거운 교제와 흥분시키는 계시의 시간이었다. 베티는 이상적인 동료임이 드러났다…… 그들은 리펠혼의 눈으로 덮인 스키장을 가로지르며 서로에게 「계곡에서의 사랑」[4]을 외쳤다.' (그리고 등등, — 묘사들을 건너뛰어 읽을게요)…… '그러나 런던에서 아들이 태어난 후로 모든 것이 변했다. 베티는 존경할 만한 어머니였다. 그러나 중상류 계층의 어머니가 그 기능을 이해하는 것처럼, 그녀는 어머니 역할이 자신의 모든 에너지를 요구하지는 않는다는 것을 얼마 되지 않아 알게 되었다. 그녀는 젊고 강했으며, 긴급하게 운동을 요구하는 사지 멀쩡한 건강한 신체와 두뇌를 갖고 있었다……' (결국 그녀는 티 파티를 열기 시작했다)…… '연기가 자욱하며 책이 일렬로 정렬된 방에서 늙은 봅 머피와 서로에게 자신의 영혼을 해방시키며 유례없이 독자적인 대화를 나누고 서는, 귓가에서 쌩쌩거리는 통행 소리를 들으며 그의 마음을 가로질러 비극적으로 걸쳐 있는 안개 낀 런던 하늘을 보며 밤늦게 집에 돌아왔을 때…… 그는 자신의 서류들 가운데 여자 모자들이 흩어져 있는 것을 발견했다. 여자 목도리들과 우스꽝스러운 작은 여자 신발들과 우산들이 홀에 있었다…… 그러고는 영수증들이 도착하기 시작했다…… 그는 그녀에게 솔직하게 말하려고 했다. 그의 눈에 그녀는 반쯤 벗은 채로 그들 침대의 북극곰 가죽 위에 누워 있었다. 그들은 월튼 크레슨트에서 그린 부부와 저녁식사를 하고 있는 중이어서, 붉은 난로 불빛은 훤히 드러난 팔과 보기 좋은 굴곡을 이루는 젖가슴에서 다이아몬드들이 깜빡이며 반짝이게 비춰주었기 때문이다. 감탄할 만큼 사랑스럽고 여성스런 아름다움이었다. 그는 그녀의 모든 것을 용서했다.' (자, 상

---

4 1878년에 발표된, 조지 메러디스의 목가적 연애시 「Love in the Valley」

황은 점점 더 악화되며, 결국, 약 오십 페이지를 넘기면, 휴는 스와니지 행 주말 기차표를 구하고 '코프 위쪽의 구릉지에서 자기 자신과 싸워 어려운 결단을 내린다.'…… 여기에서 우리는 십오 페이지 정도를 건너뛰고 넘어간다. 결론은……) '그들은 달랐다. 아마도, 먼 미래에, 지금 그가 투쟁하고 실패해야 하는 것처럼 여러 세대의 남성들이 투쟁하고 실패한 후에야, 실로 여성은 지금은 그런 척 가장하고 있을 뿐인 ─ 남성의 적이며 기식자가 아니라 ─ 친구이며 동료인 그런 존재가 될 수 있을 것이다.'

"이야기의 결말은, 알겠지만, 휴가 부인한테 돌아갔지요. 불쌍한 친구. 결혼한 남자로서 그것이 그의 의무였어요. 오오, 레이철," 그가 결론지었다. "우리가 결혼해도 그럴까요?"

그의 말에 대답하는 대신 그녀가 물었다.

"왜 사람들은 그들이 느끼는 것들에 대해서 쓰지 않는 거죠?"

"아, 그것은 어려운 일이에요!" 그는 책을 내던져버리며 한숨지었다.

"그래, 그렇다면, 우리가 결혼하면 어떤 느낌이 들까요? 사람들이 느끼는 것은 어떤 것일까요?"

그녀는 불안해 보였다.

"바닥에 앉아봐요. 당신을 보게 해줘요." 그가 요구했다. 그의 무릎에 턱을 기대고서 그녀는 그를 똑바로 쳐다보았다.

그는 신기한 듯이 그녀를 살펴보았다.

"당신은 아름답지 않아요," 그가 말을 시작했다. "하지만 나는 당신 얼굴을 좋아해요. 나는 당신 머리카락이 한 지점으로 내려가는 모습도 좋고, 당신 눈도 역시 좋아요. ─ 당신 눈은 결코 어떤 것을 보고 있지 않아요. 입은 너무 크고, 뺨은 좀 더 혈색이 있으면 훨씬 좋을 겁니다. 그러나 내가 당신 얼굴에서 좋아하는 점은 도대체 당신이 무슨 생각을 하고 있는지 궁금하게 만든다는 거예요.—내가 이렇게 하고 싶게 만들어요.—" 그는 주먹을 꽉 쥐고서 아주 그녀 가까이에서 흔들어대어 그녀는 뒤로 물러났다. "왜냐하면 당신은 지금 마치 내 머리를 날려버릴 것처럼 보이거든요……" 그가 계속하였다. "우리가 함께 바위에 서 있다면 당신이 나를 바닷속으로 던져버릴 것 같은 순간들이 있어요."

그녀에게 던지는 그의 눈길의 최면에 걸려 그녀는 반복하였다. "만약 우리가 함께 바위에 서 있다면—"

바다로 던져지고, 여기저기 휩쓸리고, 세상 밑바닥으로 내몰려—이런 생각은 이치에 맞지 않게 즐거웠다. 그녀는 일어나서, 마치 정말로 자신이 물을 헤엄쳐 나가고 있는 것처럼 몸을 구부리고 의자와 책상들을 밀어젖히며 방을 돌아다니기 시작했다. 그는 즐겁게 그녀를 지켜보았다. 그녀는 스스로 길을 트며, 그들이 인생을 헤치며 나아가는 길을 방해하는 장애물들을 의기양양하게 처리하고 있는 것처럼 보였다.

"가능해 보이는군요!" 그가 소리쳤다. "비록 내가 항상 그것은 세상에서 가장 있음직하지 않은 일로 생각해왔지만.—나는 평생 당신을 사랑할 것이고, 우리의 결혼은 지금껏 일어난 일들 중에서 가장 흥분되는 일일 겁니다! 우리는 결코 한순간의 평화도 갖지 못할 거예요—" 그는 그녀가 지나갈 때 팔로 그녀를 껴안았으며, 그들은 자기들 아래로 바닷물이 넘실거리는 바위를 상상하며 서로 패권을 잡고자 싸웠다. 마침내 그녀가 바닥에 내던져지고, 그녀는 누워 숨을 헐떡이며 자비를 구했다.

"저는 인어예요! 저는 헤엄칠 수 있어요." 그녀가 외쳤다. "그러니 게임은 끝난 거예요." 그녀의 옷은 찢어졌고, 평화가 이루어졌으며, 그녀는 바늘과 실을 가져와서 찢어진 곳을 꿰매기 시작했다.

"그러니 이제," 그녀가 말했다. "진정하고 세상에 대해 얘기해줘요. 일어난 일에 대해 전부 말해줘요. 그러면 저도 말해줄게요— 가만있자, 제가 무슨 이야기를 해줄까요? — 몽고메리 양과 수상 파티에 대해 얘기해줄게요. 알다시피, 그녀는 한쪽 발은 보트에 다른 쪽 발은 해변에 두고 있었어요."

그들은 이런 식으로 상대방을 위해 자신들의 지난 삶을 길게 늘어놓고 친구들과 친척들의 성격에 살을 붙이며 이미 많은 시간을 보냈다. 따라서 이윽고 테렌스는 레이철의 고모들이 모든 경우에 어떻게 말씀하시리라는 것뿐만 아니라 그들의 침대는 어떻게 꾸며져 있고 그들이 어떤 종류의 보닛을 쓰는 것까지도 알게 되었다. 그는 헌트 부인과 레이철 사이의 대화를 계속하고, 아주 그럴듯하게, 기독교도 과학자들인 윌리엄 존슨 목사와 맥쿼이드 양을 포함하는 티 파티를 열 수도 있었다. 그러나 그가 보다 더 많은 사람들을 알고 있었고, 대부분 이상하게 어린애 같은 익살스러운 경험을 갖고 있는 레이철보다 그의 화술이 훨씬 뛰어났기 때문에, 듣고 질문하는 것은 대체로 그녀의 몫이었다.

그는 일어났던 일들뿐 아니라 자신이 생각하고 느꼈던 것도 그녀에게 말했으며, 다른 남자들이나 여자들이 생각하고 있으며 느끼고 있을 만한 것을 그녀를 위해서 흥미진진하게 묘사해주었다. 그래서 그녀는 사람들로 가득 차 있는 영국으로 돌아가기를 아주 간절히 바라게 되었다. 그곳에서 그녀는 그저 거리에 서서 그들을 바라볼 수 있을 것이다. 역시 그에 따르면, 삶을 합리적으로 만드는, 혹은 그 단어가 어리석게 들린다면 어쨌든 삶을 굉장히 흥미롭게 만드는 하나의 질서, 하나의 패턴이 있었다. 왜냐하면 때때로 왜 그와 같은 일들이 발생했는지를 이해하는 것이 가능해 보이기 때문이었다. 사람들은 그녀가 믿고 있었던 것처럼 그렇게 혼자이며 속을 터놓지 않는 것도 아니었다. 그녀는—허영심은 공통된 특성이므로—먼저 그녀 자신에게서, 그런 다음 헬렌에게서, 리들리에게서, 세인트 존에게서, 허영심을 찾아야만 한다. 그들 모두 자기 몫의 허영심을 갖고 있으며, 그녀는 자신이 만나는 사람들 열두 명 중 열 명에게서 그것을 발견할 것이다. 그리고 일단 그러한 공통의 끈으로 함께 연결되면 그녀는 그들이 각각 별개의 무서운 존재가 아니라 실제적으로 구별할 수 없는 존재라는 것을 알게 될 것이며, 그들도 그녀 자신과 같다는 것을 발견하면 그들을 사랑하게 될 것이다. 만약 그녀가 이것을 인정하지 않는다면, 그녀는 줄무늬와 갈기와 뿔과 혹을 갖고 있던 동물원의 짐승들처럼 인간이 매우 다양하다는 자신의 믿음을 지켜야만했다. 그래서 그들이 아는 친지들의 전체 목록에 대해서 실랑이를 하고 가끔씩 일화와 이론과 생각을 논의하며, 그들은 서로를 알게 되었다. 시간이 빨리 흘렀으며, 넘치도록 충만한 것 같았다. 밤의 고독 후에 그들은 언제나 다시 시작할 준비가 되었다.

앰브로우즈 부인이 한때 남성들과 여성들 간의 자유로운 대화에 존재한다고 믿었던 미덕은 비록 그녀가 명시했던 그 정도는 아니지만, 진실로 그들 둘 다를 위해 존재했다. 그들은 성의 본질에 관해서보다는 시의 본질에 관해 훨씬 더 자세히 논했지만, 아무런 경계도 갖지 않는 대화가 레이철의 이상하리만치 협소하고 밝은 견해를 심화하고 확장시킨 것은 사실이었다. 휴잇이 그녀에게 말해줄 수 있었던 것의 답례로 레이철은 그에게 극도의 호기심과 민감한 인식을 가져다주어서, 그는 많은 독서와 경험에 의해 부여된 재능이 즐거움과 고통을 통해서 갖게 된 재능과 아주 똑같은 것인지를 의심하게 되었다. 경험은 거리의 훈련받은 개의 균형과 같이 일종의 우스꽝스러운 형식적인 균형을 제외하고는, 결국 그녀에게 무엇을 주겠는가? 그는 그녀의 얼굴을 바라보며, 이십 년 후 중년이 되어 시력이 떨어지고 이마에는 젊은이는 알 수 없는 어떤 힘든 일에 직면해 있다는 것을 보여주는 듯한 자잘한 주름이 지면 그 얼굴이 어떻게 보일지 궁금했다. 그는 그들에게 힘든 일은 무엇일까 궁금해졌다. 그러자 그의 생각은 영국에서의 자신들의 삶으로 향하였다.

영국에 대한 생각은 즐거웠다. 왜냐하면 그들은 둘이 함께 오래된 것들을 새롭게 보게 될 것이다. 유월의 영국, 시골에서의 유월 밤들이 그들에게 펼쳐질 것이다. 좁은 골목길에서 나이팅게일이 노래 부르며, 방이 더워지면 그들은 그 길로 살그머니 숨어 들어갈 수 있다. 물이 반짝이며 둔감한 소들이 노니는 영국 목초지들이 있으며, 구름이 낮게 드리워져 녹색 언덕들 위로 길게 펼쳐 있었다. 그녀와 방에 앉아 있을 때, 그는 아주 자주 레이철과 함께 무엇인가를 하고 있는 삶의 한가운데로 다시금 돌아가고 싶었다.

그는 창문으로 가로질러 가서는 소리 질렀다. "아아, 골목길들, 알다시피 가시나무와 쐐기풀들이 있는 질척질척한 좁은 길들에 대해 생각하는 것은 얼마나 기분 좋은 일인가요? 그리고 진짜 풀밭들과, 돼지와 소들이 있는 농가의 마당과, 갈퀴를 실은 달구지들 옆에서 걷는 남자들 ─ 여기에는 그것과 비교할 만한 것이 아무것도 없어요. ─ 돌이 많은 불그스름한 땅과 빛나는 푸른 바다와 반짝이는 하얀 집들을 보아요. ─ 정말로 참을 수 없지 않아요! 그리고 하늘에는 얼룩이나 주름 하나 없어요. 나는 바다 안개를 위해서라면 무엇이든 주겠어요."

레이철 역시 영국의 시골을 생각하고 있었다. 평평한 뭍이 바다까지 뻗어 있고, 숲들과 길게 쭉 뻗은 도로에서 사람들을 마주치는 일이 없이 몇 킬로미터이고 산책할 수 있으며, 거대한 교회 탑들과 이상한 집들이 계곡에 밀집되어 있고, 새들이 날며, 땅거미가 내리며, 창문을 때리며 비가 내린다.

"그러나 런던, 런던이 있어야 할 곳이죠." 테렌스가 계속해서 말했다. 마치 런던이 안개를 찌르며 솟아 있는 뾰족탑들과 산봉우리들과 더불어 그곳 마룻바닥에서 보이기라도 하는 것처럼 그들은 함께 카펫을 쳐다보았다.

"대체적으로, 이 순간 내가 가장 좋아하는," 테렌스는 깊이 생각하며 말했다. "당신도 알다시피, 대형 플래카드들이 있는 킹스웨이 가를 걸어 내려가서 스트랜드 가로 들어가는 겁니다. 아마도 잠시 워털루 다리에 가서 둘러보겠지요. 그런 다음 신간 서적들이 있는 서점들을 따라 스트랜드 가를 걷고서 작은 아치 길을 따라 템플로 들어갑니다.[5] 나는 언제나 소란함 다음에 오는 고요함을 좋아합니다. 당신은 자신의 발자국 소리가 갑자기 크게 들릴 겁니다. 템플은 아주 유쾌한 곳이에요. 나는 늙은 호지킨을 볼 수 있으면 가서 만나야 한다고 생각합니다. 알다시피 반 에이크[6]에 관한 책들을 쓴 사람이지요. 내가 영국을 떠날 때 그는 자신이 길들인 까치 때문에 아주 슬퍼했습니다. 그는 누군가 그것을 독살하지 않았나 의심했어요. 그리고 러셀은 옆 계단에 살고 있어요. 당신은 그를 좋아할 겁니다. 그는 헨델을 아주 좋아해요. 그런데, 레이철," 그는 런던의 모습을 떨쳐버리고 결론지어 말했다. "우리는 여섯 주만 있으면 그것을 함께하게 될 거예요. 그때는

---

5 휴잇의 회상은 이 작품이 시작한 웨스트민스터와 런던 시내로 돌아간다. 템플은 12세기 템플 기사단원의 교회를 에워싸는 일군의 건물들로, 프리트 가와 임뱅크먼트 사이의 인접 지역에 붙여진 이름이다.

6 얀 반 에이크Jan Van Eyck, 플랜더즈 지방의 화가로서 1422년에서 1441년 사이에 그림을 그렸으며, 예술사가들이 작품 몇 점을 형 허버트Hubert의 것으로 처음 추정하였던 1824년 이래로 학자들의 논쟁의 대상이 되어왔다.

유월 중순이겠지요 ─ 런던의 유월이라 ─ 아! 모든 것이 얼마나 즐거운가요!"

"우리는 확실히 그렇게 할 수 있어요." 그녀가 말했다. "우리가 많은 것을 기대하고 있는 것은 아니에요 ─ 단지 주변을 걷고 사물들을 보는 것이잖아요."

"거의 갖기 어려운 완벽한 자유지요." 그가 대답했다. "당신은 런던에 있는 얼마나 많은 사람들이 그렇게 지낸다고 생각하세요?"

"그런데 지금 당신이 이것을 망치고 있어요." 그녀가 불평했다. "이제 우리는 끔찍한 일들을 생각해야 해요." 어떤 중세 수도승이 해골이나 혹은 육체의 나약함을 상기시켜주는 십자가를 지니고 있듯이, 그녀는 한때 자신에게 한 시간 동안의 불편함을 주어서 결코 다시는 펼쳐보지 않겠다며 책상에 놓고서 어쩌다 바라보던 소설책을 마지못해 쳐다보았다.

"사실인가요? 테렌스," 그녀가 물었다. "여자들이 죽으면 얼굴로 벌레들이 스멀스멀 기어 다닌다는 것이?"

"그럴 수 있다고 생각합니다." 그가 말했다. "하지만 레이철, 우리는 자기 자신 외에는 거의 어떤 것도 생각하지 않기 때문에 어쩌다 일어나는 회한은 정말로 오히려 유쾌하다는 것을 인정해야 합니다."

감상벽이나 꼭 마찬가지로 못된 그의 짐짓 냉소적인 태도를 비난하며, 그녀는 그의 옆자리를 떠나서 창턱 위에 무릎을 굽히고는 손가락으로 커튼 장식 술을 비비 꼬았다. 막연한 불만감이 그녀를 채웠다.

"이 나라에서 너무 싫은 것은," 그녀가 소리쳤다. "푸른색 ─ 항상 푸른 하늘과 푸른 바다예요. 그것은 커튼 같아요. ─ 우리가 원하는 모든 것들은 그 반대쪽에 있어요. 저는 그 이면에서 무슨 일이 일어나고 있는지 알고 싶어요. 저는 이런 구분들이 싫어요. 그렇지 않아요, 테렌스? 한 사람은 다른 사람에 관해 전혀 알지 못해요. 그런데, 저는 댈러웨이 부부를 좋아했어요." 그녀가 말을 계속했다. "그리고 그들은 가버렸어요. 저는 그들을 결코 다시는 볼 수 없을 거예요. 단지 항해에 나섬으로써 우리는 나머지 세상으로부터 스스로 완전히 단절되지요. 저는 그곳 영국을 보고 싶어요.—거기 런던을—모든 종류의 사람들을—그러면 왜 안되죠? 왜 사람은 완전히 홀로 방에 갇혀 있어야 하나요?" 그녀가 반쯤은 자기 자신에게 점점 모호하게 이런 식으로 말을 하고 있는 동안, 방금 만에 들어온 배가 그녀의 눈길을 붙잡고 있었기 때문에, 그녀는 테렌스가 자신의 정면을 만족스럽게 응시하는 것을 멈추고 날카롭고 불만스럽게 그녀를 바라보고 있는 것을 보지 못했다. 그녀는 그와 떨어져서 자신이 그를 전혀 필요로 하지 않는 미지의 곳으로 가버릴 수 있는 것처럼 보였다. 그 생각이 그의 질투심을 불러 일으켰다.

"나는 가끔 당신이 나를 사랑하지 않으며 앞으로도 절대로 사랑하지 않을 거라는 생각이 들어요." 그가 힘주어 말했다. 그녀는 흠칫 놀라며 그의 말에 몸을 돌렸다.

"나는 당신이 나를 만족시키는 식으로 당신을 만족시키지 못해요." 그가 말을 계속했다. "당신에게는 내가 이해할 수 없는 무언가가 있어요. 당신은 내가 당신을 원하는 것과 똑같이 나를 원하지 않아요. 당신은 항상 그 밖의 다른 무엇인가를 원하고 있어요."

그는 방을 왔다 갔다 하기 시작했다.

"아마도 내가 너무 많이 요구하는 것 같군요." 그가 계속해서 말했다. "아마도 내가 원하는 것을 갖는 것은 정말로 불가능하겠지요. 남자와 여자들은 너무나 다릅니다. 당신은 이해할 수 없어요. —당신은 이해하지 못해요. —"

그는 그녀가 말없이 서서 그를 바라보고 있는 곳으로 왔다.

그녀는 지금에야 그가 말하고 있는 것이 전적으로 진실처럼 보였다. 그녀는 자신이 한 인간의 사랑 이상의 훨씬 많은 것들을—바다, 하늘을—원한다는 생각이 들었다. 그녀는 다시금 고개를 돌려서 저 멀리 남빛을 바라보았는데, 그곳은 하늘과 바다가 만난 곳으로 매우 평온하고 고요했다. 그녀는 아마도 단지 한 인간만을 원할 수는 없었다.

"아니면 그것은 단지 이 끔찍한 약혼 때문인가요?" 그가 계속했다. "돌아가기 전에, 여기에서 결혼합시다. —아니면 이것은 너무 큰 모험인가요? 우리는 확실히 서로 결혼하기를 원하나요?"

그들은 방 안을 서성거리기 시작했다. 그들은 걸으며 매우 가까이 지나쳤지만, 서로 닿지 않으려고 조심했다. 그들의 절망적인 처지가 그들 둘 다를 압도했다. 그들은 무력했다. 그들은 결코 이런 모든 장벽들을 이겨낼 만큼 충분히 서로를 사랑할 수 없었으며, 훨씬 덜 사랑하는 것으로는 절대로 만족할 수가 없었다. 견딜 수 없이 예리하게 이것을 깨달으며 그녀는 그의 앞에 멈춰서 소리쳤다.

"그만 헤어져요, 그렇다면."

그 말은 어떠한 많은 논쟁보다도 그들을 더욱 결합시켰다. 마치 그들은 절벽의 끝에 선 것처럼 함께 꼭 달라붙었다. 그들은 자기들이 떨어질 수 없다는 것을 알았다. 고통스럽고 끔찍할지는 모르지만, 그들은 영원히 결합되었다. 그들은 침묵하였으며, 잠시 후 조용히 함께 발걸음을 옮겼다. 그저 매우 가까이에 있는 것만도 그들을 달래주었으며, 나란히 앉아 있음으로써 경계가 사라졌고, 마치 세상은 다시 한 번 견고하고 완전해 보였으며, 또한 어떤 이상한 방식으로 그들은 더욱 커지고 강해진 것 같았다.

그들이 움직이기까지 한참 걸렸으며, 그들은 아주 마지못해 움직였다. 그들은 함께 거울 앞에 서서, 오전 내내 아무런 감정도, 고통도 행복도, 느끼지 않은 것처럼 보이기 위해서 빗질을 하였다. 그러나 거울 속에 자신들의 모습을 바라보는 것은 그들을 오싹 소름이 끼치게 하였다. 왜냐하면 그들은 거대하고 나누어질 수 없는 존재가 아니라 정말로 매우 작은 별개의 존재로 보였으며, 거울의 크기는 다른 것들을 비출 수 있는 넓은 공간을 남겨놓고 있었다.

제23장

그러나 어떤 솔질로도 행복의 표현은 완전히 지울 수가 없어서, 앰브로우즈 부인은 그들이 아래층으로 내려왔을 때 그들이 별로 특별한 일 없이 아침나절을 보낸 것처럼 대할 수가 없었다. 사정이 이러해서, 그녀는 그들이 자신들의 강렬한 감정 때문에 갑자기 삶에 대한 적의를 갖게 되어서 당분간 인생사에서 멀어졌다고 뭇 세상 사람들과 같은 생각을 하게 되었고, 더 이상 그들을 염두에 두지 않았다.

그녀는 실질적인 문제에 있어서 자신이 해야 할 일은 모두 했다고 생각했다. 그녀는 굉장히 많은 편지들을 썼으며, 윌로우비의 동의를 얻어냈다. 그녀는 휴잇 씨의 장래 가능성과 직업, 출생, 외모 그리고 성질에 대해 아주 자주 곰곰이 생각해서, 그녀는 그가 정말로 어떤 사람인지를 거의 잊어버릴 정도였다. 그를 바라봄으로써 기분이 상쾌해졌을 때, 그녀는 그가 어떤 사람인지 다시금 궁금해하곤 하였으며, 어쨌든 그들이 행복하다고 결론 내리고는 더 이상 그것에 대해 생각하지 않았다.

그녀는 삼 년이 지나면 무슨 일이 생길까를, 혹은 만약 레이철이 자기 아버지의 보호 아래 세상을 탐험하도록 남겨졌다면 어떤 일이 발생했을지를 생각하는 것이 더욱 유익할 것이다. 결과는 더 좋았을지도 모른다는 것을 인정할 만큼 충분히 그녀는 정직했다. 누가 알겠는가? 그녀는 테렌스가 결점이 있다는 것을 스스로 숨기지 않았다. 그가 그녀를 아마도 약간 딱딱하다고—아니, 오히려 완고하다고 생각하고 싶어 하는 것처럼, 그녀는 그가 너무 안일하고 관대하다고 생각하는 경향이 있었다. 그녀는 어떤 면들에 있어서는 세인트 존이 차라리 낫다는 것을 알았다. 그러나 물론 세인트 존은 레이철에게 결코 적합하지 않을 것이다. 세인트 존과 헬렌 간에는 우정이 수립되었는데, 비록 그녀가 솔직한 기질에 맞게 짜증과 관심 사이에서 오락가락하였지만, 대체로 그와 함께 있는 것을 좋아하였기 때문이었다. 그는 그녀를 이 좁은 사랑과 감정의 세계 밖으로 안내했다. 그는 사실들을 간파했다. 예를 들어, 영국이 모로코 해안의 어떤 미지의 항구로 갑작스럽게 이동한다면 세인트 존은 그 이면에 무엇이 있는지를 알았으며, 그가 재정이나 힘의 균형에 관해 자기 남편과 논쟁을 벌이는 것을 듣는 것은 그녀에게 이상한 안정감을 주었다. 그녀가 단단한 벽돌담이나, 혹은 비록 그것들이 우리 도시들의 대부분을 구성하고 있지만 매일매일 해를 거듭하여 미지의 손들에 의해 지어지고 있는 거대한 도시 건물들 중의 하나를 존중하는 것만큼이나 많이, 그녀는 그들이 논쟁하는 것을 항상 주의 깊게 듣지는 않았지만 그들의 논쟁을 존중하였다. 그녀는 앉아서 듣는 것을 좋아했으며, 그 약혼한 커플이 전혀 관심이 없음을 보인 다음 방에서 살짝 빠져나가 정원에서 꽃잎을 뜯어내고 있는 것을 볼 때 다소 의기양양한 기분이 들기도 했다. 그녀가 그들을 질투하는 것은 아니었지만, 그들 앞에 놓인 거대한 미지의 미래를 분명히 부러워하였다. 이러한 한 가지 생각에서 또 다른 생각으로 빠져들며, 그녀는 지금 양 손에 과일을 들고서 거실에서 주방으로 배회하고 있었다. 때때로 그녀는 열기로 굽어지는 초를 바로 세우기 위해 멈추거나, 너무 정밀하게 배열되어 있는 의자들을 흐트러뜨렸다. 그녀는 자기들이 없는 동안 체일리가 사다리 꼭대기에 서서 젖은 걸레로 구석구석 제대로 청소를 해서 방이 몰라볼 정도로 사뭇 달라졌다고 생각했다. 그녀는 세 번째로 주방에서 돌아오며, 안락의자 중의 하나를 세인트 존이 차지하고 있는 것을 알아차렸다. 그는 언제나 그러하듯이 깔끔한 회색 양복을 이상하게 목 위까지 단추를 채운 모습으로 반쯤 눈을 감고 안락의자에 기대앉아, 어느 순간 계속해서 자신을 엄습할지도 모를 풍성한 이국의 열기를 방어하고 있었다. 그녀의 눈길은 온화하게 그에게 머문 다음 그의 머리 위로 지나갔다. 마침내 그녀는 맞은편에 있는 의자를 잡았다.

"저는 이곳에 오고 싶지 않았어요." 결국 그가 말했다. "하지만 저는 확실히 이럴 수밖에 없었어요…… 이블린 M이," 그가 신음하듯 말했다.

그는 바로 앉아서 짐짓 장엄하게, 몹시도 싫은 그 여자가 자신과 결혼하는 것에 얼마나 열중해 있는지를 설명하기 시작했다.

"그녀는 여기저기 저를 뒤쫓아요. 오늘 아침에는 흡연실에 나타났어요. 제가 할 수 있는 일이라고는 모자를 들고서 도망치는 겁니다. 저는 오고 싶지 않았지만, 그곳에 머물며 그녀와 대면하고 또 한 끼 식사를 함께할 수는 없어요."

"그래요, 우리는 주어진 상황을 최대한 이용해야 해요." 헬렌이 달관하여 대답했다. 매우 더웠으며, 그들은 깊은 침묵에도 무관심하여 어떤 일인가 일어나기를 기다리며 의자 등받이에 기대고 앉아 있었다. 점심을 알리는 벨이 울렸지만, 집에서는 어떤 움직임의 소리도 들리지 않았다. 새로운 소식은 없는가? 헬렌은 신문에 뭔가 실렸는지 물어보았다. 세인트 존은 고개를 끄덕였다. 아, 그래, 그는 집에서 편지를 받았다. 어머니로부터 온 편지인데, 하녀의 자살 소식을 전했다. 수잔 제인이라는 이름의 그녀는 어느 날 오후 부엌에 와서 요리사에게 자기 돈을 맡아주기를 부탁했다. 그녀는 금화로 20파운드를 갖고 있었다. 그러고 나서 그녀는 자기 모자를 사러 나갔다. 그녀는 5시 30분에 들어와서는 자신이 독약을 먹었다고 말했다. 그들은 그녀가 죽기 전에 겨우 그녀를 침대에 누이고 의사를 부를 시간밖에 없었다.

"저런, 그래서요?" 헬렌이 물었다.

"검시가 있어야만 할 거예요." 세인트 존이 말했다.

그녀는 왜 그랬을까? 그는 자신의 어깨를 으쓱하였다. 왜 사람들은 자살을 하는 걸까? 하류사회의 사람들은 그들이 하는 일들 중 어떤 일을 왜 하는 것일까? 아무도 모른다. 그들은 침묵 속에 앉아 있었다.

"벨이 15분이나 울렸는데도 그들은 내려오지 않는군요." 헬렌이 마침내 말했다.

그들이 나타났을 때, 세인트 존은 왜 자신이 점심식사에 와야 했는지를 설명했다. 그는 흡연실에서 자신을 마주 대할 때 이블린의 열광적인 어조를 흉내 냈다. "그녀는 수학처럼 그렇게 전율을 일으키는 것은 아무것도 없다고 생각해요. 그래서 저는 두 권짜리로 된 거대한 책을 그녀에게 빌려줬어요. 그녀가 그것을 어떻게 생각하는지를 보는 것은 흥미로울 겁니다."

레이철은 이제 그를 비웃어줄 수 있는 여유가 생겼다. 그녀는 그에게 기본을 상기시켰다. 그녀는 아직도 어딘가에 기본의 역사서 제1권을 갖고 있었다. 만약 그가 이블린의 교육을 수행하고 있는 중이라면, 확실히 기본이 대상일 것이다. 아니면 미국 혁명에 관하여, 그녀는 버크에 대해 들어본 적이 있을 것이다. ─ 이블린은 동시에 그들 둘 다를 읽어야만 할 것이다. 세인트 존이 그녀의 질문에 답하고서 배를 채우고 났을 때, 그는 계속해서 그들의 부재중에 일어났던 가장 끔찍한 종류의 어떤 스캔들로 호텔이 법석이고 있다고 말했다. 그는 사실상 그 나름의 많은 조사를 했다.

"예를 들어, 이블린 M은 ─ 그러나 이것은 저에게 비밀로 말한 겁니다."

"그만둬." 테렌스가 끼어들었다.

"자네도 역시 불쌍한 싱클레어에 관해서 들었나?"

"아, 그래, 나도 싱클레어에 대해 들었네. 그가 리볼버 권총을 갖고서 자기 방에 칩거한다지. 그가 자신은 자살을 생각하고 있다고 매일 이블린에게 편지를 쓰네. 나는 이블린에게 그가 자기 생애에서 가장 행복한 때를 보내고 있다고 안심시켰으며, 대체로 그녀도 내 생각에 동의하고 싶어 했네."

"그러나 그녀는 페롯과도 얽혀 있지." 세인트 존이 계속하였다. "그리고 내가 복도에서 목격한 바에 따라, 나는 모든 일이 아서와 수잔 사이에서 일어나고 있는 그런 것은 아니라고 생각하네. 최근에 맨체스터에서 온 젊은 여성이 있어. 내 생각에는 그들 관계가 깨지는 것이 아주 좋은 일이지. 그들의 결혼 생활은 너무 끔찍해서 생각할 수도 없는 일이네. 아, 그리고 늙은 페일리 부인이 내가 그녀 침실 문 앞을 지날 때 가장 끔찍한 욕설을 내뱉는 것을 분명히 들었어. 그녀는 은밀하게 자기 하녀를 고문한다고 생각되네. ─ 그녀가 그런다는 것은 거의 확실해. 그녀 눈의 표정만으로도 그렇게 말할 수 있어."

"자네가 팔십 세가 되어 통풍으로 괴로우면, 자네도 호되게 욕설을 퍼붓고 있을 거네." 테렌스가 말했다. "자네는 매우 뚱뚱하고 아주 퉁명스럽고 무척 까다로울 거야. 그를 상상할 수 있지요? — 이마가 훌렁 벗어지고, 스트라이프 바지를 입고, 약간 얼룩무늬 넥타이를 매고, 올챙이배를 한—"

잠시 후 허스트는 가장 최악의 파렴치한 행위를 들어야 한다고 말했다. 그는 헬렌에게 전했다.

"그들은 창녀를 쫓아냈어요. 어느 날 밤 우리가 호텔에 없을 때 그 늙은 멍텅구리 쏜버리 씨가 매우 늦은 시간에 복도에서 비틀거리며 걷고 있었어요. (아무도 그에게 무엇을 하고 있었는지 물어본 것 같지는 않아요.) 그는 자칭 로라 맨도자 부인이 잠옷 차림으로 복도를 가로지르는 것을 보았어요. 그는 다음 날 아침 엘리엇 씨와 자신이 의심하는 점을 애기했고, 그 결과 호텔 사장의 동생인 로드리게즈는 그 여자에게 가서 스물 네 시간 안에 그곳을 떠나라고 했지요. 아무도 그 이야기의 진실을 조사하거나 아니면 쏜버리 씨와 엘리엇 씨에게 그들이 한 일이 무슨 일이었는지를 물어본 것 같지 않아요. 그들은 완전히 자기들 방식대로 그 일을 처리했어요. 저는 우리가 모두 사발통문 식 청원서에 사인을 해서, 단체로 로드리게즈에게 가서, 철저한 조사를 주장해야 한다고 제안합니다. 무슨 조치가 행해져야만 합니다, 동의하지 않으세요?"

휴잇은 그 여자의 직업에는 의심이 있을 수 없다고 말했다.

"하지만," 그가 덧붙였다. "그것은 커다란 수치예요, 불쌍한 여자. 단지 저는 어떻게 해야 할지를 모르겠어요. —"

"나는 당신 의견에 전적으로 동의해요, 세인트 존." 헬렌이 갑자기 말하기 시작했다. "그것은 끔찍한 일이에요. 영국인의 위선적인 점잔 빼는 태도가 내 피를 끓어오르게 만들어요. 쏜버리 씨가 한 것처럼 장사로 재산을 모은 사람이 창녀보다 갑절이나 나쁘지 않을 수 없어요."

그녀는 세인트 존의 도덕성을 존경했으며, 그 밖의 그 누구보다도 훨씬 더 진지하게 그의 도덕성을 받아들였다. 그래서 이번에는 무엇이 옳은지에 대한 그들의 특별한 견해를 실행하기 위해서 취해져야만 하는 조치에 관해 그와 토론하기 시작했다. 논쟁은 아주 우울하고 일반적인 얘기들로 이어졌다. 그들은 누구인가, 결국—그들은 어떤 권위를 가졌는가—대부분의 미신과 무지에 맞서는 힘이 무엇인가? 물론 그것은 영국인이었다. 영국인의 핏속에는 잘못된 무언가가 있음에 틀림없다. 당신은 중산층의 영국 사람을 만나자마자 뭐라 정의내릴 수 없는 혐오감을 의식한다. 도버[1] 위로 집들이 모여 있는 갈색의 초승달 모양의 광장을 보자마자 똑같은 기분에 휩싸인다. 그러나 불행하게도 세인트 존은 이 외국인들을 믿을 수 없다고 덧붙였다.—

그들은 테이블 멀리 끝에서 들리는 논쟁에 방해받았다. 레이철은 외숙모에게 호소했다.

"테렌스는 쏜버리 부인이 매우 친절하니까 그분과 차를 마셔야 한다고 말하는데, 저는 그런지 모르겠어요. 사실 저는 오히려 내 오른손을 톱으로 잘라 조각내는 편이 나을 정도로 싫어요.— 상상해보세요! 여자들의 시선을!"

"레이철, 말도 안 돼," 테렌스가 대답했다. "누가 당신을 쳐다보길 원해요? 당신은 허영으로 불타고 있어요! 당신은 자만심의 괴물이에요! 헬렌, 당신은 지금쯤이면 그녀가 전혀 아무도 중요하

---

1 영국 남동부의 항구 도시.

게 봐주지 않는 사람이라는 것을 분명하게 가르쳐 주었어야 해요. 아름답지도 않고, 아니면 옷을 잘 입는 것도 아니고, 우아함이나 지성미나 품행에서도 눈에 확 띄지 않아요. 당신 드레스의 갈라진 틈새를 제외하면," 그가 결론지었다. "나는 당신보다 평범한 사람을 여태껏 본 적이 없어요. 하지만, 원하면 집에 있어요. 나는 갑니다."

그녀는 다시금 자기 외숙모에게 호소했다. 문제는 사람들의 시선이 아니라 안 하고는 못 견디는 수다 때문이라고 그녀는 설명했다. 특히 여자들이 그랬다. 그녀는 여자들을 좋아했지만, 감정에 관한한 그들은 설탕 덩어리 위에 앉은 파리들 같았다. 그들은 반드시 그녀에게 질문을 던질 것이다. 이블린 M은 말할 것이다. "당신은 사랑하나요? 사랑하는 것은 멋진 일인가요?" 그리고 쏜버리 부인은—그녀의 눈은 위아래로 이리저리 움직일 것이다—그녀는 이것을 생각만 하여도 몸서리났다. 사실상, 약혼 이래로 그들의 은둔한 삶이 그녀를 매우 민감하게 만들었으며, 그녀가 자신의 상황을 과장하고 있는 것은 아니었다.

그녀는 헬렌을 자기편으로 생각했으며, 그녀가 테이블 중앙에 놓인 다채로운 과일의 피라미드를 만족스럽게 바라볼 때, 헬렌은 계속해서 인류에 대한 자신의 견해를 설명하고 있었다. 그것은 그들이 잔인하다거나, 아니면 해를 끼치고자 한다거나, 혹은 정확히 어리석다는 것이 아니었다. 그러나 사람들은 자기 자신의 삶에서는 감정을 거의 갖고 있지 않기 때문에 블러드하운드가 콧구멍으로 피의 냄새를 맡는 것처럼 다른 사람들의 삶에서 나는 감정의 냄새를 맡는다는 사실을, 그녀는 언제나 알고 있었다. 신이 나서, 헬렌은 계속하여 말했다.

"곧장 무슨 일이나 일어나는 법이지—그것은 아마도 결혼이나 탄생이나 죽음일 것이며, 대체로 그들은 죽음이 일어나기를 더 좋아해—모든 사람이 너를 보기 원하지. 그들은 너를 보겠다고 고집을 부려. 그들은 할 말은 아무것도 없어. 그들은 조금도 너를 염려하지 않아. 그러나 너는 같이 점심을 먹거나 차를 마시거나 저녁을 먹어야 해. 만약 그러지 않으면, 너는 욕을 먹을 거야. 그것이 피의 냄새야." 그녀가 계속해서 말했다. "나는 그들을 비난하지 않아. 단지 내가 그것을 아는 한 그들은 내 피를 맛볼 수는 없을 거야!"

그녀는 마치 자신이 모두가 적대적이고 마음에 들지 않는 한 군단의 사람들을 소집해놓은 것처럼 주변을 둘러보았는데, 그들은 피를 갈망하여 입을 벌리고서 테이블을 둘러싸고 있었으며, 테이블을 마치 적국 한가운데 있는 중립국의 작은 섬처럼 보이게 하였다.

그녀의 말은 남편의 감정을 상하게 하였는데, 그는 읽고 있는 발라드 속 아가씨의 운명에 따라 때로는 우울한 또 어떤 때는 사나운 눈으로 그의 손님들과 음식과 부인을 살피며 운율에 맞춰 중얼거리고 있었다. 그는 항변하며 헬렌을 갑자기 가로막았다. 그는 여성들에게 나타나는 냉소 비슷한 것조차도 싫어했다. "허튼소리 같으니라고, 말도 안 되는 소리," 그가 퉁명스럽게 말했다.

테렌스와 레이첼은 테이블을 가로질러 서로를 응시하였는데, 이것은 그들이 결혼했을 때 자기들은 그런 식으로 행동하지 않겠다는 의미였다. 리들리가 대화에 끼어들어 이상한 영향을 미쳤다. 대화는 즉시 훨씬 형식적이고 정중해졌다. 그들 머릿속에 떠오르는 무언가를 아주 쉽게 말하고 매춘부라는 단어를 다른 단어처럼 간단히 말하는 것은 불가능할 일이었을 것이다. 이제 얘기는 문학과 정치로 바뀌었으며, 리들리는 자신이 젊은 시절에 알았던 유명한 사람들에 관한 이야기를 하였다. 그러한 얘기는 예술의 본성에 관한 것이었으며, 젊음의 개성과 격식을 차리지 않는 행위를 억눌렀다. 그들이 가려고 일어났을 때, 헬렌은 테이블에 팔꿈치를 기대고는 잠시 멈췄다.

"당신들은 모두 여기 앉아 있었어요." 그녀가 말했다. "거의 한 시간 동안이나. 그런데 당신들은 내 무화과나 내 꽃들, 혹은 빛이 스며들어 오는 방식이나 그 어떤 것도 주목하지 않았어요. 나는 계속 당신들을 쳐다보고 있었기 때문에 듣고 있지는 않았어요. 당신들은 매우 아름다워 보였어요. 나는 당신들이 영원히 계속해서 앉아 있었으면 해요."

그녀는 그들을 거실로 안내해서 그곳에서 자수품을 집어 들고는 테렌스가 이 열기 속에 호텔로 걸어 내려가지 말도록 다시금 단념시키기 시작했다. 그러나 그녀가 가지 말라고 설득하면 할수록, 그는 더욱더 가기로 마음을 굳혔다. 그는 짜증이 나고 완강해졌다. 그들이 서로를 거의 싫어하는 순간들이 있었다. 그는 다른 사람들을 원했으며, 레이철이 자신과 함께 다른 사람들을 만나기를 원했다. 그는 앰브로우즈 부인이 지금 레이철이 가는 것을 단념시키려고 하지 않나 의심했다. 그는 이 모든 공간과 그늘과 아름다움과, 또한 잡지를 쥔 손목을 축 늘어뜨린 채로 안락의자에 기대어 있는 허스트에게 화가 났다.

"저는 가겠어요." 그가 반복했다. "레이철은 만약 원치 않으면 갈 필요 없어요."

"만약 가려면, 휴잇, 매춘부에 관해 물어봐주기를 바라네." 허스트가 말했다. "자," 그가 덧붙였다. "나도 반쯤은 자네와 함께 걷겠네."

놀랍게도 그는 몸을 일으켜서 자신의 시계를 보고는 이제 점심 먹은 지 삼십 분이 지났으므로 위액이 분비될 시간이 충분히 있었다고 말했다. 그는 보다 긴 휴식의 간격 사이에 짧은 운동주기를 포함하는 시스템을 시도하고 있는 중이라고 설명했다.

"네 시에는 돌아올 겁니다." 그는 헬렌에게 말했다. "그때는 소파에 누워서 제 모든 근육을 완전히 쉬게 할 겁니다."

"그래 너도 가니, 레이철?" 헬렌이 물었다. "너는 나와 함께 있지 않을 거야?"

그녀는 미소 지었지만, 아마 슬펐는지도 모른다.

그녀는 슬펐을까, 아니면 정말로 웃고 있었을까? 레이철은 알 수 없었으며, 우선은 헬렌과 테렌스 사이에서 매우 불편함을 느꼈다. 그래서 그녀는 다만 모든 말은 그가 한다는 조건으로 테렌스와 함께 가겠다고 말하며 떠났다.

길을 따라 가장자리로 좁은 그늘이 져 있었는데, 이것은 두 명에게는 충분했지만 세 명이 걷기에는 충분치 못했다. 따라서 세인트 존은 이 한 쌍의 남녀 뒤로 약간 쳐졌으며, 그들 사이의 거리는 점차로 벌어졌다. 소화를 목적으로 걸으며 또한 한 눈으로는 시계를 보면서, 그는 이따금 자기 앞에 있는 남녀를 바라보았다. 그들은 다른 사람들이 걷는 것처럼 나란히 서서 걷고 있긴 하였지만, 매우 행복하고 아주 친밀해 보였다. 그들은 가끔씩 서로에게 약간 몸을 기울이고는 그가 생각하기에 매우 사적인 것임에 틀림없는 무언가를 말했다. 그들은 사실상 헬렌의 성격에 대해 논하고 있는 중이었으며, 테렌스는 왜 그녀가 때때로 그를 그렇게 많이 화나게 하는지를 설명하려고 하는 중이었다. 그러나 세인트 존은 그들이 자신이 듣기를 원치 않는 무슨 말인가를 하고 있다고 생각하며, 자신이 고독하다는 생각에 이르렀다. 이 사람들은 행복했다. 그래서 그는 어떤 면에 있어서는 그들이 그렇게 단순하게 행복해지는 것에 대해 그들을 경멸하였고, 다른 면에 있어서는 그들을 질투하였다. 자신은 그들보다 훨씬 더 훌륭했지만, 행복하지 않았다. 사람들은 결코 그를 좋아하지 않았다. 그는 때로 헬렌조차도 그를 좋아하는지 어떤지 의심했다. 그를 사로잡고서 거울 속에서 끊임없이 자신의 얼굴과 단어들을 스스로에게 보여준 끔찍한 자의식 없이, 단순해지는 것, 자신이 느꼈던 것을 간단히 말할 수 있는 것, 이 능력은 다른 어떤 재능만큼 가치가 있을 것이다. 왜냐하면 그것은 사람을 행복하게 만들기 때문이었다. 행복, 행복, 행복이란 무엇이었나? 그는 결코 행복하지 않았다. 그는 인생의 작은 악행들과 속임수들과 결함들을 너무도 분명히 보았으며, 그것들을 바라보며 그것들을 주목하는 것이 그에게는 정직한 것처럼 보였다. 의심할 바 없이, 그것이 바로 사람들이 일반적으로 그를 싫어하고 그가 매정하고 모질다고 불평하는 이유였다. 확실히 사람들은 그가 멋있고 친절하며 자기들은 그를 좋아한다는 식의 듣기 좋은 말을 결코 해주지 않았다. 그러나 사실상 그가 그들에 대해서 한 신랄한 말들 중 절반은 자신이 불행하고 고통스러워서 한 말이었다. 그러나 그는 자신이 누구에게도 그들을 좋아한다고 말한 적이 거의 없으며, 자신이 노골적으로 감정을 드러냈을 때 일반적으로 나중에는 그것을 후회했다는 것을 인정했다. 테렌스와 레이철에 대한 그의 감정은 아주 복잡해서 그는 그들이 결혼하게 되어서 기쁘다고 말할 마음이 아직까지는 결코 생길 수 없었다. 그는 그들의 결점을 아주 명확하게 보았고, 또한 서로에 대한 그들 감정의 많은 부분의 조악한 본성을 알고 있었으며, 그들의 사랑이 지속되지 않을 거라고 예상했었다. 그는 그들을 다시금 쳐다보았으며, 매우 이상하게도 그는 자신이 거의 아무것도 보지 않았다고 생각하는 데 아주 익숙해 있었으므로, 그들의 모습은 또한 연민의 자취가 깃든 꾸밈없는 애정의 감정으로 그를 가득 채웠다. 결국, 사람들의 결점은 그들 내면의 선함과 비교해서 무슨 문제가 된단 말인가? 그는 이제 자신이 느낀 바를 그들에게 말해야겠다고 결심했다. 그는 발걸음을 빨리 해서 그들이 좁은 길이 큰 길과 만나는 모퉁이에 막 접어들었을 때, 그들을 따라잡았다. 그들은 조용히 서서 그를 보고 웃으며 위액이 어떠한지 물어보기 시작했다. — 하지만 그는 그들의 말을 가로막고서 매우 빠르고 딱딱하게 말하기 시작했다.

"댄스파티가 열렸던 다음 날 오전을 기억해?" 그가 물었다. "우리가 앉았던 곳이 바로 이 자리였고, 자네는 헛소리를 지껄였고, 레이철은 작은 돌 더미를 만들었지. 반면에 나는 대번에 나에게 떠오른 삶의 전체적 의미를 파악했었지." 그는 잠시 멈추고 입을 꼭 오므렸다. "사랑," 그가 말했다. "그것은 나에게 모든 것을 설명해주는 것처럼 보이네. 그래서 대체적으로, 당신 두 사람이 결혼하게 되어서 아주 기쁘다네." 그러고 나서 그는 돌연히 몸을 돌려, 그들을 바라보지도 않고 빌라로 걸어서 돌아갔다. 그는 자신이 느낀 것을 그런 식으로 말한 것이 의기양양하기도 하고 부끄럽기도 했다. 아마도 그들은 그를 비웃고 있을 것이며, 아마도 그들은 그를 바보라고 생각했을 것이다. 그런데 어쨌든, 그는 자신이 느낀 것을 정말로 말했던 것일까?

그가 간 다음 그들이 웃은 것은 사실이었다. 그러나 그들은 다소 날카로워졌던 헬렌에 대한 언쟁을 멈췄으며, 평온하고 우호적이 되었다.

제24장

그들은 오후 약간 이른 시간에 호텔에 도착했다. 따라서 대부분의 사람들은 아직도 자기들 침실에 누워 있거나 아니면 말없이 앉아 있었으며, 쏜버리 부인이 그들을 오후의 차 모임에 초대했음에도 어디에도 보이지 않았다. 그래서 그들은 그늘진 홀에 앉았는데, 그곳은 거의 텅 비어 있었으며 커다란 빈 공간에 이리저리 떠다니는 공기가 가볍게 휙 움직이는 소리로 가득 차 있었다. 그렇지, 이 안락의자는 이블린이 왔던 그날 오후 레이철이 앉았던 바로 그 안락의자이며, 이것은 그녀가 보고 있었던 잡지이며, 이것은 바로 그 그림, 램프 빛이 비추고 있는 뉴욕의 그림이었다. 얼마나 이상해 보이는가 — 변한 것은 아무것도 없었다.

점차로 몇 명의 사람들이 계단을 내려와 홀을 지나가기 시작했으며, 비록 그들이 서로 알지 못하는 사람들이었지만, 이 희미한 불빛 속에 그들의 모습은 일종의 우아함과 아름다움을 지니고 있었다. 때로 그들은 곧장 걸어가서 회전문을 통해 정원으로 나갔으며, 때로는 잠시 멈춰서 테이블에 몸을 굽히고는 신문을 뒤적이기 시작했다. 테렌스와 레이철은 반쯤 감긴 눈꺼풀로 그들을 지켜보고 앉아 있었다. 존슨 씨 부부, 파커 씨 부부, 베일리 씨 부부, 싸이먼 씨 부부, 리 씨 부부, 몰리 씨 부부, 캠벨 씨 부부, 가디너 씨 부부. 어떤 이들은 흰색 플라넬 옷을 입고 팔에 라켓을 끼고 있었으며, 어떤 이는 키가 작고, 어떤 이는 컸으며, 어떤 이는 이제 어린아이였고, 어떤 이는 아마도 하인들이었다. 그러나 그들 모두 자기들의 입장과, 서로를 뒤따르며 홀을 걸어가는 각자의 이유와, 그들의 돈과, 무엇이 되었건 간에 그들의 지위가 있었다. 테렌스는 피곤하였기 때문에 그들을 바라보는 것을 곧 포기하였다. 그래서 의자에서 눈을 감고서 반쯤 잠이 들었다. 레이철은 좀 더 오랫동안 사람들을 지켜보았다. 그녀는 그들의 확실하고 우아한 움직임, 그들이 서로를 따라가고, 한가로이 걷고, 지나쳐서 사라지는 것 같은 한결같은 방식에 매혹되었다. 그러나 잠시 후 그녀의 생각들은 산만해졌으며, 그녀는 바로 이 방에서 열렸던 댄스파티에 대해 생각하기 시작하였는데, 그때는 이 방 자체가 아주 다르게 보였었다. 쭉 훑어보며 그녀는 이곳이 그때와 같은 방이라는 것을 믿을 수가 없었다. 그들이 어둠으로부터 이곳에 들어왔던 그날 밤, 이곳은 매우 휑뎅그렁하고 매우 밝았으며 매우 질서 정연했다. 이곳은 또한 항상 움직이고 있는 자그마하고 불그스레한 흥분된 얼굴들로 가득 차 있었고, 사람들은 매우 화사하게 옷을 입고 매우 활기차서 그들은 조금도 실제 사람처럼 보이지 않았으며 그들에게 말을 걸 수 있다는 느낌도 들지 않았다. 그런데 지금은 방이 어스레하고 고요하며, 조용한 아름다운 사람들이 지나가서, 당신은 그들에게 가서 하고 싶은 아무 말이나 건넬 수 있었다. 그녀는 자신의 안락의자에 앉아서 놀랍게도 안전하다고 느꼈으며, 마치 오랫동안 안개 속을 헤매며 돌고 있었던 것처럼, 댄스파티가 있었던 밤뿐만 아니라 모든 과거를 다정하고 익살스럽게 회고할 수 있었으며, 자신이 어디에서 돌았었는지를 이제는 정확하게 알 수 있었다. 왜냐하면 그녀가 현재의 위치에 도달하게 만든 방법들이 그녀에게는 매우 이상하게 보였으며, 그 방법들에 대해 가장 이상한 점은 그것들이 자신을 어디로 이끌고 있는지를 그녀가 몰랐었다는 것이다. 우리가 자신이 어디로 가고 있는지, 혹은 자신이 무엇을 원하는지 모르고서, 은밀하게 굉장히 고통 받으며, 언제나 준비가 되지 않고 깜짝 놀라며 아무것도 모른 채로 맹목적으로 따라간다는 것은 이상한 일이었다. 그러나 한 가지 것이 다른 것을 이끌며 점차로 무엇인가가 무에서 스스로 형성되었으며, 따라서 우리는 마침내 이러한 고요함, 이러한 평온함, 이러한 확실성에 도달했는데, 사람들이 삶이라고 부르는 것은 이런 과정이었다. 그렇다면 아마도 사람들은 그녀가 이제야 알게 된 것처럼 그들이 어디로 가고 있는지를 정말로 알았을 것이다. 그리고 사물들이 그녀를 위해서뿐만 아니라 그들을 위해서 스스로 하나의 패턴을 형성했으며, 그 패턴 속에 만족과 의미가 있었다. 뒤돌아보았을 때 그녀는 고모들의 삶에서, 그리고 결코 다시는 만날 수 없을 댈러웨이 부부의 짧은 방문에서, 또한 아버지의 삶에서 어떤 하나의 의미가 분명함을 알 수 있었다.

테렌스가 선잠을 자며 깊게 내쉬는 숨소리가 그녀의 평온함을 더욱 확실하게 해주었다. 그녀는 어떤 것을 아주 분명하게 보지는 않았지만 졸리지는 않았다. 비록 홀을 가로질러 지나가는 인물들이 점점 더 희미해졌지만, 그녀는 그들 모두가 자기들이 어디로 가고 있는지를 정확히 알고 있다고 믿었으며, 그들이 확신감에 차 있다고 생각하자 그녀의 마음이 편안해졌다. 당장은 그녀는 마치 자신이 삶에 있어서 더 이상 어떠한 운명도 지니지 않은 것처럼 초연하고 무관심했으며, 그녀는 이제 자기에게 무엇이 어떤 형태로 나타나든 당황하지 않고 받아들일 수 있다고 생각했다. 삶을 기대하는 데 있어 놀라게 하거나 당혹케 하는 것은 무엇이 있었는가? 왜 이런 통찰력은 때로 그녀를 버려야만 하는가? 세상은 사실상 매우 넓고 매우 쾌적하며, 결국은 매우 단순하였다. "사랑", 세인트 존이 말했었다. "그것이 그 모든 것을 설명하는 것처럼 보인다." 그렇다. 하지만 그것은 남자의 여자에 대한 사랑, 테렌스의 레이첼을 향한 사랑이 아니었다. 비록 그들이 아주 가깝게 함께 앉아 있었지만, 그들은 이미 작은 분리된 육체이기를 그만두었었다. 그들은 투쟁하며 서로를 욕망하기를 멈췄었다. 그들 사이에는 평화가 있는 것처럼 보였다. 그것은 아마도 사랑일 것이지만, 그것은 남자의 여자에 대한 사랑은 아니었다.

반쯤 감긴 눈꺼풀을 통해 그녀는 테렌스가 의자에 등을 기대고 누워 있는 것을 지켜보았으며, 그의 입이 아주 크고 턱은 아주 작으며 코는 포물선처럼 굽어 끝이 둥글게 두드러진 모습을 보고는 미소 지었다. 자연히 그는 게으르고, 야망이 있으며, 변덕과 결점으로 가득 차 있는 것처럼 보였다. 그녀는 자기들이 다퉜던 것들을, 특히나 바로 그날 오후 헬렌에 관해 얼마나 싸웠는지를 상기했으며, 그들이 같은 집에 살고 함께 기차를 타며 서로 너무나 달라서 화를 내게 될 삼십 년, 사십 년, 오십 년 동안 얼마나 자주 다투게 될지를 생각했다. 그러나 이 모든 것들은 피상적이며, 눈과 입과 턱 아래서 진행되고 있는 삶과 아무런 관계가 없었다. 왜냐하면 그러한 삶은 그녀와 관련이 없었으며 다른 모든 것들로부터도 독립적이었기 때문이었다. 그래서 역시, 비록 그녀가 결혼해서 삼십 년, 사십 년, 오십 년을 그와 함께 살며, 그와 싸우고, 그와 아주 가깝게 있다고 할지라도, 그녀는 그에게서 독립적이었다. 그녀는 그 밖의 모든 것에서도 독립해 있었다. 그럼에도 불구하고, 세인트 존이 말한 것처럼, 그녀가 이것을 이해하게 만든 것은 사랑이었다. 왜냐하면 그녀는 이런 독립심, 이런 고요함, 이런 확실성을 그와 사랑에 빠지기 전까지는 결코 느껴본 적이 없었다. 아마도 이것 역시 사랑이었다. 그녀는 그 밖의 어떤 것도 원하지 않았다.

아마도 이 분 동안 앨런 양은 자기들의 안락의자에 그렇게 평화롭게 등을 기대고 누워 있는 한 쌍을 바라보며 약간 거리를 두고 서 있었다. 그녀는 그들을 방해할지 말지를 결정할 수 없었는데, 무언가를 생각해낸 듯이 그녀는 홀을 가로질러 왔다. 그녀가 다가오는 소리에 테렌스가 깨어서 일어나 앉으며 눈을 비볐다. 그는 앨런 양이 레이철에게 말하는 것을 들었다.

"그래," 그녀는 말하고 있었다. "이것은 매우 멋져요. 진실로 아주 멋있어요. 약혼하는 것은 확실히 유행 같아요. 전에 결코 본 적이 없는 두 쌍이 같은 호텔에서 만나서 결혼하기로 결정한다는 것은 흔히 일어날 수 있는 일이 아니죠." 그녀는 말을 멈추고 미소 지었으며, 더 이상 할 말이 없는 것처럼 보였다. 그래서 테렌스는 일어나서 그녀가 책을 완성했다는 것이 사실인지를 물었다. 누군가 그녀가 책 쓰는 일을 정말로 끝냈다고 말했다. 그녀의 얼굴이 밝아졌으며, 그녀는 평소보다 훨씬 생기 있는 표정으로 그에게 말했다.

"네, 나는 그것을 끝냈다고 정정당당하게 말할 수 있다고 생각해요." 그녀가 말했다. "즉, 스윈번은 빼고―베오울프에서 브라우닝[1]까지―나는 그 두 명의 'B'로 시작하는 작가를 꽤 좋아해요. 베오울프에서 브라우닝까지." 그녀가 반복했다. "나는 그것이

---

1 로버트 브라우닝(Robert Browning, 1812~1889), 영국 시인.

기차역의 가판대에서 사람들의 시선을 사로잡을 그런 종류의 제목이라고 생각해요."

그녀는 집필을 끝냈다는 사실을 아주 자랑스러워했다. 왜냐하면 아무도 그 책을 만들어내는 데 얼마나 많은 결단이 필요했는지를 몰랐기 때문이었다. 또한 그녀는 그 책을 훌륭한 작품으로 생각했으며, 자신이 그 책을 쓰는 동안 남동생에 대해 얼마나 고통스런 상태였는지를 생각하면 그들에게 그 책에 대하여 조금 더 말하지 않고는 견딜 수가 없었다.

"고백해야만 하겠어요." 그녀가 계속해서 말했다. "만약 내가 영문학에 얼마나 많은 고전작품들이 있는지, 그리고 가장 훌륭한 고전이란 얼마나 장황하게 고안되는 것인지 알았더라면, 나는 절대로 그 작업을 착수하지 않았을 거예요. 그들은 단지 칠만 단어만 허용한다는 것을 아시잖아요."

"단지 칠만 단어라고요!" 테렌스가 소리 질렀다.

"네, 그리고 모든 사람에 대해서 뭔가 특별한 말을 해야 한다는 거예요." 앨런 양이 덧붙였다. "모든 사람에 대해 다른 무언가를 말한다는 것, 그것이 내가 아주 힘들다고 생각한 점이에요." 그녀는 자신에 대해 충분히 말을 했다고 생각하고는 그들이 테니스 시합에 참가하러 내려올지 어떨지를 물었다. "젊은이들은 테니스 경기에 아주 푹 빠져 있어요. 삼십 분 있으면 다시 시작할 거예요."

그녀의 눈길은 친절하게 그들 둘에게 머물렀으며, 이내 그녀는 마치 자신이 레이철을 다른 사람들과 구분하는 데 도움을 줄 무언가를 기억해왔던 것처럼 레이철을 바라보며 말했다.

"당신은 생강을 좋아하지 않는 남다른 사람이에요." 그러나 그녀의 다소 초췌하고 담력 있는 얼굴에 나타난 친절한 미소는 그들로 하여금 비록 그녀가 그들을 거의 개개인으로 기억하지는 못하지만 그들에게 새로운 세대의 희망을 걸고 있음을 느끼게 만들었다.

"그 점에 있어서 나는 전적으로 그녀와 같은 생각이에요." 뒤쪽에서 어떤 목소리가 말했다. 쏜버리 부인은 생강을 좋아하지 않는 것에 대한 마지막 몇 마디를 귓결에 들었다. "그것은 내 마음속에 무서운 늙은 숙모를 연상시켜요. (가엾게도, 그녀는 끔찍하게 고통 받아서, 그녀를 무섭다고 부르는 것은 정당하지 않아요.) 그녀는 우리가 어렸을 때 우리에게 생강을 주곤 하셨는데, 우리는 그것을 좋아하지 않는다고 말할 용기가 결코 없었지요. 우리는 그저 관목 숲에다 그것을 버려야 했어요. — 그녀는 바쓰[2] 근처에 커다란 집을 갖고 계셨어요."

홀을 가로질러 서서히 움직이기 시작했을 때, 그들은 마치 그들을 붙잡으려고 아래층으로 달려가는데 다리가 마음대로 말을 듣지 않는 것처럼 그들에게로 돌진하는 이블린과 부딪쳐 멈춰섰다.

"저런," 그녀가 레이철의 팔을 잡으며 평상시처럼 열정적으로 소리쳤다. "얼마나 굉장한 일이에요! 나는 처음부터 이런 일이 일어나리라고 생각했어요. 나는 당신 두 사람이 천생연분이라는 것을 알았어요. 이제는 결혼에 관해 모든 것을 나에게 말해줘야 해요. — 결혼은 언제 하게 될 건가요, 당신들은 어디에서 살 예정이죠? — 당신 둘 다 정말로 굉장히 행복한가요?"

그러나 이 그룹의 관심은 엘리엇 부인에게로 돌아갔는데, 그녀는 양손에 쟁반과 비어 있는 뜨거운 물병을 들고서 간절하지만 확실치 않은 움직임으로 그들을 지나가고 있었다. 그녀는 그들을

2　잉글랜드의 서머싯 카운티 북동부에 위치한 도시로, 로마 시대부터 온천 목욕탕으로 유명함.

지나치려 하였으나, 쏜버리 부인이 일어서서 그녀를 멈춰 세웠다.

"고마워요, 휴링이 많이 나았어요." 그녀가 쏜버리 부인의 질문에 대답했다. "하지만 그는 유순한 환자가 아니에요. 그는 자기 체온이 얼마인지 알고 싶어 해요. 그래서 제가 말해주면 걱정하고, 만약 말해주지 않으면 의심하죠. 남자들이 아플 때 어떤지 아시잖아요! 그리고 물론 적절한 기구들도 없고, 비록 로드리게즈 박사가 아주 기꺼이 그리고 간절히 돕고 싶어 하는 것처럼 보일지라도"(여기에서 그녀는 이상하게 자신의 목소리를 낮추었다), "그가 딱 맞는 적합한 의사라고 느낄 수가 없어요. 휴잇 씨, 당신이 그를 보러 오신다면," 그녀는 덧붙였다. "그에게 힘이 되리라는 것을 알아요. ─ 하루 종일 침대에 누워 있으며 ─ 그리고 파리들은 ─ 하지만 가서 안젤로를 찾아봐야겠어요. ─ 이곳 음식은 ─ 물론, 환자에게는, 특히 좋은 것들이 필요해요." 그리고 그녀는 수석 웨이터를 찾기 위해 서둘러 그들을 지나갔다. 남편을 간호하는 고생으로 그녀의 이마는 애처롭게 찡그러져 있었다. 그녀는 창백하고 불행해 보였으며 평소에 그런 것보다 훨씬 더 무능해 보였고, 그녀의 시선은 전에 없이 더 모호하게 이리저리 헤매었다.

"가엾어라!" 쏜버리 부인이 소리쳤다. 그녀는 그들에게 말하기를 며칠 동안 휴링 엘리엇이 아팠으며, 유일하게 이용할 수 있는 의사는 호텔 사장의 동생으로, 그 경영자가 말하기를 의사라는 직함에 대한 그의 권한은 의심의 여지가 없는 것은 아니라는 것이었다.

"나는 호텔에서 병이 나는 것이 얼마나 비참한지 알아요." 쏜버리 부인이 다시 한 번 레이철을 정원으로 안내하며 말했다. "나는 신혼여행 6주 동안 베니스에서 장티푸스에 걸려 있었어요." 그녀가 계속했다. "하지만 그렇다고 해도, 나는 그때를 내 생애 가장 행복한 시간들의 일부로 회상해요. 아, 그래요." 그녀는 레이철의 팔을 잡고서 말했다. "당신은 스스로 지금 행복하다고 생각하겠지만, 그것은 이후에 오는 행복에 비하면 아무것도 아니에요. 나는 확실히 마음속에서 당신 젊은이들을 부러워한다는 것을 알 수 있어요. 당신은 우리가 가졌던 것보다 훨씬 더 좋은 시절을 가졌다고 말할 수 있겠지요. 내가 그 시절을 회고하면, 세상이 얼마나 변했는지 거의 믿을 수 없을 지경이에요. 우리가 약혼했을 때 나는 윌리엄과 단둘이 산책하는 것도 허락되지 않았어요 ─ 누군가 항상 우리와 함께 방에 있어야 했어요. ─ 나는 그가 보낸 편지들을 모두 부모님께 보여드려야 한다고 정말로 믿었어요! 부모님이 그를 굉장히 좋아했지만 말이에요. 사실상, 부모님은 사위를 아들처럼 생각했다고 말할 수 있어요." 그녀가 계속 말했다. "부모님이 당신 손자들의 응석을 너무 받아주는 것을 볼 때, 우리에게는 얼마나 엄격했었는지를 생각하면 정말 우스워요."

테이블이 다시금 나무 아래 놓였다. 쏜버리 부인은 찻잔 앞에 자리를 잡고서 상당수의 사람들, 수잔과 아서와 페퍼 씨가 모일 때까지 손짓으로 부르며 고개를 끄덕였는데, 그들은 테니스 시합이 시작되기를 기다리며 주변을 거닐고 있는 중이었다. 그녀가 차를 마시며 아주 가볍고 매우 친절하며 그렇게 낭랑하고 매끄럽게 흐르는 말들을 들으며 앉아 있을 때, 살랑거리는 나무 소리와 달빛에 넘칠 듯한 강물 소리와 테렌스의 대답이 레이철에게 들려왔다. 삶의 오랜 연륜과 수많은 아이들이 쏜버리 부인을 매우 부드러운 사람으로 만들었다. 그들은 개성의 특징들을 닦아내 버리고 단지 늙고 모성적인 것만 남겨놓은 것처럼 보였다.

"그리고 당신 젊은 사람들이 보게 될 것들이란!" 쏜버리 부인이 계속하였다. 그녀는 그들 모두를 자신의 예측과 모성애에 포함시켰다. 윌리엄 페퍼와 앨런 양 모두 인생의 산전수전을 꽤나 겪었을 사람들이었지만 그들 모두에는 이 두 사람도 포함되었다. "내 평생 세상이 어떻게 변해왔는지를 볼 때," 그녀는 계속했다. "나는 앞으로 오십 년 내에 무슨 일이 얼마나 일어날지 알 수가 없어요. 아, 아니에요. 페퍼 씨, 나는 전혀 당신 생각에 동의하지 않아요." 그녀는 세상이 꾸준히 더 악화되어가리라는 그의 우울한 말을 가로막으며 웃었다. "나는 그렇게 느껴야만 한다는 것을 알지만, 그렇게 느끼지 않아요. 그들은 우리들보다 훨씬 더 좋은 사람들이 될 겁니다. 확실히 모든 것이 그것을 증명해주고 있어요. 내 주변 모든 곳에서 여성들, 젊은 여성들, 모든 종류의 가사 일을 돌보는 여성들이 밖에 나가서 우리는 가능하다고 생각하지도 못했던 일들을 하고 있지요."

페퍼 씨는 쏜버리 부인이 모든 나이 든 여성들처럼 감상적이고 이성적이지 않다고 생각하였지만, 그를 마치 까다로운 늙은 아기로 취급하는 그녀의 태도가 그를 당황하게 하고 그에게 마법을 걸어서, 불쾌하여 찌푸린 얼굴이라기보다는 오히려 미소에 가깝게 야릇하게 찡그린 얼굴로 그녀에게 대답할 수밖에 없었다.

"그런데도 그들은 여전히 여성이지요." 쏜버리 부인이 덧붙였다. "그들은 자기 아이들에게 많은 것을 아낌없이 베풀어요."

이렇게 말하면서 그녀는 수잔과 레이철을 향해 가볍게 미소 지었다. 그들은 같은 운명에 포함되기를 원치 않았지만, 그들 둘 다 약간 수줍어하며 미소 지었으며, 아서와 테렌스 역시 서로를 흘긋 보았다. 그녀는 그들이 같은 배에 탔다고 느끼게 만들었으며, 그들은 자기들이 결혼할 여자를 바라보며 서로 비교하였다. 어떻게 누군가 레이철과 결혼하고 싶어할 수 있을지 납득할 수 없으며, 누군가 수잔과 자신의 생을 보낼 준비가 되어야 한다는 것도 믿을 수 없었다. 그러나 상대방의 취향이 독특함에 틀림없지만, 그들은 그 때문에 서로에게 악의를 품지는 않았다. 사실상, 그들은 각자 선택의 엉뚱함 때문에 오히려 서로를 훨씬 더 좋아했다.

"정말로 축하해요." 잼을 가져가기 위해 테이블로 몸을 기울이며 수잔이 말했다.

아서와 수잔에 관한 세인트 존의 소문은 전혀 근거가 없는 것처럼 보였다. 그들은 무릎에 라켓을 놓고, 말을 많이 하지는 않지만 줄곧 가볍게 미소를 띤 채로, 햇볕에 타서 생기 있게 나란히 앉아 있었다. 그들이 입고 있는 얇은 흰 옷을 통해 그들의 신체와 다리의 선을, 근육의 아름다운 곡선을, 그의 야윈 몸매와 그녀의 살결을 볼 수 있었으며, 그들이 낳은 자식은 단단한 살집의 건장한 아이들일 것이라고 생각하는 것은 자연스러웠다. 그들의 얼굴은 너무 작아서 아름답지 않았지만, 그들은 맑은 눈과 굉장히 건강한 모습과 인내력을 지녔다. 왜냐하면 마치 피가 절대로 멈추지 않고 그의 혈관에서 흐를 것처럼 혹은 그녀의 뺨 속 깊이 고요히 있을 것처럼 보였기 때문이었다. 그들은 지금껏 테니스를 치고 있었으며 둘 다 이 경기에서는 최상이었기 때문에, 현재 그들의 눈은 평소보다 빛났고, 운동선수들의 눈에서 보이는 즐거움과 자신감의 독특한 표정을 담고 있었다.

이블린은 말은 하지 않지만 수잔과 레이철을 줄곧 번갈아 바라보고 있었다. 그래 ― 그들은 둘 다 아주 쉽게 결심을 했고, 때때로 자신은 결코 할 수 없을 것같이 보이는 일을 불과 몇 주 안에 해치웠지. 비록 그들이 아주 다르다고는 하지만, 그녀는 그들 각자에게서 똑같은 만족과 완성의 표정을, 똑같이 고요한 태도를 또한 똑같이 느린 움직임을 볼 수 있다고 생각했다. 그녀는 자신이 싫어하는 것은 그러한 느림과 확신과 만족이라고 마음속으로 생각했다. 그들은 혼자가 아니라 둘이었기 때문에 매우 천천히 움직였으며, 수잔은 아서를, 그리고 레이철은 테렌스를 따랐고, 한 남자만을 위해서 그들은 모든 다른 남자들과 변화와 삶의 진정한 것들을 단념하였다. 사랑은 아주 좋은 것이었다. 그리고 아래층에 주방이 있고 위층에 유아방이 있는 이 아늑한 가정집들은 세상의 급류 가운데 있는 작은 섬들처럼 그렇게 아주 격리되고 독립적이었다. 그러나 거대한 바깥세상에서 일어난 대의, 전쟁, 이상 같은 확실히 일어났던 실재적인 것들은, 남자들을 향해서 그렇게 조용하고 아름답게 몸을 돌리는 이런 여성들과는 별도로 계속되었다. 그녀는 그들을 날카롭게 바라보았다. 물론 그들은 행복하고 만족해했지만, 이것보다 훨씬 좋은 일들이 틀림없이 있었다. 분명히 우리는 삶에 보다 가까이 다가갈 수 있고, 삶에서 보다 많은 것을 얻어낼 수 있고, 우리는 그들이 그렇게 하는 것보다 훨씬 더 많이 즐기고 느낄 수 있을 것이다. 특히 레이철은 너무 어려 보였다―그녀가 삶에 대해 무엇을 알 수 있을 것인가? 그녀는 초조해져서, 몸을 일으켜 레이철 옆자리에 건너가 앉았다. 그녀는 레이철이 자기 클럽에 가입하겠다고 약속했던 것을 상기시켰다.

"곤란한 점은" 그녀가 말을 이었다. "시월까지는 진지하게 일을 시작할 수 없을지도 모른다는 거예요. 자기 오빠가 모스크바에서 사업을 하고 있는 내 친구 한 명한테서 방금 편지를 받았어요. 그들은 내가 그들과 함께 머물기를 원해요. 그리고 모든 음모와 무정부주의자들의 활동이 가장 치열한 한복판에 그들이 처해 있기 때문에[3] 나는 집에 가는 길에 그곳에 들르고 싶은 마음이 있

3 러시아 혁명을 의미함.

어요. 너무 짜릿할 것 같아요." 그녀는 그 일이 얼마나 감격적인지 레이철이 알게 하고 싶었다. "내 친구는 단지 어떤 무정부주의자에게 편지를 보내다가 붙잡혀서 평생 시베리아로 유배 보내진 열다섯 살 소녀를 알고 있어요. 그리고 그 편지도 역시 그 소녀가 보낸 것이 아니었어요. 나는 러시아 정부에 맞선 혁명을 돕기 위해서 세상에서 내가 가지고 있는 모든 것을 바치겠어요. 혁명은 틀림없이 일어나게 되어 있어요."

그녀는 레이철과 테렌스를 번갈아 쳐다보았다. 그들은 둘 다 최근에 그녀에 관해 나쁜 말들을 들어온 것을 기억하며 그녀의 모습에 다소 감동받았다. 그래서 테렌스는 그녀의 계획이 무엇인지 물었으며, 그녀는 클럽을—일을 하기 위한, 정말로 일들을 하기 위한 클럽을—세울 예정이라고 설명했다. 이야기를 계속함에 따라 그녀는 매우 생기가 돌았다. 왜냐하면 그녀는 만약 일단 스무 명이—아니, 그들이 명민하기만 하다면 열 명도 충분할 것이다—일을 하는 것에 대해 말만 하는 대신에 일의 실행에 착수한다면, 그들은 존재하는 거의 모든 악을 폐지할 수 있다고 분명하게 주장했다. 필요한 것은 지적인 지도자들이었다. 만약 머리가 있는 사람들이—물론 그들은 아마도 블룸즈버리에 방, 멋진 방도 필요할 것이며,—그곳에서 일주일에 한 번씩 모일 수 있고……

그녀가 말을 할 때 테렌스는 그녀의 얼굴에서 사라져가는 젊음의 흔적들을, 말과 흥분에 의해서 그녀의 입과 눈 주변에 생겨나는 주름들을 볼 수 있었지만, 그녀에게 연민을 느끼지는 않았다. 그렇게 빛나는 다소 격렬하며 매우 용기 있는 눈을 바라보며, 그는 비록 세월이 흐름에 따라 그 싸움이 점점 더 힘들어진다 하더라도, 그녀는 스스로를 불쌍히 여기거나, 혹은 테렌스 자신이

나 세인트 존과 같은 사람들의 보다 세련되고 질서 있는 삶과 자신의 삶을 바꾸고 싶은 욕망을 느끼지도 않으리라는 것을 알았다. 그렇지만, 아마 그녀는 정착할 것이다. 결국엔 아마 페롯과 결혼할 것이다. 그의 생각이 그녀가 하고 있는 말로 반쯤 채워져 있는 동안, 그는 그녀의 예상되는 운명을 생각하고 있었으며, 가벼운 담배연기 구름이 그녀의 눈으로부터 그의 얼굴을 흐리게 가려주었다.

테렌스와 아서와 이블린이 담배를 피워서, 좋은 담배 향기와 연기가 공중에 가득 차 있었다. 아무도 이야기하지 않는 틈틈이, 그들은 멀리서 바다가 낮게 속삭이는 소리를 들었는데, 파도는 조용히 부서져 엷은 수막으로 해변을 덮었으며, 다시금 부서지기 위해서 물러났다. 서늘한 녹색 빛이 나뭇잎들 사이로 내려 비쳤으며, 접시들과 테이블보에는 부드러운 초승달과 다이아몬드 형태의 햇빛이 있었다. 쏜버리 부인은 잠시 말없이 그들을 바라본 후에 레이철에게 친절한 질문들을 던지기 시작했다. ─그들은 모두 언제 돌아갈 것인지? 아, 그들은 그녀의 아버지를 기다리고 있었다. 그녀는 아버지를 보기를 원할 것임에 틀림없다. ─그에게 할 말이 많을 것이다. 그리고 (그녀는 공감하듯이 테렌스를 바라보았다) 그는 매우 행복해할 것이라고 그녀는 확신했다. 수년 전에, 십 년 아니 이십 년 전일지도 모르는데, 그녀는 어떤 파티에서 빈레이스 씨를 만난 것을 기억했다. 그리고 파티에서 보게 되는 평범한 얼굴과는 매우 다른 그의 얼굴에 아주 크게 충격을 받아서, 그녀는 그가 누군지 물었고 빈레이스 씨라고 들었다. 그리고 그녀는 언제나 그 이름─흔하지 않은 이름─을 기억했으며, 그는 그때 아주 상냥해 보이는 여성과 같이 있었다. 그러나 그것은 끔찍한 런던 연회들 중 하나였으며, 그곳에서는 말을 걸지 못하고 — 단지 서로를 바라보기만 한다. 그리고 비록 빈레이스 씨와 그녀가 악수를 했다 하더라도, 그녀는 그들이 대화를 나누었으리라고는 생각하지 않았다. 그녀는 과거를 회상하며 아주 가볍게 한숨지었다.

그러고 나서 그녀는 페퍼 씨에게로 향했는데, 그는 그녀에게 굉장히 의지하고 있어서 항상 그녀 옆자리를 잡았으며, 비록 종종 자신의 생각을 한마디도 말하지 않더라도 그녀가 하는 말을 경청했다.

"당신은 모든 것을 아시잖아요, 페퍼 씨," 그녀가 말했다. "그 멋진 프랑스 귀부인들이 그들의 살롱을 어떻게 운영하는지 우리에게 말해주시겠어요? 우리도 영국에서 똑같은 종류의 어떤 것을 운영한 적이 있나요, 아니면 영국에서 우리는 그럴 수 없는 어떤 이유라도 있다고 생각하세요?"

페퍼 씨는 기꺼이 왜 영국 살롱이 절대로 존재한 적이 없는지를 매우 정확하게 설명했다. 그는 세 가지 이유가 있으며, 그것들은 아주 훌륭한 이유들이라고 말했다. 페퍼 씨 자신은 성나게 하지 않으려는 바람에서 어쩔 수 없이 가끔 파티에 가게 되었을 때 — 예를 들어 그의 여 조카가 일전에 결혼하였다 — 그는 방 한가운데로 걸어 들어가서 그가 할 수 있는 한 큰 소리로 "하! 하!"라고 말하고는, 자신의 의무를 다했다고 생각하며 다시 걸어 나와버렸다. 쏜버리 부인이 나무랐다. 그녀는 돌아가면 바로 파티를 열 계획이었다. 그래서 그들을 모두 초대하였으며, 그녀는 사람들로 하여금 페퍼 씨를 지켜보도록 하여서, 만약 그가 "하! 하!"라고 말하는 것을 보았다는 말을 들으면, 그녀는 — 그녀는 정말로 그에게 몹시 불쾌한 어떤 짓을 할 작정이었다. 아서 베닝은 그녀가 준비해야 할 것은 놀라움을 가져다줄 어떤 장비를 임시로 갖추는 것이라고—예를 들어 신호에 맞춰 페퍼의 머리 위로 갑자기 쏟아지게 할 냉수통을 감추고 있는 레이스 달린 모자를 쓴 멋진 노부인의 초상화를 준비하거나, 아니면 페퍼가 앉자마자 바로 육 미터 높이로 그를 솟아오르게 의자를 준비할 것을 제안하였다.

수잔이 웃었다. 그녀는 차 마시는 일을 끝냈다. 그녀는 어느 정도는 자신이 테니스를 훌륭하게 잘 쳤기 때문에, 게다가 모든 사람들이 매우 친절하여서, 대단히 만족스러워하고 있었다. 그녀는 아주 똑똑한 사람들하고조차 대화를 나누고, 지지 않고 버티는 것이 훨씬 쉽다는 것을 깨닫기 시작했다. 웬일인지 똑똑한 사람들이 더 이상 그녀를 두렵게 하지 않았기 때문이다. 그녀가 처음 만났을 때 싫어했던 허스트 씨조차 정말로 불쾌하지 않았다. 그리고 가엾게도, 그는 언제나 매우 아픈 것 같았다. 아마도 그는 사랑하고 있었다. 아마도 그는 레이철을 사랑해왔던 것이다.— 진정으로 놀랄 일이 아니었다. 아니면 아마도 이블린일지도 모른다.—이블린은 물론 남자들에게 아주 매력적이었다. 앞으로 몸을 기울이고, 그녀는 대화를 계속하였다. 그녀는 파티들이 그렇게 지루한 이유는 주로 신사분들이 정장을 차려입지 않기 때문이라고 생각한다고 말했다. 런던에서조차도 사람들이 이브닝 파티에 옷을 갖춰 입을 필요가 있다고 생각하지 않는 것은 그녀에게 대단히 충격적이며, 그들이 런던에서 정장을 갖춰 입지 않으면 물론 지방에서는 차려입지 않을 것이 당연하다고 말했다. 헌트 무도회들이 열렸던 크리스마스에는 정말로 대단히 멋진 경험을 하였는데, 신사분들은 멋진 붉은색 코트를 입었다. 그러나 아서는 춤추는 것을 좋아하지 않아서, 그들은 자기들의 작은 시골 마을에서 열리는 무도회에조차 가지 않을 것이라고 그녀는 생각했다. 그녀는 비록 자신의 아버지는 예외지만, 한 가지 스포츠를 좋아하는 사람들이 종종 다른 스포츠도 좋아한다고 생각하지는 않았다. 그러나 그는 모든 면에 있어서 예외였다.—대단한 정원사로서 그는 새들과 동물들에 관해 모든 것을 알았으며, 물론 마을의 모든 노부인들은 그를 아주 좋아했다. 그리고 동시에 그가 정말로 가장 좋아한 것은 책이었다. 만약 그가 필요하면 어디에 가면 그를 찾을 수 있을지 언제나 알 수 있었다. 그는 책과 더불어 자신의 서재에 있을 것이다. 아주 그럴듯하게 그것은 오래된 아주 오래된, 그 아니면 다른 누구도 읽기를 꿈꾸지 않을 곰팡내 나게 낡은 책일 것이다. 그녀는 아버지에게 만약 여섯 명의 부양가족만 없더라면, 일급의 늙은 책벌레가 되었을 것이라고 말하곤 했으며, 보편적인 공감을 대단히 확신하는 여섯 명의 자녀들은 그가 책벌레가 될 시간을 그다지 많이 남겨주지 않았다고 그녀는 덧붙였다.

그녀는 아서가 스스로 매우 자랑스러워하는 자기 아버지에 대해 여전히 이야기하며, 자신의 시계를 보며 그들이 다시 테니스 코트로 돌아갈 시간임을 알렸기 때문에 일어났다. 다른 사람들은 움직이지 않았다.

"그들은 매우 행복하군요!" 쏜버리 부인이 온화하게 그들을 지켜보며 말했다. 레이철도 그 말에 동의했다. 그들은 스스로 매우 확신하고 있는 듯하였다. 그들은 자기들이 원하는 바를 정확히 알고 있는 것 같았다.

"당신은 그들이 행복하다고 생각하세요?" 이블린은 작은 목소리로 테렌스에게 속삭였으며, 그가 그들이 행복하다고 생각하지 않는다고 말해주기를 바랐다. 그러나 그 대신에 그는 자기들이 가야 한다고—그들이 항상 식사시간에 늦으며, 앰브로우즈 부인은 엄격하고 까다로워서 늦는 것을 싫어하기 때문에 집에 가야 한다고 말했다. 이블린은 레이철의 스커트를 붙잡고 이의를 제기했다. 그들이 왜 가야만 하는가? 아직 이른 시간이고, 그녀는 그들에게 말할 것이 아주 많았다.

"아니요." 테렌스가 말했다. "우리는 가야 해요. 우리는 아주 천천히 걷기 때문이에요. 우리는 멈춰 서서 사물들을 바라보고, 이야기해요."

"당신은 무엇에 관해 이야기하세요?" 이블린이 질문하자, 그는 웃으며 자기들은 모든 것에 관해 얘기한다고 말했다.

쏜버리 부인은 아주 느리고 우아하게 풀밭과 자갈길을 가로지르며 줄곧 꽃들과 새들에 관해 얘기하면서 그들과 함께 정문까지 걸었다. 그녀는 그들에게 자신은 딸이 결혼한 이후로 식물학에 대한 연구를 시작했으며, 비록 자신이 평생을 시골에서 살아왔고 지금 나이 일흔둘인데도, 여태껏 본 적이 없는 꽃들이 그렇게 많다는 것이 놀랍다고 말했다. 우리가 늙었을 때 다른 사람들과 아주 동떨어진 어떤 일을 갖는 것은 좋은 일이라고 그녀가 말했다. 그런데 이상한 점은 사람은 절대로 늙었다고 느끼지 않는다는 것이었다. 그녀는 항상 자신이 단 하루도 더 많지도 더 모자라지도 않게 스물다섯 살이라고 느꼈지만, 물론 다른 사람도 그것에 동의하리라고는 기대할 수 없었다.

"당신이 스물다섯이라고 단지 상상하는 것이 아니라 실제로 스물다섯이라는 것은 매우 멋진 일임에 틀림없어요." 그녀는 부드러운 빛나는 눈길로 한 사람에 이어 다른 사람을 바라보며 말했다. "그것은 정말로 굉장한, 진실로 아주 경이로운 일이에요." 그녀는 오랫동안 정문에서 그들에게 이야기하며 서 있었다. 그녀는 그들이 가는 것을 내켜하지 않는 것처럼 보였다.

제25장

    오후는 매우 더웠다. 너무 뜨거워서 해변에 부딪치는 파도소리
는 어떤 지친 동물이 반복해서 한숨 쉬는 소리처럼 들렸으며, 차
일 아래 테라스에서조차 벽돌들이 뜨거웠고, 짧은 마른 풀잎 위
로 대기는 끊임없이 춤을 췄다. 돌 수반의 붉은 꽃들은 열기로 시
들어 있었으며, 불과 이삼 주 전만 해도 매우 윤이 나고 탐스럽던
흰 꽃들은 이제 말라버렸고, 꽃잎 가장자리가 말려서 누렸다. 단
지 그 몸통의 살 같은 나뭇잎들이 가시들로 자라는 것처럼 보이
는 남부 지방의 뻣뻣하고 적의 있는 식물들만이 여전히 꼿꼿이
선 채로 자기들을 쓰러뜨리겠다는 태양의 결심에 도전하였다. 너
무 뜨거워서 얘기를 나눌 수 없었으며, 태양의 힘을 견디어낼 어
떤 책이건 찾아내기는 쉬운 일이 아니었다. 이 책 저 책을 들었다
놓았다 하다가, 지금 테렌스는 밀턴을 큰 소리로 읽고 있는 중이
었다. 그는 밀턴의 시구들은 본질과 형태를 갖고 있어서 무슨 말
을 하고 있는지를 이해할 필요가 없다고 말했다. 누구든 그저 그
의 시구들을 들을 수 있었고, 누구라도 시 구절들을 거의 이해할
수 있었다.

여기에서 그리 멀지 않은 곳에 상냥한 요정이 있네,

그가 읽어나갔다.

축축한 재갈로 잔잔한 세번강 물결을 지배하는.
순결한 처녀, 그녀 이름은 사브리나.
일찍이 그녀는 로크린의 딸이었네,
그는 아버지 브루트에게서 왕권을 물려받았지.[1]

테렌스가 했던 말에도 불구하고 시어들은 의미를 많이 담고 있는 것처럼 보였으며, 아마도 시어들을 듣는 것이 고통스러운 것은 이런 이유에서였다. 그것들은 이상하게 들렸다. 그 낱말들은 통례적으로 의미했던 것과 다른 것들을 의미했다. 어쨌든 레이철은 자신의 주의를 그것에 고정시킬 수가 없었지만, "구속"과 "로크린"과 "브루트" 같은 단어들로 암시된 일련의 이상한 생각들을 계속해나갔는데, 이것은 그들 의미와는 관계없이 그녀 눈앞에 불쾌한 광경을 떠오르게 했다. 열기와 춤추는 대기 때문에 정원 역시 이상해 보여서 — 나무들이 너무 가깝게 있거나 아니면 너무 멀리 있었으며, 그녀는 거의 확실히 머리가 아프다고 느꼈다. 그러나 아주 확실하지는 않아서, 지금 테렌스에게 말할 것인지 아니면 그가 계속 책을 읽도록 내버려둘 것인지 알지 못했다. 그녀는 한 연을 끝낼 때까지 기다리기로 결심했으며, 만약 그때에 머리를 이리저리 돌려봐서 의심할 여지없이 어느 자세에서나 욱신거리면 머리가 아프다는 것을 아주 조용히 말할 생각이었다.

1 존 밀턴(John Milton, 1608~1674)의 『코머스, 가면극Comus, A Masque』(1634)의 824~828행. 수호 요정은 자신의 계모로부터 도망치다가 익사한 사브리나Sabrina가 어떻게 세번 강Severn River의 불멸의 여신이 되는지를 얘기한다.

아름다운 사브리나여,

그대가 앉아 있는 곳에서 들으소서.

유리처럼 반반하고 차갑고 반투명한 파도 아래,

얽혀 있는 백합의 꼬여 있는 줄기들 속에서

황갈색의 흐트러진 머리 타래를 늘어뜨리고,

제발 들어보소서,

은빛 호수의 여신이시어,

들으시고 구해주소서![2]

그러나 그녀의 머리가 아팠다. 머리를 어느 쪽으로 돌리던 쑤셔댔다.

그녀는 똑바로 앉아서 자신이 결심했던 것처럼 말했다. "머리가 아파서 안으로 들어갈게요"

그는 다음 연을 반절쯤 읽고 있었지만 즉시 책을 내려놓았다. "머리가 아파요?" 그가 되풀이해서 말했다.

잠시 그들은 서로의 손을 잡고, 말없이 서로를 바라보며 앉아 있었다. 이러는 동안 그의 절망감과 불행은 거의 육체적으로 고통스러울 정도였다. 그는 야외에 앉아 있을 때 땅에 떨어져 깨진 유리가 산산이 부서지는 소리를 사방에서 듣는 것 같았다. 그러나 잠시 후에 그는 그녀가 자신의 절망감을 함께 나누고 있지 않으며 평소보다 조금 더 께느른하고 눈이 게슴츠레하다는 것을 알아챘다. 그는 정신을 차리고 헬렌을 불러와서 레이철이 두통이 있으니 어떻게 하는 것이 좋을지를 말해달라고 부탁했다.

앰브로우즈 부인은 불안해하지는 않았지만, 레이철이 잠자리에 들어야 한다고 충고했으며, 만약 그녀가 하루 종일 앉아 있

---

2 『코머스』의 요정의 노래, 860~867행.

고 또한 이런 더위에 밖에 나간다면 머리가 아프리라고 예상했어야 하지만 침대에 몇 시간 누워 있으면 완전히 나을 것이라고 덧붙였다. 테렌스는 조금 전 터무니없이 침울하였던 것처럼, 그녀의 말에 이유 없이 안심이 되었다. 헬렌의 판단력은 두통으로 경솔함에 복수한 무정한 자연의 분별력과 상당히 공통되는 것 같았으며, 자연의 분별력처럼 그녀의 판단력은 아마도 믿을 만하였다.

레이철은 잠자리에 들었으며, 자신이 아주 오랫동안 어둠 속에 누워 있었던 것처럼 느꼈다. 그녀는 마침내 명료한 잠에서 깨어나 그녀 앞에 있는 창문이 흰색인 것을 보았으며, 조금 전에 자신이 두통으로 잠자리에 들었고 잠자고 일어나면 두통이 사라질 것이라고 헬렌이 말했던 것을 생각해냈다. 그러므로 그녀는 자신이 지금 몸이 다시 회복되었다고 생각했다. 동시에 그녀 방의 벽이 수직으로 평평하지 않고 끔찍하게 하얗고 약간 굽어 있었다. 창문으로 눈길을 돌리며 그녀는 자신이 거기에서 본 것에 안심이 되지 않았다. 마루를 따라 약하게 질질 끌리는 소리와 함께 줄을 당기면 공기로 채워져서 서서히 부풀었을 때 블라인드의 움직임은 마치 방에서 한 동물이 움직이고 있는 것처럼 그녀에게 끔찍해 보였다. 그녀는 눈을 감았으며, 머리의 맥박이 너무 강하게 뛰어서 매번 쿵하는 맥박소리가 약하게 찌르는 듯한 고통으로 이마를 꿰찌르며 신경을 밟아 뭉개는 것 같았다. 이것이 예전과 똑같은 두통은 아닐지도 모르지만, 그녀는 확실히 두통을 느꼈다. 그녀는 시트의 시원함이 그녀를 치료해주기를 그래서 그녀가 다음번에 방을 보기 위해서 눈을 떴을 때는 예전과 같기를 바라며 이쪽저쪽으로 몸을 돌렸다. 공연히 상당히 여러 번 실험을 해본 후에 그녀는 문제를 확실하게 해결하기로 결심했다. 그녀는 침대에서 일어나서 침대 프레임 끝의 놋쇠 공을 붙잡고 똑바로 섰다. 처음에는 얼음처럼 차가웠지만 그것은 곧 그녀의 손바닥처럼 뜨거워졌다. 그래서 그녀의 머리와 몸의 통증과 마룻바닥의 불안정함이 침대에 누워 있는 것보다 서서 걷는 것이 훨씬 더 견딜 수 없으리라는 것을 증명해주었을 때 그녀는 다시 침대에 누웠다. 비록 처음에는 변화가 상쾌하였지만, 침대의 불편함은 곧 서 있는 것의 불편함만큼이나 커졌다. 그녀는 하루 종일 침대에 머물러야 하리라는 생각을 받아들였으며, 베개에 머리를 내려놓으며 그날의 행복을 포기했다.

한두 시간 후 헬렌이 들어와서, 갑자기 자신의 유쾌한 말을 멈추고 잠시 놀라더니 이내 부자연스럽게 조용해졌을 때, 레이철이 아프다는 사실은 분명해졌다. 정원에서 누군가 부르고 있던 노래가 갑자기 중단되었으며, 마리아가 물을 가져올 때 시선을 피하며 침대를 조용히 살짝 지나갔을 때, 모든 집안 식구들이 이 사실을 알고 있다는 것이 확인되었다. 오전 시간이 흘렀으며 오후 시간도 지나갔다. 이따금 그녀는 일상 세계로 건너오려고 노력하였지만, 고열과 불편함 때문에 자신의 세계와 일상 세계 사이에 그녀가 건널 수 없는 심연이 있다는 것을 알게 되었다. 한순간 문이 열리고 헬렌이 작고 거무스름한 남자와 함께 들어왔는데, 그는—이것이 그녀가 그에 대해 주목한 주된 점으로—손에 털이 매우 많이 나 있었다. 그녀는 졸리고 견딜 수 없이 열이 났으며, 그가 수줍어하고 아부하는 것처럼 보여서 비록 그가 의사라는 것을 알았지만 그에게 대답하려고 애쓰지 않았다. 또 다른 순간에 문이 열리고 테렌스가 매우 점잖게 들어왔으며, 너무 계속해서 미소를 짓고 있어서 그녀는 자연스럽지 않다고 느꼈다. 그는 앉아서 얘기하며 그녀의 양손을 쓰다듬고 있었는데 마침내 그녀는 같은 자세로 더 이상 누워 있는 것이 지루해서 돌아누웠다. 그녀가 다시 올려다보았을 때 테렌스는 가버렸고 헬렌이 옆에 있었다. 아무래도 상관없었다. 그녀는 사태가 다시 일상적으로 된 다음 날 그를 볼 것이다. 그날 그녀의 주된 업무는 시구가 어떻게 이어지는지를 기억해내는 것이었다.

> 유리처럼 반반하고 차갑고 반투명한 파도 아래,
> 얽혀 있는 백합의 꼬여 있는 줄기들 속에서
> 황갈색의 흐트러진 머리 타래를 늘어뜨리고,

그런데 형용사들이 잘못된 자리에 들어가려고 고집하였기 때문에 이 노력이 그녀를 괴롭혔다.

그녀의 침대가 매우 중요해졌다는 점을 제외하고는 둘째 날은 첫날과 아주 크게 다르지 않았으며, 바깥 세계는 그녀가 생각해 내려고 할 때 분명히 멀리 떨어져 있는 것 같았다. 유리처럼 반반하고 차갑고 반투명한 파도는 침대 끝에서 말려 올라가 그녀 앞에 보이는 듯했다. 그리고 그것이 상쾌하게 시원하여 그녀는 마음을 그것에 고정시키려고 노력했다. 하루 종일 헬렌은 여기 있고 또 저기 있었다. 그녀는 때로는 점심시간이라고 또 때로는 차 마시는 시간이라고 말했다. 그러나 그다음 날에는 모든 경계 표시들이 지워졌으며, 바깥 세계는 너무 멀리 있어서 사람들이 층계를 지나가는 소리들과 위층에서 사람들이 움직이는 소리들과 같은 다른 소리들은 힘들게 기억해내야만 그 이유를 알 수 있었다. 그녀가 무엇을 느꼈으며 혹은 삼 일 전에 그녀가 무슨 일을 행하고 생각하였는지에 대한 기억이 완전히 사라져버렸다. 반면에 방에 있는 모든 물체와 침대 자체, 그리고 다양한 수족과 다른 감각들을 지닌 그녀 자신의 몸이 매일매일 점점 더 중요했다. 그녀는 완전히 고립되었으며, 다만 홀로 자신의 몸과 격리되어 밖의 세상과는 소통할 수 없었다.

더 이상 아침을 통과하지 않고 시간은 이렇게 지나가거나, 아니면 다시금 잠깐 사이에 벌건 대낮에서 한밤중이 되었다. 저녁 때여서 그랬거나 아니면 블라인드가 내려져 있어서 방이 아주 흐릿하게 보이는 어느 날 저녁 헬렌이 그녀에게 말했다. "오늘 밤 누군가 여기에 앉아 있을 거야. 괜찮지?"

레이철은 눈을 뜨고 헬렌뿐 아니라 안경을 낀 간호사를 보았으며, 그녀의 얼굴은 자신이 언젠가 한번 본 적이 있는 무언가를 희미하게 상기시켰다. 그녀는 예배당에서 그녀를 본 적이 있었다.

"머키니스 간호사야"라고 헬렌이 말했으며, 간호사는 그들 모두 그러는 것처럼 계속해서 미소 지으며 사람들이 자신을 무서워하는 것을 거의 보지 못했다고 말했다. 잠시 시중을 든 후에 그들은 둘 다 사라졌으며, 베개에서 몸을 뒤척이며 레이철은 잠이 깨어 열둘에 끝나지 않고 두 자리 숫자로 계속되는—열셋, 열넷, 그리고 스물, 서른, 마흔에 이를 때까지 계속되는—이 끝없는 밤들 중 하루의 한가운데 자신이 있음을 발견했다. 그녀는 만약 밤들이 원한다면 그들이 이렇게 하는 것을 막을 것이 아무것도 없다는 것을 깨달았다. 아주 멀리에 나이 든 여자가 고개를 숙이고 앉아 있었다. 레이철은 몸을 조금 일으키고는 그녀가 신문지 한가운데 세워놓은 촛불로 카드를 하고 있는 것을 실망하여 바라보았다. 그 모습에는 어떤 이유에선지 불길한 무언가가 있었다. 따라서 그녀는 무서워 소리 질렀으며, 이 소리에 여자는 카드를 내려놓고 손으로 촛불을 가리고서 방을 가로질러왔다. 그녀는 방의 넓은 공간을 가로질러 점점 가까이 다가와서 마침내 레이철의 머리 위쪽에 서서 말했다. "잠들지 않았어요? 당신을 편안하게 해줄게요."

그녀는 촛불을 내려놓고 침구를 정리하기 시작했다. 밤중 내내 동굴에서 카드를 하고 앉아 있는 여자의 손이 아주 찰 것이라고 생각하며, 그녀는 그것에 닿지 않게 몸을 움츠렸다.

"이런, 발가락이 줄곧 아래쪽으로 나와 있었네요!" 여자는 계속해서 침구 끝을 밀어 넣으며 말했다. 레이철은 그 발가락이 자신의 것이라는 것도 깨닫지 못했다.

"당신은 가만히 누워 있어야만 해요." 그녀가 계속 말을 했다. "가만히 누워 있으면 열이 덜 날 것이고, 만약 당신이 뒤치락거리면 몸이 더 뜨거워지게 될 거예요. 당신은 열이 지금보다 조금이라도 더 나기를 원하지 않죠?" 그녀는 굉장히 오랜 시간 동안 레이철을 내려다보고 서 있었다.

"더 조용히 누워 있으면 있을수록 더 빨리 회복될 거예요." 그녀는 반복해서 말했다.

레이철은 천장에 있는 봉우리를 이루는 그림자에 눈을 고정시켰으며, 그녀의 모든 에너지는 이 그림자가 움직여야만 한다는 갈망에 집중되었다. 그러나 그림자와 여자는 영원히 그녀 위에 고정되어 있는 것처럼 보였다. 그녀는 눈을 감았다. 그녀가 다시 눈을 떴을 때 몇 시간이 더 흘렀지만, 밤은 여전히 끝없이 지속되었다. 여자는 여전히 카드를 하고 있었으며, 단지 그녀는 지금 강 아래 터널 속에 앉아 있고, 불빛은 그녀 위쪽 벽에 있는 작은 아치 길에 있었다. 그녀는 "테렌스!"를 소리쳐 불렀으며 여자가 아주 느리게 움직이며 일어났을 때 봉우리를 이루는 그림자가 다시 천장을 가로질러 움직였고, 그들은 둘 다 그녀 위쪽에 정지해 있었다.

"포레스트 씨를 침대에 누워 있게 하는 것만큼이나 당신을 침대에 있게 하는 것이 힘들군요." 여자가 말했다. "그는 아주 키가 큰 신사였어요."

이 끔찍한 움직이지 않는 광경을 제거하기 위해서 레이철은 다시 눈을 감았으며, 템스 강 아래 터널을 걷고 있는 자신을 발견했다. 그곳에는 왜소한 불구의 여자들이 아치 길에 앉아 카드를 하고 있었으며, 벽돌로 만들어진 벽에서는 습기가 스며 나왔고 이것이 모여 물방울이 되어 벽을 따라 미끄러져 내렸다. 그러나 왜소한 늙은 여자들은 잠시 후 헬렌과 머키니스 간호사가 되어서 함께 속삭이며, 끊임없이 속삭이며 창가에 서 있었다.

반면에 그녀의 방 밖에서 집에 있는 다른 사람들의 소리와 움직임과 삶들은 일상적인 시간의 흐름을 따라 예사로운 햇볕 속에 계속되었다. 그녀가 병이 난 첫날 그녀의 체온이 매우 높기 때문에 절대적으로 몸 상태가 좋지 않으리라는 것이 분명해졌을 때가 화요일이었는데 그 후 금요일까지, 테렌스는 그녀에 대해서가 아니라 그들을 갈라놓는 그들 외부의 힘에 대한 분노로 가득 차 있었다. 그는 자기들을 위해서는 거의 확실히 망쳐버린 날들을 세어보았다. 즐거움과 괴로움이 이상하게 혼합되어서, 그는 평생 처음으로 자신이 다른 사람에게 매우 의존하며 자신의 행복이 그녀의 손에 달려 있다는 것을 깨달았다. 나날들이 시시하고 중요하지 않은 일들에 완전히 허비되었다. 왜냐하면 그렇게 친밀하고 격렬한 삼 주가 지난 후에 모든 일상적인 일들은 견딜 수 없이 단조로웠고 예상에 어긋나버렸기 때문이었다. 가장 견딜 만한 일은 세인트 존에게 레이철의 병에 대해 얘기하는 것과, 모든 증상과 그 의미를 토론하는 것이었으며, 그리고 이 주제가 고갈되면 모든 종류의 병과 그 병의 원인이 무엇이며 어떻게 치료

할 수 있는지를 토론하는 것이었다.

매일 두 번씩 그는 레이철에게 가서 옆에 앉아 있었으며, 매일 두 번씩 같은 일이 일어났다. 아주 어둡지는 않으며 평소처럼 악보와 그녀의 책들과 편지들이 흩어져 있는 그녀의 방에 들어서면 그의 기분은 즉시 좋아졌다. 그녀를 보았을 때 그는 매우 안심이 되었다. 그녀는 많이 아파 보이지는 않았다. 그녀 옆에 앉아 그는 단지 평소보다 약간 낮을 뿐 자연스런 목소리로 자기가 무엇을 하고 있었는지를 그녀에게 말하곤 했다. 그러나 오 분 정도 거기에 앉아 있게 되면 그는 아주 깊은 우울함에 빠졌다. 그녀는 똑같지가 않았다. 그는 자기들의 관계를 예전으로 돌려놓을 수 없었다. 그러나 아무리 그것이 어리석은 일이라는 것을 알더라도, 그는 그녀를 되돌리기 위해서 그녀가 기억하게 만들기 위해서 노력하는 자신을 막을 수 없었으며, 이 일이 실패했을 때 그는 절망했다. 그녀의 방을 나설 때면 언제나 그는 그녀를 보지 않는 것보다 본 것이 더 나빴다고 결론 내렸지만, 점차로 시간이 지남에 따라 그녀를 보고 싶은 욕망이 되살아나며 그 욕망이 너무나 커서 거의 견딜 수 없을 지경이었다.

목요일 아침 테렌스가 그녀 방에 들어갔을 때 그는 평상시처럼 확신이 증가하는 것을 느꼈다. 그녀는 몸의 방향을 바꾸며 수만 리나 멀리 떨어져 있는 세상으로부터 어떤 사실들을 기억하려고 애썼다.

"당신 호텔에서 올라왔지요?" 그녀가 물었다.

"아니오, 당분간 여기에 머물고 있어요." 그가 말했다. "우리는 막 점심을 끝냈어요." 그가 계속 말을 이었다. "그리고 편지가 도착했어요. 당신한테 온 편지도 한 묶음 있어요. 영국에서 온 편지들이요."

그가 의도했던 것처럼 편지들을 보고 싶다고 말하지 않고 그녀는 잠시 아무 말도 하지 않았다.

"저기 그들이 가고 있어요, 언덕 가장자리로 굴러 내려가고 있는 것 보이세요?" 그녀가 갑자기 말했다.

"구르다니요? 레이첼, 뭐가 구르는 것을 본단 말이요? 구르고 있는 것은 아무것도 없어요."

"칼을 들고 있는 나이 든 여자예요." 그녀는 특별히 테렌스가 아니라 그를 지나쳐 눈길을 주며 대답했다. 그녀가 맞은편 서가에 있는 화병을 보고 있는 것처럼 보여서 그는 일어나서 그것을 내려놓았다.

"이제 그들은 더 이상 굴러 내릴 수 없어요." 그가 기운차게 말했다. 그럼에도 불구하고 그녀는 같은 곳을 응시하며, 그가 자신에게 말하고 있지만 그에게는 더 이상 아무런 주의도 기울이지 않았다. 그는 심히 비참해져서 레이첼과 함께 앉아 있는 것을 견딜 수가 없어서, 어슬렁거리다가 베란다에서 『타임스』를 읽고 있는 세인트 존을 만났다. 그는 신문을 옆으로 내려놓고서 테렌스가 정신착란에 대해 얘기하는 모든 말을 참을성 있게 들어줬다. 그는 테렌스에게 매우 인내심이 강했다. 그는 테렌스를 어린아이처럼 다뤘다.

금요일이 되자 레이첼의 병이 더 이상 하루이틀 안에 사라질 발병이 아니라는 것을 부인할 수 없었다. 그것은 상당한 관리를 필요로 하고, 적어도 다섯 명이 주의를 기울여야 하는 진짜 병이었지만, 불안해할 이유는 없었다. 닷새 동안 지속되는 대신에 그 병은 열흘간 지속되려고 하였다. 사람들은 이 병에는 잘 알려진 변종들이 있다는 로드리게즈의 말을 이해했다. 로드리게즈는 그들이 이 병을 지나치게 걱정하며 다루고 있다고 생각하는 것 같았다. 그는 방문 때마다 항상 똑같은 자신감을 과시했으며, 테렌스와의 면담에서 그는 언제나 테렌스가 걱정하는 세밀한 질문들을 그들 모두 너무 심각하게 그것을 받아들이고 있다는 것을 암시하는 듯한 과장된 몸짓으로 가벼이 일축했다. 그는 이상하게 앉고 싶어 하지 않는 것처럼 보였다.

"체온이 높군요." 그는 슬그머니 방을 둘러보고, 그 밖의 다른 것보다 가구와 헬렌의 자수에 훨씬 많은 관심을 보이며 말했다. "이런 기후에는 고열을 예상해야 합니다. 그 때문에 놀랄 필요는 없습니다. 우리가 판단하는 것은 맥박이오." (그는 자신의 텁수룩한 팔목을 가볍게 두드렸다), "그런데 맥박은 언제까지나 정상적으로 훌륭합니다."

그런 다음 그는 인사하고 슬그머니 나가버렸다. 양쪽 모두에게 힘들게 면담이 불어로 이루어졌으며, 테렌스가 낙관적이라는 사실과 함께 소문으로 듣기에 의학 관련 직업을 존중한다는 사실이 만약 그가 어떤 다른 능력으로 의사와 마주쳤을 경우보다 그를 덜 비판적으로 만들었다. 무의식적으로 그는 헬렌에 맞서 로드리게즈의 편에 섰는데, 헬렌은 그에 대해 터무니없는 편견을 갖고 있는 것 같았다.

토요일이 되었을 때 하루의 시간들이 지금보다 더 엄밀히 짜여야 한다는 것이 분명해졌다. 세인트 존도 돕고자 나섰는데, 그는 자신이 달리 할 일이 없으며, 만약 자신이 쓸모가 있다면 빌라에서 하루를 보내도 좋다고 말했다. 그들은 마치 힘든 탐험여행을 시작하고 있는 것처럼 거실 방문에 핀으로 꽂아놓은 커다란 종이에 정교한 시간 계획표를 써내려가며 자기들끼리 임무를 분배했다. 거리상 시내로부터 떨어져 있고 전혀 예상치 못한 장소들에서 알 수 없는 이름을 가진 희귀한 것들을 조달하는 어려움이 그들로 하여금 필수적으로 신중하게 생각하게끔 만들었다. 그들은 마치 매우 키가 큰 자기들의 몸을 굽히고 현장에서 도안에 따라 세세한 모래 알갱이들을 정렬해야 하는 것처럼, 그들에게 요구되어지는 간단하지만 실질적인 일들을 하는 것이 의외로 어렵다는 것을 알게 되었다.

시내로부터 필요한 것을 가져오는 것은 세인트 존의 임무였다. 그래서 테렌스는 거실의 열린 문 가까이에서 무더운 시간을 오랫동안 홀로 위층의 움직임이나 헬렌이 부르는 소리를 들으며 앉아 있곤 하였다. 그는 언제나 블라인드를 내리는 것을 잊어서 밝은 햇빛에 앉아 있었으며, 이것은 그 스스로 원인이 무엇인지를 알지 못한 채 그를 괴롭혔다. 방은 지독하게 거북스럽고 불편했다. 모자들은 의자들 위에 약병들은 책들 사이에 있었다. 그는 책을 읽으려고 하였지만, 좋은 책들은 너무 좋고 나쁜 책들은 너무 나빴다. 그가 유일하게 견딜 수 있는 것은 신문이었는데, 이것은 런던의 소식과 디너파티를 열고 연설을 하고 있는 실제 사람들의 동향과 더불어, 그렇지 않으면 단순한 악몽에 지나지 않았을 것에 작은 현실성의 배경을 제공하는 것처럼 보였다. 그의 주의력이 마침 신문에 고정되었을 때, 헬렌으로부터 가벼운 소환이 있거나 아니면 체일리 부인이 위층에서 필요로 하는 무언가를 가지고 들어왔다. 그러면 그는 짧은 양말을 신은 채로 아주 조용히 달려 올라가서 침실문 밖에, 주전자와 컵들로 혼잡한 작은 책상 위에 주전자를 놓았다. 혹은 만약 잠시라도 헬렌을 붙잡을 수 있으면, "그녀가 어떤가요?"라고 물어보곤 하였다.

"조금 불안해하고 있어요…… 대체로 보다 조용하다고 생각해요."

대답은 한쪽 아니면 다른 쪽이었다.

평소와 다름없이 그녀는 말하지 않은 무언가를 비축해둔 것 같았다. 테렌스는 그들의 의견이 일치하지 않는다는 것을 알아채고는, 큰 소리를 지르지는 않았지만 서로 반대 의견을 주장했다. 그러나 그녀는 너무 급히 서두르고 여념이 없어서 얘기를 나눌 수가 없었다.

긴장하여 말을 듣고 상황을 실질적으로 정렬하며 사태가 매끄럽게 처리되는 것을 보려는 노력으로 테렌스의 모든 힘은 소진되었다. 이 긴 울적한 악몽에 말려들어, 그는 그것이 어느 정도의 상태에 이르렀는지를 생각해보려 하지 않았다. 레이철이 아팠다. 그것이 전부였다. 그는 약과 우유가 있으며 물건들이 필요할 때에 맞춰 준비되어 있는지를 알아야 했다. 생각이 멈췄다. 삶 자체가 멈췄다. 비록 그 밖의 어떤 것이 변하지는 않았지만 단지 긴장이 매일 조금씩 커졌기 때문에 일요일은 토요일의 상황보다 조금 더 악화되었다. 결합되어 일상적인 날을 만드는 즐거움과 관심과 고통의 개별적 감정들은 비참한 고통과 심각한 지루함이라는 하나의 길게 늘어진 감각으로 바뀌었다. 그는 어린아이 때 홀로 유아실에 갇힌 이래로 결코 이렇게 지루한 적이 없었다. 지금과 같이 혼란스럽고 무관심한 레이철의 모습은 오래전 한때 보여줬던 그녀의 모습을 거의 지워버렸다. 그는 그들이 행복한 적이 있었다거나 결혼하기로 약속하였었다는 것을 거의 믿을 수 없었다. 느낌이란 무엇이었으며 느낄 수 있는 무엇이 남아 있단 말인가? 혼란이 모든 광경과 사람을 덮어버렸으며 그는 세인트존, 리들리, 이따금 호텔에서 안부를 물으러 불쑥 찾아오는 사람들을 안개 속에서 보는 것 같았다. 이 안개에 숨어 있지 않은 유일한 사람은 헬렌과 로드리게즈였는데, 그들은 레이철에 관해 명확한 무언가를 말해줄 수 있기 때문이었다.

그럼에도 불구하고 하루는 일상적인 형태로 계속되었다. 일정한 시간에 그들은 식당에 들어갔으며, 식탁에 둘러앉았을 때 그들은 대수롭지 않은 것들에 대해 얘기했다. 일반적으로 세인트 존이 얘기를 시작하고 그것이 끊겨 사라져버리지 않게 지키는 것을 자신의 업무로 만들었다.

"산초[3]가 그 하얀 집을 지나가게 하는 방법을 알아냈어요." 세인트 존이 일요일 점심식사 때 말했다. "종이 한 장을 그의 귀에 대고 톡톡 소리를 내는 거예요. 그러면 약 백 미터쯤 내닫다가 그 후는 아주 잘 갈 거예요."

"그래요, 하지만 그는 옥수수를 원해요. 당신은 그가 옥수수를 먹는다는 것을 알아야만 해요."

"나는 그들이 그에게 주는 것에 대해서는 그다지 많이 생각하지 않아요. 그리고 안젤로는 더러운 꼬마 악당 같아요."

그러고 나서 긴 침묵이 흘렀다. 리들리는 작은 목소리로 시 몇 줄을 중얼거리고는, 마치 자신이 그랬다는 것을 감추려는 듯이 "오늘은 매우 덥군"이라고 말했다.

"어제보다 2도가 높아요." 세인트 존이 말했다. "저는 이 견과들이 어디에서 오는지 궁금해요." 그는 접시에서 견과를 하나 집어 손가락으로 굴리면서 신기한 듯이 살펴보며 말했다.

"런던이라는 생각이 드는군." 테렌스 역시 그 견과를 바라보며 말했다.

"유능한 사업가는 이곳에서 즉시 한 밑천 잡을 수 있을 거예요." 세인트 존이 말을 이었다. "더위가 사람들의 머리를 약간 이상하게 만드는 것 같아요. 영국 사람들조차 약간 이상해져요. 어쨌든 그들은 상대하기에 희망 없는 사람들이에요. 그들은 도대체

3 여기서는 말이나 노새 이름 같음.

아무 이유도 없이 나를 약국에서 45분이나 기다리게 했어요."

또 다른 긴 중단이 있었다. 그때 리들리가 물었다. "로드리게즈가 만족하는 것 같아 보이나?"

"확실히," 테렌스가 결연히 말했다. "그것은 정확한 수순을 밟고 있어요." 그 말에 리들리는 깊은 한숨을 내쉬었다. 그는 진심으로 모든 사람이 안쓰러웠지만, 동시에 헬렌을 상당히 그리워했으며, 따라서 두 젊은이가 계속 있는 것에 다소 불만이었다.

그들은 거실로 돌아갔다.

"여보게, 허스트," 테렌스가 말했다. "두 시간 동안은 할 일이 아무것도 없네." 그는 방문에 꽂아 놓은 종이를 보았다. "자네는 가서 눕게. 내가 여기서 기다릴게. 헬렌이 점심식사를 하는 동안은 체일리가 레이철 옆에 있어."

헬렌을 보기 위해 기다리지 말고 가라고 말하는 것은 허스트에게 아주 많은 것을 요구하는 것이었다. 잠깐이나마 헬렌을 보는 것이 긴장과 지루함으로부터의 유일한 휴식이었으며, 아주 자주 하루의 불편을 보상해주는 것 같았다. 비록 그녀가 그들에게 말할 것이 아무것도 없다고 하더라도 말이다. 그렇지만, 마치 그들이 함께 탐험여행을 하고 있는 것처럼 그는 복종하기로 결심했다.

헬렌은 아주 늦게 내려왔다. 그녀는 오랫동안 어둠 속에 계속 앉아 있었던 사람 같았다. 그녀는 창백하고 보다 야위었으며, 그녀 눈빛의 표정은 고통스러웠지만 확고했다. 그녀는 급하게 점심을 먹었으며, 자신이 무엇을 하고 있는지 무관심해 보였다. 그녀는 테렌스의 질문을 무시했으며, 마침내 마치 그가 말하지 않던 것처럼 약간 찌푸리며 그를 쳐다보고 말했다.

"계속 이렇게 할 수는 없어요, 테렌스. 당신이 또 다른 의사를 찾아보던지, 아니면 로드리게즈한테 그만 오라고 말해야 해요. 그러면 내가 혼자 알아서 해볼게요. 레이철이 좋아지고 있다고 그가 말하는 것은 아무 소용없어요. 그녀는 더 좋아지는 것이 아니라, 훨씬 더 나빠지고 있어요."

그는 레이철이 "머리가 아파요"라고 말했을 때 고통스러웠던 것처럼 끔찍한 충격을 받았다. 그는 헬렌이 너무 긴장하였다고 생각함으로써 충격을 달랬으며, 그녀가 다른 생각에서 자신에게 반대한다는 완강한 느낌으로 자신의 생각에 매달렸다.

"당신은 그녀가 위험하다고 생각하세요?" 그가 물었다.

"누구도 저렇게 매일매일 계속해서 아플 수는 없어요. — " 헬렌이 대답했다. 그녀는 그를 바라보고는 마치 누군가에게 어떤 분노를 느낀 것처럼 말했다.

"좋습니다. 오늘 오후 로드리게즈에게 말할게요." 그가 대답했다. 헬렌은 곧 위층으로 올라갔다.

지금 그 어떤 것도 테렌스의 불안을 누그러뜨릴 수 없었다. 그는 읽을 수도 없고 조용히 앉아 있을 수도 없으며, 헬렌이 과장하고 있으며 레이철이 아주 많이 나쁜 것은 아니라고 자신이 확정하고 있다는 사실에도 불구하고 그의 안정감은 흔들렸다. 그러나 그는 제삼자가 자신의 믿음을 확신시켜주기를 원했다.

로드리게즈가 내려오자마자 그는 물었다. "그래, 그녀는 어떤가요? 그녀가 더 나빠지고 있다고 생각하세요?"

"불안해하실 이유가 없습니다. 정말이지, — 전혀 그렇지 않습니다." 로드리게즈는 거북스럽게 미소 지으며, 마치 자리를 벗어나고 싶은 듯 조금씩 움직이면서 끔찍한 불어로 대답했다.

휴잇은 그와 방문 사이에 단호하게 서 있었다. 그는 로드리게즈가 어떤 유형의 사람인지 스스로 알아보기로 작정했다. 그를 바라본 휴잇은 그가 하찮아 보이고 더러운 외모에 미덥지 못하고 우둔하며 얼굴이 털투성이인 것을 알았을 때, 그 남자에 대한 확신이 사라졌다. 자신이 전에는 이런 것을 전혀 본 적이 없었다는 것이 이상했다.

"물론, 당신이 다른 의사와 상담해주기를 우리가 부탁하는 것을 반대하지 않으시겠죠?" 그는 말을 이었다.

이 말에 이 작은 남자는 노골적으로 화를 냈다.

"아!" 그가 소리 질렀다. "당신은 나를 믿지 않는 거요? 당신은 내 치료에 반대하는 겁니까? 당신은 내가 이 환자를 포기하기를 원해요?"

"절대로 그렇지 않습니다." 테렌스가 대답했다. "그러나 이런 종류의 심각한 병에는―"

로드리게즈는 자신의 어깨를 으쓱했다.

"이 병은 심각하지 않다고 장담해요. 당신은 지나치게 불안해하고 있어요. 이 젊은 숙녀분은 심각하게 아픈 것이 아니고, 나는 의사입니다. 물론 숙녀분은 깜짝 놀란 상태지요." 그는 냉소했다. "그 점은 전적으로 이해합니다."

"의사의 이름과 주소는―?" 테렌스가 말했다.

"다른 의사는 없습니다." 로드리게즈는 무뚝뚝하게 대답했다. "모든 사람이 나를 신뢰합니다. 자! 당신에게 보여드리겠습니다."

그는 한 묶음의 오래된 편지들을 꺼내서 마치 테렌스의 의심들을 반박할 편지를 찾으려는 것처럼 그것들을 뒤적이기 시작했다. 뒤적거리며 그는 자신을 신뢰했던 한 영국 귀족―불행히도 자신이 그의 이름을 잊어버린 훌륭한 영국 귀족―에 대한 이야기를 하기 시작했다.

"이곳에는 다른 의사는 없습니다." 그는 여전히 편지들을 뒤적이며 말을 맺었다.

"상관없습니다." 테렌스는 퉁명스럽게 말했다. "내가 알아서 찾아보겠습니다." 로드리게즈는 편지들을 자신의 호주머니에 집어넣었다.

"좋습니다." 그가 말했다. "반대하지 않습니다."

그는 마치 그들이 병을 지나치게 심각하게 여기고 있으며 어떤 다른 의사도 없다는 것을 반복하려는 것처럼 자신의 눈살을 찌푸리고, 어깨를 으쓱하였다. 그는 자신이 의심받고 있다는 것을 알며, 따라서 자신의 악감을 불러일으켰다는 인상을 남기고는 슬그머니 나갔다.

이 일이 있은 후 테렌스는 더 이상 아래층에 머물 수가 없었다. 그는 올라가서 레이철의 방문을 두드렸으며, 헬렌에게 잠시 레이철을 볼 수 있는지 물었다. 그는 어제 그녀를 보지 못했었다. 헬렌은 거절하지 않았으며, 창가의 테이블에 가서 앉았다.

테렌스는 침대 옆에 앉았다. 레이철의 얼굴은 변해 있었다. 그녀는 활기를 찾으려는 노력에 전적으로 집중하고 있는 것처럼 보였다. 그녀의 입은 오므려져 있었고, 뺨은 비록 혈색은 없지만 상기되고 움푹 꺼져 있었다. 눈은 완전히 감기지는 않은 채로, 마치 그녀가 보고 있어서가 아니라 너무 지쳐서 감을 수조차 없기 때문에 뜬 채로 있는 것처럼, 흰 부분의 아래쪽 절반이 드러나 있었다. 그가 키스했을 때 그녀는 눈을 완전히 떴다. 그러나 그녀는 칼로 한 남자의 머리를 베고 있는 한 늙은 여자를 보았을 뿐이었다.

"저기 그것이 떨어져요!" 그녀가 중얼거렸다. 그녀는 테렌스 쪽으로 향하고는 노새들과 있는 한 남자에 대한 어떤 질문을 걱정스럽게 하였는데, 그는 이해할 수 없었다. "왜 그는 오지 않지요? 그는 왜 안 오는 거예요?" 그녀는 반복했다. 그는 이와 같은 병과 관련하여 아래층의 그 작은 더러운 남자를 생각하며 오싹 소름이 돋으며 본능적으로 헬렌을 보았지만, 그녀는 창가에 있는 테이블에서 무엇인가 하고 있으며, 그가 받은 이 대단한 충격의 정도를 알아차리는 것처럼 보이지 않았다. 그녀의 말을 듣는 것을 더 이상 견딜 수 없어서 그는 가려고 일어났다. 그의 심장은 분노와 절망감으로 빠르고 고통스럽게 뛰었다. 그가 헬렌을 지나칠 때 그녀는 똑같이 비참하고 부자연스럽지만 확고한 목소리로 얼음을 좀 더 가져오고 밖에 있는 주전자에 신선한 우유를 채워놓으라고 부탁했다.

이러한 심부름들을 끝냈을 때 그는 허스트를 찾으러 갔다. 세인트 존은 지치고 너무 더워서 침대에서 잠들어 있었지만, 테렌스는 거리낌 없이 그를 깨웠다.

"헬렌은 그녀가 훨씬 악화되었다고 생각하네." 그가 말했다. "그녀가 몹시 아프다는 점에는 의심의 여지가 없어. 로드리게즈는 쓸모없는 인간이야. 우리는 또 다른 의사를 구해봐야 해."

"그러나 다른 의사는 없네." 허스트는 일어나 앉아 눈을 비비며 졸린 듯이 말했다.

"빌어먹을 바보처럼 굴지 마!" 테렌스가 소리질렀다. "물론 또다른 의사는 있어, 그리고 만약 없다면 자네가 찾아와야 해. 며칠 전에 그랬어야 했어. 나는 말에 안장을 얹으러 내려가네." 그는 한곳에 가만히 머물 수 없었다.

십 분이 안 되어 세인트 존은 찌는 듯한 무더위에 의사를 찾아 시내로 말을 달리고 있었다. 그의 맡은 바 임무는 의사를 찾아서 만약 그를 특별 기차 편으로 데려와야 한다면 직접 모셔오는 것이었다.

"우리는 며칠 전에 이렇게 했어야만 해." 휴잇은 화가 나서 되풀이했다.

거실로 돌아갔을 때 그는 사람들이 요즈음 그러하듯이 플러싱 부인이 미리 알리지 않고 부엌이나 정원을 통해 들어와서 거실 한가운데 아주 똑바로 서 있는 것을 보았다.

"좀 나았나요?" 플러싱 부인이 퉁명스럽게 물었다. 그들은 악수하려고 하지도 않았다.

"아니오." 테렌스가 말했다. "어느 편이냐 하면, 그들은 그녀가 훨씬 나빠진다고 생각합니다."

플러싱 부인은 줄곧 테렌스를 똑바로 바라보며 잠시 생각하는 것 같아 보였다.

"말씀 드리자면," 그녀는 신경질적으로 불쑥 말했다. "사람이 걱정하기 시작하는 것은 항상 칠 일째예요. 아마도 당신은 혼자 걱정하며 여기 앉아 있었으리라는 생각이 듭니다. 당신은 그녀가 나쁜 상태라고 생각하지만, 새롭게 보는 사람 눈에는 그녀가 훨씬 더 좋아졌다는 것이 드러날 거예요. 엘리엇 씨도 열이 있었지만, 지금은 아주 좋아요"라고 그녀는 넌지시 말했다. "그것은 그녀가 탐험여행에서 걸린 것이 아니에요. 문제가 되는 것이 ─며칠간 열이 나는 건가요─제 남동생도 한때 이십육 일간 열이 있었어요. 그리고는 일이 주 안에 자리를 털고 일어났지요. 우리는 그에게 단지 우유와 갈분[4]만 주었어요."

이때 체일리 부인이 전언을 가지고 들어왔다.

"위층에서 저를 찾고 있습니다." 테렌스가 말했다.

"아시죠, ─그녀는 보다 좋아질 거예요." 플러싱 부인은 그가 방을 나갈 때 불쑥 말했다. 테렌스를 설득시키려는 그녀의 열망

---

4 애로루트, 일종의 아메리카 열대산 칡뿌리를 짓찧어 물에 가라 앉혀서 말린 가루.

은 아주 컸으며, 그가 아무 말 없이 떠났을 때 그녀는 불만스럽고 안절부절못했다. 그녀는 머물고 싶지 않았지만, 도저히 갈 수가 없었다. 그녀는 누군가 대화 나눌 사람을 찾아서 이 방 저 방 어슬 렁거렸지만, 모든 방들이 비어 있었다.

테렌스는 위층으로 올라가 헬렌의 지시를 받기 위해 방문 안에 서서 레이철을 바라보았지만, 그녀에게 말을 하려고 시도하지는 않았다. 그녀는 희미하게 그의 존재를 의식하는 듯이 보였지만, 그것이 그녀를 혼란스럽게 하는 것 같았다. 그래서 그녀는 몸을 돌리고 그에게 등을 보이고 누워 있었다.

사실상 육 일 동안 그녀는 바깥 세상을 잊고 있었다. 왜냐하면 끊임없이 그녀 눈앞에 지나가는 뜨겁고 붉은 빠른 광경들을 따라가는 것은 그녀의 모든 주의력을 필요로 했기 때문이었다. 그녀는 자신이 이러한 광경들에 집중하여 그 의미를 파악하는 것이 굉장히 중요하다는 것을 알았지만, 언제나 너무 늦어서 그 모든 것을 설명할 무언가를 듣고 볼 수 없는 상황이었다. 이런 이유 때문에 가끔 그녀에게 너무 바짝 다가오는 얼굴들―헬렌의 얼굴, 간호사, 테렌스, 의사의 얼굴―은 그녀의 주의력을 흩뜨렸으며, 따라서 그녀는 실마리를 놓칠지도 몰라 걱정하고 있는 중이었다. 그러나 나흘째 오후에 갑자기 그녀는 시야에 들어온 것들로부터 헬렌의 얼굴을 구분할 수 없었다. 그녀가 침대 위로 몸을 굽힐 때 그녀의 입술은 넓어졌으며, 그녀는 다른 사람들처럼 분명치 않게 빨리 지껄이기 시작했다. 보이는 광경들은 모두 어떤 음모, 어떤 모험, 어떤 도망과 관련되었다. 그들이 행하고 있는 것의 본질은 끊임없이 변했다. 비록 그 이면에는 항상 이유가 있어서, 그녀가 그것을 파악하고자 노력해야 했지만 말이다. 이번엔 그들이 나무들과 야만인들 가운데 있었으며, 이번엔 바다 위에 떠 있었고, 이번엔 높은 탑들 꼭대기에 있었고, 이번엔 그들이 뛰어내렸고, 이번엔 날아다녔다. 그러나 막 중대 국면이 일어나려 할 때 언제나 무언가 그녀의 머리로 슬그머니 들어와서, 모든 노력이 되풀이해서 시작되어야만 했다. 더위는 숨이 막힐 지경이었다. 마침내 얼굴들은 더욱 멀리 가버렸으며, 그녀는 끈적끈적한 깊은 물웅덩이에 빠져들었고, 결국은 머리까지 완전히 잠겨버렸다. 그녀는 희미하게 윙윙거리는 소리를 제외하고는 아무것도 보지도 못하고 듣지도 못했는데, 이것은 그녀 머리 위로 굽이치는 바닷물 소리였다. 그녀를 괴롭히는 모든 사람들이 그녀가 죽었다고 생각하고 있는 동안, 그녀는 죽은 것이 아니라 바다 바닥에 웅크리고 앉아 있었다. 거기서 그녀는 때로는 어둠을 보고 때로는 빛을 보고 있었으며, 누군가 이따금 그녀를 바다 바닥에 넘어뜨렸다.

세인트 존은 종잡을 수 없이 매우 수다스런 원주민들과 말씨름하며 태양의 열기 속에 몇 시간을 보낸 후에, 프랑스인 의사가 한 명 있으며 지금은 오지의 구릉지에서 휴가 중이라는 정보를 캐내었다. 그들이 말하듯이 그를 찾아내는 것은 매우 불가능했다. 자신의 시골 경험으로 미뤄 세인트 존은 전보를 받거나 보내는 것은 가망이 없다고 생각했다. 그러나 그는 의사가 머물고 있는 구릉지 마을까지의 거리를 백육십 킬로미터에서 사십팔 킬로미터로 단축시킨 후, 마차와 말들을 세내어 의사를 데려오기 위해서 즉시 출발했다. 그는 의사를 찾아내는 데 성공했으며, 내켜 하지 않는 그 남자가 결국에는 어쩔 수 없이 자신의 젊은 부인을 떠났다가 즉시 돌아가도록 억지로 밀어붙였다. 그들은 화요일 대낮에 빌라에 도착했다.

테렌스가 그들을 맞이하러 나왔으며, 세인트 존은 그사이에 그가 눈에 띄게 야위었다는 사실에 충격 받았다. 그는 또한 창백했으며, 눈은 이상해 보였다. 그러나 르사즈 박사의 무뚝뚝한 말투와 뚱하고 오만한 태도는, 비록 그가 이 전반적인 문제에 대해 굉장히 화가 났다는 것이 분명했지만, 그들 둘 다에게 호의적인 인상을 주었다. 그는 아래층으로 내려오며 명확하게 지시를 내렸지만, 이제 심술궂을 뿐만 아니라 비굴한 로드리게즈의 존재 때문인지, 아니면 무슨 말을 듣게 될지 그들이 당연히 이미 알고 있으리라고 생각해서인지, 결코 자신의 의견을 말하지는 않았다.

"물론이오." 테렌스가 "그녀가 많이 아픈가요?"라고 물었을 때 그는 어깨를 으쓱이며 말했다.

르사즈 박사가 분명한 지시를 남기고 두세 시간 안에 다시 왕진 올 것을 약속하며 떠났을 때, 그들은 둘 다 어떤 안도감을 의식했다. 그러나 불행하게도, 그들은 기분이 고조되어 평소보다 훨씬 많은 말을 하게 되었으며, 대화 중에 그들은 싸웠다. 그들은 한 도로, 포츠머스 로드[5]에 관해 언쟁했다. 세인트 존은 그것이 하인드헤드를 지날 때는 머캐덤공법[6]으로 포장된다고 말했으며, 테렌스는 그때는 그것이 머캐덤공법으로 되지 않았다는 것을 자신의 이름을 아는 것처럼 분명히 알고 있었다. 이 논쟁 중에 그들은 서로에게 어떤 아주 모진 말을 했으며, 그래서 남은 저녁식사 시간에는 이따금 리들리가 던지는 반쯤 숨 막히게 하는 비난을 제외하고는 말없이 먹기만 했다.

어두워져서 램프를 가져왔을 때, 테렌스는 더 이상 자신의 초

---

5 1906년 언니 바네사와 오빠 토비, 남동생 아드리안과 함께했던 그리스 여행에서 회상한 세부 묘사. 바네사는 아테네에서 병이 나서 런던에 돌아온 후 회복되었으며, 토비는 돌아오는 길에 병이 나서 3주 후에 죽었다.

6 자갈을 몇 겹으로 깔아서 다지며, 쇄석을 아스팔트 또는 피치로 굳힌 도로.

조함을 통제할 수 없음을 느꼈다. 세인트 존은 그들이 싸웠기 때문에 테렌스에게 평소보다 훨씬 더 애정 어린 밤 인사를 던지고는 완전히 지친 상태에서 잠자러 갔으며, 리들리는 자신의 책들 속으로 물러났다. 테렌스는 홀로 남아 방 안을 서성이다가 열린 유리창 가에 섰다.

저 아래 마을에서 불빛이 하나둘 켜지고 있었으며, 정원은 매우 평화롭고 시원하여서 그는 테라스로 발걸음을 내딛었다. 그가 엷은 회색 불빛 사이로 단지 나무들의 형체들만 볼 수 있는 거기 어둠 속에 서 있을 때, 그는 도망치고 싶은, 이 고통을 끝내고 싶은, 레이철이 아프다는 것을 잊고 싶은 욕망에 압도당했다. 그는 자신도 모르는 사이에 모든 것을 잊어버리도록 스스로 내버려두었다. 마치 끊임없이 사납게 휘몰아치던 바람이 갑자기 잠잠해진 듯, 그를 억눌러오던 초조와 긴장과 불안이 사라져버렸다. 그는 조용한 대기 중에, 작은 섬에, 홀로 서 있는 것만 같았다. 그는 자유롭고 고통으로부터 면제되었다. 레이철이 건강하냐, 아프냐는 문제가 되지 않았다. 그들이 떨어져 있느냐 아니면 함께 있느냐는 아무 상관이 없었다. 문제될 것이 아무것도 없었다. ─ 아무것도 문제가 되지 않았다. 멀리서 파도가 해안에 부딪쳤으며, 부드러운 바람은 나뭇가지들 사이로 스쳐가며 그를 평화로움과 안전함으로, 어둠과 무無로 에워싸는 것 같았다. 확실히 투쟁과 번민과 근심의 세상은 실제 세상이 아니었다. 이것이 실제 세상으로, 이 세상은 피상적 세계 아래 있어서, 무슨 일이 일어나든지 우리는 안전하였다. 고요함과 평화로움이 모든 신경을 위로하며, 아주 시원한 시트로 그의 몸을 휘감는 것 같았다. 그의 마음은 다시 한 번 넓어지고 자연스러워지는 것 같았다.

그러나 그가 잠시 이렇게 서 있었을 때 집에서 들리는 어떤 소음이 그를 깨웠다. 그는 본능적으로 몸을 돌리고는 거실로 들어 갔다. 램프가 켜진 방의 광경은 그가 잊고 있던 모든 것을 매우 갑작스레 되돌려놓아서 그는 잠시 움직일 수 없어 그저 서 있었다. 그는 모든 것을, 시간을 심지어는 분까지 정확하게 기억했으며, 그들이 어떤 상태에 도달해 있었고 무슨 일이 일어난지를 기억해내었다. 그는 잠시나마 상황이 현 상황과 다른 척했던 자신에게 저주를 퍼부었다. 이제 밤을 직면하는 일이 예전보다 훨씬 더 힘들었다.

텅 빈 거실에 머물 수 없어, 그는 서성거리다가 레이철의 방으로 올라가는 층계 중간에 앉았다. 그는 누군가와 얘기하기를 간절히 바랐지만, 허스트는 잠이 들었고 리들리도 잠이 들었다. 레이철의 방에서는 아무런 소리도 들리지 않았다. 집에서 나는 소리라고는 체일리가 주방에서 움직이는 소리뿐이었다. 마침내 위쪽 계단에서 바스락 소리가 나며, 머키니스 간호사가 밤 근무를 준비하기 위해서 소맷부리의 버튼을 채우며 내려왔다. 테렌스는 일어나서 그녀를 멈춰 세웠다. 그는 거의 그녀에게 말을 건 적이 없었지만, 여전히 그의 마음속에서 레이철이 심각하게 아픈 것이 아니라고 주장하는 그의 믿음을 그녀가 확인시켜줄지도 모를 일이었다. 그는 르사즈 박사가 왔었다는 것과 그가 무슨 말을 했는지를 그녀에게 작게 속삭였다.

"자, 간호사님," 그가 작은 소리로 말했다. "당신 생각을 말해주세요. 당신은 그녀가 아주 심각하게 아프다고 생각하나요? 그녀가 위험한 상태인가요?"

"의사선생님이 말씀하시기를—" 그녀는 말하기 시작했다.

"네, 하지만 저는 당신 생각을 알고 싶어요. 당신은 이 같은 경우를 많이 경험하셨잖아요?"

"저는 선생님께 르사즈 박사님의 견해밖에는 말씀 드릴 수 없습니다, 휴잇 씨." 그녀는 마치 자신의 말이 그녀에게 불리하게 이용될지도 모르는 것처럼 조심스럽게 대답했다. "이 환자는 심각해요. 하지만 선생님께서는 우리가 빈레이스 양을 위해서 할 수 있는 모든 일을 하고 있다는 것을 확실히 느끼실 겁니다." 그녀는 직업상의 자신감을 가지고 말했다. 그러나 그녀는 여전히 자신의 길을 막고 있는 이 젊은 남자를 만족시키지 못했다는 것을 아마도 깨달은 듯했다. 왜냐하면 그녀는 층계에서 발걸음을 약간 옮기고는 바다 위로 떠 있는 달을 볼 수 있는 창밖을 내다보았기 때문이다.

"만약 선생님께서 물으신다면," 그녀는 이상하게 비밀스런 어조로 말하기 시작했다. "저는 제 환자들을 위해서는 절대로 5월을 좋아하지 않아요."

"5월?" 테렌스가 반복했다.

"망상일지는 모르지만, 저는 누군가 5월에 병이 나는 것을 보고 싶지 않아요." 그녀는 계속해서 말했다. "5월에는 사태가 나빠지는 것 같아요. 아마도 달 때문이지요. 달이 뇌에 영향을 미친다고 말하지 않나요, 선생님?"

그는 그녀를 쳐다보았지만 대답할 수가 없었다. 그녀를 쳐다보았을 때 그녀는 눈 아래 주름이 있었으며, 모든 다른 사람들처럼 하찮것없고 악의적이고 신뢰할 수 없이 되어버린 것 같았다.

그녀는 슬그머니 그의 옆을 지나서 사라졌다.

그는 자기 방으로 갔지만 옷을 벗을 수조차 없었다. 한동안 그는 이리저리 방 안을 서성였으며, 그런 다음 창문에 기대고 보다 옅은 푸른 하늘과 대조적으로 아주 어둡게 깔려 있는 땅을 응시하였다. 두려움과 혐오가 뒤섞인 감정으로 그는 아직도 정원에서 눈에 보이는 가는 검은색 삼나무들을 쳐다보았으며, 또한 땅이 아직 뜨겁다는 것을 보여주는 생소하게 귀에 거슬리며 삐걱거리는 소리들을 들었다. 이 모든 광경들과 소리들은 불길하며 적의와 전조로 가득 차 있는 것 같았다. 원주민들과 간호사와 의사와 병 자체의 끔찍한 세력과 더불어 그들은 그에게 맞서는 음모를 꾸미는 것 같았다. 그들은 그로부터 가능한 가장 많은 양의 고통을 끌어내려는 노력에 모두 함께 합심한 것 같았다. 그는 자신의 아픔에 익숙해질 수가 없었다. 그것은 그에게 하나의 계시였다. 그는 전에는 모든 행동 아래, 매일의 삶 저변에, 아픔이 조용히 정지해 있지만 삼켜버릴 준비가 되어 있다는 것을 결코 깨달은 적이 없었다. 그는 마치 고통이 모든 행동의 가장자리 위로 소용돌이치며 올라가 남자들과 여자들의 삶을 먹어 치워버리는 불꽃인 것처럼, 고통을 볼 수 있을 것만 같았다. 그는 전에는 공허하게 보였던 생존투쟁, 인생의 쓰라림 같은 단어들을 처음으로 이해하며 생각해보았다. 이제 그는 삶이 힘들고 고통으로 가득 차 있다는 것을 스스로 알았다. 아래 마을에 흩어져 있는 불빛들을 바라보며, 부지불식간에 위험을 무릅쓰며, 그들의 행복에 의해서 이와 같은 고통에 스스로를 드러내고 있는 아서와 수잔, 혹은 이블린과 페롯에 대해 생각했다. 그들은 어떻게 서로를 사랑할 용기가 있는지 놀라웠다. 어떻게 자신은 빠르고 조심성 없이, 한 가지 일에서 다른 일로 넘어가고, 여태껏 그래온 것처럼 레이철을 사랑하며, 감히 지금까지 살아온 것처럼 살아왔다는 말인가? 그는 결코 다시는 안전함을 느끼지 못할 것이다. 그는 절대로 삶의 안정성을 믿지도 않으며, 혹은 작은 행복과 만족과 안정감 저변에 아픔이 깊이 놓여 있다는 것을 잊지도 않을 것이다. 그가 뒤돌아보았을 때 그들의 행복은 그의 아픔이 현재 엄청난 것처럼 결코 그렇게 크지 않았던 것처럼 보였다. 그들의 행복에는 불완전한 어떤 것, 그들이 원했으나 얻을 수 없었던 무언가가 항상 있었다. 그들이 그렇게 어렸고 자신들이 무엇을 하고 있는 중인지를 몰랐었기 때문에, 그들의 행복은 파편적이고 불완전했었다.

그 방 초의 불빛은 창밖에 있는 나뭇가지들 위로 깜박였으며, 나뭇가지가 어둠 속에서 흔들릴 때 창밖에 있는 모든 세상의 한 장면이 그의 마음에 떠올랐다. 그는 거대한 강과 거대한 숲, 광대하게 펼쳐져 있는 건조한 대지와 육지를 에워싸고 있는 평평한 바다를 생각하였다. 바다로부터 하늘은 가파르고 거대하게 올라왔으며, 대기는 하늘과 바다 사이에서 완전히 씻겼다. 오늘 밤에 대기는 아주 거대하고 어두우며 바람에 노출되어 있었다. 그리고 이 거대한 공간 속에 마을들은 몇 개 되지 않으며, 세상에 융기하는 개간되지 않은 습곡 가운데 여기저기 흩어져 있는 이 마을들이 얼마나 작은 불빛 고리들, 혹은 개개의 반딧불이들 같은지를 생각하니 이상했다. 그리고 저 마을들에는 작은 남자들과 여자들, 꼬마 남녀들이 살고 있었다. 아, 이런 것을 생각할 때, 여기 작은 방에서 고통 받고 걱정하며 앉아 있는 것은 우스꽝스러운 일이었다. 무엇이 문제였나? 한 자그마한 피조물인 레이철은 그의 아래서 아파 누워 있으며, 자신은 이곳 자기 방에서 그녀로 인하여 고통 받고 있었다. 이 거대한 우주에서 그들의 몸이 가까이 있고 그들의 몸이 왜소하기 짝이 없다는 것이 그에게 부조리하고 우스꽝스러워 보였다. 아무것도 문제될 게 없다고, 그는 반복했다. 그들은 아무런 힘도, 아무 희망도 없었다. 그는 창틀에 기대어, 시간과 장소를 거의 잊을 정도로 생각에 잠겨 있었다. 그가 비록 그것이 부조리하고 우스꽝스러우며, 그들은 작고 희망이 없다고 확신하였지만, 그럼에도 불구하고 그는 이러한 생각들이 어쨌든 자신과 레이철이 함께 살게 될 삶의 일부를 형성한다는 감각을 절대로 잃지 않았다.

아마도 의사가 바뀌었기 때문에, 레이철은 다음 날 다소 좋아 보였다. 헬렌은 굉장히 창백하고 지쳐 보였지만, 근래에 계속 그녀의 눈에 서려 있던 구름이 약간 걷혀 있었다.

"그녀가 나에게 말을 했어요." 헬렌이 자발적으로 말했다. "그녀가 무슨 요일이냐고 나에게 물었어요. 그녀답게."

그러고는 갑자기 어떤 경고나 아무런 분명한 이유도 없이, 그녀 눈에 눈물이 맺히더니 끊임없이 양 볼로 흘러내렸다. 그녀는 마치 자신이 울고 있는 것을 모르는 것처럼, 자신의 얼굴 움직임에 거의 아무런 시도도 하지 않은 채, 그리고 스스로 멈추려는 어떤 노력도 없이, 울었다. 그녀 말이 그에게 준 위안에도 불구하고, 테렌스는 그 모습에 낙담하였다. 모든 것이 무너져내렸는가? 이 병의 위력에는 한계가 없는 걸까? 모든 것이 그 앞에서 굴복할 것인가? 헬렌은 그에게 언제나 강하고 단호하게 보였었는데, 지금은 어린아이 같았다. 그는 팔로 그녀를 감쌌으며, 그녀는 그의 어깨에 대고 조심스럽게 조용히 울며 아이처럼 그에게 매달렸다. 그런 다음 그녀는 정신을 차리고서 눈물을 닦았다. 그와 같이 행동하다니 어리석었다고 그녀는 말했다. 레이철이 훨씬 더 좋아졌음에 의심의 여지가 없는데, 매우 바보 같았다고 그녀는 반복했다. 그녀는 자기가 바보같이 군 것을 용서해달라고 테렌스에게 부탁했다. 그녀는 방문에서 멈추고는 다시 돌아와서 아무 말 없이 그에게 키스했다.

이날 레이철은 실제로 그녀 주변에서 무슨 일이 일어나고 있는지 의식하고 있었다. 그녀는 어둡고 끈적거리는 물웅덩이 표면으로 올라왔으며, 파도가 그녀를 이리저리 데려가는 것 같았다.

그녀는 자신의 의지력을 조금도 행사하지 않았다. 그녀는 어떤 아픔, 그러나 주로 허약함을 의식하며 파도 위에 누워 있었다. 파도가 산비탈로 대치되었다. 그녀의 몸은 녹고 있는 눈의 표류물이 되었으며, 그 위로 그녀의 무릎들은 헐벗은 뼈의 거대한 봉우리의 산들에 올라와 있었다. 그녀가 헬렌을 보고 자신의 방을 본 것은 사실이었지만, 모든 것이 매우 희미하고 반투명하게 되었다. 때로 그녀는 정면에 있는 벽을 꿰뚫어 볼 수 있었다. 때로 헬렌이 가버렸을 때, 그녀는 너무 멀리 가서 레이철의 눈이 그녀를 거의 따라갈 수 없는 것처럼 보였다. 방은 또한 이상하게 확장하는 힘을 갖고 있었다. 그래서 비록 그녀가 가능한 한 멀리 자신의 목소리를 밀어내어서 때로 그것이 새가 되어 날아가버린다 하여도, 그녀는 그것이 자신이 말하고 있는 사람에게 닿을 수 있을지 어떨지는 의심스럽다고 생각했다. 사물들이 여전히 그녀 눈앞에 나타나 보이는 힘을 지녔기 때문에, 한순간과 다음 순간 사이에는 거대한 간극들, 혹은 갈라진 틈들이 있었다. 헬렌이 급격히 잡아당기는 각각의 움직임 사이에 오랫동안 멈추며, 그녀의 팔을 끌어 올리고 입속으로 약물을 흘려 넣는 데 때로 한 시간이 걸렸다. 침대에 있는 그녀를 일으키기 위해 몸을 굽히는 헬렌의 모습은 엄청나게 커 보였으며, 천장이 무너지는 것처럼 그녀에게 내려왔다. 그러나 시간이 한참 지나자, 그녀는 단지 자신의 몸이 침대 위로 떠다니고 있으며 정신은 몸의 어떤 먼 구석으로 밀려나거나, 아니면 도망가서 방을 빙빙 날아다니고 있다고 의식하곤 했다. 모든 광경들은 노력해서 가까스로 얻은 것이었다. 테렌스의 모습은 가장 큰 노력이 필요했는데, 왜냐하면 무엇인가를 기억하려는 욕망에 있어서 그는 그녀에게 정신과 육체를 결합하도록 만들기 때문이었다. 그녀는 기억하기를 원치 않았다. 사람들이 그녀의 외로움을 방해하려고 해서 그녀는 괴로웠다. 그녀는 혼자 있기를 소망했다. 그녀는 세상에서 그 어떤 다른 것도 원치 않았다.

비록 그녀가 울기는 하였지만, 테렌스는 헬렌이 어떤 승리감과 함께 보다 더 큰 희망에 차 있음을 알아차렸다. 그들 사이의 논쟁에서 그녀는 자신이 틀렸다는 것을 인정하는 첫 징후를 드러내었다. 그는 그날 오후 상당히 걱정스럽지만, 그의 마음 뒤편에서는 조만간 르사즈 박사가 그들이 틀렸다는 것을 그들 모두 인정토록 만들 것이라는 확신을 가지고 박사가 내려오기를 기다렸다.

여느 때처럼, 르사즈 박사는 태도가 뚱했으며, 대답도 아주 간단했다. "그녀가 훨씬 좋아 보이지요?"라는 테렌스의 문의에, 그는 야릇하게 그를 바라보며, "그녀는 삶의 기회를 갖고 있소"라고 대답했다.

방문이 닫히고 테렌스는 방을 가로질러 창가로 걸어갔다. 그는 창유리에 자신의 이마를 기대었다.

"레이철," 그는 자신에게 반복하여 말했다. "그녀는 삶의 기회를 갖고 있어. 레이철."

어떻게 그들은 레이철에 대해 이런 말들을 할 수 있단 말인가? 어제 그 누구라도 레이철이 죽어가고 있다고 심각하게 믿었었다는 말인가? 그들은 4주 동안 약혼한 상태였다. 보름 전만 해도 그녀는 완벽하게 건강했었다. 14일 동안 무슨 일이 있었기에 건강하던 그녀가 이 지경이 되었단 말인가? 그들이 무슨 의미로 그녀가 삶의 기회를 가졌다고 말하는지 그로서는 알아차릴 수 없었다. 그들이 관심을 가지고 있다는 점은 알고 있었지만. 그는 여전히 똑같은 울적한 안개에 싸여 몸을 돌려 문을 향해 걸었다. 갑자기 그는 그것을 모조리 보았다. 그는 방과 정원을, 대기 중에 움직이고 있는 나무들을 보았으며, 그들은 그녀 없이도 계속되리라는 것을 알았다. 그녀는 죽을 수 있었다. 그녀가 병이 난 이래 처음으로 그는 그녀가 어떻게 생겼었는지 그들이 어떻게 좋아했었는지를 정확하게 기억했다. 그녀와 가깝게 느끼던 강렬한 행복이 그가 전에 느낀 적이 있는 그 어느 것보다도 훨씬 강렬한 불안과 뒤섞였다. 그는 그녀를 죽게 내버려둘 수 없었다. 그는 그녀 없이 살수 없었다. 그러나 순간적인 투쟁 후에 다시 장막이 드리워졌으며, 그는 어떤 것도 분명히 보지도 명확하게 느끼지도 못했다. 전과 똑같은 방식으로 모든 것이 계속되고 있었다.—여전히 계속되고 있었다. 그의 심장이 박동 칠 때의 육체적인 아픔과 자신의 손가락들이 얼음처럼 차갑다는 사실을 제외하고는, 그는 자신이 어떤 것에 대해 걱정하고 있다는 것을 깨닫지 못했다. 마음속에서 그는 레이철이나 혹은 세상에 있는 어떤 사람이나 어떤 것에 대해 아무것도 느끼지 못하는 것 같았다. 그는 계속해서 지시하고, 체일리 부인과 함께 준비하며, 리스트를 작성하고, 이따금 위층에 가서 레이철의 방문 밖에 있는 테이블에 무엇인가를 조용히 놓아두었다. 그날 밤 르사즈 박사는 평소보다 덜 부루퉁해 보였다. 그는 자진해서 몇 분 동안 머물고는, 마치 그들 중 어느 쪽이 이 젊은 숙녀와 약혼한 상태인지 기억을 못하는 것처럼 세인트 존과 테렌스에게 똑같이 인사하며 말했다. "오늘 밤 그녀 상태가 매우 위독하다고 생각합니다."

그들 중 누구도 잠자러 가지도 않았으며 다른 쪽이 잠자리에 들어야 한다고 권하지도 않았다. 그들은 방문을 열어놓은 채로 피켓[7]을 하며 거실에 앉아 있었다. 세인트 존은 소파에 잠자리를 만들었으며, 다 마련되자 테렌스더러 그 위에 누우라고 고집을

---

7 32장 한 벌의 카드를 써서 두 사람이 하는 카드놀이.

부렸다. 그들은 누가 소파에 눕고 누가 덮개를 씌워놓은 한 쌍의 의자 위에 누워야 하는지에 대해 다투기 시작했다.

"바보같이 굴지 말게, 테렌스." 그가 말했다. "자네 잠자지 않으면 병만 날걸세."

테렌스가 여전히 거부하자 "여보게 자네"라고 그는 시작하더니 감상적으로 되는 것을 두려워하며 돌연히 멈추었다. 그는 막 눈물이 흘러내리려는 것을 알았다.

그는 오랫동안 말하고 싶었던 것을 말하기 시작했다. 자신은 테렌스에게 미안하며, 그를 좋아하고, 레이철을 좋아한다는 것이었다. 자신이 그녀를 얼마나 좋아하는지를 그녀가 알았나? ─ 그녀가 뭔가를 말한 적이, 아마도 물어본 적이 있었나? 그는 이 말을 몹시 하고 싶었지만, 그것은 결국 하나의 이기적인 질문이라고 생각하며 삼갔다. 그리고 이런 것들에 대해 말하며 테렌스를 괴롭히는 것이 무슨 소용이 있다는 말인가? 그는 이미 절반은 잠이 들어 있었다. 그러나 세인트 존은 곧 잠이 들 수 없었다. 어둠 속에 누웠을 때 그는 마음속으로 생각했다. 만약 무슨 일이 생기기만 한다면 ─ 만약 이 긴장이 끝나기만 한다면. 그는 연속되는 힘들고 끔찍한 나날들이 끝나기만 한다면 무슨 일이 일어나건 상관없었다. 그녀가 죽는다고 해도 상관없었다. 그는 그것을 상관치 않는다는 것에 스스로 불충하다고 느꼈지만, 자신에게 아무런 감정도 남아 있는 것 같지 않았다.

밤중 내내 침실 문이 한 번 열렸다 닫힌 것을 제외하고는 어떤 호출도 움직임도 없었다. 어수선한 방으로 점차로 빛이 다시 돌아왔다. 여섯 시에 하인들이 움직이기 시작했으며, 일곱 시에 그들은 아래층 부엌으로 살금살금 걸어왔고, 삼십 분 후에 하루가 다시 시작되었다.

비록 그 차이가 어디에 있는지를 말하기는 힘들겠지만, 그럼에도 불구하고 이날은 전에 지나간 날들과 똑같지가 않았다. 아마도 그들이 무엇인가를 기다리고 있는 것처럼 보였다. 할 일이 평소보다 확실히 적었다. 사람들은 거실을 정처 없이 떠돌았다. ─플러싱 씨, 쏜버리 씨와 쏜버리 부인. 그들은 낮은 목소리로 사죄하듯이 말하며, 앉기를 거절하고 상당히 오랜 시간 계속 서 있었다. 비록 그들이 하는 말이라고는 "우리가 도와드릴 게 없나요?"가 고작이며 그들이 할 수 있는 일은 아무것도 없었지만.

이 모든 것으로부터 이상하게 분리되어 있음을 느끼며, 테렌스는 무슨 일인가 일어났을 때 사람들이 어떻게 행동하는지에 대해 헬렌이 했던 말을 기억했다. 그녀가 옳았나, 아니면 틀렸나? 그는 너무도 관심이 없어서 자신의 생각을 정리할 수가 없었다. 그는 마치 근래에 언젠가는 그것들에 대해 생각하겠지만 지금은 아니라는 것처럼 자기 머릿속에서 그것들을 치워버렸다. 비현실성의 안개가 점점 더 짙어져 마침내 그의 몸 전체적으로 무감각한 느낌을 만들어냈다. 이것이 그의 몸이었나? 이것들이 정말로 자신의 손이었나?

또한 오늘 아침 처음으로 리들리는 자기 방에 혼자 있는 것이 불가능함을 알았다. 그는 아래층에서 매우 불편했으며, 무슨 일이 일어나고 있는지 몰랐기 때문에 끊임없이 성가시게 굴었다. 그러나 그는 거실을 떠나려하지 않았다. 너무 불안하여 책을 읽을 수도 없고, 할 일도 없어, 그는 작은 목소리로 시를 낭송하며 서성거리기 시작했다. 여러 가지 방법으로 마음을 집중하며 ─한번은 꾸러미들을 풀고, 한번은 병들의 마개를 뽑고, 한번은 설명서를 쓰며 ─리들리의 노래 소리와 발걸음의 박자는 절반쯤 이해되는 후렴으로 오전 내내 테렌스와 세인트 존의 마음속에서 작용했다.

> 그들은 위로, 아래로 맞붙어 싸웠다.
> 그들은 몹시 아프게 조용히 맞붙어 싸웠다.
> 사람들의 눈을 멀게 한 악마는
> 그날 밤 자신의 소원을 이뤘다.

> 완전히 녹초가 된 수사슴처럼, 초원에
> 그들은 쓰러져 잠시 쉬었다.[8]

"아, 참을 수 없어!" 허스트가 소리쳤다. 그런 다음 마치 그것이 그들의 협정을 깨뜨리는 것인 양, 스스로 억제하였다. 레이철에 대한 소식을 애써 얻어낼 수 있을까 해서 테렌스는 몇 번이고 층계를 살금살금 절반쯤 걸어 올라가곤 했다. 그러나 이제는 유일한 뉴스라곤 매우 단편적인 것이어서, 그녀가 무언가를 마셨다, 그녀가 약간 잠을 잤다, 그녀가 보다 조용해 보인다, 였다. 마찬가지로, 르사즈 박사는 팔목에 있는 정맥을 끊은 85세의 노부인이 정말로 죽었는지를 확인하도록 방금 간청 받았다는 정보를 딱 한 번 자진하여 말한 것을 제외하고는, 상세한 내용에 대해 말하는 것을 스스로 제한하였다. 그 노부인은 생매장 당하는 것에 대한 공포를 갖고 있었다.

"그것은 젊은이들에게는 거의 나타나지 않지만 매우 나이 든 사람들에게서 일반적으로 발견하는 공포입니다." 그가 언급했다. 그들 둘 다 그가 말한 것에 흥미를 나타냈다. 그들에게 그것은 매우 이상해 보였다. 그날의 또 다른 이상한 점은 오후 늦게까지

---

8 찰스 킹슬리Charles Kingsley의 「뉴 포리스트 발라드A New Forest Ballad」(1847)의 일부.

그들 모두가 점심식사를 잊고 있었다는 점이었다. 체일리 부인이 그들의 시중을 들었는데, 뻣뻣한 사라사천 옷을 입고 양쪽 소매가 팔꿈치 위로 말려 올라가 있었기 때문에 그녀 역시 이상해 보였다. 그러나 그녀는 마치 한밤중 화재 경보에 의해 불려 나온 것처럼 자신의 외모를 잊고 있는 듯 보였으며, 또한 자신의 자제심과 평정심을 잊고 있었다. 그녀는 마치 자신이 그들을 젖을 먹여 키웠으며 자신의 무릎에 벌거벗겨 앉혀 놓았었던 것처럼 아주 친숙하게 말을 하였다. 그녀는 먹는 것이 그들의 의무라고 되풀이해서 말했다.

이렇게 축소된 그날 오후는 그들이 예상했던 것보다 훨씬 빨리 지나갔다. 한번은 플러싱 부인이 방문을 열었지만, 그들을 보고는 재빨리 다시 닫아버렸다. 한번은 헬렌이 무엇인가 가지러 내려왔는데, 방을 나갈 때 그녀 앞으로 온 편지 한 통을 살펴보기 위해서 멈췄다. 그녀는 잠시 그것을 넘겨 읽으며 서 있었으며, 그녀의 비범한 슬픔에 잠긴 아름다운 자태는 사태가 지금 그에게 일격을 가했던 그런 방식으로 테렌스에게 일격을 가했다.—그의 마음에서 치워두었다가 나중에 생각해봐야 할 어떤 것처럼. 그들 사이의 논쟁은 중지되거나 아니면 잊혀야 하는 것처럼 그들은 거의 말을 하지 않았다.

이제 오후 햇빛이 집의 정면을 떠났으므로, 리들리는 단조롭지만 갑자기 낭랑한 목소리로 긴 시의 구절들을 반복하며 테라스를 이리저리 서성거렸다. 그가 지나가고 다시 지나갈 때 열린 창문에서 시의 파편들이 들려왔다.

포어와 바알림
그들의 신전을 어둡게 내버려두시오.

두 번씩 포격당한 팔레스타인의 신과

멍하니 바라보는 아스타로스와 함께 —⁹

이런 단어들의 소리는 이상하게 두 젊은이 모두를 괴롭혔지만, 그들은 견뎌야만 했다. 하루가 저물고 석양의 붉은빛이 저 멀리 바다에서 빛날 때, 하루가 거의 끝나고 또 다른 밤이 가까이에 있다는 생각에 똑같은 절망감이 테렌스와 세인트 존을 둘 다 공격했다. 아래쪽에 있는 마을에 불빛이 하나둘 나타나며 허스트는 무너져서 흐느껴 울고 싶다는 끔찍하고 구역질나는 갈망을 반복적으로 느꼈다. 그때 체일리가 램프를 가져왔다. 그녀는 마리아가 병을 따다가 어리석게도 자신의 팔을 심하게 베어서 붕대로 감아야 했다고 설명했다. 할 일이 이렇게 많은 때 그것은 불행한 일이었다. 체일리 자신도 발에 생긴 류머티즘 때문에 절뚝거렸으며, 제멋대로 구는 하인들을 주목해서 보는 것은 단순한 시간 낭비로 보였다. 밤이 왔다. 예상치 않게 르사즈 박사가 도착해서, 아주 오랜 시간 위층에 머물렀다. 그는 한 번 내려와서 커피를 한 잔 마셨다.

"그녀가 매우 아픕니다." 그는 리들리의 질문에 답했다. 이제는 그의 태도에 귀찮아하는 기색이 전혀 없었으며, 그는 침통하고 격식을 차렸지만 동시에 전에는 드러내지 않았던 사려 깊은 동정심으로 가득 차 있었다. 그는 다시 위층으로 올라갔다. 세 남자는 함께 거실에 앉아 있었다. 리들리는 이제 아주 조용했으며, 그는 이제 주의력을 집중하고 있는 것 같았다. 반쯤 자발적인 작은 움직임들과 즉시 억압당하는 절규들을 제외하고는 그들은 완전

---

9 존 밀턴의 시, 「예수 탄생 날 아침에On the Morning of Christ Nativity」(1629)의 197~200행.

한 침묵 속에서 기다렸다. 마치 그들은 분명한 어떤 것에 직면하여 마침내 소집된 것 같았다.

르사즈 박사가 다시 방에 나타난 것은 거의 열한 시가 되어서였다. 그는 아주 서서히 그들에게 접근하며, 즉시 말을 하지 않았다. 그는 먼저 세인트 존을 쳐다본 다음 테렌스를 바라보았다. 그러고는 테렌스에게 말했다. "휴잇 씨, 이제 위층에 올라가보셔야 할 것 같습니다."

테렌스는 다른 사람들이 그들 사이에 미동도 없이 서 있는 르사즈 박사와 함께 앉아 있게 남겨두고는 즉시 일어났다.

체일리는 문밖 복도에서 연신 "끔찍한 일이야 — 끔찍해"를 되풀이하고 있었다.

테렌스는 그녀를 전혀 주목하지 않았다. 그는 그녀가 무슨 말을 하는 것을 들었지만, 그것은 그의 마음에 아무런 의미도 전달하지 못했다. 위층으로 올라가는 내내 그는 스스로에게 중얼거렸다. "이것은 나에게 일어난 일이 아니야. 이런 일이 나에게 일어났다는 것은 불가능해."

그는 난간에 놓인 자신의 손을 이상한 듯이 바라보았다. 계단은 매우 가팔랐으며, 그가 계단을 오르는 데는 오랜 시간이 걸리는 것 같았다. 그는 자신이 의당 느껴야 한다고 알고 있던 통렬함은 커녕, 전혀 아무런 느낌도 없었다. 방문을 열었을 때 그는 헬렌이 침대 옆에 앉아 있는 것을 보았다. 테이블 위에는 갓을 씌운 램프가 있었으며, 방은 아주 많은 것들로 가득 차 보였지만 매우 잘 정돈되어 있었다. 불쾌하지는 않지만 강한 소독약 냄새가 풍겼다. 헬렌은 일어나서 말없이 그에게 자신의 의자를 내주었다. 그들의 눈길이 특정한 눈높이에서 마주쳤을 때, 그는 그녀의 눈이 보통 때와는 다르게 엄청나게 맑고 그 안에 깊은 고요와 슬픔이 서려 있어서 놀랐다. 그는 침대 옆에 앉았으며, 잠시 후 그녀가 나가며 방문이 조용히 닫히는 소리를 들었다. 그는 레이철과 단둘이 있었으며, 둘만 남았을 때 느끼곤 했던 안도감이 희미하게 떠올라 그를 사로잡았다. 그는 그녀를 쳐다보았다. 그는 그녀에게서 어떤 끔찍한 변화를 발견하리라고 예상했지만, 아무런 변화도 없었다. 그녀는 사실 매우 야위고 그가 볼 수 있는 한 매우 지쳐보였지만, 언제나 그랬던 모습 그대로였다. 더구나 그녀는 그를 알아보았다. 그녀는 그에게 미소를 지으며 말했다. "안녕, 테렌스."

그들 사이에 그렇게 오랫동안 내려졌던 장막이 즉시 사라졌다. "그래, 레이철," 그는 평소 목소리로 대답했으며, 이 말에 그녀는 눈을 아주 크게 뜨고는 낯익은 미소를 보냈다. 그는 그녀에게 키스하고 그녀의 손을 잡았다.

"당신 없이 비참했어요." 그가 말했다.

그녀는 여전히 그를 보며 미소 지었지만, 곧 약간의 피로감 혹은 당혹감이 그녀 눈에 나타나며 다시금 눈을 감아버렸다.

"하지만 우리가 함께 있을 때 우리는 완벽하게 행복합니다." 그가 말했다. 그는 계속해서 그녀의 손을 잡았다.

불빛이 희미해서 그녀 얼굴의 어떤 변화를 보는 것은 불가능했다. 테렌스에게 거대한 평온함이 몰려와서, 그는 전혀 움직이거나 말을 하고 싶지 않았다. 지난날들의 끔찍한 고통과 비현실감이 끝났으며, 그는 이제 완벽하게 확실하고 평화로워졌다. 그의 마음은 다시 자연스럽고 아주 편안하게 작용하기 시작했다. 그가 거기에 앉아 있는 시간이 길어질수록, 그는 자신의 영혼 구석구석 파고드는 평화를 더욱더 많이 의식하였다. 그는 한번은 숨을 죽이고 예리하게 들어보았다. 그녀는 여전히 숨을 쉬고 있었다. 그는 한동안 계속해서 생각했다. 그들은 함께 생각하고 있는 것 같았다. 그는 그 자신일 뿐만 아니라 레이철이 된 것 같았다. 그러고 나서 그는 다시 들어보았다. 아니, 그녀는 숨쉬기를 멈추었다. 그럴수록 더 좋았다.—이것이 죽음이었다. 그것은 무였다. 그것은 숨쉬기를 멈추는 것이었다. 그것은 행복이었다. 완벽한 행복이었다. 그들은 언제나 갖기를 원해왔던 것, 즉 그들이 살아 있었을 때는 불가능했던 결합을 이제 이루었다. 그가 그 단어들을 생각하는 것인지 아니면 큰 소리로 말하는 것인지를 의식하지 못한 채, 그는 말했다. "어느 두 사람도 우리가 그런 것처럼 그렇게 행복한 적은 없습니다. 그 누구도 우리가 사랑한 것처럼 사랑한 적은 없습니다."

그들의 완전한 결합과 행복이 점점 더 널리 소용돌이치는 고리들과 함께 방을 채우는 것 같아 보였다. 그에게 이 세상에서 충족되지 않은 채로 남은 소망은 아무것도 없었다. 그들은 그들로부터 결코 뺏어갈 수 없는 것을 소유하였다.

그는 누군가 방에 들어왔다는 것을 의식하지 못했다. 그러나 나중에, 잠시 후에, 아마도 몇 시간이 지난 후에, 그는 뒤쪽에서 팔의 촉감을 느꼈다. 팔은 그를 감쌌다. 그는 팔이 자신을 감싸는 것을 원치 않았으며, 신비롭게 속삭이는 목소리들이 그를 짜증나게 했다. 그는 이제는 차가운 레이철의 손을 이불 위에 놓고서 의자에서 일어나 창가로 걸어갔다. 창들은 커튼이 쳐 있지 않아 달과 파도 표면 위로 긴 은빛 길을 보여주었다.

"저런," 그는 평상시의 목소리로 말했다. "달 좀 보세요. 주변에 달무리가 졌어요. 내일은 비가 오겠군요."

그것이 남자의 팔이었건 아니면 여자의 팔이었건, 또다시 팔이 그를 감쌌다. 그들은 조용히 그를 방문으로 밀고 있었다. 그는 단지 누군가 죽었기 때문에 사람들이 이상하게 행동하는 것이 약간 재미있다고 의식하며, 자발적으로 몸을 돌려 팔들보다 앞서 꾸준히 걸었다. 만약 그들이 원한다면 그는 나가겠지만, 그들은 결코 그의 행복을 방해하는 일은 할 수 없을 것이다.

그가 방문 밖에 복도와 컵들과 쟁반들이 놓인 테이블을 보았을 때, 여기에 자신이 결코 다시는 레이철을 볼 수 없을 세계가 있다는 생각이 갑자기 그를 엄습하였다.

"레이철! 레이철!" 그는 그녀에게 급히 돌아가려고 애쓰며 비명을 질렀다. 그러나 그들은 그를 저지하며 억지로 복도로 끌고 나와 그녀 방과 멀리 떨어진 침실로 밀어 넣었다. 아래층에서 그들은 그가 벗어나기 위해서 버둥거릴 때 그의 발이 마루에 쿵쾅거리는 소리를 들을 수 있었다. 그리고 그들은 그가 두 번 외치는 소리를 들었다. "레이철, 레이철!"

제26장

두세 시간 동안 달은 텅 빈 대기에 빛을 쏟아부었다. 달빛은 구름에 방해받지 않고 곧장 내려와, 바다와 육지에 차가운 흰색 서리처럼 앉았다. 이 시간 동안 침묵은 깨지지 않았으며, 움직임이라고는 약하게 흔들리는 나무와 가지들의 움직임뿐이었고, 그에 따라 땅의 흰 공간에 가로질러 뻗어 있는 그림자들 역시 움직였다. 이러한 심원한 침묵 속에 오직 하나의 소리만이 들렸는데, 약하지만 지속적으로 숨 쉬는 소리는 비록 절대로 올라가거나 내려가지는 않았지만 결코 멈추지는 않았다. 그것은 새들이 나뭇가지에서 가지로 퍼덕거리기 시작한 이후로도 계속되었으며, 새들의 동이 트고 첫 울음소리 배후에서 들렸다. 그것은 희미한, 점점 붉어지며, 연한 푸른빛이 하늘을 물들이는 동안에도 내내 계속되었지만, 태양이 떠오르자 멈추고는 다른 소리들에 자리를 내주었다.

처음 들렸던 소리들은 분명치 않은 작은 외침들로, 아이들이나 아니면 아주 가난한 사람들의 외침, 매우 허약하거나 고통 받는 사람들의 외침 같았다. 그러나 태양이 지평선 위로 떠올랐을 때,

어슴푸레 희박했던 공기는 매순간 더욱 풍요롭고 따뜻해졌으며, 삶의 소리들은 보다 대담해지고 용기와 권위로 채워지게 되었다. 점차로 집들 위로 연기가 너울거리며 올라가기 시작했고, 이것들은 서서히 짙어져서 마침내 기둥처럼 둥글게 곧장 뻗었다. 그리고 태양은 희미한 흰색 블라인드에 부딪치는 대신에 어두운 창문들을 비추었는데, 이 어두운 창문들 너머로는 깊은 공간이 있었다.

태양은 한참 동안 위에 솟아 있었으며, 누군가 호텔에서 움직이기에 앞서 거대한 대기의 돔은 점차로 따뜻해지며 가느다란 금빛 햇살들로 반짝이고 있었다. 호텔은 블라인드를 내린 채로 반쯤 잠이 들어, 이른 햇빛 속에 하얗고 거대하게 서 있었다.

아홉 시 삼십 분경에 앨런 양이 아주 천천히 홀로 들어와서는 아침 신문들이 놓여 있는 테이블로 서서히 걸어갔지만, 그녀는 신문을 집기 위해 손을 내밀지는 않았다. 그녀는 고개를 어깨에 조금 파묻고는 조용히 서서 생각에 잠겨 있었다. 그녀는 이상하게 늙어 보였으며, 등을 약간 굽히고 아주 육중하게 서 있는 모습으로 보아서, 정말로 늙어서는 어떻게 보일 것이며, 의자에 앉아 자신의 정면을 평온하게 바라보며 하루하루를 어떻게 보낼지를 알 수 있었다. 다른 사람들이 방으로 들어와서 그녀를 스쳐 지나가기 시작했지만, 그녀는 그들 중 누구에게도 말을 걸지도 심지어 쳐다보지도 않았다. 그러고는 마침내 마치 무슨 일인가를 할 필요가 있는 것처럼 의자에 앉아서 자신의 정면을 조용히 뚫어져라 바라보았다. 그녀는 마치 자신의 삶이 실패였던 것처럼, 마치 그것이 전혀 보람 없이 힘들고 고생스러웠던 것처럼, 오늘 아침 자신이 매우 늙고 또한 쓸모없이 느껴졌다. 그녀는 계속해서 살고 싶지는 않았지만, 살아가게 되리라는 것을 알았다. 그녀는 매우 강해서 아주 상노인이 될 때까지 살 것이다. 그녀는 아마도 여든 살까지 살 것이며, 이제 쉰 살이므로 살날이 삼십 년이 더 남아 있었다. 그녀는 무릎에서 양손을 자꾸 돌려가며 이상한 듯이 바라보았다. 그녀의 늙은 손들, 그것은 그녀를 위해 아주 많은 일을 해왔다. 그것 모두에 많은 의미가 있는 것 같지는 않았다. 삶은 계속되어왔고, 물론 계속되어왔지…… 그녀는 옆에 서 있는 쏜버리 부인을 보기 위해서 고개를 들었는데, 부인의 이마는 주름져 있었고 막 무슨 질문을 하려는 듯이 입술이 벌어져 있었다.

앨런 양은 그녀의 질문을 예상하고 앞서 말했다.

"그래요," 그녀가 말했다. "그녀는 오늘 새벽, 아주 일찍, 대략 세 시쯤 죽었어요."

쏜버리 부인은 약한 외침소리를 내었고, 입술을 오므렸으며, 눈에는 눈물이 솟았다. 눈물 사이로 그녀는 아주 넓게 햇빛이 비치고 있는 홀과, 견고한 안락의자들과 테이블들 옆에 서 있는 태평하고 무심한 사람들을 바라보았다. 그들은 그녀에게 비현실적으로 보였다. 아니 그들 옆에서 어떤 거대한 폭발이 막 일어나려하고 있다는 것을 의식하지 못하고 있는 사람들처럼 보였다. 그러나 아무런 폭발도 없었으며, 그들은 계속해서 의자들과 테이블들 옆에 서 있었다. 쏜버리 부인은 그들을 더 이상 바라보지 않았지만, 마치 그들이 실체가 없는 것처럼 그들을 관통하여, 집과, 집에 있는 사람들과, 방과, 방에 있는 침대와, 시트 아래 어둠 속에 조용히 누워 있는 죽은 사람의 모습을 보았다. 그녀는 죽은 사람을 거의 그려볼 수 있었다. 그녀는 애도하는 사람들의 목소리를 거의 들을 수 있었다.

"그들이 예상했었나요?" 마침내 그녀가 물었다.

앨런 양은 고개를 저을 수밖에 없었다.

"저는 아무것도 몰라요." 그녀가 대답했다. "플러싱 부인의 하녀가 말해준 것밖에는. 그녀는 오늘 아침 새벽에 죽었대요."

두 여성은 내심 의미 있는 눈길로 서로를 바라보았다. 그런 다음 이상하게 현기증을 느끼며 정확히는 모르지만 무언가를 찾아서, 쏜버리 부인은 천천히 위층으로 올라가서 마치 스스로를 안내하는 것처럼 자신의 손가락으로 벽을 만지며 조용히 복도를 따라서 걸었다. 하녀들이 활기차게 이 방 저 방을 지나가고 있었지만, 쏜버리 부인은 그들을 피했다. 그녀는 그들을 거의 보지 않았다. 그녀에게 그들은 다른 세상에 있는 것 같았다. 이블린이 그녀를 멈춰 세웠을 때 그녀는 똑바로 쳐다보지도 않았다. 이블린은 방금 울었음에 분명했다. 그녀는 쏜버리 부인을 보았을 때 또다시 울기 시작했다. 그들은 함께 구석진 창가로 가서 말없이 거기에 섰다. 이블린의 흐느낌 가운데 마침내 띄엄띄엄 말이 이어졌다. "끔찍해요." 그녀가 흐느꼈다. "잔인해요. ─ 그들은 정말로 행복했어요."

쏜버리 부인은 그녀의 어깨를 토닥거려주었다.

"가혹한 일이에요. ─ 너무 가혹해 보이는군요." 그녀가 말했다. 그녀는 잠시 멈추고는 언덕 경사면 위로 앰브로우즈 부부의 빌라를 바라보았다. 창문들이 햇빛을 받아 번쩍이고 있었으며, 그녀는 죽은 사람의 영혼이 저 창문들을 어떻게 빠져나갔을까 생각했다. 무언가 세상으로부터 떠나갔다. 그녀에게 그것은 이상하게 텅 비어 보였다.

"그러나 사람은 나이가 들면 들수록," 그녀는 평소보다 훨씬 밝게 눈을 반짝이며 계속해서 말했다. "이유가 있다는 것을 훨씬 더 확신하게 되는구려. 아무런 이유가 없다면 어떻게 우리가 계속 살아갈 수 있겠어요?" 그녀가 물었다.

그녀는 누군가에게 질문을 하였지만, 이블린에게 물은 것은 아니었다. 이블린의 흐느낌은 점점 잦아들고 있었다. "이유가 있음에 틀림없어요." 그녀가 말했다. "그것은 단순한 사고일 수만은 없어요. 결코 일어날 필요가 없었던 사고였으니까요."

쏜버리 부인은 깊이 숨을 내쉬었다.

"그러나 우리는 스스로 그렇게 생각해서는 안 돼요." 그녀가 덧붙였다. "그들 역시 그렇게 생각하지 않기를 바랍시다. 그들이 어떻게 했던 간에 아마 똑같았을 겁니다. 이런 끔찍한 병들은—"

"이유가 없어요.—저는 도대체 어떤 이유가 있다고 믿기지 않아요!" 이블린은 갑자기 소리 지르며, 블라인드를 끌어내려 약하게 찰싹하는 소리를 내며 펄럭이게 했다.

"왜 이런 일들이 일어나야 하는 거지요? 왜 사람들은 고통 받아야 하나요? 솔직히 제가 믿기에," 그녀는 목소리를 약간 낮추고서 계속 말했다. "레이철은 천국에 있지만, 테렌스는……"

"그 모든 것이 무슨 소용이 있나요?" 그녀가 물었다.

쏜버리 부인은 고개를 약간 흔들 뿐 아무런 대답도 하지 않았다. 그녀는 이블린의 손을 꽉 쥐고서 복도를 내려갔다. 비록 들을 만한 무엇이 있을지 정확하게 알지는 못하지만, 무언가 듣고자 하는 강한 욕망에 이끌려, 그녀는 플러싱 부부의 방으로 가고 있었다. 그들의 방문을 열었을 때 그녀는 자신이 남편과 부인 사이의 어떤 논쟁을 방해하였음을 느꼈다. 플러싱 부인은 빛을 등지고 앉아 있었으며, 플러싱 씨는 그녀 옆에 서서 무엇에 대해 그녀와 다투며 설득하고 있는 중이었다.

"아, 여기 쏜버리 부인이 오셨군." 그는 목소리에 안도감을 띠고 말하기 시작했다. "물론, 부인께서도 들으셨지요. 제 아내는 어떻게든 자신이 책임이 있다고 느낍니다. 그녀가 불쌍한 빈레이스 양이 탐험여행에 따라오도록 열심히 권했으니까요. 그렇게 느끼는 것은 거의 터무니없다는 제 주장에 부인께서도 동의하시리라고 확신합니다. 그녀가 여행에서 병이 걸렸다는 것을 우리는 알수조차 없지 않습니까? 사실 저는 거의 그럴 리 없다는 생각입니다. 이런 병들은 — 게다가, 그녀는 갈 준비가 되어 있었어요. 당신이 그녀에게 권했건 아니건 그녀는 갔을 거요, 엘리스."

"그만해요, 월프리드," 플러싱 부인은 눈길을 두고 있는 마룻바닥의 그 지점에서 눈을 움직이거나 혹은 떼지도 않고 말했다. "말해봤자 무슨 소용이 있어요? 무슨 소용이 —" 그녀는 멈췄다.

"당신에게 물어보려고 왔어요." 쏜버리 부인은 그의 부인에게 말하는 것은 소용이 없기 때문에 월프리드를 보고 말했다. "우리가 할 수 있는 일이 뭔가 있을까요? 그녀 아버지께서 도착하셨나요? 가서 뵐 수 있을까요?"

이 순간 그녀에게 있어서 가장 강렬한 소망은 불행한 사람들을 위해 무언가 할 수 있었으면 하는 것이었다. — 그들을 보는 것 — 그들을 안심시키는 것 — 그들을 돕는 것이었다. 그들로부터 그렇게 멀리 떨어져 있는 것은 끔찍했다. 그러나 플러싱 씨는 고개를 저었다. 그는 지금은 아니라고 생각했다 — 아마도 나중에 도울 수도 있을 것이다. 이때 플러싱 부인은 힘들게 일어나서, 그들에게 등을 돌리고는 맞은편 드레싱룸으로 걸어갔다. 그녀가 걸어갈 때, 그들은 그녀의 가슴이 서서히 올라갔다 서서히 내려가는 것을 볼 수 있었다. 그러나 그녀의 슬픔은 고요했다. 그녀는 들어가며 문을 닫았다.

그녀는 따로 떨어져서 혼자 있을 때 주먹을 꽉 쥐고서 의자 등을 치기 시작했다. 그녀는 상처 입은 동물 같았다. 그녀는 죽음을 미워했다. 그녀는 마치 그것이 살아 있는 생물인 것처럼, 죽음에

성을 내고 격분하며 분개했다. 그녀는 자신의 친구들을 죽음에 넘겨주기를 거부했다. 그녀는 어둠과 무無에 굴복하지 않을 것이다. 그녀는 주먹을 꽉 쥐고서 서성거리기 시작했으며, 양 볼을 따라 빠르게 흘러내리는 눈물을 멈추려는 어떤 노력도 하지 않았다. 그녀는 마침내 조용히 앉아 있었지만 그렇다고 진 것은 아니었다. 그녀는 울음을 멈췄을 때 완고하고 강해 보였다.

반면에 옆방에서는 플러싱 씨가 이제 자기 부인이 거기 앉아 있지 않기 때문에 훨씬 자유롭게 쏜버리 부인에게 얘기하고 있었다.

"그것이 이런 지역들의 가장 나쁜 점입니다." 그가 말했다. "사람들은 마치 자기들이 영국에 있는 것처럼 행동하겠지만, 그렇지가 않다는 겁니다. 저는 빈레이스 양이 저 위에 있는 바로 저 빌라에서 감염되었다는 것을 의심치 않습니다. 그녀는 아마도 하루에 열두 번은 그녀에게 병이 나게 할 위험을 겪었을 겁니다. 그녀가 우리하고 있으면서 병에 걸렸다는 것은 터무니없습니다."

만약 그가 그들에게 진심으로 측은한 생각이 들지 않았더라면 그는 화가 났을 것이다. "페퍼가 저에게 말하는군요." 그가 계속해서 말했다. "그들이 너무 부주의하다고 생각했기 때문에 자신이 그 집을 떠났다고. 그들은 절대로 야채를 깨끗이 씻지 않는답니다. 불쌍한 사람들 같으니라고! 그것은 끔찍한 대가를 치르게 되지요. 그러나 그것은 제가 몇 번이고 되풀이해서 봐온 것입니다.─사람들은 이런 일이 일어난다는 것을 잊어버리는 것 같아요. 그래서 이런 일이 발생하면, 그들은 놀라는 거지요."

쏜버리 부인은 그들이 매우 조심성이 없었으며, 어쨌든 레이철이 탐험여행에서 열병에 걸렸다고 생각할 이유는 없다는 점에,

동의했다. 잠시 다른 것들에 관해 대화를 나눈 후에, 그녀는 그를 떠나 복도를 따라 애처롭게 자기 방으로 갔다. 방문을 닫으며, 그녀는 이런 일들이 일어난 데는 어떤 이유가 있음에 틀림없다고 마음속으로 생각했다. 다만 처음에는 이유가 무엇인지를 이해하기가 쉽지 않을 뿐이었다. 그것은 매우 이상하고—매우 믿을 수 없어 보였다. 아니, 단지 3주 전만 하여도—단지 보름 전만 하여도, 그녀는 레이철을 보았었다. 지금도 눈을 감으면 그녀를 거의 볼 수 있었다. 결혼할 예정인 조용하고 수줍어하는 아가씨. 그녀는 만약 자신이 레이철의 나이에 죽었더라면 놓쳤을 모든 것들을 생각해 보았다. 아이들, 결혼생활, 뒤돌아보았을 때 매일 매년 그녀 주변에 여기저기 흩어져 있는 것처럼 보이는 상상할 수 없는 심원함과 기적들. 간담을 서늘케 하는 느낌이 그녀의 생각을 계속 어렵게 만들다가 점차로 정반대의 감정으로 변하였다. 그녀는 매우 빠르고 분명하게 생각했으며, 자신의 모든 경험을 회고하며 그것들에 일종의 질서를 세우고자 하였다. 확실히 많은 고통과 투쟁이 있었지만, 대체적으로, 안정된 행복이 분명히 있었다.—확실히 질서가 우세하였다. 그리고 젊은 사람들의 죽음이 정말로 삶에서 가장 슬픈 일만은 아니었다.—그들은 그만큼 많이 구제받았다. 그들은 그만큼 많이 지켜냈다. 죽은 사람들은—그녀는 뜻하지 않게 일찍 죽은 사람들을 생각해냈다—아름다웠다. 그녀는 가끔 죽은 사람들을 꿈꾸었다. 그리고 조만간 테렌스 자신도 느끼게 될 것이다.—그녀는 일어나서 안절부절못하며 방을 서성거리기 시작했다.

그녀 또래의 나이 든 여성치고 그녀는 매우 침착하지 못했으며, 그녀의 분명하고 민첩한 정신에 비해 평상시와 달리 당황했다. 그녀는 어떤 것에도 안정할 수가 없었다. 그래서 방문이 열렸

을 때 안도했다. 그녀는 남편에게 가서, 그를 껴안고 전에 없이 강
렬하게 키스했다. 그리고 함께 앉았을 때 마치 그가 아기, 늙고 지
치고 불평하는 아기인 것처럼 그를 토닥이며 말하기 시작했다.
그녀는 빈레이스 양의 죽음에 대해서는 말하지 않았다. 왜냐하면
그것은 단지 그의 마음을 산란케만 할 것이며, 그는 이미 기분이
상해 있었다. 그녀는 남편이 왜 불쾌한지 알아내려고 하였다. 또
다시 정치 때문인가? 저 끔찍한 사람들은 무엇을 하고 있던 중이
었나? 그녀는 오전 시간 전부를 남편과 정치 토론을 하며 보냈으
며, 점차로 그들이 하고 있는 말에 깊이 관심을 갖게 되었다. 그러
나 때때로 자신이 하고 있는 말이 그녀에게 이상하게 의미가 텅
비어 있는 것처럼 보였다.

점심시간에 몇몇 사람들이 호텔 방문객들이 떠나기 시작한다
고 말했다. 투숙객들은 매일 점점 줄어들고 있었다. 그동안 있었
던 육십 명 중에 오늘 점심시간에는 겨우 사십 명이 있었다. 늙은
페일리 부인은 창가에 있는 자신의 테이블에 자리를 잡았을 때,
희미한 눈으로 주변을 지켜보며 그렇게 추정했다. 그녀의 일행은
일반적으로 아서와 수잔과 페롯 씨로 구성되었는데, 오늘은 이블
린 또한 그들과 함께 점심을 먹고 있었다.

그녀는 평소와 달리 차분했다. 그녀 눈이 붉게 충혈된 것을 알
아채고 그 이유를 추측하고는, 나머지 사람들은 서로들 억지로
대화를 유지하고자 애를 썼다. 그녀는 테이블에 양쪽 팔꿈치를
기대고 수프에는 전혀 손도 대지 않은 채 잠시 동안 계속해서 묵
묵히 참다가, 갑자기 소리 질렀다. "여러분은 어떻게 느끼시는지
모르지만, 저는 다른 것은 전혀 생각할 수가 없어요."

남자들이 공감하여 중얼거렸으며 심각해 보였다.

수잔이 대답했다. "맞아요—정말로 끔찍하지 않아요? 그녀가 정

말 멋진 아가씨라고 생각할 때 ― 이제 막 약혼했는데, 그리고 이런 일은 절대로 일어나지 않았어야 하는데 ― 너무 비극적인 것 같아요." 그녀는 마치 그가 보다 더 적합한 무언가로 그녀를 도와 줄 수 있을 것처럼 아서를 바라보았다.

"불행입니다." 아서는 간단히 말했다. "그러나 그것은 어리석은 일이었어요 ― 저 강을 따라 올라간다는 것은." 그는 고개를 저었다. "그들은 좀 더 현명했어야 해요. 여러분은 이곳 풍토에 익숙한 원주민들이 하는 것처럼 영국 여성들이 불편한 원시적 생활을 견디리라고 기대할 수 없습니다. 저는 그날 오후 차 시간에 그 탐험 계획이 토론되어질 때 그들에게 경고할 마음이 어느 정도 있었습니다. 하지만 이런 말들을 해봤자 무슨 소용이 있습니까? ― 사람들을 단지 화나게 할 뿐이지요 ― 달라질 것은 절대로 아무것도 없습니다."

지금까지는 수프에 만족해 있던 늙은 페일리 부인은 이제 자신의 귀에 한 손을 갖다 대고는 무슨 말이 오고 가는지 알고 싶다는 뜻을 넌지시 비쳤다.

"엠마 숙모님, 가여운 빈레이스 양이 열병으로 죽었다는 말을 들으셨지요." 수잔은 그녀에게 조용히 전했다. 그녀는 죽음을 큰 소리로 아니면 자신의 평소 목소리로조차 말할 수 없었다. 그래서 페일리 부인은 말을 알아들을 수가 없었다. 아서가 구원에 나섰다.

"빈레이스 양이 죽었습니다." 그는 매우 분명하게 말했다.

페일리 부인은 다만 그 앞으로 몸을 약간 굽히고서 물었다. "어?"

"빈레이스 양이 죽었습니다." 그가 반복했다. 웃음이 터져 나오려는 것을 막으며 세 번째로 반복하기 위해서 그는 자신의 입 주변의 모든 근육들을 그저 뻣뻣하게 경직시켜야만 했다. "빈레이스 양이⋯⋯ 그녀가 죽었어요."

정확한 단어를 알아듣기 힘든 것은 말할 것도 없고, 그녀의 일상적인 경험 밖에 있는 사실들이 페일리 부인의 의식에 닿는 데는 약간의 시간이 걸렸다. 그녀의 뇌에 압박이 가해져서 뇌의 작동을 손상시키지는 않지만 방해하는 것 같았다. 그녀는 적어도 일 분 정도는 흐리멍덩한 눈길로 앉아 있다가 아서가 한 말의 의미를 깨달았다.

"죽었다고?" 그녀가 멍하니 건성으로 말했다. "빈레이스 양이 죽었어? 저런⋯⋯ 매우 슬픈 일이구나. 그런데 나는 순간 그녀가 어떠했었는지 기억이 나지 않는구나. 여기에는 우리가 새롭게 알게 된 사람들이 아주 많은 것 같아 보여." 그녀는 도움을 청하며 수잔을 바라보았다. "예쁘지는 않지만 혈색이 좋고 키가 큰 검은 머리의 아가씨?"

"아니요." 수잔이 끼어들었다. "그녀는—" 그러고는 그녀는 절망하며 포기하였다. 페일리 부인이 다른 사람을 생각하고 있는 것이라고 설명하는 것은 소용이 없었다.

"그녀는 죽을 사람이 아니었는데." 페일리 부인이 계속해서 말했다. "그녀는 아주 강해 보였어. 하지만 사람들은 물을 마실 거야. 나는 도대체 왜 그러는지 알 수가 없어. 그들에게 자기들 침실에 셀처 탄산수[1] 한 병씩 놓으라고 말하는 것은 아주 간단한 일처럼 보이는데. 그것이 내가 취해온 예방책의 전부란다. 그리고 나는 세계 곳곳을 가봤어. 말하자면—이탈리아는 열두 번도 더 가봤지⋯⋯ 그러나 젊은이들은 항상 자기들이 더 잘 안다고 생각하고, 그래서 그들은 벌을 받지. 가엾어라—그녀가 정말 안됐구나." 그러나 감자 접시를 자세히 들여다보고 스스로 먹어야 하는

1 독일 비스바덴Wiesbaden 부근의 젤터Selters 마을에서 나는 천연 광천수.

어려움이 그녀의 주의를 온통 집중하게 했다.

아서와 수잔은 이런 토론은 그들에게 뭔가 불쾌해 보였기 때문에, 둘 다 이 주제는 이제 그만 다루기를 내심 바랐다. 그러나 이블린은 그것을 그만둘 준비가 되어 있지 않았다. 왜 사람들은 중요한 것들에 대해 결코 얘기를 하지 않으려할까?

"저는 당신이 조금도 신경쓰지 않는다고 생각해요!" 그녀는 페롯 씨에게 고개를 돌리고서 격분하여 말했는데, 그는 내내 말없이 앉아 있었다.

"저요? 아, 네, 저도 마음이 아프지요." 그는 어색하지만 분명히 진지하게 대답했다. 이블린의 질문들은 그도 역시 불편하게 느끼게 만들었다.

"그것은 아주 설명하기 어려워 보여요." 이블린이 계속해서 말했다. "죽음, 말이에요. 왜 그녀가 죽어야만 하나요, 당신이나 제가 아니고? 그녀가 남은 우리들과 여기 있었던 것은 불과 보름 전이었어요. 당신은 무언가를 믿으세요?" 그녀가 페롯 씨에게 물었다. "당신은 모든 것이 계속되며, 그녀가 여전히 어딘가에 있다는 것을 믿나요? — 아니면 당신은 이것이 단지 하나의 게임으로 — 우리는 죽으면 무로 허무하게 사라져버린다고 생각하세요? 저는 레이철이 죽은 것이 아니라고 확신해요."

페롯 씨는 이블린이 그가 말하기를 원하는 것은 거의 어느 것이라도 말했을 것이지만, 자신이 영혼의 불멸성을 믿는다고 주장하는 것은 그의 능력 밖의 일이었다. 그는 빵을 잘게 부수며, 평소보다 훨씬 더 깊이 인상을 쓰고 조용히 앉아 있었다.

이블린이 다음에는 자신에게 무엇을 믿는지를 묻지 않도록, 아서는 완전히 멎을 정도로 한숨 돌린 후에 전혀 다른 화제로 말을 돌렸다.

"만약에," 그가 말했다. "어떤 남자가 당신의 할아버지를 알고 있었기 때문에 5파운드를 원한다고 편지로 말한다면, 당신은 어떻게 하시겠습니까? 사연인즉 이렇습니다. 제 할아버지께서 —"

"스토브를 발명하셨지요." 이블린이 말했다. "저는 그것에 관해 전부 알고 있어요. 우리도 식물들을 따뜻하게 유지하기 위해 온실에 스토브 한 대를 놓았어요."

"그렇게 유명한지 몰랐습니다." 아서가 말했다. "글쎄," 그는 어떻게든지 이야기를 장황하게 끌려고 작정하고 계속 말했다. "그 당시에 거의 둘째가는 최고의 발명가였으며 또한 유능한 변호사였던 할아버지는 그들이 언제나 그러하듯이 유언장을 남기지 않고 돌아가셨지요. 이때 그의 조수인 필딩이, 얼마나 정당한 것인지는 모르겠지만, 할아버지가 필딩 자신을 위해 무언가 해주려 했다고 계속 주장했습니다. 이 불쌍한 친구는 자기 부담으로 혼자서 힘든 발명들을 하느라 영락하여, 펜지²에서 담배 가게 위층에 살고 있습니다…… 저는 그를 보러 갔다 거기에 왔습니다. 문제는—제가 지불해야 하나요? 아닌가요? 페롯, 정의라는 추상적인 정신은 무엇을 요구하나? 확실히 나는 할아버지의 유언에 따라 아무런 이득을 얻지도 못했고, 이 얘기의 진실을 시험할 방법도 없다네."

"저는 정의라는 추상적인 정신에 대해서는 많이 알지 못해요." 수잔은 만족하여 다른 사람들에게 미소 지으며 말했다. "하지만 한 가지 확신하건대 — 그는 5파운드를 받게 될 거예요!"

페롯 씨가 의견을 개진하기 시작하고 이블린이 모든 변호사들처럼 정신이 아니라 글자 자체의 뜻을 생각하는 그가 너무 지나치게 인색하다고 주장하며 페일리 부인이 요리가 나오는 사이에

2 런던 시 남쪽의 교외지역.

그들이 얘기하는 내용에 대해 전해 듣는 동안, 점심시간은 침묵할 틈도 없이 흘렀으며, 아서는 토론이 완만히 수습되도록 한 재치에 스스로 기뻐하였다.

그들이 방을 나갈 때 휠체어에 탄 페일리 부인이 엘리엇 부부와 우연히 마주쳤는데, 그들은 문으로 들어오는 중이었고 그녀는 나가는 중이었다. 이렇게 잠시 멈추게 되어, 아서와 수잔은 휴링 엘리엇이 회복되어가고 있는 것을 축하했는데, ─처음으로 그는 의기소침해 있고 아주 수척했다─그사이 페롯 씨는 이블린에게 은밀히 몇 마디 건넬 기회를 잡았다.

"오늘 오후 세 시 반경에 당신을 잠깐 볼 수 있을까요? 정원의 분수 옆에 있을게요."

이블린이 대답하기 전에 막힌 길이 트였다. 홀에 그들을 남겨두고 떠나며, 그녀는 환하게 그를 바라보고 말했다. "세 시 삼십 분이라고 말했죠? 좋아요."

그녀는 감정을 불러일으키는 어떤 장면을 보게 되면 언제나 야기되는 정신적인 고양감과 활기찬 삶의 감각을 갖고서 위층으로 달려갔다. 페롯 씨가 다시금 그녀에게 청혼하려고 한다는 점에 의심의 여지가 없었으며, 그녀는 삼 일간의 시간을 그냥 보내고 있었기 때문에 이번에는 분명한 대답을 준비해야만 한다는 것을 알았다. 그러나 그녀는 그 질문에 마음을 집중할 수 없었다. 어떤 일을 최종적으로 끝내는 것을 천성적으로 싫어하였기 때문에, 결정을 내리는 것은 그녀에게 아주 어려운 일이었다. 그녀는 지속하는 것을 좋아했다─항상 계속 되는 것을. 그녀는 떠날 준비를 하는 중이어서 침대에 자신의 옷들을 나란히 꺼내어놓는 일에 열중했다. 그녀는 어떤 옷들은 매우 낡았다는 것을 알게 되었다. 그녀는 아버지와 어머니의 사진을 꺼내서는 상자 속에 넣어 치우기 전에 잠시 동안 손에 들고 있었다. 레이철이 그 사진을 보았었다. 갑자기 누군가의 개성에 대한 예리한 느낌이, 그들이 소유하거나 때때로 다뤄온 것들이 보존하고 있는 어떤 것이, 그녀를 압도했다. 그녀는 그 방에 레이철과 함께 있는 것 같았다. 마치 자신이 바다에서 배를 타고 있는 것 같았으며, 그날의 삶은 저 멀리 육지에서처럼 비현실적이었다. 그러나 점차로 레이철의 존재에 대한 느낌이 사라졌고, 그녀는 더 이상 그녀를 실감할 수 없었다. 왜냐하면 그녀가 레이철을 거의 알지 못했기 때문이었다. 그러나 이런 순간적인 감각은 그녀를 우울하고 피곤하게 했다. 그녀는 자신의 삶을 어떻게 보냈는가? 자신의 앞에는 어떤 미래가 놓여 있는가? 무엇이 가장이고, 무엇이 진실인가? 이러한 청혼들과 친밀함들과 모험들이 실재인가, 아니면 수잔과 레이철의 얼굴에서 보았던 만족감이 그녀가 느낀 적이 있는 어떤 것보다 훨씬 현실적인 것인가?

그녀는 멍하니 넋을 놓고 아래층으로 내려갈 준비를 하였지만, 그녀의 손가락들은 아주 잘 훈련되어서 거의 자발적으로 준비 작업을 하였다. 그녀가 실제로 아래층으로 내려가고 있을 때, 그녀는 마음으로 매우 지루하다고 느꼈기 때문에, 몸에 피도 역시 저절로 알아서 돌기 시작했다.

페롯 씨가 그녀를 기다리고 있었다. 사실상, 그는 점심식사 후 곧장 정원에 나가서 지속적으로 심각한 긴장 상태에서 삼십 분 이상 오솔길을 계속 서성이고 있었다.

"평소처럼 제가 늦었네요!" 그녀가 그를 보았을 때 소리쳤다. "그런데, 저를 용서해주셔야 해요. 저는 짐을 싸야만 했거든요…… 이런! 폭풍이 오는 것 같아요! 만에 새 증기선이 한 척 들어와 있어요, 그렇지요?"

그녀가 만을 바라보았으며, 그곳에는 증기선 한 척이 막 정박하고 있는 중으로 아직 남은 연기를 내뿜고 있었으며 검은색 전율이 재빠르게 파도 사이로 흘렀다. "비가 어떻게 생겼는지 거의 잊어버릴 지경이에요." 그녀가 덧붙였다.

그러나 페롯 씨는 증기선이나 날씨에는 전혀 주의를 기울이지 않았다.

"머거트로이드 양," 그가 평소처럼 격식을 갖춰 말하기 시작했다. "제가 아주 이기적인 동기에서 당신을 이곳으로 와주십사 부탁드리지 않았나, 염려됩니다. 저는 당신이 제 감정을 다시 한 번 확인할 필요가 있다고는 생각지 않습니다. 그러나 당신이 이렇게 빨리 떠나시니, 저에게 말해달라고 부탁하지 않고 그냥 가시게 할 수는 없다고 느꼈습니다. ― 당신이 언젠가 저를 좋아하게 될 거라는 희망을 잃지 않아도 될까요?"

그는 너무 창백해서 더 이상 아무 말도 할 수 없는 것 같았다.

이블린이 아래층으로 달려 내려올 때 그녀의 내면에서 조금씩 분출되던 활력이 이제는 멈춰버렸으며 그녀는 스스로 무력하다고 느꼈다. 그녀가 말할 것은 아무것도 없었다. 그녀는 아무것도 느끼지 못했다. 이제 그가 장년의 점잖은 말로 그와 결혼해주기를 실제로 요청하고 있기 때문에, 그녀는 자신이 전에 느꼈던 것보다 그에 대해 훨씬 무덤덤했다.

"우리 앉아서 그것에 대해 이야기하도록 해요." 그녀가 다소 불안하게 말했다.

페롯 씨는 나무 아래 곡선 모양의 초록 의자로 그녀를 따라갔다. 그들은 앞에 있는 분수를 바라보았는데, 그것은 오래전에 작동이 멈춘 상태였다. 이블린은 자신이 무슨 말을 하고 있는지 생각하지 않고 계속해서 분수를 바라보고 있었다. 물이라고는 전혀 없는 분수가 자신의 모습 같았다.

"물론 저는 당신을 좋아해요." 그녀가 성급하게 말을 던지며 시작했다. "만약 그렇지 않다면 저는 짐승이나 다름없죠. 저는 당신이 제가 알고 있는 가장 훌륭한 사람들 중의 바로 하나이며, 또한 가장 멋진 사람들 중의 하나라고 생각해요. 그러나 저는 바라요…… 당신이 저를 그런 식으로 좋아하지 않기를 원해요. 저를 좋아하는 것이 분명하시죠?" 솔직히 그 순간 그가 좋아하지 않는다고 답하기를 갈망했다.

"확실합니다." 페롯 씨가 말했다.

"아시다시피, 저는 대부분의 여자들처럼 그렇게 단순하지가 않아요." 이블린이 계속했다. "저는 더 많은 것을 원한다고 생각해요. 저는 제가 어떻게 느끼는지 정확하게 모르겠어요."

그는 옆에 앉아 그녀를 바라보며 말을 삼가고 있었다.

"저는 종종 저 자신이 단지 한 사람만을 열렬히 좋아하지는 못한다고 생각해요. 다른 누군가가 당신에게 훨씬 좋은 부인이 될 거예요. 저는 당신이 누군가 다른 사람과 함께 매우 행복하리라는 것을 상상할 수 있어요."

"만약 당신이 저를 좋아하게 될 기회가 조금이라도 있을 것이라고 생각한다면, 아주 기꺼이 기다리겠습니다." 페롯 씨가 말했다.

"그래요—서두를 필요가 없어요, 그렇지요?" 이블린이 말했다. "제가 곰곰이 생각해본 후 편지를 써서 언제 돌아오는지 말씀드리면 어떨까요? 저는 모스크바에 갈 거예요. 모스크바에서 편지를 쓸게요."

그러나 페롯 씨는 고집을 부렸다.

"당신은 저에게 전혀 어떤 생각도 말해주실 수가 없군요. 저는 데이트를 바라는 것이 아닙니다…… 그것은 아주 터무니없는 일이겠지요." 그는 잠시 멈추고는 자갈길을 내려다보았다.

그녀가 즉시 대답을 하지 않자, 그가 계속해서 말했다.

"저는 제가 그러지 못하다는 것을 잘 알고 있습니다. ─저 자신에게 있어서도 혹은 제 환경에 있어서도 어느 면에서나 저는 당신에게 드릴 것이 별로 없습니다. 그리고 저에게 기적처럼 보이는 것이 당신에게도 똑같이 그렇게 보일 수 없다는 사실을 깜빡했습니다. 제가 당신을 만나기 전까지 저는 저만의 조용한 방식으로 지내왔습니다─제 누이와 저는, 둘 다 매우 조용한 사람입니다─제 운명에 매우 만족했지요. 아서와의 우정이 제 생애 가장 중요한 일이었습니다. 이제 당신을 알게 되니, 이 모든 것이 변했습니다. 당신은 모든 것에 영혼을 불어넣는 것 같습니다. 삶은 제가 결코 꿈도 꾼 적이 없는 그렇게 많은 가능성들을 가지고 있는 것 같습니다."

"훌륭해요!" 이블린은 그의 손을 잡고 소리 질렀다. "이제 당신은 돌아가서 온갖 종류의 것들을 시작하고 세상에서 명성을 떨칠 거예요. 그리고 무슨 일이 일어나든 간에, 우리는 계속 친구로 지낼 거예요…… 우리는 아주 멋진 친구가 될 거예요, 그렇지 않아요?"

"이블린!" 그는 갑자기 신음하며, 그녀를 껴안고서 키스했다. 그녀는 비록 그것이 자신에게 감동을 주지는 못했지만, 그것에 분개하지는 않았다.

그녀는 다시금 똑바로 앉으며 말했다. "저는 왜 우리가 계속 친구로 지내면 안 되는지 모르겠네요. ─어떤 사람들은 그렇게 지내는데. 그리고 우정은 중요한 거예요, 그렇지요? 우정이 우리 삶에 중요한 것이지요?"

그는 마치 그녀가 무슨 말을 하고 있는지 정말로 이해하지 못하는 것처럼 어리둥절한 표정으로 그녀를 바라보았다. 상당히 힘들게 마음을 가라앉히고, 그는 일어서서 말했다. "이제 저는 제가 느끼는 바를 당신에게 말했다고 생각합니다. 그러니 당신이 원하는 만큼 기다릴 수 있다는 말만 덧붙이겠습니다."

이블린은 홀로 남아 오솔길을 서성거렸다. 그렇다면 무엇이 문제였나? 이 모든 것의 의미는 무엇이었나?

제27장

그날 밤 구름이 몰려들어 푸른 하늘을 완전히 덮었다. 구름은 땅과 하늘 사이의 공간을 좁혀서, 대기 중에는 자유롭게 움직일 공간이 거의 없는 것 같았다. 파도 역시 잔잔하였지만, 마치 자제하는 듯이 경직되어 있었다. 덤불의 나뭇잎들과 정원에 나무들은 밀접하게 함께 어우러져 있었고, 새들과 곤충들이 내는 짧게 쩍 쩍거리는 소리들은 압박과 속박을 증가시켰다.

빛과 침묵은 아주 이상해서 대개 식사 시간마다 식당을 채우던 바쁘게 와글거리는 목소리들 안에는 분명한 틈이 있었으며, 이러한 침묵 동안에는 나이프들이 접시에 딸그락거리는 소리가 잘 들렸다. 천둥의 첫 울림소리와 창유리를 강타하는 첫 번째 묵직한 빗방울이 약간의 동요를 일으켰다.

"비가 내리네!" 사람들이 동시에 다른 언어로 말했다.

그리고 마치 천둥이 물러간 것처럼 심원한 침묵이 흘렀다. 사람들이 다시금 막 먹기 시작했을 때, 한바탕 차가운 공기가 열린 창문들로 들어와서는 식탁보와 스커트들을 들어 올렸고, 번개가 번쩍이며 즉시 호텔 바로 위쪽에 꽝 하고 천둥이 내리쳤다. 그와 함께 비가 후드득 내려 뿌렸으며, 곧 유리창들이 닫히고 방문들이 탕하고 격렬하게 닫히는 소리들과 더불어 폭풍이 몰려왔다.

갑자기 방이 훨씬 더 어두워졌다. 바람이 육지를 가로질러 어둠의 파도를 몰아대고 있는 것처럼 보였기 때문이었다. 잠시 동안 누구도 먹으려고 하지 않고, 포크를 허공에 들고서 정원을 바라보며 앉아 있었다. 이제 섬광이 자주 일었으며, 마치 그들의 사진을 찍으려는 것처럼 얼굴들에 빛을 비추어 그들을 긴장시키고 놀라 부자연스런 표정들을 짓게 했다. 천둥의 울림이 그들 가까이로 격렬하게 이어졌다. 몇 명의 여성들은 의자에서 반쯤 일어났다가 다시 앉았으며, 정원에 눈길을 던진 채로 저녁식사는 불안하게 계속되었다. 밖에 있는 관목들에 물결이 일어 희어졌으며, 맹렬한 바람의 공격으로 그것들은 거의 땅에 닿을 정도로 굽어 있었다. 모두 폭풍을 바라보는 데 몰두해 있었기 때문에 웨이터들은 식사하는 사람들의 눈에 띄게 접시들을 밀어 넣어야만 했고, 식사하는 사람들은 웨이터들의 주목을 끌어야만 했다. 천둥이 물러날 조짐을 보이지 않고 바로 머리 위에 뭉쳐 있는 것처럼 보였기 때문에, 번개가 매번 정원을 목표로 곧장 내려치는 동안 처음의 흥분이 불안하고 음침한 분위기로 바뀌었다.

사람들은 아주 빨리 식사를 마치고 홀에 모였으며, 그곳에서 그들은 유리창에서 멀리 물러날 수 있었고 천둥소리를 듣긴 하였지만 아무것도 볼 수 없었기 때문에 다른 어디에서보다도 훨씬 안전함을 느꼈다. 한 어머니가 자신의 팔에 매달려 흐느끼는 어린 아들을 데리고 나갔다.

폭풍이 계속되는 동안 그 누구도 앉고 싶어 하는 것처럼 보이지 않았고, 그들은 중앙의 천장에 낸 채광창 아래 몇 명씩 모여, 위쪽을 바라보며 누런 대기 속에 서 있었다. 때때로 번개가 번쩍

일 때 그들의 얼굴은 하얗게 질렸으며, 결국은 천장 채광창 판유리들의 이음매를 부수듯 끔찍하게 요란한 소리가 들려왔다.

"아!" 동시에 여러 목소리들이 소리쳤다.

"무언가 충돌했군요." 한 남자 목소리가 말했다.

비가 와락 쏟아졌다. 비는 이제 번개와 천둥을 제압하는 것 같았으며, 홀은 거의 어두워졌다.

일이 분 후 유리창을 때리는 물소리 외에는 아무 소리도 들리지 않을 때, 눈에 띄게 소리가 줄어들었으며, 분위기도 훨씬 밝아졌다.

"끝났어요." 또 다른 목소리가 말했다.

한번 손이 닿자 전깃불들이 모두 켜졌으며, 불빛은 모두 일어서서 다소 긴장한 얼굴로 천장의 채광창을 올려다보고 있는 한 무리의 사람들을 드러내어 보여주었다. 그러나 인위적인 불빛에서 서로를 보았을 때, 그들은 즉시 몸을 돌리고 물러나기 시작했다. 잠시 동안 비가 계속해서 천장의 채광창을 때렸으며, 천둥이 또 한두 번 진동하였다. 그러나 어둠이 걷히고 지붕에 비가 가볍게 내려치는 것으로 보아, 거대한 혼란스런 대기의 바다가 그들로부터 멀어져가고 있으며, 구름과 번쩍이는 섬광들과 함께 머리 위를 높이 지나서 바다로 빠져나간 것이 분명했다. 폭풍의 소동에 매우 작아 보였던 건물은 이제 여느 때처럼 정사각형으로 넓어 보였다.

폭풍이 물러감에 따라, 호텔의 홀에 있는 사람들은 자리에 앉았다. 그리고 편안한 안도감과 함께 거대한 폭풍들에 대한 얘기를 서로 나누기 시작했으며, 많은 사람들이 저녁시간을 위한 자신들의 일거리를 찾아냈다. 체스판이 마련되었고, 회복기의 징후로써 뻣뻣한 셔츠 깃보다 부드럽고 편안한 장식깃 스카프를 두르고 있을 뿐 그렇지 않으면 평소와 전혀 다를 바 없는 엘리엇 씨는 페퍼 씨에게 최종 대결을 청하였다. 그들 주변으로 한 그룹의 숙녀들이 마치 공기놀이를 하는 두 명의 꼬마 녀석을 책임지고 있는 것처럼, 바느질거리를 들고 혹은 바느질거리가 없을 때에는 소설책을 들고서 게임을 감독하려고 모여들었다. 이따금 그들은 체스판을 보며 신사들에게 격려하는 말을 던졌다.

바로 한쪽 구석에서 페일리 부인은 앞에 긴 사다리 형태로 카드를 배열하였으며, 수잔은 훈수를 두기 위해서가 아니라 공감해주기 위해서 옆에 앉아 있었다. 그리고 그들의 이름이 절대로 드러난 적이 없었던 상인들과 여러 다양한 사람들이 안락의자에 쭉 뻗고 앉아 무릎에 신문을 펴놓고 있었다. 이런 상황에서 대화는 매우 점잖고, 파편적이고, 간헐적이었지만, 홀은 형언할 수 없는 삶의 동요로 가득 차 있었다. 이제 날개가 회색으로 가슴 부분이 반짝이는 나방이 때때로 그들 머리 위에서 윙윙거렸으며, 쿵하고 램프들에 부딪쳤다.

한 젊은 여성이 바느질거리를 내려놓고 소리쳤다. "가엾어라! 죽여버리는 것이 더 낫겠어요." 그러나 아무도 나방을 죽이기 위해서 자기 몸을 일으킬 생각이 드는 것 같아 보이지 않았다. 그들은 그것이 램프에서 램프로 돌진하는 것을 지켜보았다. 왜냐하면 그들은 편안했고 할 일이 아무것도 없었기 때문이었다.

체스 게임을 하는 사람들 옆 소파에서, 엘리엇 부인은 쏜버리 부인에게 새로운 뜨개질 방식을 전수하고 있는 중이었다. 그래서 그들의 머리는 매우 가깝게 닿아 있었고, 쏜버리 부인이 밤에 쓰는 낡은 레이스 달린 모자에 의해서만 구분될 뿐이었다. 엘리엇 부인은 뜨개질에 전문가였으며, 뜨개질의 달인이라는 취지의 칭찬을 분명한 자부심을 가지고 부인하였다.

"저는 우리 모두 무언가를 자랑스러워한다고 생각해요." 그녀가 말했다. "그리고 저는 제 뜨개질을 자랑스러워하죠. 이와 같은 일들은 가문의 혈통을 이어간다고 생각해요. 우리 가족은 모두 뜨개질을 잘해요. 저에게는 돌아가시는 날까지 자신의 양말을 짰던 삼촌이 한 분 계세요—삼촌은 자기 딸들 중 그 누구보다도 뜨개질을 잘했어요. 사랑하는 삼촌. 앨런 양, 당신은 눈을 그렇게 많이 사용하니 밤마다 뜨개질감을 손에 잡지 않으리라고 생각해요. 장담컨대, 당신은 뜨개질에서 굉장한 위안을 찾을 거예요—눈에 아주 좋은 휴식 말이에요—그리고 바자에서는 수공예품들을 굉장히 반겨요." 그녀의 목소리는 뜨개질 전문가의 부드럽고 절반쯤 의식적인 어조로 잦아들었다. 말들이 차례로 부드럽게 이어졌다. "저는 제 능력껏 많은 일을 처리할 수 있는데, 그것은 하나의 위안이에요. 왜냐하면 저는 시간을 낭비하고 있지 않다고 느끼거든요.—"

이렇게 지목하여 얘기를 들은 앨런 양은 소설을 덮고서 잠시 침착하게 다른 사람들을 바라보았다. 마침내 그녀가 말했다. "그녀가 우연히 당신과 사랑에 빠지게 되었다고 해서 당신의 부인을 떠나는 것은 확실히 자연스럽지 않아요. 그러나 그것이—제가 이해할 수 있는 한—제 이야기 속의 신사가 하는 행동이에요."

"쯧, 쯧, 그것은 별로 좋게 들리지 않는군요.—아니, 그것은 전혀 당연하게 들리지 않아요." 뜨개질을 하고 있는 사람들이 골몰한 목소리로 중얼거렸다.

"하지만, 그것이 사람들이 매우 창의력이 있다고 말하는 그런 종류의 책이에요." 앨런 양이 덧붙였다.

"『모성애』[1]—마이클 제숩이 쓴—라는 책이군요." 엘리엇 씨가

---

1   이런 제목의 책이나 작가는 확인되지 아니하며, 아마도 풍자적으로 만들어낸 듯하다.

끼어들었다. 그는 체스를 하면서 얘기를 하고 싶은 유혹을 결코 견딜 수 없었기 때문이었다.

"아시죠," 잠시 후 엘리엇 부인이 말했다. "저는 사람들이 오늘날에는 훌륭한 소설을 **쓴다**고 생각하지 않아요. ─ 어쨌든 과거에 썼던 것처럼 좋지는 않아요."

누구도 그녀와 의견을 일치하거나 아니면 다투기 위해서 수고하지 않았다. 아서 베닝은 한가로이 돌아다니며 이따금 게임을 지켜보고 때로는 잡지 한 쪽을 읽으면서, 반쯤 잠들어 있는 엘런 양을 쳐다보고는 익살스럽게 말했다. "엘런 양, 무슨 생각을 멍하니 하고 계세요?"

나머지 사람들이 쳐다보았다. 그들은 그가 자기들에게 말하지 않은 것이 기뻤다. 그러나 엘런 양은 주저 없이 대답했다. "제 상상 속의 삼촌을 생각하고 있었어요. 모두 상상 속의 삼촌이 한 명씩 있지 않나요?" 그녀가 계속해서 말했다. "저는 한 명 있는데 ─ 아주 유쾌한 노신사분이지요. 그는 언제나 제게 이것저것을 주세요. 때로는 금시계, 때로는 쌍두 사륜마차, 때로는 뉴 포리스트에 있는 아름다운 작은 오두막, 때로는 제가 아주 보고 싶어 하는 곳으로 가는 기차표예요."

그녀는 그들 모두 자신들이 원하는 것들을 어렴풋이 생각하게 했다. 엘리엇 부인은 자신이 무엇을 원하는지 정확하게 알았다. 그녀는 아이를 원했다. 평소의 작은 주름이 그녀의 이마에 깊게 잡혔다.

"우리는 이렇게 행운아예요." 그녀는 남편을 보며 말했다. "우리는 정말로 원하는 것이 아무것도 없잖아요." 그녀는 어느 정도는 스스로 확신하고, 어느 정도는 다른 사람을 확신시키기 위해서 이렇게 말하는 경향이 있었다. 그러나 그녀는 플러싱 씨와 플러싱 부인이 등장함으로써 자신의 확신을 얼마나 멀리 끌어갈 수 있을지 생각하는 데 방해 받았는데, 그들 부부는 홀 문으로 들어와서 체스판 옆에 멈췄다. 플러싱 부인은 예전보다 훨씬 더 흐트러져 보였다. 거대한 검은 머리 가닥이 그녀의 이마를 가로질러 고리 모양을 이루고 있었으며, 뺨은 비바람을 맞아 짙붉은 혈색을 띠었고 빗방울들이 떨어져 젖어 있었다.

플러싱 씨는 자기들이 폭풍을 지켜보며 지붕에 있었다고 설명했다.

"멋진 장관이었어요." 그가 말했다. "번개가 곧장 바다 위에 내리쳐서 저 멀리 파도와 배들을 밝게 비췄어요. 여러분들은 산들 역시 빛들과 거대한 덩어리의 그림자로 얼마나 멋있게 보였는지 상상할 수도 없을 겁니다. 지금은 모두 끝났습니다."

그는 체스게임의 마지막 싸움에 흥미를 보이며 의자에 미끄러지듯 앉았다.

"그래 당신은 내일 돌아가신다면서요?" 플러싱 부인을 바라보며 쏜버리 부인이 말했다.

"네," 그녀가 대답했다.

"돌아가는 것이 사실 슬프지가 않아요." 엘리엇 부인이 슬픔에 잠긴 불안한 태도로 말했다. "이런 병이 있었으니."

"당신은 죽는 것이 두려우세요?" 플러싱 부인이 경멸적으로 물었다.

"저는 우리 모두 그것을 두려워한다고 생각해요." 엘리엇 부인이 위엄 있게 말했다.

"저는 죽음에 관해서는 우리 모두 겁쟁이라고 생각해요." 플러싱 부인은 의자 등받이에 자신의 뺨을 비비며 말했다. "저는 그렇다고 확신해요."

"조금도 그렇지 않소!" 플러싱 씨가 고개를 돌리며 말했다. 페퍼 씨가 자신의 체스 말 움직임을 생각하는 데 아주 오랜 시간이 걸렸기 때문이었다. "살기를 바라는 것은 비겁한 것이 아니오, 엘리스. 그것은 비겁한 것과는 아주 정반대되는 것이오. 개인적으로 나는 백 년은 살고 싶소—물론 사지 멀쩡하다면 말이오. 우연히 일어나게 되어 있는 모든 것들을 생각해봐요!"

"제가 느끼는 점이 바로 그거예요." 쏜버리 부인이 다시 합류했다. "변화들, 개선점들, 발명들—그리고 아름다움. 당신 아세요? 제가 죽어서 주변의 아름다운 것들을 보지 못하게 되는 것을 견딜 수 없다고 이따금 느낀다는 것을."

"화성에 생명체가 있는지 어떤지를 인간이 발견해내기 전에 죽는 것은 확실히 아주 재미없을 거예요." 앨런 양이 덧붙였다.

"당신은 정말로 화성에 생명체가 있다고 믿으세요?" 플러싱 부인이 처음으로 예민한 흥미를 보이며 그녀를 향해서 물었다. "누가 당신에게 그렇게 말하나요? 뭔가 좀 아는 사람이에요? 당신 그 사람 알아요? 뭐라더라—²"

이때 쏜버리 부인이 자신의 뜨개질감을 내려놓았으며, 굉장히 고독한 모습이 하나 그녀의 눈에 들어왔다.

"저기 허스트 씨가 있군요." 그녀가 조용히 말했다.

세인트 존이 방금 회전문을 통해 들어왔다. 그는 상당한 바람을 맞았으며 뺨은 끔찍하게 창백했고 수염을 깎지 않았으며 눈은 움푹 꺼져 있었다. 그는 코트를 벗은 후에 홀을 곧장 통과해서 자기 방으로 올라갈 작정이었다. 그러나 그는 자신이 아는 많은 사람들의 존재를 무시할 수 없었으며, 특히 쏜버리 부인이 일어

---

2 퍼시벌 로웰(Percival Lowell, 1855~1916), 미국 천문학자이며 작가이다. 1909년과 1910년에 미국과 영국에서 상당한 주목을 받았다.

나서 그에게 다가와 손을 내밀 때 그러했다. 그러나 어두운 빗속을 걸었으며, 긴장과 공포의 오랜 나날을 보낸 후에, 이렇게 많은 사람들이 편하게 함께 앉아 있는 광경과 더불어 따뜻한 전등이 켜진 방이 주는 충격이 그를 완전히 압도했다. 그는 쏜버리 부인을 쳐다보았지만 말을 할 수가 없었다.

모든 사람이 침묵했다. 페퍼 씨의 손이 그의 체스 기사에 머물렀다. 쏜버리 부인은 어떻게든 그를 의자에 데려와 앉히고는 자신도 그의 옆에 앉아서 눈물을 글썽이며 조용히 말했다. "당신은 친구를 위해 모든 일을 했어요."

그녀의 행동은 마치 그들이 결코 멈춘 적이 없었던 것처럼 그들 모두 다시 얘기를 나누도록 만들었으며, 페퍼 씨는 자신의 체스 기사를 움직였다.

"할 수 있는 게 아무것도 없었어요." 세인트 존이 말했다. 그는 아주 천천히 말했다. "불가능한 것 같아요. —"

그는 마치 어떤 꿈이 자신과 다른 사람들 사이에 들어와서 그로 하여금 자신이 어디에 있는지를 못 보게 막는 것처럼 한 손으로 눈앞을 휙 저었다.

"그리고 그 불쌍한 친구는" 쏜버리 부인이 말할 때 그녀의 뺨에 눈물이 다시 흘러내렸다.

"불가능해요." 세인트 존이 반복했다.

"그가 다행히도 알게 되었나요 — ?" 쏜버리 부인은 무척 머뭇거리며 말을 꺼냈다.

그러나 세인트 존은 아무런 대답도 하지 않았다. 그는 절반은 다른 사람들을 바라보며 절반은 그들이 말하는 것을 들으며 의자에서 몸을 뒤로 기대었다. 그는 지독하게 피곤했으며, 불빛과 온기, 손들의 움직임, 그리고 부드럽게 대화를 나누는 목소리들이 그를 진정시켰다. 그들은 그에게 이상하게 고요함과 안도감을 주었다. 그가 움직이지 않고 거기에 앉아 있을 때, 이러한 위안의 느낌은 심원한 행복의 느낌이 되었다. 테렌스와 레이철에 대해 신의를 저버린다는 느낌 없이 그는 그 둘 어느 쪽에 대해서도 생각하기를 멈추었다. 움직임들과 목소리들은 방의 여러 다른 곳에서 모여들어, 그의 눈앞에서 그것들 스스로 결합하여 하나의 패턴이 되는 것 같았다. 그는 패턴이 스스로 형성되는 것을 지켜보며, 자신이 거의 보지 못했던 것을 바라보며, 조용히 앉아 있는 것이 만족스러웠다.

체스게임은 정말로 즐거운 게임이어서, 페퍼 씨와 엘리엇 씨는 점점 더 전력투구로 빠져들고 있었다. 쏜버리 부인은 세인트 존이 대화 나누기를 원치 않는다는 것을 알고서 뜨개질을 다시 시작했다.

"또다시 번개가 쳐요!" 플러싱 부인이 갑자기 소리쳤다. 노란빛이 푸른 유리창을 가로질러 번쩍였고, 잠시 그들은 밖에 있는 초록 나무들을 보았다. 그녀는 문으로 성큼성큼 걸어가서, 문을 밀어 열고는 바깥 공기에 절반쯤 나가서 섰다.

그러나 그 빛은 단지 끝나버린 폭풍의 반사광이었다. 비는 그쳤으며, 짙은 구름은 물러났고, 비록 증기 같은 안개가 달을 가로질러 빠르게 몰려가고 있기는 하였지만 공기는 깨끗하고 맑았다. 하늘은 다시금 장엄하고 짙은 푸른빛이며, 산봉우리들이 뾰족하게 솟아 있고 빌라의 작은 불빛들이 산등성이 여기저기 점점이 비치는 육지의 형상은 대기 아래서 거대하고 어둡고 단단해 보였다. 몰려가는 대기와 나무들이 윙윙거리는 소리와 이따금 대지에 넓게 조명을 비추는 번쩍이는 불빛은 플러싱 부인을 환희로 가득 채웠다. 그녀의 가슴이 뛰었다.

"굉장해! 정말 황홀해!" 그녀는 혼자 중얼거렸다.

그녀는 홀로 돌아와서 단호한 목소리로 소리쳤다. "밖으로 나와서 보세요, 윌프리드. 정말 눈부셔요."

어떤 사람들은 약간 동요했으며, 어떤 사람들은 일어났고, 어떤 사람들은 그들의 털실 뭉치들을 떨어뜨려서 그것들을 찾기 위해 허리를 굽히기 시작했다.

"잠자리에 드세요. — 잠자리에." 앨런 양이 말했다.

"페퍼, 게임에 진 것은 자네 퀸을 움직였기 때문이야." 엘리엇 씨가 체스 조각들을 쓸어 모으고 일어서며 의기양양하여 소리쳤다. 그가 게임에서 이겼다.

"뭐? 페퍼가 마침내 졌어요? 축하합니다!" 아서 베닝이 페일리 부인의 휠체어를 침실로 밀고 가며 말했다.

이러한 모든 목소리들은 그가 설핏 잠이 들었지만 주변의 모든 것을 생생하게 의식하고 있었기에 세인트 존의 귀에 감사하게 들렸다. 그의 눈앞으로 거무스름하고 불분명한 물체들의 행렬이, 그들의 책들을, 카드들을, 실 뭉치들을, 도구바구니들을 집어든 사람들의 형상이 지나갔으며, 그를 지나 잇따라 자기들의 침실로 가고 있었다.

존재의 순간들—버지니아 울프의 『출항』

버지니아 울프의 처녀작 『출항*The Voyage Out*』은 그녀의 자서전적 요소가 많이 담긴 작품으로 자신의 삶과 정신을 소진하며 완성한 작품이다. 『출항』에는 후기 빅토리아 시대에 태어난 여성으로 아직 결혼도 하지 않고 그렇다고 내세울 만한 작가로서의 필명도 얻지 못한 불안한 자아정체성에 대해 괴로워하던 시기의 울프의 모습이, 결혼을 계기로 사회적 정체성의 변화를 경험하게 될 스물네 살의 젊은 여성 레이철 빈레이스에게 다분히 투영되어 있다. 『출항』은 울프가 부친 레슬리 스티븐의 죽음 후 작품에 대한 영감을 얻은 1904년부터 출판된 1915년까지 오랜 세월에 걸쳐 고쳐 쓴 작품으로, 남편인 레너드 울프의 회고에 따르면 적어도 5, 6회, 조카인 퀜틴 벨에 따르면 7회 정도 다시 쓴 작품이다. 뉴욕 공공도서관의 버그 컬렉션에 보관되어 있는 『출항』의 여러 타자본들과 필사본 등을 면밀하게 연구한 울프 연구가 루이즈 드살보Louise DeSalvo에 의하면 줄잡아도 7회, 많게는 11, 12회 정도 고쳐 쓴 작품이며, 여주인공이 죽음에 이르는 장면을 개작할 때마다 울프 자신도 정신적 쇠약을 겪고 요양원에 입원할 정도였다. 이와 같이 여러 차례에 걸쳐 고쳐 쓰며 십 수 년을 한 작품에 매달린, 말 그대로 작가로서 울프 자신의 출항과 여주인공의 자아 탐색을 위한 내면 여행 사이에는 보이지 않는 정신적 교류가 저변에 흐르고 있음을 쉽게 짐작할 수 있다.

울프는 T. S. 엘리엇이 편집한 『뉴 크라이테리언*New Criterion*』이라는 잡지 1926년 1월호에 「병듦에 관하여On Being Ill」라는 에세이를 발표한 적이 있는데, 이 글에서 그녀는 기존의 사랑과 질투 등을 주제로 한 가정·연애소설보다 병든 육체의 고통과 반응을 주제로 한 소설이 더욱 흥미로우며 가치 있겠지만, 이런 소설은 내면의 심리 묘사에 치중할 수밖에 없기 때문에 독자들로부터 플롯이 없는 작품이라고 비난을 받을 것이라고 적고 있다. 울프의 그런 생각은 비록 자신의 처녀작 출간 시기와는 십 년의 격차가 있지만, 『출항』의 전개에 그대로 적용될 수 있을 것이다. 울프 역시 이 작품에서 당시 유행하던 결혼소설과 여행소설의 큰 틀을 따르고 있지만 여기에 나름의 변형을 가하고 있다. 바로 이러한 소설적 전통과 관습 안에 머물면서도 여기에 만족할 수 없어 새로운 소설 형식을 추구하는 작가의 글쓰기 여정과 주인공의 영혼 속으로의 내면 여행이 병치되는 점에 이 작품의 매력이 있다. 『출항』은 플롯상으로 가족 관계를 복잡하게 그리고 있는 빅토리아 시대의 가정·연애소설의 관점에서 본다면 매우 간단한 전개를 보여주는 작품이다. 열한 살에 어머니를 여의고 두 명의 고모들과 리치몬드의 집에서 편안히 살아온 스물네 살의 레이철은 해상무역업자이자 십여 척의 선주인 아버지 윌로우비 빈레이스의 상선을 타고서 휴가를 떠나는 외숙모와 외삼촌인 헬렌과 리들리 앰브로우즈를 배에서 맞이한다. 그들과 함께 항해하던 중에 전직 국회의원이었던 리처드 댈러웨이와 부인 클라리사가 불가피한 사정으로 잠시 배에 합류한다. 배가 풍랑을 만나 크게 흔들리는 상황에서 리처드 댈러웨이는 레이철을 붙잡고 키스를 하는데, 생애 첫 키스를 경험한 레이철은 그날 밤 자신의 선실에서 악몽에 시달린다. 20대 중반이라는 나이에 맞지 않게 세상경험 특히 남녀관계에 무지한 레이철의 정신세계를 넓혀주고, 딸을 죽은 아내 대신 자신의 사회활동을 돕는 집안의 안주인으로 만들려는 윌로우비로부터 떼어놓으려는 마음에서, 헬렌은 자신의 휴가 목적지인 남미의 산타 마리나Santa Marina에서 레이철을 데리고 내린다. 헬렌이 마련한 그곳 빌라에 머물던 레이철은 시내 호텔에 머물던 한 무리의 영국 관광객들과 만나게 되고, 그중한 사람인 소설가 지망생 테렌스 휴잇과 사랑에 빠져 약혼하게된다. 결혼을 앞둔 레이철은 아마존 상류를 따라 올라가며 원주민들의 삶을 구경하자는 플러싱 부인의 제안에 찬성해서 원주민 마을로 탐험여행에 동참했다가 열병에 걸려 두 주 동안 아프며 혼수상태에 빠졌다가 죽는다.

마치 조셉 콘래드의 소설『암흑의 핵심Heart of Darkness』을 연상시키는 듯한『출항』은 강을 따라 올라가는 탐험과 자신의 영혼 속으로 들어가는 정체성 탐구를 큰 주제로 하면서도 빅토리아 시대 소설에서 흔히 볼 수 있는 결혼의 주제를 끌어들이고 있다. 그러나 울프의 경우 이 결혼의 주제는 사회적 안정을 갈구하는 여주인공이 결혼이라는 제도 속으로 안주하며 끝나는 것이 아니라 그것을 뒤집고 있다는 데 그 의미가 있다. 울프는 배경과 사건의 구성을 중시하는 기존의 형식적 관습에 머물고 있지만 자신만의 소설 형식과 내용에 대한 추구에 집착하고 있으며, 이것이 그녀로 하여금 거듭하여 고쳐 쓰기에 매달리게 한 주된 원인이다. 그런 만큼『출항』은 세심한 정독을 필요로 하는 작품이다.

울프는 처음에 여주인공의 이름을 레이철이 아니라 사냥의 여신이자 달의 여신이며 처녀의 여신이기도 한 씬시아Cynthia로 이름 지었다가 개작 과정에서 레이철로 바꾸었다. 르네상스 시대 영국에선 엘리자베스 여왕을 씬시아에 비교할 정도로 씬시아는 결혼을 거부한 처녀이지만 동시에 사냥을 즐기는 매우 남성적이며 당당한 여성의 상징이다. 이와 반대로 레이철은 성경에 나오는 인물로 '암양', 나아가 '희생제물'이란 의미를 가지고 있으며 야곱이 그녀를 얻기 위해서 칠 년 동안 종살이를 해야 했던 여인이다. 그녀는 야곱과 결혼 후에도 아이가 없어 자신의 몸종인 빌라Bilhah를 몰래 야곱의 잠자리에 들여보내 아이를 얻는 등 결혼 생활 자체도 순탄치 않았던 인물이다. 그녀는 전형적인 가부장제하의 딸로서 남편인 야곱에게 일종의 재산으로 양도되는 인물인 것이다. 울프는 자신의 여주인공을 굳이 성경의 인물인 레이철이라 이름 지음으로써 그녀가 가부장제의 희생자이며 결혼이란 자신의 정체성을 찾는 과정이 아니라 또 다른 예속을 의미하는 것임을 암시한다. 아버지 윌로우비가 헬렌에게 딸의 산타 마리나 여행을 허가하는 것은 집 안에 틀어박혀 피아노나 연주하며 세상에 무지한 딸의 교육을 위해서라기보다는 장차 자신이 원하는 국회의원이 되면 부인을 대신해서 사교계의 파티를 주도할 안주인으로서 딸이 세련된 매너를 배웠으면 하는 이기적인 욕망에서이다. 헬렌은 자신의 시누이의 때 이른 죽음 역시 윌로우비의 가부장적 강압과 관련이 있을 것이라고 추측한다. 비교적 선진 지식인이면서 여성해방적인 생각을 공유하는 휴잇 역시 레이철에 대한 태도가 약혼 후에는 이전과 달리 다소 강압적이며 가부장적인 남편의 모습으로 변하는 것을 알 수 있다. 리처드 댈러웨이와 윌로우비를 비롯하여 『출항』에 나오는 남성들은 한결같이 빅토리아조 소설에 나오는 가부장적 남성들의 전형을 따르고 있는데, 이 점은 작품의 시작부터 분명하다.

여섯 살과 열 살 된 아들과 딸을 시어머니에게 맡기고 남편과 함께 런던 부두에 정박 중인 에우프로시네 호에 오르기 위해 런던의 스트랜드에서 임뱅크먼트를 따라 걸어 내려가며 훌쩍이는 헬렌의 묘사로 시작되는 이 작품은 일찌감치 문명과 자연, 이성과 감정, 남성과 여성의 대립적인 이원구조를 보여준다. 이러한 이항대립적인 구성은 빅토리아조 소설관습의 잔재로서, 강이 범람하지 않도록 둑을 쌓아놓은 임뱅크먼트는 문명의 상징이자 질서 자체이며 남성들의 업적이다. 이곳에서는 서로 팔을 끼고 우의를 과시하는 일은 불가능하며 엉뚱한 옷차림이나 개성 있는 행동이 무시되거나 사회적 규범에서 일탈된 기행으로 여겨질 정도로 문명은 훈련과 질서, 획일화를 요구한다. 바로 이런 문명의 안전함을 보장한다고 여겨지는 것이 가부장 제도이다. 문명과 가부장 제도는 안전과 질서를 보장해주지만 팔을 끼고 서로 한담을 나눌 정도의 정서적인 삶은 허용하지 않을 정도로 억압적 요소를 보인다. 아이들을 떼어놓고 리들리가 굳이 아내를 여행길에 대동하는 것은 아내에 대한 배려에서가 아니다. 그리스 서정시인 핀다로스에 대한 주석본을 편집 중인 리들리는 아내의 희생을 끝없이 강요했던 울프의 아버지 레슬리 스티븐을 모델로 한 인물인데, 선실에서 편안히 책을 읽고 집필에 몰두하기 위해서 리들리는 아이처럼 어머니이자 부인으로서 헬렌의 손길이 필요했던 것이다. 조카인 레이철이 열병에 걸려 위독하다는 사실을 제일 나중에야 알게 되는 인물이 바로 리들리이며, 그녀의 죽음 후에도 그는 여전히 자신의 연구에만 매달린다. 뒤로 팔짱을 낀 채로 슬픔에 빠진 부인을 뒤따라 걸어가는 리들리를 보고 도로변의 아이들은 '푸른 수염'이라고 놀린다. 자신만의 성에 여성들을 가둬놓고 살해하는 그 푸른 수염이라는 상징적 호칭으로 울프는 매우 세심하게 작품의 시작부터 불평등한 가부장제의 위험을 부표처럼 독자들의 시선에 던지고 있다. 울프는 작품의 서두에 리들리를 푸른 수염과 연결시킴으로써 여성 혐오, 폭력, 죽음과 같은 주제를 일찌감치 암시하고 있는 것이다.

가부장제의 문제는 여성을 남성의 예속물로 여길 뿐만 아니라 여성의 의식의 발전을 의도적으로 봉쇄함으로써 남성 지배를 공고히 하는 쪽에서 더욱 두드러진다. 아버지와 같이 살고 있는 고모들의 보호 아래 스물네 살이 되도록 결혼하지 않고 고전음악 피아노 연주를 유일한 취미로 살아가는 레이철은 나이에도 불구하고 사회적으로 일종의 백지상태이다. 레이철은 바흐나 베토벤 같은 고전주의 음악에 탐닉하거나 바그너의 「트리스탄과 이졸데Tristan and Isolde」 같은 중세 로맨스 세계를 그린 몽환적인 음악을 사랑하는데, 그녀의 피아노 연주는 그녀의 고립을 상징한다. 그러나 그녀가 폐쇄적인 현실로부터 자유로운 것은 자신의 고전주의 음악 안에서이다. 레이철에게 고전주의 음악, 특히 피아노 음악은 가부장적 언어 이전의 기호체계라기보다는 다분히 현실 망각의 성격이 짙다. 유일한 도피처이며 소통수단인 음악 안에서만 자유로움을 느끼는 레이철은 결국 소위 말하는 '집 안의 천사'[1]로 남게 될 것이다. 이런 그녀가 댈러웨이 부인과 같이 매력적이고 사교적인 여성과 처음 만났을 때 느끼는 것은 당혹감이

---

1 '집 안의 천사The Angel in the House'란 표현은 영국의 빅토리아 시대 시인 코벤트리 패트모어Coventry Patmore의 작품 『집 안의 천사』에서 유래한 것인데, 미국의 워싱턴 주 풀만에 있는 워싱턴주립대학교에 보관되어 있는 레너드 울프와 버지니아 울프의 서고 목록에 따르면 패트모어의 책 제4판(1866)을 버지니아의 어머니 줄리아가 소장했던 것을 울프가 물려받아 간직한 것을 알 수 있다.

며 소외감이다. 어머니의 부재를 강하게 의식하는 레이철은 자신이 외톨이라는 생각에서 벗어나기 위해 음악에 빠져든다. 댈러웨이 부인과의 대면을 그린 다음 장면은 이를 잘 보여준다.

그들이 보조를 맞춰 갑판을 천천히 걷기 시작했을 때, 레이철은 기혼 부인들에게 화가 났는데 그들과 동떨어진 기분을 느끼게 만드는 데다 어머니가 없는 것을 환기시키는 듯한 태도 때문이었다. 그래서 그들과 합류하는 대신 뒤돌아서 황급히 떠났다. 그녀는 자신의 방문을 쾅 닫고 악보를 꺼냈다. 바흐, 베토벤, 모차르트, 퍼셀 등 모두 오래된 악보로, 종이는 누렇고 조판은 거칠었다.

레이철이 혼자 자신만의 방에 틀어박혀 과거의 고전음악에만 열중하는 모습은 푸른 수염의 성벽 안에 갇혀 희생 제물이 되는 여성들의 모습과 겹쳐진다. 푸른 수염에 비유되는 리들리보다 더욱 가부장적 폭력을 행사하는 인물이 바로 리처드 댈러웨이다. 키츠나 셸리와 같은 시인들이 시를 쓰는 것보다 정치인으로서 여공들의 노동 조건을 개선한 자신의 업적이 더욱 빛나는 것이라고 자랑하는 그는 효용과 실질적인 결과를 중요시하는 전형적인 공리주의자로 찰스 디킨스의 『어려운 시절Hard Times』의 그래드그라인드 씨의 후예이다. "인간은 한 세트의 칸막이 방들이 아니라 유기적 조직체"라는 점을 레이철에게 강조하는 리처드는 문명과 남성적인 이성과 합리주의라는 미명하에 식민주의와 전체주의 체제를 옹호하고 정당화하는 인물이다. 그에게 이런 억압적인 체제는 가부장제에 의해서 뒷받침된다. 정치적 본능이라는 것을 가진 여자는 단 한 명도 없다고 단언하는 그는 여성 참정권을 철저하게 부정한다. 이런 리처드에게 레이철이 할 수 있는 말이라고 는 "우리는 서로를 이해하지 못하는 것 같아요" 뿐이다.

자신이 인생 절정기에 있다고 느끼는 아버지뻘인 사십 대의 리처드와 레이철의 키스는 일종의 성적 폭력을 의미한다. 울프 는 이들의 키스 장면을 태풍에 크게 흔들리는 레이철의 선실로 설정함으로써 이 성적 폭력이 레이철의 정신에 가져올 태풍의 효과를 상징적으로 암시한다. 5장에서 일찌감치 발생한 리처드 의 벼락 키스가 가져온 레이철의 정신의 동요와 상흔은 이 작품 에서 가장 중요한 사건이며, 그녀의 죽음은 그것의 후유증과 연 결된다. 레이철은 리처드와 키스 후에 긴 터널을 내려가다 축축 한 물기가 흘러내리는 벽돌로 막힌 지하실에서 몰골사나운 조그 마한 남자와 갇히는 꿈을 꾼다. 얼굴에 곰보 자국이 나 있는 동물 과 같은 모습의 남자와 함께 있는 그녀의 꿈은 강압적인 성적행 동과 이것을 피해 어머니의 자궁 속으로 달아나는 그녀의 심리 적 퇴행, 혹은 역출산의 과정을 상징하는 것으로 그녀가 휴잇과 약혼 후에 혼수상태에 빠져 침대에 누워 있을 때 다시 변형되어 반복된다. 억압된 것들이 형태를 조금씩 달리하며 반복되는 레이 철의 악몽은 원고를 계속 고쳐 쓰며 반복 충동에 시달리는 울프 의 창작 욕구와 맞물려 있다. 처음으로 남자와 키스를 경험한 레 이철이 악몽에 시달리는 것과 달리 소설의 진지한 화자는 "어쨌 든 멋진 일이 일어났다"고 다소 거리감 있는 논평을 가하고 있 는데, 이것은 사실 레이철 자신도 성적인 경험을 어떻게 해석할 지 몰라 혼돈에 빠져 있는 이중적인 태도를 대변하는 목소리이 다. 리치몬드의 고립된 삶으로 상징되는 갇힌 자아에서 사랑과 결혼으로 상징되는 열린 세계로의 항해에서 레이철은 자신의 감 정에 충실할수록 오히려 사회적으로 고립되고, 의사소통과 그 의

사소통에 근거한 친교에서 멀어짐을 느끼는 이중성을 보인다. 이것은 울프 자신의 난관이기도 하다. 자신만의 영혼과 자아에 충실한 유아론적 세계를 근본적으로 사회적 의사소통의 문법인 언어를 통해서 표현하는 것이 가능할까? 자아의 경험이 공적인 언어로 표현되는 순간 그 경험은 스스로를 배반하게 되고 공공의 언어로 매개된 자아는 이미 타자로 전락하는 것은 아닐까하는 고민은 자신의 내적 경험, 흔히 에피퍼니로 명명되는 내면의 통찰의 순간에 집착하는 모더니즘 작가들에게 공통된 문제이다. 그러나 이 문제가 유독 울프에게 특별한 의미와 중요성을 지니는 것은 자신의 여성적 경험을 남성언어 문법으로 표현하는 것이 도대체 가능한 일인가 하는 집요한 의문 때문이다.

소통과 단절, 문명과 자연, 이성과 감정, 사회와 자아 사이에서 어정쩡한 국외자의 상황에 처해 있는 레이철의 이중적인 모습은 그녀가 영국 관광객들이 머물고 있는 호텔 로비의 유리창 너머 광경을 목격하는 대목에서 두드러지게 드러난다. 레이철이 휴잇과 세인트 존을 처음 보게 되는 이 장면에서 그녀는 호텔 로비에서 체스를 두고 있는 남자들의 모습을 유리창 밖에 서서 들여다보는데, 안에서 휴잇 역시 유리창 밖의 두 여성의 모습을 내다보고 있다. 바라보는 시선이 또 다른 시선의 대상이 되고 있는 것이다. 유리창을 사이에 두고 안과 밖이 상대적이듯이 응시의 대상과 주체, 주인과 노예, 문명과 자연은 다만 상대적인 것임을 강하게 암시함으로써, 울프는 고정된 정체성의 개념을 부정함과 동시에 그것에 근거한 식민주의자들의 인종적인 우월의식 역시 비판하고 있다. 그녀의 이러한 비판의식은 영국의 정복전쟁에 대한 공격으로 이어진다. 체스게임은 규칙을 중요시하는 문명의 상징으로 이 게임을 통해서 산타 마리나라는 남미의 휴양지에서도 영국의 문명과 사회 질서는 계속되고 있다. 레이철이 헬렌과 더불어 호텔에 머물지 않고 빌라에 머물고 있는 것은 그녀가 틀에 박힌 문명의 외곽 지대에서 비교적 자유로움을 추구하고 있기 때문인 것이다. 그러나 그녀 역시 호텔에 머물고 있는 영국의 휴가 관광객들과 더불어 소풍과 강 탐험을 즐김으로써 여전히 영국의 문명이 자연을 침해하고 지배하는 영국의 제국주의의 확장에 동참한다. 레이철과 헬렌은 영국식민주의의 일원이면서 여전히 그 변경에 머무는 이중적인 입장을 보인다.

출항 자체와 마찬가지로 레이철이 휴잇과 세인트 존 허스트 등과 나귀 등에 올라 산꼭대기로 소풍을 가는 것은 그녀의 자아의 확장, 소통의 가능성에 대한 추구로 이어진다. 그러나 이런 가능성이 처음부터 한계에 부딪히는 것은 헬렌과 대화 중에 여자들이 어떻게 행복에 이르는지 도저히 이해할 수 없다고 실토하며 "우리 사이에는 심연이 있어요"라고 의사소통의 불가능성을 철저히 신뢰하는 회의주의적인 세인트 존과 같은 인물 때문이다. 휴잇 역시 산정에 올라 절벽 가장자리에서 저 아래 바다를 바라보며 외치는 것은 "영국에 있다면 좋겠어요"이다. 그럼에도 불구하고 레이철이 산정에 올라 이들과 더불어 발아래 펼쳐진 바다의 넘실거리는 모습을 구경한다는 것은 자아의 감옥에서 벗어나 보다 거대한 삶의 연속성, 무한성, 초자연적인 어떤 것과의 합일의 가능성을 암시한다. 울프 작품에서 바다나 강은 자유로움과 내적자아와 시간의 계속성과 함께 초월적이며 무한한 세계의 상징이다. 울프가 스스로 우즈Ouse 강에 빠져들어 자살한 것은 그녀의 정신적 이상심리 이전에 어쩌면 이러한 지속적인 욕망의 투영이라고 볼 수도 있다. 레이철이 절벽에서 바다를 내려다보는 것은 단절이자 동시에 지속을 의미하는 절벽이 가지는 양면적인 한계 상황을 설정하는 것이며, 울프는 바다와 육지의 한계점을 통해서 레이철의 정신의 변화, 육지와 바다의 경계점에 머무는 그녀의 심리적 이중성을 상징한다. 『출항』에서 울프는 빅토리아조 소설의 유산이기는 하지만 계속해서 풍경을 정신의 치환물, 객관적 상관물로 사용하고 있다. 절벽이 있는 산정에 올라 정신적으로 고양된 상태에서, 레이철은 자신의 리치몬드에서의 삶을 얘기하며 되돌아봄으로써 의식의 확장과 더불어 독립적인 고립감을 강조하는데, 이에 결정적인 기여를 하는 인물이 휴잇이다.

일 년에 육칠백 파운드의 수입이 있어 소설가로 살아가기를 꿈꾸는 휴잇은 이블린이 말하는 대로 '무언가 여자다운 점', 즉 양성적인 특성을 지닌 예술가로 울프의 대변인 격이다. 그가 쓰고자 하는 침묵, 말해지지 않은 것에 대한 소설 역시 언어를 통한 의사소통의 어려움에 관한 것으로 자신의 문법과 언어를 찾는 작가의 곤경을 대변한다. 휴잇이 쓰려고 하는 침묵은 수천 년 동안 계속되어온 여성들의 침묵으로, 그 침묵 또한 남성인 휴잇의 손에 의해 쓰여질 계획이라는 점에서 울프의 아이러니는 강한 힘을 지닌다. 진정한 여성적 글쓰기는 여성의 몫이겠지만 울프는 그런 여성 언어의 정착 이전에 진보적인 여성 해방에 공감하는 남성작가를, 즉 여성적인 남성들과의 공존의 가능성과 필요성을 아이러니를 통해 강조한다. 역사적으로 강요된 여성의 침묵에 대한 휴잇의 강한 분노를 통해 레이철은 자신의 이십사 년의 삶을 되돌아보고 변화하기 시작할 조짐을 보인다. 그러나 레이철이 자신의 과거의 삶, 아버지에게 억눌린 삶에 대해 곰곰이 생각하면 생각할수록, 휴잇이 침묵에 관해 소설을 쓸 생각을 구체적으로 밝히면 밝힐수록, 레이철은 자신이 혼자이며 휴잇 역시 자신에게서 멀어지고 인간미 없는 인물로 변해감을 느낀다. 레이철의 감정이 고양될수록, 자신의 영혼으로 내면 여행이 깊어지면 깊어질수록 비례적으로 그녀는 자신이 점점 고립된 존재이며 자신의 진정한 감정을 오롯이 표현하는 것 자체가 어려워짐을 감지한다. 존재의 순간은 자아의 확장과 더불어 철저한 단절을 가져온다. 레이철은 휴잇과 대화 중 자신이 관찰당하고 있다는 느낌을 떨칠 수 없으며 그와의 사이에 "그 누구도 침투한 적이 없는 거대한 삶의 공간"이 존재한다고 생각한다. 휴잇 역시 마찬가지이다. 사람들 사이에는 보이지 않는 백묵으로 그려진 원이 있으며, 그 원은 각 개인을 보호하여 침범당해서는 곤란한 안전지대이며 사적 공간이다. 역설적으로 이것이 사람들의 사회적 삶, 소위 말하는 문화와 문명의 공간이며, 이 안에서 각자는 암흑처럼 혼자이다. 인간이 다른 사람에 대해서 자기 방식으로 생각하고 판단내리는 것보다 더욱 우스운 일은 없다. 리처드의 강압적인 키스는 레이철의 이 영혼의 공간, 혼자만의 공간을 야만스럽게 짓밟고 들어온 침략이며 도발이다. 문명의 이름으로 행해진 이민족, 이방인에 대한 침략 또한 이와 마찬가지이다. 휴잇은 레이철이 문 뒤로 사라지는 순간 의사소통이 불가능함을 통감한다. 결합의 느낌이 커질수록 분리와 고립감 역시 강화된다.

결국 그들은 무슨 말을 할 수 있었던가? 그는 자기들이 말했던 것들을 머릿속으로 생각해보았다. 아무렇게나 내뱉은 불필요한 말들이 원형으로 둥글게 소용돌이치고는 언제나 소진되어버렸으며, 그들 둘을 아주 가깝게 끌어당겼다가 아주 멀리 따로따로 내동댕이쳤다. 결국 그는 그녀가 어떻게 느꼈으며 그녀가 어떤 사람이었는지에 대해 여전히 모르는, 불만스런 상태로 남겨졌다. 얘기하고, 얘기하고, 단지 얘기만 하는 것이 무슨 소용이었던 말인가?

영혼의 한복판으로 들어가는 내면 여행이 깊어질수록 인간은 자신의 감정에 더욱 충실해지겠지만, 자신의 감정이 깊어질수록 어둠의 두께 역시 두터워지는 법이다. E. M. 포스터의 『인도로 가는 길 *A Passage to India*』에서 마지막에 동과 서를 대표하는 두 마리의 말들이 서로 머리를 달리하며 제 길로 나아가듯이 내면 깊숙한 영혼은 철저하게 혼자이다. 인간관계가 아니라 영혼을 표현하는 소설은 이제 그 문법을 달리해야 하며 자신만의 언어를 개발해야 한다. 이러한 점에서 울프의 작가로서의 난관이 『출항』에 드러나 있다.

산정으로의 소풍에 뒤이어 아마존 강 상류 원주민 마을로 약 열흘에 걸친 탐험여행을 하자는 플러싱 부인의 제안은 레이철에게 또 다른 영혼 여행을 의미한다. 헬렌은 처음에 잘 알지도 못하는 사람들과 텐트에서 생활하며 때로는 남에게 알몸을 보이기도 해야 하는 불편 때문에 이 탐험여행에 동참하는 것을 주저하는데, 이것은 레이철에게 이 탐험여행이 문명의 변경으로 나아가 외장의 옷을 벗고 자신의 벌거벗은 영혼과 대면하는 순간을 갖게 되리라는 것을 암시한다. 레이철은 플러싱 부부, 외숙모 헬렌, 테렌스 휴잇, 세인트 존 허스트와 함께 떠난 아마존 상류로의 여행에서 휴잇과 자신의 사랑을 확인하고 그와 하나 되는 희열을 경험한다. 그녀는 휴잇의 뺨을 만지는 순간 그리고 다시 휴잇의 손이 자신의 얼굴에 닿는 순간 그의 몸도, 온 세상도 실재하지 않는 것이라고 느낄 정도로 현실의 구속에서 벗어나며 영혼의 비상을 통한 초월적 세계를 경험한다. 사랑은 나눔과 분리를 넘어서 영혼이 하나가 되는 영적교감이며 진정한 의미가 소통하는 순간임을 체험한다. 이 영적교감은 일종의 침묵의 언어 안에서의 의사소통으로, 레이철과 휴잇은 자신들의 말 사이에 이어지는 이러한 침묵 안에서 평온을 느끼고 이 침묵 안에서 사소한 생각들이 쉽게 자라남을 경험한다. 레이철이 영국에서 타고 온 배의 이름이 에우프로시네이듯이, 그녀가 다다른 이 순간이 행복이라면, 기쁨이나 환희를 의미하는 에우프로시네 호는 이 순간을 위해서 그녀를 이 먼 곳으로 실어왔을 것이다. 그러나 레이철이 휴잇의 이름을 부르며 사랑의 절정을 경험하는 순간 그녀의 의식을 지배하는 것은 자신을 억누르는 헬렌의 존재이다.

한 손이 레이철의 어깨에 철과 같이 육중하게 돌연 얹혀졌다. 그것은 마치 번개가 친 것 같았다. 그녀는 그 아래 넘어졌으며, 풀잎이 그녀의 눈을 휘갈기듯 스쳤고 그녀의 입과 귀를 채웠다. 흔들리는 풀줄기 사이로 그녀는 하늘을 배경으로 거대하고 볼품없는 한 모습을 보았다. 헬렌이 앞에 있었다. 이리저리 구르며, 이번엔 단지 녹색의 숲만을 또 이번엔 드높은 푸른 하늘을 보며, 그녀는 말을 하지 못했으며 감각도 거의 없었다. 마침내 그녀는 조용히 누워 있었으며, 주변에 있는 모든 풀잎들이 그녀가 헐떡거리는 숨으로 가볍게 흔들렸다. (……) 몸을 일으켜 앉으며 그녀는 헬렌의 부드러운 몸과 단단하고 친절한 팔을 실감하며 행복이 하나의 거대한 물결로 부풀어 올랐다 부서지는 것을 깨달았다.

탐험여행 중 레이철이 숲속에서 휴잇과 사랑을 나누는 모습을 다소 모호하게 그리고 있는 장면에서 레이철은 절정의 순간 자신을 억누르며 감싸고 있는 몸이 휴잇이 아니라 헬렌이라고 착각하고 있다. 일종의 몽환 상태에 처한 레이철은 이 순간 감각이 마비되며 말을 잊고 있는데, 육체적 감정이 극에 달한 희열의 순간 언어와 이것에 근거한 의사소통은 불가능할 뿐더러 무의미하다. 그런데 레이철은 왜 이런 의식과 무의식의 변경지대에서, 문명을 떠나 숲속에서 자연과 하나 되어 있지만 그들의 이름을 부르며 찾고 있는 일행으로부터 그다지 멀리 벗어나 있지는 않은 묘한 중간지대에서, 헬렌과의 성적 결합을 꿈꾸고 있을까? 이 장면은 휴잇과의 결혼이 성사되지 않을 것임을 독자에게 예고하며, 결혼이 적어도 여성에게는 반드시 진정한 행복을 보장해주지는 않을 것임을 암시한다. 작가는 침묵에 의한 언어 이전의 의사소통의 순간이 연속적이지 않고 파편적인 것에 불과함을 함축적으로 보여준다. 따라서 레이철이 동성애적인 행복을 경험하는 이러한 환상의 순간은 그녀가 열병에 걸려 혼수상태에 빠져 듦으로써만 연장된다.

레이철이 절정의 순간 헬렌과 결합하는 것은 자신의 보호자인 헬렌을 멀리하고 휴잇과 결혼하고자 하는 그녀의 무의식적인 죄책감을 투영한 것이라고 볼 수도 있겠지만, 울프는 이것이 일종의 동성애적인 결합으로 궁극적으로는 가부장적인 질서와 문명의 거부로 이어진다는 것을 존 밀턴의 가면극 『코머스*Comus*』(1634)에 대한 여러 차례의 언급을 통해서 구체적으로 보여준다. 열병에 걸린 레이철은 침대에 누워서 낮에 휴잇이 낭송하던 밀턴의 가면극에서 계모의 박해를 피해 달아나다 물에 빠져 죽어 세번Severn 강의 요정이 되어 여성들의 수호신이 된 사브리나Sabrina에 대한 묘사를 기억한다.

유리처럼 반반하고 차갑고 반투명한 파도 아래,

얽혀 있는 백합의 꼬여 있는 줄기들 속에서

황갈색의 흐트러진 머리 타래를 늘어뜨리고,

휴잇을 통해서 매개된 것이기는 하지만 레이철이 세상과 완전히 고립되어 밖의 세상과는 철저하게 소통할 수 없는 세계에서 밀턴의 사브리나 묘사를 기억하고 읊조리는 것은 의미가 크다. 울프는 「병듦에 관하여」라는 에세이에서 병석에 누워 있으면, 정신이 멀쩡할 때는 읽을 수 없던 작품이 새로운 흥미를 주며 기존의 시를 단어의 순서에 상관없이 재구성하여 낭송하는 재미가 유다르다고 적고 있는데, 레이철 역시 형용사의 순서를 바꿈으로써 밀턴의 언어를, 즉 남성 언어를 자기 식으로 전유하는 모습을 보인다. 『코머스』는 숲속에서 길을 잃은 귀족처녀가 그 숲의 악한 마법사의 주술에 걸려 위험에 처했을 때 세번 강의 요정인 사브리나에 의해서 구원되는 이야기를 가면극으로 그린 것인데, 울프는 휴잇이 읽고 있는 작품을 키츠의 「나이팅게일 송시Ode to a Nightingale」(1819)와 밀턴의 작품 중에서 어떤 작품을 택할까 고민하다가 마지막 순간에 밀턴을 택했다. 밀턴의 작품에서 강조되는 것은 남성의 성적 폭력에 맞서는 여성적 유대감인데, 울프는 레이철이 병상에서 밀턴을 자기 마음대로 다시 쓰는 방식으로 여성적 유대감을 강조한다고 볼 수 있다. 레이철의 아버지 윌로우비의 잔인함으로 어머니가 이른 죽음을 맞이했다고 헬렌이 생각하듯이, 울프는 레이철의 죽음이 가부장적 폭력의 연장선상에 있음을 암시한다. 레이철의 병이 위독함을 알고 처음으로 자신의 방을 나선 리들리 역시 불안하여 서성거리며 찰스 킹슬리의 시 「뉴 포리스트 발라드A New Forest Ballad」(1847)의 후렴 부분을 계속 읊조린다. 이 발라드는 사랑하는 여인의 숲에서 사냥을 하던 남자가 여인의 아버지인 산지기와 싸우다 둘 다 죽자 이들을 따라 죽은 여인의 비극을 그리고 있다. 이 내용 역시 남성들의 폭력에 의해서 결과적으로 죽게 된 여성의 희생을 그리고 있다는 점에서 밀턴의 시와 마찬가지로 가부장적 남성 폭력과 여성의 희생이라는 주제를 반복함으로써 레이철의 죽음이 일종의 희생임을 거듭 암시한다.

레이철이 혼수상태에서 목격하는 환상은 앞서 5장에서 리처드 댈러웨이와 키스 후에 꾸었던 악몽의 연장이다. 그녀는 성적인 폭력의 환상에서 벗어나지 못하는데, 이것은 리처드와 강제적인 육체 접촉이 그녀에게 심리적 외상으로 남아 휴잇과의 관계마저도 왜곡시키고 있다는 것을 의미한다. 레이철은 혼수상태에서 템스 강 밑에 있는, 벽에서 물방울이 떨어지는 젖은 터널을 걸어가며 왜소한 체구의 늙은 여자들이 카드 게임을 하다가 한 여인이 칼로 한 남자의 머리를 베고 있는 장면을 목격한다. 성경의 경외서 『주디스*The Book of Judith*』에서 주디스가 홀로퍼네스 장군의 목을 칼로 쳐서 들고 있는 듯한 모습을 연상시키는 레이철의 환상은 앞서 5장에서 그녀가 지하 동굴에서 마주 앉은, 동물처럼 생긴 남자의 반복이며, 늙은 여인이 칼로 이 남자의 목을 베는 것은 자신의 성적 폭력에 대한 대리 복수의 실현이라고 볼 수 있다. 울프는 5장에서 있었던 장면을 레이철의 악몽과 환상 속에서 반복함으로써 앞선 성적 폭력이 그녀의 죽음과 직접적인 관련이 있음을 강하게 시사한다.

레이철이 열병에 걸려 철저하게 세상과 고립되고 정신이 아니라 육체적 고통의 지배 아래 완전히 억압당해 버리듯이, 휴잇 역시 그녀가 죽을 것이라는 예감에도 불구하고 "마음속에서 그는 레이철이나 혹은 세상에 있는 어떤 사람이나 어떤 것에 대해 아무것도 느끼지 못하는 것 같았다." 그가 자신일 뿐 아니라 레이철이 된 것 같다고 느끼며 영혼까지 평화로워지는 순간은 단지 죽음이 가져다주는 순간의 행복일 뿐이다. 영혼이 밖을 향해 문을 여는 순간은 존재의 한 순간일 뿐이며 나머지는 다시 어둠 속의 눅눅한 터널의 연속이다.

울프는 젊은 아가씨가 남자를 만나 결혼에 이르게 되는 전형적인 빅토리아 시대의 성장·결혼소설의 틀을 빌려 『출항』을 창작하면서도 자신의 여주인공은 결혼에 이르지 못하게 함으로써, 그 소설적 형식을 내부로부터 파괴한다. 처음부터 그녀는 첫 출항하는 소설가로서 자신만의 영혼의 경험, 진정한 존재의 순간을 표현할 수 있는 새로운 여성언어가 가능할까 하는 문제를 의사소통의 가능성과 한계에 대한 문제의식으로 치환해서 제기한다. 가부장제의 폭압적 위력이 지배하는 사회에서 여성의 경험과 언어가 침묵 이외의 언어로 소통 가능할까 하는 문제의식이 그녀의 처녀작 『출항』의 출간을 계속 지연시켰으며, 이러한 문제의식은 사실상 그녀의 전 작품에서 거듭 제기되고 있다. 레이철이 죽은 후 폭풍우 속 번개가 치는 짧은 어둠의 순간에 함께 모였던 호텔 사람들이 다시 잠자리로 흩어지듯 진정한 존재의 순간은 폭풍의 반사광처럼 순간이며, 이 순간을 표현할 언어를 찾는 울프의 노력은 아직은 지난한 것이다. 성차와 지배와 복종을 당연시하는 가부장사회와 파편화된 개인주의를 극대화하는 자본주의 사회에서 과연 진정한 자신만의 경험세계가 가능한 것이며, 가능하다면 이를 표현할 언어가 존재할 수 있는가 하는 문제는 지속적으로 울프를 괴롭히는 문제이며, 『출항』은 그런 가능성에 대한 그녀의 첫 실험이다. 이 작품에서는 레이철의 환상과 악몽에서 체현되는 비현실의 언어로, 언어 이전 침묵의 소리로만 그런 경험의 재현이 가능하지만, 과연 우리는 레이철의 죽음을 울프의 소설적 실험의 실패로만 한정지을 것인가? 사실상 울프는 자신의 여주인공의 죽음을 딛고 서서 새로운 출항이 가능함을 보여준다. 레이철이 바다 깊숙이 익사하는 순간 자신의 자아, 즉 주체가 와해됨을 느끼는 것과 달리, 울프는 그 심연에서 떠오른다. 『출항』은 울프의 수면 위로 떠오르기이다.

번역은 호가스 출판사The Hogarth Press에서 1975년에 발행된 『*The Voyage Out*』의 판본을 저본으로 삼았다.

진명희

버지니아 울프 연보

1882년   1월 25일, 런던 켄싱턴에서 출생.

1895년   5월 5일, 어머니 사망. 이해 여름에 신경증 증세 보임.

1899년   '한밤중의 모임Midnight Society'을 통해 리튼 스트레이치, 레너드 울프, 클라이브 벨 등과 친교를 맺음.

1904년   아버지, 레슬리 스티븐 사망. 5월 10일, 두 번째 신경증 증세 보임. 이 층 창문에서 투신자살을 시도하나 미수에 그침. 10월, 스티븐 가의 네 남매, 토비, 바네사, 버지니아, 에이드리안은 아버지의 빅토리아 시대를 상징하는 하이드 파크 게이트를 떠나 블룸즈버리로 이사함. 12월 14일, 서평이 『가디언*The Guardian*』에 무명으로 실림.

1905년   3월 1일, 네 남매가 블룸즈버리에서 파티를 열면서 이후 '블룸즈버리 그룹Bloomsbury Group'이라는 예술가들의 사교적인 모임을 탄생시킴. 정신 질환 앓음. 네 남매가 함께 대륙 여행을 함. 근로자들을 위한 야간 대학에서 가르침. 『타임스*The Times*』의 문예 부록에 글을 실음.

1906년   오빠인 토비가 함께했던 그리스 여행에서 돌아온 후 장티푸스로 사망.

1907년   블룸즈버리 그룹을 통해 덩컨 그랜트, J. M. 케인스, 데스몬드 매카시 등과 친교를 맺음.

1908년	후에 『출항 *The Voyage Out*』으로 개명된 『멜림브로지어』를 백 장가량 씀.
1909년	리튼 스트레이치가 구혼했으나, 결혼이 성사되지 않음.
1910년	1월 10일, 변장을 하고 에티오피아 황제 일행이라 사칭하고 전함 드래드노트 호에 탔다가 신문 기삿거리가 됨. 7~8월, 요양소에서 휴양. 11~12월, 여성 해방 운동에 참가.
1911년	4월, 『멜림브로지어』를 8장까지 씀.
1912년	1월 11일, 레너드 울프가 구혼함. 5월 29일, 구혼을 받아들여 8월 10일 결혼.
1913년	1월, 전문가로부터 아기를 낳는 것이 건강에 좋지 않다는 진단 결과를 들음. 7월, 『출항』 완성. 9월 9일, 수면제 백 알을 먹고 자살 기도.
1914년	8월 4일, 제1차 세계대전 발발. 리치몬드의 호가스 하우스로 이사.
1915년	최초의 장편소설 『출항』을 이복 오빠가 경영하는 덕워스 출판사에서 출간.
1917년	수동 인쇄기를 구입하여 7월에 부부가 각기 이야기한 편씩을 실은 『두 편의 이야기 *Two Stories*』를 출간.
1918년	3월, 두 번째 장편 『밤과 낮 *Night and Day*』 탈고. 몽크스 하우스를 빌려 서재로 사용.
1920년	7월, 단편 「쓰어지지 않은 소설 An Unwritten Novel」 발표. 10월, 단편 「단단한 물체들 Solid Objects」 발표, 『제이콥의 방 *Jacob's Room*』 집필.
1921년	3월, 실험적 단편집 『월요일 아니면 화요일 *Monday or Tuesday*』을 호가스 출판사에서 출간. 「유령의 집 A Haunted House」, 「현악 사중주 The String Quartet」, 「어떤 연구회 A Society」, 「청색과 녹색 Blue and Green」

	등이 수록됨. 11월 14일, 세 번째 장편 『제이콥의 방』 완성.
1922년	심장병과 결핵 진단을 받음. 9월에 단편 「본드 가의 댈러웨이 부인Mrs Dalloway in Bond Street」을 씀. 10월 27일, 『제이콥의 방』 출간.
1923년	진행 중인 장편 『댈러웨이 부인Mrs Dalloway』을 『시간들The Hours』로 가칭함.
1924년	5월, 케임브리지의 '이단자회'에서 현대 소설에 대해 강연. 그 원고를 정리한 『베넷 씨와 브라운 부인 Mr Bennet and Mrs Brown』을 10월 30일에 출간. 『댈러웨이 부인』 완성.
1925년	5월, 『댈러웨이 부인』 출간. 장편 『등대로To the Light-house』 구상, 장편 『올랜도Orlando』 계획.
1927년	1월 14일, 『등대로』 출간. 5월에 단편 「새 옷The New Dress」 발표.
1928년	1월, 단편 「슬레이터네 핀은 끝이 무뎌Slater's Pins Have No Points」 발표. 3월, 『올랜도』 탈고. 4월에 페미나Femina상 수상 소식 들음.
1929년	3월, 강연 내용을 보필한 『여성과 소설Woman and Fiction』 완성. 10월에 『여성과 소설』을 『자기만의 방 A Room of One's Own』으로 개명하여 출간. 12월에 단편 「거울 속의 여인: 반영The Lady in the Looking-Glass: A Reflection」 발표.
1931년	『파도The Waves』 출간.
1933년	1월, 『플러쉬Flush』 탈고.
1937년	3월 15일, 장편 『세월The Years』 출간.
1938년	1월 9일, 『3기니Three Guineas』 완성. 4월, 단편 「공작부인과 보석상The Dutchess and the Jeweller」 발표, 20년

전의 단편 「라뺑과 라삐노바Lappin and Lapinova」 개필.

1939년	리버풀 대학에서 명예박사 학위를 수여하려 했으나 사양함. 9월, 독일의 침공, 런던에 첫 공습이 있었음.
1940년	8~9월, 런던에 거의 매일 공습이 있었음. 10월 7일, 런던 집이 불탐.
1941년	2월, 『막간Between the Acts』 완성. 3월 28일 오전 11시 경, 우즈 강가의 둑으로 산책을 나간 채 돌아오지 않음. 강가에 지팡이가, 진흙 바닥에 신발 자국이 있었음. 오랫동안의 정신 집중에서 갑자기 해방된 데서 오는 허탈감과 재차 신경 발작과 환청이 올 것에 대한 공포 등이 자살 원인이라고 추측함. 7월 17일, 유작 『막간』 출간.

옮긴이 **진명희**

한국외국어대학교에서 문학박사 학위를 받았고 현재 한국교통대학교 글로벌어문
학부 영어영문학전공 명예교수이다. 주요 논문으로 「『천상의 기쁨』: 성적 욕망의 주
체적 발현과 여성적 글쓰기」「『마음의 죽음』: 엘리자베스 보웬의 삶의 비전에 관한
서사」「정원 가꾸기와 글쓰기: 마사 발라드와 가브리엘 루아」「『광막한 사르가소 바
다』: 대항담론으로서의 자전적 서사」「울프의 식탁과 예술적 상상력」(제2회 이상섭·
김정매 논문상 수상) 등이 있으며, 옮긴 책으로 『버지니아 울프 문학에세이』(공역)
『유산』(공역) 『불가사의한 V 양 사건』(공역) 등이 있다.

버지니아 울프 전집 8
출항 The Voyage Out

1판 1쇄 발행	2019년 6월 10일
1판 2쇄 발행	2022년 4월 13일
지은이	버지니아 울프
옮긴이	진명희
펴낸이	임양묵
펴낸곳	솔출판사
편집장	윤진희
편집	최찬미 김현지
디자인	이지수
경영관리	이슬비
주소	서울시 마포구 와우산로29가길 80(서교동)
전화	02-332-1526
팩시밀리	02-332-1529
블로그	blog.naver.com/sol_book
이메일	solbook@solbook.co.kr
출판등록	1990년 9월 15일 제10-420호

© 진명희, 2012

ISBN	979-11-6020-080-5	(04840)
	979-11-6020-072-0	(세트)